アメリカ探訪
イタリア小景

チャールズ・ディケンズ作
田辺洋子訳

凡例

本訳書『アメリカ探訪／イタリア小景』は Charles Dickens, *American Notes for General Circulation and Pictures from Italy*. eds. F. S. Schwarzbach and Leonee Ormond. London: Dent, 1997. を原典とする。

訳出、地図作成に際しては『アメリカ紀行』（伊藤弘之、下笠徳次、隈元貞広、岩波文庫、二〇〇五）、『イタリアのおもかげ』（同上、岩波文庫、二〇一〇）を参照。作品解題は原典の序説を抄訳した。訳注は同注等を参照。本文中に＊で示し、巻末にまとめるが、比較的短いものは割注とする。

挿絵はＡ・Ｂ・フロスト、Ｇ・トムソン、Ｓ・パーマー等による。

目次

アメリカ探訪

イタリア小景

アメリカ探訪

❍ アメリカ上陸コース（第一～四章）

リヴァプール発（一八四二年一月四日）⇨ ハリファックス着（十八日）⇨
ボストン着（二十二日）盲学校・牢獄見学

❍ 東海岸視察コース（第五～九章）

ボストン発（二月五日）⇨ ウスター⇨ ハートフォド発（十一日）⇨
ニューヨーク⇨フィラデルフィア⇨ ワシントン（国会議事堂・大統領官邸）⇨
リッチモンド（三月中旬）

❍ 西部遠征コース（第十～十三章）

ハリスバーグ着（三月二十五日）⇨ アレゲニー山脈発（四月一日）⇨
ピッツバーグ⇨ シンシナティ⇨ ルイヴィル⇨ セントルイス／大草原

❍ ナイアガラの滝巡りコース（第十四章）

セントルイス⇨ シンシナティ⇨ コロンバス／サンダスキー⇨
バッファロー⇨ ナイアガラの滝

❍ 越境・帰国コース（第十五～六章）

トロント⇨ キングストン発（五月十日）⇨ モントリオール発（三十日）⇨
ケベック⇨ ウェストポイント⇨ ニューヨーク発（六月七日）⇨
リヴァプール着（二十八日）

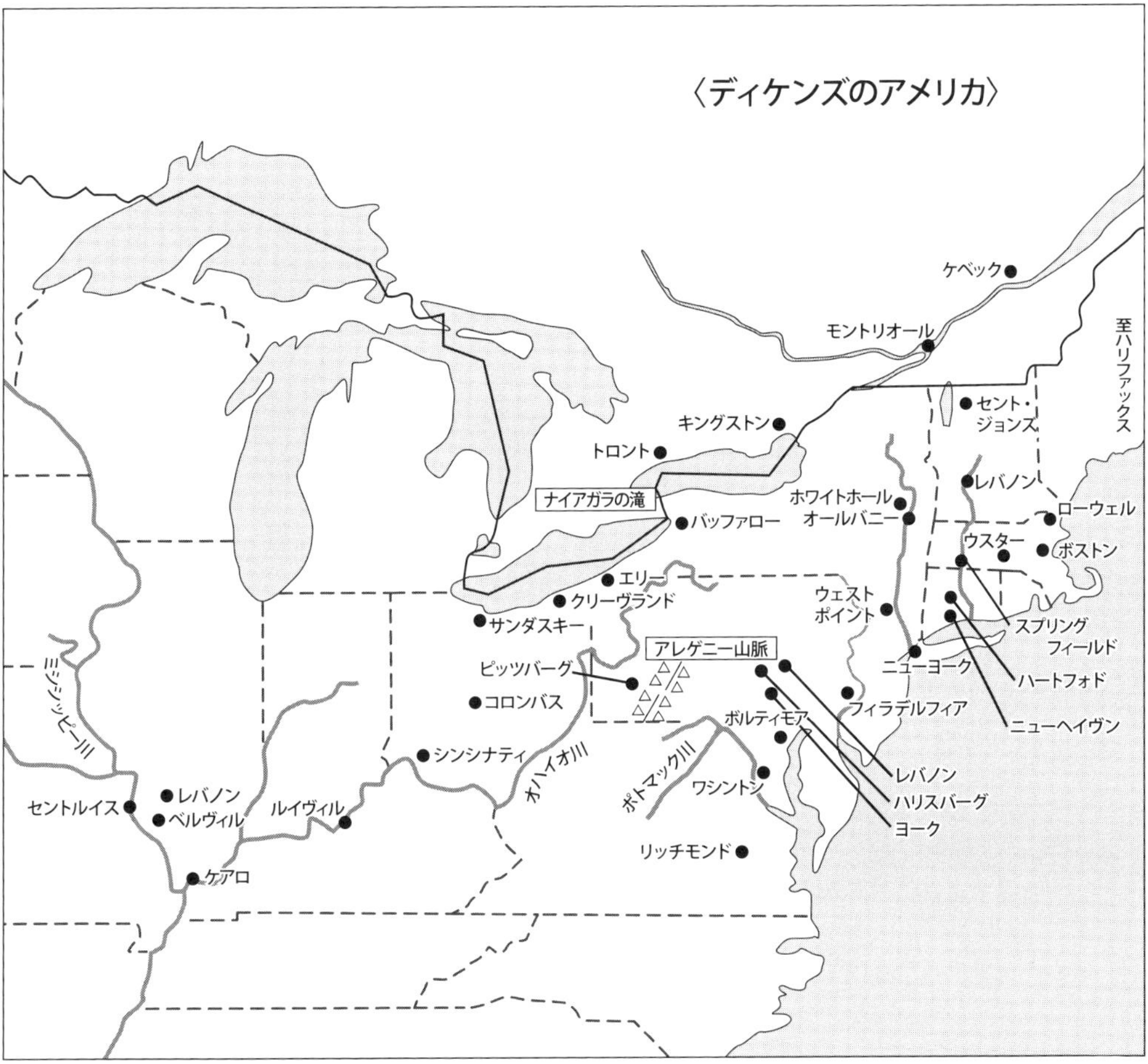
〈ディケンズのアメリカ〉
ケベック
モントリオール
至ハリファックス
セント・ジョンズ
キングストン
トロント
レバノン
ナイアガラの滝
ホワイトホール
オールバニー
ローウェル
バッファロー
ウスター
ボストン
エリー
クリーヴランド
ウェストポイント
サンダスキー
スプリングフィールド
アレゲニー山脈
ピッツバーグ
ニューヨーク
ハートフォド
コロンバス
フィラデルフィア
ニューヘイヴン
ミシシッピー川
ボルティモア
シンシナティ
オハイオ川
ポトマック川
レバノン
セントルイス
レバノン
ベルヴィル
ルイヴィル
ワシントン
ハリスバーグ
ヨーク
リッチモンド
ケアロ

献辞

拙著をアメリカにおける我が友人に捧ぐ

小生を終生、謝意と矜恃と共に
記憶に留めざるを得ぬほど
暖かく迎えればこそ
忌憚なき判断を我が身に委ね
祖国を愛すらばこそ真実を
其が気さくにして真摯に語られれば
寛恕賜おうが故《ゆえ》

廉価版初版序文

拙著が初めて世に出されておよそ八年の歳月が流れた。が、この度廉価版に収めるに際し、何ら筆を加えてもいなければ、拙著に審らかにされている私見も何ら変わってはいない。

読者諸兄はその間《かん》、小生がアメリカにおいて不信を抱いている影響や傾向が単に小生の想像の賜物にすぎぬか否か、自ら判ず機会に恵まれていたはずである。ならば自ら、果たしてくだんの影響や傾向が事実、存在すると暗に示すような出来事がこの八年の内に彼《か》の国の公事で起きたか否か、何かそれらしき事が国内外を問わぬ目下の状況において認められるか否か、突き止められよう。して事実を目にするがままに、小生のことも判断なされたい。仮に小生の指摘している如何なる方面においてであれ不正が罷り通っている何らかの証を見て取れば、小生にもそれなりの謂れがあって筆を執ったものと御理解頂けようし、かようの不正を一切見て取らねば、偏に小生の不見識と見なして頂いて差し支えない。

偏見を、小生はついぞ合衆国にむしろ与さずして抱いた覚えはない。如何なる外つ国人《びと》といえども未だかつて小生がアメリカに上陸した際に抱いていた以上に強い共和制への信念を抱いてくだんの岸辺に降り立ち得はしなかったろう。

小生はこうした所見をいささかなりクダクダしく述べるを潔しとせぬ。固より弁護すべき、或いは言い繕うべき何一つ持ち併さぬだけに。真実は真実であり、子供じみた不条理も不埒な反駁も真実を枉げること能はぬ。たといカトリック教会が挙って「否」と宣おうと、地球は依然として太陽の周りを公転し続けよう。*

小生にはアメリカに幾多の友人がいれば、くだんの国に感謝に満ちた関心を寄せてもいる。恰も小生がアメリカに悪意や、敵意や、極度の偏見を抱いているかのように論《あげつら》うのは単に極めて愚かしい手に出ているにすぎず、その手は必ずやいともお易い御用なだけに、小生としてはこの八年間無視して来た如く、この先八十年間無視させて頂く外あるまい。

一八五〇年六月二十二日、ロンドンにて

第一章　出帆

小生は一八四二年一月三日の朝、ハリファックス*とボストンへと女王陛下の郵便物ごと向かい、船籍証書によらば積載量一二〇〇トンの「ブリタニア」蒸気定期船の「特等室」の扉を開け、頭を突っ込んだ際に喫した、四分の一は冗談抜きの、四分の三はお笑い種の一驚を終生、忘れ得まい。

当該特等室が「チャールズ・ディケンズ殿御夫妻」のために格別予約されていたという事実は小生の怯え竦んだ知性にとってすら、その旨告げる、およそ近づき難きとある寝棚の上に外科用絆創膏よろしく広げられた、めっぽう薄っぺらな筵の上のめっぽう平らな上掛け《キルト》にピンで留められた、めっぽう小さな手書きの札によりてやたら明々白々と突きつけられていた。が、よもやこれが一件がらみでチャールズ・ディケンズ殿御夫妻が少なくともこの四か月というもの夜となく昼となく額を寄せ合って来た特等室とは――とにもかくにもチャールズ・ディケンズ殿が固より八卦見跳とあって、少なくとも小さなソファーが一脚は据えられていようと常々言っていた、して令室が、固よりそのせせこましさに控え目ながらもとびきり壮大な了見を抱いていたとあって、どこか人目につかぬ片隅にせいぜい超弩級の旅行鞄が二つ収まるきりだろうと仰《の》けから宣っていたかの絵空事なる小さな居心地の好い部屋たり得ようとは（御両人、今や恰もキリンが植木鉢に潜り込むようなだめすかされて、と言おうか無理矢理捻じ込められて下さるまい如く、いっかな物蔭に片づけられるは疎か、戸口からすら中へ押し込められて下さらぬ訳だが）――当該てんで出来そくないの、とことんお先真っ暗な、言語道断もいい所の枡席《ボックス》が、よもやロンドン・シティーの旅行代理店の会計事務所に高々と掲げられた、やたらテラついた石版刷りの見取図になる、名匠の手によりて写生されしくだんの小ぢんまりとながら豪勢な、とまでは行かずとも貞淑にして愛らしき閨房といささかなり関わりが、と言おうか縁なりゆかりなりあろうとは――当該貴賓の間《ま》が、詰まる所、ほどなくパッとひけらかされよう現《うつつ》の特等室をそれだけありがたく頂戴し、享受すべく船長によりてこねくり出され、実行に移された愉快なでっち上げにして陽気なおひゃらかし以外の何物かたり得ようとは――以上は、蓋し、小生の当座、悟性をともかく傾注することも意を汲むことも能はぬ真実の数々であった。かくて小生は室内に二脚設えられたある種馬尾毛《ばす》の厚板、と言おうか止まり木の上に腰を下ろすや、我々と共に乗船していた、して折しもギュウと、せせこましい戸口から捻じ込もうと躍起になることにて御尊顔をありとあらゆる形《なり》に拉がせている幾人《いくたり》かの馴染みをぽかんと、キツネにつままれたような面持ちで見やる外なかった。

　我々は実の所、船室に降りぬとうの先から生半ならず強かな衝撃を受けていた。よって、この世にまたとないほどお目出度な人間でもなければ、最悪の事態に観念のホゾを固めていても好さそうなものではあった。上述の創意に富む画家は同上の傑作において、ロビンズ氏*ならば東洋風壮麗とて及ばぬと形容しよう様式にて設えられ、すこぶるつきの上機嫌で浮かれ返った紳士淑女の一つならざるグループのワンサと（とは言えさして窮屈げでもなく）溢れ返った、ほとんど果てしなき眺望の大広間を物していた。船の腸《はらわた》深く降りぬ内に、我々は甲板から、両側に窓のついたどデカい霊柩車に似ていなくもない長くせせこましい部屋へと潜り込んでいたが、上手《かみて》のどん詰まりの陰気臭い炉では寒さに身を震わせた旅客係が三、四人、頻りに手を暖め、片や両脇には侘しい端から端までズイと、長い長いテーブルが伸び、それぞれの上方のグラスと薬味入れのびっしり突き立てられた棚は低い天井にしかと固定されているとあって、逆巻く怒濤と荒天を暗澹と仄めかしていた。小生は未だその折には爾来お蔭でいたく得心するに至っている当該広間の理想的な写し絵を目にしていなかったが、我々の航海の手筈を万端整えてくれていた馴染みの一人が一歩足を踏み入れるなり血の気を失い、背《せな》の友人宛、後退った勢い、思わずピシャリと額を打ち、息を殺して「まさか！　こんなはずは！」とか何とか、ともかくその趣旨の文言を洩らすのには気づいた。友人は、しかしながら、やっとの思いで気を取り直し、一、二度お膳立てに咳《しはぶ》いていたと思うと、今に小生の瞼に焼きついて離れぬ凄まじき笑みを浮かべたなり、同時にグルリの壁を見渡しながら声を上げた。「はあっ！　これが朝餉の間《ま》と、旅客係――えっ？」我々は皆、如何なる答えが返って来るものか先刻御承知でもあれば、友人が胸中如何なる苦悶に苛まれているかもお見通しであった。友人はしょっちゅう談話室《サルーン》のことを引き合いに出し、絵筆になる概念を真に受け、御逸品でもって言はば生き存え、我々にも祖国にて、談話室《サルーン》を正確に思い描こうと思えば並の客間の大きさと調度を七層倍に膨らまさねばならぬが、それでもまだ現《うつつ》には追っつくまいと御教示賜っていた。旅客係が返答に真実を――木で鼻をこくったような、身も蓋もない、あからさまな真実を――「はい、如何にも、談話室《サルーン》でございます、お客様」と――認めるや、馴染みは衝撃の下《もと》、モロにヨロヨロ、ヨロめいた。

然てもほどなく離れ離れになり、さなくば日々の交遊の間に幾千マイルもの時化催いの距離を介在さすが定めの、してくだんの謂れをもって未だ残された幸せな友達付き合いのわずかな時間に他の如何なる暗雲をも――束の間の落胆や狼狽の泡沫《うたかた》の翳りとて――垂れ籠めさすは天から願い下げの人間同士にあって――然なる状況に置かれた人間同士にあって――これら仰《のっ》けの驚愕からのいたくごもっともな移ろいは、明らかに、心底哄笑する手に外ならず、よって小生は、我ながら天晴至極にも、内一人として、依然、上述の厚板、と言おうか止まり木に腰掛けたなり、ゲラゲラ、つられて船がワンワン鳴り響くまで腹を抱えた。かくて、初っ端お近づきになってものの二分と経たぬ内に、我々は一同、示し合わせたように、当該特等室こそはこの世にまたとないほど愉快で、剽軽で、傑作な創意工夫の賜物なりと、わずか一インチとて大きければ全くもって不如意千万にして鼻持ちならぬ星の巡り合わせであったろうと言い合った。のみならず、如何に――扉をほとんど閉《た》て切らんばかりにしてクネリクネリ、蛇よろしく出ては入り、小さな洗濯用平板も「立見席」として数えることにて――部屋の中へ一時《いちどき》に四人の人間をちびりちびり潜り込ませられるものか実地にやってみせ、そこへもって互いに何とめっぽう（船溜まりにては）風通しの好いことか、何と見事な舷窓《げんそう》があり、日がな一日（日和さえ好ければ）開けたままにしておけようことか、何と鏡の真上にはお蔭でヒゲを剃るのが（船が大揺れに揺れてでもいない限り）とびきりお易い御用にして愉快な手続きたらん、そこそこ大振りな円窓ガラスが嵌め込まれていることか、そら、よく見てみろと互いに励まし合う内――我々は晴れて満場一致にて、部屋はどちらかと言えば広々としているではないかとの結論に達した。小生は、ただし、御逸品、未だかつて固より眠るために然まで小さきものの、棺桶をさておけば、作られたためしのなかろう二段重ねの寝棚を差し引けば、例の、扉が後ろにくっつき、乗客を石炭頭陀よろしく石畳に押っ放り出す辻の一頭立て二輪《ハクニー・キャブ》とどっこいどっこいちんちくりんなものと、蓋し、今に信じてはいる。

当該案件に当事者・非当事者皆の全き得心の行くよう片をつけ果すや、我々は――ほんの物は試しに――御婦人専用船室の炉のグルリに腰を下ろした。船室はなるほど、やたら暗かったが、誰かが「もちろん、沖へ出れば明るくなるさ」と宣い、くだんの卓見に皆は一斉に「もちろん、もちろん」とオウム返しに相づちを打った。果たして何故《なにゆえ》然に思し召すか審らかにするはおよそお易い御用どころではなかったろうが。ばかりか、今に忘れもせぬ、当該御婦人専用船室がたまたま我々の特等室の隣にあり、故にいつ何時であれそこで気兼ねなくくつろげようとのも一つおまけのせめてもの慰めに突き当たった側《そば》からネタが尽き、しばし沈黙が流れた勢い、誰しも頬杖を突き、じっと炉火に目を凝らしていると、仲間の一人が如何にも妙案のひらめいた男然と、しかつべらしげに言った。「ここでなら温赤ぶどう酒《マルドクラレット》が何たる芳しい風味のしようことか!」我々一同、正しく仰せの通りと膝を打っているげではあった——恰も船室なるものにはどこかしら香辛料の利いた香気芬々たる所があり、お蔭でくだんの混合酒の香りが固より高まり、他の何処にても完璧たるは土台叶はぬ相談ででもあるかのように。

おまけに、とある女性旅客係が折しもせっせとソファーの奥の奥や、思いもかけぬロッカーから洗い立てのシーツやテーブルクロスを引っ張り出している所で、連中の絡繰がまたそれは精巧に出来ているものだから、次から次へと開けられて行くのを目にするだに頭がズキズキ疼きそうだった。女性旅客係の手続きを目で追い、挙句、奥まりという奥まりや隅という隅や家具という家具は、それらしき風を装っている代物のおまけにまた別の何物かにして、上っ面の用途はいっとう役立たずのそいつたる、ほんの罠にしてペテンにして秘密の隠し場所にすぎぬと思い知らされれば、勢い気が狂れそうになる。

くだんの女性旅客係に神の御加護のあらんことを、よくぞ一月《いちがつ》の航海がらみで善意の欺瞞を弄して下さるとは! よくぞ去年の——誰一人病気になるでなく、誰も彼もが朝から晩まで踊り惚け、ほんの十二日間の「航程《ラン》」にすぎず、是一つの全きおどけと、陽気と、浮かれ騒ぎたりし——同じ時節の渡航をつい昨日のことのように蒸し返すとは! くだんの女性旅客係に幸運な星の巡り合わせという巡り合わせを、よくぞにこやかな笑みを湛えて心地好いスコットランド訛りで話しかけ、かくて小生の道連れの耳に懐かしの「我が家」の調べを奏でて下さるとは!* 順風と好天の(てんでデタラメの。さなくば彼女をこの半ばも気に入りはすまいが)八卦を見るとは! 数知れぬささやかな端切れじみたズブの女性らしい機転を利かすとは——御逸品もて、そいつらを周到に接ぎ合わせ、体好く、実しやかに、いつの間にやら穿ったゴ託に仕立て上げずして、にもかかわらず、大西洋のあちら側の若き母親は誰しも、こちら側に残して来た幼子とはつい目と鼻の先にして、*新参者には由々しき旅に思えるものも実は、奥義を極めた者にはほんの鼻唄まじりに口笛で紛らせば事足りる戯事《たわこと》にすぎぬ旨明々白々と証してみせるとあらば！　幾《いく》々歳《いくとせ》となく、彼女の心の軽やかにして、陽気な目の明るく輝かんことを！

　特等室は見る間に大きくなっていたが、この時までにはやたら嵩張り、海を見はるかす張り出し窓を鼻にかけんばかりであった。という訳で、我々はすこぶるつきの上機嫌でまたもや甲板へ引き返し、引き返してみれば、何もかもが然に忙しなくもキビキビ用意万端整えられているものだから、くだんの澄んだ霜深き朝《あした》、血潮は滾り、我知らず浮かれた勢いドクドク、体中を駆け巡るかのようだった。というのも豪華船という豪華船はゆっくり行き交い、小さなボートというボートはピシャピシャ、賑やかに水を跳ね散らかし、埠頭に佇む人々の群れまた群れは、広く遍くその名の知れ渡った快速アメリカ汽船にある種「恐いもの見たさ」の一心で目を凝らし、とある男衆は「ミルクを積み」、とは即ち牝牛を乗船させ、また別の男衆は一つならざる氷室に新鮮な糧食を――獣肉と青物や、血の気の失せた豚の子や、幾十とない仔牛の頭や、桁外れの牛肉や、仔牛肉や、豚肉や、鶏肉を――正しく喉元まで詰め込み、はたまた別の連中の中にはロープを巻いたり、槇皮の元子《もとこ》を忙しなく詰めている者もあれば、重い積荷を船倉に降ろしている者もあり、かと思えば事務長《パーサー》の頭が茫と、堆き乗客の梱だのの櫃だのの直中より目を白黒させたなり浮かび上がっている様が且々見て取れ、当該大いなる航海の仕度をさせておけば、何処にても何一つ進行していない、と言おうか誰も彼もの念頭には何一つないかのようだったからだ。かてて加えて、ひんやりとした日輪は明るく輝き、潮風は清しく吹き渡り、さざ波が小気味好く打ち寄せ、甲板に張った早朝の真白き薄氷は如何ほどそっと踏み締めようとてパリパリ、陽気な音を立てて割れるとあらば、抗うは天からお手上げ。してまたもや岸辺に戻り、向き直りざま汽船のマストより、その名が愉快な色取り取りの旗にて信号よろしく伝えられ、連中の傍らではパタパタ、合衆国の星条旗がハタめいているのを目の当たりにすらば――長き三千マイル以上の距離と、なお長き、丸六か月に及ぶ滞在は然にギュッと縮こまった上から朧に霞むものだから、船は出帆したもののまたもや帰港し、ここリヴァプールのコバーグ船渠にては早、春闌《たけなわ》でもあるかのようだ。

　小生は今もって知己の医師に果たしてウミガメや、ラインワインとシャンパンとクラレット仕立ての冷たいポンチや、豪勢なディナーの金に糸目をつけぬ注文に――わけても我が一点の非の打ち所もなき馴染み、アデルフィ・ホテル*のラドリー氏の惜しみなき解釈に委ねられる際には――含まれるが常のその他細々とした付け合わせは殊の外「海の力の変化（『テンペスト』I、2）」を蒙り易く出来ているか否か、と言おうか簡素なマトンの厚切れと一、二杯のシェリーならば然まで仰天物《もの》の異物に為り変わりにくいものか否か、尋ねるに至っていない。私見では、船旅の前夜、くだんの詳細がらみで石橋を叩いて渡るか渡らぬかはさして問題でなく、ありていに言えば「所詮、大同小異」という気がする。とまれ、小生のしかと存じ上げるに、その日のディナーは全くもってケチのつけようがなく、上述の馳走、のみならず山海の珍味が食卓を飾り、我々は皆、ひたぶる舌鼓を打った。してこちらもしかと存じ上げるに、恐らくは心濃やかな獄吏と、明くる朝には縊られる定めの胆の小さな囚人《めしうど》との間に成立しているやもしれぬような、明日のことはオクビにも出すまいとの暗黙の諒解をさておけば、我々はすこぶるトントン拍子にやり、万事を勘案すらば、そこそこ浮かれていた。

　朝が――くだんの朝が――訪れ、朝餉時に顔を合わすや、何と誰も彼もが会話に片時たり間《ま》が空かぬよう捩り鉢巻きでかかり、何と途轍もないほどはしゃぎまくっていたことか、は目にするだに傑作千万であった――小さな一行の各人各様の取ってつけたような空元気の、御当人の生まれながらの浮かれ気分に対すは、恰も一クォート五ギニーの温室育ちのエンドウ豆が風味において「天」の露や風や雨の生り物に似て非なるが如しであるというなら。乗船時間の午後一時が、しかしながら、近づくにつれ、当該饒舌は、四方山話に花を咲かせようと躍起になっているにもかかわらず、ちびりちびり鳴りを潜め、とうとう一件がお先真っ暗と相成るや、皆は悪あがきにサジを投げるに、明日の今頃はどこに、明後日の今頃はどこに、いようか等々、大っぴらに気を揉み始め、夥しき量の伝言をその夜ロンドンへ引き返す予定の馴染みに託けにかかった――さらば御逸品、我が家であれ何処であれ、鉄道列車のユーストン・スクェア（北西鉄道のロンドン終着駅）到着後、能う限りほどなく、確実に、届けられようから。してかようの折ともなれば、頼み事だの餞《はなむけ》だのがそれはどっさりお見舞いされるものだから、我々は当該要件に忙しなくかかずらっている間《ま》にも気がつけば早、とある小さな汽船の甲板にてごった雑ぜになった乗客と乗客の馴染みと乗客の荷物のびっしり目の詰んだこんぐらかりに言はば、一緒くたにされたなり、ゼエゼエ、ポッポと、昨日の昼下がり、船溜まりより四苦八苦這い出し、今や川の中の繋留地に碇泊している定期船目指し蒸気を上げていた。

　して、そら、あそこに見えるでは！　皆の目は一斉に定期船が初冬の昼下がりの濛々と立ち籠めつつある霧を突いて茫と浮かび上がっている辺りへ向けられ、指という指は同じ方角を差し——興味と讃嘆のつぶやきが——「何て美しい船なんだ！」「何と装備の整っていることよ！」といった——あちこちで洩れるのが聞こえた。帽子をてんで斜《はす》に被り、ズッポリ両手をポケットに突っ込んだ物臭な御仁ですら——欠伸しいしい、別の御仁に「向こうへお渡りになると」と、渡し《フエ》船《リー》でもあるまいに、吹っかけることにて軽々ならざる慰めを施していたものを——然り、くだんの御仁ですら、そちらへ目をやり、コクリと、「なるほど仰せの通り」とでも言わぬばかりに頷き賜ふた。かくて御当人の相づちにおける賢しらなバーリ卿*とてこの、〆て十三度も（船上の誰も彼もが如何でか、は神のみぞ知る、とうに存じ上げている如く）大西洋を横断し、唯の一度も事故に遭ったためしのなき強面の物臭御仁の半ばも意味シンたれはしなかったろう。また別の、喉元までぴっちり包《くる》まった御仁がいたが、御仁はよくも哀れ、「大統領号《プレジデント》」が沈没して*如何ほど経とうかなどとおずおずとながら興味津々吹っかけたからというので総スカンを食い、事実上、面目丸つぶれと相成っていた。今やこの御仁が物臭御仁の傍に立ちながらにして、いじけた笑みを浮かべ、あれはさぞや頼もしい船に違いなかろうがと言う。さらば物臭御仁はまずもって吹っかけ屋の目を、次いで風のそいつを、グイと覗き込み、豈図らんや、枉々《まがまが》しくも返して曰く、その要があろうでは。その途端、物臭御仁は皆の覚えいと悪くなり、乗客という乗客は桃みかからんばかりの面《つら》を下げたなり互いに囁き合う。あいつは阿呆だ、ペテン師だ、海のことなんてこれっぽっち知っちゃいないのさ。

　然れど、我々はどデカい真っ紅な煙筒から派手にモクモク、幸先き好くも本腰でかかっている証拠、煙を上げている定期船にしかと横付けにされる。荷箱や、旅行鞄や、絨毯地バッグや、梱が既に手から手へと渡され、息も継がさずとっとと船上へ手繰り上げられている。小粋にめかし込んだ航海士達は舷門にて乗客を次から次へと船端伝《づて》乗船させ、人足を急かしている。ものの五分で、小さな汽船はモヌケの殻となり、片や定期船はそいつの先刻来の船荷に攻囲・侵略される。何せ連中、瞬く間に船全体に散ったが最後、奥まりという奥まりや片隅という片隅にて十把一絡げに鉢合わせになり、御当人の荷ごと下方の船室に集《たか》っては他人様のそいつらに蹴躓き、お門違いな船室にヌクヌク腰を据えたはいいが、またもやお出ましにならねばならぬせいで上を下への大騒ぎの火種となり、ギッチリ錠の下りた扉をコジ開けたり、所詮行き詰まりたる、ありとあらゆる手合いの辺鄙な場所へ無理矢理潜り込んだりしようと狂おしく躍起になり、小妖精じみた髪のテンテコ舞いの旅客係達をして土台足すこと能はぬチンプンカンプンの用向きにて、風のそよ吹く甲板の上をあちこち駆けずり回らせ、詰まる所、全当事者をマゴつかさずばおかぬ、この世にまたとないほど尋常ならざる大混乱を巻き起こして下さるからだ。然なるごった返しなどどこ吹く風と、物臭御仁は、どうやら如何なる手合いの手荷物一つ——ばかりか、馴染み一人とて——持ち併さぬと思しく、坦々と葉巻を吹かしながらハリケーン甲板をゆったり行きつ戻りつし、然に泰然自若たる物腰のお蔭でまたもや、手持ち無沙汰の暇に飽かせて御仁の手続きを篤と御覧じている連中の覚え目出度くなり、故に、御仁がマストを見上げたり、甲板を見下ろしたり、舷側越しに見はるかしたりする度、連中もそちらへ目をやり出す始末——果たして何処であれ何か不都合があるのを目にしているものやら否や、万が一然ならば何卒腹蔵なくバラして頂きたいものだとばかり。

　ここなるは何ぞ？　船長のボートでは！　して、向こうに船長自身の姿が。さて、我らが期待と希望全てにかけて、正しくドンピシャ打ってつけの男ではないか！　キュッと引き締まった上から均整の取れた体つきの、見るからにすばしっこげな小男。紅ら顔は、すかさずギュッと両手で握手して下されとの招待状にして、澄んだ、青い、正直そうな目は己のキラキラ輝く似姿を中に拝まして頂くだに結構至極。「銅羅を撞け！」「ガン、ガン、ガン！」銅羅にしてからがセカついているでは。「そろそろ岸へ——岸へお戻りの方は？」——「申し訳ありませんが、こちらの皆さんです」見送りの連中は去る。が、ついぞ「さらば！」とは言わなかった。ああ！　今や連中、そいつを小さなボートより手を振って送って寄越してはいるが。「さらば！　さらば！」連中から万歳三唱。我々からも万歳三唱。連中から、はたまた三唱。かくて連中、消え失せる。

　またもや、行きつ戻りつ、行きつ戻りつ、行きつ戻りつ、百度となく！　かくて、いっとう遅れ馳せの郵袋《ゆうたい》を待ち侘びるほどイタダけぬものもまたなかろう。くだんの最後のてんやわんやの真っ直中にて錨を揚げられていたなら、さぞや意気揚々と出帆していたろうに。が、ここにて湿気た霧に立ち籠められたなり延々二時間もの長きにわたり、祖国へ留まるでも海を渡るでもなく碇泊する内、意気はいつしかとことん萎《な》え萎《しぼ》む。が、終に靄の直中にポチが一つ！　とはまんざらでもない。お待ちかねのボートだ！　とは願ったり叶ったり。船長は拡声器ごと、外輪覆いの上に姿を見せ、航海士は持ち場に就き、船員は一人残らず抜かりなく態勢を整え、乗客の萎《な》えかけていた希望はまたもや息を吹き返し、厨係は馳走の仕度の手をしばし止め、興味津々顔を覗かす。ボートは横付けになり、郵袋《ゆうたい》がとにもかくにも引きずり込まれ、当座、どこへなり投げ下ろされる。またもや万歳三唱。して仰《のっ》けの万歳が耳に響くが早いか、船は今しも生《せい》の息吹を授けられたばかりの屈強な巨人よろしくドクドク鼓動を高ならせ、対《つい》の巨大な外輪は初めて猛然と回転し、壮麗な定期船はいざ、風と潮を艫に受け、白浪《しらなみ》逆巻き水飛沫を上げる大海原を誇らかに突き進む。

第二章　渡航

我々はその日は皆で一緒に食事を取り、八十六名もの人員とあって、蓋し、侮り難き一行ではあった。厖大な量の石炭と、その数あまたに上る乗客を積んでいるだけに、船はかなり深くまで吃水し、日和も長閑で穏やかなお蔭で、揺れらしい揺れもなかった。故にディナーが半ばも平らげられぬとうの先から、己《おのれ》宛いたく眉にツバしてかかっていた連中ですら、とんでもなく鼻息が荒くなり、朝方にはお定まりの質問「海にはお強い方ですかな？」にいや、それが心許ない限りでと返していた乗客まで、今やヌラリクラリはぐらかし気味に「おうっ！　皆様方と似たり寄ったりではないでしょうか」とお茶を濁すか、心の疚しさも何のその、きっぱり「如何にも」と、おまけに何やらかく言い添えぬばかりに苛立たしげに返すほどであった。「何やら勘繰っておいでの御様子。げにお見逸れも甚だしいでは！」

かくて一同、勇気と気概に満ち満ちていたにもかかわらず、小生は如何せん、ほんの一握りの連中しか長らくワイングラスを傾けていること能はず、誰しも外気をやたら恋しがり、いっとう引く手あまたにしてお気に入りの席は必ずや戸口に最寄りのそれなりとの事実に目を留めずにはいられなかった。ティーテーブルもまた、およそディナーテーブルほど賑わうどころの騒ぎではなく、ホイストにも存外、お呼びはかからなかった。がそれでいて、とある御婦人がディナーの折に、やたら緑々《あおあお》としたケーパーソース添えのやたら黄色い羊の茹で脚肉の極上の切り身を装われたか装われぬか少なからずアタフタ中座していたのをさておけば、未だ床に臥す乗客は一人もいなかった。してひたぶる軒昂に行きつ戻りつしては、紫煙をくゆらしては水割りブランデーをする内（が必ずや外気に触れながら）、とうとう十一時かそこらになり、さらば「就寝《ターンイン》」が――ものの七時間でも海に馴染んだ人間は口が裂けても「床に就く《ゴートゥベッド》」などとは言わぬから――その夜の指令と相成った。甲板の上でコツコツひっきりなしにブーツの踵の音が響いていたものを、辺りはシンと死んだように静まり返り、二本脚の船荷はそっくり船室に片づけられた。ただし、小生自身のようなほんの二、三人の、恐らくは小生同様、ビクビク二の足を踏んでいるはぐれ者はさておき。

かようの光景に不馴れな者にとって、こいつは船上でのめっぽう印象的な刻限に数えられよう。いずれ、その目新しさがとうに薄れてからもなお、くだんの刻限は、こと小生に関せば、格別な興味と魅力を失うことはなかった。闇夜を突き、黒々とした巨塊は己《おの》が直進の確実な針路を進み続け、逆巻く怒濤は、目には清かならねど、冴え冴えと耳に留まり、広々とした、白く、キラびやかな航跡が船の後を追い、舳先の見張り番たる海員は暗い夜空を背に、幾十となき綺羅星を掻っ消してでもいなければほとんど姿も定かならず、舵輪の傍の舵取りが前方にかざした照明板は真っ暗闇の直中にてポツンと、何やら神のお告げを授かった蛍さながら瞬き、風は滑車やロープや鎖の間をヒューヒュー憂はしく吹き渡り、割れ目という割れ目や奥まりという奥まりや、甲板のあちこちに散った小さなガラスの欠片からはキラキラ、恰も船にはこっそり身を潜めたなり、いつ何時であれ如何なる出口からにせよ吹き出す手ぐすね引いて待っている、死と破滅の抑え難き力で気も狂れんばかりの炎が充満してでもいるかのように光が迸る。のみならず、仰《の》けは、してくだんの刻限とそいつが弥が上にも際立たす代物がそっくりお馴染みになってからもなお、独り物思いに耽れば、そいつらをその本来の姿形に繋ぎ留めておくは至難の業。連中、取り留めもなき空想と共に移ろい、遙か彼方に置き去りにした事物の似姿を纏い、愛して已まぬお気に入りの場所また場所の瞼に焼きついた様相を帯び、人影をすら立ち現わさす。通りや、家屋敷や、部屋。くだんの人影と来てはそこにいつも住まう連中にそれはウリ二つなものだから、思わずハッとその現《うつつ》さ加減に息を呑む。何せ影も形もなき者を喚び起こす小生自身の力を遙かに、と小生には思われる訳だが、凌ぐだけに。して連中、かようの刻限ともなれば幾々度となく、その現実の見てくれから使い途から役所から、この小生自身の両手に劣らず存じ上げている代物からいきなり飛び出して来たものである。

この小生自身の両手、のみならず両足まで、しかしながら、当該格別な折、やたら悴んで来たせいで、小生は真夜中に船室へと這いずり下りた。お世辞にも居心地が好いとは言ってやれぬが。部屋はむっと息詰まるようで、曰く言い難き臭いが尋常ならざるほど一緒くたになっているのに気づかぬは土台叶はぬ相談。何せ御逸品、船上以外の何処にても出会すこと能はず、然に微妙な香気芬々たるものがあるだけに、毛穴という毛穴から浸み込んだが最後、ヒソと「船倉」なる名を囁いて下さるからだ。乗客二人の（内一人は小生自身の）妻君は早、無言の内にも悶々とソファーに横たわり、一方の（小生の）令室の小間使いは床《ゆか》の上なるほんの襤褸束に

して、己《おの》が運命を呪いまくり、はぐれ者の梱の直中にて髪巻き紙宛しこたまゲンコを揮っている。何もかもがお門違いな具合に傾ぎ、そいつはそれ自体、癇に障ること夥しい。小生はつい今しがた扉をお手柔らかな下り勾配の懐にてヤンワリ開けたままにしておいた。がクルリと、そいつを閉《た》てるべく向き直ってみれば、扉は見上げるばかりの高みの天辺に御座るではないか。今や厚板という厚板は、肋材という肋材は、さながら船のヤツ、柳枝細工の籠ででもあるかのようにキーキー軋むかと思えば、今やこの世にまたとないほど乾涸びた小枝より成る巨大な焚火よろしくパチパチ爆ぜた。とならば床に就くより外打つ手はなかろう。よって、おとなしく床に就いた。

　続く二日間は似たり寄ったり。風は穏やかで、空気も乾燥していた。小生は床《とこ》の中で専ら本を読み（一体何を、かは今の今までさっぱりだが）、甲板で少々フラつき、水割りブランデーをいっそ鼻を摘《つま》まぬばかりにしてすすり、堅ビスケットをしぶとく食い、船酔い、しそうではあったものの、未だしてはいなかった。

　三日目の朝、大丈夫かしら、どうしたのかしらと問う妻の甲高くも憂はしげな叫び声で目が覚めた。してむっくり起き上がり、ベッドから顔を覗かせてみれば、水差しが活きのいいイルカよろしく頭から突っ込んではピョンと跳ね上がり、身の回りのあれやこれやはそっくり、プカプカ漂っているではないか——とは、対《つい》の石炭艀よろしく、絨毯地バッグなる暗礁に高々としてカラッカラに乗り上げている小生の靴をさておけば。と思いきや、御両人、目の前で空《くう》に舞い上がり、見よ、姿見の奴が、ギッチリ壁に釘づけにされているはずが、天井にひたと貼りついている。と同時に、扉が丸ごと姿を消し、新顔のそいつが床にてこっぽり口を開ける。そこで漸う事の次第が呑み込め始める、さては特等室のヤツ、逆立ちしているなと。

　当該新機軸の事の成り行きとともかく相容れよう手筈を整えられぬとうの先から、船は平衡を取り戻す。思わず「おお、ありがたや!」と声を上げられぬとうの先から、船はまたもや平衡を失う。こいつはげにおかしいぞと叫べぬとうの先から、船は早、前へ飛び出し、生身の四つ脚よろしく、膝をガクガク震わせ、脚をヨタヨタ、ヨタつかせながらもありとあらゆる色取り取りの穴ぼこだの落とし穴だのを、蓋し、無手勝流に掻い潜り、ひっきりなし蹴躓いてでもいるかのようだ。かくて呆気に取られすらせぬとうの先から、船は空《くう》に高々と跳ね上がる。して首尾好く跳ね上がり果さぬとうの先から、水中に深々と潜り込む。してまたもや海面に顔を覗かさぬとうの先から、翻筋斗《もんどり》打つ。してしっかと踏ん張ったその刹那、猛然と後退る。かくてヨタついては、ウネくっては、跪いては、跳ねては、突っ込んでは、飛んでは、縦揺れしては、ドクドク脈打っては、横揺れしては、前後にガタつき、これら一から十までを、時に順繰り順繰り、時に十把一絡げに掻い潜り、挙句、こっちは神の加護を大声で乞いそうになる。

　旅客係が通りすがる。「旅客係!」「はい、お客様?」「一、体何事だ? 一体どういうことだ?」「いささか海が荒れ、お客様、向かい風も吹いております」

　向かい風だと! 例えば、人間サマの面《つら》を船の舳先に据え、そこへもって一万五千人からの大力無双男《サムソン》の腕力《かいなぢから》もて奴を押し戻そうと捩り鉢巻きでかかり、一インチたり前へ進もうとする度正しく眉間に殴りかかる様を思い描いてみよ。例えば船それ自体が、当該踏んだり蹴ったりの目に会いながらも、どデカい図体の鼓動という鼓動を、動脈という動脈を、今にもはち切れんばかりに膨れ上がらせたなり、いざ突き進まん、さなくば死をと肚を括っている様を思い描いてみよ。風は吠え、海は哮り、雨は篠突き、かくて奴宛猛然たるグルになってかかって来る様を思い描いてみよ。空は黒々として荒れ、雲は由々しくも波の肩を持つに、宙にてまた一つの大海原を逆巻かせている様を想像してみるがいい。かてて加えて、甲板の上であれ船室の中であれ、ガタガタ揺れ、忙しない足音がコツコツ響き、海員の大きな嗄れ声が響き渡り、水落としからはゴボゴボ水が吐き出されては逆戻りし、そこへもって激浪が頭上の厚板に地下納骨堂に轟き渡る雷《いかづち》もかくやとばかりの深く、凄まじく、重々しい音を立てて突っかかる様を――してこれをしもくだんの一月の朝《あした》の向かい風と呼ぶか。

船揺れにつきものの物音はこの際、不問に付そう――グラスや陶器が割れたり、旅客係が倒れ込んだり、バラけたワイン樽や何ダースからのズルけの瓶入りポーターが頭の上でふざけ回ったりする音は。朝食に起きて来られぬほど食い気に見限られた七十人に垂んとす乗客によってあちこちの特等室にて上げられる、やたら紛うことなくもめっぽう耳障りな諸々のそいつらは。連中はこの際、不問に付そう。何せ小生は当該合奏にこの三、四日ほど耳を傾けながら横たわっているにもかかわらず、ものの十五秒と耳にしていなかったから――十五秒経つか経たぬかで、またもや猛烈な船酔いに祟られざま床に臥せざるを得ぬとあって。

とは言え、お心得違えなきよう、くだんの語の通常の語義における船酔いに、ではなく。叶うものなら、そうであったらば。が、恐らくはしごくありきたりにもかかわらず、そのありのままをついぞ目にしたためしも耳にしたためしもないような形《なり》なる。小生はそこに日がな一日、全くもって冷静に、何一つ不自由なく、横たわっている――疲れた感じもなければ、起き上がりたいとか、持ち直したいとか、潮風に当たりたいといった希望もなきまま。如何なる手合いの、と言おうか程度の興味も気づかいも口惜しさも感じぬまま。ただ、今に忘れもせぬ、当該一から十までに及ぶ無関心の直中にあって、ある種物臭な愉悦を――もしや何であれ然に生気の失せた代物にともかくかように勿体らしい肩書きを与えてやれるものなら、悪魔めいた悦びを――外ならぬ妻が小生に話しかけること能はぬほど具合が悪いという事実に感じているのをさておけば。仮に己《おの》が心境を審らかにするに以下の如き準えを用いて差し支えなければ、小生は正しく暴徒によりてチグウェルなる御当人の酒場《バー》に押し入られた後の親父さんのウィレット氏（『バーナビ・ラッジ』第五十四章）とぴったり同じ状態にあったと言えよう。この世の何一つとして小生の胆を潰し得はしなかったろう。よしんば、「祖国」に纏わる想念の点で束の間、知性の光明らしきものが射した勢い、緋色の上着と鈴を着けた小鬼郵便配達夫が真っ昼間に冴え冴えと目を覚ました小生の眼前のくだんの小さな犬小屋もどきに入って来るなり、海の中を歩いて来たせいで濡れネズミたる詫びを入れがてら、見覚えのある文字で小生に宛てられた手紙を突き出していたとて、驚きを微塵も感じるどころか、とことん得心し切っていたのではあるまいか。それを言うなら、たとい海神《ネプチューン》が三叉簎《みつまたやす》の先に炙りザメを突き刺したなり、ヅカヅカ押し入っていたとて、くだんの椿事を日常茶飯事中の日常茶飯事と見なしていたに違いない。

一度――一度――小生は気がついてみれば、甲板の上に出ていた。如何でそこまで這い上がったものか、如何なる魔が差してそこまで昇って行ったものか、は今に定かでない。がとまれ、そこにいた。しかもすっかり身繕いを整えるに、どデカいピー・コートを着込み、如何なる意識の朦朧とした男もおよそ足を突っ込み得なかったろう手合いのブーツを履いたなり。然り、小生は甲板に立っていた。さらば、ちらと意識の蘇ったその拍子、何かにしがみついていた。何か、は今に定かならねど。そいつは甲板長だったような気もするが、或いはポンプか、ひょっとして牝牛だったやもしれぬ。一体如何ほど長らくそこに立っていたものか――一日なものやら一分なものやら――は言えぬ。ただ覚えているのは、何かがらみで（この広い世界中の何であれ、およそツベコベ言う気にはなれなかったから）知恵を絞ってやろうと躍起になりながら。てんで埒は明かなかったが。どちらが海で、どちらが空かもチンプンカンプン。何せ水平線のヤツ、へべれけと思しく、四方八方へ狂おしく飛び回っていたからだ。くだんの為体《ていたらく》にあってなお、しかしながら、物臭御仁が船乗りよろしく毳立ったブルーの上下に身を包み、油布製帽子を引っ被ったなり、目の前に立っているのは分かった。が物臭御仁と分かってはいても、痴れ返っている余り、御仁を出立ちから分かつこと能はず、ひたぶる、確か、水先案内人《パイロット》と呼ぼうとしていた。しばし意識をとことん失っていたものか、気がついてみれば御仁の姿はなく、代わりに別の人影が立っていた。人影は腰の座らぬ姿見に映ってでもいるかのように目の前でゆらゆら揺れては歪んだ。が船長なのはピンと来た。して御尊顔のほがらかな効験と来ては然に灼然《いやちこ》なものだから、小生はにっこり微笑もうとした。然り、その期に及んでなお、にっこり微笑もうと。仕種からして、船長が何か話しかけているのは見て取れた。が長らく経って漸う、膝までどっぷり水に浸って立っていては――何故《なにゆえ》か、は無論、今にさっぱりのまま事実やっていた如く――風邪を引くぞと教えてくれているものと察しがついた。よって礼を述べようとしたが、詮なかった。ただ、ブーツを――と言おうか、てっきりブーツのあると思い込んでいるどこであれ――指差しながらいじけた声で返すしか叶はなかった。「コルク底」同時に、何でも、水溜まりの中へへたり込もうとしたらしいが。小生がそっくり分別を失い、当座キ印なりと見て取るや、船長は心優しくも船室へ連れて下りてくれた。

そこにて小生はまだしも持ち直すまでおとなしくしていた——何か口にするよう勧められる度、生半ならぬ苦悶に責め苛まれながら。そいつのなお上を行くものがあるとすらば、俗に、土左衛門同然の男が息を吹き返す過程において掻い潜ると言われているそれくらいのものではあったろう。同じ船の御仁がロンドンにおける互いの友からの小生への紹介状を携えていた。御仁は例の向かい風の朝、紹介状を名刺ごと船室へ送り届けていた。よって小生は長らく、御仁がすこぶる健やかで、日に百度となく、小生が談話室《サルーン》なる御当人を訪うのを今か今かと待ち受けているのではあるまいかと気が気でなかった。御仁のことをてっきり例の、血色のいい面《つら》を下げたなり、朗たる声で船酔いとは一体如何様なもので、そいつはげに、俗に言われているほど手に負えぬものか否か問う、文字通り筋金入り《カースト・アイアン》の——敢えて男、とは呼ぶまい——彫像の端くれなものと思い込み。こいつは全くもって大きな悩みのタネであった。よって未だかつて船医から、正しく当該御仁の腹にどデカい辛子《からし》軟膏を貼らねばならなかった由耳にした際に覚えたほど全き得心と衷心からの感謝を覚えたためしはない。くだんの朗報を仕込んだ時を境に、小生は見る見る持ち直したと言っても過言ではなかろう。

小生が持ち直したのは、ただし、猛烈な陣風が沖へ出ておよそ十日目、日没と共にゆっくり立ち始め、真夜中前に一時間ほどいささか凪ぎはしたものの、朝方まで次第に激しさを増して吹き荒れたお蔭でもあったろう。くだんの刻限の不気味な静けさと時化のぶり返しにはどこかしら、然に想像を絶すほど由々しく、途轍もなき所があるものだから、一気に猛然と暴れまくり出した時にはほとんど胸を撫で下ろさんばかりであった。

くだんの晩に船が如何ほど木の葉の如く嬲り上げられたことか、小生は金輪際忘れられまい。「まさかこれ以上ひどくなることは?」というのが、何もかもが滑っては辺り構わずぶつかり合い、ともかく海上に漂う何であれ転覆した挙句ブクブク沈没せぬ限りにおいてかほどに揉まれ得ようとは思いも寄らなくなるに及び、しょっちゅう吹っかけられるのを耳にする問いであった。が、怒濤逆巻く大西洋の冬の時化の晩に汽船が如何ほど木端微塵に吹っ飛びそうになるものか、如何ほど想像を逞しゅうしようとて追いつくまい。船はマストをどっぷり荒波に浸けたなり横倒しにされ、またもやハッと体勢を立て直すや、挙句、激浪が大砲百台分もの轟音ごとぶちのめしてはグイグイ押し戻すまで反対側へでんぐり返るなどと言うは――気を失いかけてでもいるかのように、止まっては、ヨロけては、ガタついていたと思うと、ドクドク、激しく鼓動を高鳴らせながら、気も狂れんばかりに突き棒で狩り立てられる怪物よろしく前方へ――所詮、怒《いか》った神に張り倒され、叩き潰され、打ち砕かれ、襲いかかられるが落ちなれど――飛び出さざるを得ぬ、などと言うは――雷鳴と、稲光と、霰と、雨と、風が、どいつもこいつも雌雄を決すべく鎬を削り合うなどと言うは――板という板は呻き声を、釘という釘は金切り声を、大海原の水飛沫という水飛沫は哮り声を、挙げるなどと言うは――ほんの戯言《たわごと》。何もかもが壮大にして、身の毛もよだつほど凄まじく、空恐ろしいなどと言うは、ほんの戯言《たわごと》。如何なる言葉を弄そうと、そいつを表《ひょう》すは、如何なる思考を巡らそうと、そいつを伝えるは、土台叶はぬ相談。その忿怒と猛威と激情ごと、まざまざと蘇らすは独り夢にしか叶ふまい。

　がそれでいて、これら恐怖の真っ直中にありながら、小生はそれはとびきり馬鹿げた羽目に陥っているものだから、その期に及んでなお、目下につゆ劣らぬほど馬鹿馬鹿しさにおよそ無頓着でいられるどころか、そいつを堪能するにこよなく恰好の状況の下《もと》出来する他の如何なる滑稽な椿事をも前に腹を抱えずばおれぬ如く、腹を抱えずばおれなかった。真夜中近く、船は大量の波をかぶり、海水が天窓越しに流れ込み、上方の扉を端から大きく開け放ち、御婦人専用船室へと哮り狂わんばかりに雪崩れ込んだ――小生の妻と、小柄なスコットランド生まれの御婦人の生きた空もなく胆を潰したことに。後者の御婦人は、因みに、予め女性旅客係に船長宛の伝言を託け、船に雷が落ちぬよう、何卒、直ちに鋼の避雷針をマストというマストの天辺に、して煙筒にも取り付けて頂きたき旨申し入れてはいた。御婦人二人と前述の小間使いがそれは怖気を奮いに奮い上げているものだから、小生は全くもって途方に暮れ、かくて、宜なるかな、気付け薬代わりに鎮静効果のあるコーディアルに思い当たり、当座、湯割りブランデー以上に打ってつけのそいつが思い浮かばなかったので、すかさずタンブラー一杯分調達した。ともかく何かにしがみつかずして立っているなり座っているなり、土台叶はぬ相談だったから、三人は長いソファーの――船室の端から端までしっかと固定された――片隅に身を寄せ合い、束の間、溺れ死にする観念のホゾでも固めたものか、互いにひしと抱き締め合っていた。己《おの》が特効薬を手にその場に近づき、最寄りの患者にあれこれ慰めの言葉をかけながら、いざ、御逸品を処方しかけたその拍子、三人が皆してスルリスルリ反対端へと転がって行くのを目の当たりに、小生の如何ほどアタフタ慌てふためいたことか！　して、くだんの端までヨロヨロ近づき、今一度、グラスを差し出すや、船がまたしてもグラリと、大きく傾いだ勢い、三人がまたもや皆してゴロゴロ転がり戻って来ることにて小生の善意の如何ほど生半ならず一頓挫来したことか！　小生は、確か、当該ソファーの端から端へと、少なくとも十五分の長きにわたり、一度たり近づけぬまま、三人をヒラリハラリ、躱していたのではあるまいか。晴れてしかと捕らまえ果した時には、湯割りブランデーはひっきりなしポタポタこぼれているせいで、茶匙一杯分にまで目減りしていた。くだんの四人《よったり》なる一幅の絵に画竜点睛を欠くこと勿れ。外ならぬ泡を食いっぱなしの躱し屋こそは船酔いのせいで死んだように血の気の失せた然る人物たることお見逸れなきよう。そいつはリヴァプールにて最後に剃刀を当て、髪を梳いたきりにして、身につけているものと言えばほんの（リンネル類をさておけば）軍艦ラシャのズボンと、いつぞやテムズ・アンド・リッチモンドにては称賛の的たりしブルーのジャケットと、素足の上なるスリッパの片割れきりの為体《ていたらく》であった。

　明くる朝、くだんの船によりて演じられた言語道断の悪巫山戯については敢えて触れまい――お蔭で床に就くは質《たち》の悪い冗談にして、ともかく転がり落ちずして起き上がるは天からお手上げの。が、正午に文字通り甲板へと「転《まろ》び上がった」際に目の当たりにせし全き荒涼と荒廃が如き代物を、小生はついぞ目にしたためしがなかった。大海原と天穹は鈍く、ずっしりとした鉛色一色に染まっている。グルリに広がる侘しき海原越しにすら見晴らしは全く利かぬ。高浪が逆巻き、水平線は黒々としたどデカい箍《たが》よろしく我々を取り囲んでいるとあって。上空から、或いは岸辺のどこぞの聳やかな絶壁から、見はるかせば、そいつは蓋し、途轍もなく、瞠目的ではあったろう。が横揺れの激しいびしょ濡れの甲板から眺めれば、ほんの目眩い催いの傷ましい印象しか刻まれぬ。昨夜《ゆうべ》の陣風に嬲られ、救命艇は怒濤の一撃の下《もと》クルミの殻さながら打ち砕かれ、そこにてブーラリブーラリ、ほんの粗朶《そだ》よろしきガタピシの板切れたりて宙に吊る下がっている。外輪覆いの外板は跡形もなく引っ剝がされ、外輪そのものは剝き出しのなり、グルグル、ピシャピシャ、甲板に好き放題、水飛沫を撒き散らしている。煙筒には真っ白な塩がこびりつき、中檣《ちゅうしょう》は引き下げられ、荒天帆は目一杯広げられ、索具という索具はこんぐらかったり、縺れ合ったり、ぐしょ濡れになったなり、ゲンナリ撓垂れている。とあらば、かほどに憂はしき光景もまたなかろう。

小生は今や特例により、御婦人専用船室にヌクヌクと収まり、そこにては我々を除き乗客はほんの四人しかいない。一人目は、前述のスコットランド生まれの小柄な御婦人。彼女は三年前にニューヨークに移り住んだ夫と共に暮らすべく海を渡っている所だ。第二にして三人目は、アメリカの商会に勤めている、見るからに正直そうなヨークシャー出の青年。青年はやはりニューヨークに定住し、くだんの街へと、二週間前に連れ添ったばかりにして、小生の未だかつてお目にかかったためしのないほど器量好しの、絵に画いたような英国田舎娘を連れて帰る途中である。第四にして五人目にして最後は、もう一組の、やはり新婚の夫婦――とはもしやしょっちゅう互いに交わしている愛しげな呼び名から判ずらば。この夫婦に関して小生の存じ上げているのは、ほんの御両人、何やら謎めいた、駆け落ちっぽい所があり、御婦人はおまけにすこぶるつきの美人で、御亭主はロビンソン・クルーソー顔負けにどっさり銃を携え、猟服に身を包み、大型犬を二頭引き連れているということくらいのものだ。とは言え、思い返してみれば、殿方は熱々の炙り豚と瓶入りエールが船酔いに効くというので専らお呼びを立て、これら治療薬を来る日も来る日も驚くほどのしぶとさで(概ね床に就いたなり)服用していたように記憶している。興味をお持ちの向きへの御教示がてら付け加えさせて頂けば、御両人、目も当てられぬほどポシャってはいたが。

天候は依怙地なまでに、してほとんど前代未聞の如く、荒れ続け、我々はかくて通常、正午の一時間かそこら前にこの船室へと大なり小なり惨めったらしくも気を失わんばかりにして誰彼となく降りて来ては、まだしも持ち直さねばとソファーに横たわった。くだんの合間に船長は決まって顔を覗かせては、風向きを告げ、明日には神かけて順風に変わるだろうと請け合い(日和は海上にては必ずや明日には回復するものと相場は決まっているので)、船の帆走速度等々を教えてくれた。我々に報ずべき天測結果はからきしなかった。何せ測ろうにも頼みのお天道様がそもそも御座らなかったからだ。が、とある昼下がりの様子を記せば、その他大勢に当てはまろうから、以下、審らかにするとしよう。

船長が姿を消すと、我々は、もしや船室がそこそこ明るければ、やおら本を読みにかかり、もしや然にあらざれば、代わる代わるうたた寝しては四方山話に花を咲かす。一時に鐘が鳴り、女性旅客係が鉢に盛った熱々の焼きジャガイモと、もう一鉢、炙りリンゴと、その他豚の頭や、冷製ハムや、塩漬け牛肉や、恐らくは湯烟を立てている極上の脂身の小間切れの皿を携えて降りて来る。我々はこれら馳走に猛然と襲いかかり、（今や食欲旺盛とあって）能う限りたらふく食い上げ、能う限り延々とかかずらう。もしや炉火が（時にげに燃えて下さる如く）燃えて下されば、我々はすこぶる陽気だ。そうは問屋が卸さねば、口々にやけに冷えますなと言い、手をこすっては、コートやマントに包《くる》まり、またもや夕餉時まで うたた寝しては、四方山話に花を咲かせては、（上述の条件さえ整えば）本を読むべく横になる。五時に、お次の鐘が鳴り、女性旅客係がお次の――今度は茹でた――ジャガイモの鉢と、色取り取りの手合いの熱い肉料理をどっさり、無論、酔い止めの特効薬たる炙りブタ肉コミにて、携えて再び姿を見せる。我々はまたもや（先よりなお陽気に）テーブルに着くと、やたらカビ臭いリンゴとブドウとオレンジのデザートごと食事に延々とかかずらい、ワインと水割りブランデーを呑む。ボトルとグラスが依然テーブルの上にして、オレンジ等々が御当人の気紛れと船のやり口次第で、あちこち転げ回っている折しも、船医が我々の夕べのラバーに加わるべく、格別な夜毎のお招きに与り、降りて来る。船医がお越しになるや否や、我々はホイストのテーブルを囲むが、殊の外荒れた晩で、カードがいっかなクロスの上にておとなしくして下さらぬとあって、場札を取る側《そば》からポケットに突っ込む。ホイストに、およそ十一時に垂んとするまで（お茶とトーストの短い合間をさておき）えらくしかつべらしげにかかずらい、くだんの刻限になると船長がまたもや、防風雨帽を顎の下でしっかと結わえ、ピーコートを引っ被ったなり、降りて来る。かくて立っている所を水浸しにするに。この時までにはトランプ遊びもお開きとなり、ボトルとグラスがまたもやテーブルの上に載っている。一時間ほど、船や乗客や、その他諸々のネタをダシに藹々たる花を咲かせていたと思うと、船長は（断じて床に就きも、ツムジを曲げもせぬが）またもや甲板に戻るべく、コートの襟を立て、皆と順繰りに握手を交わし、荒天へと、誕生パーティーに向かうに劣らずカンラカラ腹を抱えながら出て行く。

こと日々の特ダネに関せば、くだんの商い種には事欠かぬ。是々の乗客は昨日談話室《サルーン》でトランプの「二十一」をやったはいいが、十四ポンド、スッたそうだとか、然々の乗客は毎日、シャンパンのボトルを一本空けるが、如何で然なる手に出られるものか、は（ほんのしがない事務員とあって）誰一人与り知らぬとか。機関士長はきっぱり、ついぞこんなためしは――とは即ち、荒天の――なかったと、手練れの海員が四人も船酔いにやられ、ヘトヘトにくたびれ果てているほどだからと宣っているとか。水浸しの寝棚は一つ二つどころではなく、船室はどいつもこいつも水漏れがしているとか。船の調理人は尻座ったウィスキーをこっそりガブ飲みした挙句、へべれけになっている所がめっかり、すっかり素面に戻るまで消防用ポンプをしこたまあてがわれたとか。旅客係は揃いも揃ってディナータイムの折々、階段を転げ落ちていたせいで、体中あちこちに膏薬を貼りつけたなり歩き回っているとか。パン屋は具合が悪く、焼き菓子職人もまた然り。新米が、恐ろしく船酔いしているものの、後者の職人の後釜に座るようお呼びがかかり、甲板の上の小さな掘っ立て小屋に空樽で突っ支いをあてがわれた上から諸共押し込められ、パイ皮を伸ばせと命ぜられる。がそいつの顔を見るだけでヘドが出そうだと、（いたく虫の居所が悪いだけに）突っぱねているとか。特ダネだと！　陸《おか》の上なる一ダースからの人殺しとて、海《うみ》の上なるこれらちっぽけな椿事の興趣には遠く及ぶまい。

　ラバーやこの手の諸々の話題で暇をつぶす内、我々はいよいよ十五日目の、風もほとんどない、明るい月夜の晩、ハリファックス港へと（我らが胸算用にては）乗り入れつつあり、実の所、その外っ縁の入口に早、灯台の姿を認め、水先案内人を待機させていた――がその途端、船が泥の浅瀬に乗り上げた。無論、皆は挙って甲板へ駆け登り、舷側は瞬く間に乗客で溢れ返った。かくて一時《いっとき》、我々は如何ほど上を下への大騒ぎに目のない連中とて拝まして頂きたくないほどの凄まじき混乱状態に陥った。乗客や、銃や、水樽といった重量級の代物が、しかしながら、舳先を軽くすべく艫の方へごっそり寄せ集められると、船はほどなく砂洲から離れ、不快な一並びの物体の方へと（そいつが間近なることは坐礁のほとんど仰《のっ》けに「針路上に波浪！」なる大きな叫び声で警告されていたが）しばらく進み、散々外輪を後転させ、絶えず引いている水深宛測鉛を投じ続けた挙句、風変わりな僻陬じみた奥処に錨を下ろした――グルリは陸《おか》にして、木々の大枝が揺れているのがはっきり見て取れるほど間近いながら、一体どこなものやら船上の誰一人として定かならぬまま。

　目にするだに奇しきかな、真夜中の黙《しじま》に、然に幾日となく耳許でひっきりなしにガチャンガチャン鳴っては猛然と吹き上げていたエンジンがいきなりひたと、不意に止まったせいで辺りがシンと死んだように静まり返った直中にて、顔また顔に露にされし空ろな驚愕の表情の――ピンは航海士から、乗客という乗客もひっくるめ、キリは正しく機関士と缶焚きに至るまで。何せ連中、一人また一人と船倉から這いずり上がり、機関室の昇降口のグルリでススけた一緒くたになったなり寄り集まるや、ヒソヒソ蘊蓄を傾け合っていたからだ。

岸から何か応答があるか、少なくとも明かりなり見えぬかと狼煙を二、三打ち上げ、信号砲を撃ってはみたものの、他に何一つ見えも聞こえもせぬとあって、とうとうボートを一艘、岸へ送り出そうということになった。乗客の中にはいたく御親切にも我こそはこの同じボートにて岸へ漕ぎつけんものと名乗りを上げる者もあるとは、傑作千万——無論、我が事はそっちのけにして、よもや胸中、船が剣呑極まりなき状況にあると勘繰っているとか、万が一潮が引きでもすれば船が大きく傾ぐやもしれぬと怖気を奮っているからというのではなく。劣らず傑作千万たるに、哀れ、水先案内人が何とものの一分で、皆の覚えいと悪くなったことか。奴はリヴァプールからずっと同行し、航海の間中、逸話を審らかにし、軽口を叩くとならば右に出る者はまずいなかろうとのおスミつきを頂戴していた。というに、いざ御覧じろ、奴の与太にいっとうゲラゲラ腹を抱えていた連中にしてからが、今や顔面へ向けて拳を振り上げ、散々罵詈雑言を浴びせかけ、真っ向から破落戸呼ばわりするとは！

　ボートはほどなく、カンテラ一つと信号用の青花火を某か積んだなり漕ぎ出し、一時間と経たぬ内に戻って来た。指揮を執っている航海士は根こそぎ引き抜いた、かなりのっぽの若木を抱えていた——のは、さてはまんまと一杯食わされ、自分達は難破しかけているのではあるまいかと下種の何とやらを働かせ、他の如何なる条件にても航海士がともかく岸に上がった、と言おうかわざわざペテンにかけた挙句あの世へ送ってやるべく表向きちょろりと霧の中へ漕ぎ出す風を装う以外の何かをやってのけたとは断じて信じようとせぬ一人ならざる疑り深き乗客の得心の行くよう。船長は初めから、我々は「東航路」と呼ばれる場所にいるに違いないと目星をつけていた。して御明察通りであった。そいつはこの世でどこより我々とは縁もゆかりもない、と言おうか行き着く筋合いのない場所だった。が、いきなり濃霧が立ち籠めた所へもって、水先案内人が何らかの判断を誤ったために、然なる顚末と相成った。我々はありとあらゆる手合いの砂洲や、岩や、浅瀬に取り囲まれていたが、幸い、どうやら、その辺りで見つけ得る唯一安全なポチもどきの上を漂っていたらしい。との朗報に胸を撫で下ろし、そこへもって干潮は過ぎた旨請け合われ、午前三時に漸う「就寝《ターンイン》」した。

　小生は明くる朝九時半頃、着替えをしていた。すると頭上が騒がしくなったせいで、急いで甲板へ駆け登った。昨夜《ゆうべ》甲板を離れた時には、辺りは暗く、濛々たる霧が立ち籠め、ジトジト雨が降り、見渡す限り佗しい丘また丘が連なっていた。が今や、我々は滑《すべ》らかな、広々とした潮の上をスルスルと、時速十一マイルで走っていた——船旗は陽気にハタめき、乗組員はとびきりイカした水兵服で、航海士はまたもや制服で、めかし込み、太陽はイングランドにおける明るい四月の一日《ひとひ》におけるが如く燦然と輝き、薄らと幾筋もの雪の積もった陸《おか》が左右に広がり、そこにては木造りの白い家が建ち並び、住み人が戸口に姿を見せ、交信装置が作動し、旗が高々と掲げられ、波止場が、船が、立ち現われ、埠頭には人々が詰め寄せ、遠くでは物音が聞こえ、叫び声が上がり、男や小僧が険しい場所から突堤目指して駆け下り——何もかもが、我々新参者の不馴れな目には筆舌に尽くし難いほど清しく、明るく、陽気に映った。我々はとこうする内、こちらを見上げる顔また顔のびっしり敷き詰められた波止場に横付けになり、一時《いっとき》人足が声を上げ、大索《たいさく》がグイグイ引っ張られていたと思うと、しかと繋ぎ止められる。さらばどっとばかり、我々の内二十人からの連中は道板《みちいた》が突き出されるが早いか——して未だ船に届かぬとうの先から——そいつを矢の如く伝い、ヒラリと、ありがたきかな、確乎たる大地にまたもや降り立つ！

　このハリファックスという港は、たとい鼻持ちならぬほど退屈千万な変わり種だったとて、極楽浄土《エリュシオン》かと見紛うばかりだったろう。が、小生は町と住人に纏わるとびきり好もしい印象を道連れにその地を後にし、今の今に至っている。のみならず、町に再び立ち寄り、今一度彼《か》の日に出来た馴染みと握手を交わす機を得ぬまま帰国したのは何とも遺憾であった。

　それはたまたま立法委員会と州議会の開会日で、くだんの儀式にてはイングランドの国会新会期の開始にて遵守される典礼が然にそっくり右に倣われ、小規模ながら然にしかつべらしげにやりこなされるものだから、まるで望遠鏡のアベコべの端からウェストミンスターを眺めているかのようだった。総督は女王陛下の成り代わりとし、「開院式勅語」とも呼べよう所信を表明し、言わんとする所を雄々しく、見事に言ってのけた。建物の外の軍楽隊は総督閣下が未だそっくりとは締め括り果さぬ内に「女王陛下万歳」を力まかせにぶっ放し、人々は歓声を上げ、与党は手を揉み、野党はかぶりを振り、政府に与す連中は未だかつてかほどに見事な演説がぶたれたためしはないと持ち上げ、野にある連中は未だかつてかほどにお粗末な演説がぶたれたためしはないとコキ下ろし、下院の議長並びに議員は互いに夥しき虚言を弄しつつ手を拱くべく、退廷し、詰まる所、一から十まで、似たり寄ったりの折々イングランドにてやりこなされる如くやりこなされ、今後もやりこなされようこと請け合いであった。

町はとある山腹に築かれ、いっとう高い箇所は未だすっかりとは完成していないものの、堅牢な要塞に瞰制されていた。頂上から海辺まで、かなりの広さと見てくれの通りが一本ならず走り、そいつらを川と平行する交差道路が突っ切っている。家屋敷は主に木造で、市場《いちば》には商品がふんだんに並べられ、糧食はめっぽう安い。くだんの折、一年のその季節にしては珍しく日和が穏やかだったので、橇滑りをする者は一人もいなかったが、中庭や路地裏はくだんの乗り物で溢れ返り、中にはその飾りつけの豪勢な質《たち》からして、これきり化けの皮を被るまでもなくアストレー劇場*なる感傷的通俗劇《メロドラマ》の凱旋車として「お目見得」していても一向遜色なかろうものもあった。空は抜けるように青く、風は清しく健やかに吹き渡り、町は総じて、陽気で賑やかでマメマメしい面《つら》を下げていた。

我々はそこに、郵便物を配達したり交換したりすべく七時間ほど碇泊し、とうとう我らが鞄と我らが乗客を一切合切、積み込み果すと（中には牡蠣とシャンパンをたらふく呑み食いした挙句、正体を失ったなり人通りの疎らな横丁で大の字に伸びている二、三の選りすぐり諸兄もいたが）、エンジンにまたもやカツが入れられ、いざ、ボストンへと出帆した。

ファンディ湾（カナダ南東部巨大入江）で再度、時化模様の荒天に見舞われ、船はその晩、して翌日もずっと、例の調子で木の葉のように揉まれては揺れに揺れた。明くる午後、即ち一月二十二日土曜日、アメリカの水先船が舷側に横付けになり、ほどなくリヴァプール発定期汽船「ブリタニア号」は十八日間に及ぶ航海の末、ボストンに無事入港した由、打電された。

小生が如何に興味津々、アメリカ領土の仰《のっ》けの端くれが紺碧の海からモグラ塚さながら切れ切れに顔を覗かすにつれて目を凝らし、そいつらがゆっくり、ちびりちびり、それとも分かぬ間《ま》に連綿たる海岸線へと膨れ上がるにつれてその姿を追ったことか、はいくら誇張しても誇張し足りまい。身を切るように冷たい風がまともに吹きつけ、岸には一面、白々と霜が降り、体の芯まで冷えた。がそれでいて、外気は然にめっぽう澄み、乾き、明るいものだから、冷気は単に凌げるのみならず、心地好くすらあった。

小生が如何に船溜まりに横付けになるまで甲板の上に立ち尽くし、四方八方に目を凝らしていたことか、如何に、たとい百眼の巨人《アルゴス》といい対《たい》その数あまたに上る目があったとて、そいつらをそっくり大きく瞠り、そっくり目新しい代物宛狩り出していたろうことか、はこの際不問に付そう――所詮、当該章を徒に長引かすが落ちというなら。のみならず、我々が波止場に近づくにつれて正しく死にもの狂いで船に這いずり上がって来た、とびきりセカついた連中の一団をてっきり祖国のくだんの同業者仲間に当たる新聞売りなものとばかり思い込む上で犯した、さすが他処者ならではの過ちについても暗に仄めかすに留めよう。実は連中、内幾人《いくたり》かは首から革の新聞入れを提げ、揃いも揃って片面刷りの大判紙を手に握り締めているにもかかわらず、「興奮を肌で感じたいばっかりに」（とは、とある梳毛マフラーの御仁の垂れ込んで下さった所によらば）直々船に乗り込んだ編集主幹だった訳だが。目下はただかく記せば事足りよう――これら侵入者の内一人は――その気さくな礼儀正しさに、この場を借り、衷心より謝意を表《ひょう》させて頂きたいが――ホテルの部屋を注文すべく先に立ち、小生はほどなく事実、付いて行った如く、付いて行ってみれば、我知らず新作の海洋物感傷的通俗劇《メロドラマ》におけるT・P・クック*氏の歩きっぷりを真似、長い廊下から廊下をフラフラ体を揺すりながら縫っていた。

「ディナーを頼む」と小生は給仕に言った。

「お時間は？」と給仕は返した。

「できるだけ早く」と小生は言った。

「すぐさま《ライト・アウェイ》*？」と給仕はたずねた。

しばしためらいはしたものの、小生は一か八か答えた。

「いや」

「すぐさま《ライト・アウェイ》ではないと？」と給仕はこちらこそギクリと胆を冷やさずばおれぬほどびっくり眼を瞠って声を上げた。

小生は怪訝げに給仕を見やりながら返した。「ああ。食事はできればこの個室で取りたい。すっかり気に入った」

事ここに至りて、小生は正直、給仕は気が狂れるのではあるまいかと怖気を奮った――とは蓋し、狂れていたろう如く――もしや別の給仕が助け舟を出すに、そっと耳打ちしてでもいなければ。「ただちに《ディレクトリィ》」

「はむ！　なるほど！」と給仕は小生を寄る辺無げに見やりながら言った。「すぐさま《ライト・アウェイ》」

小生はそこで初めて「すぐさま《ライト・アウェイ》」と「ただちに《ディレクトリィ》」は全く同じ意味だとピンと来た。よって前言を翻し、十分後にはディナーの席に着き、存分、舌鼓を打った。

ホテルは（実に素晴らしいホテルで）トレモント・ハウス*という。小生には思い出せぬほど、と言おうか読者諸兄には信じて頂けまいほど、仰山な回廊や、柱廊や、歩廊や、廊下のある。

第三章　ボストン

アメリカの公共施設はどこであれ、極めて礼儀正しい。イングランドの省庁の大半はこの点において少なからず改善の余地があろうが、わけても税関は合衆国の右に倣うに越したことはなく、さらば外国人にまだしも疎まれたり鼻を摘まれたりすることもなくなろう。フランスの官公吏の奴隷根性丸出しの貪婪はなるほど、見下げ果てたものだが、我らが祖国の役人には連中の手に落ちる者皆にとって並べて鼻持ちならぬ上、かように性ワルのヤクザ犬をとば口にて唸るがままにさせている国家の面目丸つぶれたる、権柄尽くのがさつな無礼が浸みついている。

小生はアメリカに上陸した際、如何せん彼らの税関の呈す対照と、税関吏が本務を全うする上での心遣いや、丁重さや、気さくさに強い感銘を覚えずにはいられなかった。

波止場でしばし足止めを食ったせいで、ボストンには日が暮れて初めて上陸した。よって、くだんの街に纏わる第一印象は到着の明くる朝、即ち日曜日に、税関まで歩いて行く際に刻まれた。因みに、その朝、アメリカにおける最初のディナーを半ばも平らげ果さぬとうの先から、如何ほど数知れぬ教会の家族席や座席が正式の招待状によりて申し出られたか、口にするのも憚られるが、より細かなソロバンを弾かずしておおよその見当をつけて差し支えなければ、優に二十から四十の成人家族が難なく腰を下ろせるほど夥しき定めの席が我こそはと持ちかけられたのではあるまいか。我々の御臨席の栄誉が請われた宗教信条や儀礼の数も一向遜色ない比率ではあった。

着替えが手許にないため、その日は教会に行くこと能はず、我々は已むなくこれら親切な心遣いを端《はし》から断らざるを得ず、ばかりかその朝たまたま、久方振りに講話を説くことになっているチャニング師*の説法を拝聴するのを心ならずも諦めねばならなかった。敢えてこの（ほどなく個人的な御高誼に与ることとなる）名にし負う有徳の師の名を引き合いに出したのは、この場を借り、師の豊かな才能と気高い人となりに対し、常々かの最も悍しき染みにして逆しまな屈辱――奴隷制――に異を唱えて来た果敢な博愛精神に対し、小生なり慎ましやかな讃辞を送るためであった。

閑話休題。この日曜の朝《あした》、表通りへ出てみれば、空気が然に清しく、家々が然に陽気で明るく、看板が然にケバケバしい彩色を施され、金文字が然にめっぽう金色で、レンガが然にめっぽう赤色で、石が然にめっぽう真っ白で、日除けと地下勝手口の手摺が然にめっぽう緑色で、玄関扉のノブと標札が然にとんでもなく明るくチラチラ瞬き、詰まる所、一から十までが然に見てくれにおいてちっぽけにして取るに足らぬものだから、街の目抜き通りはどいつもこいつも無言劇《パントマイム》の一場面かと見紛うばかりであった。商店街にてめったなことでは商人《あきんど》は――もしや誰しも卸商たる場所で敢えて何者であれ商人《あきんど》などと呼んで差し支えなければ――店の階上《うえ》には住まわぬ。よって間々あれやこれやの商いが一軒の店の内にて営まれ、正面には所狭しと看板だの銘だのがひけらかされる。小生はかくて漫ろ歩きながら、これら看板を必ずや内二、三枚は目の前でドロンと何か別の代物に姿を変えること請け合いと、見上げ続け、いきなり街角を曲がる度、道化やパンタローネはどこぞとキョロキョロ辺りを見回した。何せ御両人、そこいらの出入口かつい目と鼻の先の柱の蔭に身を潜めているに決まっていようから。ことハーレキンとコロンビーネに関せば、*二人が（無言劇《パントマイム》にては年がら年中、店番をしているだけに）ホテルに間近いちんちくりんの平屋建ての時計屋に間借りしているのをすかさず突き止めた。何せ店と来ては色取り取りの雛型だの絡繰だのが正面をびっしり覆っている所へもって、どデカい文字盤を吊る下げていたもので――無論、ズドンと頭からぶち抜いて頂くべく。

郊外は、街中より遙かに、などということがあり得るとすれば、現《うつつ》ならざる面《つら》を下げている。緑色の板簾の下がった真っ白な木造りの家屋敷は（目にするだに瞬《しばた》かざるを得ぬほど真っ白だが）、パッと見、地べたにこれきり根を生やさずして然に四方八方へ散り散りに散蒔かれ、小さな教会と礼拝堂は然に小ざっぱりとして明るく、やたらワニスでテラついているものだから、たとい子供のオモチャよろしく一つ一つ摘《つま》み上げ、一切合切ギュッと小さな箱に押し込められていたとて、一向不思議はなかったろう。

ボストンは美しい街で、他処者という他処者に好もしい印象を与えること請け合い。私邸は大半が広々として優美である。店はすこぶる瀟洒で、公共建造物は豪壮だ。州会議事堂は小高い丘の頂にそそり立ち、丘はほとんど水際から最初は緩やかに、以降は切り立つように上《のぼ》っている。正面には「公有《コモン》地」と呼ばれる緑の敷地*がある。立地は素晴らしく、頂上からは街全体と近郊が絵のように美しい一眸の下《もと》見はるかせる。広々とした各部局にかてて加えて、立派な会議室が二部屋あり、一方では合衆国下院議会が、他方では上院議会が、開催される。ここで小生が目にした限りの議事は徹頭徹尾、静粛にして礼儀正しく執り行なわれ、自づと傾注と敬意を喚び覚まさずにはおかなかった。

　ボストンの知的な洗練と卓越の多くは恐らく、街から三、四マイルと離れていないケンブリッジの大学*の穏やかな感化に負う所が大きい。くだんの大学の専任教授は皆、博識と多様な素養を具えた人物で、思い出せる限り唯一人の例外もなく、文明世界の如何なる社会にであれ恩恵と栄誉をもたらそう学者である。ボストンとその近郊在住の上流人士の多く、並びに、小生の勘違いでなければ、そこにて民主的な専門職に携わる人々の大半は、この同じ大学で教育を受けているはずだ。アメリカの大学は、たとい如何なる瑕疵があろうと、断じて偏見を蔓延らせも、偏狭な信者を育みも、今は昔の迷信の埋《うず》もれた燃え殻を掘り起こしも、人々と彼らの向上との間に割って入りも、如何なる人物を宗教的見解を理由に排斥しもせぬ。就中、その研究と指導の全課程において、大学の壁の向こうには世界が、しかも広大なそれが、存在することを認識している。

　小生にとって、この教育組織によってボストンの小さな共同体の間にまでたとい微々たろうと確実な感化が及ぼされているのに目を留めるは、かくて至る所、人格陶冶の趣味と願望が芽生え、心濃やかな友情が育まれ、翻って幾多の虚栄や偏見が一掃されているのを目にするは、無上の悦びであった。人々がボストンにて崇め奉っている黄金の仔牛（『出エジプト記』三二）は、かの、大西洋の向こうに広がる巨大な会計事務所の他のあちこちに築かれたどデカい偶像に比べればほんの一寸法師《ピグミー》にすぎず、全能のドルとて、万神殿《パンテオン》丸ごと分ものより善なる神々に紛れてみれば、何やらちっぽけな代物に成り下がる。

　わけても、小生の心底信ずに、このマサチューセッツ州の首都の公共施設や慈善事業は心濃やかな叡智と、博愛と、人間性に能う限り非の打ち所がない。小生は未だかつて、くだんの施設を訪うた折ほど、窮乏や喪失の状況の下《もと》なる幸福を目の当たりに、深い感銘を覚えたためしはなかった。

　アメリカにおけるかようの施設全ての偉大にして素晴らしき特徴の一つとして、いずれも州によって支援もしくは補助を受けるか、（もしや援助を必要としなければ）州と提携して活動し、飽くまで人々のそれたる点を濃厚に打ち出そうとする点が挙げられよう。私見では、基本理念と、それが労働者階級の質を高める傾向にあるか否かに照らせば、公共慈善事業の方がたとい如何ほど惜しみない基金を寄附されていようと私設財団より遙かに優れていると見なさざるを得ぬ。我が国では、極最近まで大衆に過剰な敬意を示すのは、と言おうか彼らの存在を改善の余地ある生き物と認識するのは、政府の流儀でなかっただけに、史上他に類を見ぬほど私設慈善事業が誕生し、窮乏や難儀に喘ぐ人々に計り知れぬほど多大な恩恵をもたらすに至っている。がイギリス政府は固よりくだんの事業において一切活動も関与もしていないだけに、それらが喚起する感謝の念にはいささかたり与っていない。のみならず、救貧院や牢獄に見出されるようなそれ以上の庇護ないし救済はほとんど与えぬとあって、宜なるかな、貧しき人々からはまさかの時にこそ慈悲深く細心な心優しき保護者、というよりむしろ、やたら抜かりなく懲らしめ、罰したがる苛酷な主人と見なされるに至っている。

「禍転じて福となす」との金言を正しく地で行っているのが祖国のかようの施設だ――とは民法博士会館《ドクターズ・コモンズ》の遺言事件裁判所の記録が証して余りある如く。懐の寂しい縁者に取り囲まれた、大資産家の御老体か御老女はどう低く見積もっても一週間に一通、遺書を作成する。御老体もしくは御老女は、いっとうトントン拍子の時ですら機嫌が好くていけない訳でもないとあって、体中がズキズキ痛んでは疼き、空想だの気紛れだのに祟られ、憂鬱や不信や猜疑や嫌悪に苛まれている。挙句、古い遺書を破棄しては新たな遺書を作成するのが、終にかようの遺言者の唯一の生き甲斐となり、親族や友人は（中には専ら資産の大半を譲り受けるべく手塩にかけられ、揺籃期より、わざわざそのため如何なる有益な仕事に身を入れる資格をも奪われている者もあるが）然にしょっちゅう、然にやぶから棒にしてあっさり切り捨てられたり、またもや書き込まれたり、はたまた切り捨てられたりするものだから、一族全体が、果ては遠い遠い従兄弟姉妹に至るまで、寝ても覚めても熱に浮かされ続ける。とうとう御老女もしくは御老体は余命幾許もないと判明し、これがいよよ紛れもなくなるにつれ、いよよ紛うことなく御老女もしくは御老体は誰も彼もが哀れ、今はの際の老いぼれ縁者に寄って集って金をふんだくろうとしているものと見て取る。故に御老女もしくは御老体はもう一通最後の――今度こそ正真正銘、最後の――遺書を作成し、同上を陶器の急須に隠し、翌日、息を引き取る。そこで明らかとなるに、動産・不動産は全て半ダースほどの慈善施設に分与され、かくて今は亡き遺言者は純然たる腹癒《はらい》せに、厖大な量の怨恨と悲惨を犠牲にして夥しき善を施すに一役買うに至る。

ボストンのパーキンズ慈善院・マサチューセッツ盲人施設*は受託者団体によって管理され、団体は法人への年報を提出する義務を負う。マサチューセッツ州の貧しい盲人は無料で収容される。隣のコネチカット州、或いはメイン、ヴァーモント、ニュー・ハンプシャー三州の貧しい盲人は各々籍のある州発行の認可証によって入院が許され、それが叶はぬ場合は、一年目の賄い付指導料として英貨で約二〇ポンド、二年目のそれとして一〇ポンド、友人の間に支払いの保証人を見つけねばならぬ。「一年が経過すると」と管財人は言う。「各院生に対し当座預金の口座が開かれ、院生は食事の実費を請求されます。食費は一週間に二ドル」（英貨にして八シリング強）「を越えることはありません。それから州、もしくは友人によって支払われる総額、並びに本人が使用する貯金の額を上回る収益が当人の貸方に記入されます。よって一週間につき一ドル余りの収益は全て本人のものとなります。三年目までには、院生の収入が賄いの実費を支払ってなお余りあるか否か明らかとなるでしょう。仮に実費を上回れば、院に留まり、収入を受け取るか否かは本人の選択に委ねられます。自分自身の生計が立てられぬと判明した者は施設には留まれません。というのも施設を救貧院に変えることは、と言おうかハチの巣に働きバチ以外の者を住まわすことは、好ましくないからです。肉体的もしくは精神的障害のために働く資格のない者は、故に労働社会の一員たる資格もありません。彼らは障害者向け施設に収容されて然るべきでしょう」

小生は上記の施設をとある快晴の冬の朝《あした》、訪れた。頭上にはイタリアを思わす空が広がり、外気は一面、然に明るく、澄み渡っているものだから、あまり目の好くない小生ですら、遠くの建物の網目細工《トレーサリー》の細かな線や窪みまではっきり見て取れた。アメリカの同じ手合いの他の公共施設同様、この慈善院も街から一、二マイル離れた、陽気で健やかな場所に立ち、広々とした、風通しの好い、宏壮な造りをしている。敷地の高みからは港が見はるかせた。小生は戸口でしばし足を止め、見渡す限り何と清しく自由なことよと——波の上では何と泡《あぶく》がキラキラ、キラめき、次から次へと、さながら水面下の世界も地上のそれに劣らず明るい日光で輝き、光の溢れ返った勢いどっと迸り出てでもいるかのように水面《みなも》へ湧き上がっていることよと——惟み、とある沖合の、目映いばかりに真白き小さなポチにして、長閑な深い遙かな紺碧の上なる唯一の雲たる船の帆から帆を眺めていたものを、クルリと向き直ったその拍子、目の見えぬ少年がやはりくだんの方角へ、恰も何か輝かしき彼方を感じ取る力を内に秘めてでもいるかのように視力のない面《おもて》を向けているのを目の当たりに、その場一帯が然にめっぽう明るいことにある種悲しみを覚え、いっそ少年のためにもっと暗ければばと、奇しくも願わずにはいられなかった。そいつは無論、ほんの束の間の、単なる気紛れにすぎぬ。が、にもかかわらず、殊の外痛切な思いではあった。

子供達はあちこちの部屋で、日課に取り組んでいた。早、お役御免の二、三人はてんでに戯れていたが。ここにては幾多の施設におけると同様、制服は一切着用されていない。次なる二つの謂れにて、小生の快哉を叫んだことに。一つ、不条理な因襲や思慮の欠如以外の何ものも祖国にては我々のやたらお気に入りたる仕着せと徽章に甘んじさすこと能ふまい。二つ、くだんの代物が取っ払われれば、子供は同じ無意味な服装の懶く、醜く、味気ない反復の内に個性を没す代わり、各自が十全たるそれを具えた自己本来の人格のまま来訪者の目に触れよう——とは蓋し、軽々ならざる配慮ではなかろうか。目の見えぬ子供の間にすら身嗜みに対す罪のないささやかな誇りを芽生えさす叡智は、翻って慈善と革の半ズボンを我らが英国人の如く、切っても切れぬ仲にあると見なす気紛れな愚昧は、論を俟たぬ。

整理整頓と、清潔と、快適が建物全体に隈なく行き渡っていた。それぞれの教師の周りに集まった様々な学級は、かけられた質問にテキパキと聡明な答えを返し、旺盛かつほがらかな競争心は目にするだに微笑ましかった。遊んでいる子供も外《ほか》の子供に劣らず賑やかにはしゃいでいた。彼らの間には他の健常な児童の間に認められるより精神的で心濃やかな友情が存在しているかのようだ。がこれは当初から予想のついていたことである。然なる巡り合わせこそ苦しめる者に対す慈悲深き「天」の大いなる配剤の一端ではなかろうか。

建物の内、そのためわざわざ他から隔てられた一角には既に課程を終え、手に職をつけながらも、障害のために通常の工場で働くことの出来ぬ盲人のための作業場がある。ここにて折しも数名の人々が額に汗し、刷毛や筵等々を作っていた。施設内の他の全ての箇所に見受けられる陽気と勤勉と整理整頓はこの部門にも遍く及んでいた。

鐘が鳴ると同時に、生徒は皆、案内も先導もなきまま、広々とした音楽室へと向かい、そこにてそのためわざわざ設えられた奏楽席に腰を下ろし、仲間の内一人によって演奏されるオルガン独奏曲に見るからに嬉々として聞き入った。独奏が締め括られると、演奏していた年の頃十九か二十の少年は少女に席を譲り、少女の伴奏に合わせ、彼らは全員で讃美歌を、それからある種合唱曲を、歌った。彼らの境遇は紛うことなく幸せであるとは言え、その姿を目にし、声を耳にするのは実に傷ましかった。見れば、顔を仲間の方へ向けたなり（当座、病気のために手足の自由が利かなかったから）小生のすぐ側に座っている盲目の少女は、調べに耳を傾けている間中、黙々と涙をこぼしていた。

盲人の顔をじっと見つめ、彼らが何と脳裏を過る想念を隠す気のさらにないことか目にするのは奇しく、健常者は翻って己《おのれ》が如何なる仮面を被っているか惟みれば赤面するやもしれぬ。なるほど、とある蜻蛉《かげろう》が如き気づかわしげな表情は断じて面《おもて》から失せることはなく、それによく似た表情を我々は暗がりの中で手探りすれば己自身の顔に難なく認めるやもしれまいと、思考という思考は、彼らの内にて立ち現われる側《そば》から電光石火の如く、して一点の嘘偽りもなく、露にされる。もしや大夜会か宮廷の接見会の一座がほんの束の間なり、自分に凝らされる目を盲目の男性や女性に劣らず意識せずに済むものなら、如何なる秘密が明るみに出ようことか、その喪失を我々の然に憐れんでいるこの視力なるものが何たる偽善の弄し手と映ろうことか！

　との思いがふと、別の部屋で、とある目も口も耳も不自由な、嗅覚は全く、味覚もほとんどない少女の前に腰を下ろした際、小生の脳裏を過った――全ての人間らしい機能と希望を、善と情愛の力を、華奢な姿形の内に封じ込め、唯一外的な感覚――触覚――のみを具えた美しい少女の前に。そこに少女は、小生の眼前にて、一条《ひとすじ》の光線も微塵ほどの音も受けつけぬ、言はば大理石の小部屋に閉じ込められたなり、哀れ、真白き手を壁の割れ目から覗かせ、助けを求めて何者か心優しき男を麾《さしまね》いていた――不滅の魂が目覚まされるよう。

　小生が少女の姿に目を留める遙か以前に、救いの手は差し延べられていた。少女の面《おもて》は知性と愉悦で晴れやかに輝いていた。手づから編んだ髪は緩やかに頭に巻きつけられ、その知的な能力と成育は艶やかな輪郭と、広く大らかな額に美しく証されている。少女自身によって整えられた身形は一点の非の打ち所もないほど簡素で小ざっぱりとし、編み物が脇に置かれ、習字帳は身をもたせた机の上に載っていた。かほどの不幸の憂はしき廃墟から、この優しく、嫋やかな、あどけない、恩に篤い人となりがいつしか立ち現われていた。

　くだんの施設の他の生徒同様、少女の瞼の上には緑のリボンが巻かれていた。少女自ら服を着せた人形が傍らの床の上に寝ていた。人形を手に取ってみれば、少女は彼女自身巻いているような緑の細紐《フィレット》を作り、人形のガラスの目の上にしっかと結わえていた。

　少女は勉強机と長腰掛けで囲われた小さな席に腰を下ろし、日記をつけていた。がほどなくこの課業を終えると、傍に掛けている教師と盛んに手話を始めた。これは哀れ、女生徒お気に入りの女教師だったが、たとい麗しき女性指導者の顔が見えていようと、それだけお気に入りでなくなることだけは断じてあるまい。

小生は少女をここまで育て上げたくだんの人物によって著された記録から、少女の生い立ちに纏わる条《くだり》を某か断片的に抜粋しておいた。それは実に美しく、感動的な物語で、叶うことなら全てを紹介するものを。

少女は名をローラ・ブリッジマンという。＊「少女は一八二九年十二月二十一日、ハンプシャー州ハノーヴァーで生まれた。明るい青い目をした、実に元気で愛らしい赤子だったという。しかしながら、一歳半になるまでそれは小さく、虚弱だったため、両親は立派に育てられるかどうか自信がなかった。ひどい発作に見舞われがちで、さらば華奢な体はほとんど耐えられぬほど苛まれ、命は明日をも知れぬかのようだった。ところが一歳半になると、どうやら持ち直し始め、危険な徴候は収まり、一年八か月で完治した。

「それから、これまで成長の阻まれていた知力は急速に発達し、健康に恵まれた四か月間、少女は（身贔屓な母親の説明を然るべく斟酌しても）かなり高度の知性を発揮したらしい。

「が突然またもや発病し、五週間、激しい病魔に襲われ、かくて目と耳は炎症を起こし、化膿したため、内部組織を除去しなければならなかった。ところが、視覚と聴覚は永遠に失われようと、哀れ、少女の苦しみは終わらなかった。熱病は七週間、衰えを知らず、五か月間、少女は薄暗い部屋で床に臥せ、一年経って初めて独りで歩けるようになり、二年経って初めて一日中、椅子に掛けていられるようになった。今や明らかになったことに、少女の嗅覚はほとんど失われ、故に、味覚も著しく損なわれていた。

「四歳になって漸う、不幸な少女の身体的健康は回復したかのように思われ、少女は人生と世間の年季奉公に上がった。

「だが少女の何たる身の上に置かれていたことよ！　辺り一面、墓の暗黒と静寂に包まれ、如何なる母親の笑みも少女から相応ず笑みを喚び起こさねば、如何なる父親の声も己《おの》が声音を真似るよう誘《いざな》いもせぬ——両親も、兄弟姉妹も、触覚に抗う単なる物体にすぎず、ただ暖かく、動けるという点をさておけば、家具と何ら変わる所がなく、その二点においてすら、犬や猫も同然だった。

「ところが少女の内に植えつけられていた不滅の精神は息の根を止められるは疎か、不具にも不全にもされ得なかった。して外界との連絡の径路の大半は切断されていようと、精神はそれ以外の径路を通し、顕現し始めた。歩けるようになるが早いか、少女は部屋を、それから家の中を、手探りし始め、手で触れられる全ての物の形、密度、重さ、温度に馴れ親しんで行った。母親の後をついて回り、家事に勤しんでいる母親の手や腕に触れた。真似をしたい気持ちが人一倍強かったため、何もかも自分でやってみようとした。縫い物を少し、また編み物をも覚えすらした」

読者諸兄には、しかしながら、蛇足ではあろうが、少女と意思を通わす機会は極めて、極めて限られ、少女の置かれた惨めな状態の道徳的影響がほどなく現われ始める。理性によって蒙を啓かれ得ぬ者は力尽くで制御するしかない。そこへもって大きな障害を負うているとあらば、少女はほどなく、滅びるが定めの獣のそれより悪しき状況に置かれていたに違いない——恰も好し、思いもかけぬ救いの手が差し延べられていなければ。

「この時期に、筆者は幸運にも少女の噂を耳にし、直ちにハノーヴァーまで会いに行った。初めて見た少女は均整の取れた体つきと、個性的で、気持ち神経質ながら快活な気立てに恵まれ、大振りな頭の形状は美しく、身のこなしは全くもって健やかだった。両親は娘をボストンに住まわすことに快く同意し、一八三七年十月四日、少女を当施設へ連れて来た。

「しばらく、少女は大いに戸惑っていた。よって少女が新たな居場所を知り、仲間にもある程度馴染むまで二週間ほど待ってから、他者と意思を交わせられるよう、恣意的な記号を習得させることにした。

「まずもって二種類の方法の内いずれかを選ばねばならなかった。少女自ら既に始めている自然言語を基本に手真似言語を構築し続けるか、或いは通常使用されている純粋に恣意的な言語を教えるかの。即ち、箇々の事物全てに対す手真似を覚えさすか、或いはそれを組み合わすことによって何物であれその存在、並びにその存在の様式と状況に関す自分の考えを表現出来るやもしれぬ文字の知識を身につけさすかの。前者は容易くはあっても極めて非効果的だったろう。後者は如何ほど困難であろうとも、もしや達成されれば、極めて効果的なように思われた。よって筆者は後者を試すことにした。

「最初の実験はナイフ、フォーク、スプーン、鍵等々といった日用品を選び、その上に点字で名前を記したラベルを貼ることで行なわれた。これら日用品に少女は実に丹念に触れ、無論、ほどなく*spoon*の曲線はスプーンそれ自体の形が鍵の形と異なる如く、*key*の曲線と異なるということを識別した。

「それから、同じ言葉の記された小さなラベルを別箇に手の中に入れると、少女はほどなくそれらが日用品に貼りつけられたラベルとよく似ていることに気づいた。してこの類似に気づいたことを、*key*というラベルを鍵の上に、*spoon*というラベルをスプーンの上に置くことで示した。ここにて、励ましがてらポンポンと、至極当然ながら正解の御褒美とし、軽く頭を叩いてやった。

「同じ過程がそれから、少女の扱える全ての道具に関して繰り返され、少女は難なく正しいラベルを道具の上に置けるようになった。明らかに、しかしながら、唯一の知的習練は模倣と記憶のそれであった。少女は*book*というラベルが本の上に置かれることを覚え、その過程をまずは模倣することで、次いで記憶することで、繰り返した。ただ褒めてもらいたいばっかりに。が明らかに、物と物との如何なる関係に纏わる知的な認識も持ち併さぬまま。

「しばらくして、ラベルの代わりに箇々の文字の記された紙切れが別箇に少女に渡され、それらは*book*、*key*等々と綴られるよう、順々に並べられた。それから紙切れは一緒くたにされ、少女自ら*book*、*key*等々の単言を表すべく並べ直すよう指示が出され、少女は指示通り並べ直した。

「これまでの所、習得の過程は機械的で、成功は極めて利口な犬に様々な芸を仕込むのと大差なかった。哀れ、少女は無言の内にも戸惑いながら座り、教師の行なう一から十までを辛抱強く真似た。が今や真実がパッとひらめき、知性が目覚め始めた。少女はこれぞ自ら自分自身の念頭にある何ものかの手真似を考え出し、それを他の知性に伝える方法に違いなかろうと見て取った。さらば立ち所に、少女の面《おもて》は人間らしい表情で晴れ上がった。それは最早イヌでもオウムでもなく、懸命に他の精神との新たなつながりの輪にすがりつこうとする不滅の精神であった！ 小生はどの刻《とき》を境にこの真実が少女の知性に萌し、その光明を面《おもて》一杯に広げたか特定出来るほどであった。して大きな障害が克服されたものと、以降は辛抱強く不屈ながらも、素朴でひたむきな努力さえ惜しまねば好いものと、見て取った。

「ここまでの結果は手短に語られ、容易に理解されよう。が過程はそうではなかった。というのも努力が実を結ぶまでには幾週間もに及ぶ一見、無益な作業が続いたからだ。

「手真似が考え出されたと上述したが、それは即ち、教師が何らかの仕種をしてみせ、少女が教師の手に触れ、それから動作を真似るということである。

「次に試みられたのは、アルファベット二十六文字が端に鋳られた一組の金属製の活字と、くだんの端の文字だけが平面上で手に触れられるよう活字を嵌め込むことの出来る、四角い穴の空いた板を用意することであった。

「それから、如何なる日用品であれ――例えば鉛筆や時計といった――手渡されるや、少女は綴り字を選び、板の上に並べ、見るからに嬉しそうに読み上げたものである。

「少女は数週間、この練習を続け、やがて語彙が豊富になると、板と活字という嵩の張る装置の代わりに、指の位置で様々な文字を表わす方法を教える肝要な段階に移った。少女はこれも難なく、速やかに習得した。というのも少女の知性は教師の力添えとなるほど機能し始め、成長は目ざましかったからだ。

「これは少女が練習を開始しておよそ三か月後、彼女の症例の最初の報告が成された時期のことである。報告書には次のように記されている。『少女は最近、聾唖者が用いる指文字を習得したばかりだ。少女が如何に急速に、正確に、懸命に、努力を続けているか目にすれば、悦びと驚きを禁じ得ぬ。少女の指導者は新たな道具を――例えば鉛筆を――与え、まずは手で触れ、用途を認識させ、それから指導者自身の指で文字の仕種をすることでその名をどう綴れば好いか教える。少女は指導者の手を握り締め、異なる文字が形作られるにつれて指に触れて行く。少女は注意深く聞き耳を立てる者のように小首を傾げ、唇を薄らと開け、ほとんど息を吐《っ》いていないかのようだ。が、最初気づかわしげだった表情は、教えられていることを呑み込むにつれ、次第に笑みへと変わって行く。それから小さな指をかざし、指文字でその語を綴り、次いで活字を手に取り、文字を並べ、最後に、間違っていないか確かめるべく、その語を成す活字を全て手に取り、鉛筆の、と言おうか道具が何であれ、その上に置くか、触れさす』

「続く一年間は少女が自らともかく扱える限り全ての物の名を懸命に知ろうとするその好奇心を満足させ、指文字の使用を練習させ、事物の物理的な関係の知識を能う限りあらゆる方法で深めさせ、健康に然るべく留意することに費やされた。

「その年の終わりに少女の症例の報告書が作成され、以下はその抜粋である。

『今や疑いの余地なく確認されていることに、少女は一筋の光も見えなければ、かすかな音も聞こえなければ、たとい嗅覚を具えているとしても、一切働かせていない。かくて少女の知性は真夜中の閉ざされた墓のそれに劣らず深い闇と静寂に包まれている。美しい光景も、甘美な音も、芳しい香りも、少女は全く知覚しない。にもかかわらず、小鳥か仔羊のようにはしゃぎ、幸せそうだ。知的な機能を用いたり、新たな概念を習得すると、心から喜んでいることが表情豊かな面立ちから如実に見て取れる。片時も塞ぎ込むことはなく、幼児期特有の快活と陽気を余す所なく具えているかのようだ。遊んだりふざけたりするのが好きで、他の子供と戯れている際には、少女の甲高い笑い声が一際大きく耳に留まる。

『独りきりの時でも、編み物か縫い物さえあれば、少女は実に幸せそうで、何時間でも忙しなく勤しもう。たとい手遊びがなかろうと、架空の相手とおしゃべりをしたり、過去の印象を思い起こすことで見るからに楽しそうに時を紛らす。指で数を数えたり、覚え立ての物の名前を聾唖者の指文字できれいに綴る。この孤独な内省において、少女は推理し、熟考し、論議しているかのようだ。右手の指で単語を誤って綴れば、即座に左手でピシャリと、否認の印に、さながら教師が叩く如く右手を叩き、正しく綴ればポンポンと、自ら頭を軽く叩いてやり、嬉しそうな笑みを浮かべる。時には左手で故意に誤って綴り、束の間いたずらっぽい表情を浮かべていたと思うと、声を立てて笑い、それから右手で左手をピシャリと、懲らしめのつもりか、叩いてみせる。

『この一年間で少女は聾唖者の指文字を極めて巧みに操るようになり、自分の知っている単語や文章をそれは素早く、それは器用に綴るものだから、くだんの言語によほど通じた者でなければ少女の指の敏捷な動きを目で追えぬほどだ。

『が、たとい如何ほど瞠目的なまでに素早く少女が空《くう》に自己の思考を綴ってみせようと、少女がかくて他者によって綴られた文言をひしと相手の手を握り締め、文字から文字がその意味を知性に伝えるにつれて相手の指の動きを逐一追うことにて如何ほど難なく、正確に読み解いて行くことか、は遙かに瞠目的である。正しくこの方法で、少女は盲目の遊び相手と意思を通わせ、彼ら同士の対話ほど事柄を何とかしてその目的に至らしめようとする上での知性の力を如実に物語り得るものはまたとなかろう。というのも仮に二人の無言劇役者が体の動きと顔の表情だけで自己の思考や感情を表現するのに並外れた才能と技術を要するとすれば、二人共を暗黒が包み、しかも内一人には全く音が聞こえぬとあらば、困難は如何ほど遙かに大きかろうか。

『ローラは両手を前に突き出して廊下を歩く際には、出会う誰も彼もが立ち所に分かり、気づいた仕種を交わしながら擦れ違う。が相手が自分と同じ年頃の少女か、わけてもお気に入りの一人ならば、即座に見知り越しの明るい笑みが浮かび、腕が絡められ、手が握り締められ、小さな指の上で速やかな信号が交わされ、その目まぐるしい仕種でとある精神の逆りから他方のそれへと思考と感情が伝えられる。五感を十全と具えた幼子同士の間におけるとつゆ変わらぬ質問と返答が、喜び或いは悲しみの交換が、口づけと別れが、繰り広げられる』

「この年内に、して少女が我が家を後にして半年後、母親が娘に会いに訪れ、二人の出会いの場面は実に興味深いそれであった。

「母親はしばらく、こぼれる涙を拭おうともせず、不幸な娘を見つめて立ち尽くし、娘は片や、母親の存在に全く気づかぬまま、部屋中を跳ね回っていた。ほどなくローラは母親に突き当たり、直ちに両手に触れ、服を調べ、自分の知っている人物かどうか確かめようとし始めた。がこれが上手く行かないと見ると、赤の他人からででもあるかのように背を向け、哀れ、母親は愛娘に自分のことが分からぬと見て取るや、胸の疼きを隠し果せなかった。

「母親はそれからローラに彼女がいつも我が家で身につけていたネックレスを渡した。すると少女は立ち所にネックレスを思い出し、雀躍りせぬばかりにして首に巻くと、筆者にネックレスが我が家にあったものだと分かっていることを伝えて欲しいと懸命に訴えた。

「母親は今や娘を愛撫しようとしたが、哀れ、ローラは仲間と一緒にいる方がいいというので、母親をはねつけた。

「我が家から持って来たまた別の小間物が今や少女に渡され、少女は少なからず興味を催している表情を浮かべ始め、見知らぬ人物をより具に調べていたと思うと、筆者に客がハノーヴァーから来ているのは分かると教えてくれた。して相手の愛撫にすら耐えられたが、ほんのわずかの合図で、すげなく側《そば》を離れようとした。母親の悲嘆は今や目にするだに傷ましかった。というのも娘に分かってもらえぬかもしれぬと覚悟してはいたものの、愛娘にすげなく、冷ややかに扱われる苛酷な現実は女性の性《さが》には到底耐えられなかったからだ。

「しばらくして、母親が再び娘の手を取ると、ふと、この人物がよもや他人のはずはなかろうとの漠たる思いがローラの胸中を過ったかのようだった。彼女はそれ故、客の手に懸命に触れ、その間《かん》顔には津々たる興味の表情が浮かんでいた。彼女は血の気を失ったかと思うと、いきなり真っ紅に頬を染め、期待が疑念と不安に抗っているかのようだった。未だかつて相競う情動が人間の面《おもて》にかほどにまざまざと浮かべられたためしはなかったであろう。この傷ましい不安の折しも、母親は娘を傍らへ引き寄せ、優しく口づけをした。その途端、真実がパッとひらめき、不信と不安の色は悉く面《おもて》から消え失せ、かくて少女はこよなき喜びの表情を浮かべて懸命に母親の胸にすがりつき、母親の優しい抱擁に身を委ねた。

「それからというもの、ネックレスは見向きもされず、差し出されたオモチャは歯牙にもかけられず、遊び友達は——つい先刻まで彼らのためならば見知らぬ女性の側《そば》を喜んで離れていたものを——今や少女を母親から引き離そうとしたとて詮なかった。なるほど、後について来るようという筆者からの合図にはいつも通り、すかさず応じはしたものの、傷ましいほど不承不承なのは明らかだった。して戸惑い、怯えてでもいるかのように筆者にしがみつき、母親の下《もと》へすぐ様、連れて行くと、腕の中に飛び込み、大喜びで胸にすがりついた。

「その後《ご》に続く母と娘の別れもまた、少女の情愛と、知性と、決意を示して余りあった。

「ローラは終始母親にすがりついたまま、玄関まで付き添い、やがて戸口でひたと立ち止まり、側《そば》に誰がいるか確かめようと辺りを手探りした。大好きな婦長だと分かると、片手でギュッとつかんだ——もう一方の手で、震えがちに母親にしがみついたまま。かくてしばし立ち尽くしていたと思うと、ハラリと母親の手を放し、ハンカチを目に押し当て、クルリと向き直り、すすり泣きながら婦長にすがりついた。母親は、片や、娘に劣らず激しくすすり泣きながら、立ち去った。

＊　＊　＊

「以前の報告で述べた通り、少女は他者の様々な知能程度を識別し、二、三日もして相手の知力の低さを見て取るや、新入りの子供をほどなく、見下さぬばかりに扱った。性格のこの好もしからざる一端は昨年の内に一層顕著に現われるようになっていた。

「少女は話し相手の友達として聡明で、自分と最も上手におしゃべりの出来る子供を選び、明らかに、知性の劣る子供と一緒にいるのを嫌う——仮に、実の所、見るからにそうしたがっている如く、自分の目的に傅かせられぬ限りは。彼女は彼らの上手《うわて》に出、外《ほか》の子供達には強要出来ぬと分かっているやり口で思い通りに操り、様々な点で生まれながらのサクソン人の血を示す。

「少女は他の子供が教師や、自分の尊敬する人々に目を留められ、愛撫されるのは好む。が、これは度を越してはならない。さなくば嫉妬に駆られよう。して自分の分け前を——とは、たとい最大ならずとも、大部分を——得ようと欲し、もしや得られねば、口癖のように言う。『ママならわたしを可愛がってくれるわ』

「少女は人真似をする傾向が極めて強いため、自分には全く理解出来ないに違いない、よって内的能力の満足以外何ら喜びをもたらすはずのない行動を取るに至る。例えば、視力のない目の前に本をかざし、ちょうど目の見える人々が読書をする時にすると気づいた通りに、唇を動かしながら三十分ほど座っていたこともある。

「少女はある日、人形が病気にかかったことにし、人形を介抱し、薬を飲ますありとあらゆる動作を真似てみせ、それから丹念にベッドに寝かすと、両足に小瓶の湯たんぽをあてがった――終始コロコロ、笑い転げながら。して筆者が帰宅すると、どうしても人形を見舞い、脈を計って欲しいと言い張り、筆者が人形の背に湿布を貼ってやらねばと言うと、冗談がすこぶる気に入ったらしく、有頂天な余り金切り声を上げぬばかりであった。

「少女の懐っこい感情や情愛は極めて強く、小さな友達の一人の傍らで裁縫か勉強をしながら座れば、幾々度となく手を止めては、目にするだに心を打たれるほど懸命に、心から暖かく友達を抱き締めてはキスをするだろう。

「独りきりになると、少女は自分なりに時を紛らし、見るからに楽しそうで、何一つ不服がないかのようだ。して言語の衣裳を纏おうとする思考生来の傾向たるや然に強いものだから、如何ほど遅々として退屈であろうと、『指話』で独り言を言うのも稀ではない。ただし、少女がおとなしくしているのは独りきりの時だけである。というのも誰か側《そば》にいるのに気づこうものなら、ひたと寄り添って座り、手を握り、仕種でおしゃべり出来るまで落ち着かないからだ。

「少女の知的性格において、飽くことを知らぬ知識欲と事物の関係に対す素早い察知力は目に留めるだに喜ばしく、少女の道徳的性格において、絶えることなき明るさ、存在の鋭敏な享受、惜しみない愛、確乎たる自信、苦しみへの共感、良心、誠意、前向きな姿勢は目にするだに麗しい」

以上はローラ・ブリッジマンの簡潔ながらも極めて興味深く、示唆に富む生い立ちのわずかな抜粋である。伝記の執筆者である偉大な恩人にして友人の名はハウ博士。上記の条《くだり》を読んだ後《のち》、その名を耳にして無関心でいられる者はほとんどいまいと思いたいし、信じてもいる。

先に引用したばかりの報告書以来、さらなる記録が出版されている。そこにはその後十二か月間に及ぶ、少女の急速な知的成長と進歩が記され、彼女のささやかな生い立ちが昨年の暮に至るまで克明に辿られている。特筆すべきことに、さながら我々が言葉の形で夢を見、架空の会話を交わし、そこにて自分自身とくだんの夜分の幻想にて立ち現われる人影双方に成り代わって口を利く如く、然に、少女も、一切言葉を持ち併さぬながら、夢の中で指文字を使うという。のみならず、眠りが妨げられ、夢によって少なからず掻き乱されると、指の上で、自分の思考を常ならざる、戸惑いがちな物腰で表現することも確認されている――ちょうど我々が同様の状況に置かれると、取り留めのない想念をブツブツと、不明瞭につぶやくように。

少女の日記の頁をめくってみると、きれいな、読み易い、四角い筆跡で書かれ、何ら説明を受けずとも難なく理解出来る文言で認《したた》められていた。小生がローラが再び書く所を見たいと申し入れると、傍らに座っていた教師は彼女に、彼らの言語で、紙切れに名を二、三度綴るよう告げた。名を綴る上で、少女は鉛筆を無論、握っている右手に左手で絶えず触れ、その後を追い続けた。何らかの工夫による如何なる線も示されていなかったが、少女は真っ直ぐ、スラスラと綴った。

少女は今の今まで、見学者の存在に全く気づいていなかったが、小生に同伴している殿方の手に手を突っ込んでもらうと、直ちに殿方の名を教師の掌に綴った。実の所、少女の触覚は今や然に研ぎ澄まされているものだから、一度《ひとたび》とある人物と知り合えば、ほとんど如何ほど間《ま》が空こうと、その人物が識別出来る。この殿方は、確か、めったに少女の下《もと》を訪わず、しかもここ何か月も面会していなかったはずだ。小生の手を、少女は直ちにはねつけた――自分にとっては見ず知らずの、如何なる男のそれをもはねつけるように。が妻の手は見るからに嬉しそうに握り締め、妻に口づけをし、洋服に少女らしい興味と関心を寄せて触れていた。

少女は明るく、ほがらかで、教師とのやり取りにおいてあどけないいたずらっぽさを少なからず示した。また、お気に入りの遊び友達にして話し相手の、彼女自身同様、目の見えぬ少女が静かに、して来《きた》る驚きに劣らず胸弾ませながら傍らの席に腰を下ろしたが、相手が分かった際のローラの喜びようは目にするだに麗しかった。勢い、初めは、小生の訪問中、他の些細な状況の下《もと》でも二、三度あったように、いささか耳障りな、品性に欠ける声を上げた。が教師に唇を触れられると、すぐ様止《や》め、にこやかに笑いながら教師に懐っこくすがりついた。

小生は予め別の部屋を見学していた。そこでは幾多の盲目の少年がブランコに乗ったり、梯子に攀じ登ったり、様々な遊戯に興じていた。我々が入って行くと、同伴の教師に一斉に声を上げた。「ぼくを見て、ハート先生！ どうかハート先生、ぼくを見て！」――かくてどうやら、この点においてすら、自分達のちっぽけながら敏捷な芸当が見られることへの彼らの状況特有の切なる願いを露にしながら。中に一人、笑顔の絶えぬ小さな少年がいた。少年は独り離れた所で、両腕と胸を動かす体操に取り組んでいた。これをすこぶる愉快そうにやっていたが、わけても右腕を突き出した拍子、別の少年に当たった際には殊の外愉快げだった。ローラ・ブリッジマン同様、この幼い少年は耳と口と目が不自由だった。

　ハウ博士の著したこの生徒の初期の指導の報告書は極めて興味深い上、ローラ自身とも深い関わりがあるので、ここで短い抜粋を紹介させて頂きたい。予め断っておけば、哀れ、少年は名をオリヴァー・キャズウェルと言い、歳は十三。三歳四か月になるまで機能は全て、十全と具えていた。が、そこで猩紅熱にかかり、四週間で聴覚を、さらに二、三週間で視覚を失い、六か月で口が利けなくなった。少年はこの最後の障害に纏わる気づかわしい認識を有している証拠、周りの人々が話していると唇に触れ、それから自分の唇に手をあてがった――さながら自分にも唇がきちんとついているということを確かめようとでもするかのように。

「少年の旺盛な知識欲は」とハウ博士は記している。「施設に入るや否や発揮され、新たな居場所で手に触れたり、匂いを嗅げたりする全ての物を熱心に調べ始めた。例えば、炉の通風装置を踏みつけると、すかさず屈み込み、手で触り始め、ほどなく上の金属板が如何様に下の金属板の上で動くか突き止めた。がそれには飽き足らず、俯せになるや、まずは一方に、次いで他方に、舌をあてがい、二枚の板が異なる種類の金属で出来ていることを突き止めたようだった。

「少年の仕種は表情に富み、厳密な意味での自然言語――笑い、泣き、溜め息、接吻、抱擁等々――は完璧だった。

「少年が自ら考案した（模倣機能によって導き出される）類推的仕種の中には理解し易いものもあった。例えば、船の動きを表すのに手をゆらゆら波打たせたり、車輪を表すのに円を描いたりといった。

「最初に取り組んだのは、上述の仕種の使用を止め、代わりに純粋に恣意的なそれを使わすことだった。

「他の症例で積んでいた経験に則り、筆者は以前用いられた過程の幾段階かは省き、直ちに指話から始めた。それ故、短い名前の、例えば鍵、カップ、マグ等々といった道具を某か用意し、ローラを助手にして、腰を下ろすと、少年の片手を取り、内一つの上に載せ、それから筆者自身の手でｋｅｙという字を綴った。少年は両手で懸命に筆者の両手に触れ、筆者がその過程を繰り返すと、明らかに指の動きを真似ようとした。数分もすると、片手で筆者の指の動きに触れ、もう一方の手を突き出しながら指の動きを真似ようとし、首尾好く行くと実に嬉しそうに声を立てて笑った。ローラは取り乱しかねぬほど親身になって、傍に寄り添っていたが、二人が並んでいる様は実に奇しい光景を呈した。ローラの顔は紅潮し、気づかわしげで、指は仕種という仕種の後を追えるよう我々の指の間にひたと、ながら邪魔にならぬほどそっと、絡められていた。オリヴァーは片や、小首を傾げ、顔を上向きにしたなり、注意深く立ち尽くし、左手で筆者の左手を握り締め、右手を突き出していた。筆者の指が動く度、面《おもて》には鋭い注意の色が浮かび、指の動きを真似ようとするにつれて気づかわしげな表情に変わった。それから、事実真似られそうだと思うと、笑みがそっと広がり、とうとう首尾好く行き、ポンポン、筆者に軽く頭を叩かれ、ローラが思いっきり背《せな》を叩いては有頂天でピョンピョン跳ねるのを気取るが早いか、実に愉快そうに声を立てて笑った。

「少年は三十分で半ダース以上もの文字を習得し、首尾好く行くと、少なくとも褒めてもらうことを、喜んでいるかのようだった。それから、注意が散漫になり始めると、筆者は少年と遊ぶことにした。以上全てにおいて、少年が単に筆者の指の動きを真似、仕種と物体との間の関係を何ら察知せぬまま、鍵、カップ等々に手をかけているのは明らかだった。

「少年が遊ぶのにも飽きると、筆者は再び少年をテーブルの所まで連れて行き、少年は不平一つこぼさず模倣の過程を再開した。少年はほどなく*ｋｅｙ*、*ｐｅｎ*、*ｐｉｎ*の文字を綴れるようになり、道具を繰り返し手の中に入れてもらうことで、終に筆者が綴りと道具との間に築きたいと願っている関係を察知した。これが紛れもなかったのは、*ｐｉｎ*、*ｐｅｎ*、或いは*ｃｕｐ*の文字を綴ってみせると、道具そのものを選ぼうとしたからだ。

「上記の関係の認識には、しかしながら、例の、ローラが初めてそれを察知した素晴らしき瞬間を画す、知性の輝かしいひらめきや、歓喜の火照りが伴っていなかった。そこで筆者は道具を全てテーブルの上に置き、子供達と一緒に少し遠ざかると、オリヴァーの指を*ｋｅｙ*の文字を綴るような位置に据え、するとローラはテーブルへ向かい、鍵を持って来た。少年はこれがずい分気に入ったらしく、たいそう注意深い、にこやかな笑みを浮かべた。それから少年に*ｂｒｅａｄ*という文字を象らせ、さらば瞬く間にローラはテーブルに向かい、少年にパンを一切れ持って来た。少年はまずはその匂いを嗅ぎ、唇に押し当て、とびきりの訳知り顔でツンと頭を反らすと、しばし思案に暮れているかのような風を装い、それからいきなり声を立てて笑い出した。さもこう言わぬばかりに。『あはあっ！　これでやっと分かったぞ、どうやったら何かのことが伝えられるか』

「今や明らかとなったことに、少年は学習の豊かな能力と性向に恵まれ、指導するには恰好の対象であり、後は弛まぬ配慮を続けさえすれば好かった。それ故、筆者は少年の長足の進歩をつゆ疑うことなく、彼を聡明な教師の手に委ねた」

　この殿方が、彼女の目下の状態の何かかすかな萌しがローラ・ブリッジマンの暗黒の精神に初めて萌したそれを素晴らしき瞬間と呼ぶのも宜なるかな。終生、くだんの瞬間の思い出は、氏にとって純粋な、褪せることなき幸福の源たり続けようし、気高き奉仕の日々の黄昏にそれだけ輝かしからざる光を降り注ぐことだけはあるまい。

　これら二人の――教師と女生徒との――間に存す情愛は、恰もそれが育まれた状況が人生のありきたりの出来事から程遠い如く、ありとあらゆる通常の心づかいや敬意から遙かに懸け離れている。教師は今や少女により高度な知識を習得させ、たとい少女にとっては如何ほど音も光も匂いもなかろうと、彼女自身、然に深い喜びと晴れやかな楽しさを享受しているくだんの宇宙の「偉大な造物主」に纏わる何か適切な概念を与える手立てを懸命に模索している。

　目を具えながらも見えず、耳を具えながらも聞こえぬ汝《な》らよ（『マルコ』八：一八）、憂ひ顔の偽善者にして、人々に断食しているかに見せようと頰《こけ》を痩さす汝《な》らよ、目も耳も口も不自由な者から健やかなほがらかさと穏やかな満足を学べ！　眉間に皺を寄せた自称聖者よ、この視力も聴覚も声もなき少女は汝《な》らに学ぶに如くはなき教えを垂れるやもしれぬ。少女のかの憐れな手をそっと汝《な》らの胸にあてがわさすが好い。何となればその癒しの触れには偉大な主《しゅ》のそれに似た何かが秘められているやもしれぬから。その戒律を汝《な》らの誤解し、その教訓を汝《な》らの曲解し、その全世界に対す慈悲と共感を汝《な》らの内誰一人として、己《おの》が日々の実践において、汝《な》らが独り地獄落ちの説法においてのみ惜しみなきかの堕ちた罪人《つみびと》の内最も悪しき者の幾多ほども知らぬ偉大な主《しゅ》の！

　小生が部屋を後にすべく腰を上げると、看護師の内一人の愛らしい幼子が、父親を迎えに駆け込んで来た。当座、視力のない大勢の直中なる、目の見える幼子は、小生に二時間前にポーチの盲目の少年が刻んでいたに劣らぬほど傷ましい印象を刻んだ。ああ、たとい先刻は如何ほど燃え上がらんばかりに光輝き、色鮮やかだったとて、何と遙かに明るく、遙かに紺碧たりしことよ、屋外の光景の、屋内の然に幾多の幼気な生命の暗黒に引き比べ！

所謂南ボストンの、趣旨にすこぶるしっくり来る立地条件に、いくつかの慈善施設が一緒に建てられている。内一つは州立精神病院で、この病院が見事に運営されているくだんの懐柔と厚情の賢明な原則は二十年前ならば異端よりなお忌まわしかったろうが、我らが祖国のハンウェル貧民精神病院*にても実践され、少なからず成果を上げている。「気の狂れた人々にすら何らかの信用を示し、何らかの信頼を寄せたいという気持ちをはっきり表して下さい」と住込みの医師は、二人して患者に好き放題取り囲まれたなり、廊下から廊下を縫いながら言った。その効果を目の当たりにしてなお、当該至言の叡智を否んだり、疑ったりする者に関せば――とはもしやかようの連中が今なお生き存えているなら――小生としては、彼らこそがその対象たる心神喪失決定委員会の陪審員として召喚されぬよう願う外ない。というのも定めて、かようの証拠一つ取っても連中が常軌を逸していると見なすに違いなかろうから。

この施設の各病棟は長い回廊、と言おうか広間のような形をし、その両側にズラリと患者の共同寝室が並んでいる。ここにて患者は作業をしたり、本を読んだり、九柱戯や他のゲームに興じたりするが、日和が悪く、戸外で運動出来ない時は、昼間、一緒に過ごす。くだんの部屋の一室に、その数あまたに上る気の狂れた黒人や白人の女に紛れて、穏やかに、して全くもって当然の如く、座っているのは前述の医師の妻君ともう一人の女性で、子供も二人、側《そば》にいた。御婦人方の佇まいは凛として艶やかで、二人がそこにいるだけで、周りに集まっている患者に極めてありがたき感化をもたらしているのは一目瞭然であった。

さも勿体らしげにして上品ぶった物腰で炉造りに頭をもたせて、マッジ・ワイルドファイア*御当人顔負けに夥しきレースだのフリルだのをあしらった初老の女が座っていた。わけても頭には紗や木綿の切れ端や紙切れが散り、一面、然に数知れぬ珍妙なガラクタが突き立てられているものだから、鳥の巣かと見紛うばかりであった。女は影も形もなき宝石でキラめき、豪勢な正真正銘、金縁の眼鏡をかけ、我々が近づくと、ハラリと、やたら脂じみた古新聞を膝の上に艶やかに落とした――恐らく、どこぞの外つ国の宮廷にて御当人が拝謁賜った記事に読み耽っていたはずの。

かくていささか詳細に女のことを審らかにしたのは、女が患者の信頼を勝ち得、保つ医師の物腰の恰好の例証となろうと思われたからである。

「こちらの」と医師は小生の手を取ると、奇抜な人影の方へすこぶる慇懃に歩み寄りながら――とは言え、小生をちらとでも見たり、耳打ちしたり、如何なる脇台詞であれ囁いたりすることにて患者の疑念を掻き立てぬまま――声高に切り出した。「こちらの御婦人はこの館《やかた》の女主であられます、御主人。館《やかた》はこの方のものでございます。他の誰一人として館《やかた》には縁もゆかりもありません。御覧の通り、大きな邸宅なだけに、数多くの従僕を抱えねばなりません。女主は、申すまでもなく、正しく第一級の流儀で暮らしておいでです。忝くも小生を暖かく迎え賜うのみならず、愚妻と子供達はここに住まわせて下さってもいます――とは全くもってありがたい限りではありますが。こちらは、御覧の通り、たいそう雅やかであられるため」との褒め言葉を合図に、患者はさも恩着せがましげにお辞儀をした。「貴殿を、御免蒙って、紹介させて下さいましょう。こちら、イングランドからお越しの殿方であられます、奥方《マーム》。時化続きの航海の末、イングランドからお越しの。ディケンズ殿――こちら館《やかた》の女主であられます!」

我々はやたらしかつべらしくも恭しく、とびきり勿体らしい挨拶を交わし、かくてトントン拍子にやって行った。グルリの気の狂れた女達は皆、どうやらジョークを(この場合のみならず、自分達のそれをさておけばその他全ての場合においてそっくり呑み込み、大いに愉快がっているようだった。患者箇々の狂気の質《たち》は同上の方法で小生に明かされ、かくて患者は誰しもすこぶるつきの上機嫌と相成った。くだんの手立てにて、彼らの幻覚の本質と程度の点で、医師と患者の間に全き信頼が築かれるのみならず、自らの妄想をその最も支離滅裂にして不条理な観点にて現前さすことにて患者をハッと驚かすべく、如何なる理性の瞬間をも捉える好機が与えられようことは想像に難くない。

この精神病院の患者は全員、毎日、ナイフ・フォークを手にディナーの席に着き、その直中に患者との接し方を上述した医師が座る。食事の度に、これぞ道徳的感化の為せる業か、彼らの就中気性の激しい患者も他の患者の喉を掻っ裂くに抑えが利かされる。がくだんの感化の効果は絶対的な確実性にまで帰せられ、治療の手立てとしては言うまでもなく、拘束のそれとしても、無知と、偏見と、残虐が天地創造以来作り上げて来たありとあらゆる狂人拘束服や、足枷や、手枷の百層倍も有効だということが立証されている。

労働部門において、患者は皆、正気の男さながら自由に、当人の手職の道具を委ねられる。庭や農場で、鋤や、熊手や、鍬を手に、汗水流す。気散じとして、散歩をしたり、走ったり、魚を釣ったり、絵を画いたり、本を読んだり、そのためわざわざ用意された馬車で遠乗りに出かけたりする。彼ら同士の間に貧しい人々のための衣服を作る裁縫組織を有し、組織は会議を開いては、議案を可決するが、正気の集会が他処にては訴えると周知の如く、殴り合いや鞘付片刃猟刀《ボーイーナイフ》に訴えることは断じてない。議事は全てこの上もなく礼儀正しく執り行なわれる。さなくば彼ら自身の肉体や、衣服や、家具に捌け口を求めていたろう焦燥は、これら営為にて解消される。皆ほがらかで、穏やかで、健やかである。

週に一度、舞踏会が催され、医師と家族は看護婦や付添い一同と共に積極的に参加する。踊りと行進がピアノの賑やかな旋律に合わせ、交互に繰り広げられ、時折、誰か（早、美声には折り紙つきの）殿方か御婦人が一曲御披露賜る。歌は感傷的な聞かせ所に至っても、断じて金切り声や唸り声に成り下がることはない。さらば、正直な所、小生は剣呑な事態が招かれるのではなかろうかと危惧していた訳だが。早目の刻限に、皆はこれら祝祭めいた目的のために集い、八時に軽食が出され、九時にお開きとなる。

会の初めから仕舞いまで、一方ならぬ慇懃と嗜み深さが守られ、患者は皆、医師の右に倣い、医師は一座の直中を正しくチェスタフィールド＊然と立ち回る。集いなるものの御多分に洩れず、こうした気散じをダシにその後数日間、御婦人方の間では賑やかな話の花が咲き、片や殿方諸氏はくだんの折々、一際目立ちたいばっかりに、時に、ダンスでより華々しき異彩を放つべくこっそり「ステップの練習をする」様が見受けられることもある。

明らかに、この体制の眼目は、かようの不幸な人々の間にすら慎み深い自尊を植え付け、育むことにある。同じ精神は南ボストンの全ての施設に大なり小なり普及している。

例えば、「勤労院」という名の施設がある。老齢の、或いは他の寄る辺無い貧民の収容に当てられたかの部局の壁には以下の文言が大きく記されている。「要注意。克己と、静穏と、平静は祝福なり」そこに収容されているからと言って、彼らがその邪な目の前で脅しや苛酷な拘束を振りかざさざるを得ぬ、性根の曲がった悪人に違いないと考えても、当然の如く見なしてもならぬ。彼らは正しくとば口にてこの穏やかな訴えに迎えられる。屋内は然るべく、隅々まで極めて簡素で素朴だが、平穏と快適を念頭に、整えられている。他の如何なる流儀の手筈とも同様、金はかけられていないが、そこで夜露を凌がねばならぬ人々への少なからぬ配慮が自づと窺われ、かくて彼らは直ちに感謝の念を抱き、振舞いに気を配る。萎びた生命の某かが終日、鬱々と塞ぎ込んでは思い煩い、ブルブル身を震わすやもしれぬ、だだっ広く、長ずっこい、ダラけた収容室に仕切られる代わり、建物は各々それなり光と外気の御相伴に与れる個室に分かれている。個室に、より恵まれた手合いの貧民は住まい、これら小さな部屋を快適かつ嗜み深く設えようとする願望において、努力と付き付きしき誇りへの動機を与えられる。

小生の記憶には一室とて、清潔で小ざっぱりとし、窓敷居に鉢植えが一つ二つ据えられたり、棚に陶器が並べられたり、水漆喰の壁に彩色版画がささやかながらひけらかされたり、恐らくは扉の蔭に木製の柱時計の掛かったりしていないものは刻まれていない。

孤児《みなしご》や幼子はこの棟とは別箇ながら、同じ施設の一部たる隣接の建物に収容されている。中にはそれは小さな子供もいるため、階段は彼らのちっぽけな歩幅に合わせて小人国《リリパット》人寸法に作られている。彼らの齢《よはい》と幼気なさに対す同様の心配りは正しく椅子にすら示され、そいつらと来ては絵に画いたような珍品にして、貧民人形の家の家具かと見紛うばかりだ。くだんの椅子に肘掛けと背もたれがついていると考えるだに、我らが救貧法委員が大喜びしよう様が瞼に浮かぶ。が小さな脊椎は連中がサマセット・ハウス*の会議室に集うより年季が古く、よってこの設いとて極めて心優しく慈悲深いそれのように思われた。

ここにてもまた、小生の胸中、快哉を叫んだことに、壁には銘が掲げられ、例えば「互いを愛せよ」とか「神は自ら造り賜ふた最も小さき者をこそ思い起こす」等々、同じ手合いの率直な忠言のような、難なく理解し、記憶に留められよう素朴な教えの数々が説かれていた。これらいっとう幼気な学徒の本や課業は同じ聡明なやり口で、彼らの子供っぽい知力に合わせられている。我々がくだんの学課を見学し果すと、小さな小さな四人の（内一人は目の見えぬ）女の子が五月なる陽気な月に纏わるささやかな歌を歌ったが、小生は内心（やたら憂はしいものだから）むしろ英国の十一月にこそしっくり来たろうにと惟みざるを得なかった。合唱が済むと、階上の寝室を見に行ったが、そこにて設いは階下で目にしていたそれにつゆ劣らず嗜み深く、非の打ち所がなかった。教師が皆、施設の基本理念に実に付き付きしい気品と徳性を具えていることを確認した後《のち》、幼気な学徒に暇を乞う段には、小生の心は未だかつて貧民の幼子に暇を乞うたためしのないほど軽やかだった。

「勤労院」の関連施設として病院もあり、病院はまたとないほど整理が行き届き、ありがたきかな、空いているベッドがたくさんあった。とは言え、アメリカの室内全てに共通するとある瑕疵を負うていた——即ち、「蒼穹」の下《もと》なる如何に穢れなき空気をも立ち枯らせよう、永遠不変の、呪われた、窒息催いの、赤熱の悪魔じみた暖炉が設えられているという。

同じ界隈に少年のための施設が二つある。一つはボイルストン校*と言い、未だ犯罪を犯してはいないが、餓《かつ》えた街路から連れ出し、そこへ送られねば、自然の成り行きで、可惜ほどなくくだんの箔を剝ぎ取られよう、放ったらかしの貧しい少年のための施設である。もう一つは少年犯罪者のための矯正院である。両者は一つ屋根の下《もと》にあるが、各々の少年が交わることは決してない。

ボイルストン校の少年は、容易に察せられようが、身形の点で他方の少年より遙かに恵まれている。小生が訪うた際には授業中で、例えばイングランドはどこにあるか、どれくらい離れているか、人口は如何ほどか、首都はどこか、政体は何かといった質問に教科書なしで、正しく答えていた。彼らはまた農夫の種蒔きに纏わる歌も歌い、「こんな具合に種を蒔く」とか「クルリと向き直る」とか「手を叩く」といった箇所では相応の身振りも交え、かくてより興味が湧くと同時に、自づと秩序立った物腰で共に行動する習慣が身につけられていた。実に立派な教育を受けているようだったが、食事はそれ以上にすこぶるつきだったと思しい。というのもかほどに丸ぽちゃの、チョッキのパンパンにはち切れそうな少年達にはついぞお目にかかったためしがなかったからだ。

少年犯罪者はおよそかように好もしい顔つきをしているどころではない。この施設には黒人の少年が相当数いた。小生は最初は（籠を編んだり、ヤシの葉で帽子を作ったりといった）作業中の所を、それから勉強している所を、見学した。後者では「自由」を称える歌を合唱した。囚人のための主題としては妙で、いささか癪に障りはすまいかという気がせぬでもなかったが。これら少年は四学級に分かれ、各学級は腕章に記された数字によって区別される。新入りは、入所すると一先ず第四の、即ちいっとう下の学級に入れられ、行儀次第で、一番上のクラスへと進級する。この施設の企図と目的は未成年の犯罪者を堅固ながら優しく聡明な処遇で矯正し、牢獄を背徳と堕落の、ではなく斎戒と成長の場とし、少年の胆に幸福に至る道は一つしかなく、その一つとは地道な勤勉だということを銘じ、仮に少年の歩みが未だかつてそちらへ導かれたためしがなければ、その道は如何様に踏み締められれば好いか教え、仮に少年の歩みが道から外れていれば、そちらへ連れ戻し、要するに、少年を破滅から救い出し、悔い改めた有益な人材として社会に復帰さすことにある。かようの施設がありとあらゆる観点において、また人間性と社会的方策のありとあらゆる要件に関し、如何に肝要かは論を俟たぬ。

もう一つ施設を紹介すれば、見学一覧は締め括られよう。施設とは州立感化院で、ここにては沈黙が厳密に守られているが、囚人は互いに顔を合わせ、共に働く慰めと精神的救いを与えられている。それは我々がイングランドに導入し、ここ数年間、祖国にても首尾好く機能している「牢規制」の改善された方式（所謂「沈黙制度」）である。

アメリカは人口の過密ならざる新国家として、全ての牢獄において、収監者に有益かつ有用な作業をあてがえるという大きな利点を有す。片や我々に関せば、法に触れたことのない正直者が間々、職を敢えなく探し求める定めにあるというなら、牢における労働に対す偏見は当然の如く極めて強く、ほとんど克服し難い。合衆国においてすら、服役囚労働と自由民労働を競い合わす原則は、紛うことなく後者の不利に通ずだけに、既に幾多の反対論者を生み、その数が時と共に減少することだけはあるまい。

正しくこの謂れ故に、しかしながら、我々の最上の牢獄は一見、アメリカのそれより規律正しく統制されているように見えよう。踏み車はほとんど、或いは全く、音もなく回転し、五百人に垂んとす男は同じ部屋で物音一つ立てず槇皮を作るやもしれず、いずれの類の苦役も然に厳重にして警戒怠りなき監視の下《もと》にあるため、囚人同士が一言たり言葉を交わすのはほとんど不可能だろう。一方、機《はた》や、炉や、大工の玄翁や、石工の鋸は、くだんの会話の機会には——無論、如何ほどそそくさとして短かろうと、それでもなお機会には——打ってつけだ。というのもこの種の労働は固より囚人が何ら柵も仕切りもなきまま互いのすぐ側《そば》で、時には肩を並べて、携わる要があるため、正しくその本質においてくだんの機会を提供せざるを得ぬからだ。視察者もまた、しばし理詰めに押し、推し量らねばなるまい。というのも幾多の囚人が戸外で見慣れているような手合いの通常の仕事に携わっているのを目の当たりに、同じ場所と制服の同じ囚人が唯一牢獄の重罪犯にしかあてがわれぬ職種として何処にても烙印を捺されている辱めの苦役に携わっている様を眺めるその半ばも深い感銘を覚えまいから。アメリカの州立監獄や感化院にて、小生には当初、よもや自分が事実、牢の中に——屈辱的な懲罰と忍耐の場に——いるとは思えなかった。して今日《こんにち》に至るまで、果たして牢が牢らしくないという人道的誇りは一件に纏わる真の叡智、もしくは哲理に根差すものか否か、判断がつきかねている。

何卒、目下の主題に関し、小生を誤解なさらぬよう。というのもこれぞ、小生が常日頃から強く、深い関心を寄せている主題だからだ。小生はイングランドをその刑法典と牢規制においてでぇ、ジョージ三世王の治世におけるほどごく最近においてすらこの世で最も血腥く、野蛮な国の一つに仕立て上げたかの、古き善き時代の古き善き仕来りに与さぬにつゆ劣らず、札つきの犯罪人の空念仏じみた虚言やメソついた口上を新聞報道や巷の憐憫のネタにするお涙頂戴の感傷にも与さぬ。もしやそれで次代を任う若人のためになるというなら、如何なる人品卑しからざる追い剝ぎ殿であれ、快く（人品卑しからざれば、それだけ快く）、その骨を掘り起こし、遺骨を一つまた一つと恰好の高みと思しき如何なる道標《みちしるべ》であれ、門であれ、絞首人晒し柱であれ、その上にて衆目に晒すを諾《うべな》おう。小生の悟性は掟と牢がその悪業において連中に焼きを入れたと、連中の見事な脱獄はくだんの目ざましき日々、必ずや己自身、重罪犯たりし、して最後の最後まで連中の腹心の友にして呑み友達であった獄吏によって片棒を担がれていたと信じて疑わぬ如く、これら輩《ともがら》がとことん役立たずの、堕落し切った破落戸たりしこと信じて疑わぬ。同時に小生は、万人が知っていようし、知って然るべき如く、「牢規制」なる主題は如何なる共同体にとりても最も肝要なそれだということも、してこの点に関す抜本的な刷新と他国への輝かしき手本において、アメリカが大いなる叡智と、大いなる慈悲と、気高き方策を示して来たということも、知っている。彼《か》の国の体制と我々がそれを鑑とした体制とを引き比べる上で、小生はただ、その幾多の瑕疵にもかかわらず我々の体制にもそれなりの長所が某かあるということを指摘したいにすぎぬ。

上記のような所感を述べるきっかけとなった感化院は、他の監獄のように壁で囲まれるのではなく、東洋の版画や絵画でお馴染みのように、何がなし象を飼育する囲い地の要領で、グルリに粗造りの杭が高々と打ち巡らされている。囚人は斑染《まだらぞ》めの服を着用し、重労働を課されている者は釘作りや石切りに携わる。小生が視察した折、後者の手合いの労働者はボストンで建設中の新しい税関のために石を切っていた。彼らは巧みに、して速やかに石を切っているようだった――くだんの技術を牢門の内にて習得した訳ではない連中は（たといいたとしても）ほんの一握りだったにもかかわらず。

女囚は皆、大きな一室に集められ、ニューオーリンズや南部諸州のために薄手の洋服を縫っていた。女囚も男囚同様、黙々と手を動かし、やはり男囚同様、彼らの労働を請け負っている人物、もしくは誰かその人物が指命した代理によって監視されていた。のみならず、いつ何時、そのため任命されている看守が視察に回らぬとも限らなかった。

調理、洗濯等々のための手筈は、祖国で目にして来たそれとほぼ同じ流儀に則り整えられている。囚人を夜間就寝させる（通常採用されている）方法は我々のそれとは異なり、単純かつ効果的である。四つ壁の窓から明かりの取られた、聳やかな空間の中央に独房が五段、一段また一段と、積み重なり、各々の段の前には軽い鉄の回廊が巡らされ、同じ造りと素材の階段から近づけるようになっている。床に接す下段は別だが。これら独房の背後に、互いに背中合わせにして向かいの壁に面す、相応の五段の独房が並び、同様の手立てにて近づける。かくて、囚人が独房に閉じ込められると、壁に背を向けて床の持ち場に就いた看守は一時《いちどき》に独房の半数を監視し、残る半数を反対側のもう一人の看守が同様のやり口で監視する——何もかも、大きな一室の内にて。この夜警がソデの下を使われるか、持ち場で居眠りをせぬ限り、脱獄は不可能である。というのもたといコトリとも物音をさせずに独房の鉄扉をこじ開けられたとしても（というのはまずもって至難の業たろうが）、外に姿を見せ、扉の面す五段の回廊の内一つへ一歩足を踏み出した途端、階下の看守にはっきり、まともに見えるに違いないからだ。これら独房にはそれぞれ、小さな脚輪付き寝台が設えられ、そこに囚人が一人——必ずや一人だけ——寝る。独房は無論、小さく、扉は盲戸ではなく、格子が嵌められ、ブラインドもカーテンもない。よって、房内の囚人は夜中のいつ何時であれ、くだんの回廊を見回るやもしれぬ如何なる夜警の監視と点検にも常時晒されることになる。毎日、囚人は台所の壁の跳ね蓋越しに一人ずつ食事を受け取り、各人が寝室に運んで食べる。そのため一時間、独りきり閉じ込められる。この手筈は一から十まで一点の非の打ち所もないように思われた。イングランドで次に建てられる牢獄は、この設計に則り建設しては如何だろう。

この牢では如何なる剣も銃も、棍棒ですら置かれていないそうだ。して今後も恐らく、目下の素晴らしい管理体制が続く限り、攻撃用であれ防御用であれ、如何なる武器も敷地内にては必要なかろう。

南ボストンの施設の然たるとは！　その全てにおいて、マサチューセッツ州の不幸な、或いは堕落した市民は神と人双方への義務を丹念に教えられ、自らの境遇の許す限りありとあらゆる慰安と幸福の穏当な手立てに取り囲まれ、如何ほど障害を負ったり、貧しかったり、道を踏み外していようと、偉大なる人間家族の一員として良心に訴えられ、強靭な「心」によって——（遙かに弱いながらも）強かな「手」によってではなく——統制されている。これら施設をいささか詳細に記述したのは、まずもって、それだけの価値があったからであり、次いでくだんの施設を雛型として捉え、いずれ取り上げよう、企図と目的を同じくする他の施設に関しても、これやあれやの点においてそれらが事実上失敗しているとか、異なると述べてもって善しとしたいからだ。

上記の、その成就においては不完全ながら、公正な意図においては正直な視察報告によって、読者諸兄に小生の審らかにした光景が小生自身にもたらした満足の百分の一なり伝えられれば幸いである。

ウェストミンスター会館の特有調度品《パラファネイリア》に馴れ親しんだ英国人にとって、アメリカ法廷は恐らく、イギリス法廷がアメリカ人にとって奇異に映ろうに劣らず、奇異に映る。ワシントンの連邦最高裁判所を除き（そこにて判事は皆、簡素な黒い法衣を纏うため）、司法につきものの鬘やガウンといった代物は全くない。法曹界の殿方は法廷弁護士兼事務弁護士でもあり（イングランドにおけるようにくだんの職能の区別が一切ないだけに）、我らが支払い不能者救済法廷の事務弁護士が顧客と隔てられていないと同様、彼らの顧客と隔てられていない。陪審員はくつろぎ返り、状況の能う限り肩の荷を下ろしている。証人は廷内の人込みよりほとんど高みに据えられても懸け離れてもいないせいで、議事進行の合間に法廷に入った他処者は誰が証人か見分けがつくまい。して、たまたま刑事裁判ならば、他処者の目は十中八九、囚人を探して被告人席の方へさ迷えど詮なかろう。というのもくだんの殿方は恐らく、法曹界の最も傑出した誉れ氏諸賢に紛れて油を売っているか、御当人の法律顧問の耳許でヒソヒソお智恵を授けているか、せっせと古鵞ペンをナイフで刮げて、爪楊枝をこさえていようから。

小生はボストンでいくつかの法廷を訪うた際、上記の違いに目を留めざるを得なかった。やはり当初、目にして少なからず驚いたことに、折しも審理中の証人を尋問する弁護士は着座したまま尋問する。が、弁護士はまた懸命に答弁を筆記してもいるのを目にし、かつ彼は独りきりで、助手《ジュニア》がいないのを思い起こし、即座に、法はここにては祖国におけるほど値の張る代物ではなく、我々が不可欠と見なしている諸々の形式が割愛されているお蔭で訴訟費用明細書は文句なく、めっぽうありがたき御利益に与っているものと得心した。

いずれの法廷でも市民を収容するに十分かつ広々とした設いが整えられている。それはアメリカ全土で言えることだ。全ての公共施設において、庶民が立ち会い、手続き全般に興味を抱く権利が余す所なく、極めて明確に尊重されている。ノロマな慇懃をちびりちびり、六ペンス分ごと施し賜ふ陰険な門番もいなければ、小生の心底信じて疑わぬことに、如何なる手合いの職務の傲慢もない。金目当てに如何なる国家的なものもひけらかされねば、如何なる公務員も見世物師ではない。我々も近年、この善き手本に倣いつつある。願はくは鑑に倣い続け、いずれは聖堂首席司祭や参事会員ですら宗旨替えする日の来《きた》らんことを。

民事法廷にてはとある鉄道事故で受けた損害を巡る訴訟が審理されていた。既に証人は尋問を受け、弁護士が陪審員に説明を行なっていた。先生は（英国人同業者の幾人《いくたり》かに劣らず）凄まじく冗舌で、一つ事を何度も何度も繰り返す目ざましき天稟に恵まれていた。先生の一大眼目は「機っかん士ウォレン」で、口にする条《くだり》という条《くだり》に無理矢理、捻じ込んでいた。小生は先生の長広舌を四半時間ほど拝聴し、挙句、訴訟の理非がらみで一切蒙を啓かれぬまま法廷を後にした際にはまたもや祖国にいるかのような錯覚に見舞われた。

囚人独房には、窃盗の廉で治安判事から審問されることになっている少年が入れられていた。この少年は一般の牢獄に拘禁される代わり、南ボストンの少年院へ送られ、そこにて職業を身につけ、いずれは誰か立派な親方の下《もと》へ年季奉公に出されるのであろう。かくてこの窃盗罪の発覚は汚名と惨めな刑死の人生の前奏曲ではなく、少年が悪徳から救済され、立派な社会の一員となる前途が、強ち空頼みでもなく、開かれる糸口となろう。

小生はその大半が途轍もなく不条理に映るだけに、我らが法的典礼をおよそ十把一絡げに称える気にはなれぬ。事ほど左様に奇妙に思えるやもしれぬが、鬘と法服には紛れもなくある程度の庇護が――役所《やくどころ》のための衣裳を纏う上での個人的責任の回避が――伴い、自づと我らが法廷にて然に大手を振って罷り通っているかの権柄尽くの物腰と言語が、かの「真理」の擁護者の職務の甚だしき濫用が、助長される結果となっている。がそれでいて、果たしてアメリカは旧体制の不合理や弊害を断ち切ろうとする余り、相反す極端に走ってはいまいか、わけても各人が相手を知っているかように小さな都市という共同体においては、司法を日常生活の「誰とでも仲良し」部門に対す何か人工的な垣根で取り囲んで然るべきではないか、疑念を禁じ得ぬ。司法は、当地のみならず他処にても法曹界の極めて高い特性と能力において受け得る援助を全て事実、受け、受けるに価する。が時に思慮深い博識の人間ではなく、無学で軽率な人間――幾許かの囚人や幾多の証人を含む階層――に銘記さす何か他のものも必要ではあるまいか。これら組織は無論、法を布く上で大きく寄与した者は必ずや法を尊ぼうとの原則に基づき設立されている。が経験に照らせば、この期待は誤謬である。というのもアメリカの判事ほど一度《ひとたび》人心が大きく掻き乱されれば、法は無力にして、当座、それ自身の優位を申し立てること能はぬということを熟知している者はいないからだ。

ボストン社交界の気風は一点の非の打ち所もなき丁重と、礼節と、育ちの良さのそれである。御婦人方は文句なく美しい——容貌の点にかけては。がそこにて小生は立ち止まらざるを得ぬ。御婦人方の教育は我々と五十歩百歩。上でも下でもない。ことこの点に関し実に驚くべき逸話を某か耳にしていたが、天から鵜呑みにしなかったお蔭で、肩透かしも食わなかった。ハイカラ女*は、なるほどボストンにもいるが、他の大方の緯度のくだんの色と性の哲学者同様、彼女らは事実人並み優れているというよりむしろ優れていると思われたがっている。福音主義の女性もまたボストンにいるが、彼らの宗教形式への愛着と演劇的娯楽への嫌悪は極めて模範的である。講話に出席する病膏肓に入っている御婦人方はありとあらゆる階層と境遇の内に見出せる。かようの街に普及している手合いの鄙びた生活において、説教壇は大きな影響力を有す。ニューイングランドの(必ずやユニテリアン派の聖職者はさておき)説教壇特有の職分は無垢で理性的な娯楽を端《はし》から弾該することにあると思しい。教会と、礼拝堂と、講堂は唯一、例外的な興奮の手立てにして、故に教会と、礼拝堂と、講堂へと、御婦人方は挙って足を運ぶ。

何処にて宗教が度の強い酒として、何の変哲もなき懶い家事の繰り返しからの逃避として、訴えられようと、聖職者の内誰より高飛車に罵倒する者こそが必ずや誰よりウケが好い。「永遠の道」に誰より夥しき量の硫黄を撒き、路傍に生える花や葉を誰より仮借なく踏み躙る者こそが誰より廉直な人物とのおスミつきを頂戴し、如何に天国へ昇ることが至難の業か誰より執拗に説いて聞かす者こそが真の信者皆によってそこへ身罷ること間違いなしと目されよう——一体如何なる推論の過程を経て当該結論が導かれるものか、俄には判じ難いが。ともあれ、そうしたものと、国の内外を問わず、相場は決まっていよう。頭に血を上らす他方の手立て——講話——に関せば、そいつには少なくとも常に目新しいとの取り柄がある。とある講話は別の講話に然にすかさず踵《きびす》を接してお越しになるものだから、どれ一つとして記憶に留められぬ。よって今月の連続講話はたとい来月、繰り返されようと、目新しさの魅力はいささかも損なわれず、興味はいささかも失せぬやもしれぬ。

地の生り物は腐敗にて育まれる。上記の諸々の事象の腐朽より、ボストンにては超絶論者として知られる哲学者の一派が誕生した。果たしてこの呼称は何を意味することになっているものやらと問うや、訳の分からぬものは何であれ必ずや超絶的たろうと御教示賜った。当該解説を受けても生憎、目からウロコとは行かず、さらにネ掘りハ掘りやった所、超絶論者とは我が畏友カーライル氏の、と言うよりむしろ彼の信奉者たるラルフ・ウォルドー・エマソン氏*の、信奉者達なりと判明した。この後者の御仁は大部の『随想録』を物し、そこにては夢想的かつ空想的な（などと言って筆者にお許し頂けるなら）幾多の蘊蓄が傾けられている一方、真実かつ雄々しき、正直かつ大胆な遙かに幾多のそれも傾けられている。超絶論にはそれなりたまさかのムラっ気があるにはあるが（一体如何なる学派にムラっ気のないことのあろう？）にもかかわらず、健やかな美点も具え、就中「空念仏」を忌み嫌い、百万に垂んとす色取り取りの持ち衣裳で如何ほどめかし込もうと「空念仏」嬢の正体を見破る才に長けている。故に小生ももしやボストン生まれならば、超絶論に気触れてはいよう。

小生がボストンで唯一説教を聞いたのはテイラー師*で、師は船乗り相手に独特の物言いで法を説き、彼自身かつて海員だった。師の礼拝堂は古びた、せせこましい、海辺の通りの一本にて、船舶に紛れて立ち、屋根からは陽気な青い旗が屈託なくパタパタ、ハタめいていた。説教壇の向かいの中二階には男女混声の小さな聖歌隊とチェロとヴァイオリンが控えている。説教師は既に台脚の上に高々と据えられた説教壇に着席し、背後には派手派手しい、いささか芝居がかった見てくれの色鮮やかな綴織があしらわれていた。師は年の頃五十六、七の、風雨に晒された、いかつい目鼻立ちの男で、深い皺は言はば顔に刻み込まれ、髪は暗褐色で、目は険しく、鋭かった。が面立ち全体の印象は明るく、人好きがした。礼拝は賛美歌で幕を開け、それから即興の祈りが捧げられた。祈りにはかようの祈り全てにつきものの如く、しょっちゅう同じ文言が繰り返される珠にキズはあったが、教義においては素朴で分かり易く、「神格」へのこの種の呼びかけに願はしいほど通常は見受けられぬ全般的な共感と慈悲の調子が漲っていた。祈りが済むと、師は説法を開始するに、礼拝が始まる前に会衆の何者かによって机の上に載せられていた「ソロモンの歌」からの条《くだり》を原典として法を説いた。「最愛の者の腕にもたれ、荒野より来《きた》るは誰ぞ（『雅歌』八：五）？」

師は原典をありとあらゆるやり口で操っては、ありとあらゆる形に捻《ひね》くった。が必ずや巧みに、して聴衆の理解にしっくり来る粗野な熱弁を揮いつつ。実の所、小生の勘違いでなければ、師は己自身の力量をひけらかす術《すべ》より遙かに、会衆の共感と理解に心を砕いていたのではあるまいか。師の比喩的表現《イメージャリ》は全て海と、船乗り人生の出来事から引かれ、間々、めっぽう素晴らしかった。会衆に「かの映えある傑人ネルソン卿」とコリンウッド*について語ったが、何一つ、俗に言う「力尽くで」引きずり込むのではなく、自分の目的にさりげなく、しかも効果には目配りを利かせつつ、適うよう仕向けた。時に、自らの主題で生半ならず頭に血の上った折など、大きな四折判の聖書を小脇に抱え、そのなり説教壇を行きつ戻りつし、その間《ま》もグイと会衆の直中に目を据える——ジョン・バニヤンとバーリのバルフォア*を足して二で割ったような——妙な癖があった。かくて聴衆の最初の集会に原典を適用し、彼ら自身の間に宗派を形成する上での尊大に対す教会の驚愕を審らかにする段にはつと、上述のやり口で聖書を小脇に抱えたまま立ち止まり、以下の如き物腰で講話を続けた。

「これらは何者ぞ——彼らは何者ぞ——これら輩は何者ぞ？　何処より来《きた》る？　何処へ行かん？——何処より！　答えは？」——説教壇から身を乗り出し、右手で下方を指しながら。「船倉より！」——またもやハッと仰け反り、目の前の船乗り達に目を据えながら。「船倉より、我が兄弟よ。汝《な》らの上方にて悪魔によりて当て木《バトゥン》を添えられた罪の艙口《そうこう》の下より。正しくそこより、汝《な》らは来《きた》りし！」——説教壇を行きつ戻りつしながら。「して何処へと汝《な》らは行かん」——いきなりひたと立ち止まり。「何処へと汝《な》らは行かん？　檣上《しょうじょう》へと！」——そっと声を潜め、上方を指差しながら。「檣上《しょうじょう》へと！」——声を張り上げ。「檣上《しょうじょう》へと！」——いよよ声を張り上げ。「正しくそこへと汝《な》らは行かん——追い風を受け——帆という帆を小ざっぱりとしてピンと張り、その栄光なる『天』目指し、真っ直ぐ舵を操りながら。そこにては時化もなければ荒天もない。邪な者は煩わすを止め、疲れし者は休める」——またもや行きつ戻りつし。「正しくそこへと汝《な》らは行かん、我が馴染みよ。然り。正しくそこへと。かの港へと。かの避泊港へと。そこは祝福されし港なり——風や潮が如何ほど移ろおうと、水面《みなも》は穏やかにして、岩山に擱坐することも、錨綱《いかりづな》を大海原へと遣り放ち、繰り出すこともない。あるは安らい——安らい——安らい——全き安らいのみ！」——またもや行きつ戻りつし、左脇に抱えた聖書を軽く叩きながら。「何！　これら輩は荒野より来《きた》ると？　如何にも。その唯一の生り物の『死』たる佗しく、立ち枯れし『非道』の荒野より。されど何ものかにもたれているか——何ものにももたれていないか、これら哀れな船乗りは？」——聖書を三度《みたび》叩きながら。「おお、如何にも——如何にも——彼らは最愛の者の腕にもたれている」――なお三度《みたび》叩きながら。「最愛の者の腕に」――なお三度《みたび》、して行きつ戻りつしながら。「乗組員皆にとって、水先案内人と、標《しるべ》の星と、羅針盤を一つにした――そら、ここに」――なお三度《みたび》。「そら、ここに。彼らは己《おの》が船乗りの本務を雄々しく全うし、如何ほど大きな危難や危険に見舞われようと胸中、安らかでいられよう、これさえあれば」――なお二度《ふたたび》。「彼らは最愛の者の腕にもたれ、荒野より来《きた》り――これら貧しき輩とて――上へ、上へ、上へと昇れまいか！」――上へ上へと繰り返す度、手をより高々と掲げながら。かくて説教師は終に頭上に手をかざしたなり立ち尽くし、会衆を奇しき、陶然たる物腰で見やると、聖書を誇らかに胸に押し当て、いつしか講話の何か他の条《くだり》へと移って行った。

上述の説法を、小生は牧師の功徳、というよりむしろ奇矯の事例として引用した。とは言え、師の表情と物腰や、会衆の質《たち》との関連で言えば、これとて極めて印象的ではあった。小生にとっての好印象は、しかしながら、以下二様の謂れに負う所が大きく、深く刻まれているのやもしれぬ。まずもって、説教師が聴衆に宗教の真の遵守は、宗教が蓋し、彼らに周到に要求している陽気な立居振舞いと分相応の本務の正確な履行とは相矛盾せぬということを銘記させているため。次いで、彼らに楽園とその恩恵における如何なる独占をも申し立ててはならぬと説いているため。小生は未だかつてくだんの二点がその手の如何なる説教師によっても然まで聡明に言及されたのを（たとい事実、ともかく言及されるのを耳にしたためしがあったとしても）、耳にしたためしがない。

小生がボストンで過ごした時間を、これら諸事を実地に経験し、今後の旅で取るべき進路を定め、その社会集団と絶えず交わることに費やし果したからには、これ以上当該章を長引かす要はなかろう。上で述べていないような類の社会的習慣ならば、ただし、ほんの二言三言で審らかに出来るやもしれぬ。

通常のディナーの刻限は二時で、ディナー・パーティーは五時に催され、夜会では、めったに十一時以降は夜食を取らぬ。よって浮かれ騒ぎからですら真夜中までに帰宅せぬのは極めて稀だ。以下の点をさておけば、ボストンのパーティーとロンドンのそれとの間には何ら違いがない。即ち、ボストンにて集いは全てより理性的な時間に催され、会話は或いは気持ち、より喧しく陽気やもしれず、客は概ね外套を脱ぐべく屋敷の正しく天辺にまで昇ることになっている。客はまたディナーというディナーにおいて必ずや夥しき量の家禽がテーブルに供されるのを目の当たりにし、夕食という夕食においては必ずや濛々たる湯烟を立てている牡蠣の煮込みの巨大な深鉢が少なくとも二鉢お目見得しよう。いずれの深鉢にても半人前のクラレンス公爵*ならば易々息の根を止められようかという。

ボストンにはかなり大きく、立派な造りの劇場が二つあるが、生憎、とんと観客の御贔屓に与っていない。ともかく劇場に足を運ぶほんの一握りの御婦人は、当然の如く、枡席の正面の列に座る。

酒場《バー》は石の床の大きな部屋で、客は一晩中、立ったなりプカプカ紫煙をくゆらしてはそこいらをブラつく。気の向き次第フラリと立ち寄ってはフラリと出て行きながら。そこにて他処者はまた、ジン‐スリング、カクテル、サンガリー、ミント・ジュレップ、シェリー‐コブラー、ティンバー・ドゥードルその他、世にも稀なる混合酒の奥義にも通ずることとなる。屋敷は既婚・未婚を問わぬ間借り人で溢れ返り、内多くは建物内で起居し、賄い付宿泊の契約を週極めで結び、間借り代は塒に戻るに天高く登れば登るほど下がる。共同のテーブルが朝食用、ディナー用、夕食用と、実に立派な広間に支度される。共にくだんの食事の席に着く一座の数は百から二百、時にはそれ以上と、様々である。日々のこれら画期的事件の到来は由々しき銅羅によって宣され、御逸品、屋敷中に響き渡る段には正しく窓敷居までをもガタつかせ、神経質な外つ国人の度胆を抜く。定食は御婦人用と、殿方用の二種類ある。

我々の個室にては、テーブルの中央にツルコケモモのガラスの大皿がデンと据えられねば、たとい天地が引っくり返ろうと、ディナーのためにクロスは広げられなかったろうし、朝餉は、もしやメインの料理が大きな平らな骨をど真ん中に突き立てられたなり溶かしバターにどっぷり浸かった上から、ありとあらゆるコショウの中でもとびきり黒々としたそいつを振りかけられた歪なビーフステーキでなければ、てんで朝餉などではなかったろう。寝室は広々として風通しが好かったが（大西洋のこちら側の寝室の御多分に洩れず）家具らしい家具も設えられていなかった――フランス風寝台にも窓にもこれきりカーテンが吊る下がっていないとあらば。寝室には一点、しかしながら、英国哨舎より気持ち小さめの彩色板の洋服ダンスの形《なり》なる尋常ならざる贅沢品が設えられていた。もしや当該準えではそのどデカさを十全と伝えられぬというなら、小生は丸十四昼夜、御逸品、てっきりシャワー装置なものとの思い込みに凝り固まったまま寝泊まりしていたとの事実より推し量られたい。

第四章　アメリカ鉄道。ローウェルとその工場体制

ボストンを発つ前に、小生は一日がかりでローウェルへ遠出をした。この訪問に一章割くのは、何らクダクダしく審らかにする気でかかっているからではなく、ただ遠出をそれぞのものとして記憶に留めているため、読者諸兄にもそうして頂きたかったまでのことである。

小生はこの折、生まれて初めてアメリカ鉄道の御高誼に与った。くだんの絡繰は合衆国中、ほとんど大差ないので、一般的な特徴を列挙するのはお易い御用だ。

イングランドにおけるように一等車、二等車といったものはなく、紳士用車両と御婦人用車両があるだけで、両者の主たる違いは前者では誰しも煙草を吸うが、後者では誰一人吸わぬといったくらいのものである。黒人は断じて白人とは旅をせぬので、黒人専用車両もある。車両は恰もガリヴァーがブロブディンナグ王国（『ガリヴァー旅行記』第二部巨人国）から沖へ漕ぎ出した手合いの大きなマゴつき屋の不格好な櫃である。やたらグラつ

き、やたら騒々しく、やたら壁だらけのクセをして窓はほとんどなく、機関車と、甲高い汽笛と、ベルがある。

　車両はみすぼらしい乗合い馬車そっくりだが、もっと大きい。三十人か、四十人か、五十人は入れたろう。座席は端から端まで伸びる代わり、横に並び、二人掛けである。幌馬車《キャラヴァン》の両側にズイと走り、その中央を狭い通路が縫い、両端にそれぞれ扉がついている。車両の中央には概ねストーブが据えられ、木炭か無煙炭が焼べられ、大方、真っ紅に火照り上がっている。かくて客車はむっと、耐え難いまでに息苦しく、赤熱の大気がゆらゆら、煙のお化けよろしく貴兄自身と何であれ目に留まる他の代物との間を揺蕩うているのが見えよう。

　御婦人用車両には、御婦人同伴の殿方が数知れず乗り込んでいる。同伴者のいない御婦人もまた数知れず乗り込んでいる。というのも如何なる御婦人であれ、合衆国の一方の端から他方の端まで独りきり旅をしようと、何処にても必ずやこの上なく礼儀正しく、思いやり深い扱いを受けるからだ。車掌、と言おうか検札係、と言おうか扉係、と言おうかともかく男は、制服を着ていない。そいつはお気に召すまま車両を行きつ戻りつしたり、出たり入ったりし、もしや貴兄がたまたま他処者ならば、ズッポリ両手をポケットに突っ込んだなり扉に背を預け、グイと貴兄を睨め据える。或いはグルリの乗客と四方山話に花を咲かす。その数あまたに上る新聞が取り出されるが、目を通して頂けるそいつはほんの一握りだ。誰も彼もが貴兄に、或いは外の誰であれおメガネに適う客に話しかける。もしや貴兄が英国人ならば自分達の鉄道が英国の鉄道とよく似ているものと当てにする。もしや貴兄が「いえ《ノー》」と答えると「ほお?《イエス》」と（怪訝げに）返し、如何様な点で違うのかと問う。貴兄が相違点を逐一挙げて行くと、それぞれに「ほお?《イエス》」と（相変わらず怪訝げに）返す。それから英国の汽車はさまで飛ばすまいと吹っかけ、貴兄がいや、もっと、と答えるや、またもや「ほお?《イエス》」と（相変わらず怪訝げに）答える。が天から眉にツバしてかかっていること一目瞭然。して長らく黙りこくっていたと思うと、一部貴兄宛、一部ステッキの天辺の握り宛、宣ふ。「米北部州人《ヤンキー》というのはかなりの我勝ち屋人間《ゴー・アヘッド》だとも思われていましてな」貴兄がすかさず「ほお《イエス》」と返すと、やっこさんはまたもや「ああ《イエス》」と（今度は相づちめかして）言う。して貴兄が窓外へ目をやれば、すかさずあの丘の裏手の、次の駅から三マイルほど離れた所に、小粋なロゥ-ケイ-ションのイカした町があるが、あすこに宿を取るつもりだろうとカマをかける。貴兄が否と返すや、当然の如く、貴兄の腹づもりの道筋《ルート》がらみで（必ずや騒動《ラウト》と発音されるが）ネ掘りハ掘りやり出し、貴兄は何処へ行くつもりだろうと、そこへは途轍もなき難儀と危険なくしては辿り着けず、目ぼしい名所はどいつもこいつもどこか他処に御座るものと思い知らされよう。

もしや御婦人がどこか男性客の席をお望みとあらば、同伴の殿方は男性客にその意を伝え、さらば男性客はすかさず丁重至極に席を譲る。政治が大いに俎上に上せられ、銀行も――綿花も――また然り。物静かな連中は大統領任期の話題は避ける。というのもお次の選挙は三年半後に迫り、党派感情がえらく昂っているからだ。当該お馴染みの代物の大いなる体質的特徴は、先の選挙の熾烈な鍔迫り合いが終わった途端にお次のそいつの熾烈な鍔迫り合いが始まり、そいつはありとあらゆる有力な政治家と真に祖国を愛す者にとっては――とは即ち九十九人と四半分の内九十九人までの男や小僧にとっては――得も言はれぬ慰めとなろうという点にあるだけに。

支線が本線と交わる箇所をさておけば、軌道が一本以上あることは極稀で、故に線路はめっぽうせせこましく、見晴らしは、わけても深い切通しのある場合など、およそ利くどころではない。たとい深い切通しがなかろうと、景色の風情は似たり寄ったり。何マイルも何マイルもいじけた木が続く。中には斧で伐り倒されたものもあれば、風に吹き倒されたものもあれば、半ば倒れかけ、お隣さんに寄っかかっているものもあれば、なお幾多の丸太は沼に半ば埋《うづ》もれ、片やボロボロに朽ち果て、海綿じみた木端に砕けているものもある。大地の正しく土壌にしてからがこの手の微塵めいた欠片より成り、淀んだ水溜まりという水溜まりには木の根っこだの枯葉だの痂《かさぶた》もどきがこびりつき、四方八方、腐敗と、腐朽と、放置のありとあらゆる段階なる大枝や、幹や、切株が転がっている。今や、幾多のイングランドの川に劣らず大きいながらここにては然に小さいものだから、ほとんど名すらつけて頂けぬ明るい湖か池のキラキラ輝く開けた田園にものの数分、這い出す。かと思えば今や、遙かな町をその小ざっぱりとした白い家と涼しげなベランダや、小粋なニューイングランド風教会と学校ごと、そそくさと拝まして頂く。と思いきや、ヒューッ！　そいつらを目の当たりにしたかせぬか、同じ仄暗い衝立がお越しになる――いじけた木に、切株に、丸太に、淀んだ水溜まり――どいつもこいつもさっきの奴らとウリ二つとあって、魔法でまたもや連れ戻されたかのような錯覚に陥る。

汽車は森の中の駅で途中停車するが、そこにて何人《なんぴと》たりこれきり下車する謂れのあり得べくもないのは、よもや何人《なんぴと》たり乗車しようはずもないが如し。汽車は有料道路を突っ切るが、門もなければ、お巡りもいなければ、信号もない。あるのはただ、「警鐘が鳴ったら機関車に気をつけよ」とデカデカやられた粗造りの木の拱門きりだ。驀地に、そいつは疾駆し、またもや森に突っ込み、光の中へ這い出し、ガタピシの拱門の上をガラガラ走り、泥濘った地べたの上でグラグラ揺れ、束の間、瞬きさながら光を遮る木橋の下を突っ切り、とある大きな町の目抜き通りでうたた寝している谺という谺の目をいきなり覚まし、道のど真ん中を滅多無性に、伸るか反るか、死に物狂いで駆け抜ける。そら――職工は汗水垂らし、町人は扉や窓に寄っかかり、小僧は凧揚げやビー玉遊びにかまけ、男は煙草を吹かし、女は噂話に花を咲かせ、赤子は這いずり回り、豚は鼻面で穴を掘り、不馴れな馬は正しく軌条《レール》の際の際で後ろ脚を蹴り上げたり棒立ちになったりしているが――そら――ズンズン、ズンズン、ズンズン――狂った大蛇《おろち》よろしき機関車は車両をゾロリと引っ連れ、薪の罐《かま》から真っ紅な火の粉を四方八方へ撒き散らし、金切り声を上げてはシュッシュと舌打ちしては喚き立てては、ゼエゼエ喘ぎながら大気を劈く。してとうとう喉を干上がらせた怪物は水を飲むべく有蓋路の下にてひたと停まり、人々がワッと群がり、貴兄は漸うまたもや息を継ぐ。

小生はローウェルの駅で地元の工場経営に密接に関わるとある殿方に出迎えられ、殿方の案内にすんなり身を委ねると、直ちに訪問の目的たる工場の建ち並ぶ町のくだんの地へと馬車で向かった。ほんの成年に達したばかりというに――というのも、記憶違いでなければ、町が工業都市になってまだわずか二十一年しか経っていないはずだから――ローウェルは大きな、人口の多い、繁華な町だ。仰《のっ》けに目に留まるかの若年の証故に、町には一風変わった奇妙な趣きが漂い、それが旧い国からの新参者にとってはすこぶる愉快だ。やたら泥濘った冬の日のことで、町中どこを見渡しても古びたものは何一つなかった――泥をさておけば。何せ御逸品、場所によっては膝まで浸かりそうで、ひょっとしてノアの大洪水の後で水が退いた際、そこに溜まったままだったやもしれぬから。とある箇所には真新しい木造りの教会があり、尖塔もなければ、未だペンキも塗られていないせいで、宛名書きのないどデカい荷箱に見えなくもなかった。また別の箇所には大きなホテルがあり、壁と柱廊と来てはそれはパリパリとして、薄皮めき、それは脆そうなものだから、カードでこさえられているかと見紛うばかりであった。小生は通りすがりに息を吐かぬよう気を使い、職人が屋根の上に這いずり出て来た時には、ゾクリと総毛立った――やっこさん、うっかりドスンと足を踏み締めた勢い、屋台骨を押し潰し、ホテルが丸ごとガラガラ砕れ落ちはせぬかと。工場内の機械を動かす正しく川にしてからが（機械は全て水力で作動しているから）、そいつが直中を縫っている明るい赤レンガと色取り取りの材木より成る真新しい建物の小ざっぱりとした御利益に与り、せせらぎの音やさざ波のトンボ返りにおいて、ちょっとやそっとではお目にかかれぬほど上っ調子で、能天気な、活きのいい青二才の川のように映った。「パン屋」や「万屋」や「製本所」や、その他諸々の店は一軒残らず昨日《きのう》初めて鎧戸を開け、商いを始めたものと請け合えていたろう。薬屋の表の日除けの木枠に看板代わりにくっつけられた黄金色《こがねいろ》の臼《うす》と擂り粉木はつい今しがた合衆国造幣局にて鋳られたばかりででもあるかのような面《つら》を下げ、街角で女の腕に抱かれた生後一週間か十日そこらの赤子を目にした際には、つい我知らず、一体どこからお越しなものやらと首を捻っている始末であった――よもやかように出来立てホヤホヤの町で生まれようなど一瞬たり思い浮かべられもせず。

ローウェルには工場がいくつかあり、それぞれ我々ならば公募会社と名付けようが、アメリカでは株式会社と呼ばれるものに属している。小生は内いくつかを――例えば、羊毛工場、絨毯工場、木綿工場を――視察し、全ての部署を見て回り、如何なる手合いの準備も、如何なる通常の日課の手続きからの逸脱もなきまま、普段の労働の様相なるそれらを目にした。ここにて一言言い添えれば、小生はイングランドの我らが工業都市とも気のおけぬ仲にあり、マンチェスターその他の幾多の製造所を同じやり口で訪うて来た。

小生はたまたま最初の工場に、ディナーの時間が終わり、女工が仕事に戻りかけている折に到着した。実の所、製作所の階段は、小生が昇っていると、女工で溢れ返っていた。女工は皆身形が好かったが、小生の思うに、身の程を上回る装いではなかった。というのも小生は社会のより約しき階層が服装や身嗜みに心を配り、もしやお気に召すなら、懐具合に見合うような小間物をすらあしらっているのを目にするのが好きだからだ。よって、度を越さぬ限りにおいて、自ら雇う如何なる女性にあっても必ずや、この手の誇りを矜恃の付き付きしき要素として奨励しよう。して誰か惨めな女が自分が身を持ち崩したのはおシャレに目がなかったせいだと言ったからとて、断じてくだんのハッパをかけるのを差し控えようとせぬは――恰も安息日の真の主旨と意味の小生なりの解釈が、元を正せばニューゲイト監獄の殺人犯の少なからず如何わしき典拠より広まっているやもしれぬ、くだんの格別な日における男の背教に基づく、廉潔な者への警告に左右されるを潔しとせぬ如し。

これら女工は皆、上述の通り、身形が好い。との形容はとびきり清潔だということをも自づと意味する。使い勝手の好いボネットと、丈夫で暖かそうな外套と、ショールを纏い、木靴《クロッグ》と靴台《パトウン》も慎ましやかに履いている。のみならず、製作所内にはこうした見繕いを安心して置いておける場所もあれば、洗濯の設いも整えられている。女工は見るからに健康そうで、内幾多の者はしかも、すこぶる。物腰や立居振舞いはおよそ零落れ果てた役畜を思わすどころか、正しく乙女のそれである。小生はたといくだんの工場の内一つで想像し得る限り舌っ足らずの、取り澄ました、気取り屋の、妙ちきりんな小娘を目の当たりにしていたとて（とは言え、この手の代物はいぬかと鋭く目を光らせていたものの、出会さなかったが）、それとは真反対の、ぞんざいな、塞ぎ屋の、ふしだらな、下卑た、懶い娘を思い浮かべ（その手の娘には事実出会して来ているので）、前者にこそお目にかかれて幸いと得心していたろう。

女工の働いている部屋は女工自身同様、整然としていた。幾室かの窓には植木が置かれ、ガラスの日除けになるよう仕立てられている。どの部屋も仕事の質《たち》が許し得る限り清しい空気と清潔と快適がふんだんに漲っている。然に幾多の者がほんの折しも一人前の女性になりかかっているにすぎぬ然にその数あまたに上る娘の中には、宜なるかな、見るからにひ弱く華奢な者もいようし、確かに、いた。が神かけて誓っても好いが、その日あちこちの工場で目にした数知れぬ女工全ての内、小生に傷ましい印象を刻んだ若やかな顔の唯の一つとて――仮に手作業によって糊口を凌ぐのが必然の問題であるとしても、能ふものならくだんの工場より連れ出してやっていたろう若き娘の唯の一人とて――思い出すことも選り出すことも叶うまい。

女工はすぐ近くの様々な下宿屋に間借りしている。工場主はわけてもその人物証明書がこの上もなく綿密で徹底的な調査を閲していないような娘には断じてこの手の下宿屋に住まわさぬよう細心の注意を払う。同じ下宿人からにせよ他の何者からにせよ、ともかく何らかの苦情が訴えられれば、徹頭徹尾調べ上げられ、もしや苦情に正当な根拠があると証明されれば、女工は立ち退きを命ぜられ、仕事は誰かより相応しき娘に譲られる。くだんの工場では子供も数名、わずかながら雇われている。州の定めた法律により、彼らは一年の内九か月以上働いてはならず、残る三か月は必ずや教育を受けねばならぬ。このため、ローウェルには学校があり、様々な宗派の教会や礼拝堂もある――若き娘御が自ら教育を受けた崇拝の形式を遵守出来るよう。

工場から少し離れた、界隈でどこより高く、心地好い敷地に女工のための病院、と言おうか病人のための寄宿舎が立っている。病院はその辺りでは最も立派な屋敷で、元はと言えば著名な商人によって私邸として建てられた。前述のボストンのくだんの施設同様、共同病室に分かれる代わり、便利な個室に仕切られ、各室とも実に快適な屋敷の快適な調度が全て設えられている。主治医が同じ屋根の下《もと》に住まい、たとい患者が医師自身の家族だったとて、然まで手篤く面倒を見られることも、然まで優しく、思いやり深く世話を焼かれることも叶はなかったろう。各女性患者に対すこの施設の週極の入院費は三ドル、英貨にして十二シリングだが、いずれの株式会社に雇われている如何なる女工も支払い能力に欠けるからといって入院を拒まれることはない。資力に欠けるのが極稀なのは、一八四一年七月、これら女工の内九百七十八名がローウェル貯蓄銀行の預金者であり、共同貯蓄の総額は十万ドル、即ち英貨にして二万ポンドと概算される事実によっても容易に推し量られよう。

小生は以下、大西洋のこちら岸のその数あまたに上る読者諸兄を少なからず驚かさずばおくまい事実を三点指摘したい。

第一に、幾多の寄宿舎には合資ピアノが据えてある。第二に、これら若き御婦人はほぼ全員が回覧文庫を予約購読している。第三に、彼女達自身の間で「工場で懸命に働く女性のみによって執筆された創作の宝庫」たる『ローウェル文芸』と呼ばれる定期刊行物を創刊し——雑誌は然るべく印刷・発刊・販売され、その読みごたえのある強かな四百頁を、小生はローウェルより持ち帰り、既に初めから終わりまで読み通した。

読者諸兄の大半は、こうした寝耳に水の事実を聞かされると、一斉に声を上げよう。「何と言語道断なことか！」小生が憚りながら、それはまた何故《なにゆえ》にと尋ねれば、諸兄は答えよう。「身の程知らずもいい所では」との異議に対し、敢えて問わせて頂こう、彼女達の身の程とは。

働くのが彼女達の身の程であり、彼女達は事実働く。くだんの工場で、一日平均十二時間。とは紛れもなく労働であり、しかもかなりの重労働である。なるほど、如何なる条件にせよ、かようの気散じに耽るのは身の程知らずであろう。だが我々英国人は労働者の「身の程」なるものに関す概念を、くだんの階層を望ましきままに、ではなくあるがままに、眺めることに馴れているが故に形成してはいまいか？今一度我々自身の胸に手を当てて惟みれば、ピアノや、回覧文庫や、『ローウェル文芸』ですら、我々を瞠目さすのは、何ら抽象的な是非の問題に関わるからではなく、単にただ目新しいからにすぎぬのではあるまいか。

　小生自身に関せば、仮に今日の仕事が陽気にこなされ、明日の仕事が陽気に待ち受けられるなら、これら営みのいずれであれ、この上もなく啓発的にしてあっぱれ至極でないような身の程というものを知らぬ。無知を馴染みとすることにて、そこなる人間にとってより耐え易く、そこにない者にとってより安全たろう身の程というものを知らぬ。相互の啓発や、進歩や、理性的な娯楽の手立てを独占する権利を有す、と言おうか独占しようと試みてなお長らく身の程たり続けている身の程というものを知らぬ。

　文学作品としての『ローウェル文芸』の真価については、小生はただ、諸作品が一日の勤労の後《のち》これら女工によって執筆されたとの事実を度外視しても、幾多の英国の年刊書と比べて一向遜色ないと述べるに留めよう。感銘深きことに、その「物語」の多くは工場とそこで働く者に纏わるそれで、読者に克己と満足の習慣を植えつけ、大らかな慈悲の善なる教義を説く。筆者が古里に残して来た僻陬に顕現するような自然美への強い愛着が健やかな村の風さながら、全頁を吹き渡る。回覧文庫は如何にかようの主題を学ぶに恰好の学舎たろうと、『文芸』にて優雅な装いや、優雅な結婚や、優雅な屋敷や、優雅な暮らしが取り上げられることはめったにない。中には著作にいささか優雅な名が署される点に異を唱える向きもあるやもしれぬが、これはアメリカの流儀にすぎぬ。マサチューセッツ州議会管轄区の一つは、子供が親の趣味に磨きをかけるにつれ、醜い名を愛らしい名に変える予定だという。こうした変更にはほとんど、或いは全く金がかからぬので、その数あまたに上るメアリ・アンが開廷ごとにベヴェリーナに粛々と改名されよう。

　一説によれば、ジャクソン将軍かハリソン将軍*がこの町を訪うた際（いずれだったか失念したが、要は同じことだ）、彼は一人残らずパラソルと絹のストッキングで着飾った延々三マイル半にも及ぶこれら若き御婦人方の直中を練り歩いたという。が、いきなり市場《しじょう》にてパラソルと絹のストッキングの値がごっそり急騰し、ひょっとして、ついぞお越しにならなかった需要を当て込み、如何ほどの値であれ御逸品を買い占めたどこぞの山師肌のニューイングランド人が身上を潰したやもしれぬという以上に悪しき顛末と相成ったとは寡聞にして存ざぬ。よってくだんの状況には触れぬが花。

　当該ローウェルの手短な見聞記において、してこの町が小生にもたらした、また祖国のかようの人々の境遇が興味と気づかわしき考察の対象たる如何なる外国人にも必ずやもたらすに違いなき謝意の舌足らずな表明において、小生はくだんの工場と我々自身の国のそれとの比較は周到に避けたつもりだ。その大きな影響がここ数年、我々の工業都市に及んでいる状況の幾多は未だここにては生じていない。ローウェルには所謂労働人口なるものも存在しない。というのもこれら(間々、小百姓の娘たる)女工は、他州からやって来ては数年工場で働くと、それきり故郷へ戻って行くからだ。

対照は著しきそれとなろう。何故なら「善」と「悪」との、生き生きとした光とこの上もなく深い闇との、対照とならざるを得まいから。比較を避けるのはただ避けて然るべきと考えるからにすぎぬ。が、単にだからこそより切実に、当該頁が目に留まるやもしれぬ全ての人々には是非ともしばし立ち止まり、この町とかの、絶望的な悲惨の大いなる巣窟との逕庭に思いを馳せ、もしや派閥争いや諍いの直中にあって叶うものなら、くだんの巣窟より苦悩と危難を粛清すべく払われねばならぬ努力を思い起こし、最後に、が真っ先に、貴重な「時」は何と矢の如く過ぎ去っていることか思い出して頂きたい。

小生は夜分、同じ鉄道の、同じ手合いの車両で引き返した。乗客の一人がやたらクダクダしく、アメリカにおける旅行記は如何なる原則の下《もと》、英国人によって書かれて然るべきか(無論小生に、ではなく)小生の道連れ相手に御教示賜りにかかったので、小生は狸寝入りを極め込んだ。が道すがらずっと目の隅から窓外の景色を眺める内、朝方は影も形もなかった山火事が、今や暗闇によって一際くっきりと浮かび上がっているのを目の当たりに、以降、暇を持て余すどころの騒ぎではなかった。というのも我々は真っ紅な吹雪よろしく周囲に舞い散る明るい火の粉の旋風《つむじ》の直中を旅していたからだ。

第五章　ウスター。コネチカット川。ハートフォド。ニューヘイヴン。ニューヨークへ

二月五日土曜日の午後、我々はボストンを発ち、別の鉄道でウスターへと向かった。くだんの愛らしきニューイングランドの町にては、月曜日の朝まで州知事の手篤き屋根の下《もと》、過ごす手筈が整えてあった。

　これら、ニューイングランドの町や市は（その幾多は古き英国ならば村で通っていようが）、住民が鄙びたアメリカ人の好もしき典型であるに劣らず鄙びたアメリカの好もしき典型と言えよう。英国の手入れの行き届いた芝生や緑の牧場《まきば》はなく、芝草は我々の装飾的な地所や牧草地に比べれば、猛々しく、荒らかに生い繁っている。が、なだらかな斜面や、穏やかな起伏の丘や、鬱蒼たる谷間《たにあい》や、ほっそりとしたせせらぎには事欠かぬ。民家の小さな集落毎に教会と校舎が真っ白な屋根と日蔭成す木々の直中から顔を覗かせ、屋敷という屋敷はとびきり白く、板簾という板簾はとびきり緑《あお》く、晴れた日の空という空はとびきり蒼《あお》い。我々がウスターに到着した際、身を切るように冷たい乾っ風と薄ら置いた霜とで道は然に凍てついているものだから、轍跡は御影石の尾根そっくりだった。無論、何もかもが例の調子で真新しげな面《つら》を下げ、建物はどいつもこいつも今朝方建てられた側《そば》からペンキを塗られ、月曜にはお茶の子さいさい取り壊せそうだった。夕べの突風のせいで、尖った輪郭という輪郭はこれまでの百層倍も尖って見えた。小ざっぱりとした板紙じみた柱廊は茶碗の絵柄の中国の太鼓橋といい対遠近法の埒外にあり、劣らず絵空事めいている。あちこちにぽつねんと立つ田舎家のカミソリよろしき切妻は、ヒューッと掠め去る側《そば》から正しく陣風にまで剃《そり》刀を当て、お蔭でヤツはズキズキ身を疼かせ、いよよ甲高い叫び声を上げながら吹き抜ける。後方で夕陽の燦然と沈みつつあるくだんの華奢な木造りの住処は、然にこちら側からあちら側まで透けて見えるものだから、如何なる住み人とて他人様の目から身を隠せようなど、と言おうか秘密を他人様の目に触れさせずにおけようなど、一瞬たり夢想するは土台叶はぬ相談。赤々と燃え盛る炉火がどこぞの遥かな一軒家のカーテンの掛かっていない窓越しに迸り出ている所ですら、そいつはつい今しがた熾されたばかりにして、からきし温もりが足らぬげな風情を帯び、その同じ暖炉のグルリで初めて明かりを目にした顔また顔で輝き、暖かな垂れ布で火照

った居心地の好い部屋に纏わる思いを掻き立てる代わり、ツンと、真新しいモルタルと湿気た壁の臭いを連想さす。

然に、少なくともくだんの夕べ、小生は惟みた。明くる朝、太陽が明るく輝き、澄んだ教会の鐘が響き渡り、晴れ着姿の落ち着いた人々が間近の小径に繰り出し、縒り糸めいた彼方の道を点々と縫う段ともなれば、何もかもに心地好い安息日の平穏が垂れ籠め、肌で感じるだに清しい。其は古びた教会にとってはなお清しかったろうし、古びた墓の某かにとっては遙かになお清しかったろう。が、とまれ、健やかな安らいと静けさが辺り一面漂い、わけても時化模様の大海原と急ぎ足の街の見学の後とあって、生気に二層倍ありがたき感化を及ぼした。

我々は明くる朝、依然、鉄道でスプリングフィールドへと向かった。くだんの場所から、次に向かう予定のハートフォードまでは距離にしてわずか二十五マイルしかなかったが、一年のくだんの時節ともなれば、道はひどく悪いせいで、旅には恐らく十から十二時間要していたろう。幸い、しかしながら、この冬は例年になく穏やかで、コネチカット川は「不凍《オープン》」——換言すれば、氷結していなかった。小さな汽船の船長はその日、季節では初めて船を出す予定で（確か、二月としては人間の記憶に刻まれている限り、二度目の「渡し」だそうだが）、我々が乗船するのをひたすら待っていた。よって、我々は遅れらしき遅れもなきまま乗船し、船長は約言をつゆ違《たが》わず、すぐ様舵を取った。

そいつが、なるほど、小さな汽船と呼ばれるのも宜なるかな。小生は一件を不問に付していたが、エンジンは半ポニー馬力かそこらだったに違いない。かの名にし負う小人《こびと》パープ*氏ならば、通常の住居よろしく、しごくありきたりの上げ下げ窓の設えられた船室であの世へ行くまでのん気に暮らせていたやもしれぬ。これら窓には下方のガラスに横方《よこざま》緩い紐で渡された、明るい赤色のカーテンまで吊る下がり、かくて洪水か何か他の水の災禍で流され、どこへ漂っているか、は神のみぞ知る、リリパット島（『ガリヴァー旅行記』第一部小人国）の居酒屋の談話室《パーラー》に見えなくもなかった。が、当該船室にすら揺り椅子があった。アメリカにては、揺り椅子なくしてはどこへ行くのもお手上げと思しい。

小生は当該船舶が短かさ何フィート、狭さ何フィートか言うのも憚られる。かようの寸法に「長さ」と「広さ」などという文言を用いれば、用語上の齟齬を来そう。が、かく述べるのは差し支えあるまい。即ち、我々は全員、舟が不意に転覆せぬよう、甲板の中央に身を寄せ、エンジンその他は何やら摩訶不思議な凝縮の過程によりて甲板と竜骨との間で作動し、引っくるめれば、およそ三フィートのぶ厚さの生温いサンドイッチを成していたと。

雨が終日、いつぞやはよもやスコットランドの高地地方をさておけば何処にても降るまいと思い込んでいた如く篠突くように降った。川は流氷だらけで、ひっきりなし、我々の下でザクザク、バリバリ砕けていた。して水深は、急流によって川の中央を押し流される、より大きな塊を避けるべく我々の取った針路にては、ものの数フィートしかなかったはずだ。にもかかわらず、我々は巧みに流氷を掻い潜り、しっかり外套に包《くる》まっていたこともあり、荒天を物ともせず、船旅を満喫した。コネチカット川は素晴らしい川で、堤は夏時ともなれば、定めて美しかろう。いずれにせよ、小生は然に、船室のとある若き御婦人によりて告げられ、御婦人はもしやとある特質を具えていれば自づと同上をも愛でられるとすらば、美の目利きであったに違いない。というのもついぞお目にかかったためしのないほど眉目麗しき娘御だったからだ。

この一風変わった旅を二時間半ほど続けた後《のち》（途中、小さな町に立ち寄り、そこにて我々自身の煙筒より遙かにどデカい大砲の歓迎を受けたが）、ハートフォドに着き、その足ですこぶる快適なホテルへと向かった。ただし、こと寝室なる一件にかけてはいつもの伝で、そうは問屋が卸して下さらなかったが。何せ御逸品、ほとんど行く先々で早起きに与すこと大だったからだ。

我々はここに四日ほど滞在した。町は緑の丘の美しい盆地に位置し、土壌は肥沃で、木が生い茂り、土の手入れも怠りなかった。コネチカット州議会の所在地で、くだんの智恵者団体はその昔、世に名立たる「厳格法《ブルー・ロー》」なる法典を制定し、他の聡明な政令の就中、くだんの法典の権能に則り、日曜日に妻君に接吻した由証明され得る如何なる市民とて、確か、晒し枷の刑に処せられた。近辺には古《いにしへ》のピューリタン精神が今日《こんにち》に至るまでやたらしぶとく生き存えているが、その影響の下《もと》、小生の知る限り、人々は売った買ったにおいてそれだけお手柔らかになっている風にも、取引きの上で公平になっている風にもない。くだんの影響が他の何処にてもモノを言ったという話をついぞ耳にしたためしがないだけに、ここにても金輪際モノは言うまい。実の所、小生はこと大いなる信仰告白と険しい面相がらみでは、この世の商品に白黒つけるのとほとんど同じ要領であの世の商品にも白黒つける習いにある。よってかようの売り種を商う人間がウィンドーにそいつらをやたら派手派手しくひけらかしているのを目にすると、必ずや店の中の御逸品の質に眉にツバしてかかる。

ハートフォドにはチャールズ王の勅許状*が隠されていた有

名なオークの木があり、その木は今ではとある殿方の庭園の敷地内にある。勅許状そのものは州会議事堂に保管されている。当地の法廷はボストンにおけるそれとほぼ同じで、公共施設も劣らず素晴らしい。精神病院は見事に運営され、聾唖学校もまた然り。

　小生は精神病院の中を見て回りながら、胸中、果たして彼らの監督の下《もと》にある人々に関し、看護人と医師との間で交わされた二言三言を耳にしていなければ、看護人と患者の見分けがついていたろうかと首を傾げること頻りであった。無論、この所見は彼らの容貌に限ってのことである。というのも常軌を逸した人間の会話は生半ならず常軌を逸しているからだ。

　とある、たいそうにこやかで、見るからに上機嫌の、澄まし返った小さな老婦人が長い廊下の端から小生の方へ斜《はす》に躙り寄って来るなり、得も言はれず恩着せがましげに深々と腰を屈めながら、かく、不可解極まりなき問題を提起した。

「ポンテフラクト*は、お客様、今でもまだイングランドの土地で恙無くやっておりましょうか？」

「ええ、奥方《マーム》」と小生は返した。

「お客様が最後にお会いになった時、お客様、あの者は――」

「達者であられました、奥方《マーム》」と小生は言った。「願ってもないほど。奥方にどうぞよろしくとおっしゃっていました。かほどにお健やかそうなこともまたなかったかと」

　との朗報を耳に、老婦人は雀躍りせぬばかりに喜んだ。束の間ちらと、よもや恭しげなネコを被っている訳でもあるまいがとばかり、小生の方へ目をやったと思うと、数歩斜《はす》に躙り下がり、またもや躙り寄り、いきなりピョンと跳ねざま（小生はすかさずアタフタ、一、二歩後退ったが）、宣った。

「わたくしノアの大洪水より前の生まれですの、お客様」

　小生は、初めからさように存じていましたと答えるに如くはなかろうと心得、故に、そう答えた。

「ノアの大洪水より前の生まれというのは、お客様、たいそう誇らしく、ありがたいことでございます」と老婦人は言った。

「それはさぞや、奥方《マーム》」と小生は返した。

　老婦人は自分の手に接吻し、またもやピョンと跳ね、取り澄ました笑みを浮かべながら、およそ尋常ならざる物腰で廊下をジリジリ躙り去るや、艶やかにしてごゆるりと御当人の寝室へ引き取った。

　建物の別の箇所では、男性患者が熱に浮かされ、真っ紅に火照り上がったなり、ベッドに横たわっていた。

「はむ」と患者はハッと身を起こし、ナイト・キャップをかなぐり捨てながら言った。「とうとうそっくりケリがつきましたぞ。ヴィクトリア女王と話をつけたもので」

「とは何の?」と医師はたずねた。

「ああ、例の一件の」と、ぐったり額に手を添わせながら。「ニューヨーク攻囲に纏わる」

「おうっ!」と小生は、目からウロコの男然と声を上げた。というのも患者が、とはどう思うとばかり、小生の方を見たからだ。

「如何にも。白旗を掲げぬ家は一軒残らず英国連隊によって火を放たれよう。が、それ以外の家屋敷には指一本触れさせぬと。指一本。火を放たれたくなければ旗を掲げねばならぬ。が、それだけで事足りようかと。ともかく旗を掲げさえすれば」

然に口を利いている間《ま》にも、患者は、何がなし、支離滅裂なことを口走っているのではと朧げながら思い当たったかのようだった。かくてくだんの文言を口にし果すや、またもやぐったり横たわり、ある種呻き声を上げざま、火照った頭の上から毛布を引っ被った。

もう一人、若者の患者がいた。若者が憑かれているのは恋と音楽だった。アコーディオンで自ら作曲した行進曲を弾くと、小生に是非とも寝室を覗いてみて欲しいと言った。小生は直ちに仰せに従った。

めっぽう賢しらに振舞い、患者に目一杯ゴマをするつもりで、小生は美しい見晴らしの利く窓辺まで行くと、我ながら如才ない物言いで声を上げた。

「この貴殿の下宿家の周囲には何とも見事な田園が広がっているでは!」

「ぷうーっ!」と若者は楽器の鍵《けん》の上でぞんざいに指を動かしながら突っ返した。「この手の施設にしてはまず、まずといった所ですよ!」

小生は生まれてこの方然まで泡を食ったためしもなかったのではあるまいか。

「ぼくはここへはほんの気紛れで来ているだけです」と若者は坦々と言った。「ってだけのことです」

「おうっ! というだけの!」と小生は言った。

「ええ。ってだけの。あの医者はなかなか頭のキレる男で、そっくり呑み込んでくれてます。こいつはぼく自身のジョークです。いつまで続くかは分かりませんが。ここだけの話、次の火曜には出て行こうかなって思ってるんです!」

小生は無論、他言は無用と請け合っておいてから、医師の下《もと》へ引き返した。表へ出る道すがら廊下を縫っていると、物静かで落ち着いた立居振舞いの、身形の好い御婦人が近づいて来るなり、紙切れとペンを差し出しながら、小生に一筆サインをして欲しいと言った。小生は快く肯《うけが》い、そのなり別れた。

「これまでも戸外の御婦人相手に二、三度、今のようなやり取りを交わした覚えがあります。まさかあちらも気が狂れておいでては?」

「いえ、まさかどころか」

「病んでおいでなのは? サイン狂とでも?」

「いえ。幻聴を患っています」

「はむ」と小生は胸中、惟みた。「いっそ当今の同じく空《くう》に声が聞こえると広言して憚らぬ似非預言者を二、三人ぶち込めるものなら。して手始めにモルモン教徒に一人二人灸を据えてやるというのは」

この町には未審理の犯罪者を収容する、世界で最も優れた拘置所がある。また、ボストンのそれと同じ流儀に則り統制された、極めて秩序正しい州立監獄もある。ただし、ここでは常時、装塡した銃を携えた歩哨が壁の上で見張りに立っている。牢にはその折、約二百名の囚人が幽閉されていた。就寝棟のとある箇所へ案内されたが、そこにては夜警が数年前の深夜、独房から逃げ出した囚人に、破れかぶれで脱獄を試みる上で殺害されたという。とある女囚も指し示されたが、女囚は夫を殺害した廉で十六年間、厳重に監禁されていた。

「果たして」と小生は案内手《あないて》に尋ねた。「かほどに長らく監禁されてもまだ、女には釈放されるやもしれぬという思い、と言おうか望みがあるのでしょうか?」

「おお、如何にも」と相手は返した。「もちろん、女はその気です」

「ただし、その可能性はないと?」

「さあ、それは分かりません」というのが、因みに、国家的返答ではあるが。「女は友人から信用されていません」

「それとこれとが何の関わりがあるのでしょう?」と小生は当然の如く尋ねた。

「はむ、つまり友人には上訴する気がありません」

「ですが、たとい上訴しようと、自由の身にはしてやれないのでは?」

「はむ、恐らく最初は。して二度目も。ですが数年、辛抱強く続ければ、釈放されるかもしれません」

「それで埒が明くこともあると?」

「ええ、時には明くこともあるでしょう。そのスジの馴染みがコネを利かせて。ともかく、よくある話です」

小生は必ずやハートフォドを愉快で好もしい町として思い

起こそう。それは愛らしい町で、この先いつまでも懐かしもう幾多の友人も出来た。我々は二月十一日の夕刻、名残を惜しみつつ町を後にし、同夜、鉄道でニューヘイヴンへ向かった。途中、車掌と小生は（いつもの伝で）杓子定規に互いの御高誼に与り、四方山話に花を咲かせた。三時間ほど列車に揺られた後《のち》、ニューヘイヴンにはおよそ八時に着き、その夜は一先ず当地で一等の旅籠に宿を取った。

　ニューヘイヴンは「ニレの街」としても知られるが、素晴らしい町だ。街路の多くには（その通り名《エイリアス》の示す通り）見上げるばかりのニレの古並木がそそり立ち、同じ自然の装飾が名にし負う、誉れ高き学舎、エール大学をも取り巻いている。この大学の各学部は町の中央のある種公園、と言おうか公有地《コモン》に建てられ、木蔭成す木々の直中に見え隠れする。恰もイングランドの古めかしい大聖堂の境内といった趣きか。大枝に青葉繁れる季節ともなれば、さぞや絵のように美しかろう。冬時ですら、これら大きく枝を張った並木は、繁華な街の忙しない街路や屋敷の直中で身を寄せ合っているとあって、実に風変わりな見てくれを呈す。さながら都会と田舎が半ばまで歩み寄り、それは目出度しとばかり、握手を交わしてでもいるかのように、互いの間に目新しくも愉快なるかな、折り合いめいたものをつけているだけに。

一晩休んだ後《のち》、我々は早朝に起き、波止場へは悠々到着し、いざニューヨーク目指し定期船「ニューヨーク号」に乗船した。これが小生の初めて目にしたそこそこ大振りなアメリカ汽船だったが、英国人の目には汽船というより遙かにどデカい海上浴槽といった態ではあった。小生には実の所、赤子たりて別れたウェストミンスター橋の袂の大衆浴場が、いきなりスクスク、大男もどきに育ったはいいが、祖国を飛び出し、外つ国にていっぱし汽船たりて身を立てたとしか思えなかった。折しも、外ならぬ我らが流離い人《さすらびと》の御贔屓に然にわけても与るアメリカにいるとあって、まんざら雲をつかむような話でもなさそうだった。

　これら定期船と我らがそれとの外見上の大きな逕庭は、前者にてはその大方が水上に浮かんでいるという点にある――何せ主甲板は四方をひたと囲い込まれ、堆き倉庫のどこであれ三階か四階よろしく樽だの商い種だので溢れ返り、遊歩甲板《プロムナード》、と言おうかハリケーン甲板がそのまた上に渡されているとあらば。機械類の一部は必ずや当該甲板の上方に据えられ、そこにてはのっぽの強かな枠の内なる連接棒が鉄製上挽き人よろしくひたぶる挽いては挽き返す様が見受けられる。めったなことではマストも索具もなく、檣上には真っ黒な煙筒が二本聳やいでいるきりだ。舵取りは船の前部の小屋に閉じ込められ（外輪は甲板の端から端まで渡っている鉄の鎖によって舵と連結しているので）、乗客は、蓋し、よほどの晴天でもない限り、概ね下の船室に集うている。波止場を離れるや否や、定期船の賑わいや、混乱や、ざわめきはそっくり消え失せ、かくて貴兄は果たして船は如何で海を渡っているものやらと長らく首を捻ることとなる。というのもそいつの面倒を見ている人間は誰一人いないかのようだから。して、これら懶い絡繰の内一艘がバシャバシャ水を跳ね散らかしながら近づいて来るに及んでは、勢い、こいつめ何とむっつり塞ぎ込んだ、不様な、野暮臭い、船の風上にも置けぬ水棲怪物《レビヤタン》だことよと腸を煮えくり返らせそうになる――己の今しも乗っている船がウリ二つなのも当座、コロリと忘れて。

　下甲板には必ずや、料金を支払う事務所と、御婦人専用船室と、手荷物・船荷室と、機関士室が――詰まる所、あれやこれやの部屋が――迷路もどきに入り組んでいるものだから、殿方専用船室を見つけるのはおよそお易い御用どころではない。殿方専用船室は間々（この折もそうだったが）、船の端から端まで伸び、両側にズラリと、寝棚が三段から四段設えられている。初めて「ニューヨーク号」の船室に降りて行った際、そいつは小生の不馴れな目にはまるでバーリントン・アーケイド*といい対《たい》果てしがないかのように映った。

　この航路において渡らねばならぬ海峡*は必ずしもすこぶる安全な、と言おうか快適な水路とは言えず、これまでも再三、不運な水難の現場となって来た。朝から雨が降り、霧も濛々と立ち籠めていたため、陸地はほどなく視界から消えた。日和そのものは、しかしながら、穏やかで、昼前には晴れ間も出て来た。糧食と瓶入りビールの貯えの底を（とある健啖家の友人の助太刀の下《もと》）尽かせ果すと、小生は昨日からの疲れがたまっていたこともあり、床に就いた。が、うたた寝から恰も好し、目を覚ますや、甲板に駆け上がり、無事ヘル・ゲイトや、ホグズ・バックや、フライパン等々、かのディートリッヒ・ニッカーボッカーの物語の読者諸兄には魅力溢る、名にし負う場所*を拝ませて頂いた。我々は今や狭い水路を通り抜けていたが、両側のなだらかな堤には小粋な別荘が散り、芝生や木々が生い茂っているせいで、目にするだに清しかった。してほどなく、次から次へと灯台を、精神病院を（何と狂人達の帽子を放り上げ、がむしゃらなエンジンや、滔々たる潮《うしお》に我が身を重ねて叫《おら》び上げたことか！）牢獄を、その他諸々の建物を、打っちゃり、かくて壮大な湾へと這い出せば、そこにて水面《みなも》は今や雲一つない日射しの下《もと》、天を振り仰ぐ「自然の女神」の瞳さながらキラキラ瞬いた。

　それから、我々の前方、右手にはごった返した建物の山また山が広がり、ここかしこ尖塔、と言おうか尖り屋根が下方のその他大勢を見下ろし、またもやここかしこ、なまくらな煙が雲さながら棚引き、前景の木立成す船のマストでは帆がパタパタ、ハタめいては旗が陽気に翻っていた。連中の直中より向こう岸へと過っているのは、客や、馬車や、馬や、荷馬車や、籠や、梱をどっさり積んだ蒸気渡し船で、そこへもって他の渡し船も負けじとばかり過っては過り返し、誰も彼も、何もかもが片時たり休む間もなく行きつ戻りつ行き交う。これら腰の座らぬ昆虫共の直中にて威風堂々、二、三の大型船が奴らのちっぽけな船旅など天から見下している、よりふんぞり返った手合いの生き物たりてのっそり、勿体らしい船脚にて蠢き、大海原へと出て行く。彼方にては、小高い丘が輝き、キラめき渡る川には島が散り、遠景は恰も自ら迎えているが如き天穹に劣らず蒼く明るい。街のブンブンと唸るようなざわめき、車地のガチャリガチャリぶつかり合う音、鐘の音《ね》、犬の吠え声、車輪のガラガラ行き交う音、が欹てた耳にて一緒くたに疼く。くだんの生気と躍動はそっくり、波立つ流れを渡って来るだに、その伸びやかな友達付き合いの新たな生命と活気の御相伴に与り、相方の浮かれた陽気に足並み揃えて水面《みなも》にてさながら戯れにキラめき、船のグルリを取り囲むや、舷側の遙か高みにまで水飛沫を跳ね散らかし、そいつを船溜まりへと雄々しく漂い込ませたと思いきや、またもや外《ほか》の新参者を出迎え、連中より一足お先に忙しない港へ馳せ参ずべくすっ飛んで行く。

第六章　ニューヨーク

　アメリカの美しい首都はおよそボストンほど小ざっぱりとした街どころではないが、街路の大方の様相は似たり寄ったり。ただし、家屋敷は然まで冴え冴えとした色合いでなく、看板は然までケバケバしくなく、金文字は然まで金色でなく、レンガは然まで赤くなく、石は然まで白くなく、日除けと地下勝手口の手摺は然まで緑でなく、玄関扉のノブと標札は然まで明るくチラついていないのをさておけば。脇道の中にはロンドンの脇道といい対《たい》その清しい色合いにおいてどっちつかずにして、その小汚い色合いにおいて確乎たるそいつらも少なからずある。中でも俗にファイヴ・ポインツと呼ばれる界隈は、こと穢らわしさと惨めったらしさにかけてはセヴン・ダイアルズ*であれ、名にし負うセント・ジャイルズの他の如何なる界隈であれ、向こうに回して一向遜色なかろう。

　一大遊歩道にして目抜き通りは、周知の如く、ブロードウエイだ。これは人々で賑わう大通りで、バッテリー公園から田舎道にての反対端まで四マイルはあろう。例えば、ニューヨークの当該大動脈の一等地にあるカールトン・ハウス・ホテルの上階に腰を下ろし、下方の雑踏を眺めるのに飽きたら、いざ、腕と腕を組んで繰り出し、人波に紛れてみてはどうだろう？

　汗ばむほどの日和では！　太陽はこの開けっ広げの窓辺にては、さながら天日採りレンズ越しに光線を焦点に集めでもしたかのようにジリジリ頭に照りつける。が日輪は天頂にあり、季節は常ならざるそいつだ。未だかつてこのブロードウエイほど日の燦々と降り注ぐ通りのまたとあったろうか？　舗石はつられてテラつくまで行き交う人々の靴底で磨き上げられ、家屋敷の赤レンガは依然、乾いた熱い窯の中だったやもしれず、くだんの乗合い馬車の屋根は、もしや水を降りかけようものならジュッと弾《はじ》けて烟《けぶ》って、揉み消しくさしの焚火の臭いがしそうだ。そら、何と引きも切らず乗合い馬車の行き交うことか！　ものの五、六分の内に五、六台駆け去ったでは。おまけに数知れぬ一頭立てや二頭立ての貸馬車に、ギグに、フェートンに、大きな車輪のティルベリー*に、自家用馬車まで――最後の連中は何やら不様な造りで、公共の乗り物と大差ないが、市内の石畳の向こうの泥濘った道にはうってつけだ。御者は黒人もいれば白人もいる。麦ワラ帽子に、黒帽子に、白帽子に、艶がけ縁無し帽子に、毛帽子の。トビ色や、黒や、茶や、緑や、青や、南京木綿《ナンキーン》や、縞模様の細綾綿布《ジーンズ》や、亜麻布《リネン》の上っぱりの。して、そら、あいつこっきりだが（通りすがっている間《ま》に見ろ、さもなければ行っちまうぞ）、仕着せの上下の。さてはどこぞの南部の共和主義者が下男の黒人共に制服を着せ、皇帝《サルタン》よろしき権柄尽くの見栄を張って、ふんぞり返っているな。向こうの、体好く刈られた葦毛馬の二頭立てフェートンが停まっている所ではヨークシャー出の馬丁が——今や二頭の鼻面に立っているが——どうやらこの辺りには不馴れと思しく、相方のトップ・ブーツは御座らぬかと、心淋しげに辺りをキョロキョロ見回している。御逸品、たとい市内を半年ウロつき回ろうとまず出会すまいが。御婦人方よ、万歳、何と艶やかに着飾っておいでのことか！　この十分の内に、他処でならば十日がかりでも拝ませて頂けなかったろうほどどっさりあれやこれやの色合いにお目にかかる。何とパラソルの十人十色なことか！　何と絹や繻子の色取り取りなことか！　何と薄い長靴下には解れ止め《ピンキング》が利かされ、ほっそりとした靴には摘み上げ《ピンチング》が利かされ、リボンや絹の飾り房はヒラヒラ揺れ、豪勢なマントは派手やかなフードと裏打ちをひけらかしていることよ！　若き殿方は、ほら、シャツの襟を折り返し、頬髭をわけても顎の下にてたっぷり蓄えるのがお好みだ。が御当人方の衣裳と立居振舞いなる御婦人方には近づくこと能はぬ。何せ、身も蓋もない話、てんで別の手合いの同胞《はらから》だから。机と勘定台のバイロン気取りが脇を行き過ぎる。そら、汝《な》らの後ろの二人連れが如何なる手合いの男共か見てみようではないか。あの、晴着姿の二人の人足が。内一人は手にした揉みクシャの紙切れに書かれたややこしい名を一字一字拾い読みし、片や相方はそいつがデカデカやられていないかと、扉や窓を端からキョロキョロ見回す。

御両人、アイルランド人ではないか！　ということくらい、たとい化けの皮を被っていたとて、長い燕尾の金ピカ釦の青外套と、トビ色ズボンでピンと来ていても好さそうなものではあったが。何せくだんの一張羅を、他の如何なる出立ちにても勝手の悪い、仕事着にえらく馴染んだ男然と着ているから。くだんの人足御両人の男女を問わぬ同国人の力を借りずして、貴殿の模範的な共和国を生き存えさすは至難の業。というのも一体他の何人《なんぴと》が掘っては、掘り返しては、アクセク汗水垂らしては、家事をこなしては、運河や道路を築いては、国内開発の大いなる方針を達成し得ようぞ！　然り、御両人、アイルランド人ではないか、しかもお目当てのものを探し当てようといたくマゴついている。さあ、下へ降りて、手を貸してやろう――愛国心にかけて――そいつが何であれ、正直者への正直な力添えを、正直なパンのための正直な労働を、認めるかの自由の精神にかけて。

それは何より！　我々は今や正しい住所を突き止める――なるほど御逸品、妙な文字で綴られているだけに、ペンよりも書き手の勝手知ったる踏鋤の鈍い柄で殴り書きされていたのやもしれぬが。二人の行く先は向こうだ。があっちに一体何の用がある？　溜めた金を後生大事に仕舞い込もうとでもいうのか？　いや。二人は兄弟だ、くだんの男共は。まずもって兄きが独り海を渡り、半年ほど身を粉にして働き、爪に火を灯すようにして暮らし、弟を呼び寄せるに足るだけの金を稼いだ。して晴れて呼び寄せ果すと、二人は仲良くもう半年ほど、今度は肩を並べて、グチ一つこぼさず身を粉にして働き、爪に火を灯すようにして暮らし、それから妹達を、それから末の弟を、最後に年老いた母親を呼び寄せた。してここへ来てどうした？　ああ、哀れ、皺くちゃ婆さんが見知らぬ土地で落ち着かなくなり、骨を、婆さんの言うには、祖国の古い墓地に眠る馴染み連中と一緒に埋《うづ》めて欲しいのだそうな。という訳で二人は婆さんの帰りの船賃を払いに行く所だ。婆さんと息子らに、素朴な心という心に、若かりし日々のエルサレムを頼みとし、父祖の冷たい炉床に祭壇の火を灯す者皆に、神の御加護のあらんことを。

この、太陽に炙られ、ブクブク火脹れになっているせせこましい通りはウォール街――言うなればニューヨークの株式取引き所にしてロンバード・ストリート（ロンドン金融街）――だ。この通りにてはその数あまたに上る身上が瞬く間に築かれ、その数あまたに上る身上が劣らず瞬く間に潰れて来た。貴兄が今しもここいらをウロついているのを見かける正しくこれら商人の中には、『アラビア夜話』の男さながら金庫に金を突っ込み、錠を下ろしたはいいが、またもや開けてみればそっくり枯葉に為り変わっていた奴らだっている。眼下の、ここなる水際にては――船の遣り出しが歩道に横方《よこざま》渡り、今にも窓に突っ込みかねぬ勢いだが――己《おの》が定期船業務を世界一に仕立て上げて来た気高きアメリカ船が碇泊している。外ならぬ連中が当地へと、折しも通りという通りに溢れ返っている外国人を連れて来た。かと言って、恐らく、他の商業都市よりニューヨークの方が外国人が仰山いるという訳でもあるまい。ただ、他処には格別な溜まり場があり、貴兄は連中を見つけ出さねばならぬが、ここにては街中に隈なく散らばっているからというので。

我々はまたもやブロードウェイを過らねばならぬ――今し

も店や酒場に担ぎ込まれている透明の氷の大きな塊や、売り種としてふんだんにひけらかされたパイナップルやスイカを目の当たりに、一時《いっとき》暑気払いと洒落込んで。そら、広々とした屋敷の建ち並ぶイカした通りまた通りだ——ウォール街は内幾多の家財をしょっちゅう設えたり剝ぎ取ったりして来たが——してここには緑々《あおあお》と葉の生い茂る中庭まである。あの屋敷は、定めて住人の必ずや懐かしく思い起こされよう持て成し心に篤いそいつに違いない。開け放たれた表戸の奥には涼しげな木々が垣間見え、窓辺ではにこやかな目をした幼子がひょいと、下方の小さな犬を見下ろしている。貴兄は一体この、自由の女神の頭飾りそっくりの代物を天辺に頂く、横丁ののっぽの旗竿は何用なものやらと首を傾げる。かく言う小生もまた然り。が、この界隈の住人はのっぽの旗竿に目がないと思しく、その気でかかれば、ものの五分で、ヤツの双子の兄弟にお目にかかれよう。

　またもやブロードウェイを過り、かくて——色取り取りの人込みやキラびやかな店を後にし——別の長い目抜き通り、バワリー街*へと出る。向こうには、そら、鉄道が走り、二頭のいかつい馬がお易い御用で、二、三十人からの客を乗せたどデカい木造りの方舟もどきを曳きながら速歩《トロット》で駆けている。ここにて店は、より貧相で、通行人も然まで派手やかではない。あちこちで出来合い服や調理済み肉が売られ、一頭立ての軽やかな疾駆は荷馬車や大型馬車のゴロゴロとのろまな歩みに取って代わられる。これら、然にその数あまたに上り、紐で棹まで高々と掲げられ、そこにてブラブラ、ブラ下がっている、川面《かわも》の浮標《ブイ》そっくりの、と言おうか小気球そっくりの看板は、かく、上方に目をやれば見えるやもしれぬ如く、宣ふ。「牡蠣料理各種」看板はわけても夜分、腹ペコ連中を誘《おび》き寄す。何せさらば、中でちらちら瞬く懶いロウソクがこれら美味な文言を煌々と浮かび上がらせ、通りすがりにグズグズとためらいがちに立ち読みするノラクラ者にゴクリと生唾を呑み込ますこととなるから。

　この、感傷的通俗劇《メロドラマ》の魔法使いの宮殿よろしき、陰気臭い正面の似非エジプト風大建築物は何だ！——これぞ、名にし負う牢獄「トゥーム*」なり。一つ入ってみようか？

　かくて。長く、せせこましい、聳やかな建物。いつもの伝で炉が赤々と燃えている。グルリに一段また一段と、四段の回廊が巡らされ、階段でつながっている。各回廊の両側の間にして中央には、より過り易いよう、橋が架かっている。これら橋の両端に見張りが一人ずつ座り、ウツラウツラ船を漕ぐか、本を読むか、手持ち無沙汰な相方に話しかける。各階にはズラリと、小さな鉄扉が二列、互いに向かい合って並んでいる。一見、竈の扉のようだが、恰も中の炎はそっくり消え失せでもしたかのように黒々としてひんやりしている。開《あ》いた扉も二、三あり、ガックリ項垂れた女が、中の囚人と口を利いている。建物全体は天窓で明かりが取られているが、きっちり閉て《た》切られ、天井からはゲンナリ、ダラリと、役立たずの風取り《ウィンドスル》が二枚、垂れ下がっている。

鍵をジャラつかせた男が、我々を案内すべく姿を見せる。なかなか男前の奴で、奴なり、礼儀正しく、如才ない。

「あの黒い扉は皆、独房ですか?」

「はい」

「で満員と?」

「はむ、ほぼ満員です。実の所。確かに」

「一番下の階の部屋は不健全なのでは?」

「ああ、あそこへは事実黒人しか入れません。正直な話」

「囚人はいつ運動をするのでしょう?」

「はむ、運動しなくても結構うまくやっていますよ」

「中庭を散歩することはないのですか?」

「めったに」

「ですが、時には?」

「はむ、めったなことではしません。それでも結構、元気そうです」

「ですが、例えば男がここに丸一年いるとします。ここが審理を待っているか再拘留の下《もと》にある、重罪の容疑のかかった囚人のための牢にすぎないということは存じています。ですが当地の法律によれば、囚人には猶予の手立てが少なからず与えられています。新たな審理や判決阻止の申請等々で、ここにひょっとして十二か月間いるかもしれません。ではありませんか?」

「はむ、かもしれません」

「でしたらその間《ま》もずっと、あの小さな鉄扉から散歩に出て来ることは全くないとおっしゃるのでしょうか?」

「いくらかは、多分、散歩をするかもしれませんが——さほどは」

「どれか扉を開けて頂けませんか?」

「お望みとあらば一枚残らず」

掛け金がギーギー軋っては、ガチャガチャ鳴り、扉の内一枚がゆっくり、蝶番の上で開く。中を覗いてみようでは。小さな剝き出しの独房だ。壁の高い割れ目から光が射し込むきりの。簡素な洗面用具と、テーブルと、寝台の設えられた。後者に六十がらみの男が掛け、本を読んでいる。しばし顔を上げ、ブルリと、しぶとくも焦れったげに体を揺すぶる。が、またもや本に目を伏せる。我々が頭を引っ込める側《そば》から扉が男宛、閉《た》てられ、先と同様ガチャリと錠を下ろされる。この男は妻を殺害し、恐らく絞首刑に処せられよう。

「ここにはいつからいるのでしょう?」

「一月前から」

「審理はいつです?」

「次の開廷期です」

「とはいつ?」

「来月です」

「イングランドでは、たとい死罪の判決を受けていようと、死刑囚ですら、一日の所定の刻限になると外気に触れ、運動をします」

「ほお?」

男の何と曰く言い難くも途轍もなく坦々と然に返し、何と懶げに女囚の側《がわ》へと先に立って行くことよ――道すがら、鍵と階段の手摺とである種鉄製カスタネットを奏しながら！

こちら側《がわ》の独房の扉にはそれぞれ四角い隙間があり、女囚の中には足音を聞きつけ、そこから気づかわしげに外の様子を窺う者もあれば、恥じ入って後込みする者もある。――一体如何なる罪であの、十歳かそこらの独りぼっちの子供はこんな所に閉じ込められているのです? おお! あの少年がと? あの少年はつい今しがた目にした囚人の息子で、父親の犯罪の言はば目撃者です。一応、審理まで安全を図ってここに留置しています。というだけのことです。

ですが、ここは少年が長き昼夜を過ごすには恐ろしい場所だ。幼い目撃者にとっては何とも苛酷な処遇では――とはお思いになりませんか?

「はむ、なるほどさして浮かれた生活ではありません。というのは事実です!」

またもや男は金っ気なカスタネットを奏しながら、ゆっくり先に立って行く。小生には道すがら男に吹っかけたい問いがある。

「どうしてこの監獄は『トゥーム』と呼ばれているのでしょう?」

「はむ、そいつは通り名です」

「知っています。ですが、どうして?」

「最初に建てられた際、ここで一件ならず自殺がありました。多分、そこから来ているのでは」

「つい今しがた目にした所では、あの囚人の服は独房の床に脱ぎ散らかされていました。囚人には整理整頓を心がけ、そういった代物は片づけるよう命じられないのですか?」

「どこへ片づけろと?」

「まさか床の上でだけはないでしょう。せめて吊るすなり掛けるなりさせては？」

　男はひたと立ち止まり、返答に力コブを入れるべくクルリと向き直る。

「ああ、正しくそこですよ。もしや掛け鉤があれば、連中まず間違いなく御尊体を吊るしにかかるでしょう。という訳で独房からは全て掛け鉤が抜かれ、鉤の打ち込まれていた所には跡が残っているきりです！」

　男が今や足を止めた牢の中庭は恐るべき見世物の舞台となって来た。このせせこましい、墓所じみた場所へと、囚人はあの世へ葬り去られるべく引っ立てられる。悪運尽きた男は首のグルリに索を巻いたなり、絞首台の下の地べたに立ち、合図が発せられるや、その反対端の錘がスルスル下り、男は空《くう》へと一気に――骸《むくろ》たりて――吊るし上げられる。

　法律の定める所により、この憂はしき光景には判事と、陪審員と、二十五名に上る市民が立ち会わねばならぬ。大衆の目からは伏せられている。放埒な悪漢にとって、一件は由々しき謎だ。咎人と彼らとの間に、牢の壁はぶ厚く陰気臭いヴエールたりて介在する。壁は咎人の死の床《とこ》に、経帷子と墓に、巡らされた垂れ布に外ならぬ。奴から、垂れ布は俗世を――くだんの今はの際にあってなお、そいつがほんの存在し、その姿を目にするだに間々、飽くまで貫き通せよう性懲りもなき無頼への動機を――悉く締め出す。前方に、奴の胆を座らす、胆の座った目もなければ、とある破落戸の名を称える如何なる破落戸もいない。血も涙もない石壁の向こうはそっくり、知られざる空間である。

　再び、陽気な表通りへと繰り出そうではないか。

　今一度ブロードウェイだ！　そら、ここにては明るい色合いに身を包んだ同じ御婦人が二人して、それとも独りきり、行きつ戻りつする。向こうには、我々が座っている間《ま》にホテルの窓辺を二十度となく過っては過り返していたと正しく同じ淡いブルーのパラソルだ。この辺りで道を渡ろうか。豚に気をつけよ。この馬車の後ろからは丸々と肥え太った雌豚が二匹、小走りについて行く。かと思えば半ダースに垂んとすハイカラ雄豚の選りすぐりの一団がつい今しがた街角を曲がったばかりだ。

　ここなるは、独りぼっちノラクラ家路に着いている孤独な豚。耳が片一方しかない。もう一方は市内を漫ろ歩く内、野良犬共にくれてやった。が片耳だけでも一向不自由はせぬ。かくて我らが祖国の倶楽部紳士のそれにも準えられようかという当て処なき、殿方風情の、根無し草めいた日々を送っている。毎朝決まった刻限に間借り先を後にすると、憂さを晴らしに街へ繰り出し、何やらいたく御満悦なやり口で一日を過ごし、またもや夜分、塒の戸口に判で捺したようにきちんと姿を見せる――恰も『ジル・ブラース』の謎めいた主人よろしく*。奴はのん気で気ままで、ぞんざいで無頓着な手合いの豚で、同じ気っ風の外《ほか》の奴らに馴染みがどっさりいる。ただし、口を利く間柄、というよりむしろ顔見知り程度だ。というのもめったなことではわざわざ立ち止まってまで時候の挨拶を交わそうとはせず、ただブーブー鼻を鳴らしながら溝を伝い、キャベツの葉や屑肉といった形《なり》なる、巷の噂や世間話を掘り起こし、御当人の尻尾《テール》をさておけば燕尾《テール》一枚持ち併さぬから。因みに御逸品、宿敵の野良犬連中がそいつにまで食らいつき、それもて誓いを立てるほどの成れの果てでも残して下さらなかったとあって、えらく寸詰まりではある。奴はどこからどこまで共和主義者の豚で、気の向き次第どこへでも出かけ、上流人士とですら一枚上手の、とまでは行かずとも同等の立場で付き合う。何せ誰も彼もが、奴が姿を見せると道を空け、いっとうふんぞり返った連中とて、御当人がお好みとあらば、壁沿いの側《がわ》を譲るから。早、悟りを開き、めったなことでは上述の野良犬共によってをさておけば動じぬ。時に、実の所、貴兄は奴の小さな目が、その屍《しかばね》の肉屋の戸口の抱きを飾っている潰されし馴染み宛、チラチラと瞬くのを目にするやもしれぬ。が奴はほんのブーブー「トン生《せい》なんてそんなものさ。豚は皆、豚肉なり」*とつぶやき、またもや鼻を泥に埋《うず》め、溝をヨタヨタ縫うきりだ――胸中、ともかくたまさかのキャベツの茎を当て込む鼻面が一つ減ったことに変わりはなかろうと惟みることにて自らを慰めながら。

連中、街のゴミ浚い屋である、これら豚共は。して不様な四つ脚だ。大方は、古ぼけたのトランクの蓋よろしき貧相な茶色の背をしている所へもって、薄気味悪い黒いデキ物だらけとあって。おまけに、脚はひょろりと細長く、鼻面はそれはツンと尖っているものだから、もしや内一匹をなだめすかして横顔のモデルに狩り出したとてよもやそいつが豚の似顔絵とは誰一人思うまい。断じて傅かれも、餌を与えられも、駆られも、捕まえられもせず、物心ついた時から無けなしの知恵を回すより外なく、お蔭でとんでもなく賢しらになる。どいつもこいつも、こちとらの塒を何人《なんぴと》たり教えてやれぬほどよく御存じだ。こうしている今も、ちょうど陽が沈みかけているが、そら、何十匹となくフラリフラリ、最後の最後まで食い物を漁りながら塒に向かっている。時たまどいつか、腹一杯食いすぎたか、野良犬にイジめられたかした若造がスゴスゴ、放蕩息子よろしく、小走りに家路に着いていることもある。が、こいつはごくたまさか。生まれながらにして冷静沈着と自力本願と泰然自若なるスジ金が入っているとあって。

　通りや店には今や明かりが灯り、煌々たるガス灯が点々と散る長い目抜き通りをズイと見はるかせば、勢いオクスフォード・ストリートかピカデリーが瞼に浮かぶ。ここかしこ、広い石造りの地下階段がお目見得し、看板代わりのランプが貴兄を「ボウリング場」や「十柱戯レーン」へと誘《いざな》う。十柱戯は、因みに、州議会が九柱戯を禁止する法案を通過させた折に考案された、運と技がいずれ劣らずモノを言うゲームだ。地下へ通ず他の階段辺りでは、他のランプが牡蠣食堂の所在を教えてくれる——それにしても、いやはや、すこぶる愉快な溜まり場ではないか、こいつと来ては。単にチーズ皿ほどもあろうかというどデカい牡蠣の調理法故《ゆえ》のみならず（と言おうか親愛なる汝《な》がためのみならず、ギリシア語教授の中でもとびきり達者な健啖家*よ！）当該緯度に住まう魚や、肉や、鶏のありとあらゆる手合いの大食らい連中の内、牡蠣の大食漢だけが群居性ならず、己《おの》が染みついたやり口に飽くまで我が身を、言はばしっくり来させ（シェイクスピア『ソネット皿』六、七行）、折しも平らげている御逸品のはにかみがちな為做振りを真似るに、事実、少し離れたカーテン付仕切り席に腰を下ろし、二百人絡げ、ならず差しで、睦んでいるによって。

　だが、表通りの何とひっそり静まり返っていることよ！

旅回りの楽団も、管楽器も弦楽器もからきしないというのか？　ああ、影も形も。日中、パンチ人形芝居も、操り人形《ファンタチーニ》も、踊り子イヌも、奇術師も、降霊術師も、オーキストリーナ*も、手回し風琴ですら、からきしないというのか？　ああ、影も形も。いや、そう言えばいるにはいた。とある手回し風琴と踊りザルが——生来は剽軽者のはずが、見る間に功利主義派の懶いウスノロの猿に成り下がってしまった。そいつをさておけば、活きのいい代物は何一つ。回転籠の中の白ネズミ一匹。

　愉しみ事は全くないというのか？　いや、ないではない。道の向かいにはあの、煌々たる明かりが迸り出ている講堂があり、御婦人方のために週に三度かそれ以上、夕べの祈りが捧げられるやもしれぬ。若き殿方のためには会計事務所と、店と、酒場があり、わけても後者は、これら窓越しに見て取れる如く、満員だ。聞けよ！　カチリカチリ、氷の塊を砕く鉄鎚の音を、そいつらを掻き混ぜる上でグラスからグラスへ注《そそ》ぐ段に氷の欠片のゴボゴボ立てるひんやりとした音を！　愉しみ事がからきしないとでも？　これら、帽子と大御脚をありとあらゆる具合に捩《よじ》くらせたなり、スパスパ葉巻を吹かしてはキツい酒をガブガブ飲んでいる連中は、憂さを晴らす以外、何をしているというのか？　あいつら早生りのイタヅラ小僧が通りで呼び売りし、屋内にてはきちんと綴じ込まれた五十社からの新聞が、一体気散じでなくて何だというのか？　およそ気の抜けた水っぽい気散じなどではなく、めっぽう強かな記事や論説。歯に衣着せぬ毒舌や下種めいた悪口雑言でメシを食い、びっこの悪魔がスペインにて引っ剝がした如く、私宅の屋根を引っ剝がし*、ありとあらゆる程度の逆しまな趣味のために女郎屋かポン引きの役を買って出ては、とびきり貪婪な胃の腑ですらでっち上げのウソ八百もて一杯に膨れ上がらせ、公人という公人にこの世にまたとないほどがさつで下卑た動機を押しつけ、匕首でグサリとやられ、俯せに伸びている政体から、穢れなき良心と善行のサマリア人(『ルカ』一〇：三〇-三七)を一人残らず追っ立て、金切り声を上げては、ピューピュー口笛を吹いては、邪な手をパンパン叩くことにて、最も下等な害獣や猛禽を嗾ける。――これが気散じでなくて何だというのか！

　では、またもや歩き続け、この、どこぞのヨーロッパの劇場か、柱廊を剝ぎ取られたロンドンのオペラ・ハウスよろしく、その基《もとい》辺りに店の建ち並ぶ殺風景なホテルを打っちゃり、いざ、ファイヴ・ポインツに飛び込もう。が、まずもって、警察のこれら指揮官二人を護衛として狩り出さねばなるまい。御両人、たとい大砂漠で出会そうと、烱眼の熟練警部たることお見逸れすべくもなかろうが。職種によっては、そいつが何処で遂行されようと、男に同じ刻印を捺す、とは然に図星であるによって。御両人、或いはボウ・ストリート*にて授かり、生まれ、育てられていたのやもしれぬ。

　我々は夜にせよ昼にせよ、街頭で物乞いの姿はついぞ目にしていない。が他の手合いの浮浪者は数知れず。貧困と、悲惨と、悪徳は、我々が今しも向かっている界隈には嫌と言うほど蔓延っていよう。

　ここだ、我々のお目当ての場所は。これら、右や左に枝分かれし、どこもかしこも泥と汚物の悪臭の芬々と立ち籠めるせせこましい路地が。ここで送られているような手合いの生活は、ここにても他処と同じ実を結ぶ。戸口の浮腫んだがさつな面《つら》は祖国、のみならず、世界中で、生き写しにお目にかかれよう。背徳は正しく屋敷までも時ならず老いぼれさす。見よ、何と朽ちた梁はボロボロ崩れ落ち、接ぎの当てられた割れ窓ガラスは酒の上での喧嘩でぶん殴られた青アザの目よろしく、ぼんやり苦ムシを噛みつぶしていることか。上述の豚の内少なからぬ連中がここに住まっている。果たして連中、首を傾げまいか、何故《なにゆえ》御主人様は四つん這いになる代わり、すっくと二本脚で歩き、何故《なにゆえ》ブーブー鼻を鳴らす代わり、ペチャクチャしゃべっているものか？

これまでの所、ほとんど全ての屋敷は下卑た居酒屋で、酒場の壁にはワシントンや、イングランドのヴィクトリア女王や、白頭ワシの彩色版画が掛かっている。酒瓶を突っ込む整理棚に紛れて磨き板ガラスの欠片や色鮮やかな紙切れが散っている。ここにすら、ある程度、飾りっ気なるものの生き存えている証拠。水夫がこれら溜まり場の御贔屓筋とあって、船乗りと愛しいあの娘《こ》の別れや、俗謡なるウィリアムと奴の黒い瞳のスーザンや、恐いもの知らずの密輸業者ウィル・ウォッチや、海賊ポール・ジョーンズ*といった海洋物《もの》絵画がダース単位で、壁を彩り、これら有象無象にヴィクトリア女王の、しておまけにワシントンの、肖像の目は、御両人の訝しげな御前にて繰り広げられる光景の大方に留められるに劣らず奇しき親しみを込め、留められている。

むさ苦しい横丁から通ずこいつは、如何なる場所か？　ある種ハンセン病みの屋敷の中庭なり。内数軒は屋外のガタピシの木造りの階段によってしか近づけぬが。この、足許でミシミシ軋む、グラグラの上り段の向こうにあるのは何だ？　惨めな部屋だ——とある仄暗いロウソクに灯され、みすぼらしいベッドに隠されているやもしれぬそいつをさておけば居心地の好さを悉く剝ぎ取られた。寝台の傍には男が一人、両膝に肘を突き、額を両手に埋《うず》めたなり、腰掛けている。「どうした？」と先頭の警官がたずねる。「瘧《おこり》で」と男は目をちらと上げようともせぬまま、むっつり返す。かくの如き場所にて、熱に浮かされた脳の描く気紛れを思い浮かべてみよ！

この真っ暗な階段を、ワナつく板の上なるまやかしの足場に気をつけながら昇り、どうか小生と共に当該狼のそれじみた窖に手探りで入ってみてくれ。ここにては一筋の光もそよとの風もお越しにならぬげだ。黒人の若造が、警官の声でハッと目を覚ますが——嫌というほど聞き覚えがあるもので——仕事で来たのではないと請け合われると、胸を撫で下ろし、せっせとロウソクに火を灯しにかかる。マッチは束の間揺らめき、床の上の埃っぽい襤褸の大きな山また山を浮かび上がらす。が、いきなりフッと掻っ消え、辺りはいよよ、とはもしやかようの極限に程度などというものがあるとすらば、黒々とした闇に包まれる。若造は躓きがちに階段を降り、ほどなくゆらゆらと揺らめく細ロウソクに片手をかざしながら戻って来る。さらば襤褸山がゴソゴソ蠢き、ゆっくり起き上がる様が見て取られ、床は寝ぼけ眼の黒人女の山で覆われる。連中の真っ白な歯はガチャつき、爛々たる目は驚きと怯えの余り、四方八方でギラついてはシバシバ瞬《しばた》く——恰も何やら奇妙な鏡にとある仰天したアフリカ人の面《つら》が無数に映し出されてでもいるかのように。

こっちのまた別の階段を劣らず用心深く、昇れよ（何せここには我々自身ほどしっかり護衛のついていない連中用に、罠や落とし穴が仕掛けてあるから）。して天辺まで昇り詰めてみれば、剝き出しの梁や棰が頭上で差し交わされ、屋根の割れ目からは長閑な闇夜がこちらを見下ろしている。これら、眠りこけている黒人で溢れ返ったせせこましい檻の内一つの扉を開けてみろ。ぱあっ！ 連中、中で木炭を焚いているでは。辺りには焦げた衣服の、と言おうか肉の、臭いが立ち籠めている——然に皆してひたと火鉢を取り囲んでいるとあって。濛々たる煙のせいで目も見えねば、息も吐《つ》けぬ。当該仄暗い隠れ処にてグルリを見回す間《ま》にも、隅という隅から夢現の人影が這いずり出す——さながら最後の審判の刻限が間近に迫り、如何わしい墓また墓がその骸《むくろ》を明け渡してでもいるかのように。おとなしく横になっておけと犬の遠吠えがせっつく辺りでは、女や、男や、小僧はゴソゴソ床に就き、かくて追っ立てられたネズミはまだしも増しな塒を探してチョロチョロ駆け去る。

ここにもまた、膝までズッポリ泥に埋《うず》もれそうな小径や横丁があり、地下の窖では連中、踊ったり、金を張ったりしている。壁にはゴテゴテ、数知れぬ船や、砦や、旗や、白頭ワシの粗野な意匠が飾られ、通りに面した廃屋からは、こっぽり口を開けた壁の隙間から、また別の廃屋が視界に浮かび上がる——恰も悪徳と悲惨の世界は外に何一つひけらかせぬかのように。窃盗と殺人にて名を馳す悍しき住み処。撓垂れ、朽ち果てた、疎ましきものは全てここにある。

我らが先達は「アルマックス」*の掛け金に手をかけ、階段の袂から我々を呼ぶ。というのもファイヴ・ポインツ上流人の社交場は下り階段のその先にあるからだ。入ってみようか？ ほんのちょっとの間《ま》だ。

これはまた何と！「アルマックス」の女将はノリノリではないか！ 肉付きのいい、はちきれそうな白黒混血《ミューラトウ》の女。目はキラキラ輝き、頭には極彩色のハンカチを艶やかに巻いている。亭主も、その粋な出立ちにおいて、女将に一歩も引けを取るものかは。船の旅客係よろしく、隆《りゅう》たるブルーのジャケットに身を包み、小指には太い金の指輪を嵌め、首にはキラびやかな金色の懐中時計鎖を巻いている。して我々を目の当たりに、何と雀躍りせぬばかりに大喜びすることか！ これはまた何用でわざわざお越しを？ 踊りを御覧に、とでも？ 早速お目にかけましょう、警部殿。「ズブのブレイク・ダウン」を。

ほてっ腹の黒人バイオリン弾きが、馴染みのタンバリン奏者共々、席に着いている一際高い小さな奏楽席の板張りを踏

み締め、活きのいい旋律を奏でにかかる。五、六組の男女が床の上へお出ましになるが、先達役の活きのいい若造黒人は一座の智恵者にして当代一の踊り手だ。* 奴はひっきりなし、妙なしかめっ面をしてみせ、皆の人気を独り占めにし、連中、大口を開けてニタついてばかりいる。踊り手の中には、大きな黒々とした俯きがちな目をした、女将の流儀に倣う頭飾りの白黒混血《ミューラトウ》の若い娘が二人いるが、生まれてこの方ステップを踏んだためしがないかのように恥じらい、と言おうか恥じらわしげな風を装い、客の前で然にモジモジ目を伏せているものだから、パートナーは長い縁取《へりと》りめいた睫以外何一つ拝ませて頂けぬ。

　がダンスが始まる。殿方という殿方は向かいの御婦人とお気に召すまま長らく、向かいの御婦人も殿方とお気に召すまま長らく、向かい合い、皆してえらく長々とそいつにかかずらっているせいで、座が白け始める。と思いきや、活きのいい我らが花形ダンサーが助太刀がてら勢い好く割って入る。やにわに、バイオリン弾きはニタつき、ひたぶる弓を揮いにかかり、タンバリンはまたもや息を吹き返し、踊り手方はまたもやゲラゲラ腹を抱え、女将はまたもやにっこり口許を綻ばせ、亭主はまたもや得々とふんぞり返り、正しくロウソクの奴らまでまたもやパッと揺らめき出す。一度摺り足《シングルシャフル》、二度《ダブル》摺り足《シャフル》、切り《カット》に切り返し《クロスカット》——指をパチリと弾き、目をグルリと回し、膝を内に、腓を前に、タンバリンの上の男の指かと見紛うばかりに爪先と踵でクルクル回り、二本の左脚で、二本の右脚で、二本の木製脚で、二本の針金脚で、二本のバネ脚で——ありとあらゆる手合いの脚にして脚無しにて——踊りに踊る。が、たかがこれしきヤツにとって何だというのか？ して如何なる人生の営み《ウォーク》において、と言おうか踊り《ダンス》において、男が今や奴の頂戴するようなハッパよろしき万雷の拍手を浴びようぞ。さらばヤツはパートナー娘の足、のみならずこちとらの足まで踊り掬い果すや、掉尾《ちょうび》を飾るにヒラリとバーのカウンターに飛び乗りざま、何か一杯頼むと呼び立てる——百万もの似非ジム・クロウ*の含み笑いをとある無類のクツクツ笑いにひっくるめたなり。

　当該熱に浮かされた界隈においてすら、風は、家々のむっと息詰まるような大気の後では、清しく感じられ、そいつは今や、我々がまだしも広々とした街路に這い出すに及び、より爽快に吹きつけ、星はまたもや明るく瞬く。ここなるは今一度「トゥーム」だ。市営の番小屋が建物の端くれを成している。つい今しがた暇を乞うたばかりの光景の後釜に、実にしっくり座る。一渡り見学し、それから床に就こうではないか。

何だと！ ニューヨークでは、街の警察法規に触れる一般の犯罪人をかようの窖にぶち込むというのか？ 未だ如何なる罪も立証されていない男や女がここに夜っぴて、真っ暗闇の中、君が我々の足許を照らすくだんのいじけたカンテラのグルリに漂う胸クソの悪くなりそうな蒸気に取り囲まれたなり、この穢れた悍しき悪臭を吸いながら横たわるというのか！ ああ、かほどに猥りがわしく、疎ましい独房ならば、この世にまたとないほど独裁的な帝国の面目とて丸つぶれにしようでは！ 連中を見てみろ、君——毎晩彼らを監視し、鍵を預かっている君だ。君には彼らの何たるかが見えるのか？ 街路の地下排水渠が如何様に作られ、これら二本足の下水溝は、常に淀んでいるという点をさておけば、如何なる点でそいつらと異なるか分かっているのか？

　はむ、さあ。わたしはちょうどこの独房に一時《いちどき》に二十五人からの尼っちょを閉じ込めたことがありますが、ちょっと思いも寄られねえでしょうな、中には、どれほどべっぴんの面《つら》があったたか。

　後生だから！ 今そいつの中にいる惨めな女宛戸を閉《た》て、ヨーロッパ一逆しまな古都の悪徳と、疎外と、非道全てにおいてすら並ぶもののなき場所の前に衝立を据えてくれ。

　連中は本当に一晩中、未審理のままあの黒々とした豚小屋に置き去りにされるのでしょうか？――ええ、毎晩。見張りは夕方七時に立てられ、治安判事は明くる朝五時に審理を始めます。という訳でどんなに早くても、最初の囚人ですら、その前に釈放されることはありません。仮に囚人に不利な警官が現われれば、奴は九時か十時まで出しては頂けんでしょう。――ですが、その間《ま》に内一人が――ごく最近事実、死んだように――死んでしまったら？　ああ、でしたらそいつはものの一時間で――今のその男が平らげられた通り――腹を空かしたネズミに半分方平らげられましょうな。というだけのことです。

一体何事です、大きな鐘が耳障りに撞かれ、馬車がガラガラ走り、遠くで叫び声が上がっていますが？　火事です。してあの、反対方向の深紅の明かりは何です？　あれも火事です。で、この、我々の目の前の真っ黒焦げのススけた壁は？　火の手に巻かれた屋敷です。つい先達ての公式報道によれば、かようの大火の中には全くの偶然とは言えぬものもあり、思惑買いや投機は火焔にすら食指を動かしているという。とまれ、昨夜《ゆうべ》は一件、今夜は二件、火事があった。とならば明日の晩は少なくとも一件はあろうと張れば、勝ち目は五分五分。という訳で、くだんのせめてもの慰めを道連れに、「お休み」と声をかけ、寝に上がるとするか。

ニューヨーク滞在中、小生はロングアイランドの――だったかロードスアイランド（ニューイングランドの米国最小の州）の、だったか今となっては忘れてしまったが――公共施設を見学した。内一つは精神病院である。建物は立派で、わけても階段は広々として優雅だ。未だ完成には至っていないが、既にかなりの大きさと広さを具え、相当数の患者を収容する態勢が整っている。

正直な所、この施療院を視察した結果大いに慰められたとは言い難い。病棟はいずれももっと清潔で、きちんと片づいていても好さそうなものではあった。他処では然に好もしい印象を受けていたくだんの衛生設備は皆目見当たらず、何もかもが目にするだに傷ましく、だらしない、生気の失せた瘋癲院風情を纏っていた。髪をボサボサに伸ばしたなり屈み込んでいる塞ぎ屋の痴れ者――人差し指を突き立てては身の毛もよだつような笑い声を上げる戯言《たわこと》ほざき――空ろな目、猛々しく荒らかな顔――陰気臭くもひっきりなし両手と唇を突っついている奴――爪をガリガリ齧っているキ印――そら、連中、どいつもこいつも化けの皮一枚被らぬまま、剝き出しの醜さと悍しさを晒している。食堂には――ぬっぺらぼんの四つ壁以外、目を留めるものの何一つなきガランとした、懶く佗しい場所だが――女が独りきり閉じ込められていた。何でも、自害に御執心なのだという。もしやくだんのホゾをいよよ固めてやれるものがあるとすらば、定めて、かようの生活の耐え難き何の変哲もなさでこそあったろう。

　これら通路や回廊に溢れ返った恐るべき有象無象に然に衝撃を受け、小生は見学を能う限り手短に切り上げ、狂暴な難治患者がより厳重に拘束されている建物のかの箇所の視察は平に御容赦願った。小生は今に、目下審らかにしている当時、この施設を取り仕切っていた殿方が管理能力に長け、能う限りその有益性を高めようと努めていたこと信じて疑わぬ。が果たして信じて頂けようか、党派感情の惨めな軋轢はこの、零落れ果てた病める同胞《はらから》の悲しい避難所にまで持ち込まれているなどと？　我らが性《さが》の晒され得る最も恐るべき災厄に見舞われた精神の錯乱を監視し、制御するはずの目が政略のさもしき党派メガネをかけねばならぬなどと？　かようの施設の院長ともあろう人物が政党が揺れ、移ろうにつれ、そいつらの見下げ果てた風見鶏がこっちへあっちへ向きを変えるにつれ、ひっきりなし任ぜられては、免ぜられては、すげ替えられるなどと？　一週間に幾々度となく、かの、健やかな生活の一から十まで手当たり次第に萎えさせては立ち枯らすアメリカの熱毒風《シムーム》たる、百害あって一利なき偏狭な党人根性の何か新たなとびきりちゃちなひけらかしを嫌でも目にさせられる。が、小生は未だかつて当該精神病院の敷居を跨いだ時ほど激しい嫌悪と計り知れぬ侮蔑を込めてそいつに背を向けたためしはなかった。

　この建物のつい目と鼻の先に慈善院《アームズハウス》と呼ばれるもう一つの建物――即ち、ニューヨーク版救貧院《ワークハウス》――がある。これもまた大きな建物で、小生が見学した際には、確か、千人近い困窮者を収容していた。換気も照明も悪く、清潔すぎていけないことだけはなかった。して総じて、実に不快な印象を受けた。が、今一度思い起こせば、ニューヨークは商業の一大中心地として、また合衆国各地のみならず世界の大半の場所から人々の集まる繁華な街として、必ずや扶養せねばならぬ大きな貧民人口を抱え、故にこの点における格別な難儀の下《もと》にある。併せて銘記せねばならぬことに、ニューヨークは大都市であり、大都市には全て夥しき量の善と悪とが混在し、一緒くたになっている。

　同じ界隈には幼い孤児《みなしご》の養育される託児所《ファーム》もある。小生は実地には見に行かなかったが、さぞや立派に運営されているに違いない。そう容易に信じられるのは、アメリカにてはかの、病める者と幼気な者皆を思い起こす『連禱』の麗しき条《くだり》が常日頃から如何ほど重んじられているか知っているからだ。

小生は上記の施設へは水路で、アイランド牢獄が所有し、囚人乗組員によって漕がれるボートで案内されたが、連中、黒と揉み革色の縞模様の囚人服を着せられているとあって、何やら毛色の剝げたトラに見えなくもなかった。彼らは同じ輸送機関にて、牢そのものへも連れて行ってくれた。

それは古びた牢獄で、既に述べた流儀に則った草分け的施設である。と聞いて、小生は胸を撫で下ろした。というのも文句なく、実に貧相なそれだからだ。有す限りの資力は、しかしながら、最大限に活用され、かようの場所の能う限り、規律正しく統制されている。

女囚はそのためわざわざ建てられた差し掛け小屋で作業をする。記憶違いでなければ、男囚のための作業場はない。が、いずれにせよ、男囚の大半はすぐ近くの一つならざる石切り場で働く。その日は全くもってひどいどしゃ降りだったので、この労働は中止され、囚人は各自、独房にいた。数にして二百から三百に垂んとす、してどいつにも一人ずつ男の閉じ込められたこれら独房を思い描いてみよ——この男は両手を鉄格子越しに突き出したなり、せめてもの外気を求めて戸口にいるかと思えば、この男はベッドに（お忘れなきよう、昼の日中に）潜っているかと思えば、この男は野獣よろしく、格子に頭をぶち当てたなり、床の上にどっさり身を投げ出している。して外では滝のように篠突く雨を降らせ、ど真ん中には魔女の銅釜よろしく真っ紅に火照り上がり、濛々たる湯烟の立ち昇る、むっと息詰まるような、お定まりのストーブを据え、そこへもってずぶ濡れの一千本もの白カビだらけの雨傘と、洗いくさしのリンネル類で一杯の一千箇もの洗濯籠から立ち籠めよう手合いの仄かな芳香を一緒くたに漂わせてみよ、さらば、そら、その日のくだんの牢が一丁出来上がりだ。

シンシンの州立刑務所は、片や、模範的な牢獄だ。シンシンとオーバーン*が、沈黙制度の最大かつ最高の事例に違いない。

ニューヨーク市の別の地区には貧窮者保護施設があり、その目的は人種、男女を問わぬ青年犯罪者を別け隔てなく矯正し、有益な職業を身につけさせ、人品卑しからざる親方の下《もと》へ奉公に出し、社会の有為な一員に育てることにある。その企図は、追って審らかにする通り、ボストンのそれとほぼ同じで、劣らず立派な、素晴らしい施設である。が、この気高い施設の視察中、小生の脳裏をふと、果たして監督官は世間や世俗的な人格を然るべく熟知しているのか否か、果たしてありとあらゆる意図や目的に対し、その齢《よはい》と過去の人生に鑑みれば、一人前の女性たる若い娘をさながら幼子のように扱う上で——さらば、小生の目には、して小生の不見識でなければ、彼女ら自身の目にも、奇異に映ったから——大きな過ちを犯してはいないか否か、との思いが過った。施設自体は、しかしながら、常に豊かな経験をを有す博識家の団体の入念な調査の下《もと》に置かれているため、必ずや然るべく運営されているはずであり、この些細な点において小生が正しかろうと誤っていようと、それは施設の功績と徳性にとってはさして問題でない。というのもそれらはいくら高く評価しようとしすぎることはあるまいから。

　上記の施設の外にも、ニューヨークには素晴らしい病院と学校や、文学的施設と図書館や、立派な消防署が（実の所、然に頻繁に実地のお呼びがかかるからには、宜なるかな）あり、その他ありとあらゆる手合いや類《たぐい》の慈善施設にも事欠かぬ。郊外には広々とした共同墓地があり、未完成だか、日々手が加えられている。そこで目にした最も悲しい墓は「外つ国人の墓。当市の各所のホテルに捧ぐ」である。

　主立った劇場は三館ある。内二館、パーク劇場とバワリー劇場は大きく、優美で、立派な建物だが、惜しむらくは、概ね入りが悪い。第三のオリンピック劇場は寄席演芸《ボードヴィル》と滑稽寸劇《バーレスク》のための小さな芝屋で、ミッチェル氏*によってすこぶるトントン拍子に経営されている。氏は静かなユーモアと豊かな独創性に恵まれた、ロンドンの演劇通にはお馴染みの、ウケのいい喜劇役者だ。当該奇特な殿方がらみでは、快き哉、客席は概ね満員で、劇場は夜毎陽気なさんざらめきがワンワン谺する。つい失念する所だったが、もう一館、ニブロと呼ばれる、庭園と野外娯楽施設を備えた小さな夏季劇場もある。が当館も「劇的資産」が、と言おうかくだんの名で冗談まじりに呼ばれるものが、生憎蒙っている全般的な不況を免れてはいないようだ。

　ニューヨーク周辺の田園は、得も言はれぬほどすこぶる美しい。気候は、既にそれとなく述べて来た通り、とびきり暑苦しい。果たして夕刻、美しいニューヨーク湾からそよ吹く潮風がなければどうなっているものやら、敢えて吹っかけることにて小生自身にせよ読者諸兄にせよ熱病にかからすのだけは差し控えたい。

　この街の最上流階層の気風はボストンのそれと大差ない。ここかしこ、より商魂逞しい所が見え隠れするものの、総じて典雅で、洗練され、必ずや至って持て成し心に篤い。屋敷や食卓は優雅で、より夜更かしと放蕩の気《け》に溢れ、恐らく、見てくれと、懐具合と豪勢な暮らし振りのひけらかしがらみでの負けじ魂では上を行く。御婦人方はわけても美しい。

　ニューヨークを発つ前に、小生は六月に出帆する旨触れ回られている定期船「ジョージ・ワシントン号」で帰国するための手筈を整えておいた。というのも六月には、我が逍遥の途中、何ら椿事によって待ったのかからぬ限り、アメリカを発つ予定にしていたからだ。

　小生はついぞ夢にも思っていなかった、よもや帰国する上で――小生にとって愛しき者皆と、いつしか己《おの》が性《さが》の端くれになるに至った営みに戻る上で――この街から同行してくれていた馴染み達と船上にて終に別れるに及び耐えねばならなかったような大きな悲しみに見舞われようなど。よもや何処であれ、然に遙か彼方の、然にごく最近知ったばかりの街の名が胸中、今やそいつに纏わる数知れぬ懐かしき思い出と然まで分ち難く連想されようなど。この街には、小生にとっては、ラップランド*においてすらついぞちらちらと明滅しては消え失せたためしのないほど暗い冬の日をも明るく輝らそう人々がいる。というのも彼らの存在を前にしては「故郷」ですら朧に霞んだからだ――互いにかの、我々の思索と行為全てと綯い交ぜになり、幼き日々にあっては揺り籠の枕許に取り憑き、老いた日々にあっては人生の眺望を閉ざす辛き言葉を交わせし際。

第七章　フィラデルフィアと　その独房監禁制

ニューヨークからフィラデルフィアへの旅は鉄道と渡し船二艘を乗り継いでやりこなされ、通常五時間から六時間を要す。我々が汽車の乗客となったのはとある晴れた夕刻のことで、小生は傍に掛けている扉の側《そば》の小窓から明るい日没を見守る内、すぐ正面の殿方専用車両の窓から得体の知れぬ奇妙な代物が迸り出るのに気を惹かれた。当座、車両にはてっきりその数あまたに上る働き者の連中が乗り込み、せっせと羽根布団を掻っ裂いては羽根を四方八方へバラ撒いているものと思い込んだ。が、とうとうふと、連中、ほんの唾を吐いているだけではないかと、事実ズボシの如く、思い当たった。とは言え、如何でくだんの車両が収容し得る如何なる数の乗客であれかほどにいたずらっぽくもひっきりなしに喀啖を雨霰と降らせられたものか今もって解《げ》せずにいる——その後、唾液分泌過多症めいた現象における経験は散々積ませて頂いたにもかかわらず。

小生はこの旅の途中、物静かな腰の低い青年クエーカー教徒と知り合いになった。青年は会話の取っかかりを作るに、しかつべらしげに声を潜め、祖父は常温抽出蓖麻子油《ひましゆ》の考案者たる旨垂れ込んで下さった。かようの状況をここにて審らかにしているのは、当該貴重な薬剤が会話の緩下剤として用いられたのは多分、これが初めてではないかという気がするからだ。

我々はその夜遅くフィラデルフィアに到着した。床に就く前に寝室の窓から外を眺めると、道の向かいに見るからに侘しげな、幽霊じみた陰気臭い見てくれの白大理石の豪壮建築が立っていた。これは恐らく仄暗い夜闇が垂れ籠めているせいだろうと独り合点し、翌朝、起床するが早いか、さぞや建物の上り段や柱廊玄関は出入りする仰山な人々で溢れ返っているに違いなかろうと、またもや窓から外を眺めた。扉は、しかしながら、相変わらず閉《た》て切られたままで、辺りには同じひんやりとした心淋しい雰囲気が漂い、その憂はしい四つ壁の内にてともかくやりこなさねばならぬ要件があるのはドン・ガズマンの大理石像*くらいのものででもあるかのようだった。小生は早速、その名と用途を尋ね、そこで漸う腑に落ちた。そいつは幾多の資産の「墓」——投機の一大地下埋葬所《カタコンベ》——名にし負う合衆国銀行の成れの果て——であった。*

当該銀行の業務停止は、その破滅的な結果という結果ごと、（小生の至る所で耳にした如く）フィラデルフィア全体に暗い翳を投じ、街は依然としてその陰鬱な影響の下《もと》にあり、それが証拠、蓋し、やたら懶く、しょぼくれた面《つら》を下げていた。

フィラデルフィアは立派な街だが、気が狂れそうなほど杓子定規だ。そこいらを一、二時間も漫ろ歩けば、何やら曲がりくねった街路を縫えるものなら世界をくれてやってもいいような気がして来た。街のクエーカー教徒じみた感化の下《もと》、小生の上着の襟はピンと強張り、帽子の鍔はグンと広がらんばかりであった。髪は勢い、ツルリとした丸刈りに縮こまり、両手は自づとゆったり胸の上で組み合わされ、いっそ市《いち》場《ば》の真向かいのマーク・レーンに宿を取り、ムギに山を張ることにて一身上築いてやろうかとの思いがムラムラと頭をもたげた。

フィラデルフィアは真水がとびきりふんだんに供給され、御逸品、至る所で、ザアザア浴びせられては、ジャージャー流されては、栓を捻られては、ゴボゴボ溢れ出ていた。街の近くの高台の上にある浄水場は公園として典雅に整備され、とびきり小ざっぱりとして隅々まで手入れが行き届いているとあって、有益であるに劣らず装飾的だ。川はこの箇所にて堰き止められ、それ自身の水力であちこちの高みの貯水池、と言おうか溜め池へと押し上げられ、そこより全市に、屋敷という屋敷の最上階に至るまで、極めて安価に水が供給される。

様々な公共施設にも事欠かぬ。就中、とびきり素晴らしい——クエーカー派ながら、その授けている大いなる恩恵においては宗閥的ならぬ——病院や、フランクリンに因んで名付けられた閑静な、一風変わった古めかしい図書館や、宏壮な株式取引所や郵便局等々といった。クエーカー派病院に関せば、ウェスト*による絵画があり、施設の基金のために展示されている。画題は病める人々を癒すキリストで、恐らくは何処にてもお目にかかれぬほど巨匠にしては出色の出来映えではあるまいか。とは褒めたことになるのか貶したことになるのか、は読者の趣味によりけりではあろうが。

同じ部屋には著名なアメリカ人画家サリー氏*による極めて特徴的で生き写しの肖像画も掛かっている。

フィラデルフィアに滞在したのはほんの数日だったが、社会層は、目にし得る限り、すこぶる気に入った。その全般的な特徴はと言えば、街はボストンやニューヨークより鄙び、美しい市内にはむしろ我々が『ウェイクフィールドの牧師』において繙く、シェイクスピアとミュージカルグラスがらみでの同上の主題に纏わるかの典雅なやり取りを思わす趣味と批評の衒いが漂う*とでも評せようか。市の近郊にはくだんの名の、巨万の富を有す故人によって創設されたジラード・カレッジ*のための格別素晴らしい大理石の未完の建物があり、本来の設計のままに完成されれば、恐らく当代きっての豪壮建築となろう。が遺贈は法的論争に巻き込まれ、その間《かん》工事は中断されている。故に、アメリカにおける他の偉大な請け負い同様、これとて目下建築中、というよりむしろ近々完成予定であるにすぎぬ。

　郊外には、ペンシルヴァニア州特有の方針に則り運営される東部懲治監《イースタン・ペニテンシャリー》と呼ばれる大きな牢獄が立っている。ここでの体制は厳格かつ厳重で、絶望的な独房監禁だが、小生の信ず所、その影響において酷く、不当極まりない。

　その意図において、独房監禁制は人道的で、情深く、専ら更生を目しているのは重々心得ている。が牢規制の当該方式を考案した人間や、それを実地に遂行しているくだんの慈悲深き殿方連中は己が何を為しているか御存じないのではあるまいか。この恐るべき懲罰が幾年も引き延ばされれば、それを受ける者に如何ほど厖大な苦痛と苦悶をもたらすものか判ぜられる者はほとんどいまい。してそいつを小生自身、推し量り、彼らの面《おもて》に刻まれているのを目の当たりにし、自ら紛うことなく信ずに、彼らが胸中感じているに違いなきものから類推する上で、小生はただくだんの懲罰はそれを蒙る者自身以外何人《なんぴと》にも計り知れず、何人《なんぴと》たり同胞《はらから》に加える権利を有さぬほど底知れぬ恐るべき忍耐を伴うものと、いよよ強く確信するにすぎぬ。この、脳の神秘の遅々たる日々の愚弄は、如何なる肉体の拷問より遙かに邪ではなかろうか。してその凄まじき印や証が生身の傷痕ほど視覚や触覚に感知されぬだけに、その傷が表面上のそれではなく、人間の耳に留まり得る叫び声をほとんど上げさせぬだけに、小生は故に、くだんの愚弄を微睡みがちな人間性が待ったをかけるべく喚び覚まされていない密かな懲罰として、いよよ弾該せざるを得ぬ。小生はいつぞや、仮に「然り」か「否」と言う権利があれば、果たして収監期間の短い事例においてはかようの状況を罷り通らそうか否か自らに問えど、いずれともつきかねていた。が今ならば神かけて誓えよう、唯一人の人間ですら、如何なる長さであれ、いずれにせよ、物音一つせぬ独房でこの人知れぬ罰を受け、小生自身がその謂れだとの、或いはほんのわずかなりそれに同意したとの身に覚えのあってなお、いささかの誇りなり誉れなりを胸に、白昼の蒼穹の下《もと》幸せな男たりて歩くことも、夜分安らかに床に就くことも能ふまい。

　小生はこの牢へはその管理に公的に携わる二人の殿方に同

伴され、独房を次々見て回り、在監者と口を利くことにて一日を過ごした。至れり尽くせり、丁重な便宜が計られ、何一つ視界から閉ざされた、と言おうか隠されたものはなく、小生の求めた情報は余す所なく公然と、腹蔵なく、与えられた。建物の一点の非の打ち所もなき秩序正しさは如何ほど高く評価しても評価し得まいし、組織の運営に直接関わる全ての人々の卓越した動機に如何なる手合いの疑念をさしはさむ余地もなかろう。

　牢それ自体と外壁との間には広々とした庭がある。巨大な門の回り木戸から庭へ入り、前方の小径を他方の端まで辿ると、大きな部屋へ出るが、そこからは七本の長い廊下が放射状に伸びている。廊下の両側には独房の扉が延々と続き、それぞれの扉の上に番号が打ってある。上階には、階下のそれとよく似た独房の回廊が巡らされているが、如何なるせせこましい中庭も（一階のそれのように）ついていない上、若干小さめだった。これら独房の内二室を所有すれば、他方の独房の各室についている猫の額ほどの懶い空間にてせいぜい毎日一時間かそこらで享受し得る外気と運動の欠如の埋め合わせになると考えられている。よってこの上階の囚人は皆、互いに隣接する独房を二部屋あてがわれる。

　中央に立ち、これら侘しい廊下を見下ろせば、その場一帯に漂う懶い安らいと静けさの気配は凄まじい。時折、どこぞの孤独な機織り人の杼《ひ》か、靴造りの靴型の眠気催いの音が聞こえるが、そいつはぶ厚い四つ壁とずっしりとした独房の扉によって揉み消され、挙句、辺りをいよよシンと静まり返らすが落ちだ。この憂はしき館《やかた》にやって来る囚人《めしうど》はどいつもこいつも頭の上から真っ黒な頭巾を引っ被らされ、己と実社会との間に下ろされたカーテンの象徴たる当該黒々とした経帷子を纏ったなり、晴れて禁錮期間の果てるまで、二度とお出ましにはならぬ独房へと連れて行かれる。妻子のことも、我が家や馴染みのことも、唯の一人の生死も、聞かされぬ。獄吏には会うが、くだんの例外をさておけば、断じて人間の面《つら》を目にすることも、人間の声を耳にすることも叶はぬ。言はば、遅々たる幾月の巡りの内に掘り起こされるべき、生き埋めになった男であり、それまでは己を責め苛む不安と恐るべき絶望以外の全てにとって死したままである。

　囚人の名前も、罪状も、収監期間も、男に日々食事を運ぶ役人にすら明かされていない。男の独房の扉の上と、拘置所所長が一部、教誨師がもう一部持っている帳簿の写しの中にはとある番号があり、これが男の素姓の索引《インデクス》である。これら頁を措いて、牢に男の存在の記録は何一つない。たとい同じ独房にて十年の長の歳月、生き存えようと、男は最後の最後まで、一体建物の如何なる箇所に独房はあり、グルリには如何なる類の男が閉じ込められているのか、果たして長き冬の晩、側《そば》には血の通った人間がいるのか、それとも己とその孤独の恐怖を共にしている最寄りの者との間にすら壁と廊下と鉄扉の設えられた、大きな監獄のどこか人気《ひとけ》ない片隅にいるのか、知る由もない。

　独房には全て二重扉がついている。外扉は頑丈なオークの、内扉は鉄格子の。この鉄格子の中に、食事の手渡される跳ね蓋が取り付けられている。囚人は聖書と、石板と鉛筆と、所定の制限の下《もと》、時にはそのためわざわざ用意される他の本と、ペンとインクと紙をあてがわれる。剃刀と、皿と、缶と、盥は壁に吊る下げられるか、小さな棚の上でピカつく。真水が各独房に引かれ、囚人は好きなだけ使える。日中、寝台は壁際へ折り返され、まだしも働き易くなる。機《はた》か、細工台か、轆轤が据えられている。そこにて囚人は汗水垂らし、寝起きし、巡る毎に季節を数え、老いて行く。

　小生が最初に目にした男は機《はた》に着いて仕事をしていた。すでに六年間収監され、確か、もう三年幽閉されることになっていた。盗品の故買屋として刑に服していたが、長らく監禁されている今なお罪を否定し、不当な仕打ちを受けている旨訴えている。前科者だが。

　男は、我々が入って行くと、機《はた》を織る手を止め、眼鏡を外し、掛けられる問いには全て、腹蔵なく答えた。が必ずやまずもって妙な手合いの間《ま》を置き、低く物思わしげな声で。手製の紙帽子を被り、そいつに目を留め、褒められると、笑顔を見せた。何か打ち捨てられたガラクタである種オランダ時計を小器用に作り、酢瓶を振り子代わりに使っていた。小生が当該絡繰に興味を示していると見て取るや、時計にさも誇らしげに目を上げ、以前からどうにかして手を加えたいと思っているのだと、撞木《ハンマー》と、おまけに小さなガラスの欠片さえあれば「あっという間に調べを奏でるんだが」と言った。自ら織っている紡ぎ糸から某か絵の具じみたものを絞り出し、壁の上にお粗末ながら絵を二つ三つ画いていた。扉の上の女のそれを、男は「湖の貴婦人＊」と呼んだ。

　小生がこれら、時を紛らすための工夫の数々を眺めていると、男は笑みを浮かべたが、小生にはそいつらから男自身へ目を移した際、男の下唇が小刻みに震えるのが見て取れ、男の心臓の鼓動をも数えられていたろう。どういう成り行きからだったか忘れたが、男には妻がいる話になった。男はくだんの言葉を耳に、かぶりを振り、顔を背け、両手にそいつを埋《うず》めた。

「だが今では諦めはついていると！」と殿方の内一人が、

しばしの沈黙が流れた後《のち》――その間《ま》に男は元の物腰を取り戻していたが――言った。男は、その絶望において全くもって捨て鉢めいた溜め息を吐きながら返した。「おお、もちろん、おお、もちろん！　諦めはついています」「で心を入れ替えていると、ほら？」「はむ、多分。きっと、ではないでしょうか」「して時はあっという間に過ぎると？」「時は、だんな方、この四つ壁の中ではなかなか経っちゃあくれませんん！」

との文言を口にしながら、囚人は辺りをグイと――如何ほど倦み果てて、かは神のみぞ知る！――眺め渡し、眺め渡す間《ま》にも妙な具合にひたと、何かうっかり失念でもしたかのように目を据えた。と思いきや、深々と溜め息を吐き、眼鏡をかけ直し、またもや機《はた》に向かった。

別の独房には窃盗罪で五年の禁錮刑に処せられているドイツ人がいた。刑期はちょうど二年経過した所であった。先の男と同様のやり口で絞り出した染料で、男は壁と天井の隅から隅まで美しい絵で埋め尽くしていた。のみならず、奥の方に実に小ざっぱりと床《ゆか》を二、三フィートほど地取りし、中央に小さな寝台をこさえていた。御逸品、墓に見えなくもなかったが。あれやこれやの代物から窺われる男の趣味と創意工夫の才は目を瞠るばかりだったが、かほどに打ち拉がれ、意気消沈した惨めな男を思い描くことはまず叶ふまい。小生は然まで絵に画いたような寄る辺無き精神の苦悩と悲嘆を目の当たりにしたためしはなかった。この胸は、男の身の上を思い、張り裂けんばかりであった。して涙がポロポロと男の頬を伝い、男が視察官の内一人を脇へ呼び寄せ、ピリピリと小刻みに手を震わせながら相手を引き留めるべく上着につかみかかったなり、果たしてこの憂はしき服役が軽減される見込みはないのか否か問うた際、その姿は、蓋し、正視するに耐えなかった。小生は未だかつてこの男の打ち拉がれた様ほど身につまされた如何なる手合いの悲惨を目にしたことも耳にしたこともない。

第三の独房には押し込み強盗の、いかついのっぽの黒人がいたが、男は本来の生業たる、ネジその他を作っていた。刑期はほどなく切れることになっていた。実に手練れの泥棒であるだけでなく、その大胆不敵さと、数々の前科で悪名を馳せていた。我々を持て成すにこれまでの手柄を長々と開陳し、それをまた実に愉快そうに話して聞かすものだから、金銀食器や老婦人に纏わるヤクザな逸話を審らかにする段には正しく舌嘗めずりせんばかりであった――こと老婦人方に関せば、銀縁眼鏡をかけて窓辺に座っているのを確かめておき（奴は通りの向かいからでも金っけな代物にドンピシャ目が利いたから）後ほど御逸品を失敬させて頂いたとのことではあった。この男は、わずかなりハッパをかけてやりさえすれば、そのスジの昔語りに如何ほど疎ましき空念仏の風味をも利かせていたに違いない。が、自らくだんの牢にぶち込まれた日にこそ感謝したいものだと、あの世へ行くまで金輪際盗みは働かぬと宣った際の正真正銘、猫っ被りのなお上を行くことは叶はなかったろう。

とある囚人は、ある種お目こぼしとし、ウサギを飼うことを許されていた。男の部屋は、よってむっと息詰まるような臭いが立ち籠めていたので、連中は男に廊下へ出て来るよう戸口で声をかけた。男は無論、仰せに従い、大きな窓の不馴れな日射しの下《もと》、げっそり痩せこけた顔に手をかざしてみれば、恰も墓の中からお呼びをかけられでもしたかのように蒼ざめ、あの世じみて見えた。胸に一匹、白ウサギを抱いていた。そいつが床に下ろされるやチョロチョロ独房へ引き返し、男も、お役御免になるやおずおず、這うようにして後を追うに及び、小生はふと、果たして如何なる点で男は両者の内より気高い生き物たるか言うはおよそお易い御用どころではなかろうと惟みた。

英国生まれの泥棒もいた。七年の刑期の内わずか数日、そこで過ごしているきりの。見るからに極道めいた、額の狭い、唇の薄い奴で、血の気の失せた面《つら》を下げていた。今の所、視察官にはさっぱり食い気を催さぬと思しく、おまけの罰を食らうというのでなければ喜んでグサリと、靴造りのナイフで小生を刺し殺していたろう。昨日投獄されたばかりのドイツ人がもう一人いたが、我々が中を覗き込むと、ハッとベッドから飛び起き、片言交りの英語で、何か仕事をさせてくれとせっついた。詩人跣もいて、二十四時間毎に二日分の——一日は己自身のための、もう一日は牢のための——仕事をやりこなすと、船や（船乗りでメシを食っていたから）、「狂おしき酒杯」や故郷の馴染みに纏わる詩を物した。囚人は数えきれないほどいた。視察官を目に、頬を紅らめる者もあれば、死んだように蒼ざめる者もあった。二、三名は重い病気にかかっているため、囚人の看護人が付き添っていた。一人など、太った老いぼれの黒人だったが、牢の中で片脚を切断したとのことで、付き添いがてら、やはり囚人たる、古典学者にして腕の確かな外科医が面倒を見ていた。階段に腰を下ろしたなり、何かちっぽけな手仕事に精を出しているのは愛らしい黒人の少年だった。「ということは、フィラデルフィアには未成年犯罪者のための感化院はないのでしょうか？」と小生はたずねた。「あるにはありますが、入れるのは白人の子供だけです」犯罪における何とも高貴な特権階級ではないか！

十一年以上もそこで過ごし、後もう二、三か月で釈放される水夫がいた。十一年に及ぶ独房監禁とは！

「近々刑期を終えられるとのことで、何よりです」奴は何と言う？　ウンともスンとも。どうして両手にじっと目を凝らし、指の肉をつまんでは、時折つと、己の髪が白くなるのを見守って来たあの剝き出しの四つ壁へ目を上げるのでしょう？　時によくやっています。

男は相手の顔をちらと見ようともせず、まるで必死で骨から皮を引き剝がそうとしてでもいるかのように、いつも自分の手に凭りかかっているのでしょうか？　ほんの男の気紛れです——というだけのことです。

かくつぶやくのも男の気紛れだ、自分は娑婆に出るのを楽しみにはしていない、もうじき釈放されようとさして嬉しくもない、一頃は心待ちにしていたが、そいつはとうの昔のことで、何もかもどうでもよくなったと。して、とことん寄辺無い、打ち拉がれた、脱け殻のような男たるのもまた。神よ御照覧あれかし、男は己《おの》が気紛れをとことん満足させて頂いているという訳か！

隣り合った独房に、若い娘が三人、入れられていた。雇用主から金を奪おうと共謀した簾で、同時に有罪の判決を下された。日々の暮らしの沈黙と孤独において、三人は実に美しく変貌していた。面差しはたいそう淋しげで、如何に仮借なき視察官とて思わず涙ぐまずにはいられなかったやもしれぬ。が、例の男囚を目の当たりに喚び覚まされるかの悲しみとは質《たち》が異なっていた。一人は、確か、まだ二十《はたち》にもならぬ少女で、真っ白い部屋には誰か以前の女囚の刺繡が掛かり、ほっそりとした一筋の明るい青空の垣間見える壁の上方の割れ目越しに、少女の伏し目がちな面《おもて》に太陽が燦然たる光を降り注いだ。心から悔い、たいそう物静かで、今や雑念は失せ——と少女は言った（してその言葉に嘘はなかろう）——心安らかだった。「つまり、ここで幸せに暮らしていると？」と我が道連れの一人が尋ねた。少女はやっとの思いで——正しく、やっとの思いで——答えた。「はい」とは言いながらも、つと目を上げ、くだんの頭上の自由が垣間見えるや、ワッと泣き出しながら言った。「幸せに暮らしたいとは思っています。何一つ不服があるというのではありません。けれど時にはこの一つきりの独房から出たいと思うのも当たり前ではないでしょうか。それくらい致し方《いい》ないのでは」哀れ、少女は泣きじゃくった！

小生はその日、独房から独房を見て回り、目にした顔という顔は、耳にした言葉という言葉は、気づいた出来事という出来事は、今にその折のまま、傷ましく記憶に刻みつけられている。が、それらについてはここでは素通りし、とある、ピッツバーグで後ほど目にした、同じ体制の下《もと》なる牢獄の、より好もしき事例に移るとしよう。

くだんの牢獄を、同じようなやり口で視察し果すと、小生は所長に、囚人の中に間もなく出所する者はいないかと尋ねた。明日で刑期の切れる、と所長は返した、囚人がいます。ただ、ここにはほんの二年しかいませんでしたが。

ほんの二年！ 小生は思わず自らの人生の二年間を振り返り――牢の外の、祝福や、快楽や、幸運に囲まれた、豊かで幸せな二年間を――何と似ても似つかぬことよと、くだんの二年間は仮に孤独な囚われの身として過ごされたならば何と長く感じられていたろうことかと惟みた。明日釈放されることになっているこの男の顔は、今にまざまざと瞼に焼きついている。男の顔はその幸福において、他の悲惨における顔また顔以上に忘れ難いほどだ。男の何とさりげなく、事も無げに答えたことよ――この体制は立派なそれだと思います。刑期は「割に――さっさと」過ぎました。一旦、法を犯かし、罪を贖わなければならないと観念したら、「そこそこ上手くやって行けるものです」等々！

「あの男はあんなに妙に取り乱した様子で、何を言おうと呼び戻したのです？」と小生は我が案内手《あないて》に、彼が扉に錠を下ろし、廊下で待っている小生の所まで来ると、尋ねた。

「おうっ！ 自分のブーツは、牢へ入れられた時から相当履き古していたので、役に立たないかもしれない。自由の身になる前に直してもらえればありがたいのだがと」

くだんのブーツは今を溯ること二年、足から脱がされたが最後、外《ほか》の衣類と一緒に仕舞われていたというのか！

小生はその機に乗じ、彼らは出獄した直後、どのように振舞うのか問うた。さぞやワナワナ身を震わすのだろうがと言い添えながら。

「はむ、ワナワナ身を震わすというより」というのが返答であった――「もちろん事実、身を震わせてはいますが――神経組織が完全に錯乱を来しています。まずもって帳簿に名前が書けません。時にはペンを握ることすら叶いません。して、自分がどうして、或いはどこに、いるか分からないかのように辺りを見回し、時には一分間に二十度となく腰を上げてはまたもや下ろすこともあります。これは事務所内のことで、そこへは連れて来られた時同様、頭巾を被ったまま連れて入られます。一旦、門の外へ出ると、つと立ち止まり、最初はこちらを、次いであちらを、見やります。どちらへ行ったものかと。時には酔っ払っているようにヨロけることもあれば、柵にもたれかからざるを得ぬこともあります。それは足腰が弱っているもので——ですがその内、姿を消します」

これら孤独な独房の直中を歩き、中の男達の顔を見ながら、小生は胸中、彼らの置かれた状況につきものの思考と感情を思い描こうとした。頭巾はたった今剝がれたばかりで、己《おの》が囚われの身の光景が憂はしき変哲のなさごと一気に、眼前に立ち現われたとしよう。

まずもって男は呆然自失する。己《おの》が幽閉は悍しき幻影にして元の生活こそが現《うつつ》である。ベッドに身を投げ出し、絶望に駆られたなり横たわる。次第にその場の耐え難き孤独と空虚が男をこの昏睡より喚び覚まし、格子戸の跳ね蓋が開けられるや、慎ましやかに仕事を請う。「どうか何か働かせて下さい。さもなければ気が狂いそうだ！」

男は仕事をあてがわれると、時々思い出したように精を出す。が何かと言えば、くだんの石の棺桶にて過ごさねばならぬ歳月の焼けつくような意識に見舞われ、視界からも知識からも閉ざされた者達に纏わる思い出において然に狂おしき苦悶に苛まれるものだから、椅子からハッと腰を上げ、天を振り仰ぎざま両手で頭を抱え込んだなりせせこましい部屋を大股で行きつ戻りつし、亡霊共がいっそ壁で脳天を叩き割ってしまえと唆すのが聞こえる。

またもや男はベッドにくずおれ、そこに横たわるや、呻き声を上げる。が、いきなりハッと身を起こし、果たして誰か外《ほか》の奴が近くにいるものやら、両側には自分のとよく似たまた別の独房があるものやらと首を捻り、ひたと聞き耳を立てる。

物音一つ聞こえぬ。が、にもかかわらず、他の囚人が側《そば》にいるやもしれぬ。いつだったか、まさか自分自身こんな所にぶち込まれようなど思いも寄らなかった時分、聞きかじった覚えがある。独房は、獄吏には聞こえても、囚人同士には互いの物音が聞こえないように出来ていると。いっとう近い男はどこだ——右か、左か？　それとも右にも左にも一人ずつ？　奴は今どこに——光の方へ顔を向けたなり——座っているのか？　それとも行きつ戻りつしているのか？　どんな服を着ている？　ここには長いのか？　げっそり痩せこけていようか？　死んだように蒼ざめていようか？　奴も隣の男のことを思い浮かべているのだろうか？

敢えて息を吐《つ》こうともせず、然に惟みる間《ま》にも聞き耳を立てながら、男はとある、背をこちらへ向けた人影を喚び起こし、そいつが正しく隣の独房でウロつき回っている様を思い浮かべる。面付きはおよそ定かならぬが、背を丸めた男の仄暗い人影はまざまざと思い浮かべられる。反対側の独房にももう一人、やはり顔の見えぬ人影を入れてやる。来る日も来る日も、しょっちゅう真夜中にハッと目を覚ます度、挙句、気が狂れそうになるまでこれら二人の男を思い浮かべる。そいつらを断じて外《ほか》の奴とすげ替えたりはせぬ。そら、二人は必ずや初っ端思い浮かべたままだ——右には老いぼれが、左にはもっと若造の奴が、いる。二人の隠された目鼻立ちは男を死ぬほど苦しめ、思わずゾクリと身震いせずばおれぬほどの神秘を纏う。

うんざりするような日々が、野辺の送りの喪い人よろしく粛々たる足取りで行き過ぎる。いつしか男は独房の白壁にはどこかしら凄まじき所があるような、色そのものがそら恐ろしいような、滑《すべ》らかな表面に血が凍てつきそうな、とある悍しき片隅がわけても己を責め苛むような、気がし始める。毎朝、目を覚ます度、掛け布団を頭から引っ被り、不気味な天井が自分を見下ろしているのを目の当たりに総毛立つ。ありがたき日射しそのものですら、牢の窓たる相も変わらぬ割れ目越しに、醜い亡霊面《づら》たりて、ひょいと中を覗き込む。

ゆっくり、となから紛うことなく次第に、くだんの疎ましき片隅は四六時中、男を包囲するまでに膨れ上がる。眠りを侵し、夢をそら恐ろしき、夜を忌まわしき、それに変える。仰《のっ》けはまるでそいつが脳の中に固よりそこにあるはずのない何か相応の形《なり》をした代物を生み出し、かくて激しい頭痛に見舞われるかのような気がし、妙な嫌悪を催す。それから、そいつに怖気を奮い、それからそいつのことを、して奴の名を囁きながら、そいつを指差す男共のことを、夢に見始める。それからそいつを正視するのに、かと言って背を向けるのにも、耐えられなくなる。今やそいつは夜毎、幽霊の、影法師の——何か目にするだに悍しき、黙《もだ》した何者かの——隠れ処となる。が果たして鳥なのか、獣なのか、マントに包《くる》まった人影なのか、はいずれともつかぬ。

日中、独房にいると、外の小さな中庭に怯え、中庭にいると、独房に戻るのが恐ろしくなる。夜闇が迫れば、くだんの片隅には、そら、亡霊が立っている。もしや勇を揮い、そいつの場所に立ちざま追っ立てれば（とはいつぞや事実、破れかぶれでやった如く）、そいつは寝台の上に垂れ籠める。黄昏時に、して必ずや同じ刻限に、とある声が男の名を呼び、辺りが薄暗くなるにつれて機《はた》に血が通い始め、せめてもの慰めたるそいつですら、夜が明けるまで男を見張る悍しき不寝《ねず》の番となる。

またもや、ゆっくりとながら次第に、これら恐るべき心象は一つまた一つと男から離れ、時折不意に戻って来ることはあっても、より間遠にして、より不気味ならざる形《なり》にて、にすぎぬ。男は教誨に訪れる殿方と宗教的な事柄について話し合い、聖書を読み、石板に祈りを綴り、ある種魔除けにして護符として掲げる。今や、時に、我が子らや妻のことを夢に見ることもあるが、妻子は既に死んだか、自分のことを見捨てていようと観念する。ずい分涙脆くなった。今では心優しく、言いなりで、打ち拉がれている。時折、以前の苦悶が蘇る。ほんの些細なことで——耳馴れた物音や、辺りに漂う夏の花の香りによってすら——そいつは息を吹き返そう。が今や、長くは続かぬ。というのも外界は幻と、この孤独な生活こそが悲しい現《うつつ》と、化しているから。

もしや収監期間が短ければ——つまり、比較的。というのも断じて短いはずはなかろうから——最後の半年はそれまでの年月を引っくるめたよりなおイタダけぬ。さらば牢が火の手に巻かれ、どうせ焼け死ぬのが落ちだろうと、四つ壁の中で息を引き取るに決まっていようと、何か誣告の下《もと》、またもや禁錮刑の宣告を受けるに違いなかろうと、ともかく何か、何であれ、持ち上がり、シャバに出るのに待ったがかかるが定めと惟みざるを得まい。だとしても当然だし、戯けたことをと理詰めに押そうと詮なかろう。何故なら人間らしい生活から然に長らく隔離され、然に大いなる苦悶を耐え忍んだ後というなら、如何なる椿事を思い描こうと、自由と同胞《はらから》の下《もと》へ連れ戻されるそいつよりまだしも絵空事めいていないからだ。

もしや刑期がめっぽう長ければ、釈放の見込みを前に男は当惑し、混乱する。打ち拉がれた心も束の間、外の世界を思い浮かべ、くだんの長き歳月、自分にとっては如何様だったろうかと惟みれば、ときめくやもしれぬ。がほんのそれしきにすぎぬ。独房の扉は男の心の希望という希望に、気がかりという気がかりに、可惜長らく閉ざされすぎた。男を然に切羽詰まらせ、最早同胞《はらから》ならざる同胞《はらから》と睦めよとシャバに追い立てるより、いっそ仰《のっ》けに縊ってやっていた方がまだしも増しだったのではあるまいか。

これら囚人は一人残らず、やつれた顔に同じ表情を浮かべている。それを何に準えたものか、皆目見当もつかぬ。が、どことなく、例の、目も耳も不自由な人の面《おもて》に浮かんでいるのを目にする、一心に張り詰めた様子に、誰しも密かに怖気を奮い上げていたかの如きある種恐怖の入り混じったような所がある。小生は足を踏み入れた小さな部屋という部屋で、覗き込んだ鉄格子という鉄格子越しに、同じ身の毛立つ表情を目の当たりにするかのようだった。くだんの表情は、格別な絵画に見込まれたに劣らず冴え冴えと、記憶に刻みつけられている。小生の目の前を、中に一人きりこの孤独な苦悶から釈放されたばかりの男の紛れた百人からの男を歩かせてみよ、さらばそいつを易々言い当てられよう。

女囚の顔は、前述の如く、かくて婀やかに洗練される。果たしてより善なる性《さが》が孤独の内に顕現するからか、或いは固より心優しく生まれついているだけに、より辛抱強く、長き苦悩に耐えられるからか、は定かでない。が然たることに変わりはない。にもかかわらず、私見では、懲罰が女囚の場合も、男囚の場合におけるにつゆ劣らず残酷にして不当たるとは論を俟たぬ。

小生は信じて疑わぬ、独房監禁の惹き起こす精神的苦悩はさておくとしても――然に痛切にして然に途轍もないが故に、如何ほど想像を逞しゅうしようとて現実には及びもつくまい苦悩はさておくとしても――精神は鬱々と塞ぎ込み、かくて俗世との荒々しい接触や、その忙しない活動に順応出来なくなろう。揺るぎない私見たるに、この懲罰を一度《ひとたび》掻い潜った者は、社会に復帰する段には必ずや著しく精神を損ね、患っているに違いない。完璧な孤独の生活を自ら選ぶか、余儀なくされた男の記録は枚挙に遑がない。が、小生はその影響が何か思考の脈絡の乱れか、憂はしい妄想に顕現せぬような事例は如何ほど屈強にして強靭な知性を具えた哲人の直中においてすら、ほとんど一つとて記憶していない。沈鬱と疑念に宿され、孤独の内に生まれ育てられた何たる奇怪な亡霊が、この地の表《おもて》を闊歩し、森羅万象を醜く変え、「天」の面《おもて》をも曇らせて来たことか！

自殺は、くだんの囚人の間では稀で、実の所、ほとんど事例が知られていない。が、なるほどこの状況は間々、力説されるにもかかわらず、そこより当該体制に与す如何なる議論も、宜なるかな、演繹され得まい。精神の疾患を研究対象とする者は誰しも、全人格を変え、個性の快活と自助の力を全て打ち砕こうほどの究極的な沮喪と絶望は、たとい一人の人間の内で作用していようと、自己破壊には至らぬやもしれぬということを熟知している。これがむしろ通例だ。

独房監禁制により五感は麻痺し、身体機能が次第に損なわれることに疑いの余地はない。小生はフィラデルフィアにおいて、正しく当該施設に同行してくれた人々に、そこに長らく幽閉されている囚人は耳が聞こえないのではないかと言った。彼らは、日頃こうした囚人を目にする習いにあるだけに、全くもって根拠のない、荒唐無稽としか思われぬこの素人考えに唖然とした。がそれでいて、正しく最初に問いをかけた――彼ら自身、白羽の矢を立てた――囚人は小生の印象を直ちに（とは言え我知らず）確証するに、どういう成り行きかは分からぬが、確かにどんどん耳が遠くなっていると、嘘偽りなき物腰で言った。

当該体制が尋常ならざるほど不平等な懲罰にして、最悪の囚人にこそ最も応《こた》えぬことに疑いの余地はない。例のもう一方の、囚人に言葉を交わすことなく共同作業をさす規制と比べ、こちらの方が更生の手立てとしては有効だという説に、小生はいささかの信も置いていない。小生に審らかにされた更生の事例は悉く、「沈黙制度」によっても劣らず見事にもたらされていたやもしれぬ——して今に胸中、何ら疑うべくもなく、もたらされていたろう——手合いのそれであった。こと黒人の押し込み強盗や、英国生まれの泥棒のような囚人に関せば、如何ほど熱心な訓戒師であれ、ほとんど改心の希望は抱けまい。

小生には、かように不自然な孤独において如何なる健やかなものも、善なるものも育まれたためしのなく、犬か四つ脚の内より知的な獣のどいつですら、かようの影響の下《もと》煩い、塞ぎ、倦み果てようとの異議はそれ自体、当該体制に反す十分な論拠たろうと思われる。が、加えて、如何にそれが残虐で苛酷か、孤独な生活は事実ここで発生しているような極めて嘆かわしい手合いの独特にして顕著な難点を必ずやもたらそうということを思い起こし、なおかつ、選択はこの体制と、劣悪もしくは皮相なそれとの間にあるのではなく、この体制と他方の、十全と運営され、全企図と実践において優れたそれとの間にあるということを銘記すれば、ほとんど希望や前途の伴わず、逆にかようの夥しき弊害に紛れもなく満ち満ちた懲罰のあり方を破棄するに、蓋し、十分すぎるほどの謂れはあろう。

その考察のせめてもの慰めとし、当該章を同じ主題から生じたとある興味深い逸話で締め括りたい。逸話は、この視察の折、当事者の内幾人《いくたり》かによって審らかにされたものだ。

この牢の視察官によるとある周期的な会合において、フィラデルフィアの一労働者が委員会の前に姿を見せ、どうか独房に監禁して欲しいと訴えた。一体何故《なにゆえ》かように奇しき願い出をする気になったものか動機を尋ねると、男は自分は抗い難き泥酔の傾向があり、絶えずその傾向に身を任す内、大いなる悲惨と破滅に至ったと、自分には抗う術がないため、誘惑の魔の手の届かぬ所に監禁して欲しいと、これ以上善い手が見つからぬからと答えた。その返答とし、男は牢は法により裁かれ、刑を申し渡された囚人を収容するためのものであり、かように気紛れな如何なる目的に充てることも叶はぬ旨告げられた。して酒類を一切断つようと、その気になりさえすれば、叶わぬことはなかろうからと諭され、外にもあれこれめっぽうありがたきお智恵を頂戴し、かくて己《おの》が申請の顚末に不平タラタラでその場を後にした。

　男はまたもや、またもや、またもや、足を運び、それは懸命にして執拗なものだから、とうとう彼らも額を寄せ合い、かく言った。「これ以上突っぱねられたら、男は必ずや下獄のおスミ付きを自ら手に入れよう。いっそ閉じ込めてやってはどうだ。どうせじき、喜んで出て行こう。ならばいい厄介払いではないか」という訳で彼らは男に、冤罪による監禁のための訴訟を断じて起こすことのないよう、男の幽閉は自発的にして自ら望んだものである趣旨の書状に署名させた。して見張りの獄吏は昼夜を問わず、いつ何時であれ、男が独房の扉をそのためノックしさえすれば釈放する命《めい》を受けていると、ただし、一度《ひとたび》出獄したら、二度とは戻れまいと念を押した。以上の条件に合意が成立し、男の気が依然、変わった風にもないので、男は牢へ引き立てられ、独房の一つに監禁された。

　この独房にて、目の前のテーブルに酒をこれきり手つかずのまま置いておくほどの意志も持ち併さぬ男は——この独房にて、厳重に監禁され、毎日靴造りに明け暮れながら、この男は二年近い日々を送った。およそその頃、健康を損ね始めていたので、外科医が時に中庭で作業をしてはどうかと勧めた。男はこの思いつきがたいそう気に入り、新たな仕事に嬉々として精を出した。

　男は中庭で、とある夏の日、脇目も振らず一心に土を掘り起こしていた。さらばたまたま、外門の回り木戸が開けっ放しにされ、その向こうに懐かしい埃っぽい道と、日に焼けた野原が広がっていた。男はそいつを如何なる生身の男に劣らず大手を振って歩いて一向差し支えなかったにもかかわらず、つと頭をもたげ、日の燦々と降り注ぐ天下の公道を目にした途端、さすが囚人《めしうど》の如何とも抑え難き本能か、鋤を放り出すなり大御脚の能う限り一目散に駆け出したが最後、二度と振り返ろうとはしなかった。

第八章　ワシントン。立法府。大統領官邸

　我々はとある身を切るように冷たい朝《あした》、フィラデルフィアを六時に汽船で発ち、一路ワシントンへと向かった。

　この日の旅の途中、以降の折々同様、幾人《いくたり》かの（祖国では恐らく、小農場主か田舎の居酒屋の亭主だったろう）英国人に出会した。連中はアメリカに移住し、折しも所用で旅をしている所であった。合衆国の公共の乗り物にて肘で小突いて来るありとあらゆる身の上と手合いの男の内、かほどに鼻持ちならぬ、願い下げの道連れもまたいまい。就中イケ好かぬ手合いのアメリカ生まれの旅人の有すありとあらゆる不快な無くて七クセにかてて加えて、これら同国人は目にするだに全くもって途轍もなきほどの夥しき尊大な虚栄と取り澄ました優越感をひけらかす。馴れ馴れしくもがさつに接近し、臆面もなくネ掘りハ掘りやり出す上で（とは、恰も祖国の雅やかな古めかしい枷に意趣を晴らそうと捩り鉢巻きでかかってでもいるかのように大童でやってのける如く）、くだんの輩は小生の目に留まる如何なるアメリカ生まれの同類の遙か上をも行く。して小生は連中の姿を目にし、声を耳にする度、然にムラムラと愛国心が頭をもたげるものだから、もしや世界中の他の如何なる国にであれ連中を我が子と申し立てる栄誉を譲れるものなら、相応の科料を支払うにおよそ吝かどころではなかったろう。

　ワシントンは固より煙草臭芬々たる唾液の本丸と呼べようから、小生はいよいよ歯に衣着せず胸の内を明かさねばなるまい——煙草をクチャクチャ噛んではペッペと唾を吐き出すかの二様の悍しき習いの蔓延は、およそこの時期、不快極まりなくなり、ほどなく胸クソの悪くなりそうなほど疎ましくなったと。アメリカのありとあらゆる公共の場で、当該穢らわしき習慣は大手を振って罷り通っている。法廷で、判事には判事の、廷吏には廷吏の、証人には証人の、囚人には囚人の、痰壺がある。片や陪審員と傍聴人にも、自然の成り行き上、ひっきりなし痰を吐きたくなるに違いなきその数だけの男とし、同上があてがわれる。病院において、医学生は壁の貼り紙にて、階段を汚さぬよう、煙草分泌液はそのためわざわざ備え付けられた容器に吐き出す可しとクギを差される。公共の建物にて、そこを訪う者は同じ媒《なかだち》を通し、御当人方の一嚙《クィッド》み分の、と言おうかこの手の砂糖菓子に精通した殿方に

よりて呼ばれるのを耳にした所によらば、棒煙草《プラグ》の精《エキス》を何卒大理石の円柱の基《もとい》辺りにではなく、国家的痰壺宛、噴出さすよう切に求められる。が中には、この習いが全ての食事や午《モ》後の正式訪問《ーニング・コール》、並びにありとあらゆる社交生活の営みと切っても切れぬ仲にある場所もある。小生の辿ったと同じ進路にて後を追う他処者はワシントンにて、くだんの習いが満開にして絶頂に達し、その剣呑な自棄全てにおいて遺憾なく羽振りを利かせている所にお目にかかろう。してっきり然に思い込むこと勿れ（とは、小生がいつぞや、我ながら迂闊にも思い込んでいた如く）、先達の観光客はその度合を誇張《こちょう》して触れ回っているに違いなどと。一件そのものが他の追随を許さぬ鼻持ちならなさの骨張《こっちょう》に外ならぬ。

　この汽船には例の調子でシャツの襟を裏に返し、めっぽう太手のステッキで身を固めた若き殿方が二人乗船していた。二人は甲板の中央にデンと、およそ四歩ほどの間《ま》を置いて椅子を二脚据え、嚙み煙草入れを取り出し、互いに向かい合って腰を下ろすや、クチャクチャ煙草を嚙みにかかった。ものの四半時間と経たぬ内に、これら前途洋々たる青年はグルリのきれいな甲板の上に夥しき黄色の驟雨を撒き散らし、くだんの手立てにてある種魔法の輪っかを描き果たした。そいつの縄張りの内に無論、如何なる侵入者とて敢えて立ち入ろうともせぬばかりか、御両人は必ずや辺りが乾かぬとうの先から輪っかにこれでもかこれでもかと驟雨を浴びせた。これは朝食前のことで、小生は、正直な所、今にも船酔いしそうになった。が痰吐き屋の片割れに注意深く目を凝らす内、若造が未だ嚙み煙草には日が浅く、若造自身、胸中居たたまらぬ思いをしているのが紛うことなく見て取れた。然に気づくや、小生は思わず快哉を叫び、相も変わらず、年長の馴染みに負けじとばかり吐いては嚙んではまたもや吐いている間《ま》にも若造の顔が見る見る蒼ざめ、左頰の煙草の大玉が抑えた苦悶でピリピリ震えるのを目の当たりに、いっそ奴の首にすがりつき、その調子で何時間でもガンガンやってくれと拝み入らんばかりであった。

　我々は皆、下の船室にて心地好い朝餉の席に着き、そこにてはイングランドのかようの食事と同様さしたる慌ただしさも混乱もなく、我らが乗合い馬車宴《うたげ》の大方におけるより振舞いはなるほど、礼儀正しかった。およそ九時に鉄道駅に着き、そこからは車両に揺られた。正午に、別の汽船で大きな川（ポトマック川）を渡るべくまたもや下車し、対岸の鉄道の延長にて上陸し、他の車両に揺られ、くだんの車両にてお次の一時間かそこらの間《ま》に各々長さ一マイルはあろうかという木製の橋伝《づて》い、それぞれ大火薬《ビッグガンパウダ》と小火薬《リトルガンパウダ》と呼ばれる入江を渡った。が両の入江ともオオホシハジロ（北米産鴨）の飛群の影で流れが黒ずむほどだった。オオホシハジロというのは食すに極めて美味で、一年のくだんの時節ともなると、この辺りに多く見られるとのことである。

くだんの橋はいずれも木造りで、欄干がなく、汽車が且々通れるくらいの幅しかない。よって汽車はほんの些細な事故ですら起きれば、川に突っ込むこと必定。木橋は瞠目的絡繰にして、晴れて通過され果した時にこそすこぶる快適だ。

我々はボルティモアでディナーを認《したた》め、今やメリーランド（奴隷制合法州）にいるとあって、初めて、奴隷に傅かれた。ともかく金で贖われ、売られる同胞からの奉仕を強要し、当座、彼らの境遇に言はば荷担しているとの意識はおよそ嫉ましいそれではない。かのお馴染みの代物は、恐らく、かようの町にてはその最も悍しからざる、当たり障りなき形《なり》にて存在していよう。が、それが事実奴隷制たることに変わりはない。して小生は、こと一件に関せば、全く無実の人間であるにもかかわらず、その存在そのものの故に羞恥と自責の念に駆られざるを得なかった。

ディナーの後《のち》、我々はまたもや鉄道へと向かい、ワシントン行きの車両の席に着いた。まだかなり間《ま》があったため、たまたま暇を持て余し、ただ外国人というだけで興味を催すかの手合いの男や小僧が小生の座っている客車のグルリに（いつもの伝で）やって来るなり、窓を一枚残らず引き下げ、頭を肩まで突っ込み、都合の好いよう肘で御尊体を引っかけ、小生の見てくれなる一件がらみで、さながらダシにしているのは縫いぐるみか何ぞででもあるかのように相手構わず、侃々諤々やり出した。小生は未だかつてくだんの折ほど、己自身の鼻と目や、口から顎にかけて人それぞれに与える十人十色の印象に関し、また頭は後ろ見にては如何様に映るか、忌憚なきネタをどっさり仕込ませて頂いたためしはない。殿方の中にはほんの触覚を働かすだけで満ち足りる者もあったが、少年達は（アメリカにてはやたら早生りとあって）それでとてめったなことでは飽き足らず、何度も何度も突撃を仕掛けに戻って来たものだ。幾多の大統領のタマゴが縁無し帽を被り、両手をズッポリ、ポケットに突っ込んだなり客室へヅカヅカ押し入っては、小生を延々二時間もの長きにわたり睨め据えて行った。時に退屈凌ぎのお慰み、こちらの鼻をグイと摘《つま》んだり、水差しからゴクリと失敬したり、かと思えば窓辺まで歩いて行き、下の通りの外《ほか》の小僧共にこっちへ来て、右に倣えよと焚きつけるに「そら、ここにいるぜ！」「こっちへ来な！」「弟もみんな引っ連れてさ！」等々似たり寄ったりの持て成し心に篤いハッパをかけたりしながら。

我々は同じ夕べの六時半頃ワシントンに着き、通りすがりに美しい国会議事堂を一眸した。国会議事堂はコリント式オーダーの見事な建物で、見晴らしの好い壮大な高みに立っている。ホテルに着くと、その夜はそれきりどこへも行かず、クタクタにくたびれていたので、とっとと床に就いた。

翌朝、朝食を済ますと、一、二時間ほど通りをあちこちブラつき、ホテルに戻るや、正面と裏手の窓を引き上げ、外を見はるかした。以下が、小生の記憶と眼下に瑞々しきワシントンである。

まずもってシティー・ロードとペントンヴィル（ロンドン北郊外）のいっとう下卑た界隈か、どこよりせせこましい家屋敷の疎らに散る、パリのダラけた町外れを思い描いて頂きたい——連中の変わり種をそっくり、がわけてもペントンヴィルにては（ワシントンは然に非ズ）古物商や貧相な一杯飯屋の亭主や小鳥屋によって住まわる小さな店だの塒だのを一切合切背負い込ませたなり。それからそいつらごっそり焼き尽くし、材木と漆喰で建て直し、気持ち、幅を広げ、セント・ジョンズ・ウッド（瀟洒な北ロンドン新興郊外）の端くれを投げ込み、窓という窓に赤カーテンと白カーテンの吊る下がった私宅の外っ面に一軒残らず緑の日除けを垂らし、道路という道路を鋤き返し、雑草じみた芝をしこたま、てんでお呼びでなき所に植え、どこであれ（とは言え皆の通り道からそっくり外れていればなお結構）石と大理石でこさえた立派な建物を三つ押っ建て、内一つを郵便局と、お次を特許局と、三つ目を財務省と呼び、朝方には焼けつくほど暑く、昼下がりには身を切るように冷たい所へもって、時に風と土埃の竜巻にお呼びをかけ、本来ならば通りがあって然るべき繁華な街から街にレンガのレの字も御座らぬレンガ焼き場を据えてみよ、さらばワシントンが一丁出来上がろう。

我々が宿を取っているホテルは表通りに面す長い一並びの小さな屋敷で、裏手はどデカいトライアングルの吊る下がった、共有の中庭に面している。召使いがお入り用なら、いつ何時であれ、何者かがこのトライアングルに一打ちから七打ちに至るまで、お呼びのかかっている屋敷の番号に応じて枹《ばち》をくれる。が召使いは一人残らずいつも手一杯にして、誰一人としてお越しにならぬとあって、当該カツ入れの絡繰は日がな一日鳴り続ける。同上の中庭にては洗濯物が干され、頭に木綿のハンカチを巻いた婢《はしため》がホテルの用で小走りに行き交い、黒んぼ給仕が皿を手に過っては過り返し、二頭の大型犬が小さな一画のど真ん中のバラけたレンガの塚の上でジャれ合い、豚が一匹、腹をお天道様の方へ晒し、ブーブー「いや、何ともケッコー」と鼻を鳴らしている。が、男も、女も、犬も、豚も、如何なる生きとし生ける者も、これきりトライアングルには見向きもせず、よって御逸品、日がな一日、狂ったようにリンリン鳴っている。

　小生は正面の窓辺へ向かい、表通りの反対側の、ダラダラと延びる長い一並びの平屋を見下ろす。どん詰まりには、ほぼ向かいながら、やや左寄りに、むさ苦しい雑草の蔓延った陰気臭い荒地があり、何やら酒浸りになった挙句、ほとほと途方に暮れ切った猫の額ほどの田舎の端くれじみた面《つら》を下げている。当該開けた空地に、如何でか、して月から落っこちた流れ星よろしく、まるきりお門違いにギクシャク突っ立っているのは、風変わりな、てんで一方に傾いだ、一つ眼の手合いの建物で、茶櫃より気持ち大きめの尖塔から御当人とどっこいどっこいのっぽの旗竿を押っ立てた教会に見えなくもない。窓の下には小さな馬車の客待ちがあり、奴隷御者連中は我々の戸口の上り段で日光浴がてら、ノラクラ四方山話に花を咲かせている。間近のいっとう押しつけがましい三軒が、いっとうみすぼらしい三軒だ。一軒には――ウィンドーは売り種一つひけらかさず、扉と来てはちらとも開かぬが――大文字で「ハイカラ定食」とデカデカ銘打たれている。お次の店にては――一見、どこか他処へ通ず裏道風《ふう》だが、実は歴たる独立独歩の建物たる――牡蠣がありとあらゆる流儀にて調達可能だ。三軒目の、めっぽう小さな、小さな仕立て屋にてはパンツが注文に応じて誂えられる、と言おうか英国流に換言すらば、ズボンが寸法に合わせて仕立てられる。以上が、ワシントンにおける我らが通りである。

　ワシントンは時に「壮大な遠景の街」と呼ばれるが、むしろ「壮大な企図の街」と呼んだ方が穿っているやもしれぬ。というのも国会議事堂の天辺から鳥瞰して初めて、ともかくその設計士たる進取の気象のフランス人*の広大な意図が呑み込めるにすぎぬから。どこからともなく始まり、どこへも通じぬ広々とした並木道、屋敷や道や住人が御座らぬのが珠にキズの一マイルはあろうかという目抜き通り、後は公衆さえ揃えば一点の非の打ち所もなき公共建造物、飾ってやるべき大通りに事欠くだけの大通り用の飾り物――といった辺りがワシントンのいっとう際立った様相だろうか。ひょっとして季節《シーズン》が終わり、屋敷の大方は主《あるじ》ごとこれきり街から出て行ってしまったのやもしれぬ。都市賛美者にとって、ワシントンはある種「バルマク家の饗宴」*――想像力がさ迷うに恰好の原野――その身罷りし偉大さを記録に留める銘一つ読み解けぬ、今は亡き一大事業のために築かれた墓碑――に外ならぬ。

　といった態のまま、街は生き存えそうな勢いだ。元はと言えば様々な州の拮抗する嫉妬や利害を転ず手立てとし、して恐らくは暴徒から遠く離れた地としても（アメリカにおいてすら軽々ならざる要件たるに）政庁所在地に選ばれたに違いない。大統領とその一家や、会期の間だけ滞在する国会議員や、各省庁で雇われる政府の吏員と役人や、ホテルと宿舎の経営者や、彼らの食卓に馳走を調達する商人を措いてほとんど、と言おうか全く人口を有さぬだけに、独自の取引きも商いもない。街は不健全極まりない。否応なく住まざるを得ぬ人間をさておけばワシントンに住みたいと思う物好きはまずいまい。移住と投機の潮《うしお》――くだんの無頓着な滔々たる奔流――もいつ何時であれ、かようの生気の失せたなまくらな淀みの方へだけは差しそうにない。

　国会議事堂の眼目は無論、上・下院だが、建物の中央にはその上、直径九十六フィート、高さ九十六フィートの美しい円形大広間《ロトンダ》があり、環状の内壁は歴史画に彩られた仕切りに分かれている。内四幅は主題として独立戦争中の主立った出来事を扱い、彼自身、当時ワシントンの参謀の一人であったトランブル大佐*によって描かれ、くだんの状況から独自の格別な趣きを醸している。この同じ大広間には最近、グリナウ*氏によるワシントンの大きな彫像が据えられたばかりだ。無論、優れた点も多々あるが、個人的には主題にしてはわざと

らしく、猛々しすぎるような印象を受けた。叶うことなら、とは言え、彫像が実際に置かれている場所でせいぜい目の当たりにし得るよりもっと適した光線の下《もと》、眺められていたならばという気がしてならぬ。

国会議事堂には実に快適で広々とした図書館があり、正面のバルコニーから上述の鳥瞰図が近隣の田園の美しい景観ごと、収められる。建物の装飾を施されたとある箇所は正義の女神像があり、遊覧案内によらば、「彫刻家は当初、より露な裸体像を予定していたが、この国の民意には受け容れられまいと告げられ、慎重を期す余り、或いは、反対の極端に走りすぎたやもしれぬ」哀れ、正義の女神よ！　女神はアメリカにては、国会議事堂にて纏うたなり憂いているより遙かに奇妙な衣裳を纏わされてはいまいか。せめて女神がくだんの衣裳の仕立てられてこの方、お抱えの婦人服洋裁屋《ドレスメーカー》をすげ替えておいでなら、して目下、その愛らしき御姿を隠している衣裳を裁断したのが祖国の民意とやらでなければ好いが。

下院は見事な円柱に支えられた半円形の、美しい、広大な会館である。回廊の一部は女性専用で、御婦人方は正面の席に座り、さながら劇か音楽会におけるが如く、出ては入る。議長席は天蓋で覆われ、床よりかなり高い所に据えられている。議員には各自、専用の安楽椅子と書き物机があてがわれているが、門外漢の中には当該設いを延々たる審議と無味乾燥な長口舌に与す遺憾千万な手筈として弾該する者もある。見るからに優雅な部屋だが、審問のありとあらゆる目的にとっては生半ならずイタダけぬ代物だ。上院は、より小さいが、当該瑕疵は免れ、本来の用途に実にしっくり適っている。審議は、蛇足やもしれぬが、日中行なわれ*、国会の長腰掛けは本国のそれを雛型として作られている。

小生は時に他の箇所をあちこち視察する内、果たしてワシントンの立法者の頭部《ヘッド》に大いなる感銘を覚えなかったか否か――つまり、頭《かしら》にして長《おさ》の謂ではなく、文字通り頭髪の生え、それもて各国会議員の頭蓋骨相学的個性の顕現する個々人の「頭《あたま》」に――尋ねられ、ほとんどその都度我が吹っかけ屋を憤懣やる方なくも唖然とさすに、かく返したものである。「いえ、何ら感銘を受けた記憶がありません」小生はここにて、是が否とも、くだんの私見を繰り返さねばならぬ。よって私見にダメを押すに、当該一件に関す小生の印象を能う限り手短に審らかにさせて頂きたい。

まずもって――或いは、小生の崇敬の部位が未だ十全とは発達していないせいやもしれぬが――小生はついぞ如何なる立法府であれ、其を目の当たりに気を失ったためしも、思わず嬉々として誇らしき感涙をこぼしたためしもない。下院には男らしく耐えて来たし、上院にては居眠りをさておけば如何なる脆弱に屈したこともない。自治区や州のための選挙を目にして来たが、一度として（いずれの政党が勝利を収めようと）意気揚々と空《くう》に放り上げることにて帽子を台無しにしようなどという気を起こした覚えもなければ、我らが映えある憲法や、我らが独立独行の有権者の気高き純潔や、我らが独立独行の議員の紛うことなき廉直がらみで喚き立てることにて声を嗄れさせた覚えもない。己《おの》が堅忍不抜へのかようの強かな襲撃に耐えて来たからには、小生はひょっとしてかようの案件においては血も涙もないほど冷たく、薄情な気っ風に生まれついているのやもしれぬ。よってワシントンの国会議事堂の生身の「柱」方に纏わる印象も当該忌憚なき告白が当然の如く求めよう某かの斟酌をもって受け留められたい。

　果たして小生はくだんの政体の中に「自由」と「独立」の聖なる名の下《もと》に結束し、かくてこれら双子の女神の名が捧げられている永遠の哲理、と同時に彼ら自身の個性並びに同国人のそれをも、世界中の賛嘆の眼にて高められるよう、その討論全てにおいて両の女神の高潔な威厳を申し立てる男達の集団を目にしたろうか？

　つい一週間ほど前のことである、父祖が為した如く国家に多大の貢献を為し、その腐敗の内に育まれた虫ケラ共がその数だけの塵芥と化してなお幾々十年となく記憶に留められよう、祖国にとっての不朽の誉れたる、高齢にして白髪の男*が——だから、つい一週間ほど前のことである、この老人が敢えてかの、男や女や、その未だ生まれざる子までも忌まわしき商い種として有す売買の不埒を糾弾した簾で、正しくくだんの政体の前にて数日間にわたり、公判に付されたのは。然り。して同じ街ではその間《ま》も終始、金《きん》を着せられ、額に入れられ、艶をかけられ——衆目の賛嘆の的たるよう高々とかざされ——他処者に羞恥と共に、ではなく自尊と共に、ひけらかされ——面《おもて》を壁の方へ向けも、丸ごと取り外して火に焼べられもせぬまま、人は皆生まれながらにして平等であり、造物主により生命、自由、幸福の追求なる不可譲の権利を授けられていると厳粛に宣す、アメリカ合衆国十三州の独立宣言が公然と掲げられていたとは！

　未だ一月《ひとつき》にもならぬが、この同じ政体は傍に掛けたなり、議員の端くれたるとある男が、へべれけの物乞いとてはねつけよう悪態もろとも、別の議員の喉を耳から耳まで掻っ裂いてやると脅すのを坦々と聞いていた。そこに男は、連中の直中にて、議会の合意によりてぶちのめされる代わり、何人《なんぴと》にも劣らぬ善人たりて、座っていた。

　ものの一週間で、くだんの政体の別の議員はそこへ男を送り込んだ人々への本務を全うし、とある共和国において彼らの感情を表現し、彼らの祈りを知らしむ自由と独立を申し立てた簾で審理され、有罪を宣告され、他の議員から仮借なき譴責評決を下されよう。男の罪は、実の所、由々しきそれである。というのも男は幾年も前に起立し、かく宣っていたからだ。「そら、今しも、家畜よろしく育てられたとのおスミ付きの、互いに鉄枷で繋がれた、売り物の奴隷の男と女の群れが貴兄らの『平等の殿堂』の窓の下の天下の公道を練り歩いている！　見よ！」が、「幸福の追求」にかかずらう狩人《かりうど》の手合いはその数あまたに上り、連中、色取り取りの鎧兜に身を固めている。中には九尾のネコ鞭と荷馬車鞭と、晒し台と鉄の首枷の武具も物々しく、連中の「幸福」を求めていざ出陣し、ガチャガチャと耳障りな鎖と血腥い打ち紐の調べに合わせて「やあ！」と（必ずや自由を称えて）、広大な見晴らし宛大声で叫ぶのが「不可譲の権利」たる者もいる。

　果たして、がさつな脅しの――石炭積み下ろし人がつい前後の見境もなく互いにお見舞いする手合いの悪態や殴打の――数知れぬ立法府議員はどこに座っていた？　至る所。会期という会期はその手の逸話には事欠かず、役者は一人残らず顔を揃えている。

　小生は当該議会の中に、新世界にて旧世界の虚偽と悪徳を幾許かなり是正するに身を入れるに、公生活への並木道を清め、地位と権力への泥濘った道を舗装し、公益のために議論を重ね、法を布き、祖国を措いて何ら党派を有さぬ男の一団を認めたろうか？

　小生が目にしたのは、未だかつて最悪の道具とて細工したためしのないほど卑劣な、徳高き政治機構の濫用を作動さす車輪であった。選挙における言語道断の瞞着が、公務員に対す内々裡の工作が、口汚い新聞を楯に、借り物のペンを匕首に、見立てての、政敵への姑息な襲撃が、その考慮さるべき要求が日々、毎週、鋭さをさておけば万事において古《いにしへ》の竜の＊歯たる、その欲得尽くの類型を有す新たな破滅の生り物の種を蒔くことたる貪婪な破落戸へのさもしき媚び諂いが、人心における悪しき傾向という傾向の現場幇助とその善なる感化の巧妙な抑圧が、かようの代物、並びに一言で言えば、その最も堕落した臆面もなき形《なり》なるまやかしの党派心が、鮨詰めの議場の隅という隅からこちらを睨め据えていた。

　小生は彼らの直中に知性と洗練を、アメリカの真の、廉潔な、愛国的な心を目の当たりにしたろうか？　ここかしこ、その血と生命の雫《しずく》はあったが、それらはほとんど利益と報酬を求めてそちらへ差す破れかぶれの山師の流れを染めるには至っていなかった。政略の軋轢を然まで獰猛にして残虐にし、廉直の士の矜恃を然まで破壊するのがくだんの策士や連中の放埒な政治機関の謀に外ならず、よって傷つき易く、繊細な心根の持ち主は遠ざけられ、連中やその手の輩のみが何ら歯止めをかけられぬまま利己的な目的を力尽くで勝ち取ろう。かくてこの、我勝ちな戦の就中下卑た戦は延々と続き、他国においてならば、その博識と地位故に、誰より法を布かんと切望するはずの人間がここにては蓋し、くだんの堕落から誰より遠くへ後込みする。

　両院における国民の代表や、全政党の中に高潔な人格と偉大な能力を具えた人物が一人ならずいるとは論を俟たぬ。ヨーロッパにても令名を馳せているかの政治家の内第一等に位する人物については既に審らかにされている上、小生には個々人への言及は能う限り控えるという、自らの指標として掲げた原則から逸脱する謂れも何ら見当たらぬ。後はただ、彼らについて書かれて来た最も好意的な条《くだり》にすら、心より、満腔の賛意を表《ひょう》したいと、個人的な交誼と忌憚なき意思の疎通は小生の内にかの極めて如何わしき格言*にて予見されている結果ではなく、なお一層の称賛と崇敬を生んだにすぎぬと言えば事足りよう。彼らは外見からして印象的で、軽々に欺くこと能はぬ、機を見るに敏な男達――精力における獅子にして、様々な素養におけるクライトン*にして、目と仕種の情熱におけるインディアンにして、屈強かつ大らかな衝動におけるアメリカ人である。彼らは目下、英国宮廷におけるその国使たる傑人*が国外にて祖国にこよなく誉れ高き面目を施しているに劣らず、国内にて祖国の栄誉と叡智に余す所なく成り代わっている。

　小生はワシントン滞在中、ほとんど毎日のように両院へ足を運んだ。下院を初めて見学した折、彼らは議長の決議に対し賛否の決を採っていたが、結局議長の決定通りになった。二度目に訪うた際、弁論中の議員は、笑い声に遮られると、まるで子供が別の子供相手の喧嘩においてやろう如く、笑い声を真似てみせ、かく言い添えた。「反対党の先生方には是非ともほどなくもう少々吠えヅラをかかせて差し上げたいものですな」だが妨害は稀で、弁論中の議員は概ね静粛に耳を傾けられる。我々の場合におけるより喧嘩は間々出来し、記録に留められている如何なる文明社会において通常一廉の殿方なるものが交わすより幾多の罵詈雑言が飛び交う。が、下卑た猿真似は未だ連合王国議会から輸入されてはいない。最も頻繁に実践され、最もウケのいいと思しき雄弁の様相は一つ概念を、と言おうか蜻蛉《かげろう》が如きとある概念を、新たな文言でひっきりなしに反復するの術《わざ》であり、院外で吹っかけられる問いは「先生何とおっしゃった?」ではなく「先生どれくらいクダクダしくやった?」である。以上は、しかしながら、他処でもハバを利かせている哲理の敷衍にすぎまい。

　上院は威厳に満ちた雅やかな集団で、手続きはすこぶるしかつべらしくも規律正しく執り行なわれる。両院とも立派な絨毯が敷き詰められているが、くだんの絨毯が映えある議員皆にあてがわれている痰壺が並べて無視され、四方八方から尋常ならざる模様替えが吹き出されては跳ね散らかされた挙句、如何なる状態に成り下がっているものか、は筆舌に尽くし難い。小生としてはかく所見を述べるに留めよう、他処者方にあられては断じて床を御覧にならぬよう、してたまたま何か手にした物を落としたら、たとい財布であろうと、決して素手で拾わぬよう。

　当初は然にその数あまたに上る議員先生が膨れっ面をしているのを目の当たりにするのもいささか奇異に感じられ（とは控え目に言っても）、当該見てくれが夥しき量の煙草を必死で頰の窪みに押し込めておこうとしているせいだと気づこうとてくだんの印象が薄らぐどころの騒ぎではなかった。こちらもいい加減瞠目的たるに、映えある議員先生は目の前の机に大御脚を載っけたなり、傾いだ椅子に背を預けるや、せっせとペンナイフもて棒煙草《プラグ》を嚙み易いよう削りにかかり、晴れて準備万端整うや、古いそいつをペッと、豆鉄砲の要領で口から吐き出し、ポンと新《さら》の奴を放り込む。

　小生はその道何十年の老嚙み煙草常習者ですら必ずしも腕達者な射手とは限らぬのを目の当たりに胆をつぶし、かくてイングランドにて散々聞かされて来た例の、ライフル銃の扱いにかけての国民的な手練れの噂にも眉にツバしてかかることと相成った。小生の下《もと》を訪ねて来た殿方の中には会話の途中、ものの五歩と離れていない痰壺の的をしょっちゅう外す者もあれば、一人など（なるほど近目《ちかめ》ではあったものの）三歩かそこら先の閉《た》て切った上げ下げ窓《サッシ》を開けっ広げの窓と早トチリしてペッとやってはいた。また別の折、ディナーの前に二人の御婦人と数名の殿方と共に炉を囲んで座っていると、一座の内一名は実に六度《ろくたび》にわたり暖炉なる的に届かぬ為《ていた》体《らく》であった。これは、ただし、御仁がそもそもくだんの的に狙いを定めていなかったせいやもしれぬ。というのも炉格子の前には真っ白な大理石の炉床があり、こちらの方がよっぽどか便利で、御当人の意にもしっくり適っていたろうからだ。

　ワシントンの特許局はアメリカの投機と創意工夫の卓抜した例を呈示する。それが証拠、そこに収められた厖大な数の模型は（それまでの蒐集は全て焼失したとあって）わずか五年間に集められた発明品にすぎぬ。模型の展示された優美な建築は遂行の、というよりむしろ企画のそれである。というのも、工事が中断されているとは言え、四辺の内一辺しか未だ完成していないからだ。郵便局は実に小ぢんまりとした美しい建物で、とある課には稀少な貴重品の蒐集に紛れて、彼らがその下《もと》へ共和国の公認外交官として派遣された各国の君主から外国宮廷にてアメリカ大使に折々贈られた記念品が収められている――これら贈呈品は個人の所有が法的に禁じられているために。正直な所、小生はこの蒐集を誠に遺憾な展示にして、廉直と徳義心の国家的規範にとってはおよそ好もしからざるそれと見なさざるを得なかった。令名と高位の殿方が本務を全うする上で嗅ぎ煙草入れや、金造りの刀や、東洋のショールといった贈り物で買収されようなどと想像するのは高潔な道徳観とは呼べまい。蓋し、己《おの》が歴たる公僕に信を置く国家こそが、彼らを然に極めて卑しくさもしき猜疑の的たらしむ国家より律義に仕えられて然るべきであろう。

郊外のジョージ・タウンにはイエズス会大学（現ジョージ・タウン大学）があり、素晴らしい立地条件に恵まれているのみならず、見学の機を得た限りにおいては順調に運営されていた。ローマカトリック教会の信徒ならざる幾多の人々は、確かに、かようの施設や、施設が子女の教育のために提供する好機を利用しよう。ポトマック川上流の、この近隣の高台は正しく絵のように美しく、ワシントンの非衛生の某かも、恐らく、免れているに違いない。くだんの高みにては、ワシントンが茹だるように暑かろうと、外気は全くもって清しく爽やかである。

大統領官邸は小生の準え得る他の如何なる類《たぐい》の建物よりも、屋内外共に、イングランドの倶楽部会館によく似ている。周囲の装飾的な敷地は庭園散歩道に地取りされ、それらは愛らしく、目にするだに好もしい。とは言え例の、つい昨日作られたばかりででもあるかのようなぎごちない風情が漂い、さらばかようの美をひけらかすにはおよそ打ってつけどころではあるまい。

小生が初めて大統領官邸を訪問したのは到着の翌朝のことで、そこへは忝くも自ら大統領（ジョン・タイラー第十代大統領）への拝謁を買って出てくれたとある官吏によって連れて行かれた。

我々は大きな玄関広間に入り、二、三度鈴《りん》を引いたが誰も応えぬので、それ以上の儀礼は端折り、一階の部屋から部屋を見て回った――とは一人ならざる他の殿方も（大方は帽子を被り、両手をズッポリ、ポケットに突っ込んだなり）やたら悠長にやりこなしている如く。中には同伴の御婦人に建物を案内している者もあれば、椅子やソファーでゆったりくつろいでいる者もあれば、ほとほとくたびれ果てた様子でうんざり、欠伸をしている者もあった。当該集団の大方の者はそ

こに人知の及ぶ限り何ら格別な要件がないとあって、他の何をしているというよりむしろ己《おの》が覇権を申し立てていた。中にはわずかながら動産をしげしげ、よもや大統領殿（国民にやけにウケが悪かったから）家具のどいつかクスねるか、作り付けのそいつらを小遣い欲しさに売り払ってはいまいがとばかり、睨め据えている者もあった。

　これら手持ち無沙汰な連中がポトマック川と近隣の田園を麗しき一眸の下《もと》に収めるテラスに面す愛らしい客間に散ったり、「東洋の間《ま》」と呼ばれるより広々とした来賓室でやはりブラついているのを後目に、我々は階上の別の客間へと向かい、さらば謁見の順を待っている客が数名いた。小生の案内《あない》手《て》を目にするが早いか、簡素な服と黄色い室内履きの黒人が――音もなくスルスルとあちこち歩き回り、より焦れったそうな連中の耳許で何やらヒソヒソ囁いていたものを――見知り越しの会釈をし、先達のお成りを告げにスルリと姿を消した。

　我々はまずもって四辺に大きな剥き出しの木造りの机、と言おうかカウンターの巡らされた別の部屋を覗いていた。机の上には、新聞の綴じ込みが並べられ、殿方が数名、一心に読み耽っていた。が今度の部屋には時を紛らすかようの手立ては影も形もない。というのも我らが祖国の公共施設の内一つの如何なる待合室にも、と言おうか自宅での診察時間中の如何なる医師の食堂にも劣らず、お先真っ暗にして退屈至極なそいつだったからだ。

部屋にはおよそ十五から二十名の客がいた。一人ははるばる西部からやって来た、のっぽの、筋骨逞しい、痩せぎすの老人で、日に焼けて浅黒く、薄茶けた白帽子を膝に載せ、どデカいコウモリを大御脚の間に挟み、椅子にすっくと背を伸ばしたなり座り、グイと絨毯宛苦ムシを嚙みつぶし、口の周りの深い皺をピクピク、一旦大統領を己《おの》が言い分もて「ギャフン」と言わさんとホゾを固めたからにはテコでも動くものかと言わぬばかりに引き攣らせていた。お次の男は身の丈六フィート六はあろうかというケンタッキー出の農夫で、帽子を被り、両手を燕尾の下に突っ込んだなり壁に寄っかかり、片方の踵で床をゴンゴン、さながら「時の翁」の頭を踏んづけ、文字通り奴を「つぶして《キル》」でもいるかのように蹴っていた。第三の男は黒々とした光沢のある髪をきっちり刈り込み、頰髭と顎鬚の剃り跡も青々しい、卵形の顔の、見るからに胆汁質げな御仁で、太手のステッキの握りをしゃぶっては、ちょくちょく、捗《はか》や如何にとばかり、口から引っこ抜いていた。第四の男は口笛を吹く外何一つせず、第五の男は唾を吐く外何一つしていなかった。して実の所、これら殿方は一人残らず当該後者の一点にかけては然にめっぽうしぶとくもひたぶるにして、己《おの》が御愛顧を然にどっさり絨毯に賜っているものだから、さぞや大統領官邸の家政婦方はしこたま手当を、と言おうかより雅やかな表現を用いれば、惜しみなき「報酬《コンペンセーション》」を——というのが公僕皆の場合における給料《サラリー》を表すアメリカ英語であるによって——頂戴しているに違いない。

この部屋でさして長らく待たされぬ内に、黒人送達吏が取って返し、我々をより小さな別の部屋へと請じ入れ、さらばそこにては書類の山に埋《うづ》もれんばかりの事務的なテーブルに大統領その人が座っていた。どことなくやつれ、気づかわしげに映ったが——さもありなん、誰も彼もと軋轢を起こしているというなら——顔の表情は穏やかで好もしく、物腰は極めて紳士的で、さりげなく、人好きがした。その全体の立居振舞いにおいて、地位に実にしっくり来る人物のように思われた。

共和国拝謁の思慮深き礼式によらば、小生自身のような旅行者はそこに記されている日時の数日前にワシントンを発つ手筈を整えて初めて舞い込んだディナーへの招待を断ろうと何ら不躾にはならぬと忠言を受けていたので、この官邸へは後もう一度しか戻らなかった。それはかの、是々然々の夜、九時から十二時の間に催され、いささか奇しくも「接見会《レヴィー》」

と呼ばれる一般的な集い*の内一つの折のことである。

小生は妻と共におよそ十時頃出向いた。中庭は馬車や人々でごった返していたが、小生に判ぜられる限りにおいては、客を乗せたり降ろしたりするのにさして明確な規則はないようだった。が、こちらは確かに、胆をつぶした馬をなだめすかすに、鋸挽きの要領で轡を利かせたり、目の中に突っ込まんばかりにして警棒を振り回したりする警官は一人とていなかった。のみならず、如何なる罪無き人間も頭にしこたま殴りかかられたり、背か腹を力まかせに小突かれたり、ともかくその手のお手柔らかな手立てにて釘付けにされたが最後、とっとと先へ行かぬからというのでブタ箱にぶち込まれることだけはなかった由、今に喜んで誓いを立てられよう。が混乱も騒動も全くなかった。我々の馬車は順番通り、何ら怒鳴りつけたり、毒づいたり、叫んだり、後退ったり、その他邪魔の一切入らぬまま玄関ポーチに横づけになり、小生は妻共々さながら首都警察のAからZ師団丸ごとに護衛されてでもいるかのように無事、恙無く、馬車から降りた。

一階の続きの間《ま》は煌々と明かりが灯され、玄関広間では軍楽隊が演奏していた。より小さな応接室に、一座の輪の核たりて、大統領と義理の娘がいた。娘御は館の女主として振舞い、しかもすこぶる魅力的な、艶やかで、嗜みのある女主で

あった。この一座に紛れて立っているとある殿方はどうやら式部官の役をこなしているらしかった。外《ほか》に誰一人役人もお付の者も見当たらなかったが、侍る要もなかったろう。

上述の大きな応接室と一階の他の部屋は正しく鮨詰めだった。客は、我々のその語義にては、選りすぐりではなかった。というのも幾多の階級と階層の人間が紛れていたからだ。高価な衣裳が派手派手しくひけらかされている訳でもなく、実の所、装いの中には、小生の見る所、かなり奇怪やもしれぬものもあった。が、その場全体に漲る立居振舞いの礼儀正しさと嗜み深さが何か不躾な、或いは不快な出来事で掻き乱されることはなかった。誰しも、優待券や入場券のないまま通された、広間のその他大勢の間においてすら、自分は接見の仕来りの端くれにして、そいつが相応の面目を施し、いっとう引き立って映る責めを負うていると心しているかのようだった。

こうした人々がまた境遇は何であれ、趣味の洗練や知的天分の鑑識や、その大いなる才能を穏やかに発揮することにて同国人の家庭にまで新たな魅力と連想を纏わせ、かくて他国にてもその評判を高めるかの傑人達への感謝の念に欠けていないことは、我が畏友ワシントン・アーヴィング*への歓迎ぶりによって極めて真摯に証されていた。というのも彼は最近、駐スペイン大使に任ぜられたばかりで、その夜は新たな役所《やくどころ》にて出立前にこれが最初で最後、一座に紛れていたからだ。小生の心底敬虔に信ずに、アメリカの政略の狂気の一から十までにおいて、この極めて魅力的な作家ほど心濃やかに、ひたぶる、一心に愛おしまれる公人はほとんどいなかったろう。して小生は未だかつて人々が挙って国家の騒々しい弁士や官吏にソッポを向き、大らかで正直な衝動の為せる業、物静かな営みの男の周囲に彼の昇進を祖国に投影される栄誉として誇りに感じ、自分達の直中にこれまで注いで来た溢れんばかりの優美な空想へ満腔の感謝を捧げつつ群がるのを目の当たりにした際、このひたむきな人々に敬意を抱いたほど深甚なる敬意を公衆に抱いたためしはない。願はくは畏友のいつ果てるともなくかようの宝を惜しみなき手もて配り、彼らもまた劣らずあっぱれ至極にいつ果てるともなく彼を記憶に留めんことを！

予てよりワシントン滞在に予定していた期限は今や切れ、我々はいよいよ旅路に着くことになった。というのもこれら、より古びた街から街を訪う上でやりこなした鉄道の距離は、かの大いなる大陸にては無に等しかったからだ。

小生は当初南部へ——チャールストンまで——足を伸ばす

つもりだった。が、この旅に要そう延々たる時間と、ワシントンにてすら間々閉口させられた、時ならぬ暑さを勘案し、そこへもって胸中、絶えず奴隷制を目の当たりにしながら暮らす苦痛と、片や奴隷制が必ずや纏っていよう仮面を剝ぎ取られ、かくてくだんの一件に既に山と積まれている夥しき事実に何か新たな一項を加えるのを余暇に目の当たりにしよう疑わしいどころではなき可能性を考量するに及び、よもやこの地を訪おうなど思いも寄らなかった時分、祖国の我が家でしょっちゅう聞こえていた昔ながらの囁きに耳を傾け、西部の荒野や森の直中にて、御伽噺の宮殿よろしく、立ち現われつつある街のことを夢見始めた。

羅針盤のくだんの方位へ向けて旅する願望に屈し始めた際、大方の方面にて受けた忠言は、いつもの伝で、めっぽう陰気臭かった。かくて伴侶は小生の思い起こせぬほど、と言おうかたとい思い起こせようと逐一列挙する気になれぬほど数知れぬ災難や、危険や、難儀に怯えることと相成り、こと御逸品に関せば、汽船で吹っ飛ばされたり馬車ごとでんぐり返ったりするなどほんの序の口と言えば事足りよう。が、小生におよそ当たり得る最も親切にして頼もしき権威に西部への道筋の見取り図を画いてもらい、これら不安の種にはさして信を置かず、ほどなく行動計画にホゾを固めた。行動計画とは南部へは、ヴァージニア州リッチモンドまでしか行かず、それから引き返し、極西部地方へと針路を取るというものであった。そちらへは、読者諸兄には新たな章にて御同行願いたい。

第九章　ポトマック川夜行汽船。ヴァージニア街道と黒人御者。リッチモンド。ボルティモア。ハリスバーグ郵便馬車と街のあらまし。運河船

我々はまずもって汽船で出立することになっていた。して、出帆時刻は明け方の四時とあって、船上で床に就くのが通常だったから、汽船が碇泊している港へはかの、室内履きが何より珍重にして一、二時間先行きなる馴染んだベッドがすこぶる居心地好さげに見える、かようの遠出にはおよそそぐわぬ刻限に到着した。

　夜の十時、或いは十時を三十分ほど回っていたろうか。暑苦しい、月夜の、やけに懶い晩だった。汽船は（形《なり》からすれば、屋根の天辺に機械を載っけたオモチャのノアの方舟に似ていなくもないが）なまくらにゆらゆら浮いては沈み、川のさざ波に不様な図体を弄ばれるがまま、ドスンドスン、木造りの突堤にぎごちなげにぶつかっている。波止場は市内からかなり距離があり、この辺りには人っ子一人見当たらぬ。我々の馬車がガラガラ立ち去ると、汽船の甲板の一つ二つの仄暗いカンテラしか人気《ひとけ》らしきものはなくなる。我々の足音が厚板に響くが早いか、こと忙しなさなる一点にかけてはわけても自然の女神の覚え目出度き太り肉の黒人女が、どこぞの薄暗い階段からぬっと姿を見せ、妻を御婦人専用船室へと案内する。かくて妻はマントや外套の入った巨大な梱をお供に、くだんの奥処へと向かう。小生はこれきり床には就かず、夜が明けるまで突堤を行きつ戻りつする雄々しきホゾを固める。

　小生は漫ろ歩きを開始し――ありとあらゆる手合いの遙かな事柄や人物のことは思い浮かべながらも、身近な何一つ思い浮かべぬまま――半時間ほど行きつ戻りつする。それからまたもや乗船し、カンテラの内一つの明かりの下《もと》へ立つや、懐中時計に当たり、てっきりこいつめ止まってしまったものと思い込む。してボストンから連れて来た律義な秘書*は一体どうしたものやらと首を捻る。彼は我々の出立を祝し、つい先刻までの我らが旅籠の亭主と（少なくとも、陸軍元帥たることお見逸れすべくもない）夕飯を共にし、もう二時間はやって来ないやもしれぬ。小生はまたもや行きつ戻りつするが、いよよ、いよよ懶くなる。月は沈み、お次の六月は暗闇の中、いよよ遠退くやに思われ、自分自身の足音の谺のせいで神経はピリピリ尖る。おまけに何やら肌寒くなり、かよう

に心淋しい状況の下《もと》チョンガーよろしく行きつ戻りつするなど蓋し、お粗末な気散じに成り下がる。かくて固めに固めたホゾにサジを投げ、床に就くのもまんざらでもないやもしれぬと惟みる。

小生はまたもや乗船し、殿方専用船室の扉を開け、罷り入る。如何でか――恐らくは然にひっそり静まり返っているせいであろう――てっきり誰もいぬものと思い込んでいた。が胆を冷やしも潰しもすることに、船室はありとあらゆる段階と、形状と、姿勢と、色取り取りの睡眠になる夢の中の連中で溢れ返っている。寝棚にも、椅子にも、床にも、テーブルにも、就中小生の不倶戴天の敵たる炉のグルリにも。もう一歩前へ出るや、床の上で毛布に包《くる》まったなり寝転がっている黒人旅客係のテラついた顔の上でツルリと滑る。旅客係はハッと飛び起き、ニタリと、半ば痛み故に、半ば持て成し心故に、歯を剝き、耳許で小生自身の名を囁き、雑魚寝の連中の間を掻き分けながら寝棚まで案内する。その傍に立つや、小生はこれら夢の中の乗客の数をざっと数え、軽く四十を越える。それ以上数えても詮なかろう。よって着替えを始める。椅子は一脚残らず塞がれ、外《ほか》に衣服を掛ける所がないせいで、床に置く――両手を汚さぬでもなく。というのも床は国会議事堂の絨毯と同じ謂れにて、同じ状態にあるからだ。かくて着替えもそこそこに、寝棚に這いずり登り、ものの二、三分カーテンを開けたまま、またもやざっと旅の道連れ方を見渡す。して見渡し果すや、カーテンを連中と俗世宛ハラリと降ろし、クルリと背を向けざま眠りに就く。

小生は、もちろん、船が出帆するや、目を覚ます――耳を聾さぬばかりの大きな物音がするせいで。夜は今しも明けつつある。誰もが同時に目を覚ます。中にはすぐ様落ち着きを取り戻す者もあれば、目下どこにいるものやら途方に暮れ、挙句ゴシゴシ目をこすり、片肘を突いたなり辺りを見回す者もある。欠伸をする者もあれば、呻き声を上げる者もあるが、ほとんど一人残らず痰を吐き、ほんのわずかながらむっくり起き上がる者もある。小生もその端くれたるに。というのも清しい外気に当たるまでもなく、船室の空気が胸クソの悪くなりそうなほど不快なものとピンと来るに手間は取らぬから。かくてそそくさと服を引っかけ、前部船室まで降り、床屋にヒゲを剃ってもらい、顔を洗う。乗客のための洗面と身仕度の用具は概ね回転式タオル二枚に、小さな木製の盥三つに、水の小樽一つに、そいつを掬う柄杓一本に、六平方インチの姿見に、二平方インチの黄色い石鹸に、髪を梳く櫛とブラシに、影も形もなき歯ブラシより成る。誰しも――とは言え小生自身はさておき――櫛とブラシを使う。誰しも小生が手持ちのそいつらを使うのにしげしげ目を凝らし、内二、三の殿方はくだんの偏見をダシに小生をひやかす手ぐすね引いて待っている。が、やらかさぬ。小生は身仕度を整えると、ハリケーン甲板へ出て行き、いざ、二時間の長きにわたり、ひたぶる行きつ戻りつしにかかる。日輪は燦然と昇りつつあり、我々はワシントンの終の栖たるヴァーノン山を行き過ぎる。川は広く、流れが急で、両岸の堤はすこぶる美しい。日輪の栄光と光輝がそっくり訪れ、刻一刻と明るさを増す。

八時に、我々は小生が一夜を明かした船室で朝食を取るが、窓も扉も全て開け放たれ、今や実に清しい。食事を平らげるのに忙しなげな所も餓《かつ》えたような所もない。イングランドにおける旅の朝餉より悠長で、より秩序正しく、丁重だ。

九時を過ぎたか過ぎぬか、我々は岸に上がることになっているポトマック入江にやって来る。さらば旅のいっとう珍妙な一齣が出来する。駅馬車が七台、我々を先へ連れ行く仕度を整えている。中には用意万端整っているものもあれば、然にあらざるものもある。御者の中には黒人もいれば白人もいる。馬車はいずれも四頭立てで、馬は一頭残らず、馬具をつけているのもいないのも、お待ちかねだ。乗客は汽船から降りては馬車に乗り込み、手荷物は騒々しい手押し車に積み込まれ、馬は胆をつぶし、今にも駆け出しかねぬ勢いだ。黒人御者はその数だけの猿よろしく馬宛キャッキャと声を上げ、白人御者はその数だけの牛追いよろしくホーホー嗾ける。というのもここなるありとあらゆる手合いの馬丁業にてやりこなされるべき肝心要の要件は能う限り喧しい音を立てることにあるから。馬車は何がなしフランスの馬車に似ていなくもないが、到底然まで立派ではない。バネの代わりに、めっぽう強かな革紐に括りつけられ、お互いほとんど択ぶ所が、と言おうか違う所がなく、敢えて準えれば、イングランドの縁日のブランコの車両の部分に屋根をくっつけ、車軸と車輪の上に載せ、そこへもって彩色帆布のカーテンを垂らしたといった態か。屋根の天辺から車輪の輪金に至るまで泥まみれで、仰《のっ》けに造られてこの方ついぞ御逸品を落として頂いたためしがない。

我々が船の上で受け取った札には№1とあったので、我々の馬車は№1だ。小生は御者台に上着を放ると、妻とメイドを車内へ押し上げる。踏み段は一段しかなく、しかも地べたからおよそ一ヤードもあるだけに、通常はまずもって椅子に足をかける。が椅子に事欠けば、御婦人方は運を天に任すより外ない。車内は九人掛けで、座席は扉から扉まで横方《よこざま》渡されている。そこに、イングランドにおいてならば我々は脚を掛けようが。よってもしやこの世に唯一、馬車に乗り込むよりなお上を行く至難の業があるとすらば、そいつはまたもや馬車から降りることなり。屋上席の乗客は一人だけで、客は御者台に座る。小生こそくだんの客だ。よって四苦八苦、攀じ登る。して連中が手荷物を屋根に結わえつけたり、後部である種盆の形《なり》に小積んだりしている隙に、篤と御者を御覧じる。

奴は黒人だ――蓋し、めっぽう黒い。ざっくりとした（わけても膝の辺りが）どっさり接ぎだの縢り目だので繕われた霜降りの上下と、灰色の長靴下と、靴墨の剥げ上がったどデカい編み上げ靴と、やたらちんちくりんのズボンの出立ちだ。風変わりな手袋を嵌めている――一方が斑染めの梳毛の、もう一方が革の。寸詰まりの鞭は中程でボキリと折れ、紐がグルグル巻いてある。がそれでいて、山の低い、ツバ広の黒帽子を被っている――何やら英国御者のある種気の狂れた猿真似を彷彿とさせぬでもなく！　が、小生がかくてしげしげやっている間《ま》にも何者かそのスジの人間が「そら行け！《ゴーアヘッド》」と声を上げる。郵便物が四頭立て荷馬車にて先に立ち、馬車がその後からゾロゾロ続く。№1を先頭に。

ところで、英国人ならば「はっしゃあっ！《オーライ》」と声をかけよう所でアメリカ人は必ずや「そら行け！《ゴーアヘッド》」と声を上げ、そいつは何がなし両国のお国柄を示しているような気がする。

道の仰《のっ》けの半マイルは二本の並行した杭の上に渡された緩い厚板で出来た――よって車輪がガラガラ通る度グラリと傾ぐ――橋の上と、川の中にてやりこなされる。川底は粘土質で、穴だらけとあって、馬の下半身はひっきりなし、不意に姿を消し、消したが最後、しばらくは姿が見えぬ。

が、我々はこれとて何とかやりこなし、道そのものへと差し掛かる――沼と砂利坑が代わる代わる続く。難所中の難所がつい目と鼻の先で待ち受け、黒人御者は目をグルグル回し、口を窄めに窄め、二頭の先頭馬の頭越しにひたと前方を睨め据える。恰も胸中かく独りごちてでもいるかのように。「これまでもしょっちゅうやって来たが、今度こそポシャろうな」して左右に手綱を握り、両の手綱をグイと捻っては引き、泥除けの上にて両の大御足で（無論、どっかと腰を掛けたなり）血気に逸る駿馬の内二頭に跨がった今は亡きデュクロウ*よろしくステップを踏む。我々はくだんの難所へ差し掛かり、泥濘の中にほとんど馬車の窓までズブズブ沈み、一方へグラリと、四十五度は下らぬ傾ぎ、そこにてギッチリ嵌まり込む。車内客は憂はしき金切り声を上げ、馬車は停まり、馬はヨタつき、残る六台もそっくり停まり、二十四頭の馬も同じくヨタつく。が、ほんの馴染みの誼にして、我々の馬にこそ憐れを催し。それから、以下なる状況が出来する。

黒人御者（馬宛）。「はいはい！」

埒は明かぬ。車内客はまたもや金切り声を上げる。

黒人御者（馬宛）。「どうどう！」

馬は後ろ脚を蹴り上げ、黒人御者にドロを跳ね散らかす。

車内のとある殿方（窓から顔を覗かせながら）。「おい、いったいぜん――」

殿方は色取り取りの泥ハネを頂戴し、質問を締め括らぬ、と言おうか答えを待たぬとうの先からまたもや頭を引っ込める。

黒人御者（依然馬宛）。「ジディ！　ジディ！」

馬は力まかせに引きに引き、馬車を穴から引こずり出すや、堤に乗り上げさせる。が堤と来てはそれは急なものだから、黒人御者の大御脚は勢い空《くう》に舞い上がり、御当人、屋上の荷物の真っ直中に後ろ方《ざま》もんどり打つ。がすかさず体勢を立て直し、（依然馬宛）ガナり上げる。

「ピル！」

暖簾に腕押し。どころか、馬車はガラガラ№2宛後退り、そいつはガラガラ№3宛後退り、そいつはガラガラ№4宛後退り、等々とやる内、№7が四半マイルほど後方にて呪っては毒づくのが聞こえる。

黒人御者（いよよ腹の底から）。「ピル！」

馬はまたもや四苦八苦、堤を登ろうとし、またもや馬車はガラガラ後退る。

黒人御者（いよよ腹の底から）。「ピーィーィール！」

馬は死にもの狂いで足掻く。

黒人御者（腹のムシを収めながら）。「はい、ジディ、ジディ、ピル！」

馬はまたもや捩り鉢巻きでかかる。

黒人御者（力コブを入れて）。「アリ・ルー！　はい。ジディ、ジディ。ピル。アリ・ルー！」

馬は後一歩の所まで漕ぎつける。

黒人御者（ギョロリと目を剝いたなり）。「何てこってえ、そら。何てこってえ、それ。はい。ジディ、ジディ。ピル。アリ・ルー。なあんてこってえっ！」

馬は堤を駆け登り、またもや向こう側を蓦地に駆け下りる。連中に待ったは無用。堤の袂には水を満々と湛えた深い洞《ほら》がある。馬車は凄まじくグラグラ揺れ、車内客は金切り声を上げ、泥水が辺り一面、跳ね飛ぶ。黒人御者はキ印よろしくステップを踏みに踏む。と思いきや、我々は何か尋常ならざる手立てにて体勢を立て直し、一息吐くべくひたと停まる。

黒人御者の黒人の馴染みが柵の上に座っている。黒人御者は挨拶がてら、ハーレキン（第三章注（二七）参照）よろしくグルグル頭を回し、目をギョロつかせ、両肩を竦め、ニッカリ歯を剝く。が、いきなり我と我が身に抑えを利かすや、小生の方に向き直り、かく宣ふ。

「あしらあピンシャンお連れしやすんで、だんな。無事辿り着きやばんばんぜえ、だんな。うちにゃあ上さんがおいでで、だんな」とやたらクツクツ忍び笑いを洩らしながら。「屋上席の殿方は、だんな、あちらあしょっちゅううちの上さんのことお思い出しておいでで」とまたもやニタつきながら。

「ああ、ああ、上さんの面倒ならせいぜい見てやるとしよう。心配はいらん」

黒人御者はまたもやニタつくが、お次の穴ぼこがあり、その向こうには、はたまたお次の堤が、すぐ目の前にある。かくて奴はいきなり待ったをかけ、（またもや馬宛）声を上げる。「ゆっくり。あせんな、そら。ゆっくり。あわてんじゃねえ。はい。ジディ。ピル。アリ。ルー」が、断じて「なあんてこってえっ！」とは。挙句、一進も三進も行かなくなり、お先真っ暗なほど進退谷まるまで。

かくて我々は一〇マイルかそこらを、二時間半かけてやりこなす。さすがあちこち打ち身だらけになりながらも、骨一本折らぬまま。して早い話が、「ピンシャン」くだんの距離を掻い潜る。

当該珍奇な手合いの馬車旅行はフレデリックスバーグでお開きとなり、そこからリッチモンドまでは鉄道が走っている。そいつが進路を取る田野一帯はいつぞやは生り物がどっさり取れていた。が土地を肥やさぬまま促成栽培に夥しき奴隷人口を注ぎ込む方策が災いして土が枯れ、今ではほんの雑《ぞう》木《き》の生い茂る砂漠に成り下がっている。なるほど景色は侘しく索漠としてはいるものの、ともかく何であれ、この忌まわしき仕来りの呪詛の端くれに祟られているのを目の当たりに、小生は心底、快哉を叫ばずにはいられなかった。して枯れ果てた大地を眺めながら、たといこの同じ場所に如何ほど豊かに、緑々《あおあお》と生り物が育っていようと叶わなかったろうほど、大きな喜びに浸った。

この辺りには、奴隷制の蔭の鬱々と垂れ籠める他の全ての地域同様（この点は、最も熱烈な唱道者によってすら認められるのをしょっちゅう耳にして来たから）、くだんの制度につきものの荒廃と腐朽の気配が漂う。納屋や離れ家はボロボロに朽ち果て、差し掛け小屋はあちこち接ぎが当てられている所へもって屋根は半ば崩れ落ち、丸太小屋は（ヴァージニア州にては粘土か材木より成る煙突が外側にくっついているが）むさ苦しいことこの上もない。何処を見渡そうと雅やかな安らぎの影も形もない。鉄道端《ばた》の惨めな駅舎——エンジンに燃料の注ぎ足されるだだっ広い、荒んだ材木置場——丸太小屋の前の地べたで、犬や豚と一緒にゴロゴロ転がっている黒んぼの子供達——コソついた足取りで歩き去る二本脚の役畜——陰鬱と消沈の影を纏っていぬものは何一つない。

我々が一路南部へ向かっている汽車の黒人車両には、金で贖われたばかりの母親と子供達が乗っていた——夫にして父親は元の所有主の下《もと》に留まっていたから。子供達は道々ずっと泣き続け、母親は惨めったらしさを絵に画いたようだった。母子を買い取った、「生命と自由と幸福の追求」の擁護《チャンピ》者《オン》は同じ列車で旅をしていたが、汽車が停まる度に親子が無事か否か確かめるべく、こちらへやって来た。額のど真ん中の一つ目を真っ紅に火照り上がった石炭よろしくギラつかす『シンドバッドの冒険』の黒人とて、この白人の御仁に比ぶれば、生まれながらの貴族であったろう。

夕刻六時から七時にかけて、我々は馬車でホテルに到着した。正面の、玄関扉に通ず広々とした上り段の天辺では市民が二、三人、揺り椅子に揺られながら葉巻を吹かしていた。ホテルは実に大きく、優美な建物で、我々は旅人の望める限り手篤い持て成しを受けた。気候は固より乾いたそれとあって、一日の何時《なんどき》であれ、大きな酒場《バー》が閑散とすることはなく、ひんやりとしたカクテルにもひっきりなしお呼びがかかっていた。がここにて人々はより陽気で、夜など連中宛楽器も演奏され、そいつを耳に出来るとはまたもやゴキゲンだった。

翌日と翌々日、我々は馬車や徒《かち》で街をあちこち見て回った。街はジェイムズ川の上に迫り出した八つの丘陵なる絶景に恵まれ、くだんの輝かしき川はここかしこ明るい島の散る片や、砕け岩の上を轟々と流れていた。未だほんの三月の半ばというに、この南部の寒暖における日和はやたら蒸し暑く、桃の木と木蓮が満開で、木々は緑々《あおあお》と生い茂っていた。丘の直中なる低地にはその昔、かの地にて出来したインディアンとの恐るべき戦いに因み「血染め川《ブラディ・ラン》」として知られる谷*がある。谷はかようの戦の繰り広げられるに打ってつけの場所で、今や地球上から見る間に消え失せつつあるかの荒らかな民族の口碑にともかく纏わる、小生の目にした他の全ての場所同様すこぶる興味深かった。

リッチモンドはヴァージニア州議会所在地で、その木蔭なる庁舎にては一人ならざる弁士先生が暑い盛りの真っ昼間まで眠気催いに滔々とまくし立てていた。再三再四にわたってお目にかかるせいか、しかしながら、これら立憲的光景はその数だけの教区教会祭服室といい対、味もすっぽもなく、よってこいつとすげ替えるに、小生はとっととおよそ一万冊の蔵書を誇る整備の行き届いた公立図書館を漫ろ歩き、それから労働者が全員奴隷たる、とある煙草工場を視察することにした。

小生はこの工場で摘み、巻き、押し、干し、樽に詰め、商標を捺す全工程を見学した。かくて取り扱われる煙草は全て、嚙み煙草製造の過程にあり、誰しもてっきりくだんの倉庫一つにアメリカ殿のどデカい顎《あぎと》とてパンパンに膨れ上がらすに足るだけの御逸品が仕舞われているものと思い込む所ではあったろう。当該形《なり》なる煙草は、英国では家畜の飼料として用いる油粕にそっくりで、その挙句の果ては度外視しても、およそゾッとせぬ面《つら》を下げていた。

工員の多くは見るからに腕っぷしの強そうな男達で、蛇足やもしれぬが、その折は皆、黙々と作業をしていた。午後二時を過ぎると一時《いちどき》に数名、歌を歌うことを許される。小生が見学している際にちょうど二時の鐘が鳴り、二十人ほどの工員がその間《ま》も作業を続けながら各声部に分かれて賛美歌を合唱し、なかなかの出来映えであった。小生が立ち去りかけていると鈴《りん》が鳴り、工員は皆どっとばかり、ディナーを掻っ込むべく、通りの向かいの建物へと雪崩れ込んだ。小生は彼らが食事をしている所を見たいと一再ならず申し入れたが、当該願い出をした相手の殿方がいきなり耳が遠くなったかのようだったので、それきり深追いはしなかった。彼らの外見に関しては、ほどなく触れるとしよう。

翌日、小生は川の対岸の、およそ千二百エーカーに垂んとす大農園《プランテーション》と言おうか農場《ファーム》を見学した。ここでもまた農園主と共に、奴隷の住むくだんの区域の俗に呼ばれる如く「特定地区《クォーター》」へ行ったが、荒屋のどの一軒にたり入るようには言われなかった。外からざっと見る限りにおいて、どいつもこいつもやたらガタピシの、惨めったらしい丸太小屋で、近くでは裸同然の子供があちこち群れては、日向ぼっこをしたり、埃っぽい地べたで転げ回ったりしていた。が小生の信じて疑わぬに、この殿方は単に五十名の奴隷を譲り受けたにすぎぬ、思いやり深い、立派な農園主で、「人間」家畜の売り手でも買い手でもない。してこの目で確かめ、得心した所によれば、定めて心優しき奇特な人物に違いない。

農園主の屋敷は風通しの好い、鄙びた住まいで、小生は勢い、かようの場所を巡るデフォーの条《くだり》*を思い起こした。その日は生半ならず暑かったにもかかわらず、日除けが全て下ろされ、窓と扉がそっくり大きく開け放たれていたせいで、木蔭の冷気が部屋から部屋へとそよ吹き、戸外の熱気やギラつきの後では殊の外、清しかった。窓の前には開けたベランダがあり、そこにて連中呼ぶ所の焼けつくような日和には――とは何にせよ――皆してハンモックを吊るし、酒をすすっては贅沢にうたた寝する。小生は彼らのひんやりとした暑気払いがハンモックの中にては如何様な味がするものか与り知らぬが、経験上、かく太鼓判を捺しても差し支えあるまい。即ち、ハンモックの外ですら、連中がくだんの緯度にて作る山のような氷の塊と深鉢一杯のミントジュレップとシェリーコブラー*は以降、夏時に、満ち足りた心を保ちたい向きには二度と思い出さぬに如くはなかろう逸品ではある。

　川には橋が二本架かり、一本は鉄道に所属し、もう一本の、やたらガタピシの代物はどなたか近所に住まう老婦人の私有財産で、老婦人は町民から橋銭を取っ立てる。帰途、この橋を渡った際、門に全通行人宛、徐行するよう、然なくば違犯者が白人の場合は五ドルの、黒人ならば十五鞭の罰が課せられる由お触れがデカデカやられていた。

　そこへ至る道筋にずっしり垂れ籠めていたと同じ腐朽と陰鬱がリッチモンドの町そのものにも揺蕩う。なるほど街路には愛らしい別荘や陽気な屋敷が建ち並び、自然の女神は田園一帯に微笑みを賜ってはいる。が豪邸と、さながら奴隷制そのものが幾多の高邁な美徳と手に手を取り合ってでもいるかのように、小突き合っているのは、柵の修繕されていない、壁のどっさり崩れ落ちた惨めったらしい掘っ立て小屋である。表面下の諸事を暗澹と仄めかすとあって、これら、のみならず同じ手合いの他の幾多の兆しは嫌でも目につき、より活きのいい様相が忘れ去られてからもなお瞼に彷彿としては気を滅入らす。

　目出度くも不馴れな人間にとっては、街路や作業場で見かける顔付きもまた衝撃的だ。奴隷に教育を授けることは法律によって禁じられ、法を犯した際の懲罰はその額において、彼らを苦しめ、不具にする者に科せられる罰金を遙かに凌ぐと知っている者は誰しも、彼らの面《おもて》が知的表情の等級においてめっぽう下位にあるのを目の当たりにする覚悟は出来ているに違いない。が事ある毎に他処者の目に留まる暗黒は――肌の色ではなく、知性の――自然の女神の御手によって描かれる全てのより麗しき個性の獣化と抹消は、そいつの最悪の確信の遙か上を行く。かの、馬の国での生活を終え、新たに高みの張り出し窓より己自身の同胞《はらから》を見下ろし、怖気を奮い上げる、偉大なる諷刺作家の脳より生み出されし旅人*とて、くだんの光景を前に、これら顔また顔の内某かを初めて目の当たりにする人間が定めて怯え竦もうほど怯え竦みはしなかったろう。
小生にとっての彼らの見納めはとある惨めな雑役夫で、男は真夜中まで日がな一日、あちこち駆けずり回り、時折うつらうつら階段の上でこっそり居眠りしては塞ぎ込んでいたと思うと、明け方の四時には早、薄暗い通路をゴシゴシ洗っていた。かくて小生は奴隷制の存在する地に住む定めにないとは、ついぞ奴隷に揺すられる揺り籠にてその虐待と恐怖に対し無感覚にされなかったとは、何とありがたきことよと神に感謝を捧げつつ旅路に着いた。

当初、ジェイムズ川とチェサピーク湾からボルティモアへ戻る予定にしていたが、汽船の内一艘が何かの事故で碇泊地に姿が見えず、よって輸送機関が定かでなかったので、元《もと》来た道伝《づて》ワシントンに引き返し（汽船には逃走中の奴隷達の後を追って巡査が二人乗り合わせていたが）、そこでまたもや一泊してから明くる午後、ボルティモアへ向かった。

小生が合衆国でともかく何らかの経験をした、してその数あまたに上るホテル皆の内、最も快適だったのはくだんの街のバーナム・ホテルで、そこにて英国人旅行者はアメリカで初めて、して恐らくはこれが最後、ベッド・カーテンに出会し（これは、ただし、利害関係抜きの注釈である。というのも小生自身は決してカーテンを引かぬから）、そこにて客はおよそしごくありきたりならざる状況たるに、洗顔するに十分な水をあてがわれよう。

メリーランドの当該州都は忙しない賑やかな町で、様々な種類の、がわけても水上交易の、運輸機関が頻繁に行き交っている。町の最も繁華なくだんの界隈は、なるほど、およそどこより小ざっぱりしているどころではないものの、上手《かみて》の地区は佇まいがガラリと変わり、心地好い街路や公共の建物が少なからずある。天辺に彫像を頂く見事な円柱たるワシントン記念碑、医科大学、ノース・ポイントでの英国軍との会戦*を記念する戦闘碑、は就中傑出したそれに数えられようか。

当市には実に立派な監獄があり、州立懲治監も市内の施設の一つである。この後者の牢にては極めて興味深い二つの事件が扱われていた。

一件は父親殺しの簾で審理されている若者のそれだった。証拠は純然たる状況証拠でしかなく、しかも相矛盾し、極めて曖昧である。のみならず、かほどに途轍もなき罪を犯すに至る如何なる動機も帰せられなかった。若者は二度審理され、二度目の折、陪審員は有罪判決を下すにそれは躊躇したものだから、故殺罪、即ち第二級謀殺の評決を下した。がそれはあり得べからざることである。というのも何ら口論ないし挑発がなかったことに疑いの余地はなく、若者がともかく有罪だとすれば、彼は紛れもなく、その最も広範にして最悪の字義において殺人を犯したはずだからだ。

本件の特筆すべき点は、仮に不幸な被害者が実は我が子に殺害されたのでないとすれば、血を分けた弟に殺されたに違いないということにある。証拠は、極めて奇しき具合に、くだんの二人の間で分かれている。ありとあらゆる疑わしい点において、故人の弟が証人であり、囚人に有利なありとあらゆる説明は（中には極めてもっともらしいものもあるが）、解釈と推論によれば叔父をこそ甥に罪を着せようと画策した廉で摘発する。犯人は二人の内一人に違いない。して陪審員はいずれ劣らず不自然にして、不可解にして、奇妙な二様の嫌疑の間で決定を下さねばならなかった。

他方の事件は、かつて然る酒造業者の工場に忍び込み、然る量の酒の入った銅升を盗んだ男に係るそれであった。男は追跡され、盗品を所持している所を逮捕され、二年の禁錮刑に処せられた。くだんの刑期を終え、出獄するや、男はまたもや同じ酒造業者の工場へ忍び込み、同じ量の酒の入った同じ銅升を盗んだ。男が牢に戻りたかったと推測する謂れは微塵もない。実の所、犯行そのものをさておけば、一から十までがくだんの想定と真っ向から齟齬を来す。当該尋常ならざる所業を説明するには二通りの方法しかない。一つは、くだんの銅升のお蔭で然に幾多を耐え忍んだ挙句、男はいつしか銅升に対するある種要求と権利を確立したものと思い込むに至った、との解釈。もう一つは、長きにわたって鬱々と思いを巡らす内、銅升は男にしぶとく取り憑き、男を抗い難いまでに見込んだが最後、「現し世なる銅中升《コパー・ガロン》」から「天上なる黄《ゴール》金大樽《デン・ヴァット》」へと膨れ上がるに至った、との解釈。

当地に二日ほど滞在した後《のち》、小生はつい先達て立てたばかりの計画を飽くまで実行に移すホゾを固め直し、それきりグズグズするまでもなく我らが西部への旅に乗り出した。よって、手荷物を（必ずしも必要でないものは後ほどカナダにいる我々の下《もと》へ転送してもらうよう、ニューヨークへ送り返すことにて）最少限に減らし、道中、銀行へ提出すべき証書を調え、かてて加えて二晩というもの、恰もくだんの惑星のど真ん中へと旅をする気満々ででもあるかのように、眼前に広がる荒野には朧な認識しか持ち併さぬまま、沈み行く太陽にじっと目を凝らし果すと、午前八時、別の鉄道でボルティモアを発ち、およそ六〇マイル離れたヨークの町にホテルの早目のディナータイムに間に合うよう到着した。ホテルからは、さらにハリスバーグへと旅を続ける四頭立て馬車が出立することになっていたからだ。

当該乗り物は、その御者台を小生は幸運にも押さえていたが、鉄道駅まで出迎えに来ていた。していつもの伝で、泥ハネだらけにして不様なことこの上もなかった。旅籠の玄関ではなお多くの乗客がお待ちかねだったので、御者はお定まりの独りごちめいた物言いで、とは言えその間《ま》もずっと、さながらそいつにこそ話しかけてでもいるかのようにカビだらけの頭絡を見やりながら、息を殺して宣った。

「この調子じゃデカ馬車がお入りだろうな」

小生は胸中、くだんのデカ馬車とは如何ほどの大きさで、如何ほど仰山な客を乗せるよう出来ているものやらと首を捻らざるを得なかった。というのも、我々の目的には小さすぎようかというその馬車ですら英国のずっしりとした夜行馬車を二台合わせたよりなお大きめで、フランスのディリジェンス(『イタリア小景』注(二六八)参照)の双子の兄弟で優に通っていたやもしれぬからだ。小生の下種の何とやらには、しかしながら、とっとと片がついた。というのもディナーを認《したた》め果すや否や、通りをグラリグラリ、ほてっ腹の巨人よろしく体を揺すぶりながらある種車輪に乗っかった艀もどきがこちらへお越しになったからだ。して散々マゴマゴ、マゴついたり後退ったりした挙句、玄関先で停まった。外《ほか》の動きがそっくり止んでからも右へ左へゆっさゆさ図体を振すぶりながら――まるで湿気た厩でカゼを引き、そこへもって浮腫み症の老いぼれにあってなお、ともかく徒《かち》よりとっとと体を動かすようお呼びがかかったせいでゼエゼエ息を切らしてでもいるかのように。

「とうとうハリスバーグ行き郵便馬車が、しかもそら、すこぶるテラついてイカしたなりお越しでないとすれば」と初老の御仁が何やら頭に血を上らさぬでもなく声を上げた。「お袋なんざクソ食らえ!」

小生は果たしてクソ食らわされたら如何なる感懐を催すものか、或いは果たして世のお袋さんがくだんの過程を外《ほか》の誰より甚能なさるものか辟易なさるものか、は与り知らねど、もしや当該謎めいた儀式にくだんの老婦人が晒されるか否かが、ハリスバーグ行き郵便馬車の抽象概念になるテラつきようとイカし加減がらみでの御子息の視力の正確さ一つにかかっているとすらば、この方、定めてそのトバッチリを食ってはおいでたろう。とは言え、車内客十二名を記帳し、晴れて荷物が(どデカい揺り椅子と大振りな食卓コミにて)屋上にしっかと結わえつけられ果すと、我々はやたら勿体らしく出立した。

別のホテルの玄関先で、別の乗客が拾って頂くべくお待ちかねであった。

「まだ乗れますかな?」と新たな乗客は御者に声をかけ

る。

「はむ、へっちゃら」と御者は馬車から降りも、ちらと客の方へ目をやりもせぬまま、返す。

「いや、これきり」と車内の御仁が怒鳴り上げる。さらば別の（やはり車内の）御仁がダメを押すに、これ以上客を積もうものならてんで「ポシャ」ろう由、八卦を賜る。

新たな乗客は気づかわしげな表情一つ浮かべぬまま、馬車の中を覗き込み、それから御者を見上げる。「さあ、どうやって折合い《フィクス》をつけてくれるつもりかね？」と、しばし口ごもっていたと思うと、尋ねる。「というのも何としても行かねばならぬもので」

御者はせっせと鞭紐を瘤に丸めにかかり、然に吹っかけられようとどこ吹く風——さも、そいつはこっちの知ったことでは、勝手にお宅ら同士で折合い《フィクス》をつければよかろうとばかり。事ここに至りて、事態がどうやら別の手合いの窮地《フィクス》に陥りかけた折しも、車内の片隅のまた別の乗客が、今にも息を詰まらせそうになっていたものか、消え入りそうな声で宣ふ。「私が出よう」

さりとて、御者はほっと胸を撫で下ろすでも、胸中ほくそ笑むでもない。何せ御当人の悟りの境地は車内で出来する如何なる椿事によりてもつゆ掻き乱されるどころではないから。森羅万象の就中、馬車ほど眼中になきものもまたないかのようだ。漸う一件に、しかしながら、片がつくと、席を譲った乗客は御者台の末席を汚すに、御当人曰くの中央に——とは即ち、御尊体の片割れを小生の両脚に、残る片割れを御者のそれに乗っけたなり——腰を下ろす。

「そらやれ《ゴーアヘッド》、大将《キャプン》」と指揮官たる大佐が声を上げる。

「そら《ゴー》行け《ラン》！」と大将《キャプン》は相方たる馬共に声をかけ、かくてガラガラ我々は駆け出す。

我々は二、三マイルやりこなした後《のち》、鄙びた酒場でへべれけの御仁を乗せ、御仁は屋根の上の荷物に紛れて攀じ登ったはいいが、いつの間にやらスルリと、カスリ傷一つ負わぬまま落っこち、遙か遠見にて、固より御当人を拾って差し上げていた一杯呑み屋宛、千鳥足にて御帰館遊ばしている様が見受けられる。我々は異なる折々、なお幾人《いくたり》かの荷を降ろし、かくて馬を替えるべく駅舎に着いた時には屋上席の乗客はまたもや小生きりだった。

御者は必ずや馬と共にすげ替えられ、概ね馬車とどっこいどっこい泥まみれだった。仰《のっ》けの御者はめっぽうみすぼらしいイングランドのパン屋そっくりの、お次のそいつはロシアの小百姓そっくりの、出立ちだった。何せ後者のやっこさんは毛皮の襟の、腰のグルリに斑染めの梳毛帯を巻いた、ゆるやかな紫色のラクダ織のゾロンと長ずっこい上着に、灰色のズボンと、淡いブルーの手袋と、熊毛皮の縁無し帽の出立ちだったからだ。この時までには雨が篠突くように降り始め、おまけにひんやり身に染む湿気た霧まで立ち籠めていた。小生は馬車が停まるや、これ幸いと、大御脚を伸ばしてやるべく屋上席から降り、大外套の水気を振るい落とし、お定まりの風邪除け反禁酒秘薬を呑み下した。

　再び屋上席に攀じ登ってみれば、馬車の屋根に新たなお荷物が転がっていた。初っ端はてっきり茶色の袋に入ったいささか大きめのバイオリンなものと思い込んだ。二、三マイルほど行く内、しかしながら、そいつが一方の端にテラついた縁無し帽を被り、もう一方の端に泥んこの靴を履いているのに気がついた。なお篤と御覧じてみれば、御逸品、ズッポリ、ポケットに捻じ込むことにて両腕をひたと羽交い締めよろしく脇にくっつけた、嗅ぎ煙草色の上着の小さな小僧なものとピンと来た。小僧は雨の中、仰向けのなり、荷物の天辺に寝そべっている所を見ると、多分、御者の身内か馴染みに違いない。してどうやら、寝返りを打った勢い靴が小生の帽子に当たる時をさておけば、ぐっすり眠りこけているようだった。とうとう、馬車の停まった何かの拍子、当該代物はやおら、身の丈三フィート六へと起き上がり、じっと小生に目を凝らすや、忝くも気さくに恩を着せて下さっているげに、愛嬌好しの欠伸を半ば嚙み殺しながら、ピーピーと小鳥の囀りめいた声音で宣った。「やあ、よそもんのだんな、これならお国の昼下がりといい勝負だって、えっ？」

　当初はてんで精彩を欠いていた景色は、この十から十二マイルほどは実に美しかった。道はサスケハーナ川*の目も綾な渓谷をウネクネと縫い、右手にては数知れぬ緑の小島の点々と散るくだんの川が、左手にてはゴツゴツと砕け岩の転がり、松の木の鬱蒼と生い茂る急な上り坂が、続いた。霧は、数知れぬ花輪よろしき奇抜な形《なり》に渦を巻きつつ、水面《みなも》をしめやかに揺蕩い、夕闇は、その本来の興趣を大いに際立たすに、何もかもに神秘と静寂の風情を纏わせた。

　我々はこの川を、四方八方屋根や覆いのついた、長さ一マイルはあろうかという木橋伝《づて》過った。辺り一面黒々とした闇に包まれ、能う限りありとあらゆる角度で交わっては交わり返す大きな梁が絡まり合い、橋床のこっぽり口を開けた割れ目や裂け目越しに、滔々たる流れは遙か下方にて、無数の目さながらキラめいた。我々にはカンテラ一つない所へもって、馬が今にも消えそうな彼方なる明かりのポチへ向けて蹴躓いては四苦八苦進むとあって、当該行路はいつ果てるともなく続くかのようだった。小生は実の所、仰《のっ》けは皆してずっしり、ガラガラ、橋中に空ろな音を響かせながら闇を縫う片や、頭上の棰《たるき》にぶつけては大変と頭を引っ込める間《ま》にも、てっきり悪夢にうなされているものと思い込んだ。これまでもしょっちゅうこの手の場所を苦心惨憺、潜り抜けている夢を見たことがあり、劣らずしょっちゅう、その折ですら、かく理詰めに押していたからだ。「これが現《うつつ》なんかであるものか」

　とうとう、しかしながら、我々はハリスバーグの街路へと這いずり出した。が、そいつのいじけた街灯と来てはジメついた地べたから陰気臭い反射を受けているとあって、およそ浮かれた街を浮かび上がらすどころの騒ぎではなかった。我々はほどなく小ぢんまりとした旅籠に宿を取った。旅籠はそれまで泊まった幾多のホテルより小さく、遙かに見劣りはしたが、小生の記憶の中にては、その亭主として未だかつて渡り合わねばならなかったためしのないほど思いやり深く、親切な、礼儀正しい人物を有すことにて遙かに群を抜く。

　午後まで旅を続ける予定になかったので、小生はその辺りをざっと見て回るべく明くる朝食後、繰り出し、然るべく、建設されたばかりで未だ一人の囚人も収容していない独房監禁制の模範監獄や、当地の最初の入植者ハリス*が白人を目の敵にするインディアンに後はグルリの薪山に火をつけるばかりにして括りつけられたその刹那、川の向こう岸に恰も好し、友好的な原住民の一団が姿を見せたお蔭で、危機一髪命拾いをした（いずれその下《もと》に埋葬されることになる）古木の幹や、地元の州議会や（というのもここにてはまたもやくだんの団体のまた別のそいつが侃々諤々やっていたから）、その他、町の目ぼしい名所を案内してもらった。

　小生がわけても興味を催したのは、哀れ、インディアンとの間で折々交わされた数知れぬ盟約書である。盟約書には批准当時の相異なる酋長の名が署され、ペンシルヴァニア州知事事務局に保管されている。これら自署は無論、直筆で、種族の名の由来する生き物や武器のぞんざいな絵姿にすぎぬ。かくて「大ウミガメ殿」はペンとインクもて大ウミガメの捻じけた輪郭を描き、「水牛殿」は水牛をスケッチし、「戦斧《いくさおの》殿」は当該武器の素描をサイン代わりに記す。「矢殿《アロウ》」も、「さかな殿《フィッシュ》」も、「頭皮殿《スカルプ》」も「大カヌー殿」も、どいつもこいつもまた然り。小生は——この世にまたとないほど長い矢で頭を射るに、頑丈なヘラジカ角《づの》の弓を引いたり、ライフル銃の弾《たま》で数珠玉や羽根を搔っ裂ける手になるこれら弱々しくも小刻みに震える自署を目の当たりに——勢い、教区登記簿を前にしてのクラブの瞑想を、端から端まで真っ直ぐな延々たる畦を鋤けよう男によってペンもてなぞられる歪な走り書き*を、思い起こさざるを得なかった。のみならず、己《おの》が手と心がそこに正真正銘、嘘偽りなく、記され、ただ時が経つにつれて如何に約言を違え、言い抜けを弄して書式と誓約を反故にすれば好いかその術《すべ》を白人から学んだにすぎぬ素朴な戦士に、幾多の悲しき思いをも馳せざるを得なかった。かてて加えて、如何ほど幾々度となく、担がれ易き大ウミガメや、お人好しの手斧《ておの》は偽って読み上げられた協定書にくだんの絵柄を記し、何か、は神のみぞ知る権利を署名一つで明け渡し、挙句、土地の新たな所有者共に蓋し、全き蛮人たりて野放しにされるに至ったことか訝しんだ。

旅籠の亭主は早目のディナーの前に、立法府議員数名が表敬に伺候している由告げた。亭主は手篤くも、我々に外ならぬ妻君の小さな客間を明け渡してくれていた。して小生がならばどうかお通しするようと返すや、見るからに気づかわしげに愛らしい絨毯に目をやった。小生には、とは言え、折しも外《ほか》のことに気を取られていたせいで、謂れが何なのかはピンと来なかった。

仮にくだんの殿方の内幾人《いくたり》かが痰壺に与す偏見に服すのみならず、ハンカチなる因襲的不条理にすら、当座、身を委ねていたなら、全当事者にとっては紛うことなくより快適にして、彼らの自主にも、恐らくさして夥しき累を及ばさずに済んでいたろうに。

依然、篠突くような雨が降り続け、我々が夕飯後に運河船の所まで行った際には（くだんの輸送手段にて旅を仕切り直すことになっていたので）、天候はほとほと願い下げなほどお先真っ暗にして、テコでも動かぬ構えでジメついていた。ばかりか、この先三、四日過ごそうかという当該運河船を目の当たりにしたからとて、およそ気が晴れるどころの騒ぎではなかった。何せ一目拝ませて頂いた途端、夜間、乗客は如何様にあしらわれるものやら疑心暗鬼を生じずばおれぬ所へもって、船内のその他諸々の家政の手筈がらみでも下種の何とやらを次から次へと働かさざるを得なかったからだ。

しかしながら、そこにてそいつは、そら、お待ちかねであった——外っ面は中に小屋を乗っけた艀にして、内っ面は縁日の幌馬車もどきは。かくて殿方はくだんの一ペニー七不思議の移動博物館の端くれにて観客が概ね押し込められる如く押し込められ、御婦人はその私生活の生半ならずむっと息詰まりそうな立ち入り禁止区域にて過ごされる、同上の設いの小人《こびと》や大男の要領で、赤カーテンもて仕切られることとなった。

我々はここに、船室の両脇にズイと伸びる小さなテーブルの列を黙々と眺め、船にザーザー、ポタポタ降りかかり、水中にては憂はしくも浮かれて跳ねている雨に耳を傾けながら、鉄道列車が到着するまで座っていた。というのも独り、我らが乗客なる在庫へのその最後の貢ぎ物にて足止めを食っているにすぎなかったからだ。かくてお越しになったのはその数あまたに上る梱や——御逸品、何やら赤帽の当て物《ノット》抜きにて直にこっちの頭に乗っけられてでもいるかのように頭痛催いにてドスンドスン屋根の上に放り上げられたが——一人ならざる濡れネズミの御仁で、連中の服は炉をひたと取り囲む側《そば》から、つられて濛々たる湯烟を立ち昇らせ始めた。なるほど、今やいよ滝の如く降りかかっている吹き降りの雨のせいで、窓一枚開けられぬというのでなければ、三十名に垂んとす乗客を積んでいるというのでなければ、気持ち、凌ぎ易かったやもしれぬ。などと考える間もなく、しかしながら、三頭の馬が順々に曳き綱に括りつけられ、先頭馬に跨った小僧がピチリと鞭をくれ、舵がキーキー軋んでは不平タラタラ呻き声を上げたと思いきや、我々は早、旅に乗り出していた。

第十章　運河船追記。その家政と乗客。アレゲニー山脈を越えてピッツバーグへ。ピッツバーグ

雨は相変わらずザアザア降り頻っていたので、我々は皆船室に引き籠もっていた。ズブ濡れの御仁方は炉火の効験灼なるかな、ちびりちびり白カビを生やし出し、片や乾涸びた御仁方は座席の上に大の字に寝そべったり、テーブルに突っ伏したなり微睡むともなく微睡んだり、船室の中を行きつ戻りつしていた――くだんの芸当、中背の男ならば天井にこすりつけることにて頭にあちこち禿をこさえずしてやりこなすはほとんどお手上げだったろうが。六時に、小さなテーブルは一脚残らず掻き寄せられ、かくて長ずっこいテーブルが一丁上がり、我々は皆して紅茶や、コーヒーや、パンや、バターや、サーモンや、ニシンや、レバーや、ステーキや、ポテトや、ピクルスや、ハムや、チョップや、黒プディングや、ソーセージの席に着いた。

「お一つどうです?」と向かいの隣人が、ミルクとバターで和《あ》えたポテトの皿を差し出しながら小生に言った。「この手の付け合わせ《フィクシング》もなかなかイケますぞ」

この「フィクス」なる語ほど色取り取りの役をこなす単語もまたあるまい。これぞアメリカ英語語彙のケイレブ・クォーテム*なり。貴兄は田舎町のとある殿方の下《もと》を訪い、女中は主人はただ今「フィクス」中でございますが、まもなく降りて参りますと告げ、それにて貴兄は馴染みが目下「着替え」中の由諒解することになっている。貴兄は汽船に乗っている際、同じ船の乗客に朝食はもう直ぐだろうかと尋ね、相手は多分、と返す。というのもさっき下へ降りたらテーブルを「フィクス」していたからと。即ち、クロスを広げていたとの謂にて。貴兄は赤帽に荷物をまとめて来てくれと言う。さらば赤帽は心配御無用と返す。じき「仕度《フィクス》」しやすんで。もしや貴兄はどこか具合が悪ければ、誰それ先生の所へ行ってはと忠言を受ける。先生ならあっという間に「治療《フィクス》」して下さろうから。

とある晩のこと、小生は宿泊中のホテルで温ワインを一瓶注文したが、長らく待たされた。とうとうテーブルに運ばれたが、亭主はかく詫びを入れた。「出来《フィクス》」が今一つやもしれません。していつぞや、駅伝馬車のディナーでめっぽう気難しげな御仁が生焼けのローストビーフの皿を持って来た給仕にかく食ってかかるのを耳にするともなく耳にした覚えがあ

る。「こいつごときで他人様の腹の足しを調理《フィクス》したとでもうそぶく気か？」

当該脱線の火種たる誘いのかけられた食事は文字通りガツガツ平らげられたと言っても過言ではなかろう。それが証拠、殿方連中は広刃ナイフと二叉フォークを未だかつて同上の武器が手練れの奇術師の掌中にあるのをさておけば突っ込まれるのを目にしたためしのないほど喉の奥深くまで突っ込んでいた。が誰一人として御婦人方が席に着くまで腰を下ろす者も、御婦人方が少しでもくつろぐに与しよう如何ほど取るに足らぬ慇懃な振舞いとて怠る者もなかった。小生はまた一度として、このアメリカにおける漫遊の間《かん》、何処であれ、如何なる折にても、女性がいささかなり無礼や無作法な扱いを——無頓着なそれをすら——受けるのを目にしたためしがない。

食事に片がつく頃までには、雨も、どうやら然にザアザアひっきりなし降り頻るのにくたびれ果てたと思しく、ほぼ片がつき、かくて甲板に出られそうな按配になって来た。とはもっけの幸い——なるほど御逸品、めっぽう小さなそいつで、そこへもって荷物が防水帆布の覆いの下《もと》中央に山積みにされているとあって、両側には運河にもんどり打たずして行きつ戻りつするは至難の業たるほどせせこましい小径しか御座らぬにもかかわらず。おまけに仰《のっ》けは五分おきに舵取りが「橋だ！」と声を上げる度、ひょいと小器用に身を屈《こご》めたり、時に叫び声が「低い橋だ！」とあらばほとんど俯伏せにならねばならぬとは戸惑うこと頻りであった。が習うより慣れろとはよく言ったもの。然にその数あまたに上る橋が架かっているものだから、こいつに馴染むに長くはかからなかった。

夕闇が迫り、アレゲニー山脈の前哨基地とも呼べる初っ端の連丘が目に入り出すにつれ、それまで味気なかった景色は見る間にくっきりとして際立って来た。ジメついた地べたからは、どしゃ降りの後だけに、濛々たる霧や靄が立ち籠め、喧しいカエルの鳴き声は（この辺りではほとんど信じられぬほどだが）、まるで鈴をつけた百万もの妖精組み馬《チーム》が空《くう》を駆け、我々に足並みを揃えてくれてでもいるかのように響き渡った。依然、曇ってはいたものの、月も昇っていた。してサスケハーナ川を過る段には——川には上下二段重ねの回廊のある奇妙な木橋が架かり、かくてそこにおいてすら、たとい二組の曳き馬が出会そうと、さしたる混乱もなく渡れるようになっているが——辺り一面、荒涼として壮大な景色が広がっていた。

小生は、上述の通り、当該運河船における就寝の設いがらみで当初、いささか疑念や不安に駆られていた。して十時かそこらまで同じ覚束無い心持ちにあった。が、下へ降りてみると、船室の左右にズラリと、一見小さな八折判本を並べるよう設計された長い吊り書架が三段下がっていた。くだんの絡繰をなおしげしげ（かようの場所にかようの文学的手筈が整えられているのに首を傾げつつ）見やる内、棚にはそれぞれある種超小型シーツと毛布が載っているのが目に入り、そこで初めて朧げながらも乗客こそは蔵書にして、連中、夜が明けるまでくだんの棚の上に小口を奥に並べられるものと察しがつき始めた。

小生が当該結論に達したのは、乗客の内数名がとあるテーブルの船長のグルリに集まり、博徒《ばくちうち》もかくやとばかり、さも気づかわしげにして頭に血を上らせたなりクジを引き、片や別の連中は厚紙の小さな紙切れを手に、自分の引いた数に合う数を探して寝棚から寝棚を手探りで回っているのを目にしたからでもある。誰しも、自分の数を探り当てるや否や、己《おの》が縄張りを申し立てるに、やにわに服を脱ぎ、床《とこ》に這いずり込んだ。何と瞬く間に、血気に逸った賭博師が夢の中にて高鼾をかき出すものか、は小生の未だかつてお目にかかったためしのないほど奇妙奇天烈な光景の一つではあった。こと御婦人方に関せば、丹念に引かれた上から中央をズイとピンで留められた赤カーテンの向こうでとうに床に就いていた。とは言え、当該カーテンの奥の如何なる咳も、噓も、囁きもその前にてはそっくり聞こえるとあって、我々は依然、御婦人方の同席の栄にまざまざと浴しているようだった。

そのスジの人物の取り計らいで、小生にはその他大勢の高鼾の連中から少々離れた、この赤カーテンの側《そば》の奥処の寝棚があてがわれていた。くだんの人物に厚情への礼を衷心より述べつつ埒へ引き取ってみれば、そいつは、後ほど測った所、ちょうど並のバース便箋の幅しかなく、当初は如何様にして潜り込んだものか途方に暮れた。が寝棚は一番下のそれだったので、とうとう、まずは床に寝そべり、コロコロ、そっと転がり込み、筵に触れた所でひたと止まり、夜が明けるまでくだんの側《がわ》をいっとう上にして、とはそいつがどっちであれ、じっとしていようと肚を括った。が幸い、ちょうどぴったりのタイミングで仰向けになった。とは言え、上方へ目をやってみれば、御当人の半ヤードの粗麻布の形《なり》にて（御逸品、ずっしり体重がかかっているせいでめっぽうキチキチの頭陀にまで撓められていたから）、上には華奢な紐如きでは到底持ち堪えられそうもない重量級の御仁が御座すものと察しがつき、如何せん、怖気を奮い上げ、御仁が夜中に落っこちて来た暁には妻子は如何ほど嘆き悲しもうことか思いを馳せずばいられなかった。が今一度身を起こそうと思えば、派手に四苦八苦踠かねばならず、さらば御婦人方が目を覚ますやもしれぬ所へもって、たとい起き上がったとてどこへ行く当てもなかったので、「万が一」にはひたと目をつむり、そのままおとなしくしておいた。

二つの特筆すべき状況の内一つは紛れもなく、これら運河船で旅をするかの社会層がらみでのとある事実である。連中はソワソワ腰の座らぬこと夥しいものだから、まんじりともせぬか、夢の中にて、現実と理想の瞠目的綯い交ぜたるに、痰を吐くか、の二つに一つ。この運河にては夜ごと、夜っぴて、喀痰の全き時化と嵐が吹き荒れ、一度など小生は上着が五名の殿方によりて巻き起こされる（リードの「暴風法則理*論」を厳密に地で行くにクルクル垂直に立ち昇る）大暴風《ハリケーン》の正しく核となったがために、明くる朝、そいつを甲板に広げ、ゴシゴシ真水で汚れを落とさねば到底またもや袖を通す気にはなれなかった。

午前五時から六時にかけて我々は起床し、中には係の者が寝棚を片づけられるよう甲板に出る者もあった。が片や、朝方は底冷えがしたので、錆だらけの炉を取り囲み、新たに焼べられた薪を贔屓にしてやるに、火床をかの、夜っぴて然に気前好く賜っていた自発的喜捨もて一杯にする者もあった。

洗面道具は至って粗末だった。甲板にはブリキの柄杓が鎖で括りつけられ、それもてともかく手や顔を濯ぐが肝要と思し召しの殿方は誰しも（とは言え幾多の面々は当該偏向を超越していたが）、運河から泥水を掬い上げては、同様のやり口で括りつけられているブリキの盥に汲んだ。回転式タオルもあった。して酒場《バー》の小さな姿見の前の、パンとチーズとビスケットのすぐ側には、共有の櫛とブラシも吊る下がっていた。

八時に、寝棚はそっくり取り下ろして片づけられ、テーブルも一つに引き寄せられていたので、皆は今一度、紅茶と、コーヒーと、パンと、バターと、サーモンと、ニシンと、レバーと、ステーキと、ポテトと、ピクルスと、ハムと、チョップと、黒プディングと、ソーセージの席に着いた。中にはこれら色取り取りの馳走を一緒くたにし、一時《いちどき》にそっくり皿に盛りたがる者もいた。殿方は各々、自分なりの量の紅茶と、コーヒーと、パンと、バターと、サーモンと、ニシンと、レバーと、ステーキと、ポテトと、ピクルスと、ハムと、チョップと、黒プディングと、ソーセージを平らげ果すと腰を上げ、スタスタ立ち去った。皆が馳走にそっくり片をつけると、食べ残しはきれいに片づけられ、給仕の内一人が床屋の役所《やくどころ》にて新たに姿を見せ、一座の内、剃刀を当ててもらいたい向きに剃刀を当て、その間《かん》残りの連中は傍で見ているか、欠伸しいしい新聞に目を通した。ディナーも紅茶とコーヒーがないだけのことで、朝食の焼き直し。夕食と朝食は寸分違わなかった。

　この運河船には艶のいい色白の御尊顔の、霜降りの上下の男が乗っていたが、およそ想像し得る限り物見高い男で、何か吹っかける以外、一切口を利かなかった。詮索を絵に画いたような、とはこのことか。腰を下ろそうと立ち上がろうと、じっとしていようと動いていようと、甲板の上を歩こうと食事を取ろうと、そら、男はそこにいた――左右の目に一つずつ大きな疑問符を、ピンと欹てた両耳にも二つ、ツンとそっくり返った鼻としゃくった顎にももう二つ、口の両隅の辺りには少なくとももう五つ六つ、額から亜麻色の房にして小粋に梳き上げている髪の毛の中にいっとうどデカいそいつを一つ、ひけらかしたなり。洋服のボタンというボタンが吹っかけた。「え？　あれは何だ？　今、何か？　もう一度おっしゃって頂けませんかな？」男は婿さんの気を狂れささずばおかなかった、呪《まじな》われし花嫁よろしく（『アラビア夜語』アミナの物語）、いつもパッチリ目を開け、いつもソワソワ落ち着かず、いつも答えに餓《かつ》え、ひっきりなし汲々と求めながらも断じて手に入れられなかった。かほどに穿鑿好きな男もまたいなかったろう。

　小生はその折毛皮の大外套を着ていた。して波止場をすっかり打ちやらぬとうの先から、男は御逸品と、値段がらみでネ掘りハ掘りやり出した――いつ、どこで買った、何の毛皮だ、重さはどれくらいある、いくら叩《はた》いたと。それから小生の懐中時計に目を留めるや、そいつはいくらした、フランス製か、どこで、どうやって手に入れた、買ったのかもらったのか、進むか遅れるか、鍵穴はどこだ、ネジはいつ巻く、毎晩か毎朝か、これまでともかく巻きそくなったことは、もしやあるなら、その時はどうした？　このあいだはどこへ行った、お次はどこへ行く、その後はどこへ、大統領には会ったか、大統領は何と言った、貴殿は何と言った、貴殿がそう言ったら大統領は何と言った？　えっ？　いやはや！　さあ、どうかさっさと！

　何一つ男を得心さすこと能はぬと見て取るや、小生は仰《のっ》けに二、三十吹っかけられてからは質問をはぐらかし、わけても外套の毛皮の名がらみでは天から存じ上げぬ旨申し立てた。果たしてこれが火種だったかはいざ知らず、男は以降、外套に見込まれ、見込まれたが最後、御逸品をそれだけしげしげやれるよう、小生が歩くと四六時中ひたと背中に寄り添い、小生が位置を変える都度位置を変えた。してしょっちゅう、正しく命がけで、小生の後を追ってせせこましい場所に

飛び込んだ——ほんの、片手で背中をこすり上げ、そいつを逆撫でしたいばっかりに。

船にはもう一人、てんで毛色の違う変わり種がいた。これは頬のこけた、痩せぎすで中背の中年男で、ついぞお目にかかったためしのないような、埃っぽいトビ色めいた上下に身を包んでいた。旅の初っ端辺りはウンともスンとも宣はらず、実の所、小生は男が、傑人の傑人たる所以か、目出度き星の巡り合わせで異彩を放つまで男の姿を目にした記憶すらない。男の名を一躍馳せしめた椿事の連鎖は、かいつまめば、以下の如し。

運河は山の麓まで伸び、そこにて無論、途切れる。乗客は陸運にて山を越えると、後ほど反対側でお待ちかねの、仰《のっ》けのにそっくりな別の運河船に積み込まれる。運河の輸送船には航路が二本あり、一方は「エクスプレス号」と、もう一方（の安価な方）は「パイオニア号」と、呼ばれる。「パイオニア号」がまずもって山へ到着し、「エクスプレス号」の乗客がお越しになるのを待ち受ける。のは、いずれの乗客も同時に山を越えることになっているからだ。我々は「エクスプレス号」の一行だったが、山を越え果し、お次の船の所まで来た所で、船主達は、何を思ったか、「パイオニア号」も全員そちらへ徴兵《ドラフト》することにした。かくて我々は少なくとも総勢四十五名に膨れ上がり、然に積み荷が増えたからとておよそ夜分ぐっすり眠られそうになるどころの騒ぎではなかった。我らが一行は、かようの折の乗客の御多分に洩れず、これには大いに不平を鳴らした。が、にもかかわらず、船が荷を丸ごと積んだなり曳かれるのに待ったをかける訳にも行かず、そのなりスルスルと運河を渡った。祖国でならば、小生は正面から異を唱えていたろうが、ここにては所詮他処者の分際、おとなしく忍の一字を極め込んだ。がこの乗客は然に非ズ。甲板の上の（我々はほぼ全員、甲板にいたから）人込みを肘でズンズン掻き分け、特段誰に食ってかかるともなくかく、啖呵を切った。

「こいつはお宅らにはしっくり来るかもしらんが、わしにはからきし。こいつは東海岸地方人《ダウンイースター》やボストン育ちの人間にとってはすこぶる結構かもしらんが、わしの恰幅にはからきし。そいつは問答無用。とはっきり言わせて頂こう。そら！　わしはミシシッピー川の暗い暗い森の生まれでの、わしは。でお天道さんは照りつけるとなれば、そいつはげに照りつける――ちびとな。わしの暮らしておる辺りじゃそいつはチラチラとはやらん、お天道さんはな。ああ、からきし。わしは暗い暗い森の生まれでの、わしは。わしはジョニー・ケーキ*なんぞであるものか。わしの暮らしておる辺りにゃツルリとした肌はどこにも見当たらん。わしらはあっちじゃ荒くれじゃ。それも手強いの。もしや東海岸地方人《ダウンイースター》やボストン育ちの人間がこいつをお気に召すなら、そりゃ何より。じゃがわしはそっちの生まれでも、そんな育ちでもないわ。ああ。この船会社には少々灸を据えてやらねばなるまいて、ヤツにはの。わしは連中とはてんでソリが合わんが、わしは。あいつらわしのことは気に入るまいて、あいつらは。こいつはいくら何でも山ほど積み過ぎというものではないか、こいつはの」これら突っけんどんな啖呵を切る度、御仁はクルリと踵を返し、スタスタ反対方向へ歩き出した――またもや突っけんどんなそいつを切り果すやいきなりひたと立ち止まり、またもやクルリと踵を返しながら。

小生は果たして如何なる由々しき意味合いが当該暗い暗い森の生まれ殿の文言に隠されていたか、は与り知らぬ。がこちらは確かに、外《ほか》の乗客は誰しもある種うっとりかんとながらビクビク見守り、ほどなく船は波止場まで引き返すや、下船するようなだめすかされるか脅しつけられる限り仰山な「パイオニア」方がお払い箱になった。

我々がまたもや出発すると、船上のいっとう胆の太い連中の幾人《いくたり》かが、さすが胆が太いだけあって、我らが前途の当該好転の明らかな謂れ氏に話しかけた。「実に忝い」さらば暗い暗い森の生まれ殿は（片手を振り、相も変わらず甲板を行きつ戻りつしながら）返して曰く。「いや、お構いのう。お宅らはからきしわしの生まれ育ちではないもんで。お宅らはお宅らで好きにやられるがええ、お宅らはの。わしは言うだけのことを言うたまでのこと。東部海岸地方人《ダウンイースター》とジョニー・ケーキはお智恵を拝借したければ拝借するがええ。わしはジョニー・ケーキなんぞであるものか、わしはの。わしはミシシッピー川の暗い暗い森の生まれじゃ、わしはの」――等々、相も変わらず。御仁は御当人の公務に敬意を表し、夜分、寝台としテーブルの内一脚を満場一致にて票決され――テーブルは大いなる争奪戦の的だから――ばかりか以降、旅路の果てまで炉のいっとう暖かい隅をあてがわれた。とは言え、小生はついぞ御仁がそこに掛ける以外何か指一本動かすのを目にしたためしも、再び口を利くのを耳にしたためしもなかった――とうとう薄暗がりの中、ピッツバーグにて荷を陸《おか》へ揚げる騒動と混乱の最中《さなか》、ついうっかり船室階段に腰を下ろしたなり葉巻をくゆらせている御仁に蹴躓き、御当人がかく、文句があったらかかって来いとばかり短い笑い声を立てながらブツブツ独りごちているのを洩れ聞くまでは。「わしはジョニー・ケーキなんぞであるものか、わしはの。わしはミシシッピー川の暗い暗い森の生まれでの、わしは。ええい、コンチクショーめが！」恐らく、くだんの状況から察すに、御仁は片時たりくだんの啖呵を切るのを止めていなかったのではあるまいか。ただし、たとい我が女王と祖国に要請されようと、逸話のくだんの条《くだり》がらみでの供述書に偽りなき旨誓いを立てること能ふまいが。

小生の旅行記の順序から言えば、しかしながら、我々は未だピッツバーグに着いていないので、話題を戻すに如くはなかろう――故に、朝食は恐らく一日の内でいっとう願い下げの食事だったのではあるまいか。というのも前述の馳走から立ち昇る数知れぬ芳香にかてて加えて、すぐ側《そば》の小さな酒場《バー》からはジンや、ウイスキーや、ブランデーや、ラムの香りがプンと漂い、そこへもって尻座った煙草の紛うことなき風味添えが芬々と立ち籠めていたからだ。殿方乗客の内少なからぬ連中はこと御当人のリンネルがらみでおよそ几帳面どころではなく、御逸品、場合によっては嚙み煙草をクチャつく上で口の隅からチョロチョロと垂れ、そこにて干上がった小さなせせらぎもどきといい対黄ばんでいた。のみならず大気から、つい今しがた片づけられたばかりの、して時に献立表には載っていないある種猟鳥獣肉がテーブルクロスの上にお目見得するせいで弥が上にも、して否応なく、思い起こさせられる、三十台に垂んとす寝棚を巡る西風の囁きをお払い箱にするのも土台叶はぬ相談だった。

　が、それでいて、これら諸々の変わり種にもかかわらず――連中とて、少なくとも小生にとってはそれなりおかしみがあったが――当該旅のやり口にはその折大いに堪能しもすれば、後ほど振り返っては懐かしむことにもなる我流の習いが数知れずあった。午前五時に、薄汚い船室から痰まみれの甲板へ、首をはだけさせたなり駆け上がり、氷のように冷たい水を掬い上げざま、そいつの中へ頭を突っ込み、またもや冷気でてんで潑溂として火照り上がったなり引っこ抜くのもまた御一興。くだんの刻限と朝食との間に曳き船道をキビキビ、足速に歩く。さらば静脈という静脈が、動脈という動脈が、健康でふつふつ滾つかのようだ。万有から光が迸るとあって、夜明けはすこぶる美しい。なまくらに甲板に寝そべったなり、紺碧の空を眺める、というよりむしろその向こうまで見透かしている片や、船は懶く揺蕩う。夜の帳が下りれば、黒々とした木立でむっつり塞ぎ込み、時にどこぞの高みの、影も形もなき男衆が火の周りでゴロ寝をしている真っ紅に燃え上がったポチにては怒《いか》った、険しい丘また丘を然に音もなく滑《すべ》らかに行き過ぎる。明るい星は外輪や蒸気の音にも、船が進む折の澄んださざ波以外、如何なる物音にも、掻き乱されぬままキラめき渡る。と来れば愉悦には一点の翳りもない。

　それから、旧びた祖国からやって来た他処者には興味津々たる新開地や、あちこちに散った丸太小屋《ログ・キャビン》や木枠壁家屋《フレーム・ハウス》が続く。丸太小屋《ログ・キャビン》には外側に、粘土でこさえた素朴な竈が据えられ、豚の塒は大方の人間サマの住まいにほとんど見劣りがせぬ。何せ壊れた窓には擦り切れた帽子や、古着や、古板や、毛布や反故の切れ端の接ぎが当てられ、手造りのタンスは戸外にて風雨に晒され、上には数えるはいともお易い御用の素焼きの壺や甕が載っかっているとあらば。目にするだに心痛むに、小麦畑という小麦畑には大木の切り株がゴロゴロ転がり、果てしなき沼や懶い沢地では数知れぬ腐った幹や拗《ねじ》けた大枝がどっぷり、淀んだ水に浸かっている。わけても入植者が木を焼き払い、連中の傷ついた図体が危められた奴らのそれさながらあちこち散らばり、片やここかしこ、どこぞの黒焦げになったススまみれの大男が萎びた両腕を高々と突き上げ、仇敵に呪いを喚び起こしてでもいるかのようなだだっ広い行跡に出会せば、蓋し、心淋しく胸づはらしい。夜分、道は時にスコットランドの山道さながら月光にひんやりキラめいては瞬く孤独な峡谷をウネクネと縫うこともあるが、グルリを然にひたと高く険しい丘陵に封じ込められているとあって、恰も我々がやって来た、よりせせこましい隘路をおいて出口はこれきりないかのようだ。が、いきなりパッと、とある突兀たる山腹が言はば眼前に開け、その陰気臭い喉元へと皆して潜り込む間《ま》にも月光を締め出しざま、我らが新たな進路をすっぽり蔭と闇に包む。

　我々は金曜にハリスバーグを発っていた。して日曜の朝方、山の麓に着き、そこからは鉄道で山を越える。斜面は都合、十あり――上り坂が五に、下り坂が五と――馬車は定置機関なる手立てにて前者をゆるゆる引っぱり上げられ、後者をゆっくり滑り降ろされる。間々《あいだあいだ》の比較的平坦な空間はその時次第で、時に馬によって、時に機関車によって、踏み越えられる。時折、目の眩むような絶壁の際の際に軌条が敷かれているせいで、旅人は客車の窓から目をやれば、間に石ころ一つ、垣根一つなきまま、遙か眼下の谷底を覗き込むこととなる。旅は、しかしながら、実に注意深くやりこなされ、一《いち》時《どき》に二車両しか走らさぬ。よって然るべき予防措置の講じられている限り、危険は恐れるに足らぬ。

　かくて身を切るような風を受け、山の高みをかなりの速度で飛ばし、光と長閑さに包まれた渓谷を見下ろせば、目も綾な光景が繰り広げられる。木々の天辺越しに垣間見えるのは、疎らに散る丸太小屋、戸口へ駆け寄る子供達、勢い好く飛び出しざまワンワン――声は聞こえぬながら――吠え立てる犬、胆をつぶした勢いとっとと塒に駆け戻る豚、荒れ放題の庭に腰を下ろした家族、さも血の巡りの悪げな何食わぬ面《つら》を下げたなりじっとこちらを見上げる牛、明日の仕事の算段をつけながら、未だ仕上がらぬ我が家を眺めやるシャツ姿の男達――して連中の遙か高みにて、我々は旋風《つむじ》の如く掠め飛ぶ。そこへもって、皆して食事を終え、ガラガラ、車両そのものの重さをさておけば何ら動力のなきまま、急な隘路を駆け降りる段ともなれば、枷を解かれた機関車が遙か後方からブンブン、どデカい昆虫よろしく独りきり追いかけて来るのを目の当たりにするは愉快極まりなかった――そいつと来ては緑と黄金の背が然にテラテラ日射しの中でテラついているものだから、たといいきなり両の翅《はね》を広げざま空高く舞い上がっていたとて、何人《なんぴと》たりさらに、と小生の惟みるに、不意を食らう謂れはなかったろう。が、そいつは、我々が運河に到着するや、至って杓子定規な物腰でひたと、我々の背《せな》の一歩手前で止まり、我々が波止場を離れぬとうの先からこの同じ丘をまたもやゼエゼエ、先客がやって来た道を踏み越える手立て欲しさに我々のお越しを待っていた乗客ごと、駆け登って行った。

　月曜の夕刻、運河の両岸に紅々とした竈の火が揺らめき、玄翁のカーンカンと揮われる音が聞こえ始めたせいで、そろそろ我らが旅路の当該端くれの終わりに近づいたものと察しがついた。またぞろ別の現《うつつ》ならざる場所を掻い潜った挙句――とは、水で溢れ返った天井の低い巨大な木造りの部屋たれば、ハリスバーグの橋よりなお奇妙奇天烈な、アレゲニー川に架かる長い水路橋たる――我々はかの、そいつが川であれ、海であれ、運河であれ、溝であれ、必ずや水の上に迫り出さずばおかぬ建物の後ろとガタピシの回廊や階段の不様なごった返しへと這いずり出し、かくてピッツバーグに辿り着いた。

ピッツバーグはイングランドのバーミンガムに似ている、と少なくとも町の住人は言う。街路や、店や、屋敷や、馬車や、工場や、公共建造物や、人口をさておけば、ひょっとして、かもしれぬ。なるほど辺りには濛々たる煙が立ち籠め、名にし負う製鉄所も建ち並ぶ。既に触れた牢獄以外にも、この町には見事な軍需工廠や他の施設がある。美しいアレゲニー川に臨み、川には橋が二本架かっている。近隣の高台にパラパラと散る、より富裕な市民の別荘はすこぶる愛らしい。我々は最高級のホテルに泊まり、至れり尽くせりの持て成しを受けた。いつもながら宿泊客で溢れ、たいそう大きく、各階に広々とした柱廊が巡らされていた。

我々はここに、三日ほど滞在した。次の目的地はシンシナティで、これは汽船の旅であるのみならず、西部汽船は今に、季節ともなると週に一、二度は爆発するものと概ね相場は決まっているので、折しも川に碇泊している西部行き船舶の相対的安全性がらみでは能う限り巷の噂を仕込むに如くはなかった。「メセンジャー号」という名の船がいっとう評判が好かった。船は、ただし、この二週間かそこら毎日必ずや出帆すると触れ回られていたにもかかわらず、未だ重い腰を上げていなかった。のみならず、船長まで、一件がらみではさして定かな腹づもりを持ち併せていないようだった。がこれは日常茶飯事。というのももしや自由にして独立独歩の市民が公衆との約言を果たすよう法的に義務づけられるとすらば、果たして臣民の自由はどうなる？ ばかりか、それでは商売上がったりだ。してもしや乗客が商売上がったりでまんまと誑かされ、人々が商売上がったりで不便を蒙るとすらば、己自身抜け目ない商売人たる如何なる男がかく宣おう？「是が非ともこいつに待ったをかけねばならぬ」

大っぴらなお触れが如何ほど由々しくも厳粛なるか信じて疑わず、小生は（未だくだんの習いに疎かったので）すかさずアタフタ、息せき切って乗船するにおよそ吝かどころではなかった。が、ここだけの話とばかり、船は四月一日金曜日までは断じて出帆すまいとこっそり垂れ込んで頂いたお蔭で、その間《かん》至ってのん気に構え、くだんの日の正午、やおら乗船した。

第十一章　西部汽船にてピッツバーグからシンシナティへ。シンシナティ

「メセンジャー号」は波止場の傍に犇き合った高圧汽船の群れに紛れていた――くだんの連中、陸揚げ場を成す高台から見下ろされ、川の対岸の聳やかな堤を背にしているとあって、ほんのその数だけの水に浮かんだ模型かと見紛うばかりではあったが。乗客は下甲板のより貧しい人々をさておけば、およそ四十人ほどだった。三十分経つか経たぬか、船は錨を揚げた。

我々は御婦人専用船室から通ず、寝棚の二つ設えられた小さな特等室をあてがわれていた。この「位置《ロケーション》」は確かに、まんざらでもない。というのも船室は船尾にあり、我々はめっぽうしかつべらしくも耳にタコが出来るほど、能う限り艫にしがみついておくよう、「何せ爆発するのは概ね舳先と決まっているので」と忠言を受けていたからだ。こいつはあらずもがなのクギ差しでもなかった――とは我々の滞在中における一件ならざるかようの惨事の出来と状況が証して余りある如く。然なるもっけの幸いにほくそ笑んだのはさておくとしても、ともかく、如何ほどせせこましかろうと、独りきりになれる場所があるとは願ったり叶ったり。して、当該特等室が端くれたるズラリと並んだ小さな船室には各々御婦人専用船室のそれ以外に第二のガラス戸がついている上、扉は他の乗客のめったにやって来ぬ、よって長閑に座って移ろう景色を眺められる、船外の狭い回廊に通ずとあって、我々は新たな塒を手に入れ、快哉を叫ぶこと頻りであった。

仮に上述の如く、生粋のアメリカ定期船がこれまで我々が水上にて目にするが習いの如何なる代物にも似ていないとすれば、これら西部の船舶は遙かに、我々が船なるものに関して抱くが理の全ての概念と齟齬を来す。果たしてくだんの代物を何に準えたものか、と言おうか如何に形容したものか、皆目見当もつかぬ。

まずもって、そいつらにはマストも、索条も、滑車も、索具も、その他かようの船らしい装備は一切ない。のみならず、その形状においてともかく船の船首や、船尾や、舷側や、竜骨を思い起こさせそうな何一つない。もしや事実、水面に浮かび、対《つい》の外輪覆いをひけらかしているというのでなければ、或いは、パッと見だけからすれば、陸《おか》に高々と打ち揚げられたなり、山頂で何か前代未聞の力仕事をこなすのが

本来の役所《やくどころ》だったのやもしれぬ。甲板すら影も形もない。あるのはただ燃え尽きた羽毛めいた火の粉で覆われた、長い、黒々とした、不様な屋根だけで、その上に二本の鉄煙筒と、嗄れっぽい安全弁と、ガラス張りの操舵室が聳やいでいる。それから、水の方へ目を順に下げるにつれ、特等船室の脇と扉と窓が恰も十人十色の趣味を持つ一ダースからの男によって築かれた小さな街路を成すが如く風変わりなやり口で一緒くたにされ、以上全てが一切合切、水際からものの二、三インチしか上にない小汚い艀に載っかった梁だの柱だのに支えられ、当該上部構造と当該艀の甲板との間のせせこましい空間に竈の火と機械類が据えられ、その側面にてこの世に吹く風という風に、そいつが通りすがりに追っ立てる吹き降りという吹き降りに、晒されている。

夜分、これら定期船の内一艘の脇を通りすがりながら、図体ばかりどデカい竈の火が上述の如く剥き出しのなり、ペンキを塗ったくった材木の今にもバラけそうな山の真下でゴーゴーと吠え哮り、そこへもって機械類は如何なる手立てにても避《よ》けられたり守られたりするどころか、下甲板に群がった有象無象のノラクラ者や移民とその子供達の真っ直中にて、しかもその道わずか半年やもしれぬ無頼の輩の操作の下《もと》、アクセク汗水垂らしているのを目の当たりにすらば、誰しも如何せん、不思議なのは然に幾多の大惨事が出来することではなく、ともかく旅が無事にやりこなされることではなかろうかと惟みざるを得ぬ。

船内には一室、船の端から端に及ぶ長くせせこましい船室があり、そこから、両側の特等室へと通ず。船尾の小さな端くれが御婦人用に仕切られ、酒場《バー》は舳先の端にある。中央に長いテーブルが一脚と、両端に炉が、設えられている。洗面用具は甲板の前部だ。気持ち、運河船上のそれより増しだが、五十歩百歩。ありとあらゆる旅のやり口において、こと身体的清潔と健全な沐浴の手立てに関すアメリカの習いは怠惰で不潔なこと極まりなく、恐らく、夥しき疾患は当該謂れに帰せられるに違いない。

我々は「メセンジャー号」には三日間乗船し、シンシナティに（事故さえなければ）月曜の朝到着することになっている。食事は日に三度――朝食は七時、ディナーは十二時半、夕食は六時――に出される。その度、テーブルにはその数あまたに上る小皿や食器が並ぶが、料理らしきものはほとんど盛られていない。よってさも「豪勢な宴《スプレッド》」が張られているように見えるが、実の所めったなことでは「肉の塊《ジョイント》」の域を出ぬ――かの、ビートの根の薄切れや、干し牛肉の細切れや、トウモロコシ、インディアン・コーン、アップル・ソース、カボチャより成るごった混ぜの黄色いピクルスがお好みの向きにとってをさておけば。

　中には炙り豚肉の付け合わせとし、これらささやかな珍味を（甘い砂糖煮コミにて）一緒くたにするのがお好みの向きもある。彼らは概ね例の、朝食と夕食に前代未聞の量の（捏ねたピンクッションほどもこなれやすかろう）焼き立てのトウモロコシパンを食い上げる消化不良の紳士淑女の面々である。この習いを遵守せず、代わりに幾度となく料理を装う連中は通常、お次はどいつに白羽の矢を立てるか踏んぎりがつくまでナイフ・フォークを物思わしげに口にくわえ、そこで初めて引っこ抜き、御逸品を皿に突っ込み、自ら装い、またもやひたぶる捩り鉢巻きでかかる。ディナーの席にて、テーブルの上には冷水で一杯の大きな水差し以外、飲み物は一切出されぬ。いずれの食事でも誰一人、他の客に一言とて話しかけようとはせぬ。乗客は誰しも実に陰気臭く、心にずっしり途轍もなき秘密が伸しかかってでもいるかのようだ。会話も、笑い声も、浮かれ気分も、人付き合いもからきしない――喀痰においてをさておけば。して御逸品、食事が済むや、炉のグルリにて黙々とながら和気藹々とやりこなされる。誰も彼もがゲンナリ、懶げに腰を下ろし、食事を、さながら朝食と、ディナーと、夕食は娯楽や愉悦とは縁もゆかりもなき自然の必然ででもあるかのように、呑み下し、食い物を黙りこくったなり、鬱々と嚥下《ボールト》し果すや御当人、同上のやり口にて退去《ボールト》する。これら動物性の習いがなければ、貴兄はてっきり一行の男性部分をそっくり書き物机にて身罷った今は亡き帳簿係の憂はしき亡霊なものと思い込む所ではあったろう。連中の業務と計算の懶い風情たるや然なるものだから。お呼びのかかった御愁傷様げな葬儀屋とて連中の傍では元気潑溂として見えようし、葬送のミートパイの軽食ですら、くだんの食事との比では浮かれた祝祭たらん。

　乗客もおまけに、皆そっくりだ。際立った個性がまるでない。同じ用向きであちこち旅をし、全く同じ物腰で同じ事を言ったり為したりし、同じ退屈な陰気臭い順路を辿る。長いテーブルの端から端まで、お隣さんとこれっぽかし違う男はほとんど一人もいない。テーブルの向かいの席に、見るからにおしゃべりそうな顎をした、年の頃十五の小さな少女が座っていてもっけの幸い。少女は、お見逸れなきよう、そいつに悖らぬどころか、自然の女神の手書きを正しく地で行くに、未だかつて御婦人専用船室の平穏を掻き乱したためしのないほどとびきりにして群を抜くおしゃべり嬢ちゃんに数えられよう。少女の少し向こうに――あそこの、テーブルのなお下手《しもて》に――掛けている器量好しの娘は、娘の向こうに掛けている、暗褐色の頬髭の若者とつい先月連れ添ったばかりだ。二人はこれから文字通り極西部地方に移住することになっている。そこに新郎は四年ほど暮らしているが、花嫁はついぞ行ったためしがない。先達て、乗っている駅伝馬車が転覆し（転覆事故の常ならざる他の場所でならばどこであれ、凶兆ではあったろうが）、新郎は依然、頭部に傷痕も生々しく包帯を巻いている。花嫁も同時に負傷し、数日意識が戻らなかったという――今ではめっぽう明るい目をしてはいるものの。

さらに下手《しもて》には新たに発掘されたばかりの銅山の「値を上げる」べく、彼らの目的地より数マイル先へ行く途中の男が座っている。男は村を――とは先行きの――引っ連れている。即ち二、三の枠組壁田舎家《フレーム・コティジ》と銅の製煉装置たる。のみならず村人まで。連中は一部アメリカ人、一部アイルランド人で、下甲板で一緒くたになっている。そこにて連中、昨夜《ゆうべ》は夜も更けるまで退屈凌ぎの御愛嬌、代わる代わるピストルをぶっ放しては讃美歌をガナり上げていたが。

彼らと、二十分ほどテーブルに取り残されていたほんの一握りの連中も腰を上げ、立ち去る。我々も右に倣い、我らが小さな特等室を通り抜け、戸外の静かな回廊の椅子に再び腰を下ろす。

常に素晴らしい、広大な川だが、場所によっては他の箇所より遙かに川幅が広く、さらば概ね、木々の生い茂る緑の小島が二本の潮流に掻っ裂いている。時折、ほんの二、三分、どこぞの小さな町か村で（或いは市と言うべきか、ここにてはどこもかしこも市というなら）恐らくは薪を、恐らくは乗客を、積み込むべく、停まる。が、両の堤は大方、この辺りでは早、瑞々しい青葉繁れる木々の鬱蒼たる人里離れた奥処にすぎぬ。幾マイルも、幾マイルも、幾マイルも、これら奥処は如何なる人間の生の営みの気配にも人間の足跡にも掻き乱されぬまま続き、その辺りで動いているのはほんのアオカケスくらいのもので、その色と来ては然に明るい、ながら然に濃やかなものだから、まるで花が舞っているかのようだ。たまさか思い出したように、グルリに猫の額ほどの土地を切り開いた丸太小屋が高台の下にすっくり身を寄せ、青い煙をほっそり、クルクル、空へ立ち昇らせている。小屋の立っているのは痩せた小麦畑の片隅だが、小麦畑は泥まみれの肉屋の俎板そっくりのどデカい不様な切り株で溢れ返っている。時に、土地はつい今しがた開墾されたばかりで、伐り倒された木々が依然、地べたに転がり、丸太小屋にはほんの今朝方、手がつけられたにすぎぬこともある。当該開拓地を通りすがれば、入植者は斧か玄翁に寄っかかり、俗世からの人間を佗しげに見やる。子供達は地べたに張ったジプシーのテントそっくりの仮小屋から這いずり出し、パチパチ手を叩いては声を上げる。犬だけがちらと我々の方へ目をやり、それからまたもや御主人様の顔を覗き込む——まるで共同業務に待ったがかかったせいで不安に駆られはするものの、それきり遊山客とは縁もゆかりもないかのように。がそれでいて、行く手には相も変わらぬ景色が果てしなく続く。川は堤を流し去り、大きく枝を張った木々が流れの中に倒れ込んでいる。中には然に長らくそこに突っ込んでいるものだから、ほんの乾涸びた薄気味悪い骸骨に成り下がっているものもあれば、またつい先刻でんぐり返ったばかりで、依然、根っこに土をこびりつかせたなり、緑の頭をどっぷり川に浸け、新芽や若枝を空《くう》へ突き上げているものもある。かと思えば、貴兄が目を凝らしている間《ま》にもズルズル、のめずり込まんばかりのものもある。して中には、然にとうの昔に土左衛門になった挙句、真っ白に晒された腕を流れの中ほどからニョッキリ伸ばし、船を引っ捕らまえざま水の中へ引きずり込もうとしてでもいるかのような奴もいる。

といったような光景を縫いつつ、不様な絡繰はむっつり、己《おの》が嗄れっぽい道を行く。外輪の回転する度、向こうの広大な塚の中に眠る数知れぬインディアンの目をも覚ましかねぬほどけたたましい高圧の爆風を吐き出しながら。塚はかくも古びているものだから、巨大なオークや他の森林の木々が大地にしっかと根を下ろし、然に聳やいでいるものだから、自然の女神がグルリに築き賜ふた小高い丘の直中にあってなお、小高い丘を成す。正しく川にしてからが、今を溯ること幾星霜、白人の存在など知らぬが仏でこの地にかくも愉快に暮らしていた死に絶えし種族を我らと共に偲んででもいるかのようにこっそり道草を食い、くだんの塚の際にひたひた打ち寄す。ビッグ・グレイヴ・クリーク*におけるほどキラキラ、オハイオ川が明るくキラめく場所はまたとなかろう。

以上全てを、小生は上述の小さな船尾回廊に座ったなり視界に収める。夕闇が辺り一面にそっと垂れ籠め、かくて眼前の光景も移ろう頃、我々は移民を岸へ揚げるべく停まる。

五人の男と、同数の女と、小さな少女が一人。彼らの現し世の財産は〆て頭陀が一袋に、大きなタンスが一つに、古ぼけた椅子が一脚——それ自体、孤独な植民者《セトラー》たる、背もたれの高い、藺張りの、おんぼろ椅子——きりである。彼らは岸まで小舟で連れて行かれ、片や汽船は、水が浅いため、少し離れた所で小舟が引き返して来るのを待つ。連中は小高い堤の袂で陸《おか》に揚がる。天辺には丸太小屋が二つ三つ立っているが、ウネクネとウネくった長い小径からしか近づけぬ。辺りは仄暗くなりつつあるが、夕陽は真っ紅に火照り、水面《みなも》や、あちこちの木々の天辺で、炎さながら燃えている。

　男達が最初に降り、女達が降りるのに手を貸し、頭陀と、タンスと、椅子を担ぎ降ろし、漕ぎ手に「さらば」と声をかけ、連中のために小舟を岸から押し出してやる。ポチャンと、仰《の》けにオールが水に浸かったか浸からぬか、一行の内でいっとう老いぼれた女が一言も口を利かぬまま、水際のおんぼろ椅子にへたり込む。タンスは幾人もが腰を下ろせるほどどデカいにもかかわらず、外《ほか》の誰一人として掛けようとはせぬ。皆、金縛りに会ったかのように、岸へ揚がった所に立ち尽くし、小舟を見送る。かくて押し黙ったきり、微動だにせぬまま立ち尽くす——老婆とおんぼろ椅子を中央に、頭陀とタンスは後はどうなと岸にうっちゃらかし、皆してひたすら小舟に目を凝らしたなり。小舟は汽船に横付けになり、しかと結わえつけられ、男共はヒラリと甲板に飛び移り、エンジンはカツを入れられ、我々はまたもや嗄れっぽく旅を続ける。連中は、そら、依然として岸に、手をちらと振るでもなく立ち尽くしている。小生が望遠鏡越しに眺めている間《ま》にも、遙か彼方で、見る間に夜闇の垂れ籠める片や、ほんのポチに縮こまる。が依然そこに、老婆とおんぼろ椅子を皆して取り囲み、身動ぎ一つせぬまま、グズグズとためらってい

る。というのが彼らの見納めであった。

夜闇は黒々と垂れ籠め、我々は木の鬱蒼と生い茂る――かくて夜闇のいよよ深まる――影の直中を突き進む。憂はしい迷路よろしき大枝の傍を長らくスルスル行き過ぎていたと思うと、のっぽの木々が今しも火の手に巻かれている開けた空地に差し掛かる。大枝という大枝の、小枝という小枝の形《なり》はくっきり、紅々と浮かび上がり、そよ風にカサコソと戦ぐ度、炎の中で芽を吹いてでもいるかのようだ。恰も呪《まじな》われた森の口碑において繙く手合いの光景だ。ただし、これら気高き神の御業が独り、然に由々しく滅び行くのを目にし、くだんの木々を造り賜ふた魔法の手がこの地に再び同様の木々を生い茂らすまでに幾星霜閲《けみ》さねばならぬことか惟みれば心悲しくはある。が、いつの日か彼《か》の刻《とき》は訪れ、その変わり果てた燃え殻において、未だ生まれざる幾世紀もの生育が根差せば、遙かな年代の腰の座らぬ男共がこれらまたもや未墾の僻陬の地に赴き、片や同胞《はらから》は目下は恐らく、怒濤逆巻く大海原の下にて微睡む街にて、現存の如何なる耳にも奇しいながら、彼らにとってはめっぽう懐かしき言語にて、斧の音がついぞ聞かれたためしのなく、密林地帯がついぞ人間の足に踏み締められたためしのなき原始の森に纏わる物語を繙こう。

真夜中と睡魔がくだんの光景と瞑想を掻っ消し、曙光がまたもや燦然と輝く段ともなれば、そいつはとある活気に満ちた街の屋根の天辺を黄金《こがね》に染め、その広々とした石畳の波止場の前に、定期船は他の船や、旗や、グルグル回転の止まぬ外輪や、ブンブンと羽音めいた人々のざわめきに取っ囲まれたなり繋留される。さながらグルリ一千マイル四方には孤独な、と言おうか黙《もだ》した、わずか一ルード（四分の一エーカー）の土地とてないかのように。

シンシナティは美しい街だ――陽気で、賑やかで、活気のある。小生はかほどに他処者に一目で、好もしく、愉快な印象を与える街にはめったにお目にかかったことがない――赤と白の家々は小ざっぱりとし、道路はしっかり舗装され、歩道には明るいタイルが敷き詰められているとあって。街はより気の置けぬ御高誼に与ろうと、それだけ魅力が失せる訳でもない。街路は広々として風通しが好く、店はめっぽう小粋で、私邸はすこぶる艶やかで小ぢんまりとしている。これら後者の建物の色取り取りの様式にはどことなく進取の気象に満ちた奇抜な所があり、わけても汽船の味気ない道連れの後とあらば、世にはかようの資質が依然、生き存えている由太鼓判を捺して頂いているようで、愉快極まりない。これら愛らしき邸宅を飾り、魅力的に仕立てようとの心の趣きは自づと、木々や花の栽培や、手入れの行き届いた庭の地取りへと向かい、丹精込められた草花を目にするだに、通りを漫ろ歩く者には得も言はれず清しく心地好い。小生は街の佇まいと、街に隣接するオーバーン山郊外の景観にすっかり魅せられた。山からは円形劇場《アンフィシアタ》よろしき丘陵に包まれた街がすこぶる美しい一幅の絵を成し、一際引き立って映る。

当地にてはたまたま我々が到着した翌日、一大禁酒大会が催され、行進の順序の関係で、朝方出発する際、我々が宿を取っているホテルの窓の下をゾロゾロと行列が練り歩くこととなり、小生は見物するに絶好の機を得た。行列は数千名の男衆――あちこちの「ワシントン禁酒賛助協会」の会員――より成り、指揮を執っているのは騎馬の将校で、連中、明るい色のスカーフやリボンを派手やかに後ろへヒラつかせながら、馬なり駆け足でキビキビ、一行の傍を行きつ戻りつしていた。楽隊もお出ましなら、旗にも事欠かぬ。引っくるめれば、全くもって祝祭めいた潑溂たる行列であった。

小生はわけてもアイルランド人が彼ら自身の間で別箇の一団を成し、緑のスカーフを翻しながら大挙繰り出しているのを目の当たりに快哉を叫んだ。彼らは国家的ハープとマシュー神父*の肖像を仲間の頭上高々と掲げていた。して相変わらず陽気で気さくな面《つら》を下げ、食べて行くために（ここにて）誰より懸命に汗水垂らし、手当たり次第の如何なる重労働をもこなしているとあって、そこにては最も独立独歩の連中のように見受けられた。

見事な図柄の描かれた旗また旗が、通りを目も綾にハタめき去った。岩を穿てばどっとばかり水が迸るの図や、「大振りな手斧」（と旗手ならば恐らく宣っていたろうもの）を手にした酒断《さかだ》ちの男が今にも火酒の樽の天辺から男に襲いかからんばかりの蛇に致命的な一撃を加えているの図があった。が山車行列のこの箇所のいっとうの見物《みもの》は船大工の直中にて担がれている巨大な寓話的意匠であり、片側にて汽船「アルコール号」が汽罐を爆発させ、木端微塵に吹っ飛んでいるのを後目に、反対側にては良船「禁酒号」が船長、乗組員、乗客一同の満腔の得心の内に順風満帆、航海を続けているの図がひけらかされていた。

町を一巡した後《のち》、行列はとある所定の場所まで練り歩き、そこにて刷り物の次第書《プログラム》によらば、様々な無月謝学校の生徒の歌う「禁酒ソング」によって迎えられることになっていた。小生は生憎これら小さな啼き鳥方の歌を聞くのには、と言おうか当該目新しき類《たぐい》の――少なくとも小生にとっては――声楽的余興について報ずのには間に合わなかったが、広々とした空地にて各協会が己《おの》が旗のグルリに集まり、ひたすら黙々と己《おの》が弁士の話に耳を傾けている所に際会した。演説は、小生にせいぜい聞き取れた端々から判ずらば、なるほどその折につきづきしくはあった。何せ濡れ毛布が申し立てるやもしれぬ程度には冷水と関係なくもなかった*からだ。が肝要なのは一日を通じての聴衆の様子と振舞いであり、その点は非の打ち所がなく、前途洋々たるものがあった。

シンシナティはあっぱれ至極にも無月謝学校で名高く、その数あまたに上るそれらを有すとあって、総人口の内如何なる市民の子女も断じて教育の手立てに欠くことはなく、かくて年間、平均四千名に上る生徒がその恩恵に浴している。小生はこれら施設の内一校しか指導時間中に見学しなかった。男子生徒部門にて（確か下は六歳から上は十か十二歳までの）小さなワンパク小僧がワンサといたが、教師は即興で生徒に代数の試験をしてみようかと申し出た。せっかくながら、小生はおよそくだんの教科における過ちを看破する能力に自信があるどころではなかったので、いささかドギマギせぬでもなく御容赦願った。少女の学級にては音読が申し出られ、我ながらくだんの技芸にはそこそこ通じているような気がしたため、是非とも見学させて頂きたき旨返した。よって本が配られ、およそ半ダースの少女が次から次へと、英国史の条《くだり》を読み次いで行った。だが力量を遙かに上回る、味気ない編纂としか思われず、小生は皆がアミアン協定*、その他似たり寄ったりの手合いの血沸き肉躍る話題に関す退屈千万な条《くだり》を三、四ほど（明らかに内十語の意味も呑み込めぬまま）しどろもどろ読み果した所で早、堪能した由申し入れた。恐らく、少女達はただ見学者の胆を潰さすべく、学習梯子の当該高みの子《こ》まで昇らされていたにすぎず、普段はより程度の低いお定まりの課業をこなしているに違いない。小生としては生徒自身の呑み込めている、より簡単な課業で音読の練習をしている所を聞かせてもらっていれば遙かに得心と満足が行っていたろうに。

これまで訪問した他の全ての場所におけると同様、当地の判事も高い徳性と素養を具えた紳士ばかりであった。法廷の一つに、ほんの数分、立ち寄ったが、前述の法廷と大差なかった。折しも不法妨害の訴訟が審理されている所で、傍聴人は疎らで、証人と弁護士と陪審員はある種内輪の集いを成し、至って居心地好さげに軽口を叩き合っていた。

小生が個人的に交わった人々は皆、知的で、礼儀正しく、気さくだった。シンシナティの住人は自分達の街をアメリカでどこより感興に富むそれの一つとして誇りにしている。のも宜なるかな。目下は蓋し、美しく、栄え、五万もの人口を蓋し、有しているにもかかわらず、わずか五十二年前には街の現在築かれている（当時数ドルで購入された）土地は荒野で、市民は川岸に点々と散る丸太小屋に住まうほんの一握りの入植者にすぎなかったからだ。

第十二章　別の西部汽船にてシンシナティからルイヴィルへ。また別の西部汽船にてルイヴィルからセントルイスへ。セントルイス

午前十一時にシンシナティを発ち、我々はルイヴィル目指し、汽船「川鮃号《パイク》」に乗り込んだ。汽船は郵便物を載せているだけに、我々がピッツバーグからやって来たそれより格段上等な手合いの定期船だった。この航路には十二、三時間しか要さぬので、我々はその夜岸に揚がる手筈を整えた——どこか他処で寝られるというなら、敢えて特等室で寝る栄誉を希うまでもなく。

この汽船にはたまたまお定まりの退屈な乗客連中の外に、インディアンのチョクトー族の酋長ピチリン*という人物が乗り合わせていた。酋長はわざわざ小生宛「名刺を取次ぎに通じ」、かくて小生は長らく歓談する栄に浴した。

酋長は、本人の話では、ほとんど成人するまで英語を学び始めていなかったにもかかわらず、くだんの言語を見事に使いこなした。幾多の本を読み、スコットの詩に大きな感銘を受けているると思しく、わけても『湖の貴婦人（第七章注（一〇一）参照）』の冒頭と『マルミオン』の偉大な戦闘の場面は、恐らく主題が彼自身の営為と趣味にしっくり来るからであろう、大のお気に入りにして興味が尽きせぬかのようだった。読んだものは全て正確に理解しているらしく、ともかくその信念において彼の共感を得た虚構は何であれ、然に激しく、熱烈に——と言おうか、ほとんど狂おしいまでに——そいつを得ていた。我々の普段着を着ていたが、服は均整の取れた体軀にゆったり、さりげなくも優美に纏われていた。小生が叶うことなら民族衣裳を着ている所にお目にかかりたかったと言うと、束の間、何かずっしりとした武器を振り回してでもいるかのように右腕をかざし、またもやハラリと降ろしながらかく返した。我が部族は衣裳だけでなく多くの物を失いつつあり、地上からもほどなく姿を消そう。だが、と誇らしげに言い添えた、自分はそいつを自宅では着ているのだと。

酋長の話では、この一年と五か月ほどミシシッピー川西部の我が家を離れていたが、折しも引き返している所であった。部族と政府との間の係争中の交渉のために、主にワシントンに滞在していた。交渉は未だ（と憂はしげな物腰で言うに）決着がつかず、或いはいつまで経ってもつかぬやもしれぬ。というのも哀れ、高が数名のインディアンが白人のよう

な手練れの実務家を向こうに回し、一体何が出来るというのだろう？　ワシントンはどうしても好きになれぬ。町や市にはあっという間に嫌気が差す。一刻も早く森や大草原《プレーリー》に戻りたいものだ。

小生は国会をどう思うかと尋ねた。酋長は笑みを浮かべ、インディアンの目からすれば、威厳に欠けると答えた。

是非とも死ぬ前に、と彼は続けた、イングランドへ行ってみたい。して、そこで目にしよう偉大な事物に関し、たいそう興味深げに語った。小生が数千年前に絶滅した種族の家政の遺物の保存されている大英博物館のくだんの部屋のことを話すと、実に熱心に聞き入り、見るからに胸中、次第に消え失せつつある己《おの》が部族に思いを馳せているようだった。

話題は自づとキャトリン氏の画廊*へと移り、さらば酋長は画廊を口を極めて褒めそやし、かく言う自分の肖像も蒐集の中に収められているのだと、似顔絵はどれも「優雅」なものばかりだと宣った。クーパー氏*は、と酋長は続けた、赤色人種《レッドマン》を見事に描いている。だから貴殿も、と彼の言うに、もしや自分と一緒に我が家へ帰り、水牛を狩れば、劣らず偉大なインディアン小説が書けよう、是非ともそうしてはどうか。小生がそこで、たといお言葉に甘えさせて頂こうと水牛はイタくもカユくも何ともなかろうと返すと、すこぶるつきのジョークと解《かい》し、カンラカラ腹を抱えた。

酋長はめっぽう男前で、四十を少し越えていたろうか。黒々とした髪を長く伸ばし、ワシ鼻で、頬骨は逞しく、顔は日に焼け、たいそう明るい暗褐色の目は実に眼光鋭かった。今ではチョクトー族は、と彼は言った、わずか二万人しか残っていない上、その数も日々減っている。兄弟分の酋長の内二、三名は否応なく文明社会に順応し、白人の知識を身につけさせられた。というのもそれしか生き残る術《すべ》はないからだ。が、さしたる数ではなく、残りの連中は今まで通りにやっている。酋長はこの点にクダクダしく触れ、一再ならず、もしも征服者に同化しようと努めなければ、文明社会の進歩の荒波に押し流されるに違いなかろうと言った。

別れ際に握手を交わしながら、小生はそんなに一目見たいなら是非ともイングランドに来るよう、いつの日か祖国でお目にかかりたいものだ、さぞや暖かく迎えられ、親切な持て成しを受けようからと言った。然に請け合われると、酋長は見るからに嬉しそうな表情を浮かべた。とは言え、気さくに微笑み、いたずらっぽくかぶりを振りながら、英国人はその昔、力添えが必要な時は赤色人種《レッドマン》をたいそう重宝がったが、あれからというものさして快く思っていないようだと返した。

酋長は小生の未だかつてお目にかかったためしのないほど威厳に満ちた、一点の非の打ち所もなき「自然の女神」の御手になる殿方然と暇を乞い、汽船の人々の直中を全く別の手合いの存在たりて立ち回った。その後ほどなく自らの石板刷りの肖像画を送ってくれた。御逸品、実物ほど男前ではないにせよ、よく似てはいた。小生は爾来、互いの束の間の誼《よしみ》の思い出に大切に仕舞っている。

この日の旅の光景にはさして心惹かれぬまま、我々は真夜中にルイヴィルに着いた。宿を取ったゴールト・ハウスは素晴らしいホテルで、アレゲニー山脈から数百マイル西方へ来ているというよりむしろパリに滞在してでもいるかのように豪勢な設いだった。

街は旅路なる我々を引き留めるに足るほど興味津々たるネタをひけらかしてはいなかったので、我々は翌日、別の汽船「フルトン号」*で旅を仕切り直し、およそ正午、そいつが運河を通過する上でしばし遅れを取ろうポートランドという名の郊外で汽船と合流することにした。

その間《かん》、朝食が済むと、我々は馬車で市内をあちこち回った。街路が直角に地取りされ、若木が植えられているお蔭で、街は整然として快活だった。建物は瀝青炭《れきせいたん》を焚くためススけて黒ずんでいるが、英国人は固よりくだんの見てくれには馴れっことあって、およそ難癖をつける気にはなれぬ。さして商いが繁盛している風にもなく、ビルや改良工事には未だ仕上がっていないものも見受けられ、街は何やら「我勝ち家《ゴーアヘッド》」の頭に血の上った勢い次から次へと家屋敷を建てたはいいが、然に狂おしくも我と我が身に無理強いした挙句、反動に喘いでもいるかのような面《つら》を下げていた。

ポートランドへの途中、我々は「知安判事事務所」を通りすがったが、如何なる警察署というよりむしろ遙かにデーム・スクール*じみているせいで、すこぶる愉快だった。というのも当該由々しき公共機関はほんの通りに面した小さな物臭な、ロクでなし風情の正面の茶の間にすぎず、そこにては二、三の（恐らくは治安判事その人とお抱え破落戸《ミュルミドン》と思しき）人影が怠惰と休息の全き彫像たりて日向ぼっこをしていたからだ。正しく、顧客にアブれて商売から足を洗い、身上の剣と秤を見切り売りにした挙句、両の大御脚をどっかとテーブルに載っけたなりヌクヌクうたた寝している「正義の女神」を絵に画いたようだった。

ここにても、この辺りの他の箇所におけると同様、道はありとあらゆる齢《よはい》の豚で溢れ返っていた——四方八方で、ぐっすり眠りこけたなり横たわっているかと思えば、どこぞに馳走は転がっていぬかとブーブー鼻を鳴らしながらウロつき回ったりと。小生は常日頃からこれら奇妙な四つ脚には心密かな愛着を抱き、外の奴らはどいつもこいつもしくじろうと、連中の手続きを見守ることに必ずや愉悦の源泉を見出していた。今朝方、あちこち馬車を乗り回している際、青二才の豚二匹の間で繰り広げられたささやかな出来事が目に留まり、くだんの椿事は、なるほど改めて開陳すらばいい加減味もすっぽもないやもしれぬが、その折はやけに人間サマじみているものだから得も言はれず滑稽かつ不気味であった。

　とある若き殿方が（紛うことなくつい今しがたまで肥やし山を嗅ぎ漁っていた証拠、鼻のグルリに一本ならざる藁しべを押っ立てためっぽう神経のヤワげな食用小豚《ポーカー》たる）とっくり物思いに耽りながらゆるゆる歩いていた。さらばいきなり、奴の目には清やかならぬまま泥濘った穴の中で寝そべっていた弟が、兄きのびっくり眼の直前にて凄まじくも泥でぐしょ濡れのなりむっくり起き上がった。未だかつて豚なるものの血潮がごっそり然に凍てついたためしのあったろうか。奴はギョッと胆をつぶした勢い三フィートは下らぬ後退り、しばしグイと睨め据えていたと思いきや、能う限りとっとと尻に帆かけた――ちんちくりんの尾っぽちを一目散にして怖気を奮い上げている余りピリピリ気の狂れた振り子よろしく震わせながら。が、さして遠くまで行かぬ内にはったと、当該恐るべき物の怪の質《たち》がらみで我と我が身に理詰めに押しにかかり、かくて理を説くにつれてちびりちびり歩を緩め、とうとうひたと立ち止まるやクルリと向き直った。そら、そこに弟は、泥まみれの図体を太陽にテラつかせたなり、相変わらず今のその同じ穴の中から兄きの手続きにこそ度胆を抜かれて、こちらにじっと目を据えているではないか！　と得心が行くや否や――して然に念には念を入れたものだから、なお篤と御覧じるべく片手を目の上にかざした、とまで言えそうなほどであったが――キビキビ小走りに駆け戻り、弟に襲いかかりざま、手っ取り早い所、尻尾の先っちょを食いちぎった――今後はくれぐれも己の行状に気をつけ、金輪際家族にイタヅラを仕掛けるような真似をするでないとのクギ差し代わりに。

　汽船は案の定、運河で閘門《こうもん》を潜り抜けるノロマな過程を待っていた。かくて乗船してみれば、ほどなく、然るポーターという名のケンタッキー生まれの大男なる新たな手合いの訪問客から表敬を受けた。大男はズブの身の丈七フィート八インチは下らぬあったろう。

　未だかつてくだんの巨人ほど然に物の見事に歴史が偽りであることを証す、と言おうか世の年代記作家が一人残らず然に甚だしく名誉を毀損して来た民族もまたいまい。世界中を雄叫びを上げながら荒して回り、ひっきりなし己《おの》が人肉食らいの肉部屋を賄い、年がら年中無法破りなやり口で買い出しに繰り出す代わり、彼らは何人《なんぴと》の知己の中にてもとびきり温和な連中で、むしろ牛乳と野菜の食餌を宗とし、静かな生活を送るためなら何にでも耐えよう。彼らの気っ風と来ては然に紛うことなく愛嬌好しと人当たりの柔らかさに尽きるによって、小生としては正直な所、これら罪無き連中を殺戮することにて功成り名を遂げたくだんの若者（即ち『巨人退治のジャック』のジャック）をこそ博愛的動機を装いながらも心の中では単に連中の城の中にどっさり溜め込まれた財宝と、略奪欲にのみ衝き動かされているにすぎぬ背信の賊と見なさざるを得ぬ。して当該見解により傾くのは、外ならぬくだんの偉業の年代記編者にしてからが如何ほど天から主人公贔屓とは言え、かの殺戮されし怪物は根っから天真爛漫にして、人が好いばかりに担がれ易く、この世にまたとないほど突拍子もないでっち上げですら鵜呑みにし、まんまと落とし穴にひっかかり、持て成し役たる手篤き礼節の思い余って、客人《まろうど》がよもや破落戸めいた手練手管やデタラメなまやかしの術に長けているなど曖気にも出すくらいなら、いっそ（ウェールズの巨人の場合におけるが如く）我と我が身を掻っ裂いていたろう旨認めるにおよそ吝かどころではないものと存じ上げているからだ。

ケンタッキー生まれの大男はほんの当該哲理が図星たるダメ押しの事例にすぎなかった。若者は膝の辺りがやたらガクガク震え、絵に画いたような馬面《うまづら》と来てはそれは見るからにいいカモめいているものだから、身の丈五フィート九インチの男にすらハッパがてら肩を持ってやりたい気にさせた。まだ二十五になったばかりで、と若者は言った、最近また大きくなったようだ。というのもズボンの丈を伸ばさなければならなかったから。十五の時にはむしろチビで、あの頃はよくイギリス生まれの父親とアイルランド生まれの母親に、こんなに背が低くては一家の面目丸つぶれだとケンツクを食らわされたものだ。今ではずい分好くなったが、この所体調が思わしくなかった。だが、どうやら背の低い連中の中には自分のことを大酒呑みだと蔭口を叩く者も少なからずいるようだとも言い添えた。

若者は二頭立て四輪馬車《ハクニー・コーチ》の御者とのことだった、とは言え、もしや後部の踏み台の上に立ち、御者台に顎を載っけたなり屋根の上に腹這いに寝そべらずして、如何でそいつをやりこなせるものか、は神のみぞ知る。銃を、骨董品として、携えていた。「小ライフル」とでも命名し、店のウィンドーの外にひけらかせば、ホゥボーン（東ロンドン商店街）の如何なる小売り商にも一身上築かすこと請け合いだったろう。晴れてお目見得し、しばらく歓談し果すと、若者は携帯用火器ごと暇を乞い、船室をひょいひょい、六フィートかそれ以上の男共の直中にて、街灯柱に紛れて漫ろ歩いている灯台よろしく立ち去った。

ものの二、三分と経たぬ内に、我々は運河を通過し、またもやオハイオ川に出た。

汽船の手筈は「メセンジャー号」のそれと似たり寄ったりで、乗客も同じ手合いの連中だった。我々は同じ刻限に、同じ類《たぐい》の料理を、同じ懶い物腰で、同じ杓子定規な儀礼に則り、食した。一座の面々は同じ途轍もなき秘め事をずっしり胸に抱え、陽気にはしゃいだり浮かれ騒いだりするは劣らず土台お手上げのようだった。小生は生まれてこの方ついぞくだんの食事にどんよりと垂れ籠めているが如き無気力にして、重苦しい懶さを目の当たりにしたためしはない。正しくそいつを思い出すだに気が塞がれ、当座、惨めったらしい気分になる。我々の小さな船室にて片膝の上で本を読むにせよペンを走らすにせよ、我々を食卓へと呼び立てる刻限が近づくのに心底、怯え、まるで罪滅ぼしか懲らしめでもあったかのように食卓からまたもや嬉々としてお暇したものである。仮に健やかな浮かれ気分や上機嫌が宴の端くれを成していたなら、小生とてル・サージュのどさ回りの芸人と共に泉にパンの欠片を浸し*、くだんの馳走に心より舌鼓を打てていたろう。が、ほんのやっつけ仕事として喉の乾きと餓《かつ》えを癒し、揃いも揃って、己《おの》がヤフー*の飼葉桶を能う限りとっとと空にするやむっつり、コソコソ立ち去り、挙句これら和気藹々たる聖餐から単なる自然の欲求を汲々と満たすこと以外何もかもを剝ぎ取られるべく、然に幾多の同胞《はらから》と共に腰を下ろすとは、然に性に合わぬとあって、当該葬送の宴の記憶は、蓋し、終生にわたって白昼の悪夢たり続けよう。

この汽船には、他方の汽船には欠けていたせめてもの慰めもあった。というのも船長は（無骨で気さくなやっこさんだったが）べっぴんの妻君を同伴し、その妻君がまた、食卓の同じ端の我々のグルリに座っている他の二、三の女性乗客に劣らず根っからほがらかで、すこぶる人好きがしたからだ。とは言え何一つ、一座全体の鬱々たる感化に歯止めをかけるはお手上げだったろう。連中には懶さの磁気が漲り、そいつに中《あた》ったが最後、この世にまたとないほどおどけた相客とてシケ返っていたに違いない。軽口は罪にして、微笑みは悍しき忍び笑いに成り下がっていたろう。然にとことん生気の失せた連中が、然に手の込んだ、何の変哲もない、退屈千万な、鼻持ちならぬ重苦しさが、然にありとあらゆる穏やかで、愉快で、気さくで、和やかで、心暖まるものがらみでの是一つの血の通った消化不良の権化が、蓋し、天地創造以来、他の如何なる場所にても一堂に会したためしはなかった。

　辺りの景色も、オハイオ川とミシシッピー川の合流点に近づくにつれ、およそ生気を奮い立たせられるどころの騒ぎではない。木々はその生育においていじけ、堤は低く平らで、新開地や丸太小屋はいよいよ疎らになり、住人はこれまで出会したためしのないほど蒼ざめ、惨めったらしかった。空に小鳥の囀り一つ聞こえねば、心地好い芳香一つ漂わねば、速やかに過ぎ去る雲から射す光と影がちらと移ろうでもない。何時間も何時間も、瞬き一つせぬ灼熱の天穹の相も変わらぬギラつきが、同じ何の変哲もない代物に照りつけ、何時間も何時間も、川は「時」それ自体といい対ゆっくり、気怠げに流れた。

　とうとう、三日目の朝、ついぞお目にかかったためしのないほど憂はしい場所に辿り着いたものだから、これまで通りすがった如何ほど寄る辺無き町とてそいつとの比で言えば感興に満ち満ちていたろう。二本の川の合流点に当たる、やたら平らで低く、泥濘っているせいで、一年の然る季節には屋敷の天辺まで水浸しになる地に、イングランドにては「黄金の希望」の鉱脈として触れ回られ、言語道断の触れ込みを鵜呑みにして山を張ったばっかりに数知れぬ連中が身上を潰すこととなった熱病と瘧と死の温床*がある。建てくさしの小屋が朽ち果て、ここかしこ二、三ヤードばかし薮が切り払われているものの、その先は疫病催いの雑草が蓬々に蔓延り、その不吉な蔭の下《もと》、まんまと誘《おび》き寄せられた惨めな流離い人が萎え、死に、骨を埋《うづ》める憂はしき沼地――忌まわしきミシシッピー川がその前にてクルクル輪を描いては渦を巻き、目にするだに悍しきヌメった怪物たりてクネリと南方へと針路を取り――病気の培養地にして、醜怪な埋葬所にして、如何なる前途の光明も射さぬ墓――地にても空にても水にても、他に誇れるもの一つなき場所――といった所か、この陰気臭いケアロという町は。

　だが、如何なる文言をもって偉大なる「川の父」、ミシシッピーを表《ひょう》せばよいのか――天よ、ありがたきかな、父親似の幼子がこれきりいないとは！　時には幅二、三マイルもある、時速六マイルで泥水を流す巨大な溝――その泡《あぶく》だらけの激流は至る所、どデカい丸太や森林木丸ごとで堰き止め、息の根を止められ――そいつら、今やどデカい筏へと一緒くたに絡まり合い、隙間からは菅《すげ》じみたなまくらな泡《あぶく》がブクブクと沸き立ち、挙句くだんの筏を波頭へと押し上げているかと思えば、今や縺れ合った根っこを蓬髪よろしくひけらかしたなり、物の怪じみた土左衛門たりてうねり去るかと思えば、今や一本きり、巨大なヒルよろしく側《そば》を掠め行くかと思えば、今や小さな渦に巻き込まれたが最後、傷を負った蛇よろしくグルグル、グルグル、ヌタくっている。堤は低く、木はいじけ、沼にはカエルが溢れ返り、惨めな丸太小屋がパラパラと疎らに散り、そこに住まう連中はげっそり痩せこけ、蒼ざめ、日和は茹だるように暑く、蚊が船の割れ目という割れ目から、裂け目という裂け目から忍び込み、何もかも泥と粘《ねば》土《つち》まみれにして、何一つ、その様相においてまだしも不快ならざるものはない――夜毎、仄暗い水平線上でチラつく罪の無い稲光をさておけば。

丸二日というもの、我々はひっきりなしに漂流木にぶつかったり、かの、より剣呑な邪魔物、沈み木《スナッグ》或いは流木《ソーヤ》――即ち潮の下に根を沈めた木の、目に清やかならざる幹――を避けるべく停まったりしながら、この穢らわしき流れを四苦八苦溯った。夜がめっぽう暗い折には、船の舳先に立てられた見張りが川のさざ波から何か大きな障害物があるかどうか察しをつけ、傍《はた》の鈴《りん》を引く。それを合図にエンジンは止まる。が夜分、この鈴《りん》には必ずやお呼びがかかり、鈴《りん》が引かれる度に警笛が鳴るせいで、床におとなしく就いているなど土台叶はぬ相談。

ここにて陽の傾きは実に豪勢で、天穹は頭上のアーチの正しく楔石に至るまで朱と黄金《こがね》に染まる。夕陽が堤の背後に沈むにつれ、堤の上の芝草の如何ほどか細い葉身とて葉の条《すじ》の葉脈に劣らずくっきり浮かび上がるかのようだ。して夕陽がゆっくり沈むにつれ、水面《みなも》の朱と黄金《こがね》の縞は、諸共沈みつつあるかのようにいよよ、いよよ朧に霞み、今はの際の一日《ひとひ》の燃え立つような色彩はくすんだ夜闇を前に刻々と蒼ざめ、辺りの景色はそれまでの一千層倍も寂しく侘しくなり、その感化は悉く空と共に暗まる。

我々は流れに乗っている間《かん》、この川の泥水を飲んだ。泥水は原住民によっては体に好いと思われているらしく、粥より気持ち、澄んでいようか。小生はかようの水を水濾し器店でならば目にしたことはあるが、他の何処にても、ついぞ。

ルイヴィルを発って四日目の晩、我々はセントルイスに着き、ここにて小生は旅の間中、心を惹いて已まなかった、それそのものは誠に取るに足らぬながら、目にするだにめっぽう微笑ましき出来事の結末を目の当たりにした。

船には小さな赤子を連れた小さな女が乗っていた。小さな女も小さな赤子も陽気で、器量好しで、明るい目をし、思わず見蕩れるほどだった。小さな女はニューヨークに住む病気の母親の下《もと》で長らく過ごし、セントルイスの我が家はかの、夫を心から愛す御婦人方が然にありたいと願う状態にて発っていた。赤子は母親の屋敷で生まれたが、（今やその下《もと》へ帰りつつある）夫とは、結婚後一、二か月で離れ離れになっていたため、一年もの長きにわたり会っていなかった。

　はむ、この小さな女ほど希望と、優しさと、愛と、不安で溢れんばかりの小さな女は、蓋し、またといなかったろう。日がな一日、ハラハラ気を揉んでいた――「あの人」は波止場まで迎えに来てくれるかしら、「あの人」は手紙を受け取ったかしら、もしも誰か外《ほか》の人に抱いてもらって赤ちゃんを船から降ろしたら、「あの人」は通りでバッタリ会っても自分の子だと分かるかしら。とは、生まれてこの方ついぞお目にかかったためしがないというなら、論理的には万に一つもなかったろうが、若き母親にとってはまんざら絵空事でもなさそうだった。女は然に根っから屈託のない小さな女なものだから――然に晴れやかにしてにこやかな期待に胸膨らませているものだから――然に誰憚ることなくこの、胸に近しく纏わりつく気がかりのタネをそっくりバラしているものだから、他の女性乗客も一人残らず我が事のように親身になった。して（妻君から一部始終を垂れ込んで頂いている）船長と来ては、いやはや、とんでもなく狡っこくも、皆して食卓で顔を合わす度、つい度忘れした風を装ってカマをかけたものである。セントルイスへは誰か迎えに来ることになっているのか、港に着いたその晩に（まさか、とは思うが）陸《おか》へ上がるつもりか等々、同じ手合いの数知れぬ空惚けた軽口を叩きながら。中に、乾燥リンゴそっくりの皺くちゃ面《づら》の婆さんが乗り合わせ、ついでめかして、かようの孤独を強いられた世の御亭主なるものの節操に眉にツバしてかかり出した。かと思えば、また別の（小さな愛玩犬《ラップドッグ》を連れた）御婦人は、所詮人間は移り気だ云々と講釈を垂れるほどには老いぼれていたものの、時に赤子をあやしたり、小さな母親がそいつをパパの名で呼び、つい有頂天な余りパパがらみでありとあらゆる手合いの奇抜な問いを吹っかける段には皆と一緒に笑い転げずにいられるほど未だ年を食ってはいなかった。

　目的地まで後二〇マイル足らずに差し掛かった際、どうしてもこの赤子を寝かしつけねばならなくなったというので、小さな女はがっくり肩を落とした。がそれも持ち前の上機嫌で乗り越え、キュッとハンカチを頭に結わえつけると、皆と一緒に小さな回廊へと出て来た。さらば、何とこと通過点がらみで小さな女の巫女《めかんなぎ》じみて来たことよ！　何たる剽軽玉を既婚婦人方の飛ばしたことよ！　何と見るからに未婚婦人方の身につまされたことよ！　して何とコロコロ珠を転がすように（いっそベソをかきたかったろう）小さな女自身、おひやらかしというおひゃらかしに声を立てて笑ったことよ！

　とうとうセントルイスの明かりが目に入り、そら、ここなるは波止場にして、あれなるは桟橋階段だ。小さな女は両手に顔を埋《うづ》め、今まで以上にコロコロ声を立てて笑いながら(と言おうか笑っている風を装いながら)、御当人の船室へと駆け込みざま、バタンと戸を閉てる。かくて頭に血の上った勢い、いともチャーミングながら辻褄の合わぬことに、定めて、耳に栓をしていたに違いない——「あの人」が自分の名を呼んでいるのが聞こえぬよう。その点は想像を逞しゅうする外なかったが。

　それから大勢の人がどっとばかり船に乗り込む——汽船は未だしっかと繋留されていず、船着き場はどこぞと、あちこち、他の船の直中をウロつき回っているにもかかわらず。誰も彼もが小さな女の御亭主を探すが、誰一人として見つけられぬ。と思いきや、そら、我々皆のど真ん中にて——如何でそこへお出ましになったものか、は神のみぞ知る——小さな女が実に凛々しい、男前の、いかつい若造の首に両腕でひしとすがりついているではないか！　してすかさず、またもや、そら、有頂天な余り事実、小さな両手をパチパチ叩きながら、スヤスヤ眠っている坊やを一目見せようと、御亭主を小さな船室の小さな扉から中へ引きずり込んでいるではないか！

　我々は「農園主の館《プランターズ・ハウス》」という名の大きなホテルへと向かった。ホテルは祖国の病院を思わすに、廊下は長く、壁は剝き出しで、風通しの好いよう、部屋の扉の上に天窓がついていた。その数あまたに上る客が止宿していたため、我々が玄関先に横付けになった時には、その数だけの明かりが何か祝賀の折に照明を利かされてでもいるかのように窓からキラキラ、ちらちら、下方の通り宛、瞬いていた。飛びきりの旅籠で、経営者達は客を気前好く持て成すことにかけては人後に落ちなかったろう。ある日、我々自身の部屋で妻と二人きり食事をした際、数えてみれば、テーブルの上には一時《いちどき》に十四品もの馳走が載っていた。

　街のフランス風の古めかしい界隈にて、目抜き通りはせせこましく、あちこち捩《よじ》くれ、屋敷の中には木造りの所へもって、窓の前の崩れかけた回廊は表通りから階段、というよりむしろ梯子でしか近づけぬとあって、やたら風変わりで、画趣に富むものもある。この辺りには奇妙な見てくれの小さな床屋や一杯呑み屋もあり、フランドルでよく見かけるような瞬《しばた》き屋の開き窓のガタピシのおんぼろ借家にも事欠かぬ。これら、のっぽの屋根裏の切妻窓が屋根にまでツンとそっくり返った、神さびた棲処はある種フランス流儀で肩を竦め、おまけに、耄碌した挙句てんで一方に傾いでいるせいで、アメリカ風「改良工事」とやらにびっくり仰天、苦ムシを嚙みつぶした勢い頭を斜《はす》にもたげてでもいるかのようだ。

言うまでもなかろうが、くだんの「改良工事」とは、四方八方の波止場や、倉庫や、新たな建築物と、依然「進行中」の数知れぬ巨大な計画の謂である。既に、しかしながら、実に立派な屋敷や、広々とした街路や、大理石の正面の店の中には進捗著しくも、晴れて完成しているものもあり、町はまず間違いなく二、三年で長足の進歩を遂げよう。とは言え、こと艶やかさや美しさにかけては、シンシナティに遠く及ぶまいが。

当地にては、初期のフランス人移民によってもたらされたローマカトリック教が広範に普及している。公共施設の中にはイエズス大学（セントルイス大学の前身）や「聖心女子」修道院があり、大学付属の大礼拝堂は小生の見学した際、ちょうど建築中で、翌年十二月二日に献堂の予定だった。この建物の建築家はイエズス会神父の内一人であり、工事は専ら神父独りの指示の下《もと》進められていた。オルガンはベルギーから取り寄せるとのことである。

これら施設に加え、聖フランシスコ・ザビエルに奉納されたローマカトリック大聖堂や、くだんの教会の信徒たりし今は亡き一市民の寄附によって創設された病院もある。ここからはインディアン部族の中へ伝道師も派遣されている。

この僻陬の地にては、アメリカの他のほとんどの箇所におけると同様、ユニテリアン派教会は大いなる美徳と素養を具えたさる殿方によって成り代わられている。貧しい人々は、宜なるかな、教会を思い起こし、神の加護を乞う。というのも教会は能う限り彼らに救いの手を差し延べ、何ら宗派的或いは利己的な思惑に囚われることなく理性的な教育の名分に与しているからだ。ありとあらゆる活動において惜しみなく、解釈は寛く、慈悲は別け隔てない。

この街では早、無月謝学校が三校開設され、授業も滞りなく進められている。四校目が目下建設中で、ほどなく開校しよう。

この世の誰一人として、よもや自ら住まう場所が如何ほど不健全か（もしやこれから立ち去ろうというのでなければ）敢えて認めようとはすまい。故に小生は仮にその気候の一点の非の打ち所とてなき健全さに疑念をさしはさみ、夏や秋の時節にはむしろ熱病に祟られ易かろうと当てこすれば、定めてセントルイスの住民と一悶着起こすに違いない。よって、ただ街は茹だるように暑く、大きな川の直中にあり、グルリには水捌けの悪い沼地が見渡す限り広がっていると付け加え、後は読者諸兄の御想像に任すとしよう。

小生は己《おの》が流離いの西の最果てから引き返す前に、是非とも一目、大草原《プレーリー》を見ておきたいと思っていた。して町の幾人《いくたり》かの殿方も、持て成し心に篤き思いやりから、やはり是非とも小生の希望を叶えたいと思っていた。という訳で、当地を去るに、町から三〇マイルと離れていない、鏡面大草原《プレーリー》へ遠出をする日が定められた。恐らく、読者諸兄も祖国から然に遠く離れた地なるジプシーの一行とは如何なる手合いの代物やもしれぬか、如何なる類《たぐい》の事物の直中を移ろうものか、知るにおよそ吝かどころではあるまい。よってくだんの遠出を次章にて審らかにさせて頂きたい。

第十三章　鏡面大草原《プレーリー》への遠出と帰途

まずもって断っておけば、大草原《プレーリー》にはパラール、パリアレ、パローレといった色取り取りの発音がある。どうやら後者の発音がいっとうウケがいいようではあるが。

我々は総勢十四名で、皆若者だった。実の所、くだんの僻陬の居留地仲間のしごくごもっともながら奇しき特徴たるに、そいつは主として進取の気象に富む男盛りの連中より成り、白髪頭はちらほらとしか見当たらぬ。旅は強行軍だけに御婦人は一人も加わらず、我々は朝五時かっきりに出立することになっていた。

小生は誰一人待たさぬよう、四時に起こしてもらい、朝食にパンとミルクを掻っ込むと、窓を押し上げ、街路を見下ろした――下方にてはさぞや連中、皆してキビキビ、忙しなく立ち回り、大いなる仕度が着々と整えられているものと。が、豈図らんや、辺りはシンと死んだように静まり返り、表通りは朝五時なるものが他処にてお馴染みのかの望みウスの面《つら》を下げていた。によって、またもや床に就くに如くはなかろうと心得、事実、床に就いた。

再び目を覚ましてみれば早、七時で、さすがその時までには一行は集合し、めっぽう頑丈げな車軸の軽装四輪と、素人車力の荷馬車そっくりの、何やら車輪の上に乗っかった代物と、やたら神さびた、この世ならざる造りの二座席フェートンと、背《せな》にどデカい穴が空き、頭の拉げたギグ馬車と、先達役を務める騎馬の男のグルリを取り囲んでいた。小生は仰《のっ》けの馬車に三人の道連れと共に乗り込み、残る面々は他の馬車に分乗し、二つの大きな籠はいっとう軽目の馬車に結わえつけられ、二本の大きな、専門用語にてはデミジョンとして知られる、柳枝籠入り石壺は、保管の万全を期し、一行の就中「無頼ならざる」男に委ねられ、行列はいざ、渡し船目指し出発進行した。というのもそいつにて、人間も、馬も、馬車も一切合切、御当地の常の習いで、川を渡ることになっていたからだ。

我々はとこうする内、川を渡り果し、扉の上に「生地商兼仕立て屋」なるどデカい文字をひけらかしたなり沢地でグラリと傾いでいる車輪付の小さな木箱の前にてまたもや隊列を組んだ。して行進の順番と、取るべき進路を決めると、今一度、繰り出し、見るからに人相の悪げな黒くぼ地《ブラックホロウ》、又の名を、然まで名は体を表していぬながらアメリカ低地《ボトム》（セントルイス東方の低湿地荒原）を四苦八苦踏み越えにかかった。

　前日は――暑かった、などとは言うまい。何せそれでは余りにお手柔らかにして生温すぎ、如何ほど茹だるようだったかは到底お分かり頂けまいから。町は終日メラメラと炎を上げて――燃え盛って――いた。が夜になると篠突くような雨が降り始め、夜っぴて、引きも切らず、降り頻った。我々は二頭のいかつい馬に曳かれていたが、これ一つの黒々とした泥水の果てしなき泥濘を時速二マイルそこそこで縫い続けた。何の変哲も――深さをさておけば――なかった。かくて今や車輪がほんの半ばまでしか埋まらぬかと思えば、今や車軸がすっぽり隠れ、今や馬車それ自体がほとんど窓までズブリと沈んだ。四方八方、カエルの鳴き声が耳を聾さぬばかりに響き渡り、連中と（くだんの湿地から自づと生育したかと見紛うばかりにおよそ健やかならざる面《つら》を下げた、下卑た醜い品種たる）豚とで、そこいらをそっくり独り占めにしていた。ここかしこ丸太小屋を通りすがったが、惨めな荒屋は点々として疎らにしか散っていなかった。というのもこの辺りの土壌はかなり肥えていたものの、かほどに致命的な環境で生き存えられる人間はほとんどいなかったからだ。道の――などという名に値するなら――両側には「藪」が生い茂り、見渡す限り、淀み、ヌメり、腐った汚水だらけだった。

　くだんの地にては今に馬が暑さの余り泡汗をかけば、必ずや冷水を一ガロンかそこら呑ますのが習いとあって、我々はそのためわざわざ、森の中に独りぽつねんと立つ丸太造りの旅籠に立ち寄った。旅籠は無論、剝き出しの天井と剝き出しの壁の一部屋と、階上の藁置場《ロフト》より成っていた。旅籠を取り仕切る救いの主は寝具じみた更紗のシャツとヨレヨレのズボンの出立ちの浅黒い若造蛮人だった。外《ほか》に裸同然の小僧も二人いたが、井戸の傍でノラクラ寝そべっていた。して小僧二人と、亭主と、旅籠唯一の旅人とが、我々の姿を一目拝まして頂かんものと繰り出して来た。

　旅人は白髪まじりの顎鬚を二インチほど蓄え、同上の色合いのボサボサの口髭と、殊の外大きな眉をした老人だった。最後の御逸品と来ては、腕を組んだなり、爪先と踵で代わる代わる体の釣合いを取りながら我々を眺めて立っている間《ま》にも、なまくらな、ほろ酔い機嫌の眼差しに覆い被さらんばかりだったから。一行の内一人に声をかけられると、老人は近寄って来るなり、顎をさすりさすり（そいつめ、ゴワゴワに強張った手の下《もと》釘底の靴に踏みしだかれた敷き立ての砂利よろしく軋ったが）、自分はデラウェア出身で、「あそこの」――と、いじけた木のどこより鬱蒼と生い茂った沼地の一つを指差しながら——農場を買ったばかりだと言った。そこへ、後に残した家族を連れに、セントルイスまで引き返す「つもり」だとも言い添えながら。とは言え、くだんの足手纏い方を連れて来るにさして急いている風にはなかった。というのも我々が立ち去りかける段にはフラリと丸太小屋へ戻り、そこに財布が底を突くまで居座る気満々なこと火を見るより明らかだったからだ。老人は無論、大いなる政治家で、我々の一行の一人をつかまえ、何やらクダクダしくゴ託を並べていた。が小生の記憶に残っているのはただ、必ずや二様の所見で——内一つは誰それよ永遠に、してもう一つは外のどいつもこいつもクタばっちまえ！　なる——締め括るということくらいのものであった。とは、こうした事柄における一般的信条の実に簡にして要を得た摘要ではあろうが。

馬が晴れて生まれながらの図体のおよそ二層倍に膨れ上がり果すと（この辺りでは、かくて嵩が張るとそれだけとっと跑を踏むとの通説が罷り通っているようだが）、我々はまたもやひっきりなしにカエルと豚の伴奏に合わせて、泥と、泥濘《ぬかるみ》と、湿気と、ぢくぢくと爛れ催いの熱気と、茂みと薮を縫い続け、とうとう正午近く、ベルヴィルという名の場所で停まった。

ベルヴィルは言うなれば、薮と沼の真っ直中に身を寄せ合った木造家屋の小さな塊だった。内多くには赤と黄の妙にケバケバしい扉がくっついていた。というのも当地をつい先達て放浪の画家が訪い、この方「絵筆一本で」、と皆の御教示賜るに、「食い扶持を稼いで」いたからだ。刑事法廷も開かれ、折しも馬泥棒の簾で一人ならざる咎人が審理されていた。連中、まず間違いなくこっぴどい灸を据えられよう。というのもありとあらゆる手合いの家畜は必然的に森の中にて風雨に晒されるせいで、村人からは人命よりもむしろ尊いと目され、当該謂れをもって、陪審員は概ね家畜泥棒で起訴された者には皆、いずれにせよ、有罪の判決を下すことにしているからだ。

弁護士や、判事や、証人の持ち馬が道路にぞんざいに組み立てられた仮初の格子に括りつけられていた。そのことからも森を抜ける小径はほとんど膝まで泥や粘土《ねばつち》で泥濘っているものと察しはつこう。

この村にもいっぱし旅籠があり、アメリカ中の旅籠の御多分に洩れず、皆がテーブルを囲む大きな食堂があった。食堂は風変わりな、不様にヨロけた、半ば牛小屋、半ば厨の、屋根の低い離れ家で、テーブルには目の粗い茶色の帆布が広げられ、壁にはズラリと夕飯時にロウソクを立てるブリキの付出し燭台が並んでいた。騎手が先回りし、コーヒーと何か腹の足しを仕度するよう注文していたお蔭で、馳走はこの時までにはほとんど準備が整っていた。奴は「とうもろこしパンと何かあり合わせ」ではなく「小麦パンと鶏料理の付け合わ《フィクシン》せ《グ》」と念を押していた。前者の手合いの軽食にはほんの豚肉とベーコンしか含まれぬ片や、後者には炙りハムや、ソーセージや、仔牛のカツレツや、ステーキを始め、少なからず広義の詩的解釈にならば、如何なる紳士淑女の消化器官にても鶏肉を「こなれ《フィクス》」易くすると思しきくだんの質《たち》の料理が引っくるめられている。

当該旅籠の扉の抱きの一つにはブリキの標札が吊る下がり、その上にデカデカ、金文字にて「クロッカス博士*」と銘打たれ、この標札の脇に貼られたビラにはクロッカス博士が今宵ベルヴィル大衆への御教示がてら、骨相学講義を入場料一人頭是々にて行なう由手書きで触れ回られていた。

鶏料理の付け合わせ《フィクシング》が仕度されている間《ま》に、小生はフラリと階段を昇ってみれば、たまたま博士の部屋の前を通りすがり、扉が大きく開け放たれている上、部屋はモヌケの殻だったので、畏れ多くも中を覗かせて頂いた。

それは剝き出しの、家具らしい家具も備え付けられていない、殺風景な部屋で、寝台の頭には額縁抜きの肖像画がかかっていた。して御逸品、どうやら額が余す所なくひけらかされ、画家の手づからその骨相学的顕現に大いなる力コブが入れられている所からして、博士の似顔絵と踏んでまず差し支えなかったろう。寝台そのものは古めかしい寄せ布細工《パッチワーク》の掛け布団で覆われ、部屋にはカーペットやカーテンの影も形もなかった。ジメついた炉床は薪の燃え殻だらけのクセをして、炉はからきしなかった。椅子が一脚とちんちくりんのテーブルが据えられ、後者の家具の上にはこれ見よがしなまでにズラリと、博士のおよそ半ダースに垂んとすべトついた古本より成る蔵書が並んでいた。

さて、部屋は蓋し、およそこの世にかほどに何人《なんぴと》たりこれっぽっち御利益に与れそうにない部屋もなさげな面《つら》を下げていた。が扉は、前述の如く、手招きしてでもいるかのように開け放たれ、見るからに椅子と肖像画とテーブルと本とグルになってかく宣っていた。「どうかお入りを、皆の衆、どうかお入りを！　あっという間に好くして頂けるやもしれぬというに、皆の衆、わざわざ病気にならずとも。クロッカス博士がここにお見えで、皆の衆、かの名にし負うクロッカス博士が！　クロッカス博士ははるばる、貴殿方を直して差し上げるためにお越しになったのですぞ、皆の衆。もしやクロッカス博士の噂を耳にしたためしがないとすれば、皆の衆、それはここにていささか人の世を拗ねて暮らしておいでの貴殿方のせいでしょうて――博士のせいではなく。ささ、どうぞお入りを、皆の衆、ささ、どうぞお入りを！」

またもや階下《した》に降りてみると、一階の廊下にクロッカス博士その人が立っていた。グルリには裁判所庁舎から雪崩れ込んだ連中で黒山のような人集りが出来ている。して内一人が亭主宛声を張り上げた。「大佐！　クロッカス博士を紹介して差し上げろ」

「ディケンズ殿」と大佐の宣はく。「こちらクロッカス博士であられます」

その途端クロッカス博士は――のっぽの、押し出しのいいスコットランド人なれど、長閑な医術を天職とする人間にしては見てくれがいささか猛々しく、喧嘩っ早そうだが――右腕を突き出し、胸を能う限り大きく張ったなり、ズンズン人込みを掻き分け、かく宣ふ。

「同じ国の生まれで、貴殿！」

すかさずクロッカス博士と小生は握手を交わす。がクロッカス博士は見るからに小生にえらく肩透かしを食ったげな面《つら》を下げる。とは、さもありなん。素手の所へもって、リンネルのブラウスに、緑の紐の大きな麦ワラ帽の出立ちにして、顔中、鼻の天辺まで蚊に刺され、シラミに食われた痕だらけとあらば。

返す。

「当地にはずい分前から、博士?」と小生は尋ねる。

「かれこれ三、四か月になりましょうか、貴殿」と博士は

「祖国へはほどなくお戻りになる予定でしょうか?」と小生は尋ねる。

クロッカス博士はウンともスンとも返さぬが、さも、かく言わぬばかりに目に口ほどもモノを言わす。「申し訳ありませんが、今のそいつをもう少し大きな声で繰り返して頂けませんかな?」よって小生は仰せに従う。

「祖国へはほどなく戻る予定かどうかと、貴殿?」と博士は念を押す。

「ええ、祖国へは、博士」と小生は答える。

クロッカス博士は然に返せば効験や如何にとばかり人集りをざっと見渡し、揉み手をしながら、腹の底から返して曰く。

「いや、まだしばらくは、貴殿、まだしばらくは。まださようの真似は、貴殿。それにはちと自由が気に入りすぎておりましてな、貴殿。はっ、はっ! かほどに自由な国を後にしようと思えば、正しく後ろ髪を引かれる思いがするのでは、貴殿。はっ、はっ! 如何にも、如何にも! はっ、はっ! 致し方なくなるまでは御勘弁願いましょうかの、貴殿。如何にも、如何にも!」

クロッカス博士はくだんの締め括りの文言を口にする間《ま》にも、訳知り顔にてかぶりを振り、またもや声を立てて笑う。グルリの連中の内少なからざる者も博士と調子を合わせてかぶりを振り、声を立てて笑い、かく言わぬばかりに互いに顔を見合わす。「実に頭のキレる、とびきりの手合いの野郎ではないか、このクロッカスという男!」して小生の勘違いでなければ、その夜、骨相学にせよクロッカス博士にせよ生まれてこの方これきり思い寄ったためしのない、その数あまたに上る連中が博士の講演に足を運んだのではあるまいか。

ベルヴィルから、我々は同じ侘しい手合いの荒野をひっきりなし、片時たり途切れぬまま同じ調べをお供に、踏み越え続け、やがて午後三時、またもや馬の腹を膨れ上がらせ、おまけに生半ならずお入り用と思しき小麦をたらふく食わすべく、レバノンという名の村で今一度休憩を取った。当該儀式が執り行なわれている片や、小生は村に入ってみれば、二十頭かそこらの牡牛に曳かれた並の大きさの家屋がズブの速歩《はやあし》にて坂を駆け下りて来る所に出会した。

居酒屋はすこぶる小ざっぱりとして気の利くそいつだったので、遠出の世話役達はできれば夜はそこに宿を取るべく引き返そうと話し合った。当該方針が固められ、馬も然るべく

息を吹き返すと、我々は再び先へ先へと進み、日が沈むか沈まぬか、大草原《プレーリー》に突き当たった。

果たして何故《なにゆえ》、と言おうか如何でか、俄には判じ難いが——恐らく、然に散々噂を耳にしたり、物の本で仕込んでいたせいではあろうが——小生は正直、がっかりした。沈み行く日輪の方を向いてみれば、そら、眼前に広がっているのは見渡す限りの渺茫たる平地ではないか——広大な空白の上のほんの引っ掻き傷にも満たぬほっそりとした一本の並木をさておけば、ぬっぺらぼんの——挙句真っ紅に染まった夕空に出会せば、その豊かな色彩と一緒くたになり、遙かな青色にしっくり溶け込んでいるとあって、さながらそいつにポチャンと浸かってでもいるかのような。そいつは、そら、そこに、折しも陽の沈みつつある、水の涸れた長閑な海原か湖たりて——などという直喩が許されるなら——広がっていた。ここかしこ、鳥が二、三羽舞ってはいるものの、一面、孤独と沈黙に席捲された。とは言え、芝草は未だ高からず、地べたには黒々とした剝き出しの接ぎが散り、せめて目に入る限りのわずかな野花もいじけて、疎らだ。景色は、なるほど、広大ではあるが、正しくその平坦さと広がり故に、想像力に何一つ訴える所がないだけに、味気は失せ、興趣は殺がれる。小生はスコットランドのヒースの荒野が喚び起こす、或いは我らがイングランドの丘陵地帯《ダウンズ》ですら喚び覚ますかの浮き立つような解放感をほとんど味わうに至らなかった。そいつは孤独で荒涼としているが、その不毛の変哲のなさにおいて胸づはらしかった。小生は大草原《プレーリー》を踏み越える上で断じて、他の何もかもを忘れてその場に身を委ねることは叶うまいと——恰もヒースを踏み締めたり、切り立った海岸を彼方に見はるかせば本能的に委ねざるを得ぬ如く——しょっちゅう遠退いてばかりいる遙かな地平線の方を一再ならず眺めては、とっととそこまで行って打っちゃってしまいたいものだと願わずにいられぬものと観念した。容易く忘れられる光景ではないが、さりとて後年、思い出しては懐かしんだり、再び相見えたいと願ったりするそれでは——ともかく小生の目にする限り——なさそうだ。

我々はその水が目当てで、孤独な丸太小屋の側《そば》で野営を張り、平原の上で食事を取った。バスケットには炙りドリに、水牛のタンに（因みにこいつは、すこぶるイケるが）、ハムに、パンに、チーズに、バターと、ビスケットに、シャンパンに、シェリーと、ポンチのためのレモンに砂糖と、大きく砕いたあり余るほどの氷が入っていた。食事はおいしく、持て成し手は皆、親切と上機嫌を絵に画いたようだった。小生は爾来、くだんの陽気な一行を思い出しては間々心地好い追憶に浸って来たが、この先もより旧き日々の馴染みとのより故郷に近い遊山旅行においてすら、大草原《プレーリー》なる我が愉快な呑み友達のことを易々忘れ去ることはあるまい。

その夜、レバノンに引き返し、我々は昼下がりに立ち寄っていた小さな旅籠に泊まった。旅籠は、こと清潔さと快適さにかけてはイングランドの約しい手合いの如何なる居酒屋と引き比べても遜色なかったろう。

翌朝五時に起床し、小生は村をあちこち漫ろ歩いた。今日は一軒たりそこいらをブラついている屋敷はなかった。が多分、連中には早すぎるせいであろう。小生は、それから、退屈凌ぎの御愛嬌、旅籠の裏手のある種納屋庭をウロつき回ったが、そいつの目ぼしい面々と言えば、奇妙な具合に一緒くたになった厩代わりの粗造りの差し掛け小屋に、夏場のひんやりとした涼み場としてこさえられた粗野な柱廊に、深い井戸に、冬時に野菜を保存しておく大きな土の塚に、鳩小屋くらいのものであった。因みに最後の御逸品、小さな出入口と来ては、世の鳩穴の御多分に洩れず、折しもそこいらをヒョコヒョコ勿体らしく歩き回っている胸のこんもり盛り上がった丸ぽちゃの連中が如何ほど捩り鉢巻きでかかろうと到底潜り込めそうにないほどちんちくりんには見えた。くだんの退屈凌ぎが底を突くと、小生は旅籠の両の談話室《パーラー》を覗いてみた。部屋にはワシントンとマディソン大統領と色白の（お気の毒に、ハエのフンの染みだらけの）若き御婦人の彩色版画が掛かっていた。娘御は観覧者にうっとり来て頂くよう金の首飾りをかざし、陶然たる客人《まろうど》方皆に御当人「十七歳になったばかり」の由触れ回っていた――小生としてはずっと老けているものと目星をつけていたろうが。特上の間《ま》には亭主と幼気な御曹司がモデルのキットキャット大*の油彩になる肖像画が二枚飾られていた。どっちもどっち獅子といい対《たい》雄々しく、如何ほど大枚叩いたとて安くついていたろう凄みを利かせて画布よりこちらを睨め据えていた。恐らく、ベルヴィル扉を端《はし》から赤と金に塗ったくっていた画家が物したに違いない。何せ御当人の流儀には嫌というほど見覚えがあったからだ。

朝食後、我々は昨日とは異なる道伝《づて》引き返すべく出立し、およそ十時、家財を一切合切荷馬車に積んだ――してメラメラと燃え盛らせていた焚火を今しも後にしようとしている――ドイツ人移民の野営地に行き当たった。よって、そこにて一息吐くことにした。して何とありがたかったことか、その焚火の。というのも、昨日は茹だるように暑かったものの、今日は身を切るように寒く、冷たい風まで吹き荒んでいたからだ。馬車を駆るにつれて遠くに茫と浮かんで来たのはラ・トラップ*の聖職階層の狂信者の一団を偲んで「修道士の塚《マンクス・マウンド》」と名付けられた、また別の古代インディアンの埋葬所だった。連中、今を溯ること幾星霜、未だ一千マイル以内に入植者の一人とていない時分にそこに佗しき修道院を建てたはいいが、致死的な気候によりてこの地の表より一掃された。とは言え、くだんの傷ましき災禍において俗世が甚大なる損失を蒙ったと思し召す理性的な向きは恐らく、ほとんどいまいが。

　今日の道筋の目ぼしい点は昨日の道筋のそいつらと似たり寄ったり。延々たる沼に、藪に、引きも切らぬカエルの合唱に、不様に蔓延った下生えに、およそ健やかならざる蒸気を濛々と立ち昇らせている地べた。ここかしこで、しかもしょっちゅう、我々はどいつか新たな入植者の身上を山と積んだ荷馬車が立ち往生している所に出会した。目にするだに憐れなるかな、これら乗り物の一台がずっぽり泥にのめずり込んだ上から、車軸は折れ、車輪は傍らになまくらに転がっているの図の――亭主は何マイルも遠くまで助太刀を探しに出かけ、女房は赤子を胸に、正しく絵に画いたような寄る辺無く、しょぼくれ返った忍耐たりて、流離いの一家の守護神たる世帯道具に紛れてへたり込み、組み牡牛は泥濘の中にしょんぼり蹲ったなり、口と鼻孔からモクモク、まるでグルリの湿気た霧と靄はそっくりそいつらから直に立ち昇りでもしたかのように濛々たる湯気を吐き出しているとあらば。

　とこうする内、我々は今一度、生地商兼仕立て屋の前にて結集し、晴れて結集し果すと、渡し船で街へ渡った。が途中、「血まみれ島《ブラディ・アイランド》」と呼ばれる、セントルイスの決闘場を過った。然なる御芳名を頂戴しているのはそこにて最後に出来した、胸対胸の、ピストルによる致命的な果たし合いを悼んでのことである。仇敵同士はどうど地べたに倒れたが、理性的な向きは或いは御両人がらみでも、「修道士の塚《マンクス・マウンド》」の上なる憂はしき狂人連中同様、我らが共同体にとりてはさして大いなる傷手でもなかったと思し召しているやもしれぬ。

第十四章　再びシンシナティへ。くだんの街からコロンバス、さらにはサンダスキーへと駅伝馬車にて。かくてエリー湖伝《づて》ナイアガラの滝へ

小生は予てよりオハイオ州の奥地を旅し、くだんの針路を取れば自づとナイアガラへの途上、立ち寄ることになろう、サンダスキーという名の小さな町にて、言はば「湖水地方に取りかかり」たいと思っていたので、元来た道伝《づて》セントルイスから引き返し、シンシナティまで以前の道程を辿り直さねばならなかった。

　我々がセントルイスに暇を乞う予定にしていた日は快晴の上、朝方如何ほど早々に出航して然るべきだったろうか、は神のみぞ知る汽船は、これが三度目か四度目、午後まで出帆を延ばしに延ばしていたので、我々は川沿いの、正式にはカロンデレと呼ばれるが、俗には素寒貧村《ヴィドゥ・ポッシュ》で通っている古びたフランス領の村まで馬車で先回りし、定期船にはそこにて拾って頂く手筈を整えた。

　村はほんの一握りの粗末な田舎家と二、三軒の居酒屋より成り、後者の肉部屋の状態は蓋し、村の第二の御芳名を地で行っていた。というのもどこをどう引っ掻き回そうと、食い物の影も形もなかったからだ。とうとう、しかしながら、半マイルかそこら引き返してみれば、ハムとコーヒーにありつける独りぽつねんと立つ屋敷があり、そこにて船がお越しになるまで暇を潰すことにした。船は扉の前の草地からなら遙か彼方にても見はるかせようから。

　屋敷は小ざっぱりとした、飾り気のない鄙びた旅籠で、我々が軽食を認《したた》めた風変わりな小部屋には寝台が一つ据えられ、往時は恐らくカトリック教の礼拝堂か修道院にて本務を全うしていたろう一幅ならざる古めかしい油絵が飾られていた。料理はすこぶる美味で、給仕も実に清潔だった。旅籠を切り盛りしているのは絵に画いたような老夫婦で、我々は長らく四方山話に花を咲かせたが、西部のくだんの手合いの村人の恰好の雛型だったのではあるまいか。

　亭主は乾涸びた、いかつい、険しい目鼻立ちの老人で（とは言え、年の頃、ほんの六十の坂を越えたばかりとあって、さして老いぼれてもいなかったが）、先のイギリスとの戦いにおいて在郷軍と共に出征し、ありとあらゆる手合いの――ただし戦そのものはさておき――兵役に服していた。して事実戦場に出る一歩手前まで行っていた、と御当人の言い添え

るに、げに一歩手前まで。生まれてこの方あちこち転々と流離う欲求の已み難く、腰の座らぬこと夥しかったが、三つ子の魂百までとはよく言ったもの。というのももしや我が家に気がかりのタネさえなければ——と二人して屋敷の正面で立ち話をしている間《ま》にも、気持ちグイと、上さんの座っている部屋の窓の方へ帽子と親指を振ってみせながら宣ふに——明日の朝にでもマスケット銃の錆を落として、テキサスへすっ飛んで行きたいくらいだから。亭主はかの、産声を上げた時から大いなる人間軍隊の工作兵《パイオニア》として服務するよう運命づけられ——嬉々として年々歳々そいつの前哨基地を広げ、家また家を背後に置き去りにし続け——挙句、己《おの》が墓が後の世のさ迷える世代によりて幾千マイルも後方に打ちやられようと歯牙にもかけず身罷ろう、当該新大陸特有のその数あまたに上るカインの末裔の端くれであった。

　女房は気立ての優しい家庭的な婆さんで、御亭主と共に「世界の女王都市《クイーン・シティ》から」——とはどうやらフィラデルフィアのことらしいが——やって来ていた。がこの西部の田舎にはこれきり馴染めずにいた。のも故無しとせぬ——ここにて我が子が一人また一人と、若くも美しい盛りに熱病で死んで行ったとあらば。子供達のことを思うと、と婆さんは言った、悲しくてやりきれぬが、こんなにも懐かしの我が家から遠く離れたこの立ち枯れた土地で、見知らぬ人相手にせよ昔話を聞いてもらえれば、何がなし気が晴れ、憂はしい喜びに浸れるようだ。

　汽船は黄昏時に漸う姿を見せ、我々は哀れ、婆さんと根無し草亭主に別れを告げると、最寄りの船着き場へ向かい、ほどなくまたもや「メセンジャー号」に乗船し、我らが懐かしの船室にてミシシッピー川を下《くだ》った。

　仮にこの川を流れにゆっくり逆らいながら上《のぼ》るのが厄介千万な船旅だとすらば、濁流に乗って猛然と下《くだ》るのはほとんどいい対イタダけぬ。というのも、さらば船は時速十二か十五マイルで飛ばしながらも、暗闇にては予め目にしたり避けたりするは間々お手上げたる、迷路まがいの流木の直中を無理矢理突っ切らねばならぬからだ。その夜は夜っぴて、ベルは一時《いちどき》にものの五分とおとなしくしていなかった。してベルが鳴る度、船はつられてグラリと、時には強かな一撃の下《もと》、時には立て続けに次から次へとお見舞いされる、内いっとうお手柔らかなそいつとて脆い竜骨をパイ皮よろしくペシャンコに拉がせてなおお釣りが来ようかという一ダースからの衝撃の下《もと》、傾いだ。日が暮れてから淀んだ川を見降ろせば、そいつは怪物で溢れ返ってでもいるかのようだった。というのもこれら黒々とした巨塊と来ては水面《みなも》をヌタくるか、ハッとまたもや頭を真っ先に浮かび上がって来たからだ――さらば汽船はくだんの邪魔物の大群の直中を四苦八苦突き進む上で内二、三匹を当座、水中に沈めてはいたが。時にエンジンは長らく止まることがあり、さらば船の前後に、のみならず四方八方からひたと取り囲むようにして、これらおよそ見てくれのゾッとせぬ物の怪共の内、然にその数あまたに上る奴らが群がり寄るものだから、船は浮き島のど真ん中にて二進も三進も行かなくなり、已むなく立ち往生したものだ――いずれ連中がどこぞで、風に追い立てられる叢雲よろしく散り散りに散り、外へ這い出す径路を次第に開けて下さるまで。

翌日、しかしながら、我々は然るべく、またもやケアロと呼ばるかの忌まわしき沼地の見える辺りまでやって来た。してそこにて薪を積むべく停まり、とある艀に横づけになった――そいつの緩んだ材木と来てはいっかな束ねられて下さろうとはしなかったが。艀は堤に繋がれ、船端にはデカデカ「喫茶店」と銘打たれている所を見ると、恐らく、人々がミシシッピー川の悍しき水の下に一、二か月ほど塒を沈められた際に夜露を凌ぐべく、飛んで行く漂流楽園に違いない。が、この地点から南方へ目をやれば、幸い、くだんの疎ましき川はいきなりニューオーリンズの方へとそのヘドロの長さと不様な荷をズルズル引こずっている。かくて流れに横方《よこざま》渡った黄色い線を過ると、またもや澄んだオハイオ川の流れに身を任せていた――金輪際、不穏な夢や悪夢においてをさておけばミシシッピー川に相見えることもなかろうことに。そいつのキラキラ、キラめく隣人との誼《よしみ》で御当人をソデにするは、苦痛から安楽への移ろい、恐るべき幻影から陽気な現実への目覚め、のようなものだった。

我々は四日目の晩、ルイヴィルに到着し、その一等のホテルにいそいそ宿を取った。翌日は美しい郵便汽船「ベン・フランクリン号」で旅を続け、シンシナティへは真夜中を少し回った時分に着いた。この時までには寝棚で夜を明かすのにほとほとうんざり来ていたので、我々は直ちに上陸出来るよう起きていた。して外《ほか》の船の仄暗い甲板を手探りで過ったり、迷路さながら入り組んだ発動機類やポタポタ濡れの来ている糖蜜の樽の直中を掻き分けたりしながら漸う街の通りへ這いずり出すと、前回泊まったホテルの門番を叩き起こし、ありがたくも、ほどなく無事、部屋をあてがわれた。

シンシナティには一日しか留まらず、それからサンダスキーへの旅を仕切り直した。旅は二様の駅伝馬車旅行より成り、両者は、既に瞥見した旅のやり口と併せればほぼアメリカにおけるこの種の輸送の主立った特徴を網羅しようから、以下、読者諸兄を旅の道連れとして迎え、能う限りとっとくだんの距離をやりこなす誓いを立てさせて頂きたい。
まずもって目的地としたのはコロンバスで、シンシナティからはおよそ百二十マイルも離れているが、全線（もっけの幸い！）マカダム道路*が走っているので、時速六マイルで飛ばせる。

我々は午前八時にどデカい郵便馬車で出立するが、そいつの巨大な頬と来てはそれはめっぽう紅らみ、多血症っぽいものだから、ひょっとして卒中病みやもしれぬ。浮腫み性なのは間違いない。それが証拠、車内に一ダースは下らぬ乗客を詰め込めそうだ。が、お見逸れなきよう、ほとんど新車とあって、実に小ざっぱりとして明るく、陽気にガラガラ、シンシナティの通りから通りを駆け抜ける。

我々の道筋は豊かに耕作され、実り多き収穫の前途も洋々たる美しい田野を抜けるそれだ。時に、トウモロコシの峙った屈強な茎が散歩用ステッキの作付けかと見紛うばかりの畑を通りすがることもあれば、時に緑々《あおあお》とした小麦が迷路よろしき切り株の直中より頭を突き出している囲い地を通りすがることもある。至る所、雁木柵《がんきさく》が張り巡らされ、なるほど不様な代物には違いない。が農場はどこも小ぢんまりと管理され、くだんの相違をさておけば、今しもケントを旅している所やもしれぬ。

我々はしょっちゅう馬に水を呑ますべく路傍の旅籠に立ち寄るが、旅籠は必ずや懶く、ひっそり静まり返っている。御者は馬車から降り、バケツに水を汲み、馬の鼻面へ持って行く。手を貸そうとするほとんど誰一人いなければ、めったなことではその辺りに突っ立っているノラクラ者もいない。叩くべく軽口を持ち併せた厩仲間に至っては一人こっきり。時に組み馬《チーム》を替え果しても、またもや出立するのに手こずる。のは若駒を手懐けるお定まりのやり口のせいで——とはヤツをまずは取っつかまえ、無理矢理、馬銜を嚙ませ、それきりツベコベ言わさず駅伝馬車に捻じ込むという。が散々蹴ったり跪かれたりした挙句、どうにかこうにか渉が行き、またもや先と同様ガラガラ揺られ出す。

時折、我々が馬を替えるべく停まると、ほろ酔い機嫌の物臭野郎が二、三人、両手をズッポリ、ポケットに突っ込んだなりフラリとお出ましになるか、揺り椅子の中で踵を蹴ったり、窓敷居にゆったり寄っかかったり、柱廊の内側の手摺に腰かけたりしている様が見受けられよう。とは言え、めったなことでは我々にも、互い同士にも、口を利くネタを持ち併さず、ただなまくらに馬車と馬に目を凝らしたなりそこに座っているきりだ。旅籠の亭主は大方連中と連んでいるが、仲間の誰より稼業とは縁もゆかりもなさげな面《つら》を下げている。

実の所、亭主の旅籠に対すは、御者の馬車と乗客に対すが如し。縄張りの内にて何が出来しようとどこ吹く風。一向動じる所がない。

　たといしょっちゅう御者をすげ替えようと、連中の気っ風は似たり寄ったり、と言おうか大同小異。判で捺したように小汚く、むっつり塞ぎ込み、口が重い。よしんば精神的にせよ肉体的にせよ、何らかの手合いのキレの好さを内に秘めているとしても、そいつをひた隠しに隠す瞠目的才能に恵まれていると思しい。貴兄が御者台の奴の隣に掛けていようと向こうからは断じて話しかけぬし、もしや貴兄の方から話しかけようと、ほんのああ《イエス》とかいや《ノー》としか（たといともかく返答賜ろうと）返って来ぬ。路上の何一つ指差さねば、めったに如何なる代物にも目をやらぬ。どこからどう見ても、そいつにせよ人生全般にせよ、とことんうんざり来ているとあって。こと馬車の主人役を務める一件に関せば、奴の要件は、上述の如く、専ら馬にある。馬車が後からついて来るのは、そいつが馬に括りつけられ、車輪に載っかっているからであり、よもや貴兄が中に乗っているからではない。時に、延々たる旅程の仕舞い頃になると、いきなり選挙運動歌の調子っぱずれな端くれをガナり立て出すが、御尊顔はビクともせぬ。歌っているのは声だけで、そいつもめったなことでは。

御者は四六時中クチャクチャ煙草を嚙んでは、四六時中ペッペと唾を吐き、断じてハンカチなる足手纏いは身に帯びぬ。かくて御者台の乗客の食うトバッチリは、わけても向かい風が吹きつけようものなら、およそ好もしいどころの騒ぎではない。

　馬車が停まり、車内客の声が聞こえる折には必ずや、それとも傍に立っている者が乗客達か内一人に話しかけたり、乗客が互いに話しかけたりする折には必ずや、とある言い回しが何度も何度も何度も、耳にタコが出来るほど繰り返されるのが聞こえよう。そいつは種も仕掛けもない「イエス、サー」にすぎぬとあって、いい加減ありきたりにしてお先真っ暗げな言い回しだ。がありとあらゆる手合いの状況にしっくり来る所へもって、会話の間《ま》という間《ま》を埋めてくれる。以下の如く。

　時刻は午後一時。場所は我々が当該旅路において一息吐き、昼食を取ることになっている旅籠。馬車は玄関先に横付けになる。日和は暑苦しく、ノラクラ者が数名、旅籠のあちこちでブラブラ油を売りながら定食の支度が整うのを待っている。内一人は褐色帽子のいかつい御仁で、石畳の上の揺り椅子で前後に体を揺すっている。

　馬車が停まり、麦ワラ帽の御仁が窓から顔を覗かす。

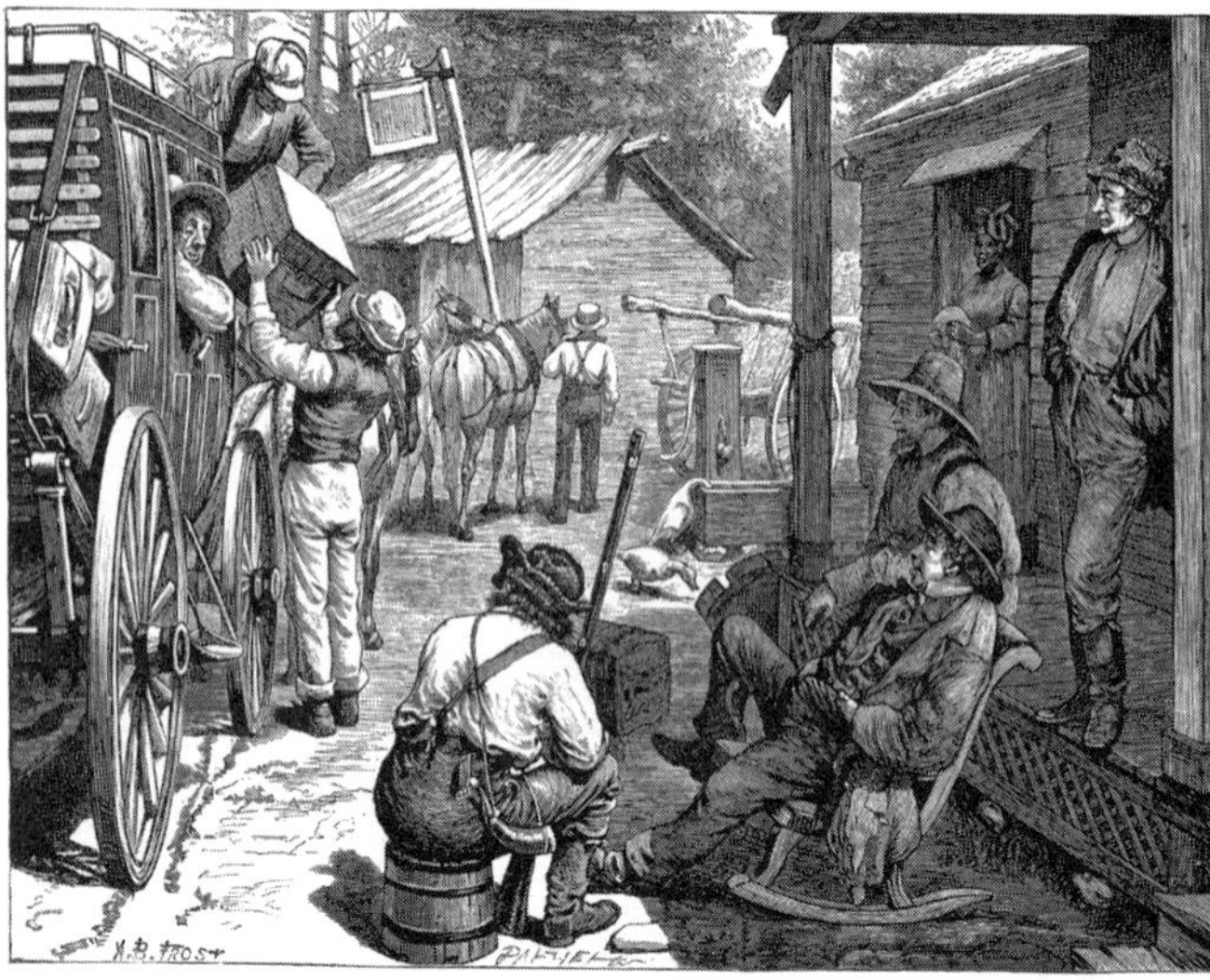

麦ワラ帽。（揺り椅子のいかつい御仁宛）ひょっとしてジェファソン判事では？

褐色帽。（相変わらず前後に体を揺すり、やたら悠長に口を利きながら、顔色一つ変えぬまま）イエス、サー。

麦ワラ帽。汗ばむほどですな、判事。

褐色帽。イエス、サー。

麦ワラ帽。先週はいきなり冷え込みましたが。

褐色帽。イエス、サー。

麦ワラ帽。イエス、サー。

しばしの沈黙。御両人、やたらしかつべらしげに互いに顔を見合わす。

麦ワラ帽。例の法人の訴訟にそろそろ片がつく頃では？

褐色帽。イエス、サー。

麦ワラ帽。評決はどうなりました、判事？

褐色帽。被告の勝訴です。

麦ワラ帽。（怪訝げに）イエス、サー？

褐色帽。（相づちめかして）イエス、サー。

両者。（各々、通りの先をじっと見はるかしながら物思わしげに）イエス、サー。

またもやしばしの沈黙。御両人、先よりいよよしかつべらしげにまたもや互いに顔を見合わす。

褐色帽。この馬車は今日は少々定刻より遅れているのでは。

麦ワラ帽。（眉ツバ物とばかり）イエス、サー。

褐色帽。（懐中時計に当たりながら）イエス、サー。かれこれ二時間近く。

麦ワラ帽。（腰を抜かさぬばかりにして、眉を吊り上げながら）イエス、サー！

褐色帽。（懐中時計を仕舞いながら、きっぱり）イエス、サー。

他の車内客も一人残らず。（口々に）イエス、サー。

御者。（やたらつっけんどんに）いや、そんなこた。

麦ワラ帽。（御者宛）はむ、よくは分からんが、この十五マイルはえらく手間取ったでは。というのは確かに。

御者はウンともスンとも返さず、見るからに、然に御当人の共感とも感情とも遙か懸け離れたネタがらみで侃々諤々やるを平に御容赦願っているものだから、別の乗客が口をさしはさむ。「イエス、サー」さらば麦ワラ帽の御仁は道連れの礼節に謝意を表し、相づちを打つ。「イエス、サー」麦ワラ帽はそれから褐色帽にカマをかける。この、自分（とは麦ワラ帽）が目下乗っている馬車は新《さら》では？　さらば褐色帽の返して曰く。「イエス、サー」

麦ワラ帽。やはり、でしたか。ワニスの臭いが鼻を突くようでは、判事？

褐色帽。イエス、サー。

他の車内客も一人残らず。イエス、サー。

褐色帽。（一行全般に）イエス、サー。

一行の会話力はこの時までには生半ならず苛酷な試煉を掻い潜り果しているものだから、麦ワラ帽は扉を開け、馬車から降り、他の面々も右に倣う。我々はその後ほどなく旅籠の宿泊客と共に昼食を取るが、紅茶とコーヒー以外飲み物がない。そいつらいずれ劣らずめっぽうマズく、水と来てはなお輪をかけてマズいので、小生はブランデーを注文する。ところが旅籠は禁酒旅館とあって、酒類は金を叩こうと叩くまいと、一切出さぬ。かくておよそ好もしからざる飲み物を旅人の不承不承の喉に無理矢理、流し込むの術はアメリカではしごくありきたりだ。が、小生はついぞかようのへっぴり腰の亭主連中が、さすが良心の呵責の為せる業、こちとらの料理の質と、料金との間にすこぶる微妙な釣り合いを保っている所にお目にかかったためしがない。どころか連中、火酒の販売にて懐を肥やせぬ腹癒せに、前者を落とし、後者を吊り上げているのではあるまいかとの下種の何とやらを働かさざるを得ぬ。詰まる所、然に良心がヤワに出来ているというなら、後は潔く、旅籠稼業から酒断《さかだ》ちよろしく足を洗う外あるまい。

　昼食が済むと、我々は玄関先でお待ちかねの別の馬車に乗り込み（というのも駅伝はその間《ま》にすげ替えられているから）、旅を仕切り直す。して夕刻まで、相も変わらぬ手合いの田舎を縫い続ける――さらばとある町に着き、そこにて紅茶と夕食を認《したた》めることになっている。かくて郵便局へ郵袋を届け果すとガラガラ、お定まりの店や屋敷の建ち並ぶ（反物商は必ずや軒先に看板代わりに真っ紅な布切れを吊るしているが）お定まりのだだっ広い街路を抜け、くだんの食事の仕度される旅籠へと乗りつける。ここには宿泊客が少なからずいるため、我々は大きな――いつもながらめっぽう陰気臭い――一座たりて腰を下ろす。が幸い、テーブルの上座《かみざ》には丸ぽちゃの女将が、向かいには当地へは古典を教えるべく、成就より前途の大いなるヤマを張ってやって来た、妻子同伴の素朴なウェールズ教師が、座っている。よって、食事が済み、別の馬車の仕度が整うまで話のタネには事欠かぬ。くだんの馬車にて、我々は今一度、皓々たる月明かりの下《もと》、真夜中まで旅を続け、そこでまたもや馬車を替えるべく停まり、燻《いぶ》った暖炉の上にワシントンのくすんだ石版画《リトグラフ》の掛かる惨めな部屋で三十分かそこら暇を潰す。テーブルの上には冷水の入った巨大な水差しが据えられ、そいつをむっつり塞ぎ込んだ乗客は揃いも揃って、まるでサングラド先生*の熱心な患者かと見紛うばかりにガブ飲みする。一座の中にはどデカい小僧並みにクチャクチャ煙草を噛むちんちくりんの小僧がいるかと思えば、詩を始めとし、ありとあらゆるネタがらみで算術的かつ統計学的にゴ託を並べる、ブンブンと蜂の羽音めいた懶げな口を利く御仁もいる。御仁は必ずや同じ調子で、ぴったり同じ力コブを入れ、やたらしかつべらしげな勿体をつけて話をする。御仁はつい今しがた外へ出て来たばかりで、小生相手にかく宣ふ。とある船長に掻っさらわれ、祝言まで挙げたとある若き御婦人の伯父貴がこの辺りに住んでいるのだが、この伯父貴はそれは恐いもの知らずの荒くれなものだから、たといイングランドまでくだんの船長の後を追って海を渡り、「姿を見かけ次第天下の公道でズドンと心臓をぶち抜いても」一向不思議はなかろう。小生はくだんの強攻策の成否がらみでは、半ば眠気を催している所へもってほとほとくたびれ果てていたこともあり、当座虫の居所が悪かったせいで、真っ向から異を唱えるに、もしや伯父貴殿は事実、そいつに訴えるか、似たり寄ったりの手合いの何か他のささやかな気紛れを満たしにかかろうものなら、とある朝《あした》中央刑事裁判所《オールド・ベイリー》にて時ならずして縊られることになろう。よってイングランドにさして長らく滞在せぬ内に必ずや御逸品がお入り用になろうだけに、遺書を出立前に作成しておくに如くはなさそうだと請け合った。

夜っぴて、我々は旅を続け、やがて夜が明け始め、ほどなく暖かな太陽の仰《のっ》けの陽気な光線が我々に斜《はす》に明るく当たり出す。日輪は見るからにとことん寄る辺無く、うらぶれ果てた、水浸しの芝草や懶い木々やむさ苦しい小屋より成る惨めな荒れ野にもそれなり光を降り注ぐ。が、荒れ野は正しく森の直中なる砂漠にして、緑の下生えは淀んだ水面《みなも》なる浮草といい対ジメつき、悍しく、毒キノコがぢくぢくと泥水の滲む地べたの稀な足跡に生えたり、丸太小屋の壁や床の割れ目から魔女の珊瑚茸《さんごだけ》さながらニョッキリ顔を覗かせたりしている。とある街の正しくとば口にのさばるには身の毛もよだつような代物もあったものだが。地所は幾年も前に購入されたはいいが、持ち主が見つからず、よって州としても開墾出来ずにいる。という訳で、そら、そいつはそこに、耕作と改良の真っ直中にて、何か重罪を犯した簾で芝草の猥りがわしくも蓬々に蔓延る呪われた地よろしくのさばっている。

我々はコロンバスへは七時少し前に着き、一昼夜、骨休みがてら滞在した。ニール・ハウスという名の、未だ完成してはいないものの実に大きなホテルに、どこかイタリアの邸宅の部屋さながら、光沢のある黒胡桃材の調度のふんだんに設えられ、見事な柱廊玄関と石造りのベランダに臨むすこぶるつきの続きの間《ま》が取れたお蔭で、これ幸いと。町は清潔で美しく、無論、遙かに大きくなる「予定」である。オハイオ州議会所在地であり、故に某かの配慮と勿体に対す権利を申し立てる。

翌日は、我々の取りたいと思っている進路には駅伝馬車が走っていなかったので、サンダスキーまで鉄道の通っている小さな町ティフィンへ行くのに、「臨時便《エクストラ》」を穏当な料金で雇った。この「臨時便《エクストラ》」というのは駅伝馬車の常の習いで馬と御者を替える、上記のようなごくありきたりの四頭立て駅伝馬車だが、その旅に限っては我々の貸し切りだった。所定の立て場で馬を替え、なおかつ見知らぬ旅人にヅカヅカ乗り込まれることのないよう、貸馬車業者は予め、道中ずっと随行する添乗員を御者台に手配していた。かくてお供を従え、おまけに美味な冷製肉と果物とワインをぎっしり詰めた手提げバスケットで身を固めると、我々は明くる朝六時半、すこぶるつきの上機嫌でまたもやガラガラ駆け出した。我々きりとは何ともゴキゲンではないかと、如何ほど難儀な旅であれ愉快に乗り切る気満々で。

然なる心持ちにあったとは、我ながらもっけの幸い。というのもその日我々の踏み越えた道は断固「晴天続き」ならざる腹のムシならば蓋し、「時化模様」より数インチ下まで滅入らすに十分だったろうからだ。とある折、我々は皆してどっさり、馬車のどん底へと突き落とされたかと思えば、また別の折には、屋根に頭をしこたまぶち当てていた。今や、片方の側《がわ》がズッポリ泥にのめずり込み、しゃにむにもう一方の側《がわ》にしがみついていた。かと思えば、馬車は二頭の後ろ馬《フィーラー》の尻尾の上に載っかっていた。かと思えばそいつは、気でも狂れたか、空《くう》をヨロヨロ登り、馬は四頭が四頭共到底越えられそうもない高みの天辺に突っ立ったなり、かく言わぬばかりに坦々とそいつを振り返っていた。「馬具を解いとくれ。さもなきゃお手上げだ」地べたを全くもって奇跡的なやり口で踏み越える、くだんの道筋に通じた御者は、沼や沢地をウネクネと螺旋状に縫う上で、然に組み馬《チーム》を捩《ねじ》っては捻《ひね》くり回すものだから、ひょいと窓から首を突き出したその拍子、対《つい》の手綱の端を握った御者が一見、何も駆っていない、と言おうか馬相手に戯れている片や、二頭の先頭馬《リーダー》がグイと馬車の後部より、何やら後ろから乗り込んで来かねぬ勢いで不意に貴兄を睨め据えている所に出会すことも稀ではない。道の大方は木の幹を沼地の中へ放り込み、勝手にそこにて沈むがままにさすことにて作られる所謂丸太道路《コーデュロイ・ロード》の上を走っている。かくてずっしり嵩張った馬車が丸太から丸太へと落ちれば、その揺れの如何ほどお手柔らかたろうと、まるで、と思われた訳だが、人体なる骨を一本残らず脱臼させてなお余りあったろう。他の如何なる状況にても似たり寄ったりの一連の感懐を味わうは土台叶はぬ相談――もしや、恐らく、乗合い馬車にてセント・ポール大聖堂の天辺まで駆け登ろうと捩り鉢巻きでかかるというのでなければ。その日、唯の、唯の一度として、馬車は我々が馬車なるものにおいて馴れ親しんでいる如何なる位置にも、体勢にも、動きの手合いにもなかった。ついぞ、ともかく車輪の上に載っかった如何なる類《たぐい》の乗物の踏む手続きに纏わる我々の経験にもこれきり歩み寄ったためしはなかった。

がそれでいて、清しい日和で、暑くも寒くもなく、なるほど我々は西部にては夏を置き去りにし、今しも見る間に春を打っちゃりつつはあったものの、ナイアガラの滝と祖国へ近づいていることに変わりはなかった。して正午近く、心地好い森で馬車を停め、倒木の上で弁当を食べ、いっとうの食べ残しはとある田舎家の住人に、いっとうお粗末なそいつらは豚共にくれてやると（何せ連中、田舎のこの辺りではカナダの我らが兵站部の大いなる救援物資たるに、海辺の砂粒よろしくウジャウジャ群がっているから）、またもや陽気に駆け出した。

夜闇が垂れ籠めるにつれ、道はいよよ、いよよ狭まり、挙句、然に木々の間に紛れ込んだものだから、御者はほんの第六感で道を縫ってでもいるかのようだった。が御当人、ぐっすり眠りこける心配だけはないとはせめてもの慰め。何せしょっちゅう、車輪が影も形もなき切り株に強かにぶち当たるせいで、曲がりなりにも御者台に載っかっていようと思えばめっぽうしっかと、めっぽうすかさず、しがみつかねばならなかったからだ。ばかりか、くだんの凸凹道とあらば馬は歩くだけで精一杯。蕎地に馬車を駆られる危険にこれきり怯える謂れもない。こと、馬がハッと胆をつぶして飛び退くことに関せば、そもそも飛び退く隙間がない。野生ゾウの群れとてかようの森の中とあらば、かようの馬車を踵《きびす》に括りつけたなり、トンヅラを決め込めはしなかったろう。という訳で我々は全くもって心安らかに、ヨロヨロ蹴躓き進んだ。くだんの切り株はアメリカ旅行にてはわけても興味の尽きせぬネタだ。日が暮れるにつれてそいつらが新参者の目に呈す色取り取りの幻影はその夥しさと現《うつつ》さ加減において全くもって瞠目的である。今やギリシアの壺が人気《ひとけ》ない野原のど真ん中にデンと据えられているかと思えば、今や女が独り墓ですすり泣いているかと思えば、今や白チョッキのどこにでもいそうな御老体が上着の両の袖ぐりに親指を突っ込んでいるかと思えば、今や学生が一心に本に読み耽っているかと思えば、今や黒人が蹲っているかと思えば、今や馬が、犬が、大砲が、鎧兜に身を固めた男が、立っているかと思えば、今や傴僂《せむし》がマントをかなぐり捨てざまハッと光の中へしゃしゃり出る。連中、小生にとっては間々、幻灯の中のその数だけのガラスに劣らず愉快千万にして、いっかな言いなりに姿形を変えようとするどころか、小生の好むと好まざるとにかかわらず、我と我が身を無理矢理押しつけて来るかのようだ。して時に、語るに奇しきことなれど、連中を目の当たりに勢い、いつぞやは童話の本にくっついている挿絵でお馴染みたりしものを、忘れて久しき絵姿をふと思い出したものだ。

ほどなく、そんな気散じにとて暗くなりすぎ、おまけに木々が互いにそれはひたと生い茂っているものだから、乾涸びた大枝が左右から馬車にガサガサぶち当たり、皆して頭を車内に引っ込めておかねばならなかった。ばかりか丸三時間というもの稲妻まで走り、閃光はどいつもこいつもやたら明るく、青く、長く、鮮烈な光線が密集した大枝越しに鋭く突き刺さる所へもって雷鳴がゴロゴロと木の天辺の上方で陰気に轟くとあって、つい、かようの折ともなれば鬱蒼たる森が庇を貸してくれるよりまだしもまっとうな御近所があろうにと怖気を奮わざるを得なかった。

とうとう、夜十時から十一時にかけて、遙か彼方に弱々しい明かりが二つ三つ見え始め、朝まで過ごすことになっているインディアン村、アッパー・サンダスキーが前方に茫と浮かび上がった。

村で唯一の居酒屋たる丸太旅籠の連中は早、床に就いていたが、ほどなく我々のノックに応え、壁にベタベタ、綴織代わりに古新聞の貼ってある、ある種厨、と言おうか談話室で茶を淹れてくれた。妻と小生の通された寝室は大きな、天井の低い、薄気味悪い部屋で、炉床には枯れ枝が山と積まれ、互いに面と向かい合った、掛け金らしきもののからきし御座らぬ二枚の扉は、どっちもどっち真っ暗闇と荒れ野に面し、如何でか、一方を閉《た》てれば必ずやもう一方が大きく開け放たれる仕組みになっていた——とは小生のついぞお目にかかったためしのなく、床に就いてからは嫌でも気にせざるを得ぬとあって、戸惑うこと頻りの家庭建築における新機軸たるに。というのも化粧鞄の中には旅費としてかなりの額の金貨が入っていたからだ。手荷物の某かを、しかしながら、羽目板にもたすことにて、当該難儀にはほどなく片がつき、小生の眠りは恐らく、たとい生憎そうしそくなっていたとて、その夜に限ってはさして乱されることもなかったろう。

小生のボストン友人（第九章注（二二九）参照）は屋根裏のどこぞの床《とこ》にまで登ってみれば、先客が早、高鼾をかいていた。堪忍袋の緒を切らすと、馴染みはまたもや床《とこ》を抜け出し、夜露を凌ぐに、折しも旅籠の正面で風に当たっている馬車に難を逃れた。こいつは、蓋を開けてみれば、思うツボとも行かなかった。というのも豚共が馴染みの臭いを嗅ぎつけ、馬車を中に何らかの類《たぐい》の肉の詰まったある種パイなものと早トチリし、グルリで然にブーブー悍しく鼻を鳴らしにかかったものだから、外へ出ように出られず、とうとう夜が明けるまでそこにてワナワナ震えながら横になっていたからだ。晴れてお出ましになったとて、奴の体をせめて一杯のブランデーなる手立てにて暖めてやるも土台叶はぬ相談。何せインディアン村にては州議会が実に見上げた賢しらな腹づもりの下《もと》、旅籠の亭主による酒類の販売を一切禁じているからだ。然なる石橋を叩いて渡ったとて、しかしながら、水の泡。それが証拠、インディアンは旅回りの呼売り商人《あきんど》からより高値にして、より粗悪な手合いの酒を買い求めるにおよそ吝かどころではない。

村はその辺りに居住するワイアンドット族の新開地である。朝食の一座の中に温厚な老紳士が紛れていた。老紳士は幾年となく合衆国政府によってインディアンとの交渉役として雇われ、その折も一定の年収の見返りに、来年どこか、彼らにあてがわれたミシシッピー川以西の、セントルイスよりなお気持ち向こうの土地へ引っ越すことを誓う協定をくだんの連中と結んだばかりであった。老紳士の話では、彼らは、宜なるかな、物心ついた頃から馴れ親しんでいる光景に、わけても一族の墓所に、強い愛着を覚えているだけに、なかなかそうした懐かしの場所を離れようとしないとのことであった。これまでもかようの引っ越しに、必ずや胸の痛む思いで、立ち会って来た——彼ら自身の身のためとは知りつつも。果たしてこの種族の間で立ち退くべきか留まるべきかについての争点がつい一両日前、建材の丸太の依然として旅籠の前の敷地に転がっている、そのためわざわざ建てられた小屋にて論じられた。討論が済むと、是と否が両側に分かれ、成人男性が順番に投票した。結果が発表された途端、少数派は（かなりの人数だったが）潔く多数派の意見に与し、全ての手合いの異議を取り下げた。

我々は後ほど、哀れ、これらインディアンが毛むくじゃらのポニーに乗っている所に出会した。彼らと来てはより惨めな手合いのジプシーに然にそっくりなものだから、もしや内幾人《いくたり》かを祖国で見かけていたなら、てっきりくだんの腰の座らぬ流離いの民《たみ》の端くれなものと思い込んでいたろう。

この町を朝食後直ちに出立すると、我々は昨日よりなお、などということがあり得るとすれば、悪い凸凹道をズンズン突き進み、およそ正午、ティフィンに到着し、そこにて「臨時便《エクストラ》」に別れを告げた。二時に汽車に乗ったが、固より軌道がお粗末な所へもって、地べたは沼地よろしく泥濘っているとあって、えらく手間取り、サンダスキーにはその夕刻、且々ディナーに間に合う頃合いに辿り着いた。かくてエリー湖畔の小さいながらも快適なホテルに宿を取り、その夜はそこに泊まり、翌日バッファロー行きの汽船が姿を見せるまで、おとなしく暇をつぶす外なかった。サンダスキーはやたら懶く、殺風景で、どこかしら季節外れのイングランドの湯治場《とうじば》の裏っ側に似ていなくもなかった。

我らが持て成し役は、客が快適に過ごせるよう、至れり尽くせり心を砕いてくれたが、男振りのいい中年男で、「生まれ育った」ニューイングランドから、この町へやって来ていた。小生はたとい亭主は帽子を被ったままひっきりなし我々の部屋に出入りし、つと足を止めては同じのん気で気ままな状態にて四方山話に花を咲かせ、我々のソファーに寝そべってはポケットから新聞を取り出し、ごゆるりと目を通したと言おうと、単にくだんの無くて七クセをお国柄として引き合いに出しているにすぎず、これきりグチをこぼしたり、えらく鼻持ちならなかったとあげつらおうというのではない。小生は定めて祖国にてはそいつら常の習いではないとの謂れをもって、かようの手続きに心証を害していようし、なるほど連中、常の習いでない所でならば不躾な振舞いには違いない。がアメリカにてこの手の気さくなヤツが唯一望んでいるのは、客を手篤く、懇ろに持て成すことでしかない。よって小生に亭主の立居振舞いを我らが英国の物差しと規範で計る筋合いは、して正直な所その気も、さらになかった——恰も御当人、かっきり女王陛下の近衛歩兵第一連隊に入隊するだけの背丈がないからというのでヤツと悶着を起こす筋合いもその気もさらにない如く。ことほど左様に、当該旅籠の女中頭たる愉快な婆さんにも目クジラ立てる気は毛頭なかった。この方、如何なる食事にてもいざ我々に傅くべくお越しになるや、いっとう使い勝手のいい椅子にヌクヌク腰を下ろし、爪楊枝代わりに歯をつっつくどデカいピンを取り出すやひたすらくだんの儀式を執り行ない、その間《ま》もずっと（もっと召し上がれと、ちょくちょくハッパをかけつつ）やたらしかつべらしげにして坦々と我々に目を凝らしていた——挙句皿を片づけねばならなくなるまで。我々にとっては、ここにおけるのみならず、他の何処にても、自ら為されたいと願うことは何であれ至って丁重にして快く、客の意に副いたい一心で、為されたというだけで、我々の要求は概ね悉く、捩り鉢巻きにて先手を打たれたというだけで、十分であった。

我々は到着した翌日、とは日曜だったが、当該旅籠で早目のディナーを認《したた》めていた。すると汽船が視界に入り、ほどなく波止場に横付けになった。汽船はバッファローへの途上にあるとのことだったので、我々は一目散に乗船し、ほどなくサンダスキーを遙か後方へ打っちゃった。

汽船は積載量五百トンの大型船で、装備は、高圧エンジンにてにせよ、見事だった。くだんのエンジンに出会すと、小生は必ずや、火薬工場の二階に間借りしたらば、恐らく経験しようかの手合いの感懐に見舞われたものだが。小麦を積んでいる関係で、くだんの商品の樽が一つならず甲板の上に並んでいた。船長は二言三言言葉を交わし、馴染みを紹介すべく近寄って来ると、これら樽の内一つに私生活なる酒神《バッカス》よろしく跨り、ポケットから大振りな折り畳みナイフを取り出すや、四方山話に花を咲かす間《ま》にも、端から薄片を刮げ落とすことにてそいつを「殺ぎ《フィトル》」にかかった。してそれは生半ならず気合いを入れ、捩り鉢巻きにて殺ぎに殺いだものだから、もしやほどなく呼び立てられてでもいなければ御逸品、丸ごと姿を消し、後にはほんの碾きガラだの削りクズだのしか残らなかったのではあるまいか。

低い堰が湖の方まで迫り出し、その上に風受けの拋げた風車よろしき、ずんぐりむっくりの灯台が立ち、引っくるめればオランダの暈し絵《ビネット》に見えなくもない平地に一、二箇所立ち寄った後《のち》、我々は真夜中にクリーヴランドに到着し、そこにて一晩中、して翌朝九時まで、床に就いていた。

小生はサンダスキーにて新聞の形《なり》なる御当地の文学の雛型を目にしていたせいで、この地には正しく興味津々であった。というのも記事は合衆国政府と大英帝国との間の係争点を調停すべく先達てアシュバートン卿*がワシントンに到着した一件がらみで蓋し、毒舌を揮い、読者諸兄宛アメリカはその幼少時イングランドを「ギャフン」と言わせ、その青春期にまたもやギャフンと言わせ、よってその壮年期にあって今一度ギャフンと言わさねばならぬのは火を見るより明らかである由告げ、真の全アメリカ国民に対し、もしやウェブスター氏が来る《きた》交渉において本務を全うし、再び英国男爵をとっとと祖国へ送り返せば、米国民が二年と経たぬ内に「ハイド・パークにて『ヤンキー・ドゥードル』を、ウェストミンスターの緋色の法廷にて『ヘイル・コロンビア』を！*」歌うは必定と啖呵を切っていたからだ。クリーヴランドは美しい町で、小生は幸い、つい今しがた引用した新聞の本社の外っ面を拝まして頂いた。生憎、くだんの論説を物した才子に相見ゆ栄には浴さなかったが、さぞやそれなり傑人にして、選りすぐりの読者の間では令名を馳せているに違いない。

船にはとある御仁が乗り合わせ、御仁にとって小生は――我々の特等室と、御仁と妻君が話しをしている船室との間の薄い仕切り越しに聞くともなく洩れ聞いた所によらば――端なくも大いなる気がかりのタネとなっていた。何故《なにゆえ》、如何で、かは与り知らねど、小生は御仁の念頭からついぞ離れず、鼻持ちならぬこと夥しいかのようだった。まずもって小生には御仁がかく宣うのが聞こえた――一件のいっとう妙ちきりんな所は、御仁はそいつを正しく小生の耳許で囁き、たとい御当人、小生の肩に寄っかかったなりヒソヒソ耳打ちしていたとて然まで生々しく垂れ込めはしなかったろうという点にある訳だが――「ボズはまだ同じ船の上だぞ」かなり間《ま》が空いていたと思うと、御仁はグチっぽく言い添えた。「ボズはやたら引っ籠もってばかりいるな」とは蓋し、仰せの通り。というのも体調が思わしくなく、本を手に臥せていたからだ。これで漸う厄介払いして下されたかと思いきや、豈図らんや、長らく沈黙が流れていたものの――その間《かん》御仁はどうやら左右に悶々と寝返りを打ち、懸命に眠りに就こうとしているようだったが――またもやいきなり不平を鳴らした。「ボズはひょっとして、その内本を出して、我々の名をそっくり並べ立てる気かもしらんぞ！」との、ボズと同じ船に乗り合わせた疑心暗鬼の顚末を前に、御仁は呻き声を洩らすや、黙りこくった。

　我々はその夜八時にエリーの町に寄港し、そこに一時間ほど碇泊した。明くる朝五時から六時にかけて、バッファローに到着し、そこにて朝食を取ったが、然に大瀑布に近いとあらば到底他の何処にても辛抱強く待つこと能はなかったので、同じ朝九時には早ナイアガラへと汽車で向かっていた。

　それは惨めな日だった。身を切るように底冷えのする。湿っ気た霧が垂れ籠め、くだんの北方の地にて木々はすっかり葉を落とし、やたら冬めいていた。汽車が停まる度、小生は轟音に耳を澄ませ、川がそちらへ滔々と流れている所からして、滝があるに違いないとは先刻御承知の方角へ絶えず目を凝らしていた。水飛沫が見えるのは今か今かと固唾を呑んで。汽車が停まる二、三分足らず前、にしてそこで初めて、巨大な対《つい》の白雲《しらくも》がゆっくり、厳かに地の底より立ち昇るのが目に入った。が、それきりだった。とうとう我々は汽車から降り、さらば初めて、激流の轟音が聞こえ、大地が足許で震えるのを感じた。

　堤は切り立ち、雨と半解けの氷のせいで滑り易かった。如何で辿り着いたものか今に定かならねど、小生はほどなく底に降り立ち、こちらへ過りながら小生と肩を並べていた二人のイギリス将校と共に轟音に耳を聾され、水飛沫に目つぶしを食い、ずぶ濡れのなり、砕け岩を攀じ登っていた。我々はアメリカ滝の袂にいた。どこか遙か高みより巨大な奔流が真っ逆様に流れ落ちて来るのは見て取れたが、形状も、位置も、漠たる巨大をさておけば何一つ、見当がつかなかった。

　皆で小さな渡し船に乗り、双方の瀑布の直ぐ前の水嵩の増した川を過る内、小生はそいつの何たるかを感じ始めた。が、ある種呆然としてもいたので、その場の光景の広大さは今一つ呑み込めなかった。テーブル・ロックに突き当たり、晴れて――いやはや、何と明るい緑の滝たることか――目にして初めて、ナイアガラはその力強さと威厳を十全と具えて、眼前に立ち現われた。

　それから、何と「造物主」のすぐ側《そば》に立っていることか肌で感じるや、途轍もなき光景の初っ端にして不変の感銘は――即座にして永遠のそれは――「平穏」であった。心の「平穏」、静謐、死者に纏わる長閑な追憶、「永遠の休息」と「幸福」を巡る大いなる想念、であり、陰鬱や恐怖は微塵も紛れていなかった。ナイアガラは立ち所に小生の心に「美の象徴」として刻みつけられ、刻みつけられたが最後、そいつの脈が打つのを止めるまで永久《とは》にそこに、まざまざと、つゆ変わることなく、留まり続けよう。

おお、呪《まじな》われた「彼《か》の地」にて過ごせし忘れ難き十日間というもの、何と日常生活の喧騒や煩悶の我が視界より遠退き、遙か彼方にてちっぽけに映ったことか！ 何たる声が耳を聾さぬばかりの滝から語りかけ、この地の表《おもて》より褪せし何たる顔がその輝かしき深みから小生を見つめ、何たるこの世ならざる前途がかの天使の涙にてキラめいたことか――グルリに降り注がれ、移ろう虹の成す絢爛たるアーチに絡みつく色取り取りの雫たる！

小生はその間《かん》、最初に行っていたカナダ側《がわ》を一度たり離れなかった。二度と再び川を渡ろうとしなかったのは、向こう岸には人がいると分かっていたからだ。してかようの場所で見知らぬ一行を避けるのはしごく当然の成り行きではないか。小生は一日中あちこちさ迷い、大瀑布をありとあらゆる角度から眺めさえすれば――巨大なカナダ滝の端に佇み、滔々たる奔流が水際に近づくにつれて激しさを増し、がそれでいて下方の深淵へと突っ込む前に一呼吸置いているやに映るのに目を留めさえすれば――どっと下《くだ》り来る激流を川の水平面から見上げさえすれば――近隣の高台に登り、木立越しに目を凝らし、早瀬で渦を巻いている流れがいざ、そら恐ろしくも真っ逆様に飛び込むべく驀地に先を急いているのを目にしさえすれば――三マイル下方の厳かな岩の蔭でグズグズとためらい、川が、何ら目に清かなる謂れにては掻き乱されていぬものを、それでいて遙か水面下にては巨大な跳躍故に逆巻いているとあって、波打っては渦巻いては谺を喚び起こすのを見守りさえすれば――日光や月明かりに照らされ、陽が傾けば真っ紅に染まり、夕闇がいつしか迫れば灰色にくすむナイアガラを眼前に据えさえすれば――そいつを来る日も来る日も打ち眺め、夜にハッと目覚めるやその絶え間ない声を耳にしさえすれば――それだけで事足りた。

小生は今や静かな季節の巡る度、惟みる――依然、くだんの奔流は日がな一日ウネくっては跳ね、哮ってはもんどり打ち、依然、虹は百フィート下方にてそいつらに架かっているのだろうと。依然、日が射せば溶融した金さながらキラキラ、キラめいては輝き、依然、日和が憂はしければ雪のように舞い落つか、巨大な白亜の絶壁の正面さながらボロボロ崩れ落ちるやに映るか、濛々たる白煙さながら岩をウネり下《くだ》っているのだろうと。が必ずや巨大な流れは落ちる側《そば》から息絶えるやに思われ、必ずやその計り知れぬ墓所より、「暗黒」が海神《わたつみ》に黒々と垂れ籠め、ノアの大洪水以前のかの最初の洪水――光――が神の御言葉の下《もと》万有の上にどっと降り注がれて以来、ひたすら由々しくも厳かにこの地に取り憑いて来たかの、断じて鎮められることなき水飛沫と霧の途轍もなき亡霊が蘇る。

第十五章　カナダにて。トロント、キングストン、モントリオール、ケベック、セント・ジョンズ。再び合衆国にて。レバノン、シェーカー村、ウェストポイント

小生は合衆国の社会的様相とカナダにおける英国領土のそれとの比較を試みる、と言おうか対比を行なうことは差し控えたい。との謂れをもって、後者の版図における我々の旅の記録は極力手短に切り上げるつもりだ。

ナイアガラを後にする前に、ただし、くだんの滝を訪うためしのある如何なる嗜み深き旅人の目にも留まらずばおくまいとある疎ましき状況に触れねばならぬ。

テーブル・ロックに案内人の所有する田舎家があり、そこにては滝のささやかな記念品が売られ、観光客はそのため置かれた帳簿に名前を記載するようになっている。その数あまたに上るくだんの大冊の保管されている部屋の壁には次なる但書きが貼られている。「観光客の方々は何卒ここに保管されている登記簿や詩歌集より至言や詩的発露を複写もしくは抜粋なさらぬよう」

当該クギを差して頂いていなければ、小生とて御逸品を恰も客間の書籍さながらさもさりげなさげに散蒔かれているテーブルの上に載ったまま打ちやっておいたろう――早、額に入れて壁に飾られている、各々竜頭蛇尾で締め括られた数行の詩連《スタンザ》の途轍もなき愚かしさにとことん得心が行っていただけに。くだんのお触れを、しかしながら、目にしたからには、果たして如何なる手合いの名句が然に丹念に仕舞われているものやら詮索好きのムシが目を覚まし、頁を二、三枚めくってみれば、未だかつて二本脚のブタがお蔭で浮かれたためしのないほど穢らわしくも猥りがわしき下卑た文言が所狭しと書き列ねてあった。

我らが同胞《はらから》の中に、あろうことか、「自然の女神」の最大の祭壇の正しく上り段に己《おの》が惨めな冒瀆を捧げて喜べるほど愚にもつかぬ如何わしい獣がいると思うだに屈辱を禁じ得ぬ。が、これら冒瀆が同じブタ仲間が恩恵に浴せるよう後生大事に仕舞われ、如何なる目にとて触れよう公の場所に保管されているとは、そいつらの物されている英語にとっての面汚しにして（当該記載の内英国人によって綴られたものは、ただし、ほとんどなさそうだったが）、御逸品の保管されている英国側にとっての名折れに外ならぬ。

ナイアガラにおける英国軍の営舎は清しく美しい場所にあ

る。中には、元はと言えばホテルとして設計された、滝の上方の平地に立つ大きな一軒家のものもある。して、夕暮れ時など、女子供がバルコニーから身を乗り出し、男達が玄関先の芝地でボール遊びや他のゲームに興じているのを見守っている様は間々、陽気と活気のささやかな一幅の絵を呈し、かくてくだんの道筋を通りすがるは全き愉悦となる。

一国と他国との境界線がナイアガラほど極めて狭い如何なる駐屯地においてであれ、軍隊からの脱走は必ずや頻繁に出来しよう。して兵士が反対側にて待ち受ける幸運と解放に纏わることよなく荒らかにして狂おしき願望に駆られてみれば、かようの場所が不正直者の心に掻き立てよう裏切り者に転ずる衝動が鳴りを潜めるとは考え難い。とは言え、事実脱走した兵士がその後幸せになったり満ち足りた思いをするのはごく稀で、彼らが傷ましい失望や、もしや恩赦や寛容な処遇を保証されさえすれば、元の服務に戻りたいとの切なる願いを表白する事例は枚挙に遑がない。連中の同僚の多くは、にもかかわらず、折々同じ轍を踏み、当該腹づもりの下《もと》川を渡ろうと試みる上で可惜しょっちゅう命を落とす。先達ても一人ならざる兵士が向こう岸まで泳ぎ着こうと目論む上で溺死し、内一人は前後の見境もなく筏代わりにテーブルに身を預けたばっかりに、渦の方まで押し流され、そこにてズタズタに切り苛まれた溺死体は幾日もの間《かん》グルグル、グルグル旋回していたという。

小生自身としては滝の音は誇張されすぎているような気がしてならぬ。これは滝水の受け入れられる巨大な滝壺の深さを考慮に入れればそれだけ得心が行こう。そこにおける滞在の間《かん》一度として、風は吹き荒んでも荒れ狂ってもいなかったが、我々は日没の極めて静かな折ですらついぞ、三マイルしか離れていない所でしょっちゅう耳を澄ませたにもかかわらず、滝の音を耳にしなかった。

クィーンズトンは、くだんの地にて汽船がトロントへ向けて出航するが（というよりむしろくだんの地に汽船の立ち寄る、と言うべきか。というのも埠頭は向かい岸のルーイストンにあるから）、ナイアガラ川が紺碧の水を湛えて滔々と流れる素晴らしい谷間《たにあい》にある。そこへの道筋は町がその蔭に包まれている高みをウネクネと縫い、この箇所からの眺望は正しく絵のように美しい。くだんの高みの一際目立つ所に、凱歌を挙げた後《のち》にアメリカ軍との戦いで戦死したブロック将軍*を偲んで英領州議会によって建立された記念碑が立っていた。この記念碑を二年ほど前に、重罪犯として目下投獄されているか、最近されたかのレットという名の奴と思しき破落戸が爆破し、記念碑は今や憂はしき成れの果てたりて、鉄の手摺の長い端くれを天辺からゲンナリしなだれさせ、野生の蔦の枝、と言おうか折れたブドウの茎さながらブーラリブーラリ、右へ左へ揺らしている。この彫像をとうの昔にやって然るべきだったろう如く、公費で修復することは、一見したより遙かに肝要と思われる。というのもまず第一に、祖国のために戦った者の栄誉を称えて築かれた記念碑を正しく当人が命を落とした場所にてかようの状態のまま放置しておくというのは英国の沽券に関わろうから。第二に、記念碑が目下の状態にあるのを目の当たりにしたり、記念碑を然なる羽目に陥らせた未だ裁かれざる蹂躙を思い起こせば、およそここなる英国臣民の間の国境感情はなだめすかされたり、彼らの国境反目や不和が鎮められたりするどころではなかろうから。

小生はそのお越しを我々の待っている汽船の前に出航する予定の汽船に乗客が乗り込むのを見守り、胸中、とある軍曹の妻君が取り乱した片方の目をじっと、セカセカ船に荷を担ぎ込んでいる赤帽連中に、もう一方の目を身上丸ごとの内でいっとう取るに足らぬだけに格別御執心と思しき箍の外れた洗濯盥に凝らしたなり、なけなしの家財を気づかわしげに掻き集めているのに他人事ならず気を揉んでいた。すると新兵を連れた三、四名の兵士がやって来るなり、乗船した。

新兵は筋骨逞しい、均整の取れた体つきの末頼もしげな若造だったが、およそ素面どころではなかった。と言おうか実の所、ここ数日間、大なり小なり酔っ払っていた男の風情を余す所なく漂わせていた。若造は先に小さな包みを吊る下げたステッキを肩に担ぎ、口に寸詰まりのパイプをくわえていた。して新兵なるものの通常能う限りにおいて埃まみれにして泥だらけで、靴は生半ならぬ距離を徒《かち》でやりこなして来たこと一目瞭然であった。が当人は剽軽玉を飛ばしに飛ばし、この兵士と握手をしては、あの兵士の背をポンポン叩いては、のべつ幕なし、さすが叫《おら》びがましき物臭野郎ならでは、ペチャクチャしゃべくっては腹を抱えていた。

兵士は当該キレ者と一緒に、というよりむしろ奴をダシに、腹を抱え、かく言わぬばかりにして、手の中の籐杖を真っ直ぐ伸ばしたり、テラついたストック・タイ越しに坦々と奴を見守りながら立っていた。「好きにするがいい、新米、羽目を外せる限りはな！　その内思い知らされようが」さらばいきなり新参者は――やたら喧しく浮かれ騒ぐ上で舷門の方へ後退っていたものだから――連中の目の前で船外へもんどり打ち、猛然と水飛沫を上げざま汽船と船溜まりの間の川の中へ落ちた。

小生は未だかつてくだんの兵士達に瞬く間に訪れた様変わ

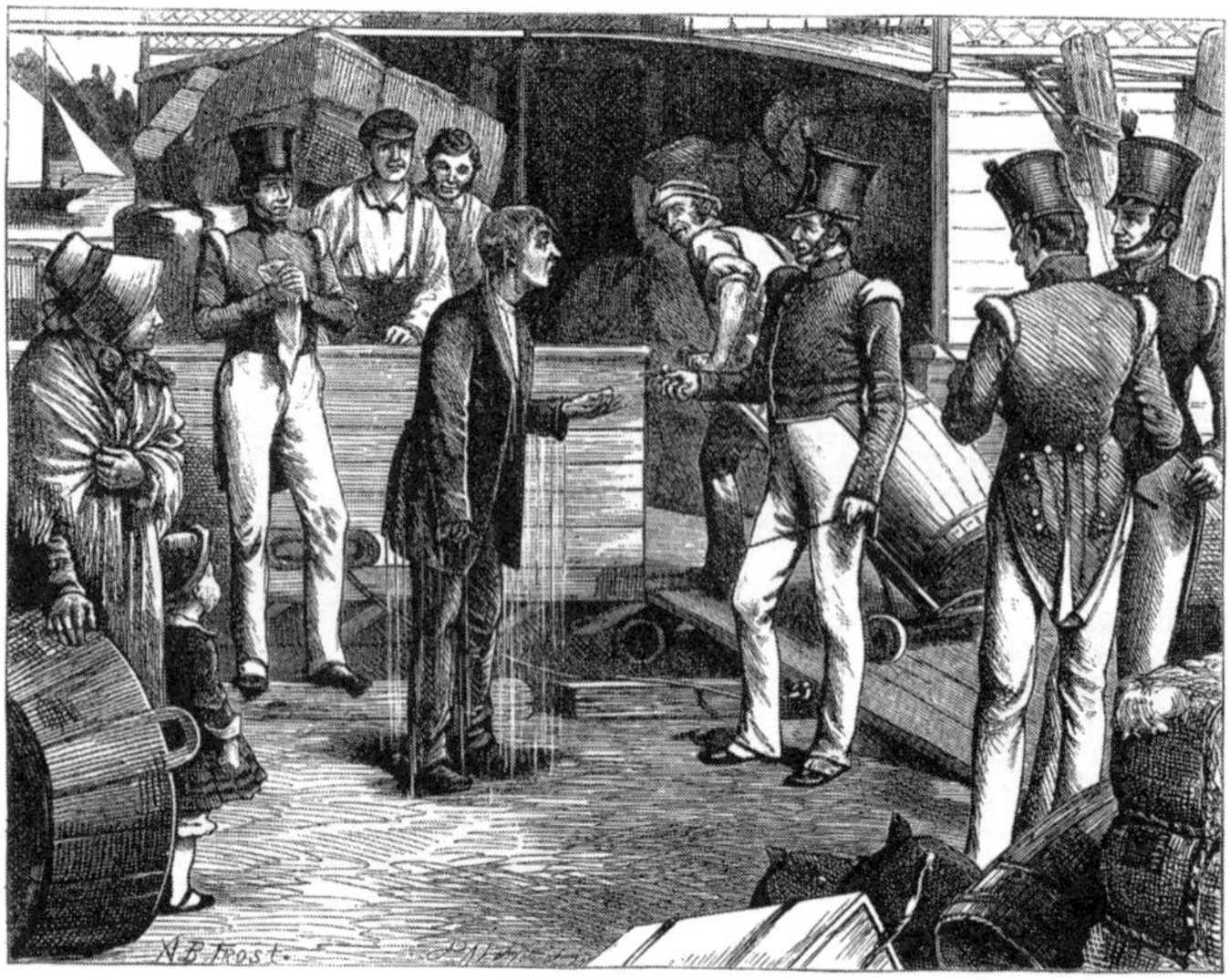

りほどすこぶるつきの代物を目にしたためしはなかった。新兵が未だ水中に沈むか沈まぬか、彼らのそのスジの物腰は、堅苦しさやよそよそしさは、そっくり失せ、連中、正しく捩り鉢巻きでかかっていた。かくて目にも留まらぬ早業で、奴を再び大御足を仰《のっ》けに、上着の裾を目の上までめくり上がらせ、身に纏いつく何もかもを逆さに吊る下げ、擦り切れた一張羅の糸という糸からポタポタ滝のような水をしたたらせたなり、引こずり上げた。が奴を真っ直ぐ立たせ、カスリ傷一つ負っていないと見極めたその刹那、またもや兵士たりて、テラついたストック・タイ越しに先よりなお坦々と落ち着き払って新兵に目を据えた。

　半ば素面に戻った新兵はしばし、何はさておき命拾いの礼を言わねばとばかり、辺りを見回した。が連中が揃いも揃って何食わぬ面《つら》を下げているのを目の当たりにし、そこへもって一行の誰より懸命に助太刀に乗り出していた兵士に悪態もろともずぶ濡れのパイプを突き出されるに及び、そいつを口にくわえるや、ぐしょ濡れのポケットにズッポリ、両手を突っ込み、服から水気を振り払おうとすらせぬまま、口笛を吹き吹き甲板を歩きにかかった。さながら何事もなかったかのように、とまでは行かずとも、固よりその気でかかっていたからには思うツボもいい所、とでも言わねばかりに。

　この汽船が埠頭を離れるやすかさず我々の汽船がお越しになり、かくて我々はほどなく、片側にアメリカの星条旗が、反対側にイングランドのユニオン・ジャックが、ハタめくナイアガラ川の河口に差し掛かった。が、双方の国旗と来ては然に互いについ目と鼻の先なものだから、いずれの要塞の歩哨も間々他方の合言葉が交わされるのが聞こえるほどである。河口から我々はオンタリオなる淡水湖へと乗り出し、六時半までにはトロントに到着していた。

　この町の周辺の田舎はめっぽう平坦なせいで、景観の興趣には欠ける。が町そのものは活気と躍動と、賑いと、商いと、改良に満ち溢れている。街路はしっかり舗装され、ガス灯が灯され、家屋敷は大きく立派で、店は素晴らしい。して内多くはイングランドの羽振りのいい州都でお目にかかれるやもしれぬような商品をウィンドーに陳列し、中にはロンドンそのものの顔にすらドロを塗るまい店も一軒ならずある。当地には石造りの堅牢な監獄があるのみならず、立派な教会や、裁判所庁舎や、官庁や、幾多の広々とした私邸や、磁気偏差を観測し、記録する国立気象台もある。市の公共施設の一つであるアッパー・カナダ大学（現トロント大学）にては学生の一年間の授業料が英貨九ポンドを越えぬとあって、全人文学分野の正統的な教育が極めて穏当な学費で受けられる。土地の点で実に豊かな基本財産を有しているだけに、貴重にして有益な施設と言える。

　新たな大学の最初の礎が数日前、総督によって据えられた。広々として見事な学舎へ至る長い並木道には既に木が植えられ、人々が自由に散歩出来るようになっている。町は季節を問わず健やかな運動に打ってつけだ。というのも目抜き通りの先に伸びる大通りの歩道には床さながら板が張られ、手入れも実に小ざっぱりと行き届いているからだ。

　誠に遺憾ながら、当地にては政治上の諍いが激化し、言語道断にして不面目極まりない結果が出来した。先日、この町のとある窓から選挙の当選者達へ向けて銃が発砲され、内一人の御者が、重傷には致らなかったものの、事実、銃弾を受けた。がとある男は同じ折に命を落とし、致命的な弾《たま》の撃たれた正にその窓からは加害者を（犯行におけるのみならず、結末からも）守った正にその旗がまたもや、総督によって執り行なわれた上述の公的儀式の折にも翻った。虹色全色の内、然なる要件で狩り出され得るのは一色しかなく、くだんの旗は、言うまでもなく、オレンジ色だった*。

　トロントからキングストンへ出航する時刻は正午である。翌朝八時までには、旅人はオンタリオ湖を過り、途中ポート・ホープとコバーグに立ち寄る汽船によってやりこなされる旅路の果てに辿り着く――後者は因みに、陽気な、羽振りの好い、小さな町だが。大量の小麦がこれら汽船の船荷の主要品目を成し、我々の乗った汽船にはコバーグとキングストン間だけでも千八十バレルもの小麦が積まれていた。

今やカナダ政府所在地たる後者の場所はつい最近発生した火災の被害のせいでその市場《いちば》の見てくれにおいていよよ貧相な面《つら》を下げた、やたら貧相な町だ。実の所、ことキングストンに関せば、町は半ば焼け尽くされ、残る半ばは未だ建設されていないやに見受けられると言っても過言ではなかろう。総督官邸は優美でも広々としてもいない。がそれでいて界隈でほとんど唯一、肝要な建物だ。

ここには、ありとあらゆる点において十全として聡明に管理され、規律正しく統制された模範的な牢獄がある。囚人は靴造りや、縄綯いや、鍛冶師や、仕立て屋や、大工や、石工として狩り出され、完成間近なる新牢獄の建設にも携わっている。女囚は針仕事に忙しない。中に、投獄されて三年近くになる齢二十《はたち》の美しい娘がいた。娘はカナダ叛乱の間《かん》、ネイヴィー島における自称愛国者達*のために秘密急送公文書の使者として活動するに、時には少女の出立ちで、文書をコルセットに隠して運んだり、時には少年に身を窶し、文書を帽子の裏打ちに潜めたりしていた。後者の役所《やくどころ》にては必ずや少年さながら馬を乗りこなしたが、そいつはお手のもの。というのもおよそ人間の手綱を取り得る如何なる馬をも御し、この辺りでは並ぶ者なき鞭捌きで四頭立て馬車を駆れたからだ。とある愛国的使命の下《もと》出立した折、少女はともかく掻っさえそうな最初の馬を盗み、当該犯罪の簾で目下の所へ引っ立てられた。すこぶる器量好しだったが、読者諸兄も早、上記の来歴のあらましから御明察の通り、明るい目には悪魔が潜み、そいつが牢格子の間からやたら爛々とこちらの様子を窺っていた。

ここには堅牢な耐爆要塞が築かれ、際立った位置を占めているだけに、必ずや本務を全うしよう。とは言え、町は国境に余りに近いため、騒乱時に目下の目的のために長らく持ち堪えられようとは想像し難い。近くには小さな海軍工廠もあり、政府の汽船が二艘建設中にして、強かに渉が行っていた。

我々はモントリオールへ向け、五月十日の朝九時半にキングストンを発ち、汽船でセントローレンス川を下《くだ》った。この気高き川の美しさは、ほとんど如何なる箇所においても、がわけても数知れぬ島の間を蛇行する当該船旅の仰《のっ》けにては、ほとんど想像を絶す。これら、どいつもこいつも木々の緑々《あおあお》として鬱蒼と生い茂る無数の島が連綿と続き――その大きさの色取り取りたるに、中にはぶっ通しで三十分もの間《あいだ》川の向こう岸かと見紛うばかりに大きなものもあれば、中には川の広々とした胸の上なるほんの黶にすぎぬほど小さなものもあるが――果てしなく多種多様の形状を成し――そこに育つ樹木は夥しくも美しい絢い交ぜの姿形を呈し――眼前の景観は、総じて、徒ならぬ興趣と愉悦に満ちた一幅の絵を織り成す。

午後、我々は早瀬を下《くだ》るが、そこにて川は沸々と異様に沸き上がる側《そば》から泡立ち、奔流は真っ逆様に、途轍もない勢いで流れる。七時にディケンソン波止場に着き、そこから旅人は二、三時間ほど駅伝馬車に揺られる。というのもその間《かん》、川の航行は早瀬のせいで然に危険極まりなくも難儀になるため、汽船は運行しないからだ。くだんの水路間陸路《ポーティジ》は固より道が悪く、旅は遅々として進まぬが、然にその数あまたに上る所へもって延々と続くだけに、モントリオールとキングストン両市の間の道は少なからず退屈だ。

我々の進路は川岸から少し離れた、囲いのない広大な田野を突っ切り、岸辺からはセントローレンス川の危険区域の明るい警告灯が煌々と照っていた。夜闇は暗く、身を切るように冷たく、道はやたら佗しかった。十時近くになって漸うお次の汽船の碇泊している波止場に到着し、乗船するや床に就いた。

汽船はそこに夜通し碇泊し、夜が明けるが早いか出航した。朝《あした》は激しい雷雨によって請じ入れられ、篠突くような雨が降り頻ったが、次第に雨脚が鈍り、晴れ間も出て来た。朝食後、甲板に出てみれば、流れに乗っておよそ三十から四十に垂んとす小屋と、少なくともその数だけの旗棹の立ち並び、かくて海洋街路に見えなくもない超弩級の筏が漂って来るものだから、腰を抜かしそうなほどびっくりした。後ほどその手の筏を幾艘も目にしたが、かほどにどデカいのはついぞ。セントローレンス川を運ばれる材木《ティンバー》、と言おうかアメリカ流に言えば用材《ランバー》は全てくだんの流儀で川を下《くだ》る。筏は目的地に着くや、解体され、資材は売り捌かれ、船頭はお次のそいつを調達すべく引き返す。

八時に我々はまたもや陸《おか》に上がり、四時間ほど耕作の行き届いた清しい田野を駅伝馬車に揺られた。その辺りはどこからどこまで文句なくフランス風だった――田舎家の佇いにせよ、百姓の風情や言語や出立ちにせよ、店や居酒屋の看板にせよ、路傍の聖母マリアの祠《ほこら》と十字架にせよ。土地の労働者や小僧はほとんど一人残らず、素足にもかかわらず、腰の周りに何か明るい色の――概ね赤い――帯を巻き、野原や庭で汗水垂らし、ありとあらゆる手合いの野良仕事をこなしている女は皆が皆、とびきりツバの広い大きな平たい麦ワラ帽を被っていた。村の通りにはカトリック教司祭や愛徳会修道女*の姿が見受けられ、十字路の隅や他の公共の場にはキリスト像が立っていた。

正午に、我々はまたもや別の汽船に乗り、三時までにはモントリオールから九マイル離れたラシーヌ村に到着し、そこにて川を後にし、陸路を進んだ。

モントリオールはセントローレンス川の際の清しい場所に位置し、背後には魅力的な騎馬道や馬車道の走る険しい高台がそそり立つ。街路は時代を問わぬ大方のフランスの町におけるが如く、概ね狭く曲がりくねっているが、街のより近代的な箇所では、広々として風通しが好い。通りには色取り取りの羽振りの好さげな店が建ち並び、市内にも郊外にも瀟洒な私邸が数多く見受けられる。御影石の埠頭の美しさ、重厚さ、広大さは特記に値しよう。

当地には最近建てられたばかりの壮大なカトリック教会があり、二本の尖塔の内一塔は未だ完成していない。この建物の正面の広場にはぽつんと、見るからに陰気臭い方形のレンガの塔が立ち、如何にも風変わりで、人目を惹くため、街の知恵者は直ちに取り壊すよう決定しているらしい。総督官邸はキングストンのそれより遙かに立派で、町は活気と賑わいに満ちている。郊外の一つには長さ五、六マイルに垂んとす板張りの――歩道ではない――道路があり、しかもすこぶるつきのそれだ。近隣の騎馬道という騎馬道は春がいきなり訪れるせいで二層倍興趣に富む。というのもここにて春は然に足早にやって来るとあって、不毛の冬から夏の華やいだ瑞々しさへは正しく一足飛びだからだ。

ケベックへの汽船は夜の内に旅をやりこなす。即ち、モントリオールを夕刻六時に発ち、ケベックには翌朝六時に着く。我々はこの遠出をモントリオールにおける（二週間以上に及ぶ）滞在中に行ない、その趣きと美しさに魅せられた。

この、アメリカのジブラルタルによって旅人に刻まれる印象は――その目眩く高みは――言はば、宙に浮いた城砦や、絵のように美しい急な通りや、苦ムシを嚙みつぶしたアーチや、角を曲がる毎、目に飛び込んで来る素晴らしい眺望は――無類にして不変だ。

それは忘れべからざる、と言おうか記憶の中で他の場所と混同されたり、旅人の想起し得る幾多の光景の中にて片時たり変えられたりすべからざる地だ。この極めて風光明媚な街の数々の現実とは別箇に、街には砂漠をも興趣に富ますに足る連想が纏いつく。ウルフと彼の勇敢な僚友がその突兀たる岩壁を栄光へと登り詰めた危険な断崖――彼が致命傷を負ったアブラハム高原――モンカルムによって然に雄々しく守られた砦*――未だ生きている間《ま》に砲弾の爆破によりて穿たれた、兵《つはもの》たる彼の墓――はその就中、と言おうか史上、数ある武勲の就中、傑出したものに数えられよう。そいつは勇敢な二人の将軍の思い出を不朽にし、彼らの名の共に刻まれた、両大国に実に付き付きしい気高き記念碑でもある。

　街には公共施設やカトリック教会、並びに施療院が数多く建ち並ぶが、その並外れた美しさが眼前に広がるのは旧総督官邸址と城砦からの眺めにてである。草原や森や山の高台やせせらぎに富む、目も綾な渺茫たる田園が一眸の下《もと》見はるかせ、そこにては幾マイルもに及ぶカナダの村落が光景に走る葉脈さながら長く、真白き縞たりてキラめき――間近なる旧びた小高い町にては数知れぬ切妻や、屋根や、煙突の通風管が一緒くたに折り重なり――麗しきセントローレンス川は陽光の中、目映いばかりにキラめき渡り――貴兄の佇む巌の下方なるちっぽけな船の遙かな索具は光を背にクモの巣かと見紛うばかりにして、片や甲板の上なる酒樽や小麦樽はほんのオモチャもどきに縮こまり、船員はその数だけの操り人形よろしく忙しなく立ち回る。以上全ては、城郭の奥まった窓にて縁取られ、その内なる仄暗い部屋より眺められるとあらば、およそ目にし得る限りこよなく明るい、魅惑的な絵の一幅を成す。

　一年の春時には、イングランドやアイルランドから到着したばかりの夥しき数の移民がカナダの奥地や新開地へ向かう途中、ケベックとモントリオールの間を過る。仮にモントリオールの埠頭を朝方、漫ろ歩き、彼らが公の波止場で櫃や梱の周りに幾百となく群がっているのを目の当たりにするのが（小生の間々感じ入った如く）愉快な気散じだとすれば、くだんの汽船の内一艘にたまたま乗り合わせ、鮨詰めの連中の端くれたりて、気にも留められぬまま耳を欹て、目を瞠るのは全くもって興趣の尽きせぬ一件だ。

　我々がケベックからモントリオールへの帰路に乗った汽船はくだんの移民で溢れ返り、夜分には連中、中艙に（少なくとも寝台を持っている人間は）寝台を広げ、我々の船室の扉のグルリで然にひたと、ぎっしり、眠っているものだから、足の踏み場もないほどだった。

　彼らはほとんど全員イギリス人で――大半がグロスターシャー（英南西部州）出身で――長い冬の船旅に耐えた後だった。が何と子供達の小ざっぱりとしていることか、何と愛と克己において、貧しい両親皆の弛まざることか、は目にするだに感銘深かった。

　たとい如何ほど我々が空念仏を唱えるやもしれまいと、して恐らくはこの世の終わりまで唱えようと、貧しき者が廉直たるは、富める者が然たるより遙かに困難だ。彼らの内なる善は、故にそれだけ一層明るく輝く。数知れぬ豪邸には夫にして父として一点の非の打ち所もなき男が住まう。というのも双方の立場における男個人の真価はいくら口を極めて褒めそやしてもそやし足りまいから。が、男をここへ、この人々でごった返した甲板へ、連れて来てみよ。美しい若妻から絹のドレスと宝石を剝ぎ、三つ編みの髪を解《ほど》き、額に時ならぬ皺を刻み、蒼ざめた頰を心労と困窮でこけさせ、色香の失せた姿形を継ぎ接ぎだらけの粗衣で包み、かくて妻を美しく装わす、と言おうか飾り立てるに夫の愛を措いて何一つなくしてみよ。さらば其は、蓋し、試煉にかけられよう。男の俗世における地位を然に変えてみよ、さらば男は奴の膝にもぐれつくくだんの幼気な我が子らの中に己《おの》が資産と令名の記録ではなく、己《おの》が日々の糧を汲々と求めて奴自身と組み打つ小さな闘士を、乏しい食事へのその数だけの侵略者を、快楽の〆という〆を分かち、ばかりかちっぽけな総量を減ずその数だけの個体を見出そう。その最も甘美な様相なる幼少期のあどけなさの代わりに、男の身にその苦痛と欠乏を、患いと病いを、苛立ちと気紛れとグチっぽい忍耐を、そっくり負わせてみよ。その片言まじりのおしゃべりを、人の気を逸らさぬ幼気な空想のそれではなく、寒さと乾きと飢えのそれたらしめよ。してもしや男の父親たるの愛情が以上全てを耐え忍び、男自身、辛抱強く、注意深く、心優しくあれるなら——我が子の生命を気づかい、絶えず彼らの喜びや悲しみに心を砕いてやれるなら、さらば男を国会へ、説教壇へ、四季裁判所へ送り返し、そこにて日々糊口を凌ぎ、そのため身を粉にして働く者の堕落に纏わる実しやかな詭弁を耳にするや、いざ、事実身に染みて知っている者として声を大にし、くだんの弁士に彼らはかようの階層との比で言えば、その日々の暮らしにおいて高位の天使にして、畢竟『天』に対しほんの慎ましやかな包囲しか試みまいと訴えさすが好い。

我々の内一体いずれが、仮に日々明けても暮れてもささやかな慰めや変化しかないかようの現実が己自身の現実だとすらば、自分はどうなっていようか言えよう！　かくてこれら、故郷を遠く離れ、家もなく、貧しく、旅と苛酷な暮らしで倦み果てた流離いの人々を見渡し、彼らが如何に辛抱強く幼気な我が子を労り気づかい、如何にまずもって我が子らの飢えを慮り、それから彼ら自身の飢えを半ば満たそうとすることか——女の何たる優しき希望と信心の御遣いたることか、男の如何に女の手本に倣うことか——何としごく、しごく稀にしか束の間の不平やがさつなグチですら彼らの直中より洩れ来ぬことか――目にする内、小生は同胞《はらから》へのより強き愛と誇りが胸中火照るのを感じ、神に、そこにて「生命《いのち》の書《ふみ》」のこの素朴な教えを繙くに、人間性のより善なる端くれにおける幾多の無神論者がいたならばと願はずにはいられなかった。

我々は五月三十日にモントリオールを発ち、再びニューヨークへと向かった。セントローレンス川の対岸の大草原へは汽船で渡り、それからシャンプレイン湖畔のセント・ジョンズまで汽車に乗った。我々がカナダにおいて最後に受けた敬礼は彼《か》の地の心地好い兵舎で暮らす英国将校からのそれで(連中、我々の訪問の刻一刻をその持て成し心と友情とで忘れ難くしてくれていたが)、「ブリタニアよ、統治せよ」の響きも未だ消えやらぬまま、ほどなくカナダを後にした。

だがカナダは爾来、小生の記憶の中で筆頭の座を占めて来たし、これからも占め続けよう。カナダが想像していた通りだと思う英国人はほとんどいまい。着々と進歩を遂げ、かつての諍いは収まり、見る間に忘れ去られ、公的感情も私的投機も等しく健やかにして穏やかな状態にあり、その体制において何一つ昂ったり熱っぽいもののなく、その堅実な脈にては健康と活力が鼓動を打ち――カナダは希望と洋々たる前途に満ち溢れている。小生にとって――常々彼《か》の地を何か日進月歩の社会の大きな歩みにおいて遙か後方へ取り残されたものとして――何か蔑ろにされ、忘れられ、挙句うつらうつら微睡む内に荒みつつあるものとして――思い描いて来ただけに、労働への需要と賃金の歩合は、モントリオールの忙しない埠頭は、船荷を積んだり降ろしたりしている船舶は、あちこちの港における積荷の量は、いずれも長らく持ち堪えるべく意図された商業、道路、公共事業は、公の機関誌の品格と徳性は、正直な勤勉によってこそ得られるやもしれぬだけの理性的な快楽と幸福は――正しく瞠目的であった。湖上の汽船は、その利便と、清潔と、安全性において、船長の紳士的な個性と物腰において、社交上の規制の丁重さと完璧な快適において、祖国にては然るべく大いに崇敬されている名にし負うスコットランド船にも一歩も引けを取らぬ。旅籠は概ね貧相だ。何故ならホテルに止宿する習慣はここにては合衆国におけるほど一般的でなく、全ての町の社会層の大きな割合を占める英国将校は主として連隊の「釜の飯」で済ますからだ。がそれ以外の全ての点において、カナダを訪う旅人は小生の知る如何なる場所におけるに劣らず快適に過ごすための設いに事欠くことはあるまい。

小生の心から賛嘆の念を禁じ得ぬとある船が――シャンプ

レイン湖にてセント・ジョンズからホワイトホールまで我々の乗った汽船が――あり、たといそいつのことをクィーンズトンからトロントまで乗ったそれより、或いは後者の場所からキングストンまで旅したそれより、と言おうか世界中の他の如何なる汽船より、と付け加えても差し支えなかろうが、なお優れていると評そうと、相応以上に買い被ったことにはなるまい。その名も「バーリントン号」というこの汽船は端正と、優美と、秩序の絵に画いたような極致である。甲板は正しく客間にして、船室は選りすぐりの家具の設えられ、版画や、絵画や、楽器で艶やかに飾られた婦人用私室《ブドゥワール》にして、船内の奥まりという奥まりや、隅という隅は類稀なる典雅な安楽と麗しき趣向の一点の非の打ち所もなき精髄とも呼べよう。その創意工夫と卓越した趣味にこれら賜物の専ら負うている船の指揮官、シャーマン船長は、一度ならざる苛酷な折に付き付きしくも雄々しく名を上げて来た。が、わけても精神的勇気を身をもって証すに、他の如何なる輸送手段も得られぬ（カナダ叛乱中の）さる折に英国軍を搬送した。船長と持ち船とは彼自身の同国人からも我々イギリス人からも、広く遍く尊ばれ、未だかつて民衆の敬意を享受した誰一人としてこの殿方ほどその行動領域においてくだんの敬意を見事に勝ち得、全うしている者はいまい。

当該水上宮殿なる手立てにて我々はほどなく再び合衆国に入り、その夕べ、バーリントンという愛らしい町に立ち寄ると、一時間ほど碇泊した。して上陸予定のホワイトホールには翌朝六時に着いた。が本来ならもっと早目に着いていたやもしれぬ。もしや湖が旅のくだんの箇所にてはめっぽうせせこましく、暗闇の中を航行するのが困難なために、これら汽船は夜間、数時間ほど漂蹰《ひょうちゅう》せねばならぬというのでなければ。その横幅と来ては、実の所、とある箇所にては然に窮屈なものだから、引索を手繰って移動させねばならぬほどだ。

ホワイトホールで朝食を取った後《のち》、我々は駅伝馬車でオールバニーへと向かった。オールバニーは大きな、忙しない町で、我々はその午後、五時から六時にかけて到着した。今や再び夏の盛りとあって、茹だるように暑い一日《ひとひ》の旅路の果てに。七時に、ニューヨーク目指し、ノース川大汽船に乗船したが、乗客で然にごった返しているものだから、上甲板は演目と演目の間の劇場のボックス席付属廊下そっくりにして、下甲板は土曜の夜のトテナム・コート・ロード（北ロンドン布地商店街）かと見紛うばかりであった。我々は、にもかかわらず、熟睡し、翌朝五時少し過ぎ、ニューヨークに到着した。

ここにはほんの一昼夜、この所の疲労を癒すべく留まっていたものの、我々は今一度、アメリカにおける最後の旅に出立した。未だ祖国へ向けて船出する前に五日ほど余裕があり、小生はその名の由来する宗派の信徒の住まう「シェーカー村」を一目見たくてたまらなかった。

当該腹づもりの下《もと》、我々はまたもやハドソンまでノース川を溯り、そこにて三〇マイル離れたレバノンへと——無論、大草原《プレーリー》旅行の晩に一泊したくだんの村とは全く異なる、別のレバノンへと——向かうべく「臨時便《エクストラ》」を雇った。

田舎道のウネクネと縫う田園は豊かで、美しく、日和は快晴で、幾マイルもの間《かん》リップ・ヴァン・ウィンクルと不気味なオランダ人達がとある風の吹き荒ぶ、忘れ難き昼下がり、九柱戯に打ち興じたカーツキル山脈（ワシントン・アーヴィング『スケッチ・ブック』）が蒼き彼方にて荘厳な雲よろしく聳やいでいた。然る箇所で、その袂を未だ建設中の鉄道が横方《よこざま》走っている険しい丘を登っている途中、アイルランド人居留地に出会した。まだしも見苦しくない丸太小屋を建てる手立てがありながら、連中の荒屋が何と不様で、粗末で、惨めなことか、は目にするだに驚きだった。いっとうまともなものですら、夜露を凌ぐのもままならず、いっとう貧相なものに至っては、ぐしょ濡れの芝草の屋根や泥壁の大きな割れ目から雨風が降り込み、中には扉や窓のないものもあれば、ほとんど崩れかけ、杭や棹で生半にしか支えられていないものもあった。が、どいつもこいつも朽ち果て、不潔なことに変わりはない。二目と見られぬ老婆と、ずんぐりむっくりの若い女と、豚と、犬と、男と、子供と、赤子と、壺と、湯沸しと、肥やし山と、悍しい残飯と、腐った藁と、淀んだ水がごっそり、一緒くたにもぐれ合い、薄暗く、小汚い掘っ立て小屋という掘っ立て小屋の家具調度を成していた。

夜の九時から十時にかけて我々は温水風呂と大ホテルで名高いレバノンに到着した。御両人、かの、ここへワンサと訪れる健康もしくは快楽の探求者の群居性の趣味には恐らく、しっくり来るのではあろうが、小生にとっては得も言はれず味気ない。我々は二本こっきりの仄暗いロウソクの灯された、その名も客間というだだっ広い部屋に通され、そこからはまた別の、その名も食堂という果てしなき砂漠へ降りる階段がついている。我々の寝室は侘しい廊下の両側から通ず小さな水漆喰の独房もどきの長い列の直中に紛れ、然に牢部屋そっくりなものだから、小生は床に就くや、勢い錠を下ろされそうな気がし、外側から鍵が回されるのについ我知らず聞き耳を立てたほどである。界隈のどこぞには風呂があって然るべきだろう。というのも他の沐浴の手筈はアメリカにおいてすらついぞお目にかかったためしのないほどお粗末極まりなかったからだ。実の所、これら寝室と来てはたかが椅子如きありきたりの贅沢品にすら然に見限られているものだから、何一つ満足に設えられていなかったと言う所ではあったろう。もしや妻共々夜っぴてしこたま蚊に食われたのを思い起こしてでもいなければ。

旅籠そのものは、しかしながら、実に快適な場所にあり、朝食もすこぶるつきだった。朝食を済ますと、およそ二マイル離れた目的地へと出立したが、そこへの道筋は「至シェーカー村」とペンキでデカデカやられた道標《みちしるべ》がほどなく御教示賜った。

馬車に揺られる道すがら、我々は道路で汗水垂らしているシェーカー教徒の一団に出会した。彼らはありとあらゆるツバ広帽子の就中ツバ広の帽子を被り、どこからどう見ても然に木偶めいているものだから、恰もその数だけの船の船首像ででもあるかのように身につまされもすれば興味をそそられもした。ほどなく村の入口に差し掛かり、シェーカー教徒の工芸品の売られ、長老信徒の本丸でもある屋敷の玄関先で降りると、長老閣下へのお目通りを請うた。

何者か権威者に当該取り次ぎが行なわれている間《かん》、我々は一つならざるしかつべらしい帽子がしかつべらしい木釘にかかり、時がカチコチと、そいつを刻む毎に恰も不承不承、異議を留保の上、しかつべらしい沈黙を破ってでもいるかのようにある種悶々と喘いでいるしかつべらしい時計によりて告げられているしかつべらしい部屋へと罷り入った。壁際にはズラリと、六脚から八脚の背の高い、強張った椅子が並べられていたが、辺り一面に漂うしかつべらしさの御相伴に然に生半ならず与っているものだから、客はそのいずれにせよいささかの恩義でも蒙るくらいならいっそ床《ゆか》に座った方がまだ増しだったろう。

とこうする内、この部屋に大股で入って来たのは、しかつべらしい老シェーカー教徒で、その目と来ては御当人の上着とチョッキの大きな丸い金属ボタンといい対《たい》鈍く、堅く、冷ややかで、引っくるめれば穏やかな悪鬼といった態の御仁であった。我々の希望を告げられるや、長老は新聞を取り出し、そこにては御当人がその一員たる長老会が数日前、彼らの礼拝が他処者より蒙った然る不埒な中断の結果、礼拝堂は向こう一年間大衆に閉鎖される由触れ回っていた。

当該理に適った手筈を前にしては異を唱えるべくもなく、我々はシェーカー教徒工芸品を某か購入させて頂きたき旨申し入れ、さらばしかつべらしげに諾われた。よって同じ屋敷内の、廊下の反対側の店へ向かい、そこにて土産物は何やら朽葉色の器に収まった血の通った代物によりて取り仕切られ、くだんの代物を長老は女と宣い、恐らくは事実女だったのであろう——てっきりお見逃れ致す所ではあったが。

　道の向かいには彼らの礼拝所があった。大きな窓と緑色の鎧戸のある、ひんやりとして小ざっぱりとした木造建築で、だだっ広い四阿に見えなくもなかった。が、この建物の中に足を踏み入れるは御法度にして、後はただそこいらを行きつ戻りつしてはそいつと、村の他の（概ね英国の納屋そっくりに黒っぽい赤ペンキを塗ったくられ、英国の工場よろしく幾階も重なった）建物の外っ面を拝まして頂くより外ないとあって、小生にはせいぜい土産物を買っている間《ま》に仕込んだ乏しいネタを措いて何一つ読者諸兄に垂れ込むそれがない。

　くだんの信徒は老若男女によってステップを踏まれるとある踊りより成る、独特の崇拝様式に因んでシェーカーと呼ばれる。彼らはそのためわざわざズラリと、面と向かい合って並ぶ。男はまずもって帽子と上着を脱ぎ、踊り始める前に粛々と壁に吊るし、それから、今にも瀉血して頂こうとでもいうかのようにシャツの袖にリボンを結わえる。して皆してブンブンと、蜂の羽音めいたハミングを伴奏代わりに口遊み、途轍もなき手合いの速歩《トロット》で代わる代わる前へ出ては後ろへ下がりながら、くたびれ果てるまでステップを踏みに踏む。その趣きたるや、得も言はれず馬鹿げているとは専らの噂で、もしや小生自身、所有し、事実礼拝堂を訪うたためしのある連中によりては生き写しと太鼓判を捺されている当該儀式の版画より判じて差し支えなければ、とことん不気味には違いない。

　信徒はとある女性によりて統治され、女性は長老諮問会の援助を仰いではいるものの、権限は絶対だと思われている。風聞では、礼拝堂の上階の部屋にて厳重なる隠遁の内に過ごし、断じて卑俗の目には触れぬとのことだ。もしや御当人、店を取り仕切っておいでの御婦人にともかく似通っているとすらば、能う限り人目に晒さぬが世のため人のためというものであろうし、小生としても当該博愛の手続きに如何ほど満腔の賛同を表《ひょう》しようと表《ひょう》しすぎることはあるまい。

　居留地の財産と歳入は全て、長老によって管理されている公有資産の中へ貯えられる。彼らは俗世において羽振りの好かった人々を改宗させ、彼ら自身、約しく質素なだけに、この基金は膨れ上がる一方だと諒解されている——わけても広大な土地を購入して来たとあらばなおのこと。レバノンにおけるこの居留地が唯一のシェーカー村ではなく、確か、少なくとも外《ほか》にもう三村あるはずだ。

　彼らは農耕に長け、農作物は全てよく売れ、評判も高い。町や市の店では「シェーカー種子」や「シェーカー香草」や「シェーカー蒸留水」が広く喧伝されている。彼らは牛の飼育も達者で、獣類に心優しく慈悲深い。よって、シェーカー家畜は必ずや売れスジだ。

彼らはスパルタ流儀に鑑み、大きな共同食卓で食事を共にする。異性間の交わりはなく、シェーカー教徒は皆、男女を問わず、禁欲生活に徹している。当該主題に関しては風説が喧しいが、ここにてまたもや小生はくだんの店の御婦人を引き合いに出し、仮に女性シェーカー信徒の多くが御婦人そっくりであられるなら、かようの誹謗中傷がどいつもこいつもネもハもないこと一目瞭然と言わねばなるまい。が彼らが然に未熟なせいで己自身の気持ちも分からねば、この点や他の如何なる点においてもさして決断力を有さぬ若者を新帰依者として迎え入れている事実は、小生自身、路上の一団に紛れて汗水垂らしている所を見かけた幾人《いくたり》かの若年シェーカー教徒が子供同然だったことからも推し量られよう。

彼らは値切るのがめっぽう上手いが、売った買ったにおいて飽くまで公明正大で、馬喰《ばくろう》稼業においてすら、くだんの掛け引き部門とは如何でか、は定かならねど切っても切れぬ仲にあるかのようなかの、盗人《ぬすびと》めいた性癖に抗えると言われている。万事において、我が道を坦々と歩み、陰気臭く物静かな共同体で暮らし、ほとんど他の宗派の人々に干渉しようとせぬ。

とは、なるほど、結構至極には違いないが、にもかかわらず小生は、正直な所、シェーカーに与せぬ——と言おうか彼らに好意を抱いたり、彼らに対しさして鷹揚な解釈を施したりする気になれぬ。小生はかの、如何なる階層や宗派によりて其が遵奉されようと、人生から健やかな優美を剝ぎ取り、若さから無垢な愉悦を奪い、壮年と老齢から艶やかな装飾を毟り取り、存在そのものを墓へのほんのせせこましい小径に変えようとする悪しき精神を——かの、もしやこの地上にて自由と勢力を恣にし得ていたなら、定めて如何ほど偉大なる人間の想像力をも立ち枯らせ、不毛にした挙句、彼らを未だ生まれざる同胞《はらから》の前に不朽の彫像を築き上げる力においてほんの獣に成り下がらせていたに違いない悍しき精神を——然に疎み、心底、忌み嫌っているものだから、くだんのやたらツバの広い帽子とやたらくすんだ色合いの上着に——詰まる所、その装いが何であれ、たといシェーカー村《むら》におけるが如く髪を短く刈り込んでいようとヒンズー社《やしろ》におけるが如く爪を長く伸ばしていようと、厳めしい面《つら》を下げた依怙地な信心に——小生は哀れ、現し世の婚礼の宴の水を葡萄酒（『ヨハネ』二：一―一〇）ではなく胆汁に変える、「天」と「地」の宿敵の就中最悪のそいつらをしか認めぬ。してもしや人間性の端くれたる、我々共通の分け前である他の如何なる愛や希望にも劣らず肝要な端くれたる、罪なき気紛れや無垢の悦びや浮かれ気分を愛でる心を打ち拉がんと誓いを立てた人間が存在せねばならぬとすらば、是非とも連中を、小生に成り代わり、猥りがわしき放蕩者の直中にてその正体を公然と曝け出さしめよ。さらば、正しく白痴ですら連中に限って不滅の道の途上にはないと見抜き、彼らを蔑し、ためらうことなく忌避しよう。

　シェーカー村を老年シェーカーに対す深甚なる嫌悪と、若年シェーカーに対す深甚なる憐憫と共に後にし——とは言え、後者の連中、年老い、その分知恵がつくにつれて十中八九（事実およそ稀どころではなく出来する如く）逃げ出そうとの先行きで少なからず溜飲を下げぬでもなく——我々はレバノンへ、さらにはハドソンへと、前日辿った道伝《づて》引き返した。してそこからは汽船でノース川をニューヨークへと下《くだ》ったが、航行にして四時間ほど手前の、ウェストポイントで碇泊し、その夜と、明くる一昼夜、滞在した。

　この美しい、ノース川の愛らしく麗しき高原の就中麗しき場所に——深い緑の高台と砦の廃墟に封じ込められ、その白い帆が丘の雨裂よりいきなり突風が吹きつける度、何か新たな開き《タック》へと撓む軽舟《スキフ》がここかしこ散る、陽の燦々と降り注ぐ水面《みなも》なる輝かしき小径伝《づて》遙かなるニューバーグを見下ろし、のみならず、四方八方よりワシントンの思い出と、独立戦争の数々の出来事に取り囲まれるようにして——アメリカ陸軍士官学校がある。

　学舎はより付き付きしき敷地には立ち得なかったろうし、如何なる敷地もより美しくはなり得まい。教練の課程は厳しいが、工夫が凝らされ、勇ましい。六、七、八月を通し、若者は士官学校の立つ広大な平原で露営を張り、軍事訓練は一年中、日々、そこで行なわれる。国が全士官候補生に要求する、当該施設での教育期間は四年だが、教練の厳格な質《たち》故か、束縛を厭う国民性故か、それとも両者が相俟ってか、ここにて学業の緒に就く者の内、晴れてそれを修める者は半数に満たぬ。

　士官候補生の数は国会議員のそれとほぼ等しいため、ここへは下院議員選挙区から一人、送り込まれ、その選出には各地区の議員が影響力を持つ。服務における手数料も同上の原則に基づき配分される。様々な教授の住居は美しい立地にあり、他処者にもとびきり素晴らしいホテルが用意されている。瑕にキズが二点、ありはするものの——訓練兵にはワインや火酒類が一切禁じられているため、絶対禁酒制旅籠《はたご》である点と、定食をいささか不都合な時間に、即ち朝食は七時、ディナーは一時、夕食は日没に、出す点との。

　正しく夏の黎明と瑞々しさにおけるこの長閑な奥処の美し

さと清しさは――折しも六月の初めとあって――蓋し、妙なるかな。この地を六日に後にし、翌日祖国へ向けて出航すべくニューヨークへと引き返しながら、小生は胸中かく惟みるだに快哉を叫んだ――我々を緩やかに過ぎ去り、明るい眺望において和らいで行った最後の忘れ難き景観の就中、その、如何なる凡庸な手によりても描かれ得ぬ絵は、軽々には旧びも時の塵の下《もと》に褪せもせぬまま大半の人々の記憶の中で瑞々しく生き存えようと――カーツキル山脈と、スリーピー盆地と、タパーン・ジー川（アーヴィング『スケッチ・ブック』）の。

第十六章　帰航

小生は待ちに待った六月七日火曜の朝ほど、風の状態に未だかつて気を揉んだためしもなければ、金輪際気を揉むこともなかろう。*然る海洋権威が一日か二日前に「ともかく西風めいていれば支障なし」と請け合ってくれていた。よって夜明けと共にベッドから跳ね起き、窓を開け放つや、夜の内に立っていた北西からの活きのいいそよ風に頬を撫でられた途端、そいつと来ては然に幾多の幸せな連想をカサコソと戦がせながら然に清しく吹きつけて来たものだから、小生は立ち所に羅針盤のかの方位から吹く風という風に格別な敬意を抱き、抱いたが最後、恐らく、小生自身の息がその最期の弱々しい一吹きを吐《つ》き、死すべき定めの暦より永久《とは》に失せるまで愛おしく抱き続けよう。

　水先案内人は当該順風に乗ずにおよそ吝かどころではなく、昨日はこと海へ乗り出しそうな気配だけからすれば未来永劫、稼業から足を洗っていたやもしれぬほどごった返した船溜まりに碇泊していた船は、今や優に十六マイルは下らぬ沖へ出ていた。帆船は、我々が汽船にてひた迫りながら、遙か彼方でのっぽのマストを青空を背にすっくと艶やかに聳やがせ、ロープというロープや円材という円材をか細い、糸のような輪郭にて浮かび上がらせたなり、投錨している様を目の当たりにすらば、蓋し、勇壮な見てくれを呈していた。のみならず、我々が皆乗船するや、錨が「陽気に、みんな、おう、陽気に！」なる屈強な掛け声に合わせて揚げられ、いざ、曳航汽船の航跡を誇らかに追えば、なお勇壮な。が曳き綱が流れに漂うがまま打ちやられるや、帆布がマストよりハタハタとハタめき、真っ白な翼を広げざま、自由にして孤独な針路を飛び立つに及び、就中、雄々しく勇壮な。

　後部船室にて我々は〆てわずか十五名で、大半はカナダ出身にして、中には馴染み同士もいた。夜は荒れ、時化模様で、明くる二日間も似たり寄ったりだったが、二昼夜は瞬く間に過ぎ、我々はほどなく、正直な、雄々しき心根の船長を頭《かしら》に、未だかつて陸《おか》であれ沖《おき》であれ、互いに和気藹々とやるホゾを固めたためしのないほど陽気で小ぢんまりとした一行と相成った。

　我々は八時に朝食を、十二時に昼食を、三時にディナーを取り、七時半に紅茶を飲んだ。気散じには事欠かず、ディナーは内、筆頭に数えられよう。まずもって、それそのもの故に。次いでその途轍もなき悠長さ故に。何せそいつと来ては一皿《コース》と一皿《コース》の長い合間そっくりコミで、延々二時間半を切ることはめったになく、御逸品、飽く無き軽口のダシにされたからだ。これら宴の退屈凌ぎの御一興、マストの下のテーブルの下座にては選りすぐりの倶楽部が結成され、その映えある会長に関し、小生としては、腰が低いばっかりに、これ以上触れるを潔しとせぬが、めっぽう愉快で陽気な一座とあって、乗客のその他大勢に、がわけてもとある黒人旅客係にさん、実に三週間の長きにわたり、くだんの名士連の飛ばす(身贔屓はさておき)大ウケにウケた。それが証拠、やっこ瞠目的剽軽玉にニッカリ歯を剝き続けていた。

それから、我々にはお気に召す向きのためにチェスや、ホイストや、クリベッヂや、ブックスや、バックギャモンや、ショベルボード*があった。晴れていようと荒れていようと、凪いでいようと時化ていようと、ありとあらゆる天候にて、我々は誰しも甲板に出て、二人一組で行きつ戻りつしたり、ボートの中に寝そべったり、船端に寄っかかったり、なまくらな者同士四方山話に花を咲かせたりした。音楽にも事欠かなかった。というのもある者はアコーディオンを、ある者はバイオリンを、またある者は(概ね午前六時の早くから)有鍵ビューグルを、奏し、その綯い交ぜの効たるや──三人が三人共、船のてんでバラバラの場所で、同時に、互いの音を嫌でも耳にしながらてんでバラバラの調べを奏でるに及んでは、とは時に事実(三者三様に己《おの》が演奏に得心し切って)やらかした如く、耳障りなことこの上もなかったからだ。

以上全ての気散じの手立てが底を突けば、帆船が水平線上に現われ、霧の立ち籠める遙か彼方に、恐らくは、正しく船の亡霊たりて茫と浮かび上がるか、望遠鏡越しに甲板の人々が見えたり、お易い御用で船の名や行く先が判ぜられたりするほど間近を行き過ぎるかしたものだ。何時間もぶっ通しで、イルカやネズミイルカが船の周りで翻ったり跳ねたり飛び込んだりするのを眺められもすれば、例の、片時たり翼を休めぬ小さな奴ら、ウミツバメがニューヨーク湾からずっと付き従い、丸二週間というもの船尾の辺りをヒラつくのも拝ませて頂いた。数日間、風は死んだように凪ぎ、と言おうかほんのそよとしか吹かず、その間乗組員《かん》は暇つぶしに釣りをしたのはいいが、哀れ、イルカを釣り上げ、そいつは甲板の上にて虹色の変化《へんげ》を遂げつつ息絶えた。とは我らが不毛の暦において然に由々しき出来事だったため、以降、我々はイルカから時を数え、イルカの死んだ日を紀元とした。

以上全てにかてて加えて、沖へ出て五、六日経った頃、氷山が頻りに取り沙汰され始めた。というのも夥しき数のくだんの漂流島は我々が出港する一両日前にニューヨーク港へ入って来ていた一艘ならざる船舶によって目撃されていた上、連中が剣呑なほど御近所たることは急に底冷えがし、温度計の水銀が下がり始めたせいで火を見るより明らかだったからだ。こうした徴候の続く限りは昼夜を舎かず見張りが立てられ、日が暮れてからは、夜中に氷山に衝突し、挙句沈没した船に纏わる数知れぬ憂はしき逸話が囁かれた。が風向きのせいで南方へ針路を取らざるを得なかったこともあり、氷山には一つきり出会さず、日和もほどなくまたもや晴れて暖かくなった。

　日々正午の天測と、それに基づく船位の算出は、当然の如く、我々の生活における最も肝要な日課で、そこへもって船長の計算に賢しらにも眉にツバしてかかる連中にも（いつもの伝で）事欠かず、連中、船長の背《せな》がクルリとこちらへ向けられるや否や、羅針盤の手持ちがないのも何のその、紐の切れ端だのハンカチの端切《はぎ》れだの、芯切り鋏の先だので海図を計測し、船長が少なくとも一千マイルは下らぬ間違っている由明々白々と証してみせたものである。これら不信心者がかぶりを振り振り、眉を顰めるのを目にし、連中が航海をダシにひたぶるゴ託を並べるのを耳にするのは――何か一件がらみで知っているからというよりむしろ、ただ風がそよとも吹かぬ折や逆風の際には必ずや船長を疑ってかかることにしているからというので――それこそ目からウロコであった。実の所、天下の水銀柱そのものですら当該乗客層ほど移り気ではあるまい。何せ連中、船が雄々しく波間を突っ切っている折には讃嘆の余り血の気を失わんばかりにして、船長は未だかつてお目にかかったためしのないほどの名船長なりと褒めちぎり、金銀食器への喜捨すら仄めかしていたかと思えば、翌朝には、微風が凪ぎ、帆という帆がゲンナリ、なまくらな空《くう》にて役立たずのなり垂れ下がっていると見るや、またしてもシケたかぶりを振り振り、唇をすぼめて口々につぶやくからだ。「船長もいっぱし船乗りならいいが――いやはや、怪しいものだ」

　凪ともなれば、風は果たしていつありとあらゆる通則と前例によらばとうの昔に立っていて然るべきだったろう恰好の方位では立つものやらと首を傾げるのが皆の習いとすらなった。一等航海士は、口笛でひたぶる順風を呼び寄せているというので、その辛抱強さ故に皆の敬意を集め、不信心連中からすら第一級の船乗りとの折り紙を頂戴した。ディナーの間《ま》も幾多の憂はしき眼差しが船室の天窓越しに上空へと向けられ、中には、しょぼくれた勢い胆が太くなったか、この調子では七月の中頃にならねば陸《おか》へは揚がれまいなどと八卦を見る者まで出て来た。船には必ずやお目出度な奴と落ち込んだ奴とが乗り合わせ、後者の御仁は航海のこの時分ともなれば正しく独擅場。鬼の首でも捕ったように食事の都度、お目出度な御仁に吹っかけたものである。一体今頃（我々の一週間後にニューヨークを発った）「グレイト・ウェスタン号」はどの辺りにいると思うか、一体今頃キュナード定期汽船はどの辺りにいると思うか、今や汽船と比べて帆船をどう思うか等々。かくて然にその手の質問を矢継ぎ早に浴びせかけるものだから、お目出度な御仁までほんの事を荒立てぬためだけにせよ落ち込んでいる風を装わねばならぬほどであった。

　愉快な出来事の一覧へのおまけも間々あったが、また別の興味津々たるネタもあった。三等船室には百人近くの乗客が鮨詰めになっているせいで、貧困の小世界を成し、我々は彼らが日中、散歩したり、食べ物に火を入れ、ばかりかしょっちゅうそいつを平らげたりする甲板を見下ろす内、幾人《いくたり》かに見覚えが出来始めるにつれ、その来歴や、如何なる希望を抱いてアメリカまで渡ったはいいが、如何なる用向きで祖国へ戻っている所なのか、目下如何なる境遇にあるものか、知りたくてたまらなくなった。くだんの点に関し、連中の面倒を見ている大工から仕込んだネタは間々、とびきり奇しき手合いのそれであった。中にはアメリカにほんの三日間しかいなかった者もあれば、ほんの三か月しかいなかった者もあれば、今しも帰国している正しくくだんの帆船の前回の航海にてアメリカへ渡っていた者もあった。中には船賃を稼ぐのに衣服を売り払い、ほとんど襤褸すら纏っていない者もあれば、食べ物をからきし持ち併さぬため、他人様の慈悲にすがって食いつないでいる者もあったが、中には、旅の終わり時分に、がそこで初めて、明らかとなったことに――何せ男自身、秘め事をひた隠しに隠し、憐憫を乞うを潔しとしなかったから――後部船室のディナーで使われた皿から、そいつらが洗いに出される際に失敬する骨や脂身の切れ端を措いて何一つ腹の足しにありつけぬ男もいた。

　これら不幸な人々を乗船させ、輸送する全体制は、徹底的な改正の要のあるそれであろう。仮に何らかの社会層が政府の保護と援助を受けるに値するとすれば、そいつは辛うじて糊口を凌ぐ手立てを求めて祖国を追われるくだんの階層に外ならぬ。これら貧しき人々のために船長と航海士の大いなる憐憫と慈愛によりて為され得る全ては為されていた。が彼らは遙かに多くを必要としている。法は、少なくとも英国側にては、余りに多くの移民が一艘の船に乗せられぬよう、また宿泊等の設備が徳性や品性を失わず、飽くまで嗜み深きそれであるよう配慮する責めを負うている。法はまた、人類共通の博愛精神に則り、如何なる者も予めその糧食の蓄えが誰か然るべき役人によって点検された上、航海中、生命を維持するにまずもって十分であろうと申し渡されぬ限り乗船することと罷りならぬと宣す責めを負うている。法は医者も同乗させる、と言おうか同乗させることを義務づける責めを負うている。が片や、この手の船に医者は一人とて乗船していない――航海中の成人の病気や、子供の死亡は日常茶飯事であるにもかかわらず。就中、移民を商う連中の会社が船主から中艙を丸ごと買い受け、三等船室の便宜や、寝棚の数や、男女のごくわずかの隔離にすら、と言おうか彼ら自身の直接的利益をさておけば何ものにもいささかの配慮を払うことなく、如何なる条件であれ掌中に収め得る限りその数あまたに上る惨めな人々を乗船さすかの体制に介入し、終止符を打つのが、独裁君主制であれ共和制であれ、ともかく政府と名のつくものの義務であろう。が、これとて悪しき体制の最悪ではない。というのも自らまんまと釣り込む乗客という乗客に対す口銭を懐に収める、くだんの商会の誘拐周旋屋もどきは、貧困と不遇の蔓延るかの地区をひっきりなしにあちこち旅しては、およそ実を結ぶべくもない移民に纏わる言語道断の旨い話を並べ立てることにて担がれ易い連中をさらなる悲惨へと誘《おび》き寄せているからだ。

乗船している家族という家族の来歴は大方似たり寄ったり。船賃を払うために溜め込み、借り、乞い、一切合切売り払った挙句、てっきりその街路が黄金で敷き詰められているものと当てにしてニューヨークへ渡ったはいいが、蓋を開けてみれば、そいつらめっぽう硬い、やたらズブの石で敷き詰められていた。投機は不況で、人足はお呼びでなく、賃仕事にはありつけるが、稼ぎにはありつけぬ。かくて、国を後にした時よりなおスカンピンのなり引き返している所であった。内一人はとある祖国の若造職工が馴染みに宛てた、封のしていない手紙を託かっていた。職工はニューヨークへやって来て二週間になるが、マンチェスターの近くに住む馴染みに、後を追って来るようしきりに勧めていた。とある航海士が話のタネにでもと、手紙を見せてくれた。「さすがアメリカは違うぜ、ジェム」と若造は綴っていた。「オレはアメリカが気に入った。ここは頭ごなしなお上もない。ってのはまんざらでもなかろう。クチはよりどりみどりで、手当はすこぶるつきと来る。後は、ジェム、どいつにするか白羽の矢を立てればいい。オレは今んとこ踏んぎりがついちゃいないが、じきつこうさ。今んとこ大工になろうか――それとも仕立て屋か――迷ってる」

風が凪いでいるか、そよとしか吹かぬ折に、我々の間で四六時中噂話や観察のタネにされたまた別の手合いの、がそいつっきりの、乗客がいた。男は頭の天辺から爪先まで、英国軍艦水兵たる、隆とした、いかつい英国生まれの船乗りで、米国海軍に服務し、賜暇を得たため、馴染みに会うべく帰国の途上にあった。船代を払おうと申し出た際、固より手練れの海員たるからには船代分働いて、ロハで済ませてはどうかと持ちかけられた。が当該ありがたきお智恵を頭から湯気を立てんばかりにして突っぱねるに、男はかく啖呵を切った。「ええい、チクショー、ただの一度きりズブの殿方として船に乗らずにたまるか」という訳で、連中は金を受け取った。が、乗船するが早いか、水夫部屋《フォックスル》に旅行用具一式を持ち込み、乗組員と食事を共にする手筈を整え、船員が甲板に呼び集められた正しく仰《の》けの折、イの一番にネコさながら檣上に登った。して航海の始めから仕舞いまで、奴は、そら、帆桁のいっとう外れの帆綱の先頭にて、ひっきりなし、至る所で、手を貸し、にもかかわらず、必ずや物腰には素面の威光を、面《つら》には素面の笑みを湛えていたものだ。さも、かく言わぬばかりに。「自分はこいつをいっぱし殿方として、ほんの酔狂で、やっているまでのこと。お見逸れなきよう！」

とうとう、して終に、お待ちかねの風がいよいよ本腰を入れて吹き始め、いざ、我々は帆布の縫い目という縫い目にそいつを孕ませたなり滑り出し、雄々しく波間を突っ切った。大きな帆蔭の下《もと》、猛然たる速度で水面《みなも》を帆走してみれば、第一級の帆船の動きには然に威厳が満ち満ちているものだから、小生は矜持と愉悦の名状し難き感懐を禁じ得なかった。船が泡立つ波窪に突っ込むや、真白き波頭も鮮やかに緑の波がお気に召すまま浮き上がらせ、船がつられて身を屈めればグルリで逆巻くべく艫へどっと押し寄せるのを目の当たりに、小生の何と快哉を叫んだことか――がそれでいて畢竟、己《おの》が高飛車な女主《ミストレス》と認めるにおよそ吝かどころでないとすらば！　ズンズン、ズンズン、我々は綿雲の浮かぶ蒼穹なるありがたき領域に差し掛かった今や、昼は明るい日輪の、夜は明るい月の、移ろう光線を水面《みなも》に受け、風見鶏には順風と我らが陽気な心双方の律義な指標たりて、真っ直ぐ祖国を指し示させたなり、飛ぶように走った。して終に、とある晴れた月曜の朝《あした》――忘れもしない、六月二十七日の――日の出と共に、神よ、ありがたきかな、眼前に懐かしのクリア岬*が早朝の霧の直中にて雲さながら浮かび上がった。天の堕ちた妹――祖国――の面《おもて》を未だかつて曇らせたためしのないほど明るく、待ちに待った雲さながら。

岬は、渺茫たる眺望にてはほんの朧なポチにすぎまいと、かくて日の出はより陽気な光景となり、かの、海上にては欠けると思しき手合いの人間的興味を添える。そこにても、他処同様、日の巡りは新たな希望と歓喜の何らかの感覚と分かち難いが、曙光は、佗しく果てしなき大海原に射し、その広大な孤独においてそいつを余す所なく浮かび上がらすとあって、大海原に闇と曖昧さのヴェールを纏わす夜にすら凌駕し得ぬ厳かな光景を顕現さす。月の出は孤独な海により付き付きしく、その長閑な優しい感化において、人の心を悲しますと同時に慰めるかのような憂はしき威厳の風情を帯びている。小生はずい分幼い時分、水面《みなも》に映る月影は神へ召される途中、善人の霊によって踏み締められる天への小径なものとばかり思っていたのを記憶している。して海上での静謐な夜にそいつを見守れば、この昔ながらの感懐がしょっちゅう蘇ったものだ。

風はこの同じ月曜の朝、実に弱々しいながらも依然、然るべき方位から吹いていた。よって、我々は次第にクリア岬を後方へうっちゃり、アイルランドの岸辺を視界に収めつつ、帆走した。して何と我々の皆、陽気にして、何と「ジョージ・ワシントン号」に忠義を尽くし、何と互いに祝意を表《ひょう》し合い、何とリヴァプールへ着く正確な時刻を預言する上で八卦見跳だったことか、はお易い御用で思い描ければ、手に取るようにもお察し頂けよう。のみならず、その日のディナーにては何と我々がしこたま、船長の健康を祝して乾杯したことか、荷造りがらみでは何と腰の座らなくなったことか、何とわけてもお目出度な向きの内二、三人ですら、その夜ともかく床に就くなどという考えを、然に陸《おか》に間近いとあらば何やら無駄ボネめいた戯事《たわごと》として突っぱね、がそれでいて床に就いたが最後、ぐっすり眠りこけたことか、何とかくも我らが旅路の果てに近いとは、目覚めるのが恐い、心地好き夢そっくりだったことか、もまた。

翌日、追い風がまたもや吹き募り、今一度、我々はそいつに乗って雄々しく突き進んだ。時折、英国船が縮帆の下《もと》帰航しているのを後目に、帆を目一杯張ったなり、陽気に追い越しざま遙か後方へうっちゃりながら。夕暮れ時に靄がかかり、しとしと霧雨まで降り出し、ほどなく然に濛々たる霧に包まれたものだから、我々は言はば、雲の直中を航海した。がそれでいて、幽霊船よろしく飛ばしに飛ばし、その数あまたに上る一心な目が、檣上の見張りがホリーヘッド（北ウェールズ、アングルシー島の港）宛目を凝らしている辺りばかり見上げていた。

とうとう奴の待ちに待った叫び声が聞こえ、同時に、前方の靄と霧の直中よりキラリと光が輝いた。光はほどなく失せ、が間もなく戻り、間もなくまたもや失せた。そいつが戻る度、船上の皆の目は光それ自体に劣らずキラキラ、明るく瞬いた。してそこに、我々は一人残らず立ち尽くし、この、ホリーヘッドの岩の上なる回転灯を見守り、何と明るく、何と気さくな先触れたることよと賛嘆の声を上げ、早い話が、未だかつてひけらかされたためしのある他の如何なる信号灯とて足許にも及ばぬほどあっぱれな奴ではないかと褒めちぎった。が、とこうする内、光は今一度、我々の遙か後方の彼方にてかすかに明滅した。

それから、水先案内人宛、銃を発砲する頃合いとなり、そいつの煙が棚引き去り果したか果さぬか、マストの先に明かりを灯した小舟が夜闇を突いてズンズン、我々の方へひた迫った。してほどなく、我々の帆が逆帆にされるや、小舟は横付けになり、嗄れ声の水先案内人が、風雨に鍛き返された鼻の正しく先の先までピージャケットとショールに包《くる》まったなり、デンと、甲板の上の我々の直中にて仁王立ちになった。してたといくだんの水先案内人が一切担保抜きにて無期限で五〇ポンド貸してくれと願い出ていたとて、我々は奴の舟が後落《こうらく》せぬ、と言おうか（同じことではあろうが）奴が携えて来た新聞の耳寄りなネタというネタが全乗客周知の事実にならぬとうの先から、奴に金の融通をつけようと請け合っていたに違いない。

我々はその晩、かなり夜も更けてから床に就き、明くる朝、かなり早目に床を抜けた。六時までには、いよいよ陸《おか》へ揚がる気満々にて、甲板の上に集まり、リヴァプールの尖塔や、屋根や、煙を見はるかした。八時までには、くだんの街のホテルの一つに全員腰を下ろし、これが最後、共にテーブルを囲んだ。して九時までには順繰り順繰り握手を交わし、かくて我らが和気藹々たる一座は未来永劫、お開きと相成った。

鉄道沿いの田園は、我々がそいつをガタガタ突っ切っている片や、まるで贅を尽くした庭園のように映った。野原や（連中の何とちっぽけに見えたことよ！）生垣や、木々の――愛らしい田舎家や、花壇や、古びた教会墓地や、古めかしい屋敷や、お馴染みの代物また代物の――美しさを、とある夏の一日《ひとひ》の短い時空にギュッと幾歳月もの悦びを詰め込み、掉尾《ちょうび》を飾るは我が家と我が家に纏わる愛しきもの全てたるくだんのとある鉄道旅行の至上の愉悦を、如何なる舌も語り得まい、と言おうか小生の筆は審らかにすること能ふまい。

第十七章　奴隷制*

アメリカにおける奴隷制の支持者は――くだんの制度の非道について小生は十分な証拠や根拠の得られていない一言たり書き記すつもりはないが――概ね三種類に大別されるやもしれぬ。

第一の手合いはかの、人間家畜のより穏当にして理性的な所有主であり、彼らは奴隷を取引資本におけるその数だけの硬貨として手に入れてはいるものの、抽象概念としての奴隷制の恐るべき質《たち》は認識し、くだんの制度の孕む社会的危険を見て取っている――即ち、如何ほど遙か彼方たろうと、と言おうか迫り来るに如何ほど遅々たろうと、最後の審判の日に劣らず必ずや社会の罪深き頭《こうべ》に降り懸かろう危険を。

第二の手合いはかの、血腥い章が血腥い結末を迎えるまで、如何なる危険を冒しても奴隷を所有し、飼育し、使用し、商おうとする、奴隷の所有者にして、飼育者にして、使用者にして、商売人より成る。彼らは他の如何なる主題にもついぞ向けられたためしのないような、して日々の体験がその厖大な量を寄与している夥しき証拠を物ともせず、奴隷制の恐怖を飽くまで否定し、仮にその唯一無二の目的にして目論見が、如何なる人間的権威によっても質されず、如何なる人間的権力によっても攻められぬまま奴隷制を恒久化し、奴隷を鞭打ち、酷使し、苦しめる彼ら自身の権利を申し立てることにあるなら、いつ何時であれ祖国を内戦にせよ対外戦にせよ、巻き込んで憚るまい。して、いざ「自由」を口にするとあらば、其は同胞《はらから》を迫害し、自らは獰猛にして、非情にして、残虐たる「自由」の謂にして、その誰も彼もが共和国アメリカにおける己《おの》が地所にては、怒《いか》った緋色の長衣を纏う教主ハラウン・アルラシード*よりなお苛酷にして仮借なく、なお無責任な暴君である。

第三の、して就中その数あまたにして影響力の大きな手合いはかの、目上の人間に耐えられねば、対等の人間にも堪忍ならぬ繊細な上流人士皆より成る。彼らにとって共和制とは「何者であれ己より上手《うわて》に出ること罷りならず、下位の者の内誰一人とて近寄り過ぎてはならぬ」との謂であり、自発的隷属が屈辱として避けられる国にあって、連中の倨傲は奴隷によって傅かれねばならず、連中の不可譲の権利は黒人への虐待においてのみ生育を遂げる。

時に、アメリカの共和政体において「人道的自由」なる大義を（歴史が論ずには奇しき大義もあったものだが！）唱道すべく為されて来た空しき努力において、第一の手合いの人々の存在へ然るべき敬意が払われていないと申し立てられることもあれば、また彼らは第二の手合いと混同されることにおいて不当に扱われていると主張されることもある。これは、なるほど、正鵠を射ている。金銭的かつ個人的犠牲の気高き事例は既に彼らの間で増えつつあり、彼らと奴隷解放論者との間の溝がともかく広く深くなったとすれば誠に遺憾である――これら奴隷所有者の中には自分達が非道な力を行使しているのではなかろうかと危惧する幾多の心優しき主人がいるとは論を俟たぬだけになおのこと。がそれでいて、この不当は人間性と真理が対処せねばならぬ状況と不可分なのではあるまいか。奴隷制はその非人道的感化にある程度抗える心根が某か見出されるからといって、いささかなり許容される訳でもなければ、義憤の怒《いか》った潮《うしお》はその滔々たる流れにおいて幾多の罪深き連中の直中なるほんの一握りの比較的罪無き人間までも呑み込むからといって、ひたと堰き止められる訳でもない。

奴隷制擁護者に紛れたこれらより善なる人々によって最も一般的に取られる立場は以下なるものである。即ち「奴隷制は悪弊で、わたし自身、叶うことなら喜んで――心底喜んで――足を洗いたい。が奴隷制は英国のあなた方が思っているほど逆しまだろうか。あなた方は恐らく奴隷解放論者の主張に惑わされているに違いない。わたしの奴隷の大半は少なからずわたしを慕ってくれている。あなた方はわたしが彼らがひどい扱いを受けるのを許さないからだろうとおっしゃるやもしれぬ。が果たしてあなた方は彼らを残虐に扱うのが一般的な習いたり得ると信じておいでなのだろうか――そんなことでもすれば固より彼らの値は下がり、明らかにその主人の利得に差し障ろうというのに」

何者にとってにせよ、盗みを働いたり、博奕を打ったり、飲酒によって健康や知的機能を害したり、虚言を弄したり、偽誓したり、憎しみに耽ったり、破れかぶれの意趣を晴らそうとしたり、殺人を犯したりするのは利得と言えようか？否。これら全ては破滅への道である。ならば何故《なにゆえ》人々はそいつらを歩む？　何とならばかようの性癖は人類の邪悪な性《さが》に数えられるからだ。抹消せよ、汝《な》ら奴隷制に与す者達よ、人間的な激情の一覧より、獣的な情欲を、残虐を、して（ありとあらゆる世俗的な誘惑の就中抗い難い）無責任な権力の濫用を。さらば、してそこで初めて、我々は尋ねよう、果たしてその生命と四肢を絶対的に掌握している奴隷を鞭打ち、不具にするのが主人の利得たろうか！

が、またもや。当該手合いは、上述の最後の手合い、まやかしの共和国の所産たる惨めな貴族階級と共に声を大にし、かく叫ぼう。「民意は貴殿の弾該しているような残虐を阻止するに万全であろう」民意だと！　ああ、奴隷州の民意は外ならぬ奴隷制ではないのか？　奴隷州の民意は奴隷を彼らの主人の優しき慈悲に明け渡して来た。民意は法を布き、奴隷に立法府による保護を拒んで来た。民意は鞭に瘤を結わえ、焼き鏝を熱し、ライフルに弾を込め、殺害者を匿って来た。民意は仮に奴隷制廃止論者が敢えて南部へ向かおうとすれば命の保証はないと脅し、あろうことか、白昼に腰に紐を巻いたなり、男を東部の仰《のっ》けの街にて引き廻す。民意はつい二、三年足らず前、セントルイス市にて奴隷を遅々たる炎で火炙りにしたばかりにして、民意は今日に至るまで例の、奴隷を殺害した連中を審理すべくそこに選出された陪審員に対し、被告人らの最も恐るべき犯罪は民意の所業にして、然たるからには民意が布いた法によって罰せられてはならぬとの説示を与えた尊き判事を判事席に据えている。*民意は当該教義を狂おしき喝采の雄叫びをもって迎え、囚人共をそれまで通り、名声と、権勢と、地位を有す男たりて平然と街中《まちなか》を歩くべく釈放した。

民意だと！　果たして如何なる階層の男が立法府にて民意を代表する権限において共同体の他の者に圧倒的な優勢を誇っているというのか？　奴隷所有者ではないか。連中は自分達の十二州から百名の議員を送り込んでいるが、片やほぼその倍の自由人口を有す十四の自由州はわずか百四十二名しか選出していない。果たして何者の前で大統領候補者は最も慎ましやかに腰を屈め、何者に対し最も猫撫で声で媚び諂い、何者の趣味に、その卑屈な声明において最も倦まず弛まず迎合しようと努めるというのか？　必ずや奴隷所有者ではないか。

民意だと！　ワシントンにおける下院のそれ自身の議員によりて表明される南部自由州の民意を聞いてみよ。「小生、議長には深甚なる敬意を抱いております」とノース・カロライナの宣はく。「小生、議長には下院議員として深甚なる敬意を、また一個人としても深甚なる敬意を、抱いております。よってかほどの敬意を抱いていなければ定めて直ちにテーブルへ駆け寄り、つい今しがたコロンビア特別区*における奴隷制廃止のために提出されたばかりのくだんの嘆願書をズタズタに引き裂く所ではあったでしょう」――「小生は奴隷制廃止論者に対し」とサウス・カロライナが畳みかける。「如何に連中、無知蒙昧の、腸を煮えくり返らせた野人とは言え、もしやたまたま内一人でも我々の掌中に飛び込んで来ようものなら、重罪犯の死を覚悟せよと警告致さねばなりますまい」――「万が一にも奴隷制廃止論者がサウス・カロライナの境界内に紛れ込み」と第三の、お手柔らかなカロライナの同僚が声を荒らげる。「もしや我々、その者を引っ捕らえられるものなら、そやつを審理にかけ、連邦政府も含め、地上のありとあらゆる政府の介入にもかかわらず、絞首刑に処してくれましょうが」

民意が以下なる法を布いた――其によらば、ワシントンにては、その名のアメリカの自由の父に因むくだんの都市にては、如何なる治安判事も通りを歩く如何なる黒人であれ枷をかけ、牢にぶち込んで差し支えない。黒人の側《がわ》の如何なる犯罪をも必要とせず。治安判事は言う。「わたしはこの者を逃亡者と見なす」して男を投獄する。くだんの措置が講ぜられるや、民意は判事に黒人を新聞に掲載し、その主人に直ちに引き取りに来るよう、さなくば収監料を支払うべく売り払われよう旨告げる権限を与える。ところが仮に男が自由の身の黒人であり、所有主など全くいないと仮定してみよう。さらば当然の如く、男は釈放されるものと推測されるやもしれぬ。否。男は看守への賠償とし、売り払われる。などという事態は何度も、何度も、何度も繰り返されて来た。男には自由を証明する手立てが全くない。顧問も、使い走りも、如何なる手合いや類《たぐい》の助っ人もいない。一件を巡る事実究明も一切為されねば、調査も始められぬ。男は、幾年も仕えた後《のち》、自らの自由を買ったのやもしれぬ自由人は、如何なる訴訟手続きにも則らぬまま、如何なる罪状故でも、罪状の偽装故でもなく、投獄され、収監料を支払うべく売り飛ばされる。こいつは、アメリカに関してすら、俄には信じ難い。が、そいつが掟である。民意は、下記の如き、新聞にてはかく見出しのつけられた事件においてはわけても唯々諾々と従われる――

「興味深き訴訟事件

「目下、連邦最高裁判所にては以下なる事実より発生した興味深き訴訟が審理されている。メリーランド在住のとある紳士が老齢の奴隷夫妻に数年間、法的ではないながら事実上の自由を与えていた。かくて暮らす内、夫妻には娘が生まれ、娘は同じ自由の身として育ち、やがて同じ身の上の黒人と結婚し、共にペンシルヴァニアに移り住んだ。二人には子供が数名生まれ、何ら嫌がらせを受けることなく暮らしていた。が、やがて元の所有主が亡くなると、相続人が彼らを取り戻そうとした。彼らがその前へと引き立てられた治安判事は、しかしながら、自分には一件における法的権限が一切ないとの判断を下した。所有主は夜中に女と子供達を捕らえ、メリーランドへ拉した」

「黒人を現金で」「黒人を現金で」「黒人を現金で」というのが記事のびっしり詰まった新聞の長い広告欄にズラリと並んだ大文字になる公示の見出しである。奴を捕まえ果し、喉元にむんずとつかみかかったトップブーツのいかつい追手の足許に、手枷をかけられたなり蹲っている脱走黒人の板目木版画が、愉快な本文に好もしき彩を添える。社説は「神の掟であれ自然の掟であれ、いずれにも悉く齟齬を来すかの奴隷制廃止なる言語道断にして極悪非道の教義」に真っ向から異を唱える。ひんやりとしたベランダで新聞を読みながら当該活きのいい記事に相槌めいた笑みを浮かべている繊細なママは、スカートに纏わりつく末っ子をなだめすかすに、「いい子にしてて頂だいな、黒ん坊のおチビさん達をぶつ鞭を買って上げるから」と約束する――されど黒ん坊は、おチビさんたろうといっぱしたろうと、民意によって守られている。

当該民意を次なる三様の視点で肝要な、また別の考査で試してみようではないか。第一に、奴隷所有者が広く購読されている新聞におけるその黒人逃亡者の繊細な描写において、何と狂おしいまでに民意に怯えていることか明らかにしているからというので。第二に、奴隷自身は何と完璧に満ち足り、何とめったなことでは逃亡しないことか明らかにしているからというので。第三に、彼らの似顔絵が虚言を弄す廃止論者によってではなく、彼ら自身の正直者の主人によって描かれているだけに、痣や傷は疎か、如何なる暴力の名残も留めていない様をひけらかしているからというので。

以下は一般紙に掲載された公示の数例である。最も古いものですら紙面に載ってわずか四年しか経っていない。同じ手合いの他の公示は日々、大量に掲載され続けている。

「逃亡、黒人女キャロライン。尖った先《プロング》の一本折り返された首枷」

「逃亡、黒人女ベッツィー。右脚に鉄棒」

「逃亡、黒人マニュエル。焼き鏝痕多数」

「逃亡、黒人女ファニー。首に鉄箍」

「逃亡、黒人少年。十二歳前後。首に『ドゥ・ランペール』と刻まれた鎖状の犬の首輪」

「逃亡、黒人ハウン。左足に鉄輪。並びに、その妻グリーズ。左脚に鎖付の輪」

「逃亡、ジェイムズという名の黒人少年。逃走時は足枷有」

「拘禁、ジョンと名乗る男。右足に重さ四、五ポンドの鉄枷」

「警察署に留置、黒人娘マイラ。数箇所に鞭打ちの痕。両足に鉄枷」

「逃亡、二人の子連れの黒人女。逃げ出す二、三日前、左頬に焼き鏝を当てる。Ｍの烙印とし」

「逃亡、ヘンリーという名の黒人。左目は抉り出され、左腕と脇の下に短剣の突き痕。鞭打ちの傷、多数」

「謝金に一〇〇ドル。四十歳の黒ん坊ポンペイ発見者へ。左顎に焼き鏝痕」

「拘留。黒人男。左足指無」

「逃亡、レイチェルという名の黒人女。親指以外、足指無」

「逃亡、サム。先日、手をぶち抜かれ、左腕と脇腹にも数箇所、銃弾痕」

「逃亡、当家の黒人男デニス。左腕の肩と肘の間に銃弾痕。よって左手は麻痺」

「逃亡、サイモンという名の当家の黒人男。背中と右腕に深い銃弾痕」

「逃亡、アーサーという名の黒人。胸から両腕にかけて大きなナイフの切り傷。無性に、ありがたき神の話をしたがる」

「当家の奴隷アイザック発見者へ謝礼二五ドル。額に殴打の痕。背中にピストルの銃弾痕」

「逃亡、メアリーという名の黒人娘。目の上に小さな傷痕。歯は多数欠け、頬と額にＡの烙印」

「逃亡、黒人男ベン。右手に傷痕。親指と人差し指は昨秋銃で撃たれて損傷。骨が一部露出。背中と臀部にも一、二、大きな傷痕」

「拘留、トムという名の白黒混血男。右頬に傷痕。顔を火薬で焼かれた模様」

「逃亡、ネッドという名の黒人男。指の内三本は切り傷により掌の方へ折れ、首の後ろにはナイフによるほぼ半周に及ぶ傷痕」

「留置、ジョサイアと名乗る黒人男。背中に鞭打ちの痕多数。腿と臀部に三、四箇所ＪＭの烙印。右耳の端は食いちぎられたか、殺ぎ落とされている」

「当方の奴隷エドワードに五〇ドルの謝礼。口の隅に傷痕。腕と脇の下に二箇所切り傷。腕にＥの烙印」

「逃亡、黒人少年エリー。片腕に犬に噛まれた痕」

「逃亡、ジェイムズ・サーゲットの農園より以下の黒人三名。ランダル、片耳の端が殺ぎ落とされている。ボブ、片目。ケンタッキー・トム、下顎を骨折」

「逃亡、アントニー。片耳は殺ぎ落とされ、左手は斧で切断」

「黒人男ジム・ブレイクに五〇ドルの謝金。左右とも耳の端が殺ぎ落とされ、左手中指は第二関節まで切断」

「逃亡、マライアという名の黒人女。片頬に切り傷。背中にも傷痕数箇所」

「逃亡、白黒混血娘メアリ。左腕に切り傷、左肩にも傷痕。上の歯が二本欠けている」

当該後者の人相書きの説明として言えることだが、恐らく、民意が黒人に保証している他の祝福の就中、激しい殴打で歯を圧し折るというのはしごくありきたりの習いに挙げられよう。夜となく昼となく鉄の首枷をかけ、犬にイジメ抜かすというのは余りに日常茶飯なため言及にすら値せぬ習いと思しい。

「逃亡、当家の奴隷ファウンテン。両耳に穴、額の右側に傷痕。両脚の後ろ側に銃弾痕、背中にも鞭打ち痕」

「当家の黒人男ジムに二五〇ドルの謝礼。右腿に銃弾痕多数。臀部と膝関節の中程、外側に加えられたもの」

「留置、ジョン。左耳端切断」

「拘引、黒人男。顔と体に傷痕多数。左耳は食いちぎられている」

「逃亡、メアリーという名の黒人娘。頬に傷痕、足指の内一本の先は切断」

「逃亡、当家の白黒混血女ジュディ。右腕骨折」

「逃亡、当家の黒人男リーヴァ。左手に火傷、人差し指の先も確か、切断」

「逃亡、ワシントンという名の黒人男。中指の一部と、小指の先、切断」

「当家の奴隷ジョンに二五ドルの謝礼。鼻の先が食いちぎられている」

「黒人奴隷サリーに二五ドルの謝礼。せむしのような歩き方」

「逃亡、ジョー・デニス。片耳に小さなV字の切欠き《ノッチ》」

「逃亡、黒人少年ジャック。左耳に小さな耳刻《クロップ》」

「逃亡、アイヴォリーという名の黒人男。両耳の先が少しずつ殺ぎ落とされている」

耳なる一件のついでに言えば、ニューヨーク在住のとある著名な奴隷制廃止論者はいつぞや頭部からきっちり殺ぎ落とされた黒人の片耳を普通郵便で送りつけられた。差出し人は耳の切断を命じた、選挙権を有す自由人の殿方で、耳は何卒「蒐集」に収めて頂くようとの丁重な但書きが添えてあった。

上記の一覧はなお幾多の骨折した腕、骨折した脚、深傷、欠けた歯、裂傷を負った背、犬の噛み痕、赤熱の焼き鏝による無数の烙印等々で難なく膨れ上がらせられよう。が読者諸兄は早、嫌というほど不快を覚え、辟易しておいでであろうから、一件の別の話題に移るとしよう。

その同様の列記ならば毎年、毎月、毎週、毎日、為されるやもしれず、各家庭において日常茶飯事として、また時事ニュースや世間話の端くれとして、坦々と目を通されているこれら公示を見れば、如何ほど奴隷が民意に恩恵を蒙り、民意は連中の身を慮る上で如何ほど心優しいか、歴たるものがある。が如何に奴隷所有者や彼らの内幾多の人間の属す社会層が、奴隷に対す、ではなく互いに対す、己《おの》が行状において民意に唯々諾々と従い、如何に己《おの》が激情を抑える習いにあるか、連中同士の間での振舞いは如何様か、果たして粗暴か温厚か、彼らの社会的習慣は獣的で、凶暴で、獰猛か、それとも文明と洗練の刻印を留めているか、問うてみるのも無駄ではなかろう。

この問いにおいても、奴隷廃止論者からの偏った証言を一切鵜呑みにせぬよう、小生は今一度、彼ら自身の新聞を参照し、この度は小生のアメリカ滞在中に日々掲載され、小生がそこにいる間《かん》出来した事件に言及する記事から選りすぐったもののみ紹介するに留めよう。以下の引用における傍点は、上述のそれにおけると同様、小生自身が付したものである。

これら事例は、以下審らかにされる通り、必ずしも全てが合法的奴隷州に現に属す領地で出来した訳ではない——なるほど大半は、してわけても正しく最悪のものは、その近似の事例が常に出来している如く、同上の領地で出来してはいるものの。犯行現場が、しかしながら、奴隷制の合法化された地区に近接し、なおかつくだんの類《たぐい》の暴行が他のそれらと酷似していることから、当事者の人格は奴隷地区において形成され、奴隷習慣によって一層粗暴にされていると推測してまず差し支えあるまい。

「由々しき惨事

「ウィスコンシン州『サウスポート・テレグラフ』紙の記事によれば、ブラウン郡議会議員チャールズ・C・P・アーントが会議室の床の上にてグラント郡議会議員ジェイムズ・R・ヴィンヤードによって射殺された。本件はグラント郡保安官指名を巡って出来した。E・S・ベイカー氏がアーント氏によって推薦された。この指名は実の弟に任命が帰属することを望んだヴィンヤードによって真っ向から反対された。討論の最中《さなか》、被害者は何らかの発言を行ない、ヴィンヤードはこれを虚言と評し、大半は人身攻撃に関わる、荒々しい侮辱的な文言を用いたが、A氏は一切返答しなかった。休廷後、A氏はヴィンヤードに歩み寄り、前言を撤回するよう求めたが、ヴィンヤードは撤回するどころか、暴言を繰り返した。その期に及びアーント氏がヴィンヤードに殴りかかると、ヴィンヤードは一歩後退り、銃を抜き、A氏を射殺した。

「諍いはヴィンヤードの側《がわ》にて挑発されたと思われる。というのもヴィンヤードは是が非ともベイカー指命を阻止しようと意を決し、自ら敗北を喫すや、怨恨と意趣を不運なアーントに晴らしたからだ」

「ウィスコンシン惨事

「ウィスコンシン準州にては当準州立法府議会室にてC・C・P・アーントが殺害された一件を巡り、公衆からの抗議の声が高まっている。ウィスコンシン各郡では祖国の立法府議会室にて銃器を隠し持つ習いを糾弾する集会が開かれている。小紙は殺人事件の犯人ジェイムズ・R・ヴィンヤード免職の記事を一読したが、よもや息子が殺される所を目撃しようなど思いもせずアーント氏に会いに来ていた老齢の父親の目の前で、ヴィンヤードがアーント氏を殺害する所を目の当たりにした人々によるこの免職の後《のち》、ダン判事がヴィンヤードを保釈出所させた旨聞き及んで驚愕している。『マイナーズ・フリー・プレス』紙は相応の譴責の文言を用いてウィスコンシンの住民の感情に対す侮辱に言及している。ヴィンヤードはアーント氏に有無を言わせず、致死的な狙いを定めた際、氏から腕一本と離れていなかった。然に間近にいるからには、ただ傷を負わせるに留めようと思えば留められていたやもしれぬ。が敢えて氏を殺害した」

「殺人

「十四日付某セントルイス紙聞に掲載された書状によると、アイオワ州バーリントンで恐るべき殺人が発生したという。然るブリッジマンという人物は地元の住人ロス氏と諍いを起こしていた。後者の義弟がコルト社製回転式拳銃で身を固め、B氏を街頭で待ち伏せすると、内五銃身に込めた弾を氏宛発砲し、全て命中した。B氏は、深傷を負い、瀕死だったにもかかわらず、反撃し、その場でロスを殺害した」

「ロバート・ポッターの惨死

「本月十二日付『キャドー・ガゼット』紙によると、ロバート・ポッター大佐が非業の死を遂げた。大佐はローズという名の仇敵に自宅で襲われた。大佐は寝椅子から跳ね起きると、銃をつかみ、夜着のまま、屋敷から飛び出した。二〇〇ヤードほどの間は追手を寄せつけぬやに見えたが、薮に絡まり、敵の手に落ちた。ローズは大佐にここは一つ情けをかけ、命だけは容赦してやっても構わぬと告げた。してポッターに然るべき距離に達するまで待ったはかけぬので、好きなだけ走れと命じた。ポッターは命令と共に駆け出し、銃が発砲されぬ内に池に辿り着いた。まずもって池に飛び込み、水中へ潜らねばと思い、事実、そうした。ローズはすぐ背後まで迫っていたため、ポッターが水面に浮かび上がり次第いつでも射殺できるよう部下を堤に並ばせた。ものの数秒でポッターは息を継ぐべく浮かび上がった。が、彼の頭は水面に達するが早いか蜂の巣の如く銃弾を浴び、遺骸は水底《みなそこ》に沈んだが最後、二度と浮かび上がらなかった！」

「アカンソーにおける殺人

「数日前、セネカ族*居住地において、セネカ、クオポ、ショーニー連合部族の副代理人ルース氏と、アカンソー、ベントン郡、メイヴィルのトーマス・G・アリソン商会のジェイムズ・ギレスピ氏との間で激しい口論が持ち上がり、後者が片刃猟刀《ボーイナイフ》で殺害された。両者はしばらく前から反目し合っていた。まずもってギレスピ少佐が杖で襲撃した。激しい闘いが続き、その間《かん》ピストルがギレスピにより二発、ルースにより一発、発砲された。ルースがそこでかの、断じて為損じのなき武器の一つ、片刃猟刀《ボーイナイフ》でギレスピを刺し殺した。G少佐の死は大いに悼まれる。というのも少佐は心の寛い、精力的な人物だったからだ。上記が活字にされて以来、アリソン少佐は我らが市民の内数名に、まずもって殴りかかったのはルース氏だと告げているという。小紙としては詳細への言及は差し控えたい。というのも一件は今後、司法の事実究明を受けることになっているからだ」

「蛮行

「ミシシッピー川から下ったばかりの汽船『テムズ号』がもたらした号外によると、本月六日の晩、インディペンデンス*にて当州の前総督リルバーン・W・バッグズを暗殺した者に五〇〇ドルの賞金が懸けられたとのこと。手書きのメモの伝える所では、バッグズ総督は命はあるものの、致命傷を負っている。

「上記のメモが記されて以来、小紙は『テムズ号』の事務官より、以下の如き詳細を審らかにする短信を受け取った。バッグズ総督は本月六日金曜、インディペンデンスの自宅の一室でくつろいでいる際、何者かにより銃で撃たれた。銃声を聞きつけた幼い息子が部屋に駆けつけてみると、総督は下顎をがっくり落とし、頭を仰け反らせたなり、椅子に掛けていた。父親が何者かに襲われたと見るや、少年は急を告げた。窓の下の庭に足跡があり、過剰充填され、同上を発砲した犯人の手から放り捨てられたと思われるピストルも見つかった。大口径銃の鹿玉（狩猟用の大粒散弾）が三発命中し、一発は口の中へ、一発は脳へ、もう一発は恐らく脳の中、もしくは近くへ撃ち込まれ、いずれも首と頭の後部へ達していた。総督は七日朝には依然存命だったが、友人は皆回復を諦め、医者も一縷の望みしか抱いていない。

「容疑者が見つかり、保安官は今頃は早、男を逮捕していると思われる。

「ピストルは数日前にインディペンデンスの然るパン屋から盗まれた二挺の内一挺で、当局は残る一挺の種類、形状等も把握している」

「果たし合い

「傷ましい事件が金曜夕刻、シャトル街にて発生し、我々の最も奇特な市民の一人が短剣により腹部に深傷を負った。昨日の（ニューオーリンズ発）『ビー』紙によれば、以下の如き詳細が明らかになっている。去る月曜、『オンタリオ』紙並びに『ウッドベリー』紙掲載のそれらに応え、同紙の仏語紙面に砲兵大隊が日曜の朝に銃を発砲したことに対す非難を含む記事が掲載され、同市の治安を維持すべく終夜出動している人々の家族に少なからぬ危惧をもたらした。大隊指揮官C・ギャリー少佐はこれに立腹し、新聞社を訪ね、記者の名を求めた。さらばその折は不在ながら、P・アーピン氏の名が告げられた。経営者の内一人との間で、それから口論となり、果たし合いが挑まれた。両当事者の友人が仲裁に入ったが、調停するには至らなかった。金曜夕刻およそ七時、ギャリー少佐はシャトル街でP・アーピン氏を待ち受け、声をかけた。『アーピン殿と?・』
『如何にも』
『ならば一言言わせてもらうが、この――』（と、然るべき形容辞を用いて。）
『いずれイタい目に会おうが』

『だが、いっそ貴殿の肩で杖をへし折りたいものだと申し上げたかと』
『如何にも。だが今のその一鞭《ひとむち》を頂戴してはいませんな』
「との文言を耳にするが早いか、ギャリー少佐は、杖を手にしていたこともあり、アーピン氏の顔面に殴りかかり、後者はポケットから短剣を抜くと、ギャリー少佐の腹部を刺した。
「伝えられる所によれば、傷は致命的となろう。アーピン氏は問責に応ずべく刑事法廷へ出頭する旨言質を与えているという」

「ミシシッピーにおける乱闘

「先月二十七日、ミシシッピー州リーク郡カーシッジ近郊でのジェイムズ・コティンガムとジョン・ウィルバーンとの間における乱闘において、後者が前者に銃で撃たれ、深傷を負い、回復の見込みは全くない。本月二日、カーシッジにてA・C・シャーキーとジョージ・ゴフとの間で乱闘があり、後者が銃撃され、致命傷を負った。シャーキーは当局に自首して出たが、気が変わり、逃走した！」

「個人的な諍い

「先日、スパルタで旅籠の酒場の主人と、ベリーと名乗る男との間で口論が持ち上がった。恐らくベリーがいささか騒々しくなったため、主人が治安を維持すべくベリーにおとなしくせねば銃で撃つと脅し、さらばベリーがいきなりピストルを抜き、主人に発砲したと思われる。主人は先の報告の際には未だ存命であったが、回復の見込みはほとんどない」

「決闘

「汽船『トリビューン号』の事務官の伝える所によれば、またもや去る火曜、ヴィクスバーグの銀行員ロビンズ氏と、『ヴィクスバーグ・センティネル』紙の編集主幹フォール氏との間で決闘が持ち上がったとのことである。取り決めに則り、両当事者は各々銃を六挺ずつ携え、『撃て！』の号令と共に能う限り速やかに発砲して好いことになっていた。フォールは二挺発砲したが、命中しなかった。ロビンズ氏の最初の銃弾がフォールの太腿に命中し、フォールは倒れ、以降、果たし合いを続けられなかった」

「クラーク郡での乱闘

「先月九日火曜日、クラーク郡（ミズーリ州）ウォータールー近郊にて不幸な諍いが出来した。一件は、蒸留業に携わるマッケイン氏とマッカリスター氏の共同経営に係る軋轢を調停すべく持ち上がり、後者がマッケイン氏に銃殺される結果となった。元を正せば、マッケインの財産たるウイスキー七樽をマッカリスターが占有しようとしたのが原因だが、酒は保安官立会い競売にて一樽一ドルにてマッカリスターに競り落とされていた。マッケインはすぐ様逐電し、目下の所、逮捕されていない。

「この不幸な諍いは界隈に少なからぬ動揺をもたらしている。というのも当事者はいずれも大家族を扶養し、地域でも信望が篤かったからだ」

新聞からの引用は後一節に留めるとしよう。当該一節はその途轍もなき馬鹿馬鹿しさ故に、これら極悪非道の犯罪に対すせめてもの慰めとなるやもしれぬ。

「名誉に係る決闘

「小紙は火曜日、シックス・マイル島にて出来した、当市の血気盛んな若人二名――齢十五のサムエル・サーストンと齢十三のウィリアム・ハイン――の間で行なわれた果たし合いの詳細を入手した。二人には同年令の介添役が付き添っていた模様。その折用いられた武器はディクソン社の極上ライフル二挺で、距離は三〇ヤード。共に一発撃ったが、いずれの当事者も損傷は蒙らなかった。ただサーストンの銃弾がハインの帽子の山を貫通したのをさておけば。名誉審議会の仲裁により、果たし状は取り下げられ、諍いは円満に解決された」

もしや読者諸兄が、世界中の他の如何なる地においてであれ、二名の赤帽の背に円満に据えられ、樺鞭《かんばむち》もてしこたま灸を据えられて然るべきであったろうこれら二人のチビ助同士の諍いを円満に解決した名誉審議会とやらが如何なる手合いの代物か想像を逞しゅうする気がおありなら、定めて、その姿が瞼に彷彿とする度思わず腹を抱えずばおれぬ小生に劣らず、世には何と噴飯ものの委員会もあったものかと感じ入って頂けよう。

今や、小生はごく一般的な常識とごく一般的な人情を具えた人間的な精神という精神に――如何ほどわずかであれ私見を有す全ての冷静で、理性的な人々に――訴え、そこで問うてみたい、果たしてアメリカの奴隷地区に、或いはその周辺に、存在する社会状況の上記のような悍しき証拠を前にして、奴隷の置かれている真の境遇にいささかなり疑念を抱けるものか否か、或いは一瞬たり、奴隷制もしくはその極悪の恐るべき様相のいずれであれ、己自身の公正な良心と折り合いをつけられるものか否か？　如何ほどその程度の甚だしかろうと、如何なる残虐や恐怖の逸話に関してであれ、そいつがよもや真実のはずはないなどと言えるものか否か――ほんの公刊紙に当たりさえすれば、走りながらですらざっと、これら、奴隷を自らの行為において、自らの権力の下《もと》に、支配している人々によって眼前に突きつけられたかようの証を読み取れるというに？

我々が知らぬとでも、奴隷制の最悪の歪《ひず》みと醜さはこれら生まれながらにして自由な無法破りによって働かれている傍若無人の狼藉の原因にして結果だということを？　我々が知らぬとでも、奴隷制の残虐の直中にて生まれ育った男は――幼い時分から夫が命令次第で己の妻を鞭打たざるを得ず、女が猥りがわしくも、男が脚にそれだけ深い鞭痕を残せるよう自らの衣服をたくし上げさせられ、その陣痛の折しも残忍な監督によって責め立て、酷使され、挙句正しく鞭を受けながらにして、苦役の場にて、母となる様を目の当たりにして来た男は――若くして他処にては公にされ得まい、逃亡した男や女の記事や、傷だらけの人相書きを農場や野獣ショーにおけるその数だけの獣のそれよろしく読んで来た、のみならず生娘の姉妹が読むのを目の当たりにして来た男は――然り、我々が知らぬとでも、かようの男は、一度《ひとたび》腸を煮えくり返らせたが最後、獰猛な蛮人と化そうということを？　我々が知らぬとでも、恰も家庭生活において、身を縮こめた男奴隷や女奴隷の直中を重い鞭で身を固めたなり闊歩する小心者たる如く、然に男は、表通りにても小心者を地で行くに、固より小心者の武器を懐に隠し持っているからには、悶着を起こせば必ずや相手を銃で撃ち、剣で突こうということを？　して万が一我々の理性が以上を、して遙かに多くを我々に教えずとも――万が一我々が愚かしくも、かようの男を育むくだんの素晴らしき手塩のかけ様に目をつむろうと――我々の知るまいか、対等の者同士の間でさえ州議会室や、会計事務所や、市場《いちば》や、他処であれば長閑なはずのありとあらゆる日常の営みにおいて剣で突き、銃を撃つ連中は己《おの》が使用人に対し、たとい彼らが自由の身たろうと、その数だけの仮借なき、非情な暴君に違いないということを？

何だと！　我々はアイルランドの無学の百姓を激しく糾弾しておきながら、これらアメリカの苛酷な主《あるじ》が問題にされるやお茶を濁そうというのか？　我々は家畜をびっこにする連中の残忍を恥晒しとしてあげつらっておきながら、男や女の耳に切欠《ノッチ》きを入れ、後込みする生き身に愉快な銘を刻み、人間の面《つら》に赤熱の鉄のペンで文字を綴る術《すべ》を学び、己《おの》が奴隷が終生纏い、墓場まで引きずって行こう不具なる仕着せへの詩的空想を目一杯膨らますに、我らが救世主を愚弄し惨殺した兵士さながら（『マタイ』二七）生身の手足をへし折り、防御の術《すべ》なき生き物を標的として掲げて憚らぬ現し世の「自由」の師表を容赦しようというのか！　異端のインディアンが互いにかけ合う拷問の口碑には託ち言を並べておきながら、キリスト教徒の男の残虐には微笑みかけようというのか！　こうした事柄の生き存える限り、くだんの種属の散り散りに散った名残に凱歌を挙げ、彼らの資産の白色人種による享受に酔い痴れようというのか？　むしろ、小生のためとあらば、森とインディアン村を取り戻せよ、星条旗の代わりに何かみすぼらしい羽根をそよ風にヒラつかせよ、街路や広場を獣皮小屋《ウイグワム》にすげ替えよ、さらばたとい百人もの傲り昂った戦士の挽歌が辺り一面響き渡ろうと、其はとある不幸な奴隷の絶叫に比ぶれば調べたらん。

　常日頃から我々の眼前にあり、その点に関しては我々の国民的気質の見る間に変わりつつあるとある主題に関し、ありのままの「真実」の語られんかな。我々のよもや卑劣漢よろしく、暗にスペイン人や荒らかなイタリア人を当てこすることにて薮の周りばかりを叩くこと勿れ。仮に諍いにおいて英国人によりてナイフが抜かれれば、かく声を大にして訴えようではないか。「我々がかように変わったのは共和国の奴隷制のせいに外ならぬ。これぞ『独立』の武器なり。かくの如き鋭い鋒と刃もて、アメリカの『自由』は己《おの》が奴隷をぶった斬り、滅多斬りにする。或いは、くだんの営みに事欠けば、女神の息子共はそいつらをもっと増しな用に充てるに、互いに鉾先を向けよう」

第十八章　結び

拙著には、読者諸兄にむしろ小生が眼前に呈示する前提より自ら判断を下して頂きたいと思えばこそ、諸兄を小生自身の推論や結論で煩わす誘惑に辛うじて抗い果した条《くだり》が少なからずある。事を始めるに当たっての小生の唯一の目的は何処へ足を運ぼうと諸兄を律義に連れ行くことにあり、くだんの務めを小生は全うしたまでのことである。

とは言え、他処者の目に映るがままのアメリカ国民の一般的な気質や、彼らの社会体制の一般的な気質といった主題について二言三言、筆を擱く前に私見を述べさせて頂こうと、御寛恕頂けるのではあるまいか。

彼らは生まれながらにして気さくで、勇敢で、誠実で、持て成し心に篤く、情愛深い。教養と洗練とは単に心の温かさとひたむきな熱意を高めているにすぎぬかのようだ。してこれら後者の資質を豊かに兼ね具えていればこそ、アメリカの識者が最も親しみ深く、寛大な友人の一人たり得るのではなかろうか。小生はついぞこれら識者によるほど心を惹きつけられたためしも、彼らに対すほど快く、喜んで、全幅の信頼と敬意を寄せたためしもなければ、二度と再び、半生にわたって崇敬を抱くであろう然に幾多の馴染みにわずか半年の内に恵まれることもなかろう。

上記の資質は、小生の心底信ずに、国民全体に生まれながらに具わっている。それらは、しかしながら、大衆に紛れて育つ内に甚だしく乾涸び、立ち枯れているということは、それらをいよよ大きな危険に晒し、目下の所、その健やかな回復の見込みをほとんど与えてくれぬ感化が働いているということは、公言せねばならぬ真実である。

全ての国民性の本質として、己《おの》が瑕疵で得々とそっくり返り、その徳性ないし叡智の証を正しくそれらの過大視より演繹するという点が挙げられる。アメリカの人心のとある大きな欠陥にして、一孵りの雛ほども数知れぬ邪悪の多産の親は「普遍的不信」である。がそれでいて、アメリカ市民は当該特質を、そいつがもたらす破滅を見て取れようほど冷静な時ですら、鼻にかける。して間々、己自身の理性を向こうに回してでも、国民の大いなる聡明と鋭敏や、優れた洞察力と自立心の例証として掲げる。

「あなた方は」と他処者は言う。「この嫉妬と不信を公生活の全ての業務に持ち込む。かくて、然るべき人物を州議会より排斥することにて、その全ての行為において貴国の制度や国民の選択を貶めるしか能のない類《たぐい》の立候補者ばかりがのさばる。かくてあなた方は然に気紛れにして移り気なものだから、その無節操は天下のお笑い種にすらなっている。というのも偶像をしかと据えるが早いか、必ずやそいつを引き倒し、粉々に打ち砕くからだ。しかも、恩人、もしくは公僕に報酬を与えるや否や、単に事実報酬を与えられているとの謂れをもって男に眉にツバしてかかり、すかさずせっせと己は謝礼において気前が好すぎるか、男がその当然の報いにおいて怠慢を働いているか、いずれか突き止めにかかるからだ。大統領を始めとし、あなた方の間で高位に就く如何なる者であれ、その時を境に失墜が始まっているやもしれぬ。というのも、如何なる名うてのならず者が物す如何なる虚言であれ、活字になるや、如何ほどとある人生の性格と行為に真っ向から累を及ぼそうと、立ち所にあなた方の不信に訴え、鵜呑みにされるからだ。あなた方は如何ほど公平に勝ち取られ、十全と値しようと信用や信頼の点における蚋《ぶよ》を漉し出す片や、もしやそいつらが下らぬ疑念や卑しい猜疑をどっさり背に負うていれば、一隊商丸ごと分もの駱駝《らくだ》を呑み込もう。＊とはまっとうか否か、或いはあなた方の間で統治者や被治者の人格を高めようか否か、御一考頂きたい」

返答は判で捺したように同じだ。「この国には、御承知の通り、意見の自由がある。誰しも独力で考え、おいそれとは出し抜かれるを潔しとせぬ。かくて我々米国民は疑り深くなっているまでのことだ」

もう一つの顕著な特質は「抜け目ない」取り引きへの偏愛であり、そいつは幾多の詐欺や甚だしき背信に、公私を問わぬ幾多の約束不履行に、金《きん》を着せ、かくて絞首刑に処されて然るべき幾多の悪漢が最も気高き人々と並んで臆面もなく頭をもたげるに至る。とは言え、それなり因果応報が伴わぬでもない。というのも当該抜け目なさは公的信用を損ない、公的資力を殺ぐに、愚直な正直が如何ほど捩り鉢巻きでかかろうと一世紀の内に為し得なかった以上の事をものの二、三年の内にやってのけているからだ。山の外れた投機や、破産や、まんまと旨い汁を吸っている破落戸の功罪は其が、或いは男が、如何に黄金律「汝の為されたきよう為せ」を遵守しているかによって測られるのではなく、連中の抜け目なさとの関連で考慮される。小生はミシシッピー川沿いのくだんの悪運尽きたケアロを通りすがった双方の折に、かようの言語道断のペテンが木端微塵に吹っ飛んだ際に外国における信頼の欠如をもたらし、外国投資に水を差す上で招かずばおかぬ悪しき結果に目を留めたことを記憶している。が、御教示賜った所によらば、これぞ巨額の転がり込んだすこぶる抜け目ない企略にして、わけても抜け目ない様相は連中が海の向こうではこうした事共をあっという間に忘れ、またもや相も変わらず野放図に山を張ったという点にある。以下の如きやり取りを、小生は幾度となく交わして来た。「誰それのような男が不埒千万な悍しき手立てにて巨万の富を手にし、これまで幾多の罪を犯して来ているにもかかわらず貴殿の市民によって大目に見られ、むしろ焚きつけられているというのは極めて恥ずべき状況ではないでしょうか？　あの男は世間の鼻摘み者では？」「イエス、サー」「札付きのペテン師では？」「イエス、サー」「これまでも散々足蹴にされたり、平手打ちを食らったり、杖でぶたれたりして来ているのでは？」「イエス、サー」「してとことん浅ましい、卑劣な遊び人では？」「イエス、サー」「だったら一体全体、何が取り柄だというのです？」「ウェル、サー、あいつは実に抜け目ない男でして」

　事ほど左様に、ありとあらゆる手合いの拙劣にして無分別な因襲は国民的な商魂逞しさに帰せられよう。とは言え、奇しくも、もしや外国人がアメリカ人を商魂逞しい国民と見なせば、軽々ならざる咎め立てを受けようが。商魂逞しさは田舎町にて然にハバを利かせているかの、既婚者が旅籠に止宿し、自分達自身の炉端を持たず、早朝から深夜に至るまで、そそくさとした定食の折を措いてめったに顔を合わさぬ味気ない習いの謂れとして挙げられる。商魂逞しいばっかりに、アメリカ文学はいつまで経っても保護されぬのではあるまいか。*「何故なら我々は商魂逞しい国民で、詩は固よりお構いなしなもので」とは言え我々は、因みに、事実我らが詩人をいたく誇りにしていると公言して憚らぬのではあるが——健やかな娯楽や、陽気な気散じの手立てや、健全な空想は商魂の冷徹な功利主義的愉悦を前に、色褪せざるを得ぬ片や。

　これら三様の特質は事ある毎に、他処者の視界にまともに明々白々と呈せられる。が、アメリカの悪しき生育はこれよりなお縺れた根を有し、そいつはその放埒な報道界に深く根を張っている。

　学校は東西南北、至る所に建てられ、幾々万人となく生徒は教えられ、教師は育てられ、大学は栄え、教会は会衆で溢れ、節制は普及し、他のありとあらゆる形《なり》なる知識の促進が国中を大手を振って闊歩しているやもしれぬ。が、アメリカの新聞報道界が目下の惨めな状況にあるか、近い限り、くだんの国の高度な道徳的向上は望めまい。年々歳々、そいつは必ずや後退せざるを得ず、後退するであろう。年々歳々、国民感情の調子は下がらざるを得まい。年々歳々、国会と上院は全ての人品卑しからざる人々の前で価値を落とさざるを得まい。年々歳々、独立の偉大な父祖の記憶は彼らの堕落した後裔の悪しき生活においていよよ、いよよ蹂躙されざるを得まい。

合衆国で出版されている幾多の定期刊行物の中にも、無論、徳性と信用を具えたものはある。この手の出版物に携わる教養人との個人的な交わりから、小生は愉悦と功徳双方を得て来た。がこれらの名は「僅少」にして、その他の名は「無数《レギオン》（『マルコ』五：九）」なり。して善の感化は悪の道徳的毒を中和するには無力である。

アメリカの上流階級や、温厚な博識家や、知的職業や、弁護士と裁判官の間には、これら恥ずべき刊行物の邪な質《たち》に関し、唯一の見解しか、あり得べくもなかろう如く、ない。時に——奇しくも、とは言うまい。というのもかようの恥辱に対し言い抜けを求めるのはしごく当然だから——そいつらの影響力は他処者が想像するほど大きくないと主張される。歯に衣着せず言わせて頂けば、当該申し立てには何ら根拠がなく、ありとあらゆる事実と状況は真っ向から反対の結論を導いている。

もしやアメリカにて、知性にせよ人品にせよ如何なる程度の美点であれ具えた如何なる者もまずもってこの堕落の怪物の前で地べたに這い蹲い、膝を折り曲げずして、何であれともかく公的高位へ昇り詰められるものなら——もしや如何なる私的卓越性であれそいつの攻撃を免れられるものなら——如何なる社会的信頼であれそいつに損なわれぬまま保たれる、と言おうか如何なる社会的品格や名誉の絆であれいささかなり尊重されるものなら——くだんの自由の国の如何なる者であれ意見の自由を有し、その荒くれた無知と卑劣な不正直を心の中ではとことん疎み、蔑んでいる検閲に身を貶めてまでお伺いを立てるまでもなく、敢えて独自に考え、独自に口を利こうとするなら——もしやその極悪非道と、国家の面《つら》に塗っているドロを身に染みて感じ、互いにそいつを徹頭徹尾弾該する者が、敢えて万人の目の前で公然とそいつを足蹴にし、踏み躙れば——さらばその影響力は必ずや弱まり、国民はその本来の雄々しき悟性へと立ち返ろう。が、くだんの報道界が屋敷という屋敷で邪な目を光らせ、ピンは大統領からキリは郵便配達夫に至るまで、祖国の任命という任命に黒々とした手を突っ込んでいる限り——猥りがわしき中傷が唯一の商い種たるそいつが、己《おの》が読み物を新聞に見出さねばならず、さなくば端《はな》から読むまい巨大な読者層のお定まりの文学たる限り——然たる限り、その汚名は国家の頭《こうべ》に着せられ、そいつの働く悪事は共和国にてまざまざと顕現せざるを得まい。

　英国の主立った定期刊行物か、ヨーロッパ大陸の然るべき刊行物に慣れ親しんでいる読者に、と言おうか他の如何なる出版物にであれ慣れ親しんでいる読者に、小生には紙面もなければその気もないほど夥しき量の抜粋を呈示せずして、アメリカの当該恐るべき報道機関について十全と伝えることは叶うまい。だが、この点に関す小生の申し立ての確証をお求めの向きは数知れぬくだんの出版物の見出されよう、このロンドン市内の如何なる場所であれ足を運び、そこにて御自身なりの見解を抱かれるが好い†。

　アメリカ国民全体にとっては無論、もしや「現実」を然まで愛でず、「理想」をもう少々愛でるならば、なお好かろうに。もしや明らかにして直接、有益ならずとも、心の軽やかさや陽気をより暖かく促し、美しいものをより広く育む気風があるならば、なお好かろうに。だが、ここにて、固より単に旧国家の遅々たる生育に外ならぬだけに全くもって不条理極まりなき瑕疵の弁解として然にしょっちゅう呈せられる「我々は新国家なり」との一般的抗弁が、宜なるかな、申し立てられるやもしれぬ。がそれでいて、小生としてはアメリカにも何か報道政略以外の気散じがあるという話を耳にしたいものだ。

　彼らは確かにユーモアを解《かい》す国民ではなく、その気っ風には必ずや魯鈍で陰鬱な質《たち》のそれとしての印象を受けて来た。発言の抜け目なさと、ある種筋金入りの狡猾さにおいて、ヤンキーは、即ちニューイングランド人は、文句なく、筆頭に挙げられる──とはほとんど他の全ての知性の証におけるが如く。が、上述の通り、大都市郊外をあちこち旅する上で、仕事の生真面目さと憂はしい風情がどこでもかしこでもハバを利かせているのにはほとほと辟易した。というのもそいつと来ては然にありきたりにして変哲がないものだから、辿り着く新たな町という町で、恰もつい今しがた後にした町に置き去りにしたとウリ二つの連中に出会すかのようだったからだ。国民共通の物腰に見て取れる手合いの欠点は、どうやら、がさつな習慣への不機嫌な拘泥をもたらし、人生の優美

†初版本注──或いは本（一八四二）年十月に発刊された『フォリン・クォータリー・レヴュー』誌の卓越した、徹頭徹尾真実の記事を参照されたい。記事は、拙著が印刷に付されて以降小生の目に留まった訳だが。さらばそこに、ともかくアメリカを訪うたことのある者にとっては何ら驚くに値せぬながら、ついぞ訪うたためしのない者には生半ならず瞠目的な事例を見出されよう＊。

を注目に値せぬものとして拒絶して来た当該謂れに生半ならず負うているように思われる。常に儀礼の点にかけて極めて慎重にして厳格だったワシントンが、往時においてすら、この過誤への傾向を看破し、其を正すべく最善を尽くしたとは言を俟たぬ。

小生はこうした主題に関し、アメリカにおける様々な形の非国教徒の蔓延はともかく彼《か》の地に国教会が存在しないことに帰せられると説く他の作家とは見解を異にする。実の所、アメリカ国民の気質からして、たといかようの施設が自分達の間に創設されることを許容したとて、単に事実国教会だとの理由をもって、そいつを当然の如く見捨てようと思っている。が、国教会が存在すると仮定しようと、さ迷える小羊をとある巨大な檻に呼び寄すことが果たして有効か否かは甚だ疑わしい。のは単に祖国にても数知れぬ非国教徒が遍在しているからであり、またアメリカにて我々がヨーロッパで、或いはイングランドにおいてすら、存じ上げぬ唯の一派の宗教にも出会していないからだ。非国教徒は、他の人々同様、単に皆のよく行く場所だからというので大挙、彼《か》の地へ渡り、彼らの大いなる居留地は未だかつて人類の住みついたためしのなき所にて土地が購入され、町や村が建設され得るからというので、礎を築かれる。がシェーカー教徒ですらイングランドから移住した。我らが祖国はモルモン教の使徒ジョーゼフ・スミス氏*や、氏の未開の信徒にとっても未知の国ではない。小生は小生自身、我らが祖国の繁華な町で、アメリカの野外集会によりてもほとんど凌駕され得まい宗教的光景を目の当たりにして来た。のみならず、我々がサウスコット夫人や、ウサギ繁殖者メアリー・トフツや、カンタベリーのトム氏*なる前例によってすらその遙か上を行けぬ、片や盲信的詐欺と片や盲信的軽信の事例が未だかつてアメリカで発生したとは寡聞にして知らぬ。わけても最後の事例は暗黒時代が終焉を迎えてしばらく後《のち》に出来した訳だが。

アメリカの共和制によりアメリカ国民は紛れもなく自尊と平等を申し立てることを学んだ。が、旅人は祖国でならば一線を画していようとある層の見知らぬ連中の馴れ馴れしい接近に早計に憤るのではなく、くだんの制度を胸中、大目に見ねばならぬ。当該国民性は如何なる愚かしい倨傲も入り混じらず、如何なる正直な奉仕の一歩手前でも留まらぬ限り、小生の心証を害したためしはない。して小生は、たといあったとしても、めったにその不躾な、或いは付き付きしからざるひけらかしに遭遇したためしもない。なるほど一度か二度は、以下審らかにする如く、そいつが剽軽な具合に顕現したことはある。がこいつは傑作な椿事であって、通例でも通例に近い訳でもない。

小生は然る町でブーツを一足誂えることにした。というのも例の、汽船の焼けるように熱い甲板ではあまりに暑苦しい忘れ難きコルク底のそいつら以外、旅行きのブーツを全く持っていなかったからだ。故に、ブーツ造りの名人に言伝を送り、謹啓、もしや当方へお越し願えるようなら、ありがたい限りだがと申し入れた。職人は今夕六時に「立ち寄らせて頂きたき旨実に懇ろに返答して来た。

小生はおよそその時分、本とワイングラスを手にソファーに寝そべっていた。するとドアが開き、三十がらみの、ゴワゴワのクラヴァットの殿方が帽子と手袋を着けたまま、入って来た。して姿見の所までスタスタやって来るなり、髪を直し、手袋を脱ぎ、やおら上着のポケットのどん底のどん底から巻き尺を引っぱり出し、懶げな物言いで革紐を「緩める《アンフィクス》」よう言った。小生は仰せに従ったが、依然頭の上に載っている帽子にいささか物珍しげに目をやった。そのせいか、或いは暑かったからか、はいざ知らず、男は帽子を脱いだ。それから、小生の向かいの椅子に腰を下ろし、左右の膝に腕をもたせ、大きく前屈みになるや、床から四苦八苦、小生がつい今しがた脱いだばかりのロンドン職人芸の粋《すい》を持ち上げた――持ち上げる間《ま》にもさも愉快げに口笛を吹きながら。男はブーツを何度も何度も引っくり返し、得も言はれぬほど見下した風情で眺めやり、これみたようなブーツを御所望かと尋ねた。小生はかく丁重に返した。窮屈でない限り、後はそっくりお任せしよう、もしや履き心地や使い勝手が好ければ、ちょうど今目の前にある雛型に似ていても構わぬが、素人は下手な口出しは差し控え、ともかく一件をそっくり本職の判断と裁量に任せたい。「なら、踵のこの凹みのことじゃ、うるさいことは言いっこなしと?」と男は言う。「ここじゃあ、あしらはこの手は使わねえもんで」小生は先ほどの所見を繰り返した。男はまたもや鏡を覗き込み、片目の隅から塵を一粒二粒、払い除けるべくいよいよひたと近づき、クラヴァットをクイと据え直した。この間《かん》終始、小生の足は脛《すね》ごと宙に浮いていた。「そろそろよろしいですかな?」と小生は尋ねた。「はむ、もうちょいで」と職人は返した。「じっとしてて下せえ」小生は足といい顔といい、能う限りじっとしていた。して男はこの時までには塵をつまみ出し、鉛筆入れも見つけ果していたので、小生の寸法を測り、必要なメモを取った。一件に片がつくと、男は元の姿勢に戻り、またもやブーツをつまみ上げると、しばし思いを巡らせた。「んでこれが」と男はとうとう言った。「英国製ブーツと? これがロンドン製ブーツと、えっ?」「ああ、それが」と小生は返した。

「ロンドン製ブーツだ」男はまたもや、ヨーリックの頭蓋骨を手にしたハムレット（『ハムレット』V、1）の流儀に鑑み、御逸品がらみで思案に暮れ、かく言わぬばかりに頷いた。「こんなブーツを造るお国の気が知んねえ」して腰を上げ、鉛筆とメモと紙を片づけ――その間《ま》もずっと鏡に映った御自身の姿をちらりほらりやりながら――帽子を被り、やたら悠長に手袋を嵌め、とうとうスタスタ出て行った。が一分経ったか経たぬか、ドアがまたもや開き、頭がまたもやひょいと、帽子ごと覗き込んだ。職人は部屋をグルリと見回し、依然床の上に転がっているブーツにまたもやちらと目をやり、しばし物思はしげな面《つら》を下げた。がやおら宣った。「はむ、んじゃごきげんよう」「では、ごきげんよう」と小生は返した。かくて一件にはケリからカタからついた。

　後一点、私見を述べさせて頂きたい問題があり、それは公共衛生に関わるものだ。何千エーカーもの土地に未だ定住者がなく、薮も切り払われていない、してそのルード（四分の一エーカー）というルードにて年々歳々植物の腐朽が出来し、なおかつ然に幾多の大きな川が流れ、然に相異なる気候の存在する然に広大な国にあって、所定の季節に夥しき病気が発生するのは已むを得まい。が、アメリカで医療に携わる幾多の人々と話をした後だけに、敢えて言わせて頂けば、事実蔓延している病気の多くは、ほんのわずかなありきたりの予防措置さえ講ずれば避けられるやもしれぬと思っているのは小生だけではない。このためには身体を清潔に保つより徹底した手立てが不可欠だ。日に三度、大量の動物性食物を慌ただしく掻っ込み、毎食後、座業に駆け戻る習いは改めねばならぬ。女性はより聡明な装いに努め、より健やかな運動を行なうべきだ。して後者の条項には男性もまた含まれる。就中、公共施設において、また全市町村を通し、換気と排水と不浄物撤去の設備は徹底的に改善する必要がある。アメリカ広しといえども、我々の労働者階級の衛生状態に関すチャドウィック氏の優れた報告*を研究して大いなる恩恵に浴さぬ地元州議会は一つとてなかろう。

　今や拙著の結末に至った。帰国して以来受けて来た某かの警告からして、拙著がアメリカ国民に快く、或いは好意的に、受け入れられようと信ず謂れはほとんどない。して、彼らの判断を形成し、意見を表明する人々の大半との関連では「真実」を書いて来ただけに、小生には罷り間違っても、大衆の喝采を請う意図はさらにないものと御理解頂けよう。

　小生にとっては当該頁に記した事柄のせいで大西洋の向こう側の、如何なる点においてであれ、その名に値する唯一の馴染みも失うはずはないと知っているだけで十分だ。後は、これら条《くだり》が想を暖め、筆を執られた精神に全幅の信頼を寄せ、時節を待てば好い。小生は自ら受けた歓迎の様子に触れてもいなければ、暖かい歓迎を受けたからと言って自ら認《したた》めた記述において筆を左右されてもいない。というのも、いずれにせよ、小生を鉄の口枷にむんずとつかみかかる手ではなく、大らかな手もて迎え賜ふた、海の向こうのかの、拙著の以前からの愛読者諸兄に対し、胸中抱いているそれに比べればほんのお粗末な謝意しか表《ひょう》せなかったろうから。

完

後記

一八六八年四月十八日土曜日、ニューヨーク市においてアメリカ合衆国の二百名に上る報道関係者によって小生のために催された公式正餐会*において、わけても次のような私見を述べさせて頂いた。

「小生の声はこの所、貴国の至る所で聞かれているだけに、もしや如何ほどアメリカにおける二度目の歓迎をありがたく、身に染みて感じていることか申し上げ、国家的雅量と寛大の精神に心より証を立てることが今後御地においてのみならず、何であれ何処であれ、然るべき折に必ずや自らに課す本務だというのでなければ、目下の立場からこれ以上貴兄方を煩わすを潔しとしていなかったやもしれぬ。ばかりか、四方八方で目の当たりにして来た素晴らしい変化に如何ほど驚嘆しているか言明することが。即ち、精神的変化、物理的変化、開墾・植民された広大な土地における変化、新たな大都市の建設における変化、より古びた都市のほとんど見違えるばかりの発展における変化、生活の優美や愉楽における変化、その進歩なくしては何処にても如何なる進歩も遂げられまい報道界における変化に。小生はまた、断じて、二十五年の歳月が流れる内に小生自身、何ら変化を蒙らなかったと、貴国を初めて訪ふた際、学ぶべきものは何一つ、正すべき極端な印象は何一つ、なかったと思うほど尊大でもないつもりだ。してここまで述べた所で、去る十一月、合衆国に上陸して以来、時にはそれを破りたい衝動に駆られながらも、徹して沈黙を守って来たとある点が関わって来たため、今や、御免蒙って、思う所を述べさせて頂きたい。報道界ですら、飽くまで人的である限り、時には誤解や誤謬に陥る。して一、二の稀な事例において、その情報が小生自身に関し厳密には正確でないのに目を留めて来たように思う。実の所、未だかつて目を通して来た如何なる新聞記事によるより、小生自身について目を通す新聞記事に惘然としたことも一度や二度ではない。かくて、如何ほどこの数か月というもの粒々辛苦、小生がアメリカを主題とした新たな本のための資料を集め、懸命に推敲を重ねて来たことか、は一驚に値する——その間《かん》終始、かようの本を執筆する気は毛頭ないとの小生自身の声明は大西洋の両岸の我が出版社に熟知されていたからには。片や小生が事実意図しているのは——意を決して来たのは

（してこれぞ小生が貴兄方に寄せたいと願っている信頼の訳だが）、帰国すると同時に、小生自身の月刊誌（『オール・ザ・イヤー・ラウンド』）にて、自らの筆で、祖国の人々のために、先刻言及したような貴国における大規模な変化への証を立てることである。のみならず、大都市に劣らず如何ほど小さな町や村においてであれ、何処へ行こうと、この上もなく丁重に、心濃やかに、暖かく、手篤く、思いやり深く迎えられたと、貴国における本務の質《たち》と小生の健康状態によって日々余儀なくされる静かな私生活《プライバシー》にこの上もない敬意を払って頂いたと、記録に留めることである。この証言は、小生の生き存える限り、後裔が拙著への法的権利を有す限り、小生がアメリカについて言及しているくだんの二冊の本（『アメリカ探訪』、『マーティン・チャズルウィット』）の全版の付記として、必ずや翻刻されることになろう。して自らこの措置を講じ、なおかつこの措置が講ぜられるよう配慮する所存であるのは、単に愛と感謝の念からというよりむしろ、全き正義と徳義の行為と心得るからである」

　小生は以上の文言を能う限り真摯に口にした。して改めて活字の形にて、劣らず真摯に繰り返させて頂こう。拙著の読み継がれる限り、願はくは以上の文言がその一端を為し、小生のアメリカに纏わる体験と印象と分かち難き条《くだり》として、然るべく、読まれんことを。

一八六八年五月

チャールズ・ディケンズ

イタリア小景

❍ ピンク牢獄到着コース（第一～三景）

ロンドン発（一八四四年七月二日）⇨ アヴィニョン（鬼婆と異端審問所）⇨

マルセイユ／ジェノヴァ⇨ アルバロ着（十六日）

❍ ジェノヴァ - マルセイユ往復コース（第四景）

ジェノヴァ発（九月五日）⇨ マルセイユ⇨

ニース（聖母マリア生誕祭八日）⇨ ジェノヴァ着（十一日）

❍『鐘の精』朗読一時帰国コース（第五～八景）

ジェノヴァ発（十一月六日）⇨ パルマ／モデナ／ボローニャ／フェラーラ⇨

ヴェネチア（イタリアの夢）⇨ ミラノ着（十八日）⇨

ロンドン着（三十日）⇨ ロンドン発（十二月九日）

❍ ローマ・南部遺跡巡りコース（第九～十一景）

ジェノヴァ発（一八四五年一月十八日）⇨ ピサ／シエナ⇨

ローマ着（三十日）⇨ ナポリ着（二月九日）⇨

ヴェスヴィオ登山（二十一、二日）⇨ ローマ聖週間・復活祭（三月二日～二十四日）

❍ 帰国幻視画《ジオラマ》コース（第十一景）

ローマ発（三月二十四日）⇨ フィレンチェ着（二十九日）⇨

ジェノヴァ着（四月九日）⇨ ジェノヴァ発（六月九日）⇨

コモ湖／サン・ゴタール峠（十一日～十三日）⇨ ロンドン着（七月五日）

サン・ゴタール峠
シンプロン峠
コモ湖
ミラノ
ヴェローナ
ヴェネチア
トリノ
マントヴァ
ピアチェンツァ
フェラーラ
ポー川
ジェノヴァ
アルバロ
パルマ
モデナ
ボローニャ
至マルセイユ
カラーラ
ニース
ピサ
アルノ川
フィレンツェ
サンマリノ
シエナ
ペルージャ
ラディコファニ
コルシカ島
ヴィテルボ
チヴォリ
ローマ
テーヴェレ川
アルバーノ
カプア
アッピア街道
ガエタ湾
ナポリ
ヴェスヴィオ山
ポンペイ
ナポリ湾
パエストゥム
ブリンディジ
サルデーニャ島
シチリア島
〈ディケンズのイタリア〉

読者の旅券

もしや拙著の読者は著者の追憶の主題たる様々な場所への信任状を著者自身より受け取って下さるようなら、恐らく彼《か》の地を空想の上で、それだけ一層心地好く、また何を期待して然るべきかより重々心得た上で、訪うて頂けるやもしれぬ。

従来、イタリアに関しては、くだんの興味深き国の歴史を学ぶ幾多の手立てや、彼《か》の国に纏わる数知れぬ連想をもたらすその数あまたに上る書籍が著わされて来た。小生はくだんの蘊蓄にはほとんど触れていない――小生自身のために知識の「宝庫」に訴えて来たからと言って、必ずしもその平易な内容を読者諸兄の眼前に再現して好いことにはなるまいとの謂れをもって。

以下の頁にはイタリアの如何なる政治、或いは失政に関すしかつべらしい考察も見出されぬであろう。くだんの麗しき国を訪う者は誰しも必ずやその点に関す強い確信を抱くに違いないが、小生は外つ国人《びと》として、そこに滞在している間《かん》、敢えて如何なる階層のイタリア人ともかようの問題について論じ合うを潔しとしなかった如く、目下も同上の問題に立ち入るのは差し控えたい。ジェノヴァのとある屋敷に滞在している十二か月というもの、小生は固より疑り深い当局についぞ不信の目で見られた覚えがない。よって彼らに小生自身にせよ小生の同国人の何者にせよ、気さくな礼を尽くしたことを悔いる謂れを与えるとすれば、それこそ遺憾ではなかろうか。

イタリア広しといえども、恐らく、その論考に充てられた山成す印刷物の下に易々埋《う》められぬ著名な絵画一枚、彫刻一点、存在すまい。小生は、故に、なるほど絵画や彫刻の熱烈な崇拝者ではあるものの、著名な絵画や彫刻について長々と自説を開陳してはいない。

拙著は大半の人々の想像力が多かれ少なかれ惹かれ、小生自身のそれも幾歳《いくとせ》となく熟々《つらつら》かかずらい、よって誰しもに興味のあろう場所に纏わる一連のかすかな投影――ほんの水面《みなも》に映る影――にすぎぬ。描写の大方はその場で書き留められ、折に触れて私信の形で祖国へ送られた。さりとて、これら描写の呈すやもしれぬ瑕疵の申し開きを（土台叶はぬ相談とあらば）しようというのではなく、ただ、さらば小景は少なくとも主題の時満ちて、目新しさと瑞々しさのわけても鮮烈な印象と共に綴られた由読者諸兄に請け合えようと思ったまでのことである。

　仮に小生の物する小景がともかく気紛れでなまくらな風情を帯びているとすれば、読者諸兄はそれらが日の燦々と降り注ぐ一日《ひとひ》、自ら扱う事物の直中なる木蔭にて描かれたものと想像を逞しゅうし、かくて彼《か》の地のかようの影響を受けていることではそれだけ気に入って頂けるのではあるまいか。

　よもや、以下の条《くだり》に見受けられる如何なる内容に関しても、ローマカトリック信仰者の誤解を受けることはなかろう。小生は以前の著作のとある一篇において、彼らを正当に評価すべく最善を尽くした。ならば本書において、彼らも定めて小生を正当に評価してくれるはずだ。たとい馬鹿げた、或いは不快な印象を受けた見世物に言及しようと、くだんのひけらかしを彼らの教義の如何なる本質とも結びつけたり、必然的に結びついたものと見なしたりするつもりは毛頭ない。たとい聖週間の儀式を俎上に上せようと（第十景参照）、単にその効果を俎上に上せているにすぎず、博学にして有徳のワイズマン師*による典礼解釈の当否に異を唱えようというのではない。たとい俗世を試しも知りもせずして世との交わりを絶つ若き娘のための尼僧院への嫌悪を仄めかしたり、全司祭並びに修道士の職権上《エクスオフィシオ》の神聖に疑念をさしはさんだりしようと、単に幾多の国内外を問わぬ良心的カトリック教徒の顰に倣ったまでのことである。

　これら小景を水面《みなも》に映る影に準えたが、我ながら何処にても影を台無しにするほど荒らかに水面《みなも》を掻き乱してはいないものと思いたい。遙かな山々が今一度、小生の行く手に聳やぐ目下ほど友人皆と友好的な関係を築き得たためしはないのではあるまいか。というのも率直に認めるにおよそ吝かどころではない如く、小生自身と読者との間の昔ながらの関係に亀裂を入れ、昔ながらの営為からしばし逸脱する上で、極最近自ら犯した束の間の過ち*を懸命に正そうと腐心すらばこそ、小生は今やスイスにて、くだんの営みを嬉々として仕切り直そうとしているからだ。*スイスでならばもう一年、祖国を離れている間《ま》に目下想を暖めている主題を一気に、間断なく練り上げ、なおかつ祖国の聴衆とは気さくに言葉を交わす距離を保ちつつ、小生にとって得も言はれず魅力的な気品高き国に纏わる見聞を広められよう。†

† これを認《したた》めたのは一八四六年である。

拙著は、もしやその手立てを通し、興味と愉悦をもって審らかにされている光景を今後訪おう数知れぬ人々の内幾人《いくたり》かと印象を引き比べ合えれば、小生にとって無上の喜びとなろうとの謂れをもって、能う限り平易に書いたつもりだ。

後はただ、旅券風に読者の肖像をスケッチすれば事足りよう――して御逸品、男性にせよ女性にせよ、仮定的にかく描けようか。

顔　色白　　　　　口　　にこやか
目　すこぶる陽気　容貌　晴れやか
鼻　横柄ならず　　表情　めっぽう愛嬌好し

第一景　フランスを抜けて

一八四四年、真夏の時節と日和のとある晴れた日曜の朝のことである*――いや、親愛なる馴染みよ、心配御無用――中世小説の第一章が概ね辿り着かれるものと相場の決まっているかの画趣に富む凸凹道を二人の旅人がトボトボ歩いている様が見受けられたやもしれぬ*、のではなく、ロンドンはベルグレイヴ・スクエアに間近い家具倉庫《パンテクニコン》・陳列場の仄暗い通路よりお出ましになったばかりの大振りな英国製旅行用四輪馬車がパリはリヴォリ通りのムリス・ホテルの門より繰り出す様が（めっぽうチビの仏兵によりて――というのも奴め、目の前でしげしげやっているから）見受けられたのは。

小生は何故《なにゆえ》フランスの小男という小男は兵士にして、大男という大男は左馬騎手なものか――とは判で捺したように――理由を挙げる責めを負うていないと同様、何故《なにゆえ》当該馬車の車内席と屋上席双方にて旅をしている英国人一家は一週間丸ごとの吉日の就中日曜の朝、イタリアへ向けて出立せねばならぬのか説明する責めも負うていない。が連中、自ら為していることに恐らくそれなり謂れがあるに違いなく、連中が何故《なにゆえ》ともかくそこにいるかと言えば、御存じの如く、一家はこれから一年間麗しのジェノヴァに滞在する予定にして、一家の長《おさ》はその間《かん》、腰の座らぬ気分次第で何処なり漫ろ歩くホゾを固めているからだ。

して、たといパリの住民全般に小生こそはくだんの長《おさ》にして頭《かしら》であり、小生の傍にフランス生まれの供人《クリア》たりて座っている上機嫌の目映いばかりの権化――とびきりの召使いにして誰より晴れやかな男！*――ではないと申し開きをしていたとて、せめてもの慰めにすらならなかったろう。実の所、男の方がそいつの恰幅の好い押し出しの蔭にて形無しもいい所の小生より遙かに長老然としているもので。

無論、パリの様相には――我々がガラガラと陰気臭い死体《モ》公示所《ルグ》の脇を行き過ぎ、ポン・ヌフを渡っている片や――日曜旅行がらみで我々を咎めているらしき所*はほとんどない。ワイン酒場は――一軒おきに建ち並んでいるが――ひたぶる商いに精を出し、カフェの表《おもて》では、後ほど氷を食べたり冷たいジュースを飲むお膳立てに日除けが広げられ、椅子とテーブルが並べられ、橋の上では靴磨きが忙しなく立ち回り、店が開き、荷車や荷馬車がガラガラ行き交い、セーヌ川に架かるせせこましい、上り坂の、漏斗《じょうご》めいた通りは人込みと雑踏や、色取り取りのナイトキャップや、煙草のパイプや、ブラウスや、どデカいブーツや、ボサボサ頭の犇き合ったその数だけの透視画かと見紛うばかり。くだんの刻限には何一つ、休日を仄めかすものはない。ただ、ここかしこ、家族遊山の一行が嵩張った不様なおんぼろの辻馬車にギュウギュウ詰め込まれたり、どこぞのとびきりのん気で気ままな普段着姿の観照的な行楽客が屋根裏の低い窓に寄っかかったなり、（もしや殿方ならば）外っ側の小さな欄干で磨き立ての靴が干されているのを、（もしや御婦人ならば）長靴下が日溜まりの中、風に当てられているのを、穏やかな期待に胸膨らませて打ち眺めているのをさておけば。

　一旦、パリを取り囲む、断じて忘れられも許されもすまい石畳を打っちゃれば、マルセーユへ向かう旅の仰《のっ》けの三日間はやたら静かで味気ない。サンスへ、アヴァロンへ、シャロンへ（順にブルゴーニュ北・中・南部都市）。一日の手続きの素描は是即ち三日丸ごとの素描。よっていざ、御覧じろ。

　馬車は四頭立てで、めっぽう長い鞭を手にした左馬騎手は、アストレーかフランコニの曲馬場なる「聖ペテルブルグの供人《クリア》＊」よろしく組み馬《チーム》を駆る。ただ、御当人の馬の上に立つ代わり、そいつの鞍に跨っているだけのことで。これら左馬騎手の履く巨大なジャック・ブーツは間々一、二世紀前の年代物で、履き手の足とそれはとんでもなく不釣り合いなものだから、奴自身の踵の来る所に付けられるはずの拍車は大方、ブーツの脚の半分方上にある。やっこさんはしばしば鞭を手に、靴を履いたなり厩庭からお出ましになるが、両手で一時《いちどき》にブーツを片方ずつ引っ提げ、用意万端整うまで、御逸品をやたらしかつべらしげに馬の脇の地べたに据える。して用意万端整うや――おお、いやはや！　何とまた連中の一件がらみで騒ぎ立てて下さることよ！――靴ごとブーツを履き、と言おうかひょいと馴染みの二人がかりで御両人宛担ぎ上げられ、厩に住まう無数の鳩によりて粒々辛苦、浮彫り細工の施された曳き綱の解《ほぐ》れを直し、馬の奴らをどいつもこいつも蹴っては前脚で突っ立たせ、鞭を、気でも狂れたか、ピチリピチリ鳴らし、「そら行け――やあっ！」と叫んだと思いきや、我々はガラガラ駆け出す。御者はさして遠くまで行かぬ内に必ずや馬と悶着を起こし、さらば盗人《ぬすっと》だの、追い剝ぎだの、大食らいだの呼ばわりし、ヤツの頭に木馬のそいつよろしく鞭をくれる。

　田園風景には初っ端の二日間というもの、ほとんど一つこっきりの様変わりしかない――佗しい平原から果てしなき並木道への、して果てしなき並木道からまたしても佗しい平原への。開けた野原にはブドウが生い茂っているが、寸詰まりの低い手合いのそいつらで、花綵飾りに仕立てられる代わり、真っ直ぐな棒切れに絡まっている。至る所、物乞いだけは掃いて捨てるほどいるが、人影はえらく疎らで、ついぞお目にかかったためしのないほど子供の数が少ない。パリからシャロン（フランス東部都市）へ向かう途中、百人と出会していないのではあるまいか。跳ね橋のある、風変わりな古めかしい城壁の町——あちこちの角には、壁が仮面を被ったなり、グイと濠を覗き込んででもいるかのような、薄気味悪い面《つら》そっくりの奇妙ないじけた塔また塔。庭や、野原や、小径の先や、農家の中庭にもまたぞろ妙ちきりんないじけた塔また塔。どいつもこいつも独りぽつねんと立ち、必ずや尖り屋根の丸い図体をし、これきり何の用に使われたためしもない。ありとあらゆる手合いの荒屋。時には市庁、時には営倉、時には人家、時にはロウソク消しもどきを頂く角櫓と瞬《しばた》き屋の目をした開き窓に見張られた、やたらタンポポばかり生い茂る雑草だらけの城——といった辺りが幾度も幾度も繰り返されるお定まりの代物。時にはボロボロに崩れた壁と町丸ごと分もの納屋を構えた村の旅籠を行き過ぎるが、門口の上にはペンキでデカデカ「馬六十頭収容可」と触れ回られている。それを言うなら六十の二十層倍だって収容可やもしらん——もしやともかくそこに泊まって下さる馬が、と言おうか宿を取って下さる人間サマが御座れば、と言おうか内なるワインを仄めかす、ブラブラ吊る下がった藪以外、何かそこいらで蠢いているものがあるとすらば。御逸品、外《ほか》のどいつもこいつもと物臭な足並み揃えて、風になまくらに揺れ、なるほど必ずやバラバラにバラけそうなほど老いぼれてはいるものの、老いてなお矍鑠としてだけはいない。して日がな一日、スイスからチーズを積んで来る、六、八台が数珠つなぎになった風変わりなせせこましい小さな荷馬車がジャラジャラ脇を行き過ぎる——一連み一手《いって》に預かっているのは概ね男一人か小僧のことすらあり、奴とてやたらしょっちゅう仰《のっ》けの荷馬車で眠りこけ、片や馬の奴らは曳き具に括りつけられた鈴《りん》をウツラウツラ鳴らし、何やら襟からニョッキリ対《つい》の不気味な角《つの》の生えた、とんでもなくぶ厚くずっしりとしたどデカい毛むくじゃらの青い馬具の奴、真夏の日和にはえらく暑苦しいではないかと（定めて思し召していよう如く）思し召しているげな面《つら》を下げている。

それから、日に二、三度ディリジェンス*と出会す。屋上席の埃まみれの乗客は肉屋よろしき青いフロックに身を包み、車内席の連中は白いナイトキャップを引っ被《かぶ》り、屋根の上の幌は痴れ者の頭よろしくコクリコクリ縦や横に揺れ、腰まで

顎鬚を垂らしたなりグイと窓から睨め据えている若きフランス*風の乗客は由々しくも青眼鏡で戦《いくさ》好きの目を隠し、めっぽう太手の棍棒をむんずと、愛国的な手に握り締めている。ほんの二、三人の乗客しか乗せていないマル・ポスト*もまた、盲滅法飛ばしに飛ばし、瞬く間に視界から消え失せる。時折、真面目くさった老司祭が、およそ英国人には信じ難いほど錆だらけで、カビ臭い、ガタピシの、耳障りな馬車でグラグラ脇を行き過ぎ、人気《ひとけ》ない場所では痩せこけた女共がブラブラ歩き回っては、綱で曳いた牛に草を食ませたり、土を掘ったり鍬で耕したりとより骨の折れる野良仕事に精を出したり、羊の群れ毎ズブの女羊飼いを地で行ったりしている――如何なる国におけようと、くだんの生業とそいつで糊口を凌ぐ人間を然るべく思い描くには、ほんの牧歌的な詩なり絵画なり手に取り、そこに見出せる描写と天と地ほども懸け離れた何であれ想像すれば事足りよう。

　貴兄は愚にもつかぬやり口で――とはその日の最後の旅程のいつもの伝か――旅を続け、馬につけられた――一頭につき二十四の――〆て九十六に垂んとす鈴《りん》はこの三十分かそこら耳許で眠たげに鳴り、旅はめっぽうトボトボ歩きめいた、何の変哲もない、退屈至極な手合いの要件に成り下がり、胸中、お次の立て場で認《したた》めようディナーのことばかりつらつら惟みている。さらばいきなり、折しも抜けている長い並木道のどん詰まりに数軒の疎らな田舎家の形《なり》なる、町の仰《のっ》けの兆しが立ち現われ、馬車はガラガラ、グラグラ、凄まじく凸凹の石畳の上を駆け始める。馬車のヤツ、恰も己と来ては是一つの巨大な花火にして、ほんの煙を立ち昇らせている田舎家の煙突を目にするだに火がつきでもしたかのように、やにわにパチパチ、ピチリピチリ、悪鬼もかくやとばかり弾け出す。ピチリ、ピチリ、ピチリ、ピチリ。ピチリ－ピチリ－ピチリ。ピシャリ－ピチリ。ピシャリ－ピチリ。そら！　やれ！　飛ばせ！　この盗人《ぬすっと》めが！　追い剥ぎめが！　やあ、やあ、やあ！　とおーっとやるんだぜ！　鞭に、車輪に、御者に、石ころに、物乞いに、小僧に、ピチリ、ピチリ、ピチリ。そら！　やれ！　後生ですからお恵みを！　ピシャリ－ピチリ－ピシャリ－ピチリ。ピシャリ、ピシャリ、ピシャリ。ドスン、グラリ、ピチリ、ドスン、ピシャリ－ピチリ。角を曲がり、せせこましい通りを縫い、反対側の石畳の丘を下《くだ》り、溝に突っ込み、ドスン、ドスン。グラリ、ゆっさ、ピシャリ、ピシャリ、ピシャリ。ピチリ、ピチリ、ピチリ。通りの左手の店のウィンドーに、右手の木造りの拱道に大きな弧を描いて折れるお膳立てに突っかかり、グラリ、グラリ、グラリ。ガラガラ、ガラガラ、ガラガラ。ピシャリ、ピシャリ、ピシャリ。と思いきや、晴れて金の楯旅籠《レキュドール》の中庭に辿り着く――へとへとに疲れ、くったくたにくたびれ、湯烟を立て、顎を突き出し、息も絶え絶えに。が時に、まやかしの一歩を不意に、所詮空騒ぎなれど、踏み出す――最後の最後まで花火を地で行くに！

　ここなるは、金の楯旅籠《レキュドール》の女将に、金の楯旅籠《レキュドール》の亭主に、金の楯旅籠《レキュドール》の部屋係のメイドに、金の楯旅籠《レキュドール》に滞在中の、腹心の友よろしく赤い顎鬚を蓄え、テラついた縁無し帽を被った御仁に、ムッシュー司祭。司祭は、因みに、頭には黒のフェルト帽を被り、背《せな》には黒い長衣を纏い、片手には本を、もう一方の手には雨傘を携えたなり、独り中庭の片隅を行きつ戻りつしている。してどいつもこいつも、ただしムッシュー司祭はさておき、馬車の扉が開くのに合わせてあんぐり口を開け、どんぐり眼をおっ広げる。金の楯旅籠《レキュドール》の亭主は供人《クリア》にぞっこんな余り、御当人が御者台から降りて来るのを待ち切れず、地べたに着かぬとうの先から正しく大御脚とブーツの踵を抱き締める。「我が供人《クリア》よ！　我が雄々しき供人《クリア》よ！　我が馴染みよ！　我が兄弟よ！」女将は奴にクビったけにして、部屋係のメイドは奴に神の加護を乞い、給仕《ガルソン》は奴を崇め奉る。供人《クリア》は尋ねる。オレの手紙は届いたか？　如何にも、如何にも。部屋の仕度は整っているな？　如何にも、如何にも。我が気高き供人《クリア》にとびきりのお部屋を。我が勇ましき供《クリ》人《ア》に貴賓の間《ま》を。我が最高の馴染みよ、何なりと御用命下され！　供人《クリア》は馬車の扉に手をかけたまま、外《ほか》にもまだ何か期待を煽るような問いを吹っかける。奴は上着の外っ側にベルトで吊るした緑の革財布を提げている。ノラクラ者はそいつをしげしげ見やり、内一人などそっと手で触れる。五フラン硬貨でパンパンだ。小僧の間からは賛嘆のつぶやきが洩れる。亭主は供人《クリア》の首にすがりつき、ひしと抱き締める。これはこれは、以前よりずっと肉付きが好くなられたでは！　すこぶるつきの血色。お健やかそうで何より！

扉が開けられる。皆、固唾を呑んで待ち受ける。一家の奥方が降りる。ああ、愛しい奥方！　美しい奥方！　奥方の妹が降りる。これはまたマムゼルの何とチャーミングであられることよ！　最初の男の子が降りる。ああ、何と可愛い坊っちゃま！　最初の女の子が降りる。おお、けれどこちらはうっとりするような嬢ちゃまでは！　お次の女の子が降りる。女将は我らが共通の性《さが》のとびきり濃やかな衝動に駆られた勢い、嬢ちゃんを両腕で抱き上げる！　お次のチビ助が降りる。おお、器量好しの坊っちゃま！　おお、幼気な愛らしいお子達ばかり！　赤子が手渡される。まるで天使サマみたようでは！　こんなお子は見たことがございません。赤子は口を極めて褒めそやされる！　それから二人の乳母が転《まろ》び出る。さらば熱狂は狂気に膨れ上がり、一家は丸ごと雲に乗ったかのように階上へと掻っさらわれ、片やノラクラ者はどっとばかり馬車に群がり、中を覗き込み、グルリをウロつき、手で触れてみる。というのも然に仰山な連中を載せて来た馬車に触るというのはまんざらでもないから。子供に遺すに足る身上たらん。

部屋は全て二階だが、夜間の育児室だけは別で、そいつは仄暗い廊下を抜け、階段を二段昇った上から四段降り、ポンプの脇を通ってバルコニーを過った、厩の隣の、ベッドの四、五台設えられた、だだっ広い、ダラけた寝室だ。それ以外の閨は大きく、天井が高く、各々窓よろしく赤と白の綴織の雅やかにあしらわれた小さな寝台が二台ずつ設えられている。居間はすこぶるつきで、早、三人前のディナーが仕度され、ナプキンも三角帽風に畳まれている。床は赤タイルで、絨毯の影も形もなければ、取り立てて言うほどの家具もない。が姿見にだけは事欠かず、そこへもってここかしこ造花で一杯のガラスの笠を被った大きな花瓶が据えられ、柱時計もどっさり掛かっている。一行は皆腰が座らず、わけても雄々しき供人《クリア》は神出鬼没にして、ベッドの面倒を見て回っては、親愛なる兄弟たる亭主にワインを喉越し流し込まれては、新鮮なキュウリを――必ずやキュウリにして、どこで手に入れるものか、は神のみぞ知る――せしめては、左右の手に一本ずつ、職杖よろしく握り締めたなり、歩き回る。

　ディナーの仕度が告げられる。めっぽう薄いスープに、めっぽう大きなパンの塊が一人一箇ずつ。魚料理。その後、四品。その後、トリが某か。その後、デザート。終始ふんだんなワイン。料理は量はさほどでないものの、味は絶品で、必ずや立ち所に出て来る。日も暮れようかという頃、雄々しき供人《クリア》はオイルの入ったどデカいデキャンターと酢の入ったまた別のどデカいデキャンターの中身に刻み込まれたくだんのキュウリ二本を食らげ果すや、階下の隠処よりお出ましになり、その巨大な塔が旅籠の中庭宛、苦ムシを噛みつぶしている大聖堂に行ってみないかと持ちかける。よっていざ、我々は繰り出す。大聖堂はさすが、仄明かりの中、荘厳にして厳粛だが、とうとうそれは茫と霞んで来るものだから、腰の低いカンテラ顎の老いぼれ寺男は墓の間を手探りして回るのに小さないじけたロウソクの欠片を手に取り――かくて陰気臭い円柱に紛れてみれば、御当人のネグラを探している迷子のお化けに見えなくもない。

　皆して引き返すと、バルコニーの下で旅籠の下働きが夕涼みがてら大きなテーブルに着いて夕飯に舌鼓を打っている。料理は――肉と野菜の煮込みだが――濛々たる湯烟を立て、グラグラに焚かれた鉄の大釜ごとテーブルに載っている。連中、薄いワインの水差しを囲み、すこぶる陽気にワイワイ、ガヤガヤやっている――とは、赤い顎鬚の御仁より陽気に。というのも御仁は折しも、手にキューを握り締め、口に葉巻をくわえた影法師のひっきりなし窓を過っては過り返す、中庭の左手の明るい部屋にてビリヤードに打ち興じているから。痩せっぽちの司祭は相も変わらず本と雨傘を手に、独り行きつ戻りつする。してそこにて、我々がとうにぐっすり眠りこけてからもなお、司祭は行きつ戻りつし、ビリヤードの玉はゴロゴロ転がり続ける。

　我々は翌朝六時に起床する。馬車に撥ね散った昨日のドロを恥じ入らすほど爽快な日和だ――とは、もしや馬車が断じて洗われぬ土地にて、何であれともかく馬車を恥じ入らすこと能ふとすらば。誰しもキビキビ立ち回り、我々が朝食を終えるか終えぬか、馬がジャラジャラ、駅舎から中庭へと引っ立てられる。馬車から担ぎ出されたものはそっくりまたもや担ぎ込まれる。雄々しき供人《クリア》は部屋から部屋を見て回り、何一つ忘れ物はないか確かめ果すと、出発の用意万端整っている旨告げる。一人残らず馬車に乗り込む。金の楯《レキュドール》旅籠にかかずらう誰しもまたもや陶然となる。雄々しき供人《クリア》は昼食用の冷製ドリと、ハムの薄切れと、パンと、ビスケットの入った包みを取りに旅籠に駆け込み、馬車の中の者に手渡すや、またしても駆け戻る。

今や奴が手にしているのは何だ？　またぞろキュウリか？　いや。長い紙切れ――勘定書き――だ。

雄々しき供人《クリア》は今朝はベルトを二本締めている。一本には財布を、もう一本には旅籠中でいっとう極上の軽めのボルドーワインを喉元まで詰めたすこぶる頑丈な手合いの革製ボトルを吊る提げるべく。奴はボトルが一杯になるまで断じて勘定を払うを潔しとせぬ。さらばそいつに異を唱えるが。

奴は今や猛然と勘定書きに異を唱える。依然、亭主の兄弟やもしれぬが、連れ子か腹違いの。奴は昨夜《ゆうべ》ほど亭主と近しい続柄にはない。亭主は頻りに頭を掻く。雄々しき供人《クリア》は勘定書きの中の然る数字を指差し、もしや連中そのままそこに居座るようなら、金の楯《レキュドール》旅籠は向後、して未来永劫、銅の楯《レキュドクイーヴル》旅籠に成り下がろうと当てこする。亭主は小さな会計事務所へ入って行く。雄々しき供人《クリア》は後を追い、勘定書きとペンを無理矢理、亭主の手に突っ込み、いよよ口早にまくし立てる。亭主はペンを握り、供人《クリア》はニタリとほくそ笑む。亭主は朱を入れ、供人《クリア》は軽口を叩く。亭主は懐っこいが、いじけた具合に懐っこい訳ではない。男らしく耐え、雄々しき兄弟と握手を交わす。が、ひしと抱き締めはせぬ。それでいて、兄弟を愛してはいる。何せ奴がほど遠からぬ将来、別の家族の供人《クリア》たりてこの道を引き返そうこと先刻御承知にして、己《おの》が心が今一度奴を慕うものと観念しているから。雄々しき供人《クリア》はグルリと馬車を一周し、輪止めを確かめ、車輪を調べ、ヒラリと飛び乗り、命《めい》を下し、いざ、我々はガラガラ駆け出す！

市《いち》の立つ朝《あした》で、市《いち》は大聖堂の正面の表《おもて》の小さな広場で開かれている。青や、赤や、緑や、白の出立ちなる男と女に、粗布を張った露店に、パタパタはためく売り種で溢れ返っている。田舎の連中はここかしこ、小ざっぱりとした籠を前に、連んでいる。ここにはレース売りが、あすこにはバターと卵売りが、あそこには果物売りが、またぞろあすこには靴造りがと。その場全体はどこぞの大劇場の舞台にして、つい今しがた幕がスルスルと、絵のように美しいバレエのために上がったばかりででもあるかのようだ。おまけに大聖堂まで、書割りよろしく、てんで厳めしく、黒々と、朽ちかけのなり、ひんやりそそり立つ――朝日が東向きの小さな窓から射し込み、四苦八苦、西向きのステンドグラスの窓ガラスから抜け出そうと踠いている片や、ほんのぽとぽと、石畳のとある箇所に淡い紫色の雫を撥ね散らかすきり。

ものの五分で、我々は町外れの、その前で跪くに、芝のボサボサ、申し訳程度植わった鉄の十字架を打っちゃり、またもや街道をひた走っている。

第二景　リヨン、ローヌ川、アヴィニョンの鬼婆

シャロンはそれなり川の堤に気の利いた旅籠があり、緑と赤のペンキも賑々しき小さな汽船が川面《かわも》を行き交い、総じて、埃っぽい道また道の後では愉快で爽快な見てくれを呈すだけに、一息吐く場としてはケチのつけようがない。が、もしや遠見には歯の欠けたその数だけの櫛そっくりの、不揃いなポプラがジグザグ立ち並ぶだだっ広い平原に住みたいというのでなければ――もしや丘を登る可能性の、と言おうか階段以外の代物を登る可能性のさらになきまま人生を送りたいというのでなければ――終の栖としてのシャロンにおスミ付きを与えてやろうとはまず思うまい。

貴兄は、しかしながら、シャロンのことはリヨンよりまだしも気に入るのではあるまいか。リヨンへはその気になりさえすれば、上述の汽船の内一艘で、ものの八時間で行き着ける訳だが。

リヨンの何たる街だことか！　連中がツキに見限られた折々、まるで雲から転がり落ちたような気がするなどと言うのはお笑い種！　ここなるは如何でか天空から丸ごと転がり落ちた町――まずもって、同上の領域から転がり落ちる他の石ころの御多分に洩れず、目にするだに陰気臭い沼地や不毛の地から撮《つま》み上げられておいてから。二本の大きな川の突っ切る二本の大きな通りも、その名は無数《レギオン》（『マルコ』五：九）なる小さな通りという通りも、ジリジリ焼けつき、ブクブク膨れ、ダラダラ茹だっている。どデカい、のっぽの家また家は染みだらけにして、古チーズよろしく青カビが生え、劣らずびっしりウジならぬ人間に集られている。これら家屋敷は町を取り囲む丘の上にワンサと群がり、内なるダニ共は窓からぐったり身を乗り出し、ズタズタの襤褸を棹に干し、戸口からウヨウヨ這いずり出ては入り、石畳の上にてゼエゼエ喘ぎ喘ぎ息を継ぐべくお出ましになり、むっとする、カビ臭い、息の詰まりそうな商い種のどデカい山や梱の直中をゴソゴソ出入りし、水の涸れた受け皿の中にてその刻《とき》の来るまで生き存えて、というよりむしろ死なずにいる。工業都市という工業都市の一緒くたな如きでは、およそ小生に刻まれたリオンの印象を十全とは伝えられまい。というのもそこにては、とある外つ国の町の水を捌かれもゴミを浚われもせぬ属性という属性がごっそり、とある工業都市の生まれながらの悲惨に継ぎ木されて

でもいるかのようで、挙句、二度と出会すくらいならいっそ数マイルは遠回りしても一向差し支えなかろう手合いの実を結んでいるからだ。

　夕暮れ時の涼しい頃合いに、というよりむしろ日中の暑気のほとぼりの冷めた頃、我々は大聖堂を見に出かけ、さらば十人十色の老婆と二、三匹の犬がとっくり物思いに耽っていた。こと清潔さにかけては、大聖堂の石畳も街路のそれも五十歩百歩。正面がガラス張りの、船内の寝棚よろしき小さな箱には蠟細工の聖《ひじり》が祀《まつ》られているが、御逸品、マダム・タッソー*ならば断じてかけてやる言葉一つ持ち併せまいし、ウェストミンスター大寺院ですら恥じ入っているやもしれぬ*。仮に貴兄がこの教会であれ他の如何なる教会であれ、建築がらみでそっくり、その年代から、規模から、基金から、歴史から知りたければ、そいつはマリ氏の旅行案内書*に記されていまいか、して貴兄も小生同様、そこより一切合切、氏に感謝を捧げつつ、仕込むまいか！

　との謂れをもって、小生はリオン大聖堂の風変わりな柱時計についての言及は差し控える所ではあったろう。もしやくだんの絡繰に関し、自らちょっとした過ちを犯してでもいなければ。会堂番は時計を披露するのにやたら御執心だった。のは一つには教会と町双方に立とう面目のため。また一つには、恐らく、おまけの心付けから某か懐に転がり込もう口銭のため。とまれ、時計は螺子が巻かれ、その途端、仰山なちんちくりんの扉が一斉にパッと開き、そこより無数のちんちくりんの人形がグラグラ、撥条《ぜんまい》仕掛けの人形の御多分に洩れず、やたら当て処なくもギクシャク脚を引き攣らせたなり、お出ましになった。かと思えばまたもや取って返した。片や、会堂番はこれら驚異を説明し、一つ一つ杖で指し示しながら立っていた。中央には聖母マリアの操り人形が据えられ、その際の小さな鳩穴からまた別の、めっぽう人相の悪い操り人形がポンと、小生のついぞやらかされる所に出会したためしのないほどやぶから棒に飛び出したと思いきや、聖母を目にした途端、またもやトンボ返りを打ちざまバタンと、御当人のちんちくりんの扉を力まかせに背《せな》で閉《た》てた。これぞ正しく「罪」と「死」に挙げられし凱歌の象徴と見て取り、見世物師の先手を打って、主題をそっくり呑み込んでいる旨ひけらかすにおよそ吝かどころではなく、小生はつい早まって声を上げた。「ああ！　さすが悪霊と。なるほど。とっとと片をつけられましたな」「申し訳ありませんが、ムッシュー」と会堂番は恰も何者かを紹介している風情で小さな扉の方へ丁重に手を差し延べながら宣った――「あちらは大天使ガブリエルであられます！」

翌朝、夜が明けるが早いか、我々は「矢の如きローヌ（バイロン『チャイルド・ハロルドの巡礼』）をやたら小汚い汽船にて時速二〇マイルで下っていた。汽船には商い種が山と積まれ、乗客は外《ほか》に三、四人しかいなかった。就中目を惹いたのは、愚にもつかぬ、老いぼれた、虫も殺さぬげな面構えの、ニンニク食らいの、えらく慇懃な勲爵士で、真っ紅なリボンの薄汚れた端切れをボタンホールからダラリと、まるで何かを思い出すべく結わえつけてでもいるかのように、垂らしていた。トム・ノディーが笑劇の中で、ハンケチにコブを結わえる要領で。*

この二日間というもの、我々はアルプスの仰《のっ》けの徴候たる、大きなむっつりとした丘陵が遙か彼方で苦ムシを噛みつぶしているのを目にしていた。が今やそいつらの傍を――時にはすぐ際を、時にはブドウ畑の広がる坂を間に――猛然と飛ばしていた。村や小さな町は中空に揺蕩い、広大なオリーヴの森が教会の吹抜けの明るい塔越しに垣間見え、背後の急な上り坂では雲が緩やかに棚引き、小高い丘という丘には城の廃墟がちょんと乗っかり、丘陵の裂け目や溝には人家が疎らに散っているとあって、辺りは正しく絵のように美しい。これら全ての聳やかな高みそのものもまた、建物をそれはちっぽけに見せるものだから、連中、優美な雛型の魅力を悉く具え、わけても褐色の岩や、オリーヴの木の鈍く、深く、憂はしい、くすんだ緑色と引き比べれば白さが一際目に立つ所へもって、堤の上では小人国《リリパット》の住人かと見紛うばかりの男や女がゆっくり小刻みに歩いているだけに、くだんの光景は心そそる一幅の絵を成す。ばかりか数知れぬ渡し船も、橋も、かの名にし負う、アーチの如何ほどあるかは神のみぞ知るエスプリ橋*も、忘れ難きワインの醸される町から町も、ナポレオンが砲術を学んだヴァランスも、ウネクネと蛇行する度、新たな美を視界に呈す気高き川も、ある。

その同じ昼下がり、眼前にはアヴィニョン（仏南東部ローヌ川沿岸の町）の壊れた橋が架かり、町は丸ごと太陽にこんがり焼かれていた。とは言え、焼けくさしのパイ皮よろしき狭間胸壁だけは別で、たとい幾星霜焼かれようと、金輪際こんがりきつね色には焼き上がるまい。

通りではブドウが房生りに吊る下がり、至る所、目も綾なるかな、夾竹桃が咲き誇っている。街路は古めかしく、めっぽうせせこましいが、そこそこ小ざっぱりとし、屋敷から屋敷へ日除けが渡されている。その下《もと》にては派手やかな織物とハンカチや、骨董品や、神さびた木彫りの額縁や、古椅子や、不気味なテーブルや、聖《ひじり》や、聖母マリア像や、天使や、ギョロ目のへっぽこ肖像画が売り種としてひけらかされているとあって、すこぶる風変わりにして活きがいい。以上全てを、おまけに、生半ならず際立たすに、半開きの錆びついた門越しにはひっそり静まり返った寝ぼけ眼の中庭が見はるかせ、内側にては厳めしい古屋敷が墓ほどにもむっつり黙りを決め込んでいる。とはどこからどこまで『アラビア夜話《カレンダー》』のとある条《くだり》を地で行くことに。たとい三人の片目の托鉢修道僧（「三人の王子とバグダッドの五人の貴婦人の物語」）が通りがつられてワンワン鳴り響くまでくだんの扉の一枚にノックをくれようと、例の詮索好きの門番が——朝方、甘美な馳走をあれこれバスケットに突っ込んで頂いていたが——いたくごもっともにもそいつを開けていたやもしれぬ。

　明くる朝、我々は名所見物に繰り出した。して北からそれは清しいそよ風が吹いて来るものだから、散歩は爽快極まりなかった。とは言え、敷き石や、壁と家屋敷の石はちらとでも手を触れようものなら火傷しそうなほど熱くはあったが。

　我々は何はさておき突兀たる巌の高みなるノートルダム大聖堂へ向かい、そこにてはミサがリオンのそれと似たり寄ったりの会衆相手に執り行なわれていた——とは即ち、五、六人の婆さんと、赤子一人と、やたら落ち着き払った犬一匹相手に。最後の信徒は、因みに、仰《のっ》けは祭壇の手摺からどん詰まりは戸口に至る、散歩用のちっぽけな道筋、と言おうか演壇をこちらに見繕い、礼拝《らいはい》の間中、くだんの健やかな遊歩道をちょこちょこ、戸外の如何なる御老体にも劣らず几帳面にして坦々と行きつ戻りつしていた。そいつは何やらガランとした古教会で、天井の壁画は年季とジメついた天候のせいで染みだらけだったが、太陽が窓の赤カーテン越しに燦然と射し込み、祭壇調度の上でキラキラ、キラめいているとあって、そこそこ明るく陽気な面《つら》を下げてはいた。

　当該教会にて、折しもとある仏画家*と弟子によりて制作されているフレスコ画を見るべく独り離れ、小生は自づと相異なる礼拝堂の壁に所狭しと掛けられたその数あまたに上る誓願の供え物（『レビ記』七：一六）を然なくばやっていなかったやもしれぬほど具に観察することと相成った。敢えて「飾られた」とは言うまい。というのも連中、まず間違いなく、そのスジで且々メシを食っている懐の寂しい看板屋によりてめっぽうぞんざいにしておどけた具合に物されていたからだ。供え物は揃いも揃ってちっぽけな絵で、いずれもそこへ奉納した信徒が御当人の聖《ひじり》もしくはマドンナの介在を通して免れた何らかの病気か災禍を画題とし、概ねその手の絵画の恰好の見本として言及して差し支えなかろう。イタリアにも掃いて捨てるほどあるが。

　輪郭が不気味なまでに角張っている所へもってあり得べからざる遠近画法に則っているだけに、献納画は古本の板目木版画に似ていなくもない。が、いずれも油彩にして、絵画きは、プリムローズ家の画家同様（ゴールドスミス『ウェイクフィールドの牧師』第十五章）、絵の具を惜しんでだけはいなかった。とある絵にては、御婦人が折しも足指を切断されている所であった――聖《ひじり》めいた人物が立ち会うべく、寝椅子に載って、部屋の中へとお越しの手術たるに。また別の絵にては、御婦人がめっぽうぴっちり、小ざっぱりと包《くる》み上げられたなりベッドに横たわり、じっと、上に茶こぼしの載った――寝台をさておけば閨の唯一の家具たる、しごくありきたりの洗面台の形《なり》をした――鼎《かなえ》に坦々と落ち着き払って目を凝らしている。よもや何人《なんぴと》たり、もしや画家が一家全員に片隅の床にて大御脚を靴型の要領で、後方《うしろざま》突き出したなり跪かすという妙案に思い当たってでもいなければ、御婦人が尋常ならざるほど大きく目を瞠っているという不都合を措いて何ら疾病を患っていようなど夢想だにしなかったろう。一家の頭上では聖母マリアがある種ブルーの寝《ダイ》椅子《ヴァン》に掛けたなり、患者の回復を約してはいたが。また別の症例では、御婦人が市壁のすぐ外にて、ピアノフォルテ型箱荷馬車もどきに今にも轢き殺されそうになっている。が、そこにてもまたもやマドンナが立ち現われていた。果たして摩訶不思議な顕現に生きた空もなく胆を潰したものか、それともヤツにはそいつなど影も形もなかったものか、はいざ知らず、馬（鹿毛のグリフィン）はいささかの敬意も、と言おうか良心の呵責も覚えぬまま、猛然とギャロップで駆け去っている。どの絵にも空に「誓いの如く《エクス・ヴォト》」と黄色の大文字にて画かれていた。

誓願の供え物は邪教の社《やしろ》にても知られていなかった訳ではないし、真《しん》の宗教が未だ揺籃期にある折、逆しまなそれと真のそれとの間につけられた幾多の折り合いの内に数えられるのは論を俟たぬ。が、他の折衷も全て劣らず害がなかったならばと願はずにいられぬ。感謝と帰依はキリスト教の美徳であり、恩に篤く、慎ましやかなキリスト教精神がくだんの遵奉を課すのやもしれぬ。

大聖堂の間際には神さびた教皇宮殿*がそそり立ち、一部は今や一般の牢に、また別の一部は騒々しい兵営に成り下がり、片やきっちり閉《た》て切られ、打ち捨てられた大礼用の憂はしい続きの間《ま》は、香油を詰められた国王のミイラさながら己《おの》が古《いにしへ》の威儀と栄光を虚仮にしている。ただし我々は、来賓の間《ま》を見るべくそちらへは行かなかったし、兵士の営舎や一般の牢獄にも行かなかった。とは言え、獄舎の外の囚人献金箱に硬貨を某か落とし、その間《かん》囚人自身は遥か高みの鉄格子越しにこちらを食い入るように見下ろしていた。我々が向かったのは外ならぬ、かつて「異端審問」の執り行なわれていた恐るべき部屋の成れの果てである。

小さな、浅黒い、爛々たる黒い目の老婆が——とならばこの世はその暇《いとま》が優に六、七十年はあったというに、未だ女の内なる悪魔を手懐け果していないと見えるが——御当人の取り仕切っている「営舎酒場《バラック・キャバレ》」より、両手に一つならざる大きな鍵を引っ提げたなり、お出ましになるや、我々を「己《おの》が進むべき道伝《づて》案内（『マクベス』Ⅱ、1）」した。如何に老婆が道々、自分は天下の官吏（教皇宮殿の看守《コンシェルジュ・デュ・パレサポストリーク》）にして、如何ほど長の年月、か小生は与り知らねど、この道でメシを食っていることか——如何様にくだんの土牢を世の皇子に見せ、こと土牢の実地教授の腕にかけては並ぶ者のなく、如何様に物心ついた時から宮殿内に住まい——そこにて、もしや小生の記憶違いでなければ、産声をすら上げていたことかクダクダしく御教示賜ったか、は言わぬが花。が、かほどにパチパチ火花が飛び散らんばかりの、ひたぶるにして荒らかな、セカついた、ちびメス悪魔にはついぞお目にかかったためしがなかった。いざ口を利くとなると必ずや、つと、そのためわざわざ足を止めた。ほんの力コブを入れたいばっかりに、地団駄踏み、我々の腕に無手とつかみかかり、いきなり凄味の利いた見得を切りざま、壁にガンガン鍵を打ちつけた。今や「異端審問」がそこにて依然執り行なわれてでもいるかのように声を潜めたかと思えば、今や我と我が身が拷問にかけられてでもいるかのように金切り声を上げた。して何か新たな恐怖の成れの果てに近づく段には——クルリと振り返り、抜き足差し足、足音を忍ばせ、おどろおどろしきしかめっ面をしてみせながら——人差し指を鬼婆よろしき謎めいたやり口で鉤形に捩《よじ》くるものだから、その仕種一つ取っても、病人の掛け布団の上を熱に浮かされている間中、その他大勢の物の怪殿にこれきりお呼びを立てるまでもなく、独立独歩で行きつ戻りつするおスミ付きを頂戴していたやもしれぬ。

ヌラリクラリ油を売っている兵士の連む前庭を抜け、我々は当該鬼婆が我々を通すべく錠を外し、通し果すやまたもや我々の背《せな》で錠を下ろしたとある門より脇へ折れ、かくて辺りに散った石とガラクタ山で剰えせせこましくなっているせせこましい中庭へと入って行った。中庭の端くれは川の対岸のまた別の城にいつぞやは通じていた（と言おうか通じていたと伝えられる）地下道の成れの果ての口を塞いでいた。この中庭の間際の憂はしい忘却《ウブリエ》囚の塔には——我々は気がつけば早、その中に佇んでいたが——リエンツィ*が今しもそこに立っている正しくその同じ壁に鉄の鎖で繋がれながらも、今しもそこを見下ろしている蒼穹からは締め出されたなり幽閉されていた土牢がある。ものの二、三歩で、我々は異端審問囚人が逮捕後四十八時間、いざ厳めしい判事と相対するまでもなくひたむきな信心の揺らぐよう、飲食物を一切与えられぬまま監禁される檻房《カショ》に行き着いた。そこには未だ朝日は射し込んでいなかった。そいつらは今なお堅牢な、狭苦しい、仮借なき四つ壁に封じ込められた小さな独房で、今なお黒々とした闇に包まれ、今なお昔日同様、ぶ厚い扉と大きな門で閉《た》て切られていた。

鬼婆は、前述の如く道々振り返りながら足音を忍ばせて先に立ち、目下は納戸として使われているものの、いつぞやは宗教裁判所の礼拝堂として使われていた、丸天井の部屋へと案内した。法廷の開かれていた場所は簡素で、演壇はつい昨日、片づけられたばかりだったやもしれぬ。よりによって善きサマリア人（『ルカ』一〇：三〇－三七）の寓話がこれら異端審問室の内一室の壁に描かれている様を思い浮かべてみよ！　が、そいつは事実、そこに描かれ、今なお名残を留めているやもしれぬ。

さも疑り深げな壁の上方には被告のためらいがちな返答が耳にされる側《そば》から書き留められた壁龕があり、被告の多くは正しく我々がつい今しがた然に由々しく覗き込んだばかりの独房より引き立てられていた。ならば我々は、正しく彼らの歩んだ跡を辿っていたという訳か。

小生は今しもその場の掻き立てずばおかぬ恐怖を込めて辺りを見回している。するといきなり鬼婆が無手と手首につかみかかり、唇にそっと、骨と皮に痩せさらばえた指（『マクベス』I、3）ならぬ鍵の柄をあてがう。してグイと、後からついて来いとばかり顎をしゃくってみせる。小生は仰せに従う。鬼婆は隣の部屋へと――天辺が明るい青空宛開かれた、漏斗型の先窄まりの天井の、粗造りの部屋へと――案内する。小生はこれは何かと問う。女は腕を組み、グイと凄まじきやぶ睨みをしてみせる。小生はまたもや吹っかける。女は小さな一行も皆そこに御座すか確かめるべく、ざっと見渡し、石の塚に腰を下ろすや、両腕を突き上げ、悪鬼もかくやとばかり金切り声を上げる。「ラ・サール・ドゥ・ラ・クェスティオン！」

拷問部屋とは！　して天井は贄の絶叫を揉み消すべくくだんの形《なり》に窄められていたとは！　おお、鬼婆よ、鬼婆よ、こいつにしばし黙々と思いを馳せようではないか。どうか静かにしてくれ、鬼婆よ！　ものの五分でいいから、寸詰まりの大御脚の上で寸詰まりの腕を組んだなり、今のその小石山に腰を下ろし、それからまたもや熱り立ってくれ。

五分だと！　宮殿の時計で五秒と刻まれぬ内に、目を爛々と輝かせ、鬼婆は部屋のど真ん中で仁王立ちになるが早いか、日に焼けた腕を組んだなり、ずっしり回転する刑車の説明に取りかかる。こんな具合に回っていたものさ！　と鬼婆は声を上げる。グシャリ、グシャリ、グシャリ！　重い玄翁は果てしなく振り下ろされる。グシャリ、グシャリ、グシャリ！　殉難者の手足へと。石の飼葉桶を見てみな！　と鬼婆は宣ふ。水責めのための！　贖い主《ぬし》の名誉にかけて、ゴボゴボ、ガブガブ、ブクブク、はち切れるまでパンパンに浮腫み上がるがいい！　息を吐く度《たび》、異端者よ、汝《な》の不信心の肉体の奥深く、血みどろの襤褸を吸い込めよ！　して拷問官が襤褸を神自らの象《かたち》（『創世記』一：二七）のよりちっぽけな神秘まみれのなり引き抜くに及び、我らをこそ神の選ばれし僕《しもべ》と、山上の垂訓（『ルカ』五：四四）の真の信者と、ついぞ、癒しのためをさておけば奇跡を行なわなかった――ついぞ、同胞《はらから》に麻痺も、盲目も、聾唖も、狂気も、如何なる苦悩も、蒙らせたためしのなき――ついぞ、救いと安らぎをもたらすためをさておけば、ありがたき御手を差し延べたためしのなき――彼《か》の方の選りすぐりの弟子と、思い知るがいい！

　そら、見てみな！　と鬼婆は声を上げる。あすこさ、竈があったのは。あそこで連中は鏝を真っ紅に焼いていた。あそこの穴という穴には鋭い杭が打ち込まれ、そこに贄共は天井からずっしり全体重をかけたなり宙ぶらりんに吊る下げられていた。「けど」と鬼婆は耳打ちする。「ムッシューはこの塔の噂は聞いたことがおありと？　ほお？　なら、下を御覧を！」

　プンと、土臭いにおいのする冷気がムッシューの顔に当たる。というのも鬼婆は然に口を利く間《ま》にも壁の跳ね蓋を開けているから。ムッシューは中を覗き込む。急な、仄暗い、聳やかな塔の、どん底から、天辺まで。何と憂はしく、暗く、ひんやりしていることよ。異端審問の拷問官は、と鬼婆は、やはり中を覗き込もうと頭をぎりぎり斜《はす》に拗じ込みながら注釈賜る、もうこれ以上拷問にかけても詮ない連中をここへ突き落していたものさ。「けど御覧を！　ムッシューには壁の黒い染みがお見えと？」ちらと、肩越し、鬼婆の鋭い目を見やれば――鍵で指し示して頂くまでもなく――染みがどこにあるかは一目瞭然。「あれは何だ？」「血で！」

　一七九一年十月、仏革命がこの地で絶頂に達していた折しも、六十名の人間が――男も女も（「司祭も」と鬼婆の宣はく。「司祭も」）処刑され、この恐るべき落とし穴の中へ瀕死で、或いは縡切れたなり、放り込まれ、遺骸の上から大量の生石灰が流し込まれた。大虐殺のくだんの凄まじき痕跡はほどなく跡形もなく消え失せたが、残虐行為の行なわれた堅牢な建物のとある石がまた別の石の上に載っている限り、そこにて痕跡は彼らの血の壁に飛び散った跡が今なお目に清かなるに劣らずまざまざと人類の記憶に留められよう。

果たして、残虐行為がここで犯されるというのは「因果応報」の大いなる企図の端くれだったというのか？　人間の性《さが》を変えるべく幾十年となく大手を振って来た暴虐と言語道断の因襲の端くれが、その最後の奉仕において、連中をその荒らかにして獣じみた忿怒を満足さす容易な手立てもて誘《おび》き寄すというが！　連中をして自らその錯乱の絶頂において、その権力の絶頂なるとある偉大で厳粛な法的組織に一歩も引けを取らぬと誇示させしむというが！　一歩も引けを取らぬだと！　いや、遙かに優れていると。彼らは忘却囚《ウブリエ》の塔を「自由」の名の下《もと》に――地より生まれ出で、バスティーユの濠と土牢の黒々とした泥で育まれ、さらば自づとその不健全な生育の幾多の証を露にせざるを得ぬ生き物たる、彼らの自由の名の下《もと》に――用いた。が異端審問所は塔を「天」の名の下《もと》に用いた。

　鬼婆の人差し指が突き当てられる。女はまたもやスルリと、宗教裁判所の礼拝堂へと出て行く。床張りのさる箇所でひたと立ち止まる。いよいよ大見得を切る手ぐすね引いて。他の連中を待ち受ける。奴が何か説明している真っ最中《さなか》、くだんの雄々しき供人《クリア》に飛びかかり、いっとうどデカい鍵で帽子を強かに引っぱたくや、とっとと黙れと食ってかかる。して皆を床の小さな跳ね蓋のグルリに、墓よろしく、集める。

「そら！《ヴォワラ》」女は輪っかに飛びかかり、さすが鬼婆ならでは、しゃにむにガシャリと、生半ならぬ重さにもかかわらず、扉を開け放つ。「あすこに忘却囚《ウブリエ》がいた！　あすこに忘《ウブ》却囚《リエ》がいた！　地下牢に！　何てこったい！　真っ暗闇の！　身の毛もよだつようじゃ！　くわばらくわばら！　あすこに異端審問の忘却囚《ウブリエ》が！」

　小生の血は、鬼婆からこれら忘れ去られた囚人が外界の――妻や、馴染みや、子供や、兄弟の――思い出を胸に、飢え死にし、その詮なき呻吟で石を鳴り響かせていた地下獄屋《ごくや》を見下ろす間《ま》にも、凍てついた。が、下方の呪われの壁が毀たれ朽ち、片や日光がこっぽり開いた傷口から射し込んでいるのを目の当たりに覚えた戦慄は、むしろ勝利と凱旋の感覚に似ていた。其を目の当たりにすべく、当今の堕落した時代に生きている誇らかな悦びで、胸は躍った。恰も何か高邁な偉業を成し遂げた英雄さながら！　憂はしき地下獄屋《ごくや》の一条の光は神の御名の下《もと》なるありとあらゆる迫害に射し込んで来た、が未だ絶頂には達していぬ光線の象徴ではないか！　一条の光は視力を回復したばかりの盲人にとってすら、其がくだんの地獄めいた井の暗闇を穏やかに、厳かに、下《くだ》るのを目の当たりにする旅人にとってほど麗しく映ることは叶うまい。

第三景　アヴィニョンからジェノヴァへ

鬼婆は忘却囚《ウブリエ》をひけらかし果すや、我ながら「大当たり《グランクー》」を取ったものと思し召したか、扉をガッシャーンと、けたたましく落ちるがままにさせ、その上に、両手を腰にあてがった上から肘を突っ張ったなり仁王立ちになるや、途轍もなき鼻嵐を上げた。

皆でその場を後にすると、小生は教皇宮殿の小史を買い求めるべく、女の後について要塞の外側の門口の下《もと》、屋敷へ入って行った。女の酒場は——ぶ厚い壁に嵌め込まれた小さな窓から明かりの取られた、天井の低い、薄暗い部屋だが——仄かな光が射している所へもって、暖炉は何やら鍛冶炉めき、扉の際の小さなカウンターには瓶や壺やコップが所狭しと並べられ、壁には家政用具が布切れじみた衣類ごともたせられ、地味な見てくれの女が（さぞや鬼婆とはツーカーの仲でやっているのであろう）、戸口で編み物をしているとあって、正しくオスターデ*の一幅の絵を彷彿とさせた。

小生はある種夢心地で建物の外側を歩いた。がそれでいて、夢からは早覚めているとの心地好い感懐に見舞われてもいた——地下獄屋《ごくや》の光線が早、太鼓判を捺してくれていた如く。四つ壁の巨大なぶ厚さと目眩く高み、どっしりとした塔の途轍もなき力強さ、建物の広大な規模、果てなき面積、厳めしい外貌、荒らかな不規則性、は畏怖と驚嘆を喚び起こさずばおかぬ。その相反す、古《いにしえ》の用途の記憶は——難攻不落の砦、贅を尽くした宮殿、恐るべき牢獄、拷問の場、異端審問法廷——一時《いちどき》にして同時に、宴と戦と宗教と血の館は——その巨大な形《なり》なる石という石に由々しき興味を添え、その不調和にこそ新たな意味を付与する。小生は、にもかかわらず、その折はほとんど、してその後も長らく、土牢の太陽にしか思いを馳すこと能はなかった。騒々しい兵士の息抜きの場に成り下がり、連中の下卑た戯言《たわごと》やありきたりの罵りを谺しては、小汚い窓から連中の衣類をヒラつかさざるを得ぬ宮殿とは、その威容の零落にして、お笑い種に外ならぬ。がその独房なる日光と、残虐の間《ま》の屋根代わりの蒼穹は——そいつは、宮殿の荒廃にして敗北ではなかろうか！　たとい小生はそいつがメラメラと、濠から塁壁に至るまで火の手に巻かれるのを目の当たりにしようと、くだんの光も、世に燃え盛る炎という炎の光も、あの、秘密の会議室と牢獄の日射しほどに其を荒廃させられはすまいと感じていたろう。

　この教皇宮殿を後にする前に、上述の小史より、宮殿自体に実に付き付きしい、数奇な運命に纏わるささやかな逸話を翻訳させて頂きたい。

「古《いにしへ》の口碑によらば、ローマ教皇の遣外使節ピエール・ドゥ・ルードの甥がアヴィニョンの一人ならざる名門の貴婦人を甚だしく侮辱し、そのため貴婦人の親族は報復に、この若者を捕らえ、滅多斬りにした。数年間、使節は自らの報復はひたすら胸に秘めていたが、さりとて終には意趣を晴らす決意が鈍るどころではなかった。使節は、かくて時満つと、完全な和解をすら申し出、申し出の表向きの誠意が揺るぎなくなるや、この宮殿内における豪勢な宴会に名門を――皆殺しを目論んでいる名門を全て――招待した。宴は飲めや歌えやで浮かれ返ったが、使節の手筈に抜かりはなかった。デザートがテーブルに運ばれると、とあるスイス人が現われ、見知らぬ大使が緊急の接見を求めている由告げた。使節は客に、当座、詫びを入れると、将校達に付き添われて中座した。その後二、三分と経たぬ内に、五百名に垂んとす客は灰燼に帰した――建物のくだんの翼《よく》が凄まじい爆破によって木端微塵に吹き飛ばされていたから！」

　あちこちの教会を見て回った後《のち》（目下の所、貴兄を教会で煩わす気はないが）、我々はその昼下がり、アヴィニョンを発った。茹だるように暑く、城壁の外側の街道には猫の額ほどの木蔭という木蔭でぐっすり眠りこけている人々や、せめて焼け焦げた木々の間や、埃っぽい街道で玉転がしに興じられるほどには日が沈むまで暇をつぶしている、半ば寝ぼけ、半ば目を覚ましたノラクラ仲間があちこち散っている。ここなる生り物は早、刈り入れが済み、騾馬や馬が畑で小麦を踏み解《ほぐ》しては脱穀していた。我々は黄昏時に、いつぞやは追剝ぎで名高かりし、丘また丘の荒野に差し掛かり、ゆっくり、急な上り坂を登った。かくて夜十一時まで旅を続け、そこで漸う（マルセイユから立て場二つと離れていない）エクス＊の町に辿り着き、宿を取った。

　旅籠は光と熱を締め出すべく、日除けと鎧戸が一枚残らず閉《た》てられていたので、翌朝はすこぶる清しく、爽やかで、町そのものも実にこざっぱりとしていた。が、それは茹だるように暑い所へもって、それは目映いばかりに明るいものだから、正午に表へ出た際には、まるで仄暗い部屋からいきなりパリパリとした青い炎の直中へと足を踏み入れたかのようだった。大気が然に澄み渡っているせいで、遙か彼方の丘陵や岩だらけの突端ですらものの一時間歩けば辿り着けそうに見える片や、間近の町は――ある種、青い風が小生とそいつとの間を吹き渡っているとあって——白熱さながら、地べたから熱風を送って寄越しているかのようだった。

　我々はこの町を黄昏時に後にし、一路、マルセイユへと向かった。道は埃っぽく、家々はぴっちり閉《た》て切られ、ブドウは白い粉を吹いている。大方の田舎家の戸口では、女房が夕飯用に陶製の深鉢に玉ネギの皮を剝いては薄切りにして放り込んでいる。そんな具合に連中、昨夜《ゆうべ》もアヴィニョンからの道々ずっと精を出してはいたが。我々は木に囲われ、ひんやりとした水盤のあしらわれた、仄暗い城郭《シャトー》を一、二、通りすがったが、城郭《シャトー》はそれまで旅をして来た街道にかようの住居のほとんどないとあって、目にするだに清しかった。マルセイユに近づくにつれ、道は遊山客で込み合い始めた。居酒屋の外には煙草を吹かしたり、酒を飲んだり、チェッカーやトランプに興じたり、（一度など）ダンスを踊っている一行がいた。が、どこもかしこも、塵、塵、塵。我々は人々でごった返す、長く、薄汚い、ダラダラと延びる郊外を縫って旅を続けたが、左手の侘しい斜面では必ずや居たたまらぬほど白々としたマルセイユ商人の田舎邸宅《カントリーハウス》が今に、裏も、表も、脇も、切妻も、羅針盤の全方位を向いたなり、てんでバラバラに一緒くたになっている。かくてとうとう、町の中へと入って行った。

　小生はその後二、三度、日和の善し悪しにかかわらず、町中に出てみたが、そいつが薄汚く不快な場所たることに疑いの余地はなさそうだ。とは言え、砦で固めた高みから、見事な岩や島の散る麗しの地中海を見はるかせば、絵のように美しい。くだんの高みが恰好の避難所たるのは、ただし、より絵画的ならざる理由からではある——淀んだ水で一杯の大きな港からひっきりなしに立ち昇り、ありとあらゆる手合いの荷を積んだ数知れぬ船から投げ捨てられるゴミだのクズだので穢《けが》れた——暑い日和ともなれば、正しく鼻を突く——曰く言い難き悪臭からせめて一時《いっとき》逃れられるという。

　通りにはありとあらゆるお国柄の外国人水夫がいた。赤いシャツや、青いシャツや、揉革色のシャツや、鞣皮色のシャツや、オレンジ色のシャツの。赤い帽子や、青い帽子や、緑の帽子や、大きな顎鬚や、顎鬚無しの。トルコ風ターバンや、テラついた英国風帽子や、ナポリ風頭飾りの。土地の人間は石畳の上に連んで座ったり、家屋敷の天辺で涼んだり、またとないほどむっと息詰まるような、風通しの悪い並木街路を行きつ戻りつし、より下卑た手合いの見るからに荒っぽげな有象無象は四六時中、道を塞いでいる。当該ざわめきと雑踏の真っ直中に、しごくありきたりの瘋癲院が——衝立や中庭の影も形もさらになきまま、まともに通りに面した、屋根の低い、せせこましい、惨めな建物が――あり、そこにてペチャクチャおしゃべりしている気の狂れた男や女は錆だらけの格子越しに、大きく目を瞠った下方の顔また顔を見下ろし、片や日輪は、小さな独房にギラリと斜《はす》に射し込みざま、まるで連中の脳ミソを干上がらせ、一群れの猟犬よろしく奴らを嬲り者にしてでもいるかのようだ。

　我々が宿を取った楽園旅籠《オテル・デュ・パラディ》は見上げるばかりにそそり立つ家々の建ち並ぶせせこましい通りにある、なかなか気の利いた旅籠で、向かいの理髪店のウィンドーの一枚にては等身大の蠟細工の御婦人が二体ひけらかされ、日がな一日クルクル、クルクル、回っていた。して御逸品に理髪師自身、それはうっとり来ているものだから、家族共々表の石畳の安楽椅子に涼しげな普段着で腰を下ろし、通行人もさぞや御満悦たろうと、懶い威厳を込めて打ち眺めていた。真夜中に我々が床に就いた際、一家は早、就寝していたが、床屋は（鳶色スリッパのほてっ腹の男だが）相も変わらず、そこに両脚を長々と突き出したなり腰掛け、いっかな鎧戸を閉《た》てること能はぬかのようだった。

　翌日、我々は港へ下りて行き、そこにてはありとあらゆるお国柄の水夫が、ありとあらゆる手合いの船荷を――果物から、ワインから、オイルから、絹から、毛織物から、ヴェルヴェットから、色取り取りの商い種を――積んだり降ろしたりしていた。陽気な縞模様の日除けの張られたその数あまたに上る活きのいい小舟の内一艘を借り受けると、我々は大きな船の艫の下や、曳き綱と大索《たいさく》の下を掻い潜り、他の小舟にぶち当たったり、紛れたり、オレンジの匂いの噎せ返る船舶の船端すれすれを掠めたりしながら晴れて、港口近くに碇泊している、ジェノヴァ行き豪華汽船「マリー・アントワネット」に辿り着いた。とこうする内、かの不様な「家具倉庫・陳列場《パンテクニコン》生まれのロクデナシ」が平底艀にて、手当たり次第の奴らにぶつかっては、夥しき量の悪態としかめっ面の火種となりつつ、愚にもつかぬやり口で横づけになり、五時までに我々は開けた海にて蒸気を上げていた。汽船は素晴らしく清潔で、食事は甲板の日除けの下にて供され、夜は穏やかで澄み渡り、海と空の静謐な美しさは言葉に尽くせなかった。

　我々は翌朝早々、ニースを発ち、ほぼ終日（いずれ然るべき箇所でより詳しく触れることになろう）崖っ縁の道《コーニシュ》から二、三マイルと離れていない沖合を航行した。三時前にはジエノヴァが視界に入り、くだんの都が段丘また段丘の、庭また庭の、宮殿また宮殿の、高台また高台の聳やぐ目も綾な円形劇場《アンフィシアタ》を次第に現前さすのを眺めるだけで手一杯だった。かくて壮麗な港に入り、ここにてカプチン会修道士が波止場の上で材木が公平に量られているか否か監視している光景に、宜なるかな、胆をつぶし果すと、予め屋敷の借りてある、二マイル離れたアルバロの町へと馬車で向かった。

　道筋は目抜き通りを縫うそれだが、宮殿で名高いストラダ・ヌウォーヴァ（現ガリバルディ通り）も、ストラダ・バルビも通らなかった。小生の生まれてこの方、然まで当惑したためしのあったろうか！　何もかもがとびきり目新しく、辺り一面、徒ならぬ異臭が立ち籠め、得体の知れぬ汚物で溢れ返り（イタリアでどこより清潔な町たる折り紙つきにもかかわらず）、小汚い家々はとある一軒がまた別の一軒の屋根の上にと、てんでバラバラにごった返し、路地という路地はセント・ジャイルズ（ロンドン都心貧民窟）や一昔前のパリの如何なる路地よりむっと息詰まる所へもってむさ苦しく、そこを宿無しならぬ、真っ白なヴェールと大きな扇の、艶やかに着飾った女性が出入りし、如何なる住居や、店や、壁や、支柱や、柱にもこれまで目にしたどいつにもこれきり似通った所がなく、言うなれば是一つの気の滅入るような不潔と、不快と、腐朽とあって、面食らうこと頻りであった。かくて憂はしき白昼夢に陥った。小生は街角の聖者や聖処女の祠《ほこら》の熱っぽくも途方に暮れた幻は意識している――数知れぬ托鉢僧や、修道士や、兵士の――教会の出入口で揺れている大きな赤カーテンの――絶えず丘を登っている、がそれでいて他の通りという通りや路地という路地がなお上へ上へと向かっている幻は。捥ぎ立てのレモンとオレンジがブドウの葉でこさえた花輪に吊る下がっている果物屋台の――営倉と撥ね橋の――あちこちの門口の――溝の縁に小さな盆ごと腰を下ろしている氷水の呼び売り商人《あきんど》の幻は。がこれきりしか、意識はなく、とこうする内、ある種ピンクの牢獄にくっついた雑草の蓬々に生い茂る陰気臭い中庭に降ろされ、ここで暮らすことになっている由告げられる。

　小生はよもやその日、ジェノヴァの街路の正しく石ころに至るまで愛着を覚え、この町を幾時間もの至福と静謐の纏わるそれとして懐かしく顧みることになろうとは夢想だにしていなかった！　以上が、しかしながら、嘘偽りなく書き留められた第一印象にして、それらが如何様に変わったかもまた、書き留めるとしよう。目下の所は、この延々たる旅の後でともかく一息吐こうではないか。

第四景　ジェノヴァとその近郊

小生が今や、我がアメリカ人の馴染みならば「腰を据えた《ロケイティッド》」と呼ばおう、ジェノヴァ郊外のアルバロのような町の第一印象は、恐らく、必ずや憂はしく、期待外れに違いない。仰《のっ》けは、見渡す限りの荒廃と等閑に伴う意気沮喪を克服するにいささかの時間と馴れを要す。大方の人間にとって愉快な目新しさは、小生にとってはどうやら格別ゴキゲンと思しい。ともかく己自身の気紛れや営みに携わる手立てのある限り、おいそれとは挫けまいし、環境に順応する生まれながらの適性も具えていると思う。が、今の所、四六時中佗しい驚愕に見舞われながらここかしこ、近所の窖という窖や隅という隅をウロつき回り、いざヴィラに——ヴィラ・バグネレロに（聞こえはロマンチックだが、シニョール・バグネレロはつい目と鼻の先の肉屋だ）——引き返すや、己《おの》が新たな体験につらつら思いを馳せ、そいつらを、我ながら傑作千万にも、胸中抱いていた期待と引き比べるのに一時《いっとき》かまけていたと思うと、またもやフラリとさ迷い出す。

ヴィラ・バグネレロは、と言おうか「ピンク牢獄」と叫んだ方が遙かに言い得て妙であろうが、想像し得る限り格別素晴らしい立地条件の一つにある。気高きジェノヴァ港は、紺碧の地中海ごと、一眸の下《もと》に見はるかせ、辺り一面、神さびた不気味な佗しい屋敷や宮殿が散り、左手では聳やかな丘陵が頂上をしばしば雲間に隠し、堅牢な砦を突兀たる山腹の高みに載っからせたなり、間近に迫り、正面では、屋敷の壁から、浜辺の切り立った絵のように美しい巖の上にそそり立つ礼拝堂の廃墟に至るまで、緑々《あおあお》としたブドウ園が広がり、そこにて貴兄は日がな一日、せせこましい小径に横方《よこざま》渡された粗造りの格子細工に仕立てられたブドウの果てしなき眺望を縫いながら、木洩れ日の中を漫ろ歩くのも好かろう。

当該僻陬の地には猫の額ほどの小径からしか近づけぬ。よって、税関に着いてみれば、現地の連中は中でもいっとうせせこましい小径の寸法を早、測り果し、そいつを馬車にあてがう手ぐすね引いて待っていた。との仰々しき儀式が通りでしかつべらしげに執り行なわれている片や、我々は皆して固唾を呑んで傍に立っていた。案の定、そいつはキチキチで、たとい通れたとしても時の運。それ以上でも以下でもなかった——とは小生の毎日、馬車が通りすがりにドスンドスン、左右の壁に開ける色取り取りの大きな穴ぼこを目の当たりにする度、思い起こさせられる如く。我々は、ただし、聞く所によれば、然る老婦人よりはまだしもツキに見限られていないと思しい。というのもこの方、しばらく前にこの辺りのとある屋敷を借りたはいいが、御当人の馬車にて小径で二進も三進も行かなくなり、扉を開けるは土台叶はぬ相談とあって、小さな正面の窓の一枚からハーレキン（『アメリカ探訪』第三章注（二七）参照）よろしく引こずり出されるという不面目に否でも応でも身を委ねざるを得なかったからだ。

　貴兄は晴れてこれらせせこましい小径を潜り抜け果すや、拱道に辿り着き、そいつは錆だらけの古ぼけた門にて――小生の門にて――生半なれど、行き止まりとなる。錆だらけの古ぼけた門には相応に錆だらけの古ぼけた鈴《りん》がついているが、如何ほどお気に召すまま延々と引こうと、誰一人応じまい――何せ屋敷とはこれきり縁もゆかりもないだけに。とは言え錆だらけの古ぼけたノッカーも――指一本触れようものならグルリとずり落ちるほどゆるゆるのそいつも――ついている。よって、コツさえ呑み込み、根気好く叩けば、どいつか出て来よう。と言おうか雄々しき供人《クリア》がお出ましになり、貴兄を請じ入れる。貴兄はまずは蓬々に雑草の蔓延った、ブドウ園に通ずむさ苦しい小さな庭へ入る。そいつを過り、地下倉庫じみた四角い玄関広間から、ヒビ割れた大理石の階段を昇ると、どデカいメソジスト礼拝堂に似ていなくもない、丸天井と水漆喰の壁のだだっ広い部屋へ通される。これが大広間《サーラ》だ。部屋には窓が五枚に、扉も五枚あり、一幅ならざる絵画が掛かっているが、御逸品、例の、古謡の天辺の「死神と貴婦人」*よろしく中央で真っ二つに分かれ――貴殿をして必ずや果たして独創的なそのスジの大家は一方の泥を拭ったものやら、もう片方に泥を塗ったくったものやらどっちつかずのまま首を捻ること頻りとならさずばおかぬ――絵を看板代わりに吊る下げる、ロンドンの絵画の汚れ落とし屋の端くれの心ならばさぞや浮き立たせて下さろう。当該大広間《サーラ》の家具はある種、真っ紅な綾織物で、椅子は一脚残らずビクともせず、ソファーに至っては数トンは下らぬあろう。

　同じ階にして、同じ間《ま》から通じているのは、各々夥しき扉と窓の設えられた食堂に、客間に、一室ならざる寝室。階上には外《ほか》にもまだ薄気味悪い部屋が数室と、厨が一つあり、階下にはもう一つ厨があるが、こちらは、木炭を燃やすありとあらゆる手合いの摩訶不思議な装置が設えられているとあって、練金術の実験室かと見紛うばかりだ。かてて加えて、召使いがこの茹だるように暑い七月、炉の熱気から逃れられるよう、半ダースに垂んとす小さな居間もあり、そこにて雄々しき供人《クリア》は夜な夜な、お手製になるありとあらゆる手合いの楽器を奏でてみせる。総じて、屋敷は小生のついぞお目にかかった、と言おうか思い浮かべたためしのないほどデカく、古めかしい、ウネくった、薄気味悪い、訝催いの、陰気臭い、剝き出しのそいつだ。

　客間はブドウの絡まる小さなテラスに通じ、このテラスの下にして、小さな庭の片側を成すようにして、いつぞやは厩たりしものがある。成れの果てでは今では牛小屋として使われ、中に牛が三頭住まい、よって我々は搾り立ての牛乳がバケツ単位で飲める。近くに牧草地はなく、三頭共これきり外に出るどころか、四六時中寝そべっては、ブドウの葉をたらふく食い上げている——日がな一日ごきげんな物臭《ドルチェ・ファル・ニエンテ》を極め込んでいる絵に画いたようなイタリア牝牛たりて。三頭の世話を焼き、一緒に寝てもいるのは、アントニオという名の老人と息子——剝き出しの大御脚と足の、黄褐色《シエナ》に日焼けした、土地の生まれの親子——で、どっちもどっち、シャツとズボンの上から真っ紅な飾り帯《サッシュ》を巻き、首からは形見、と言おうか何やら十二日節前夜祭祝い菓子のボンボンに似ていなくもない魔除けを吊る下げている。親父さんは小生を旧教に宗旨替えさすのに御執心で、しょっちゅうそちら向きゴ託を並べる。我々は夕暮れ時ともなればちょくちょく、戸口の石の上にロビンソン・クルーソーとフライデーのあべこべ版《ばん》にて腰を下ろし、爺さん、小生の宗旨替えを目《もく》し、概ね聖ペテロの逸話を端折って審らかにする——蓋し、何よりかより雄鶏（『マタイ』二六：三一－五、六九－七五）を真似てみせたいばっかりに。

　見晴らしは、上述の如く、すこぶるつきだが、日中は格子細工の鎧戸をきっちり閉《た》て切っておかねばならぬ。さなくば太陽のせいで気が狂れそうになろう。日が沈んだら沈んだで、窓を一枚残らず締めねばならぬ。さなくば蚊が貴兄を自殺へと誘《いざな》おう。という訳で、一年のこの時節ともなれば屋内にてはさしたる眺めも利かぬ。ことハエに関せば、どうかお構いのう。蚤もまた然り。何せ連中、図体がどデカい所へもって、その名も「無数《レギオン》（『マルコ』五：九）」なるが故。かくて馬車納屋にそれはウジャウジャ住みついているものだから、たといいつ何時、馬車がガラガラ、頭絡から何からつけたその数あまたに上る勤勉な蚤に曳かれて丸ごと駆け出す所に出会そうと一向驚くまい。ネズミは数十匹に垂んとす骨と皮に痩せさらばえたネコがそのためわざわざウロつき回っているお蔭で、心配ゴ無用、物の見事に鳴りを潜めている。トカゲも無論、誰一人気にかける者はない。日溜まりの中を這いずり回るきり、特段刺す訳でもない。小さなサソリはほんの御愛嬌。カブトムシはいささか後れ馳せと見え、未だお出ましになっていない。カエルは仲間も同然。隣の別荘《ヴィラ》の敷地には専用の飼養池があり、一度夜《ひとたび》の帳が下りるや、幾々十人もの木靴の女が濡れた石畳をのべつ幕なし行きつ戻りつしているかと耳を疑うばかり。としか、連中の鳴き声と来てはお世辞にも言ってやれぬ。

絵のように美しい海辺なる朽ちた礼拝堂はその昔、洗礼者《バプテスマ》のヨハネに奉られた。口碑によらば、確か、聖ヨハネの遺骨*がジェノヴァに初めてもたらされた際、様々な儀式と共にそこに迎え入れられたという。それが証拠、今日《こんにち》に至るまでジェノヴァは聖《ひじり》の骨を祠《まつ》っている。海で激しい嵐が吹き荒れると、遺骨が持ち出され、怒濤逆巻く海原宛かざされ、さらば嵐はひたと凪ぐ。聖ヨハネとジェノヴァとはかくて切っても切れぬ仲にあるだけに、平民は猫も杓子もジョヴァンニ・バプティスタなる洗礼名を授けられ、後者の名はジェノヴァ訛りにては嚔《くさめ》よろしく「バッチーチャ」と発音される。通りから通りが人込みでごった返す日曜か祝祭の日に、誰も彼もが他の誰も彼もをバッチーチャと呼ぶのを耳にするのは、他処者にとっては奇妙であると同時に愉快極まりない。

せせこましい横丁では一軒ならざる大きな別荘《ヴィラ》が軒を並べ、屋敷の壁には（つまり外壁には）、不気味なのから神々しいのまで、ありとあらゆる手合いのネタが所狭しと物されている。が年季と潮風でほとんど掻き消されているせいで、晴れた日のヴォクソール・ガーデンズ（テムズ南岸遊園地）の入口そっくりの面《つら》を下げている。くだんの屋敷の中庭には芝や雑草が蓬々に蔓延り、ありとあらゆる手合いの悍しき接ぎが彫像方、化膿性感染症に祟られているかと見紛うばかりに台座を覆い、外門は錆だらけで、下方の窓の外の鉄桟はごっそりずり落ちている。高価な金銀宝が堆く盛られていてもよかろう玄関広間には薪が山と積まれ、滝は干上がり、息を詰まらせ、噴水は「遊ぶ」にはなまくらに過ぎ、「学ぶ」には物臭に過ぎ、その寝ぼけ眼において、御近所を湿気さすほどには且々己の何者たるか、記憶を持ち併せている。熱砂風《シロッコ》がこれら代物全ての上を何日もぶっ通しで吹き渡る――祝日のために表へ狩り出された超弩級の竈よろしく。

しばらく前に聖母マリアの母を祝す祭日*があり、界隈の若者は皆、ここかしこの行列で緑のブドウの花冠を被っていたと思うと、そのなり何十人となく沐浴した。目にするだに実に奇しくも小粋なことに。なるほど正直な話（その折、祝祭のことは全く知らなかったので）、てっきり連中、馬の右に倣い、御逸品を――ハエを追うべく――被っているものと思い込み、得心してもいたが。

その後ほどなく聖ナザロ*を祝うまた別の祭日があり、アルバロの若者の一人が朝食後、大きな花束を二つ抱えてやって来ると、二階の大広間《サーラ》へ上がり、自ら花束を贈呈した。これは聖《ひじり》を祝す何か音楽の掛かりのための寄附を募る丁重なやり口だったので、我々は某か喜捨し、聖《ひじり》の使者は、重々得心した上、立ち去った。夕刻六時、我々はつい目と鼻の先の聖ナザロ教会へ行ったが、そこは辺り一面、花綵や明るい綴織のあしらわれたやたらケバケバしい場所で、祭壇から正面扉に至るまで、皆着席した女性で溢れ返っていた。女性はここでは一切ボネットは被らず、長く白いヴェール――「メッツェロ」――を纏うきりで、会衆はかくて小生のついぞ目にしたためしのないほど紗《しゃ》めいた霊妙な見てくれのそれであった。うら若き娘御は並べて愛らしくはないが、歩きっぷりが殊の外素晴らしく、身のこなしとヴェールのあしらいにおいて、内なる優美と洗練を示して余りある。さして多くはないが、男性も臨席し、内二、三人は側廊の辺りで跪いていた――外《ほか》の誰も彼もを蹴躓かすのも何のその。堂内では無数の細蠟燭が揺らめき、聖者の纏う銀と錫の薄片は（わけても聖母のネックレスにおいて）目映いばかりにキラめき渡り、司祭は主祭壇のグルリに腰を下ろし、オルガンはひたぶる高らかに響き渡り、楽隊丸ごとも右に倣い、片や指揮者は、楽隊の向かいの小さな回廊にて目の前の机に巻物をひたぶる打ち下ろし、テノール歌手は、蚊の鳴くような声で喉を震わせた。楽隊は我が道を行き、オルガンはまた別の道を行き、歌い手ははたまた第三の道を行き、お気の毒な指揮者はガンガン、ガンガン叩いては、何か御当人の哲理に則り巻物を振り回し、一見、演奏にどこからどこまで得心し切っているようだった。小生は未だかつてかほどに耳障りな騒音を耳にしたためしはなかったが。堂内は終始、茹だるように暑かった。

赤い縁無し帽の男衆が、ゆったりとした上着を肩に掛けたなり（連中は断じてそいつに袖を通さぬから）、教会のすぐ外で球転がしをしては、砂糖菓子を買っている。内半ダースの男は、ゲームにケリがつくと側廊の中まで入って来るなり、聖水で十字を切り、束の間、片膝を突き、突いたと思うとスタスタ、お次の球転がしで一戦交えるべくまたもや出て行った。連中は当該気散じにかけてはめっぽう腕達者で、たとい石ころだらけの小径や街路や、如何ほどかようの目的にはとびきり凸凹にして悲惨な地べたの上にても、玉突き台の上と変わらぬ物の見事にやってのけよう。が、就中お気に入りのゲームは伊拳《モーラ》なる国民的それで、連中、ひたぶる本腰でかかり、身上を端《はし》から賭けかねぬ勢いだ。伊拳《モーラ》は十本指以外――とは、洒落を飛ばす気は毛頭ないながら、必ずや「手近」なる――何一つ小道具を要さぬ伸るか反るかの博奕であ

る。二人の男が競い合う。一方が数を言う――例えば、上限の十を。して指を三本、四本、五本と、突き出すことにて、その端くれ分を好きなだけ示す。相手は同時に、して一か八か、自分の手を見ぬままぴったり足して十になるだけ指を突き出さねばならぬ。連中の目と手はこいつにそれは熟練し、それは目にも留まらぬ早業でモノを言って下さるものだから、傍目八目の新参者がゲームの展開に付いて行くのは土台叶はぬ相談、とまでは行かずともほとんどお手上げだろう。いつも決まって端に連んで見守っている古参組は、しかしながら、汲々として餓《かつ》えたように覗き込み、悶着が持ち上がれば必ずやどちらか一方の肩を持つ手ぐすね引いて待ち、その徒党根性においてしょっちゅう真っ二つに分かれるものだから、一件がやたら喧しい手続きと相成るのも稀ではない。いずれにせよ御逸品、この世でいっとう物静かなゲームでだけはない。というのも数はいつも甲高い大きな声で宣はれ、数えられ得る限り次から次へと踵を接してお越しになるからだ。祝日の夕暮れ時ともなれば、窓辺に立とうと、庭を歩こうと、通りを縫おうと、街のどこであれ静かな場所をブラつこうと、当該ゲームが一時《いちどき》に二十は下らぬワイン酒場で鎬を削られているのが聞こえようし、如何なるブドウ園散歩道越しに見はるかそうと、ほとんど如何なる街角を曲がろうと、

一塊の連中が腹の底からガナり上げている所に出会すこと請け合い。どうやら大方の人間は何か格別な本数の指を他の本数よりしょっちゅう突き出すと思しく、炯眼の男同士が如何に虎視眈々と互いの無くて七クセを突き止め、そいつにこちとらの勝負を合わせようと躍起になっていることか、は興味津々にして愉快極まりない。輪をかけて傑作たるに、どいつの身振り手振りも唐突にしてひたぶるで、二人の男はたかが半ファージング目当てに文字通り命懸けででもあるかのように一心不乱に刃を交える。

間近には大きな広壮邸宅《パラッツォ》があり、以前は誰かブリニョーレ家の人間の持ち家だったが、目下はイエズス会士の一派によって夏の宿泊施設として借り受けられている。小生は先日の日暮れ時、荒み果てた敷地内へフラリと立ち寄り、しばし行きつ戻りつする内、如何せん、その場の光景を夢現で視界に収めることと相成った――御逸品、今にこの辺りでは四方八方、焼き直されてはいるものの。

小生は雑草の蔓延り、芝草の生い茂る中庭の二辺を成す柱廊の下をここかしこ漫ろ歩いた。残りの内一辺は、因みに、屋敷が成し、もう一辺は庭園と近隣の丘に臨む低い段庭道が成している。石畳のどこを見渡してもヒビ割れていない石は一つとてなかったのではあるまいか。中央には憂はしい像が立ち、その腐朽においてそれは白黒斑になっているものだから、まずもって絆創膏をベタベタ貼った上から白粉を掃いたかと見紛うばかりであった。厩と、馬車納屋と、離れ家はどいつもこいつもがらんどうで、ボロボロに朽ち果て、そっくり打ち捨てられていた。

扉は蝶番が外れ、閂で且々持ち堪えていた。窓は壊れ、彩色漆喰は剝げ落ち、辺りにボロボロ転がっている。ニワトリとネコが納屋や離れ家をそれは我が物顔で独り占めにしているものだから、勢いふと御伽噺を思い起こし、胡散臭げにジロリと睨め据えずにはいられなかった――よもやおぬしら、元の姿に戻してもらうのを待っている、家来の為り変わりでもあるまいがと。わけてもとある老いぼれ雄ネコなど――ひもじげな緑の目をした、（実は、貧しき縁者ではなかろうかと勘繰りたくなるほど）ガリガリに痩せこけた四つ脚だが――てっきりこの小生こそは王女を娶り、何もかも元通りに戻すべく立ち現われた王子なものと、当座、思い込んででもいるかのように、周りをグルグル、グルグル回りにかかった。が我ながらの早トチリに気づいたものか、いきなり陰険な唸り声を上げ、それは途轍もなく尻尾を逆立てたなり踵を返したものだから、塒にしている小さな窖にすんなり潜るのもままならず、晴れて忿怒と尻尾が諸共収まるまで外で待たねばならぬほどであった。

この柱廊の、ある種四阿に、と言おうかともかく何であれ、いつぞや英国人が数名、クルミにわいた蛆虫よろしく住みついていた。がイエズス会士が立ち退きを命じ、連中は事実、立ち退き、そいつもぴっちり閉《た》て切られていた。屋敷は、ウネくった、谺催いの、雷《いかづち》めいた、営舎もどきの代物だが、下方の窓という窓はいつもの伝で、閂が鎖されている代わり、玄関扉は大きく開け放たれ、たとい小生が罷り入り、床に就き、そのなりポックリ行っていたとて、誰一人気づかなかったのではあるまいか。階上のとある続きの間《ま》のみ人が住まい、内一室から、抒情的独唱曲《ブラヴーラ》を高らかに復習《さら》っている若き歌姫の声が静かな夕風に乗って艶《つや》やかに聞こえて来た。

小生は、元はと言えば並木道や、段庭や、オレンジの木や、彫像や、石造りの水盤の水で、一風変わった小粋な面《つら》を下げるはずであった庭園に下りて行ったが、何もかもが緑《あお》くヌメり、ひょろりと瘦せこけ、蓬々に伸び、だらしなく蔓延り、発育不全か発育過多で、ベト病にやられ、ジメついているとあって、ありとあらゆる手合いのネバつきベトついた、気色悪い爬虫類を彷彿とさせた。見渡す限り、明るいものは唯一、ホタルこっきりで——ほんの独りぼっちのホタルこっきりで——仄暗い薮を背に、屋敷の今は昔の「栄光」の最後の小さなポチよろしく浮かび上がっていた。してそいつとて、いきなり右へ左へ浮かんでは沈み、プイとその場を離れ、歪な円を描いた、かと思えばまた元の場所へやぶから棒に舞い戻ったものである——恰も「栄光」の昔馴染みをキョロキョロ探し回り、一体どうなっちまったものやらと（神のみぞ知る、かもしれぬではないか！）首を捻ってでもいるかのように。

二月も経つと、憂はしき取っかかりの夢想の儚い形《なり》や影《かげ》は次第にお馴染みの姿形や実体を具え、小生は早、一年後、長き休暇を終え、祖国へ戻る段には、ジェノヴァをおよそ嬉々たる心で、だけはなく去るに違いなかろうと観念し始めていた。

そいつは日毎「味の出て来る」場所で、必ずや何か見つけ出してやらねばならぬものがあるかのようだ。歩き回るにとびきり突拍子もない横丁や脇道にも事欠かぬ。もしやお好みとあらば、日に二十度となく道に迷い——とは手持ち無沙汰ならば、願ったり叶ったり！——またもや、とびきり思いもかけねばびっくり仰天物《もの》の難儀の下《もと》、お出ましになるのだって訳ない話。この世にまたとないほど奇妙奇天烈なアベコベで溢れ返り、よって絵のように美しいものや二目と見られぬものが、卑しいものや厳かなものが、愉快なものや不快なものが、角を曲がる度、視界に飛び込んで来る。

　ジェノヴァ周辺の田園が如何ほど美しいか知りたい向きはモンテ・ファッチョ*の頂上に（晴れた日和に）登るか、少なくとも、よりお易い御用たるに、城壁のグルリを馬車で回ってみられるが好い。堅牢な要塞の築かれた城壁が、万里の長城の縮小版よろしく巡らされている高みより一眸の下《もと》に収める、港と、二本の川――ポルチェヴェラとビツァーニョ――の渓谷の移ろう景観ほど多様にして素晴らしき眺めはまずなかろう。当該遠出の就中、画趣に富む箇所にズブのジェノヴァ旅籠の見事な雛型があり、ここにて客は例えばタリャリーニとラヴィオリ（共にパスタの一種）や、薄切りにした上から捥ぎ立ての緑のイチジクと一緒に食す、ニンニク風味のドイツ・ソーセージや、マトンの厚切れとレバーごと切り刻んだ、雄鶏のトサカと羊の腎臓や、小さく縒った上から油で揚げ、白子《しらす》よろしく大皿に盛って供す、仔牛の未知なるどこぞの部位の細切れや、その他似たり寄ったりの手合いの珍品といったズブのジェノヴァ料理に舌鼓が打てるやもしれぬ。これら郊外の飲食店《トラットリーア》では、しょっちゅうフランスとスペインとポルトガルからワインを仕込むが、御逸品、小さな交易船のチャチな船長が橋渡しをする。亭主はそいつを中身が何か尋ねもせぬまま、と言おうかたとい誰かが御教示賜ろうと覚えようともせぬまま、一瓶いくらで買い求め、概ね二つの山に分ける。して一方にはシャンパンと、もう一方にはマデイラと、ラベルを貼る。これら大雑把な二項の下《もと》一緒くたにされる、色取り取りにしててんで別クチの香り、質、生産国、年数、収穫年たるや全くもって瞠目的である。どうお手柔らかに見積もっても、キリは冷えた粥からピンは年代物のマルサーラ*に至るまで、はたまたどん尻はアップル・ティーに至るまで、よりどりみどりではあろう。

　大多数の街路は世の目抜き通りなるものの能う限りせせこましく、そこにて人々は（イタリア人ですら）暮らし、歩き回ることになっている。がほんの、ここかしこある種井戸、と言おうか息継ぎ場のある小径にすぎぬ。屋敷はどいつもこいつも見上げるばかりにのっぽで、ありとあらゆる手合いの色に塗ったくられ、傷みと汚れと放ったらかしの全段階にして全状態にある。して大方、古めかしいエディンバラの街の屋敷やパリの幾多の屋敷同様、フロア毎に、と言おうかフラット毎に貸されている。表戸はほとんどなく、玄関広間は概ね公共財産と見なされ、かくて如何なるそこそこ進取の気象のゴミ浚い屋であれ、そこいらでちょくちょく精を出しさえすれば一身上築けるやもしれぬ。くだんの街路を馬車で突っ切るは土台叶はぬ相談。故に、金《きん》を着せたのやらあれこれ派手にあしらったのやら、貸しの駕籠の姿があちこちで目に留まる。上つ方の間ではお抱えの駕籠も少なからずあり、夜ともなれば連中が四方八方、枠に張ったリンネル仕立てのどデカいカンテラを手にした提灯持ち先導の下《もと》、ヒョコヒョコ舁かれて回る。駕籠とカンテラはこれらせせこましい通りを日がな一日、小さな鈴《すず》をジャラつかせながら縫う、連綿たる辛抱強き、踏んだり蹴ったりの騾馬の天下御免の後釜。星が太陽に取って代わるに劣らず判で捺したように、騾馬に取って代わる。

　果たして小生のいつ、宮殿通りを――ストラダ・ヌオヴァとストラダ・バルビを――忘れ得ようぞ！　と言おうか、如何様に前者のとある夏の日、小生が初めてまたとないほど明るくとびきり青い夏空の下《もと》目にした際、映ったことか――青空と来ては、巨大な邸宅のせせこましい眺望のせいで、下方のずっしりとした蔭を見下ろす、ほんの先細りの、珍重な明るみの縞に縮こまってはいたが！　七月や八月においてすら、さしてありきたりならざれば、重々愛でて然るべき明るみ。というのも正直バラさねばならぬとすれば、真夏の八週間の内、青空は、時に、早朝でもない限り、八度となかったからだ。さらば、沖を見はるかすや、海原と蒼穹は是一つの深く輝かしき紺碧。さならざれば、辺り一面、己《おの》が風土なる英国人に不平を鳴らさすに足るほど濛々たる霧や靄が立ち籠めていた。

　これら豪勢な宮殿を逐一審らかにすれば切りがなかろう。中には内壁にヴァンダイク*の傑作が所狭しと飾られているものもあるとは！　ずっしりとした大きな石のバルコニーが段また段と、層また層と、列なり、そのここかしこ、一際どデカいそいつがそそり立つ――壮大な大理石の演壇たりて。扉のない入口の間《ヴェスティビュール》、がっしりとした横桟の渡った下方の窓、巨大な公共階段、ぶ厚い大理石の円柱、頑丈な土牢めいた迫持、侘しい、夢見がちな、絢催いの丸天井の部屋。その直中にて目はまたもや、またもや、してまたもや、宮殿という宮殿がお次の宮殿に取って代わられる側《そば》からさ迷う――屋敷と屋敷の間の段庭では、瑞々しいブドウの拱門やオレンジの木立に紛れて、はにかみがちな夾竹桃が街路から二〇、三〇、四〇フィート上方にて今を盛りと咲き誇っている。壁画で彩られた玄関広間は、湿気た片隅にては染みだらけのなり朽ちて腐っているものの、壁の乾いた辺りでは依然、美しい色彩と官能的な意匠において輝きを放ち――屋敷の外壁の、花輪や花冠をかざしたり、上方や下方へ舞ったり、壁龕に立ったりしている色褪せた絵姿は、ここかしこにては、正面のより最近装飾を施された辺りで一見毛布かと見紛うばかりの代物を、とは言え実は日時計を、差し延べている鮮やかな愛らしいキューピッドとの対照故に、他の何処よりなおくすみ、なおいじけて映り――急な、急な上り坂に建ち並ぶこぢんまりとした（が、それでいてどデカい）宮殿では大理石のテラスが鬱陶しげな脇道を見下ろし――荘厳な教会は数知れず、かくて厳めしい建物揃いの通りから、胸クソの悪くなりそうな悪臭の芬々と立ち籠め、半裸の子供や垢まみれの有象無象の犇き合う、この世にまたとないほど穢らわしいむさ苦しさの迷路へそそくさと飛び込んでみれば――さらば、引っくるめて、然に活き活きとしていながら然に生気の失せた、然に騒々しいながら然に静まり返った、然に押しつけがましいながら然に引っ込み思案にして苦ムシを噛みつぶした、然に大きく目を瞠りながら然にぐっすり眠りこけた、然なる驚異の光景を織り成すものだから、他処者にとりてひたすらズンズン、ズンズン、ズンズン、歩き続け、辺りを見回すは、ある種酩酊に外ならぬ。これぞ夢の矛盾を一切合切、途轍もなき現実の苦痛と愉悦を一切合切、背負《しょ》い込んだ変幻極まりなき魔術幻灯《ファンタズマゴーリア》かな！

　これら宮殿の内某かの何と一時《いちどき》に色取り取りの用途に充てられていることか、は他に類を見ぬ。例えば、（持て成し心に篤い、小生のとびきりの馴染みたる）英国人の銀行家*はストラダ・ヌオヴァのかなり大きな広壮邸宅《パラッツォ》に事務所を構えている。玄関広間にては（隅から隅まで手の込んだ彩色が施されているものの、ロンドンのブタ箱といい対《たい》小汚いが）、真っ黒な髪をモジャモジャに生やした鉤鼻の「サラセン人の頭」*が（大の男のおまけつきにて）ステッキを売っている。出入口の反対側では頭飾りの代わりにケバケバしいハンカチを巻いた（小生信じる所「サラセン人の頭」の女房たる）御婦人が、手づから編んだ小間物と、時には花も売っている。なお少し中へ入ると、盲人が二、三人、時たま物を乞う。連中の下《もと》へちょくちょく小さなネコ車に乗って、脚のない男が訪ねて来るが、この男、それは色艶のいい、潑溂たる御尊顔と、それは恰幅のいい、健康そうな御尊体をしているものだから、まるで腰までズブリと地べたに潜り込んだか、それとも誰かと口を利くべく地下倉庫階段を中途まで昇って来たかのようだ。さらに気持ち、中へ入ると、男が数名、恐らくは昼の日中にゴロ寝をしている。或いは連中、そこに御座らぬ荷を待ち受けている駕籠舁きやもしれぬ。仮にそうなら、駕籠も一緒に連れて入っているはずで、そいつらもそら、そこにデンと据えられていよう。玄関広間の左手には小さな部屋が――帽子屋の店が――あり、二階が英国銀行になっている。二階には屋敷も丸ごと、しかもめっぽう広々とした住居も、ある。その階上《うえ》には何があるやもしれぬか、は神のみぞ知る。が貴兄はそこにいる折、ほんの階段を昇り始めたばかりにすぎぬ。がそれでいて、そんなことをつらつら惟みながら階段を降り、またもや表通りに出るべく、もう一方へ折れる代わり、玄関広間の裏手の大きなガタピシの扉から這いずり出すや、そいつはバタンと背《せな》で締まりざま、この世にまたとないほど陰気臭くも心淋しい谺を喚び起こし、貴兄はここ百年は下らぬ人間サマの足に訪われていぬかのような裏庭に（くだんの屋敷の裏庭に）佇むこととなる。物音一つ、そいつの静寂を破るでない。視界なる陰気臭い、疑り深げな、仄暗い窓から突き出される頭一つ、よもやこちとらを根こそぎ引っこ抜く気でもあるまいがと、ヒビ割れた石畳の雑草をビクビク竦み上がらすでない。貴兄の向かいでは、石の巨大な彫像が聳やかな模造の岩山の上に壺ごと寝そべり、壺からは、いつぞやは岩山へチョロチョロ水を滴らせていた鉛管の成れの果てがダラリと垂れ下がっている。が巨人の眼窩も今や当該水路ほど干上がってはいない。巨人はどうやら真っ逆様同然の壺をこれが最後、傾け、墓所の小僧よろしく「みん《オー》ないっちまった《ル・ゴーン》！」と声を上げたと思いきや、石の黙りを決め込んだと思しい。

店の建ち並ぶ通りでは、家屋敷は遙かに小さいが、にもかかわらず巨大で、見上げるばかりだ。して実に薄汚く、てんで排水されていない——とは小生の鼻がともかく当てになるとすれば。かくて蒸《む》れた毛布に包《くる》まれた青カビだらけのチーズそっくりの格別な悪臭芬々たるものがある。屋敷はどいつもこいつものっぽの割に、市内では部屋が不足しているらしい。それが証拠、新築の家がどこにもかしこにも突っ込まれている。荒屋を割れ目か片隅に捻じ込められる所ならどこであれ、そいつは、そら、潜り込んでいる。教会の壁に奥まりか角があるか、それとも如何なる手合いの、他の如何なる盲壁であれ亀裂が入っていようものなら、必ずや何らかの類の塒が、キノコよろしくニョッキリ生えているげな面《つら》を下げている所に出会そう。総督官邸や古びた上院に寄っかかるようにして、如何なる大きな建物のグルリにせよ、小さな店が巨大な獣《けだもの》の死骸に集《たか》る寄生虫さながらびっしりへばりついている。が、にもかかわらず、何処を見渡そうと——上り段の上や、下や、どこであれ、どこでもかしこでも——歪な家また家が後退ったかと思えば、ハッと飛び出したかと思えば、崩れ落ちたかと思えば、お隣さんにもたれかかっているかと思えば、ともかく如何でかこちとらもしくは馴染みを片端にしている——挙句、その他大勢に輪をかけて歪なヤツが行く手に立ちはだかり、それきりお先真っ暗になるまで。

町中《まちじゅう》でどこより見るからにカビっぽい風情の場所の一つは恐らく、荷揚げ波止場だろう。とは言え、我々の到着の夕べの夥しき量の腐敗との連想故に、くだんの印象が胸中、より深く刻まれているのやもしれぬ。ここにてもまた、家屋敷はめっぽうのっぽで、色取り取りの歪な形《なり》をし、その数あまたに上る窓から（大方の家の顰みに倣い）何かがダラリと吊る下がり、そよ風に乗せてフンワリ、むさ苦しい臭いを送って寄越す。そいつは時に、カーテンのこともあれば、絨毯のこともあれば、寝台のこともあれば、物干し綱丸ごと分の洗濯物のこともある。が四六時中、何か吊る下がっている。くだんの屋敷の地階の前には石畳の上に張り出すようにして、古めかしい聖堂地下室《クリプト》よろしき、どデカい、黒々とした、天井の低い拱廊《アーケイド》がある。が、そいつのこさえられている石、と言おうか漆喰はてんで黒ずみ、これら黒々とした山という山宛、ありとあらゆる手合いの汚物や残飯が自づと堆く積もるかのようだ。拱門の端くれの下にては、マカロニとポレンタ＊売りがおよそ見てくれのゾッとせぬ屋台を並べている。つい目と鼻の先の魚市場と――つまり、連中が地べたや色取り取りのおんぼろ隔壁だの差掛け小屋だのに腰を下ろし、ともかく金目になりそうなそいつがある時には魚を売っている裏通りと――同上の原則に鑑みて掘っ立てられている野菜市場との廃物は、当該界隈を艶やかに彩るに一役も二役も買っている。して売った買ったはそっくりここにて片がつけられ、終日人込みでごった返すとあって、辺り一面、紛うことなき芳香が芬々と立ち籠めている。ポルト・フランコ、即ち（外国から持ち込まれる商品が英国の保税倉庫におけると同様、買い手がつき、運び出されるまで税金を払う要のなき）自由港《フリーポート》もまたここにあり、三角帽のふんぞり返った役人二人が気の向き次第、貴兄の身体検査をし、修道士と貴婦人を締め出すべく、門の所に立っている。というのも「神聖」は「美貌」同様、密輸の誘惑に、しかも同じやり口にて――つまり、密輸入品を長衣の緩やかな襞の下にこっそり隠すことにて――屈すとは周知の事実だから。よって「神聖」と「美貌」は断じて入ること罷りならぬ。

ジェノヴァの通りは人好きのする見てくれの司祭を二、三人輸入すればまだしも増しになろうに。通りを歩いている四人か五人に一人は司祭か修道士で、そこへもって近隣の街道を走る貸馬車という貸馬車の車内か屋上席に少なくとも一人は巡回説教師が乗っているものと概ね相場は決まっている。小生は他の何処にても当該輩《やから》の間に見出されるほどイケ好かぬ面付きにお目にかかったためしがない。もしや「自然の女神」の手書きがともかく判読可能ならば、この世の如何なる階層の男の間にてもかほどに十人十色の無精と、瞞着と、魯鈍はまず見当たるまい。

ピープス氏*はいつぞや、とある司祭が説法において、聖職に対す敬意を審らかにする上で、もしや司祭と天使双方に出会えるものなら、まずもって司祭に挨拶しようと説くのを耳にした。小生はむしろペトラルカの見解に与したい。というのも彼はある時、弟子のボッカチオ*が少なからず思い悩んだ末、実はわざわざそのため「天」より直に遣わされた使者なりと名乗るカルトジオ会修道士の訪問を受け、自分の著作について諄々と諭された由手紙に綴った際、自分ならば御免蒙って、「天」からの使者とやらの顔と、目と、額と、振舞いと、話しっぷりをこの目で篤と拝ませて頂くことにて「委託」の真偽を確かめたいものだと返したからだ。小生自身、同様に目を光らせた結果、その数あまたに上る信任状抜きの「天」からの使者がジェノヴァのあちこちの通りをウロつき回ったり、イタリアの他の町でノラクラ、無為に時を過ごしている所に出会すやもしれぬと下種の勘繰りを働かさざるを得ぬ。

恐らく、カプチン会修道士が、博学の宗派ではないながら、一階層としては、庶民の最も善き馴染みであろう。連中

は相談相手兼慰め役として、より直接的に人々と交わり、彼らが病めば、なお親身に付き添い、専らより弱者たる信徒に対し小意地の悪い上手に出んとの腹づもりの下《もと》、一家の秘密に他の階層ほど立ち入ろうとはせず、彼らを宗旨替えさせておきながら、一度《ひとたび》思うツボに嵌まれば、身も心も零落するがままにささんとの荒らかな願望にまだしも衝き動かされていないかのようだ。連中は粗衣を纏ったなり、いつ何時であれ、町の至る所で――早朝ならば市場《いちば》で物を乞うている様が――見受けられるやもしれぬ。イエズス会修道士も通りに大挙、連み、黒ネコよろしく二人して、辺りを音もなくウロつき回る。

　せせこましい路地の中には特定の商いが庇を並べているものもある。例えば、宝石商の通りや、書店の通りといった。が、何人《なんぴと》たり馬車では縫えぬ、と言おうかついぞ縫ったためしのなき場所においてすら、巨大な古宮殿がまたとないほど陰気臭い、びっしり詰んだ壁の間に封じ込められ、太陽からさえほとんど締め出しを食っている。ほんの一握りの商人《あきんど》しか売り種をひけらかそう、と言おうかこれ見よがしに並べようとする者はない。よって他処者たる貴兄は、もしや何か買いたければ大方キョロキョロ、そいつが目に入るまで店の中を見回し、そこで初めて、もしや手の届く所にあれば、むんずと引っつかみ、如何ほどかと問う。何もかもがおよそらしからぬ場所で売られている。もしやコーヒーがお入り用なら、砂糖菓子屋へ行くがいい。もしや肉がお入り用なら、そいつは多分、どこぞの、まるで御逸品、ズブの毒にして、ジエノヴァの掟はその名を口にするどいつにとっても命取りででもあるかのように人目を忍ぶ、人気《ひとけ》ない奥処の戸口の階段を五、六段降りた、古めかしい格子柄のカーテンの蔭に身を潜めていよう。

　薬剤師の店の大方は大いなる溜まり場だ。ここにては、ステッキを手にしたしかつべらしげな御仁共が仄暗い物蔭に腰を下ろしたが最後、何時間もぶっ通しでみすぼらしいジェノヴァ新聞を手から手へと回しながら、特ダネをダシに寝ぼけ眼のなりボソボソ、ゴ託を並べる。これら常連の内二、三名は懐の寂しい医者で、急患とあらば、すは、名乗りを上げる手ぐすね引いて待ち、如何なる使い走りが駆け込もうと、諸共とっとと駆け出す。連中の医者たること、貴兄が店に入るや聞き耳を立てるべくひょろりと首を伸ばし、用はほんの薬だけと判明するや、またもや懶い片隅に深々と溜め息を吐きながら撤退するそのやり口からして一目瞭然。床屋でノラクラ暇をつぶす人間はほとんどいない。めったなことでは誰一人、自分で剃刀は当てぬとあって、掃いて捨てるほど軒を並べているにもかかわらず。薬剤師の店には、しかしながら、お定まりのノラクラ者が御座り、連中、ステッキの天辺で手を組んだなり、奥の瓶に紛れてどっかと腰を据えている。してその据えようが生半ならずじっとして物静かなものだから、仄暗い店内では連中の姿が見えぬか、それともうっかり連中のことを——正しく小生自身、とある日のこと、薬ビン栓そっくりの帽子を被った、暗緑色《ボトルグリーン》の上下の幽霊じみた男をお見逸れした如く——馬用医薬と早トチリするかの二つに一つ。

　夏の夕暮れ時ともなると、ジェノヴァ人は町の中やグルリに手頃な隙間が一寸さえあれば、御先祖様が家屋敷を突っ込みたがったに劣らず、御尊体を捻じ込みたがる。連中、横丁という横丁や路地という路地に、小さな上り坂という上り坂に、いじけた壁という壁に、戸口の上り段という上り段に、蜂よろしく群がる。片や（わけても祝祭日には）教会の鐘がのべつ幕なし鳴り続ける。とは言え、高らかな旋律に乗って、でも如何なる既知の楽の音《ね》らしきものにて、でもなく、凄まじくもてんでデタラメにグイグイ、ジャラン、ジャラン、ジャランと。して十五、六回ばかしジャラン、ジャランやる度、いきなりひたと止む。とならばこっちは勢い気が狂れそうになる。当該至芸を御披露賜るのは尖塔の高みなる小僧で、小僧は鐘の舌《クラッパー》、もしくはそいつにくっついた小っぽけなロープを引っつかむや、同様の骨折りに狩り出されている外《ほか》の小僧に負けてなるものかと、ジャランジャラン、誰より大きな音を立てようと躍起になる。鐘の音《ね》は悪霊にわけても疎ましく響くということになっている。が、少なくとも尖塔を見上げ、かくてひたぶる精を出しているこれら若きキリスト教徒を目にし（ついでに耳にする）限り、誰しも連中こそは人類の「敵」に違いなかろうと、宜なるかな、怖気を奮い上げざるを得ぬのではあるまいか。

　初秋の祝祭日は実にその数あまたに上る。くだんの祭日のために店は一軒残らず、一週間の内に二度、閉《た》て切られ、わけてもとある晩など格別な教会の界隈の屋敷という屋敷には明かりが灯され、片や教会それ自体は外側がトーチで照明を利かされ、市門の一つの外の広場には赤々と燃え盛る松明の木立がお目見得する。儀式の当該端くれは気持ち田舎へ差し掛かると、より風変わりにして愛らしく、急な山腹の袂から頂上までズイと田舎家に明かりが灯され、街道のどこぞの独りぽつねんと立つ小さな屋敷の前を通りすがれば、細蠟燭の花綵が星月夜《ほしづくよ》にゆらゆら揺れ細っている所に出会そう。

　くだんの日々には連中、必ずやその記念に祭りの催される聖《ひじり》の教会をすこぶる陽気に飾り立てる。様々な色合いの、金糸で縫取りを施された花綵飾りが拱門という拱門から垂れ下がり、祭壇調度は一際艶やかにあしらわれ、聳やかな円柱ですら天辺から基《もとい》に至るまでぴっちり綴織に包《くる》まれる。大聖堂は聖ロレンツォに奉納されている。聖ロレンツォの日に、我々は今しも夕陽が沈みかけている折に堂内へ入って行った。くだんの装飾はめっぽう無粋と概ね相場は決まっているが、その折の興趣は蓋し、目を瞠るばかりであった。というのも聖堂全体は真っ紅に飾りつけられていたが、夕陽が主たる出入口の大きな赤カーテンから射し込みざま辺り一面の壮麗を独り占めにしたからだ。陽が沈み、主祭壇の上でちらちら瞬く細蠟燭と、小さな銀の吊りランプ某を措いて堂内が次第にすっかり暗くなると、実に神秘的で感銘深かった。が、如何なる教会であれ黄昏時に腰を下ろせば、ある種アヘンを程好く服用した感懐に見舞われるものではある。

祭りで寄附が集まると、人々は教会の飾りつけや、楽団への謝礼や、細蠟燭の代金に充てる。いささかなり金が余れば(とはまずもって、なかろうが)、「煉獄」の霊魂が恩恵に浴す。霊魂はまたチビ助達の振り鉢巻きの御利益に与ることにもなっている。というのもチビ助達は(いつもはきっちり閉《た》て切られているものの)聖人祝祭日《レッドレター・デー》にはパッと開け放たれ、内なる像と花数本をひけらかす、鄙びた田舎の道銭取立て門そっくりの謎めいたちんちくりんの祠《ほこら》もどきの前にて銭箱をジャラジャラ揺すぶるからだ。

アルバラ街道の、市門のすぐ内側にはやはり「煉獄」の霊魂が恩恵に浴せるよう、中に祭壇と固定の銭箱を設えた小さな社《やしろ》がある。そこへもっていよよ人々の情け心に訴えようとでもいうのか、格子戸の左右の漆喰の上には悍しくも、選りすぐりの霊魂が一連みになって天翔るの図が塗ったくられている。内一人など、まるで床屋のウィンドーから失敬した上、竈に放り込みでもしたかのようなゴマ塩の口髭と手の込んだゴマ塩の頭髪をひけらかしている。して御覧じろ、とびきり不気味にして凄まじくおどけた老いぼれめ、ズブのお天道様に焼かれていつ果てるともなく火脹れの目に会い、擬いの業火でダラダラ溶けているとは――専ら貧しいジェノヴァ市民の満足と啓発(並びに喜捨)のため。*

彼らはさして陽気な連中ではなく、祝日でもめったに踊っている所を見かけぬ。何せ女達の間の主立った気散じの場はほんの教会と公の散歩道にすぎぬとあって。連中はすこぶる気さくで、親切で、働き者だ。が、働き者だからと言って小ざっぱりとしている訳ではない。それが証拠、塒はとびきり不潔で、晴れた日曜の朝のお定まりの手遊びと言えば、戸口に腰を下ろしたなり、お互いの頭のシラミを追っかけ回すことくらいのものだ。が、連中の住居と来てはそれはせせこましく、それはむっと息詰まるようなものだから、もしや市のくだんの界隈が恐るべき「封鎖」時代のマセナ*によって打ち壊されていたなら、幾多の災禍の直中にあって、少なくとも一つの公益をもたらしてはいたろう。

　百姓女は素足の脚を剥き出しにしたなり、それはひっきりなし公共の水漕や、川という川で、溝という溝で洗濯をしているものだから、他処者は当該不浄の最中《さなか》にてふと、一体そいつら、晴れて洗い上がった暁には誰が着るものやらと首を捻らざるを得ぬ。昔ながらに、折しもジャブジャブやられているリンネルはびしょ濡れのなり平らな石の上に広げられ、平たい木槌でしこたま引っぱたかれる。こいつを、女共はさながら「アダムとイヴの原罪（『創世記』三：二二）」に纏わるからというので衣服全般にウラミツラミを晴らしてでもいるかのように凄まじい剣幕でやってのける。

　かようの折ともなれば、水漕の縁か、また別の平らな石の上にお気の毒な赤子が足指一本、手指一本動かせぬよう夥しき量の産衣に腕から脚から何からぴっちり包《くる》まれたなり寝かされている所に出会すのも稀ではない。当該習わしは（古い絵画で間々目にするが）一般庶民の間ではしごくありきたり。子供はどこへ置き去りにされようと、ゴソゴソ這いずり出す心配はないし、たというっかり棚から突き落とされたり、ベッドから転げ落ちたり、時折ひょいと鉤に引っかけ、英国の襤褸屑屋の人形よろしくブーラリブーラリ吊る下がったままにされたりしようと、誰にこれきりトバッチリがかかる訳でもない。

　小生は到着後間もないとある日曜日、ジェノヴァから二、三マイル離れた小さな田舎のサン・マルティーノ教会で、洗礼が執り行なわれている片や、独り座っていた。司祭や、大きな細蠟燭を手にした付添いや、男と女と他の数名の姿は見えたが、よもやそいつが洗礼式だとは、と言おうかよもや式の間中、寸詰まりの火掻き棒そっくりの把手ごと次から次へと手渡されている奇妙な強張った小道具が赤子とは——そいつが小生自身の洗礼式とは思いも寄らぬに劣らず——思いも寄らなかった。後ほど一、二分（洗礼盤にその折、横方《よこざま》寝かされている）赤子を抱かせてもらったが、顔は真っ紅ながら、泣き声一つ立てず、これきりフンニャリともグンニャリともしなかった。ほどなく、表通りに片端が仰山いるのにも一向、驚かなくなった。

　聖者や聖処女の祠《ほこら》は無論、たくさんある——概ね、街角に。ジェノヴァに纏わる、敬虔な信徒にとってのお気に入りの形見《ミメント》は、鋤やその他の農具を傍らに跪いている農夫と、幼子キリストを両腕に抱いたなり雲に乗って農夫の前に立ち現われているマドンナを模した絵画だ。これはマドンナ・デラ・ガルディア――二、三マイルと離れていないとある山頂の誉れ高き礼拝堂――の伝説である。口碑に曰く――この農夫はくだんの山頂の土地を耕しながら独りきり住んでいたが、そこにて、信心深い男だけに、日々、青空の下《もと》、聖母に祈りを捧げていた。というのも棲処の小屋はたいそう粗末なそれだったからだ。ある日のこと、聖母が絵にある如く立ち現われ、尋ねた。「何故《なにゆえ》戸外で、しかも司祭のいないまま、祈りを捧げるのです?」農夫は近くに司祭も教会もないからだと――イタリアにあっては蓋し、めっぽうありきたりならざる苦情たるに――答えた。「ならば是非とも」と神々しき客人《まろうど》は言った。「ここに、敬虔な信者が祈りを捧げられるよう、礼拝堂を建てて頂きたいものです」「けれど、マドンナ様」と農夫は言った。「わたしはしがない貧乏人。礼拝堂はお金がなくては建てられません。おまけに維持されなければなりません、マドンナ様。というのも礼拝堂を建てておきながら、惜しみなく維持しないとすれば、それは悪業――と言おうか大罪――だからです」この訴えを耳に、客人《まろうど》は大いに得心した。「お行きなさい!」と聖母は言った。「左手の谷《たに》間《あい》にこれこれの村があり、右手の谷間《たにあい》にまたこれこれの村があり、他処にもまたこれこれの村があり、礼拝堂の建立に快く喜捨してくれましょう。ただ今申した村へお行きなさい! そして何を目にしたかお話しなさい。ならばきっと、直ちにわたくしの礼拝堂を建てるに足るだけの寄附が募られ、礼拝堂はその後も惜しみなく維持されるでしょう」以上全ては(これぞ奇跡かな)正しく仰せの通りであった。してこの預言と啓示の論より証拠、今日《こんにち》なおマドンナ・デラ・ガルディアなる礼拝堂は富み、栄えている。

ジェノヴァの教会が如何ほど壮麗にして多様か、いくら誇張しても誇張しすぎることはあるまい。わけても受胎告知《アヌンチアー》念《タ》教会は――幾多の他の教会同様、名門一族の出資で建てられ、目下も遅々たる修復中だが*――表扉から聳やかな頂塔《クーポラ》のいっとうの高みに至るまで、それは手の込んだ彩色が施され、金がふんだんに鏤められているものだから、まるで(かのシモンがいみじくも、イタリアに関すチャーミングな書物*の中で準えている如く)巨大な琺瑯《ほうろう》細工の嗅ぎ煙草入れかと見紛うばかりだ。より豪奢な教会の大半には何らかの美しい絵画もしくは他の極めて高価な装飾が設えられているが、ほとんど必ずと言って好いほどやたら涙脆げな修道士の不様な彫像や、ついぞお目にかかったためしのないほど正真正銘、擬いの金ピカ物と仲良く並べてある。

　或いは人々の心、のみならず懐をしょっちゅう「煉獄」の霊魂へ傾けさす賜物やもしれぬが、当地にては死者の骸《むくろ》に対す慮りがほとんど見受けられぬ。一文無し同然の者のために城壁の一角のすぐ外側にして、海辺の要塞の突端の背後に、然《さ》る公共の墓穴《ピット》が——一年の各日に一つずつ——あり、どいつもこいつも死体を日毎受け入れるこちとらのお鉢が回って来るまでぴっちり閉《た》て切られている。市内に駐屯している軍隊の中には通常、大なり小なりスイス兵も数名、紛れている。彼らの内誰かが亡くなると、ジェノヴァ在住の同国人によって維持されている基金から埋葬費が賄われる。彼らがこれら同国兵に棺桶を調達するのが当局には不思議でならぬらしい。

　確かに、死者をかくてその数だけの井に嗜みもなく渾然と放り込めば悪影響しか及ぼされまい。「死に神」には故に、悍しき連想が纏いつき、連想は知らず知らずの内に「死」が近づいている者にまで及ぶ。無関心と忌避が当然の如くもたらされ、大いなる悲しみの心和む感化は荒らかに掻き乱される。

　老騎士か同等の人間が身罷ると、大聖堂の中に棺架代わりに椅子を山と積み、黒いヴェルヴェットの棺衣で被い、天辺に故人の帽子と剣《つるぎ》を載せ、周囲を椅子で四角く囲み、友人知己にそこへ来て、ミサを聴くよう公式の案内状を送る典礼がある。ミサはそのためわざわざ無数のロウソクで飾られた主祭壇で捧げられる。

　上層階級の人物が亡くなるか、死に瀕すと、最も近しい縁者は概ね立ち去り、ささやかな転地のために田舎へ赴き、遺体を自分達の立ち会いなしで埋葬されるがままにする。通常、行列を組み、棺を担ぎ、葬儀を執り行なうのは、友愛信心会《コンフラテルニタ》と呼ばれる人々の団体である。彼らはある種任意の懺悔とし、死者のために決まった輪番で、くだんの務めを果たす。が謙遜に矜恃も幾許か入り混じらぬでなし、体全体を覆う緩やかな外衣に身を包み、呼吸のための口と目の穴を空けた、頭布代わりのフードを被る。この衣裳の効たるや実に凄まじい——わけても然る、ジェノヴァに拠を置く青色友愛信心会《ブルー・コンフラテルニタ》の場合は。というのも連中、どう贔屓目に見ても食えない輩で、敬虔な職務に就いている折にいきなり表通りで鉢合わせになろうものなら、まるで腹の足しに死体を掻っさらっている食屍鬼《グール》か悪魔《デーモン》としか見えぬからだ。

　かようの慣例は幾多のイタリアの慣例につきものの——未来の罪業のために、或いは過去の悪事の償いとして、いとも易々手形を振り出せる、天国相手の当座預金を設ける手立てと見なせるとの――中傷に晒されがちやもしれぬ。が、この手の慣例は確かに善きそれと、実際的なそれと、紛うかたなき善行を伴うそれと、認めねばならぬ。かようの奉仕はなるほど、大聖堂の石畳のこれこれの石をこれこれ回数嘗めよとの（当地ではおよそ稀ならざる）無理強いの懺悔や、一、二年間は青色しか身に纏わぬとのマドンナへの誓いよりまだ増しだろう。これは、因みに、天上にては大いにウケが好いと思われている。青は（周知の如く）マドンナお気に入りの色だから。当該信仰行為に一身を捧げた女性が通りを歩いている姿を間々見かける。

　市内には、今ではめったに開館しない古劇場をさておき、劇場が三つある。最も重要なのはジェノヴァのオペラ・ハウス、カルロ・フェリーチェで、実に素晴らしい、広々とした、美しい劇場だ。我々が到着した際、喜劇役者の一座がそこで劇を演じていた。彼らが立ち去るとほどなく、二流のオペラ一座がやって来た。オペラの一大シーズンは春の、謝肉祭《カーニヴァル》の時まで幕を開けぬ。小生はここに（再三再四）足を運んだが、観客のめっぽう手厳しく仮借なき質《たち》ほど印象に残るものは何一つなかった。連中、ほんのちっぽけな落ち度にも目クジラ立て、何一つ気さくに受け入れようとせず、必ずやシツシと舌打ちする手ぐすね引いて待ち、女優にも男優に対するにつゆ劣らず情容赦ない。が、外《ほか》にこれきり不服を露にすることを許される公の手合いのものが何一つないだけに、或いはこの機に能う限り乗じてやろうとホゾを固めているのやもしれぬ。

　ピエモンテ（イタリア北西部州）の将校も多数紛れ、彼らはロハ同然で、平土間にて浮かれ騒ぐ特権を与えられている――全ての公共もしくは半公共の娯楽におけるくだんの殿方連中の無料ないし安価な便宜は、総督その人によりて申し立てられているだけに。彼らは、よって、高飛車な批評家であり、仮にお気の毒な座頭に一身上築かせてやっていたとておよそ叶はぬほど手厳しい。

　テアトロ・デュルノ、即ち白昼劇場《デイ・シアタ》は戸外の屋根付舞台で、劇は日中、午後の涼しい頃合いを見計って四時か五時に始まり、三時間ほど上演される。実に乙ではなかろうか、観客に紛れて座ったなり、近隣の丘や屋敷の素晴らしい眺めを堪能し、界限の住民が窓辺でこちらを眺めているのを目にし、教会や尼僧院の鐘が場面とはてんでちぐはぐな腹づもりにて鳴り響くのを耳にするのは。ただし、おまけに、夕闇が迫っている片や、清しく心地好い風に当たりながら観劇する目新しさをさておけば、演技そのものにはさして興を催す、と言おうか際立った所は何らない。役者は大根揃いで、時にゴルドーニ*の喜劇の一つを上演しようと、ドラマの主流はフランス喜劇だ。ともかく民族意識めいたものは何であれ、独裁的政府や、イエズス会士に攻囲された王にとっては剣呑極まりない。

操り人形、即ちマリオネッティ劇場は――ミラノを拠点とする著名な一座だが――例外なく、小生が生まれてこの方目にしたどいつより滑稽な見世物だ。然までとんでもなく馬鹿げた代物にはついぞお目にかかったためしがない。連中、パッと見は四、五フィートありそうだが、実は遙かに小さい。というのもオーケストラの団員がたまたま舞台にひょいと帽子を乗せようものなら、御逸品、途轍もなくどデカくなったが最後、役者を掻っ消さんばかりだから。連中は概ね喜劇かバレーを演じる。小生がとある夏の晩に観た喜劇のおどけた男は旅籠の給仕だ。天地創造以来、かほどに腰の座らぬ役者はまずいまい。奴がらみでは大ボネが折られる。大御脚に余分な関節があり、目玉はキョロキョロ動き、御逸品もて平土間宛他処者には全くもってお手上げのやり口でウィンクする。が大方、一般大衆より成る常連客はそいつを（他の一から十まで同様）しごく当然のこととして、して相手はズブの男ででもあるかのように、受け留める。奴の疲れ知らずと来ては手の施しようがない。ひっきりなし両脚をガクガク揺すぶっては、目をパチパチ瞬《しばた》かす。ばかりか、昔ながらのお定まりの張りぼて堤《つつみ》に腰を下ろし、昔ながらのお定まりのやり口で娘に祝福を垂れるゴマ塩頭のほてっ腹の親父さんもいるが、奴こそ極め付き。生身の男ならざる何ものであれかほどに退屈千万たり得ようとは何人《なんぴと》たり思いも寄るまい。これぞ芸術の極致というもの。

バレーにおいて、魔法使いが正しく祝言の折しも花嫁を掻っさらう。魔法使いは花嫁をネグラの洞穴に連れて帰ると、あの手この手でなだめすかそうとする。二人はソファーに（舞台右方第二登場口のお定まりの場所なるお定まりのソファーに！）腰を下ろす。さらば楽師がゾロゾロ、登場し、内一人など太鼓を叩き、桴《ばち》を振る度ずっでんどうと引っくり返る。が、それでも花嫁はニコリともせぬものだから、踊り子が登場する。最初は四人、それから二人。くだんのお二人さんが――やたら冴え冴えとした肌色の。それにしても御両人の何とステップを踏みに踏むことか――何たる高みにまで跳ね上がることか――何と目の回りそうなほどクルクル、クルクル、爪先旋回《ピルエット》してみせることか――――何と途轍もなき大御脚をひけらかすことか――何と、伴奏のお好み次第でつと息を止め、いっとうの先っちょにて爪先立ちしてみせることか――何と御婦人の番になると殿方が引っ込み、殿方の番になると御婦人が引っ込むことか——何と二人舞踏《パドドゥー》にてこれきりひたぶる舞いに舞うことか——何と大きく跳ね上がりざま舞台裏へ吹っ飛ぶことか！——小生は金輪際、生身の人間サマのバレーを口許一つ綻ばさずして観ること能ふまい。

　小生は別の晩に、これら操り人形が『セント・ヘレナ島、或いはナポレオンの死』と題す劇を演じるのを観に行った。幕が開くと、頭でっかちのナポレオンがセント・ヘレナ島の自室のソファーに座っている。そこへ従者《ヴァレ》が次なる曖昧模糊たるお成りと共に登場する。

「サー・ヒュー・ウド・シ・オン・ラウ?」（Low《ラウ》のowはcow《カウ》のそれと同じ。）

　サー・ハドソン*は（貴兄もせめて彼の連隊服なり拝ませて頂いていたなら！）ナポレオンに比べれば絵に画いたようなマンモスもどきの醜男で、途轍もなくちぐはぐな面《つら》を下げている所へもって、これぞ一刻者の暴君なりとばかり、大藪よろしき下顎をひけらかしている。して開口一番、手の込んだ嫌がらせを仕掛けるに、囚人《めしうど》を「ボナパルト将軍」呼ばわりする。さらば後者の悲壮極まりなき風情で返して曰く。「サー・ヒュー・ウド・シ・オン・ラウ、余を将軍呼ばわりするでない。くだんの文言を二度と繰り返すようなら立ち去れ！余はフランス皇帝ナポレオンなり！」サー・ヒュー・ウド・シ・オンは、いささかも臆するどころか、せめてものお慰みに、ナポレオンに保つべき威厳と室内の家具を規制し、お付の者を四、五人に制限する英国政府からのお達しを申し渡しにかかる。「余に四、五人だと！」とナポレオンは声を上げる。「余に！　ごく最近まで十万兵が余一人の指揮の下《もと》にあったというに。してこの英国将校は余に四、五人の従者云々とほざくか！」幕開きから幕切れまでナポレオンは（本物のナポレオンそっくりの口を利き、独りきり、果てしなくちっぽけな独白に明け暮れているが）「こいつら英国将校」や「こいつら英国兵」にえらく刺々しい——とは観客のやんややんやと囃し立てずばおかぬことに。というのも連中、ラウが虚仮威しの目に会うや有頂天になる代わり、ラウが「ボナパルト将軍」と呼ばわる度（そいつをラウは必ずやってのけ、必ずや同じ御叱正を食らっていたが）、罵詈雑言を浴びせかけていたからだ。のは一体何故《なにゆえ》か、は定かならねど。何せイタリア人には、天も御存じの如く、ナポレオンの肩を持つ謂れはほとんどないだけに。

　筋らしきものはまるでなかった。ただ、とある、英国人に変装したフランス将校が脱走の計画を持ちかけるべく訪い、それが発覚すると（とは言え、ナポレオンがあっぱれ至極にも、自由をクスねるのを拒んで初めて）、直ちにラウによって絞首刑を命ぜられるのをさておけば。やたらクダクダしい二度に及ぶ長広舌において。そいつをラウは、我こそは英国人なりとばかり「イヤス！」で締め括ることにて――さらば場内には割れんばかりの拍手が沸き起こったが――記憶にしかと刻みつけては下さった。ナポレオンは当該悲劇的結末《カタストロフィ》に意気阻喪した挙句、その場で気を失い、他の二人の操り人形によって担ぎ出される。その後の展開から判ずるに、ナポレオンはどうやらそれきり衝撃から立ち直れなかったと思しい。というのも次に幕が開くと、洗い立てのシャツ姿のナポレオンが（深紅と白のカーテンの垂れ下がった）ベッドに横たわり、そこに時期尚早にも喪服を纏った御婦人が小さな子供を二人引き連れて訪れるからだ。子供達はベッドの傍らに跪き、片やナポレオンは潔い最期を遂げる。「ヴァッテルロー」なる臨終の言葉を口にしながら。

劇は得も言はれぬほど滑稽だった。ボナパルトのブーツと来てはそれはとんでもなく抑えが利かず、それは手前勝手に好き放題のことをやらかして下さるものだから――我と我が身をくの字に折ったり、テーブルの下に潜ったり、宙にブラ下がったり、時には御当人が滔々とまくし立てている真っ最《さ》中《なか》、人知の及ばぬ遙か彼方へ諸共スイスイ滑り走ったりと。当該不測の事態、ナポレオンの顔に終始憂はしき表情が刻まれているからとてそれだけバカバカしくならぬどころではなかったが。ラウとのとある会談を締め括るべく、ナポレオンはテーブルに向かい、本を読まねばならなかったが、御尊体が本の上にて靴脱ぎ器《ブーツジャック》よろしく撓み、おセンチな目玉が平土間を依怙地にもギラリと覗き込むは、小生のついぞお目にかかったためしのないほど傑作な見世物であった。ナポレオンはシャツにどデカいカラーをつけ、掛け布団の上にちんちくりんの両手を突き出してみれば、これがまたすこぶるつき。してアントマルキ医師もまた然り。この方、モゥワーム*そっくりの長い和毛の操り人形に為り変わられていたが、御当人の針金の側《がわ》なる錯乱の為せる業か、ハゲタカよろしく寝椅子のグルリをヒラつき、宙にて医学的見解を開陳し賜ふた。医師はラウにほとんど引けを取らぬほど傑作だった。とは言え、後者は終始ケチのつけようがなく――これきりお見逸れすべくもない筋金入りの悪漢にして人非人、だった。ラウはわけても大団円が素晴らしく、医師と従者《ヴァレ》が「皇帝がお亡くなりになりました！」と言うと、懐中時計を取り出し、出し物を（時計のネジではなく）締める*に、例の調子で猛々しく声を張り上げた。「はっ！　はっ！　六時十一分前と！　将軍は死に、間諜は縊られた！」かくて幕は勝鬨を挙げるが如く揚々と下りる。

イタリア広しといえども、巷の噂では（して眉にツバしてかかる謂れのさらになく）、パラッツォ・ペスキエーレ、即ち生け簀宮殿*ほど豪奢な邸宅はまずなかろう。我々はここへ、アルバロのピンク牢獄の三か月に及ぶ借家期間が切れるや否や、移り住んだ。

邸宅はジェノヴァ城壁の内側ながら、街からは離れた高みに立っている。グルリを像や、壺や、噴水や、大理石の水盤や、テラスや、オレンジとレモンの木の散歩道や、バラとツバキの木立のあしらわれた、それ自体の美しい庭に取り囲まれて。続きの間《ま》は全てその調和と装飾において無類に美しいが、端にジェノヴァ全市と、港と、近隣の海に臨む大きな窓の三枚ある、高さおよそ五〇フィートに垂んとす大広間からは世界で最も魅惑的な絶景の一つが見はるかせる。屋内にては、広々とした部屋また部屋ほど陽気で快適な住まいを思い描くは土台叶はぬ相談。屋外にては、陽光の下《もと》であれ月明かりの下《もと》であれ、かほどに甘美な景観は断じて想像し得まい。総じて、しかつべらしい素面の館というよりむしろ、東洋の夜話《やわ》に出て来る呪《まじな》われた城といった趣きである。

如何に貴兄は部屋から部屋をさ迷えど、その鮮やかな彩色においてさながら昨日絵筆を執られたばかりででもあるかのように明るい、壁や天井の荒らかな夢幻に一向慊《あきた》るまいことか——如何にとある階が、或いは他の八部屋に通ず大広間ですら、是一つの広々とした遊歩道たることか——如何に階上には我々のこれきり使いもせねばめったに訪いもせぬ、ほとんどその通り道さえ与り知らぬ廊下や寝室があることか——如何に建物の四辺のそれぞれからは全く異なる見晴らしが利くことか——は不問に付そう。が大広間からのくだんの眺望は小生にとっては幻影に外ならぬ。日に幾度となく長閑な現《うつつ》において立ち返って来た如く、空想の中で立ち返り、そこに、庭からは馥郁たる香りが立ち籠めている片や、全き至福の夢心地で外を見はるかしつつ佇む。

そこにては数知れぬ教会や、修道院や、尼僧院の晴れやかな蒼穹へと聳ぐ麗しき渾然一体なるジェノヴァの全貌が広がり、眼下には、ちょうど屋根の始まる辺りに、端に鉄の渡った、回廊風の心淋しい尼僧院の欄干が伸び、そこにて早朝の折々、小生は小さな一塊の黒いヴェールの尼僧が憂はしげにスルスルと行きつ戻りつしては、時折、自分達とは縁もゆかりもなき、今しも目覚めんとす現し世を見下ろすべく立ち止まるのを目にして来たものだ。神さびたモンテ・ファッチョが——晴れた日和にはまたとないほど明るい丘なれど、嵐が迫るとまたとないほどむっつり塞ぎ込むが——ここの、左手にある。城壁の内なる要塞が（ありがたき王は、町を見はるかし、ジェノヴァ市民の屋敷が万が一にも不平を洩らせば奴らの横っ面を張り飛ばすべく、そいつを築き上げたに違いない）右手にてくだんの高みに睨みを利かす。そこなる正面にては、渺茫たる海が遙か彼方へと広がり、灯台を皮切りに、次第に先細りになった挙句、バラ色の遠方にてほんのポチに縮こまるくだんの海岸線は、ニースへと至る美しい沿岸道だ。屋根や家々の直中なる、バラで真っ紅に染まり、小さな噴水で瑞々しい間近の庭園は、アクア・ソーラという公の遊歩道で、ここにて軍楽隊は陽気に演奏し、白いヴェールがわんさと集い、ジェノヴァ貴族はとことん賢しらげに、とまでは行かずとも、少なくとも正装と四頭立てにて、グルグル、グルグル、グルグル乗り回す。つい目と鼻の先に――と一見、思われる訳だが――白昼劇場《デイ・シアタ》の観客が、顔をこちらへ向けて座っている。が、舞台は見えぬとあって、観客の顔がいきなり真顔から笑い顔に変わるのを目にするのは、謂れが分からぬだけにめっぽう奇妙だが、拍手が一斉に何度も何度も、そいつ宛幕の下りる黄昏の外気の直中にて鳴り渡るのを耳にするのはなお輪をかけて奇妙極まりない。が日曜の晩とあらば、連中、取っておきの、とびきりウケのいい出し物を御披露賜っているのであろう。して今や、日輪はペンにも鉛筆にも描くこと能はぬほど厳かな朱と、緑と、黄金の衣を纏って沈みつつあり、晩禱の鐘の音《ね》に合わせて夜の帳がすかさず、黄昏抜きで、降りる。さらば、ジェノヴァや田舎道のここかしこに明かりが灯り始め、沖合いなる灯台の回り角灯がパッと、当該宮殿の正面と柱廊玄関《ポーチコ》に束の間光を当てるや、恰も明るい月が雲間から顔を覗かせでもしたかのように、宮殿を冴え冴えと浮かび上がらす。と思いきや、一挙に黒々とした闇に包む。してこれぞ、小生の知る限り、ジェノヴァ市民が日暮れてからはこの館を避け、幽霊に取り憑かれていると思い込む唯一の謂れではあろう。*

小生の記憶こそ、いずれ幾晩となく、そいつに取り憑こう。がそれ以上悪しきものは、誓って。同じ「亡霊」は時折、小生が事実とある心地好い秋の夕べに漕ぎ出した如く、明るい眺望へと漕ぎ出し、マルセイユにて朝風を胸一杯吸い込むやもしれぬ。

ほてっ腹の床屋は依然、そこなる店の扉の外に室内履きにて腰を下ろしているが、ウィンドーの回転マネキン方は、さすが女心と秋の空、とうの昔にクルクル回転するのを止め、今では麗しの御尊顔を崇拝者の見通すこと能はぬ仄暗い店の片隅の方へ向けたなり、身動ぎ一つせぬままゲンナリしている。

汽船はジェノヴァから十八時間の爽快な航程にて到着していた。我々はニースからは崖っ縁《コーニシュ》の道伝《づて》引き返す予定にしていた。地中海沿いのオリーヴの森や、岩や、丘の直中より絵のように美しい真白き総生《ふさな》りにて聳やぐ麗しの街から街の外っ面だけを拝ませて頂いていたのでは慊《あきた》らず。

その夜ニースへ向けて八時に出港した舟はめっぽう小さく、船荷でそれはギュウギュウ詰めなものだから、身動きするのもままならぬほどだった。のみならず、船上には食べ物と言ってもパンしか、飲み物と言ってもコーヒーしか、なかった。がニースには午前八時かそこらに着くことになっていたので、こいつは物の数ではない。よって、明るい星が我々宛瞬《またた》くのについ我知らず謝意を表して連中宛、目をシバシバ瞬《しばた》かせ始めるに及び、窮屈ながらひんやりとした小さな船室の寝棚に潜り込み、朝までぐっすり眠りこけた。

舟は、未だかつて造られたためしのないほどなまくらでしぶとい小さなそいつだったため、ニース港に入った時には正午まで後一時間足らずで、我々は一刻も早く朝食にありつきたくて矢も楯もたまらなかった。ところが、我々は羊毛を積んでいた。羊毛はマルセイユでは税金を払わずしてぶっ通しで十二か月以上税関に預けておくこと罷りならなかった。よって当該御法度を免れるべく、買い手のついていない羊毛を表向き他処へ移す風を装うのが——つまり十二か月の期限が切れそうになるや羊毛を一旦他処へ移し、またもや真っ直ぐ持ち帰り、もう十二か月ほど新たな積荷として、保税倉庫に預けるのが——常套手段である。我々の目下の羊毛は元はと言えば東洋のどこぞから輸入したものだったが、入港した途端、東洋の製品だと見破られた。故に、我々を出迎えるべくわざわざやって来ていた、遊山の連中をどっさり積んだ、陽気な日曜小舟《サンデー・ボート》は当局によりて一艘残らず追い立てられ、我々は隔離を宣告された。して、その旨街中《まちじゅう》に触れ回るべく大きな旗が埠頭のマストの先にスルスルと、厳粛に掲げられた。

それは蓋し、茹だるように暑い日だった。我々はヒゲも剃れねば、顔も洗えねば、服も替えられねば、腹も膨らせられぬとあって、およそ懶い港で火脹れの目に会ったなり碇泊するバカバカしさを満喫するどころの騒ぎではなかった。片や街そのものは恭しき距離を置いてひたすらこちらを見守り、彼方の営舎にては三角帽の、ありとあらゆる手合いのヒゲ面《づら》の男が少なくとも一週間の抑留を仄めかす身振り手振りも賑々しく（我々は望遠鏡でしげしげやっていたから）我々の命運をダシに侃々諤々やり、さりとて終始何一つ事も無いとあらばなおのこと。ところが、この危急存亡の秋にあってすら、雄々しき供人《クリア》はあっぱれ、手柄を挙げた。奴はどいつか固よりホテルと関わっているか、くだんの折のみかかずらわ《アン・ラ》されて《ポール》いる（小生には影も形もなき）何者かに信号を送った。信号は応答され、三十分かそこらすると、営舎より大きな叫び声が上がった。船長にお呼びがかかり、誰しも船長が小舟に乗り込むのに手を貸し、誰しも荷物を手にしながら、きっと自由の身にして頂けるに違いないと言い合った。船長は漕ぎ出し、ガレー船奴隷牢獄の小さな突端の蔭に姿を消し、ほどなく苦ムシを嚙みつぶしたなり、何かを携えて戻って来た。雄々しき供人《クリア》は船端《ふなばた》で船長を迎え、くだんの何かを正当の所有者然と受け取った。そいつはリンネルの布に包《くる》まれた柳枝細工の籠で、中にはワインの大瓶が二本に、炙りドリに、ニンニクと一緒に細切れにした魚の塩漬けに、大きなパンの塊に、一ダースかそこらの桃に、その他諸々の摘《つま》みが入っていた。我々が我々自身の朝食を選び果すと、雄々しき供人《クリア》は選りすぐりの一行に、これら軽食の御相伴に与るよう誘い水を向け、遠慮は一切無用と、何せお次の柳枝籠は彼らの掛かりで調達させて頂こうからと請け合った。して事実、注文の信号を送るや——如何でか、は神のみぞ知る——とこうする内、船長にまたもやお呼びがかかり、この方、またもやむっつり、お次の腹の足しごと引き返し、我が人気者の供人《クリア》は相変わらず馳走の持て成し役を務めるに、御当人の動産たる——並の古代ローマ刀より若干小さめの——折り畳みナイフもて肉を切り分けにかかった。

船上の一行は全員、当該思いもかけぬ救援物資で腹のムシもコロリと収まったが、中でもおしゃべりな小さなフランス人と——彼はものの五分で酔っ払った——いかついカプチン会修道士ほど御機嫌麗しゅうなった者もまたいなかった。修道士はいつしか皆の大のお気に入りの座に収まっていたが、この世にまたとないほど気のいい修道士だったものと、小生は今に心底、信じている。

修道士は屈託のない、気さくな面構えの、豊かな、褐色の、流れるような顎鬚を蓄えた、五十がらみの男前だった。彼は朝方早く我々に近づくなり、果たしてニースには十一時までに着くだろうかと問うていた。こんなことをわざわざ尋ねるのも、十一時までに着けばミサを執り行ない、食を断ったまま聖ウエファースを取り扱わねばなるまいが、もしも到底間に合いそうになければ、すぐ様朝食を認《したた》めるのでと言い添えながら。修道士がかく、内々に告げていたのは、てっきり雄々しき供人《クリア》こそは船長なものと思い込んでいたからだ。して蓋し、奴は船上の外《ほか》の誰より遙かにらしき面《つら》を下げてはいた。大丈夫、きっと悠々間に合おうと請け合われるや、修道士は食を断ち、そのなり誰も彼もにすこぶるつきの上機嫌

で話しかけ、托鉢僧をダシに叩かれる軽口にはもって俗人をダシにしたそいつらでシッペを返したり、自分は如何に托鉢僧とは言え、船上の誰より筋骨逞しい男二人を、一人また一人と、歯で吊り上げ、甲板の端から端まで引こずってみせようとうそぶいたりしていた。誰一人、名乗りを上げる者はなかったが、恐らく、奴はお茶の子さいさいやってのけていたのではあるまいか。何せこの世にまたとないほど醜く不様なカプチン修道服を着てなお、辺りを払うが如きあっぱれ至極な押し出しをしていたからだ。

　こうした一から十まででいたく気を好くしたのが例のフランス生まれのおしゃべり男。御仁はいつしか托鉢僧の後ろ楯の座にどっかと収まり、もしやツキにさえ恵まれていたなら奴自身、フランス人に生まれついていたやもしれぬ男として哀れを催しているかのようだった。御仁の後ろ楯風《かぜ》たるや、ネズミがライオンに賜る手合いのそれだったにもかかわらず、我ながら着せている恩にえらく脂下がり、くだんの自画自賛の勢い余って、何かと言えばつと爪先立ちしてはポンと、修道士の背を叩いていた。

　晴れて柳枝籠が到着するや、ミサには到底間に合いそうもなかったので、托鉢僧は雄々しく捩り鉢巻きでかかるに、冷製肉とパンをしこたま食い上げ、ワインをガブ飲みし、葉巻をプカプカくゆらせては嗅ぎ煙草をひたぶる鼻にあてがい、誰も彼もとひっきりなし四方山話に花を咲かせ、時に船端《ふなばた》に駆け寄っては岸辺の何者か宛、我々は何が何でも当該隔離所より出して頂かねばならぬ、何とならば自分は昼下がりには大いなる聖典行列に参加せねばならぬのでと大声を張り上げていた。と思いきや、いつも心底愉快げにカンラカラ腹を抱えながら引き返して来たものだ。片やフランス男は小さな御尊顔をクシャクシャの皺だらけにしたなり、何と傑作なことよと、こやつのまた何と太っ腹なことよと注釈賜っていた。が、とうとう外からは太陽がカンカン照りつけるわ、内からはワインの効験あらたかなるわで、眠気を催し、かくてどデカい被後見人《プロテジェ》に後ろ楯風《かぜ》を吹かすその絶頂にあって、羊毛の直中にて横たわりざま、グースカ鼾をかき出した。

我々は四時になって漸う釈放されたが、フランス男は托鉢僧が岸に上がった時にも依然、羊毛と嗅ぎ煙草まみれの小汚いなり、眠りこけていた。我々は自由の身となるや否や、行列にせめて見苦しくない風体《ふうてい》で臨めるよう、皆してアタフタ、顔を洗って着替えをしに駆け出した。小生はそれきりフランス男の姿は見かけなかったが、行列が練り歩くのを拝まして頂くべく大通りの持ち場に就いたか就かぬか、誰あろう御仁がえらくめかし込んだなりギュウと、正面へ御尊体を捻じ込むのを目の当たりにした。御仁は一面、星の散った、幅広の横縞のヴェルヴェットのチョッキをひけらかすべく、小さな上着をはだけさせ、やおらステッキごとポーズを決めた――晴れて托鉢僧が姿を見せた暁にはヤツの度胆を抜いた上から金縛りの目に会わせてやらんものと。

＊

行列はめっぽう長たらしいそいつで、厖大な数の人間より成っていたが、見れば小さなグループに分かれ、それぞれが他人様にはてんでお構いなしにして得手勝手に鼻づまりの詠唱を御披露賜るものだから、その効たるや実に憂はしかった。まずもって天使と、十字架と、聖母が平板に載せて運ばれ、グルリをキューピッドや、王冠、聖《ひじり》、ミサ典書、歩兵部隊、細蠟燭、修道士、尼僧、聖遺物、深紅のパラソルの下《もと》練り歩いている、緑の帽子の高僧が取り囲み、ここかしこ、ある種聖なる街灯が棹の上に掲げられていた。我々はカプチン会修道士のお越しを今か今かと首を長くして待ち受け、さらばほどなく連中の褐色の法衣と紐飾りのついた帯が一連みになって、やって来るのが目に入った。

小生には小さなフランス男が、さぞや托鉢僧め、幅広横縞のチョッキ姿の自分を目にしたならば胸中「あれが我が後ろ楯と！　あの傑人が！」と声を上げ、アタフタ慌てふためこうと惟みるだにほくそ笑んでいるのが見て取れた。ああ！

フランス男の然に思惑外れだったためしのまたとあろうか！我らが馴染みカプチン会修道士は腕組みしたなり近づくにつれ、小さなフランス男の顔を真っ直ぐ、曰く言い難くも穏やかな、坦々たる、落ち着き払った上の空にて見据えた。托鉢僧の顔にはさも見覚えのありげな、と言おうか愉快げな、表情一つ浮かんでいぬ――肉サンドや、ワインや、嗅ぎ煙草や、葉巻なる身に覚えのこれきり。「あれはげに奴本人《セ・リュイメーム》と」と小生には小さなフランス男が半信半疑でつぶやくのが聞こえた。おお、如何にも奴本人では。奴そっくりの弟でもなければ甥でもない。紛れもなく奴本人では。我らが馴染みは、カプチン修道会の上長の端くれとあって、えらく勿体ぶって歩き、物の見事に役所をこなしていた。未だかつて修道士が我々、つい先刻までの旅の道連れに対しさながら生まれてこの方一度も顔を合わせたためしがないばかりか、その期に及んでなお眼中にないかのように穏やかな眼差しを向けた思索的物腰ほどそれなり一点の非の打ち所もなき代物はこの世にまたとなかったろう。フランス男はさすがテングの鼻をへし折られ、とうとう脱帽した。にもかかわらず托鉢僧は相変わらず坦々と落ち着き払ったなり歩き続け、幅広横縞のチョッキは人込みにスゴスゴ紛れたが最後、忽然と姿を消した。

行列はマスケット銃の一斉射撃にて締め括られ、さらば街《まち》中《じゅう》の窓という窓がつられてガタついた。明くる昼下がり、我々は名にし負う崖っ縁《コーニシュ》の道伝《づて》ジェノヴァへの帰途に就いた。

ガラガラと小気味好い小さな二頭立てにて我々をジェノヴァへ三日の行程で連れ帰ろうと請け負ったフランス人とイタリア人の混血の四輪辻馬車《ヴェットゥーラ》御者は能天気な、なかなかの男振りの奴で、その浮かれ気分と歌好きたるや、皆して調子好く揺られている限りは、留まる所を知らなかった。然り、その限りにおいて、奴は出会す百姓娘という百姓娘ににっこり笑って声をかけてはピチリと鞭を鳴らし、砑という砑にくれてやるソナンビュラ*の端くれを持ち併せていた。その限りにおいて、奴は正しく男伊達と底抜けの明るさの流れ星たりて、小さな村から村をジャラジャラ、馬の鈴《すず》と御当人の耳輪の音《ね》も高らかに縫っていた。が、ちっぽけな逆境の下《もと》目の当たりにすらば、奴め、面目躍如たるものがあった。とは、旅のさる箇所で、せせこましい場所に差し掛かってみれば、大型荷馬車が二進も三進も行かなくなり、道を塞いでいた折のこと。奴の両手はまるで人生の就中凄まじき椿事という椿事が一緒くたになって突如、敬虔な頭《こうべ》に降り懸かりでもしたかのように、頭髪の中にて捩《よじ》くり上げられた。奴はフランス語で呪っては、イタリア語で祈っては、右往左往、行きつ戻りつしては、この世も終わりかとばかり地団駄踏んだ。ポシャった荷馬車の周りには色取り取りの車力や騾馬追いが集まっていたが、とうとうどいつか進取の気象のやっこさんが皆で力を合わせて事に当たり、道を通れるようにしようではないかと言い出した——当該妙案、たとい今日の今日に至るまで皆してそこに立ち往生していたとて、我らが馴染みの念頭にはこれきり浮かばなかったろうと、小生は今に心底信じてはいる。一件にはお易い御用でケリがついた。が捩り鉢巻きにちらとでも水が入ろうものなら、奴の両手はまるで御当人の悲惨を救う望みは一縷もないかのようにまたもや髪の中にて揉みしだかれたものである。が今一度、御者台に無事腰を下ろし、小気味好くガラガラ丘を下《くだ》り出した途端、さながら如何ほど悲運なるもの本腰でかかろうと奴の気を滅入らすことだけは叶はぬかのように、ソナンビュラと百姓娘にケロリと立ち返った。

　当該麗しの街道（アウレリア街道）の麗しの町や村に纏わる伝奇《ロマンス》は一歩足を踏み入れれば消え失せる。というのもその大半は実に惨めだからだ。通りは狭く、暗く、汚く、住人は痩せこけ、むさ苦しい。針金じみた白髪を頭の天辺にて荷物を載せる当て物よろしきコブに結わえている皺だらけの婆さん連中と来ては、リヴィエラ沿いであれジェノヴァにおいてであれ、いずれ劣らずそれは二目と見られぬほど醜怪なものだから、仄暗い出入口の辺りで紡錘《つむ》を手にダラダラと屯したり、脇道の角で低く押し殺した声を合わせて歌ったりしている姿など、まるで魔女人口といった態である——ただ箒にせよ、他の掃除道具にせよ、およそ縁がなさげだというのでなければ。常日頃からワインの小樽代わりに引っぱりダコにして、あちこちの日溜まりの中に吊る下げられているブタ皮も、お世辞にも装飾的とは言ってやれぬ。必ずや頭と脚をぶった斬られた、ブクブク太りの本家本元そっくりのザマを晒したなり、ブーラリブーラリ、こちとらの尻尾もて真っ逆様に揺すぶられているとあらば。

　くだんの町から町は、しかしながら、近づくにつれ、群成《むれな》す屋根や塔ごと険しい山腹の木立の懐にすっくり抱かれたり、気品溢る湾の際に築かれたりしている様を呈すとあって、実に魅惑的だ。草木は至る所、緑々《あおあお》と生い茂り、美しく、ヤシの木は目新しい光景にては目新しい趣きを醸す。とある町、サン・レモ（リヴィエラ海岸沿港市）には——憂はしい開けっ広げの拱門の上に築かれた、何とも風変わりな場所だけに、気が向けば町丸ごとの下をブラつくのも一興——愛らしい段庭があり、他の一つならざる町では、船大工がカーンカンと玄翁を揮う音が響き、浜辺で小さな船が造られている。広々とした湾の中には、ヨーロッパの艦隊が投錨しても一向差し支えなさげなものもある。いずれにせよ、小さな家々の塊という塊は、遙か彼方にては、何やら画趣に富む、気抜な形《なり》の魅惑的な一緒くたの相を呈す。

　街道それ自体は――今や絶壁の袂で砕け散る輝かしき海原の遙か高みにて、今やとある入江の岸をさっと掠めるべく内陸へ折れ、今や渓流の石ころだらけの水底《みなそこ》を過り、今や遙か下方の渚《みぎわ》にて、今や数知れぬ形状と色合いの裂けた岩の直中を蛇行し、今やその昔、バーバリ（アフリカ北岸）私掠船の侵略から岸を守るべく築かれた一列なりの塔の端くれたる、孤独な塔の成れの果てに市松模様の影を投ぜられ――刻一刻と新たな美を顕現さす。やがて、それそのものの目ざましき光景が底を突き、平らな海岸線に伸びる長々とした郊外を抜け、いざジェノヴァへ向かう段ともなれば、さらば、くだんの気品溢る都とその港が、都外れのどデカい、不様な、空き家同然の古びた家という家にカツを入れられ、新たな興味のタネを播き、晴れて市門に辿り着くに及び絶頂に達すや、ジェノヴァが美しき港と近隣の丘ごとそっくり、視界に誇らかに飛び込む。

第五景　パルマ、モデナ、ボローニャへ

小生は十一月六日、ジェノヴァからフラリと、あちこちへ（祖国コミで）*足を伸ばしたが、まずもって白羽の矢を立てたのはピアチェンツァ（伊北部ポー河畔都市）で、くだんの町へと何やら離流いの隊商《キャラヴァン》めいた絡繰の後部客室《クーペ》にて、雄々しき供人《クリア》と、大型犬を連れた御婦人と共に向かった。大型犬は、因みに、夜っぴて何かと言えば心淋しげに唸ってはいた。日和はめっぽうジメつき、めっぽう冷たく、めっぽう暗く、めっぽう陰気臭く、我々は時速四マイルそこそこで旅を続け、途中、どこでも休憩しなかった。午前十時にアレッサンドリア（北西部ピエモンテ県都市）で馬車を替え、別の（一頭立《フライ》てにしても小さすぎよう車体の）馬車にギュウギュウ押し込められた。同乗したのはヨボヨボの老いぼれ司祭と、その道連れたる若きイエズス会修道士。後者は二人の日読祈禱書やその他諸々の本を引っ提げ、馬車に四苦八苦乗り込む上でパックリ、オフィーリアの私室なるハムレット（『ハムレット』II、1）もかくやとばかり、黒長靴下と黒半ズボンの間からピンクの大御脚をさらけ出していた――ただデンマーク王子の場合、両脚が露になっていただけのことで。それから、地元の弁護士《アッヴォカート》と、未だかつてこと人体にあってお目にかかったためしのないほど滅多無性にテラついた紅鼻の御仁の面々だった。かくて我々は午後四時まで旅を続けたが、街道は相変わらずやたら泥濘《ぬか》るみ、馬車はやたらノロかった。そこへもって御難の火に油を注ぐに、老司祭が腓返りを起こしているせいで十分かそこらおきに凄まじき金切り声を上げ、よって一行皆で力を合わせて担ぎ出さねばならず、馬車はその都度、司祭のためにえらく粛々と停まった。会話には専ら当該疾患と泥濘《ぬか》った道をダシに花が咲いた。午後になって後部客室《クーペ》は客を二人降ろし、中には乗客が一人しかいないのが分かると――一旦帽子を被ったが最後、何人《なんぴと》たりその端を見ること能わぬどデカい紫色の口髭を蓄えたトスカナ生まれの醜男だったが――小生は渡りに船とばかり、この（蓋を開けてみればめっぽうおしゃべりで気さくな）御仁と一緒にガラガラ揺られ続け、とうとう夜の十一時近く、御者がこれきり先へは行けそうにないと告げたせいで、ストラデラという町で宿を取った。

旅籠は中庭を取り囲む、是一つの風変わりな回廊の列《つら》なりといった態で、中庭にては我々の馬車と、荷馬車が一、二台

と、仰山なトリと、薪がそれはしっちゃかめっちゃか、一緒くたに山と積まれているものだから、どいつがトリでどいつが荷馬車なものやら、見分けもつかねば、断じて誓いを立てられもしなかったろう。我々はゆらゆらと揺らめく松明をかざした寝ぼけ眼の男の後について、大きな、ひんやりとした部屋に通されたが、部屋には二脚のどデカい縦テーブルらしき代物の上に設えられた二脚のどデカい寝台と、剝き出しの床のど真ん中なる劣らずどデカいまた別の縦テーブルと、四つの窓と、椅子が二脚あるきりだった。何者かにこれが小生の部屋だと告げられ、小生は三十分かそこら部屋の中を行きつ戻りつしながら、トスカナ男と、老いぼれ司祭と、青二才司祭と、弁護士《アッヴォカート》をジロジロ睨め据え（紅鼻氏は町の住人で、我が家へ戻っていたから）、片や連中はベッドの上に腰を下ろしたなり、お返しに小生をジロジロ睨め据えて下さった。

手続きの当該段階の何やら佗しき居たたまらなさには（その間《ま》もずっと調理の腕を揮っていた）我らが猛者《ブレイヴ》の夕飯を告げる声で待ったがかかり、我々は皆して（隣の、小生の部屋とウリ二つの）司祭の寝室へと席を移した。仰《のっ》けの料理は水で一杯の深鉢で大量の米と一緒に茹で上げた上から、チーズの風味を利かせたキャベツで、御逸品、それは熱々の所へもって、我々と来てはそれは芯から冷えきっているものだから、ほとんどほろ酔い機嫌やに見えた。二皿目は腎臓と一緒に揚げた豚の細切れ某。三皿目は二羽の赤鶏。四皿目は二羽の小振りな赤七面鳥。五皿目はニンニクとトリュフと、外《ほか》にも何やかや入ったどデカいシチュー。かくて宴はお開きと相成った。

小生が自分の寝室に腰を下ろし、これぞ湿気た部屋の中でもいっとう湿気たそいつではなかろうかと惟みる間《ま》もなく、パッとドアが開け放たれ、猛者《ブレイヴ》がソロリソロリ、それは夥しき量の薪束に埋《うず》もれんばかりにして入って来るものだから、まるで冬時の散歩と洒落込んでいるバーナムの森*かと見紛うばかり。奴は当該薪の山を瞬く間にメラメラと燃え上がらせ、湯割りブランデーの大杯を取り出す。というのも御身上なるくだんのボトルは春夏秋冬に付き合う関係で、今や生《き》のオー・ドゥ・ヴィ*しか入っていないから。猛者《ブレイヴ》は然なる芸当をやってのけるや、その夜は一先ず引き取る。が小生にはその後一時間というもの、して実の所、小生がぐっすり寝入るまで、奴が気の置けぬ馴染みの一座と葉巻を吹かしているどこぞの（どうやら枕の下と思しき）離れ家で軽口を叩いているのが聞こえる。奴は生まれてこの方ついぞくだんの旅籠に宿を取ったためしはないはずだ。がどこであれ五分と経たぬ内に、どこでもかしこでも、どいつもこいつもと馴染みになり、必ずや、その間《ま》に下働き皆にぞっこん惚れ込まれる。

以上は深夜十二時のこと。明くる朝四時には、猛者《ブレイヴ》はまたもや咲いたばかりのバラよりなおピチピチ跳ね起きたかと思うと、旅籠の亭主のおスミ付きのこれきりなきまま、メラメラと薪を燃え盛らせ、外《ほか》の誰一人として冷水しか手に入れられぬとうの先から舌を焼きそうなほど熱いコーヒの入ったマグをひっつかみざま、薄暗い通りへ駆け出し、あれでもひょっこり、どいつか牛を連れたやっこさんが現われ、御逸品を賜らぬかと、搾り立てのミルクを大声で呼び立てる。馬が「お越し」になるまで、小生もヨロヨロと街中《まちなか》へ出て行くが、ひんやり、湿気た風が代わる代わる、何やら判で捺したように拱門から吹き込んでは出て行くとあって、是一つの小さな広場《ピアッツァ》のようでもある。とは言え、未だ真っ暗闇にして篠突くような雨が降り頻っているだけに、万が一、明日そこに物は試しに連れ出されようと——とは平に御容赦願うが——よもや御当人とは見分けがつくまい。

馬はおよそ一時間後に到着する。その間《かん》、御者は毒づきまくる。時にはキリスト教徒の呪いを、時には異教徒の呪いを。また時に、長たらしいごちゃ混ぜの呪いの場合、まずもってキリスト教信仰で取っかかったと思いきや、いつの間にやら異教信仰に宗旨替えしていることもある。色取り取りの男が遣いにやられる。馬を呼び立てに、というよりむしろお互い様を呼び立てに。何せ仰《のっ》けの使い走りはいっかな戻らず、二人目からはどいつもこいつも先達の右に倣うから。とうとう馬が姿を見せる——使い走りにごっそり取り囲まれたなり。ある者は奴らを蹴飛ばし、ある者はグイグイ引っ立て、がどいつもこいつも奴ら宛大声で毒づきながら。それから老いぼれ司祭と、青二才司祭と、弁護士《アッヴォカート》と、トスカナ男と、我々一行は席に着く。さらば中庭のあちこちの奇妙奇天烈な小屋の扉から眠たげな声が張り上げられる。「アディオ・コリエーレ・ミオ！ ブオン・ヴィアッジョ・コリエーレ！」*と来れば供人《クリア》はニッカリ歯を剝いたなり、皆して泥の中をグラグラ、ヨロヨロ、ぬたくり去る間《ま》にも、似たり寄ったりのやり口で礼を返す。

ストラデラの旅籠から四、五時間の旅程にあるピアチェンツァにて、我々はホテルの玄関先でいずれの側《がわ》にてもあれこれ気さくな名残を惜しみつつ、小さな一行を解散した。老いぼれ司祭は通りを半ばも行かぬとうの先からまたもや腓返りを起こし、青二才司祭はとある戸口の上り段に本の包みを置くや、御老体の大御脚を律儀にさすりにかかった。弁護士《アッヴォカート》の顧客は中庭の門の辺りで先生を待ち受けていたが、両の頰にそれはけたたましき接吻を浴せるものだから、訴因がとんとお粗末か、懐がえらく寂しいかの二つに一つだったのではあるまいか。トスカナ男は葉巻をくわえたなり、まだしもボサボサの口髭の端をピンと跳ね上がらせようとでもいうか、帽子を手にフラリフラリ立ち去った。して雄々しき供人《クリア》は、小生と二人してキョロキョロ辺りを見回しながら漫ろ立ち去る間《ま》にも、すかさず一行全員の個人的来歴から、御家庭の事情からを、退屈凌ぎの御愛嬌、垂れ込みにかかった。

　何とも褐色の、朽ちた、古めかしい町ではないか、ピアチェンツァというのは。人気《ひとけ》ない、孤独な、芝草の蓬々に生い茂った。塁壁は崩れ、濠は泥に半ば埋《うづ》もれ、かくてそこいらをウロつく痩せこけた畜牛にむさ苦しい腹の足しをくれてやり、通りまた通りの厳めしい屋敷はむっつり、向かいのそいつら宛苦ムシを噛みつぶしている。この世にまたとないほど寝ぼけ眼のみすぼらしい軍人が、怠惰と貧困に諸共祟られたなり、体に合わぬ連隊服に不様な皺を寄せながらそこいらをブラつき、この世にまたとないほど小汚いガキがこの世にまたとないほどいじけた溝《どぶ》で即興の（泥んこのブタなる）オモチャで遊び、この世にまたとないほど骨と皮に痩せさらばえた犬が、金輪際見つかるまい食い物をひっきりなし漁り回って、この世にまたとないほど陰気臭い拱道をひょこひょこ出たり入ったりする。町の対《つい》の守護神たる、巨大な二体の像の見張りに立つ、厳かな、謎めいた宮殿*が懶い町のど真ん中にしかつべらしげにそそり立ち、『千一夜物語』*の時代に羽振りを利かせた、大理石の大御脚の王ならば、中に何一つ不自由なく暮らし、血肉を具えた上半身において、外へ出ようとする精気にすら見限られているやもしれぬ。

　日向ぼっこをしながらぐっすり眠りこけている、これら場所から場所を漫ろ歩くとは、何と奇妙な――半ば心悲しく、半ば甘美な――うたた寝たることよ！　それぞれが、順繰りに、このだだっ広い世界中のありとあらゆるカビだらけの、侘しい、神に忘れ去られた町のお頭ででもあるかのようだ。この、いつぞやは稜堡《りょうほ》があり、ここなる古代ローマ衛戍地《えいじゅち》の時代には騒々しい要塞の築かれていた丘に腰を下ろす内、小生は今の今まで物臭の何たるか知らなかったことにはったと気づく。籠の羊毛の下に引っ込む前のヤマネは、或いは土に潜る前のカメは、定めて似たり寄ったりの身の上にあるに違いない。いつしか我と我が身が錆びついているような気がして来る――ともかく知恵を回そうとすれば、どこかキーキー軋みそうな――どこにも片をつけるはずの、と言おうかつけねばならぬものは何一つないかのような――こいつをさておけば如何なる人間の進歩も、動作も、努力も、前進もこれきりないかのような――ここにて絡繰はそっくり幾世紀も前に止まったまま、最後の審判の日まで休らうべくゴロ寝を極め込んでもいるかのような。

否、雄々しき供人《クリア》の目の黒い内は断じて！　見よ、奴の何とリンリン、ピアツェンツァよりお出ましになり、ついぞお目にかかったためしのないほどのっぽの駅伝馬車に乗って——よって正面の窓から辺りを見はるかせば、まるで庭壁越しに覗き込んでもいるかのようだが——グラグラこっちへやって来ることか。片やイタリアのみすぼらしさをギュッと御身一つに凝縮したかのような御者は威勢のいい会話の途中でつと言葉を切り、町外れの漆喰のパンチ紙芝居もどきに祀《まつ》られている、御当人とどっこいどっこいみすぼらしい団子っ鼻のちんちくりんの聖母マリア宛、ひょいと帽子を浮かす。

ジェノヴァや、その周辺では、ブドウはそれそのものはおよそ画趣に富むどころではなき不様な四角い柱に支えられた格子細工に仕立てられる。が、ここにては木に絡ませ、生垣の直中を這うがままにされる。かくてブドウ園にはわざわざそのため規則正しく植えられた木が生い茂り、それぞれの木にそいつ自身のブドウが総生りに絡みつく。ブドウの葉は今しもこの上もなく輝しき金色と深紅に色づき、未だかつて然に魅惑的なまでに艶やかにして美に満ち溢れたものがまたとあったろうか。幾々マイルにも及ぶこれらゴキゲンな形《なり》と色《いろ》の直中を、街道はウネクネと縫う。野生の花綵、色取り取りの姿形の優美な花輪、王冠、花冠——大木の上に打たれ、そいつらを戯れに雁字搦めにする妖精の網——地べたに一緒くたに折り重なった奇抜な形状の山や塚——の何と豊饒にして艶やかなことよ！　してしょっちゅう、延々と列なる木々がそっくり括り合わされ、もろとも花冠をあしらわれていよう——さながらお互いひしと抱き締め合ったなり、ステップを踏み踏み草原をこちらへやって来てでもいるかのように！

パルマにはイタリアの街にしては陽気で賑やかな通りがあり、故に然まで名の知られていない幾多の場所ほど個性的でない。ただし、必ずやかの奥処なる広場《ピアッツァ》（司教座教会堂広場）はさておき。というのもそこにては大聖堂と、洗礼堂と、鐘塔《カンパニーレ》が——大理石や赤石に彫られたその数あまたに上る怪物や夢見がちな生き物に彩られた、地味な褐色の神さびた建物揃いだが——気高くも荘厳な休らいの内に身を寄せ合っているからだ。小生が目にした際、建物の黙《もだ》した威容を冒すのはほんのこちとらが巣を作っている壮麗な建築の石や小さな奥まりの割れ目に飛び込んだり出たりしている仰山な小鳥の囀りくらいのものであった。連中、人の手によりて築かれし社《やしろ》（『コリント第二』五・一）のひんやりとした蔭から天空の晴れやかな外気へと舞い上がるのに忙しなかった。片や堂内なる礼拝者にあって、そうは問屋が卸して下さらず、小生がジェノヴァを始め、他の何処にても置き去りにして来たと同じ懶い聖歌の詠唱に耳を傾けたり、同じ手合いの像や細蠟燭の前で跪いたり、そっくり同じ仄暗い告解聴聞席にて項垂れたなり、ヒソヒソ囁いたりしているきりだった。

この教会の至る所、設されているフレスコ画は見る影もなく朽ち果てているとあって、小生の惟みるに、実に憂はしく、陰気臭い。偉大な芸術作品が――画家の魂の幾許かが――人体さながらいつしか色褪せ、消え失せるのを目にするのは傷ましい。この大聖堂は頂塔《クーポラ》のコレッジョのフレスコ画*の腐敗臭芬々たるものがある。そいつら、いつぞやは如何ほど美しかったやもしれぬか、は神のみぞ知る。鑑定家は当今、くだんの壁画を前に陶然となる。が然に迷路めいた腕と脚は――然に絡まり、縺れ合い、ごた雑ぜの、遠近画法になる四肢の累々たる山は――如何なる気の狂れた執刀外科医とて、如何ほど突拍子もない錯乱においてすら、思い描くこと能ふまい。

ここには実に興味深い地下会堂*があり、天井は大理石の柱によって支えられ、各々の蔭に少なくとも一人は乞食が待ち伏せしているかのようだ――墓や人気《ひとけ》ない祭壇は言うに及ばず。これら隠処のここかしこからそれは仰山な亡霊じみた男や女が、手足が捻じくれたり、顎をガチガチ鳴らしたり、痺れた仕種をしたり、白痴めいた頭を揺すぶったりと、何か悲しい疾患に祟られた馴染みの男や女の手を引きながら、物を乞いにヒョコヒョコお出ましになるものだから、たとい階上の大聖堂の朽ち果てたフレスコ画にいきなり血が通い、この地下会堂まで降りて来ていたとて連中、然まで大いなる混乱を惹き起こせは、と言おうか然まで滅多無性に腕から脚からをひけらかせはしなかったろう。

ばかりか、ペトラルカの記念碑*もあれば、美しい拱門と巨大な洗礼盤を具えた洗礼堂もあれば、選りすぐりの名画を収めた画廊もあり、内二、三枚を小さなヴェルヴェットの縁無し帽を被っている、というよりむしろ且々頭からずり落とさずにいる、毛むくじゃらの御尊顔の画家達が折しも模写していた。のみならず、ファルネーゼ宮殿もあり、宮殿内にはついぞお目にかかったためしのないほど侘しい腐朽の光景の一つが――ボロボロに朽ち果てつつある壮大な、憂はしい、古びた劇場が――ある。

劇場は馬蹄形の、木造大建築で、下方の席はローマン様式で並べられているが、上方は貴族がその誇らかな威容を保って腰を下ろす枡席、というよりむしろ大きな、ずっしりとした寝室が設えられている。傍観者の空想にてはその浮かれた趣旨と企図によって剰え膨れ上がらずばおかぬ、この劇場の身に降り懸かりしような手合いの荒廃には、蛆虫以外の何ものもしっくりとは馴染み得まい。ここでともかく劇が上演されなくなって百十年の歳月を閲す。屋根の裂け目からは青空が射し込み、枡席はズルズルとのめずり込み、住まうと言ってもほんのクマネズミくらいのものだ。湿気と白カビがそれでなくとも褪せた色合いをくすませ、羽目板の上にお化けじみた地図を描く。その昔、舞台開口部《プロセニアム》に陽気な花綵のあしらわれていた辺りにはズタズタの襤褸がダラリと垂れ下がり、舞台はそれ自体、然に夥しく腐っているものだから、せせこましい木造りの桟敷が横方《よこざま》渡され、さなくば足許から頽《くずお》れたが最後、そこを訪う者は勢い、陰気臭い地下の深みへと埋葬されよう。荒廃と腐朽は五感に否応なく印象を刻みつける。外気はカビた臭いと土臭い味がする。どこぞの迷子の日光と仲良くさ迷い込んだはぐれ者の戸外の物音はずっしりくぐもり、虫ケラやウジや蒸れ腐れが木の表面をザラリと、恰も「時の翁」が滑《すべ》らかな手にガサガサの皺を寄せよう要領で、変えている。亡霊共は、もしやともかく劇を演ずとすらば、この亡霊じみた舞台の上でこそ演ずが付き付きしい。

　我々がモデナにやって来た時には、すこぶるつきの陽気で、目抜き通りの左右に沿う歩道の上の憂はしい柱廊の暗がりですら、抜けるように青い晴れやかな天穹の下《もと》見るからに清しく心地好い風情を醸していた。小生は白昼の栄光丸ごとから、とある仄暗い大聖堂（聖ジェミニアーノ・ロマネスク）へと入って行き、さらばそこにては荘厳ミサが執り行なわれ、いじけた細蠟燭がゆらゆらと燃え、人々はここかしこ、ありとあらゆる手合いの祠《ほこら》の前で跪き、その場を取り仕切る司祭達はいつもながらの低く、懶く、まだるっこく、憂はしい調子で、いつもながらの詠唱をくぐもり声で歌っていた。

　淀んだ町という町で、この同じ「心臓」が、同じ生気の失せた、のろまな体系の核たりて、同じ一本調子の脈を打っているのに出会すとは何と奇しきことよと惟みつつ、小生は別の扉から表へ出た。がいきなり未だかつて吹かれたためしのないほど甲高いトランペットのぶっ放しが耳に飛び込んで来たせいで、生きた空もなく胆をつぶした。と思いきや、猛然と角を曲がって来るのはパリからお越しの騎馬一座で、教会の外壁の下を練り歩くに、馬の後ろ蹄もて、その外っ面を彩る石や大理石の一角獣や、ライオンや、トラや、その他諸々の怪獣を虚仮にしていた。初っ端やって来たのは帽子を被っていない代わり、房々の髪を蓄えた厳めしい貴族で、「『マゼッパ』*！　今晩上演！」と銘打った巨大な旗を掲げている。お次は肩にヘラクレスよろしく、どデカい梨型の棍棒を担いだメキシコ酋長。それから、中にそれぞれめっぽう寸詰まりのペチコートと、えらくピンク色のタイツ姿の佳人を乗せた、六から八台の古代ローマ戦車《チャリオト》。麗しの御婦人方は群衆宛、にこやかな笑みを賜ってはいるものの、何がなし戸惑いがちにして気づかわしげな所があり、小生には何故《なにゆえ》かしかとは解《げ》しかねた。が、やがて各々戦車《チャリオト》の開けっ広げの後部が露になるに及び、ピンクの大御脚が町の凸凹の石畳の上にてガラガラ揺られながら垂直な姿勢を保つは至難の業たるのを目の当たりに、古代ローマ人、並びにブリトン人への認識を新たにすることとなった。行列の殿《しんがり》を務めているのはおよそ一ダースに垂んとす様々な国の古強者《ふるつはもの》で、二人ずつ横並びに手綱を取り、モデナのおとなしい住民を高飛車に睥睨していた。とは言え、時折二、三枚のビラの形《なり》なる施し物を散蒔いてはいた。ライオンとトラの直中にて半回転《キャラコール》を御披露賜り、トランペットの吹奏も高らかにその夜の演目を触れ回っていたと思うと、騎馬行列は広場の反対端から縦列を成して姿を消し、かくて置き土産に新たな、して弥増しに募る一方の懶さを残して行った。

晴れて行列がそっくり立ち去り、甲高いトランペットが遙か彼方でやんわり鳴り響き、最後の馬の尻尾がこれきり角を曲がりきって初めて、連中をしげしげやるべく教会から出て来ていた会衆はまたもや堂内に引き返した。ところが、とある老婆は扉の際の、堂内の石畳に跪いたなり、行列をそっくり眺め果せど、腰を上げるのもままならぬほど興味津々の態であった。この老婆の目が事ここに至りて、たまたま小生の目と会った――互いに少なからずドギマギしたことに。老婆は、しかしながら、我々の戸惑いにさっさとケリをつけて下さるに、胸で敬虔に十字を切り、変わり模様のペチコートと金《きん》を着せた王冠の像の前で長々と俯伏せになった。が、像と来ては行列のそいつらの内一体とそれはウリ二つなものだから、こうしている今の今も老婆は眼前を行き過ぎた光景を丸ごとこの世ならざる幻と思し召しているやもしれぬ。とまれ、小生はたとい老婆の聴罪師だったとて、御当人の曲馬団《サーカス》への御執心を赦してやっていたに違いない。

大聖堂には、目の爛々たる小さなせむしの爺さんがいて、小生がよりによってモデナの住民が十四世紀にボローニャの住民から奪い、お蔭で戦が持ち上がり、そいつをダシにタッソーニが擬似英雄詩まで物した（古い塔に仕舞ってある）釣《つる》瓶《べ》*を拝まして頂こうとせぬからというのでいたく気を悪くした。塔の外っ面を、しかしながら、打ち眺め、塔の内なる釣《つる》瓶《べ》は、空想の中で、堪能してもって善しとし、ばかりか聳やかな鐘塔《カンパニーレ》の蔭や大聖堂の周囲をブラつく方が性に合っていたから、小生は今もって当該釣瓶《つるべ》とは個人的面識がない。

　実の所、我々は小さな爺さんならば（と言おうか旅行案内書ならば）モデナの数ある驚異の半ばも満喫していないと思し召そうとうの先からボローニャに来ていた。が、小生にとって新たな景色を後方へ打っちゃり、先へズンズン、より新たな景色に出会しながら進み続けるというのはそれはゴキゲンなものだから――我ながらこと型に嵌まった押しつけがましい名所旧跡の点ではそれはツムジが捻《ひね》ているものだから――どうやら訪う先々で似たり寄ったりの権威諸兄に無礼を働いてはいよう。

　とまれ、小生は明くる日曜の朝、気がついてみればボローニャの心地好い共同墓地（カンポ・サント）にて厳かな大理石の墓や柱廊の直中を大勢の小作人と共に、くだんの町の小さなキケロ＊案内の下《もと》、漫ろ歩いていた。キケロは墓地の名がスタっては大変と、小生の注意を見てくれのゾッとせぬ墓から必死で逸らそうとする一方、見場のいいそいつらのことは口を極めて褒めそやした。この小男が（実に気さくなやっこさんで、御尊顔は是一つのピカついた歯と目かと見紛うばかりだったが）、心悲しげにとある芝地の一角を眺めているのに目を留め、小生は一体ここには誰が眠っているのかと尋ねた。「貧乏人で、シニョーレ」と小男はニコリと微笑み、肩を竦め、小生の方を振り返るべくつと足を止めながら言い――というのもいつも少し先を歩いていたから――新しい墓を紹介する都度、脱帽した。「ほんの貧乏人で、シニョーレ！　こかあめっぽう陽気で、めっぽう愉快じゃ。何て緑々《あおあお》してるんで、何てひんやりしてるんで！　まるで牧場《まきば》みたようじゃ！　あすこにゃ五人」――と、御教示がてら右手の五本指をごっそり突き立てながら。そいつをイタリアの小百姓は、十本指でやりこなせる限りは必ずややってみせようが――「あそこにゃ五人、うちのチビが眠ってるんで、シニョーレ。ちょうどあすこに。ちょいと右に。はむ！　おかげさんで！　こかあめっぽう陽気じゃ。何て緑々《あおあお》してるんで、何てひんやりしてるんで！　まるで牧場《まきば》みたようじゃ！」

　小男はじっと食い入るように小生の顔を覗き込み、小生が憐れを催していると見て取るや、嗅ぎ煙草をちびと（世のキケロの御多分に洩れず）摘み、気持ちペコリと頭を下げた。一つにはついこんなネタを持ち出して意気地のないことでとばかり。もう一つには我が子とお気に入りの聖《ひじり》を偲んで。そいつはおよそ人間の能う限りさりげない、とことん自然な小さなお辞儀だった。がすかさず、小男はそっくり帽子を脱ぎ、お次の墓を案内しやしょうと言った。目と歯をついぞなかったほどピカつかせながら。

第六景　ボローニャとフェラーラを抜け

小さなキケロが五人の我が子を埋葬した共同墓地にはそれは見るからにハイカラな役人が付き添っているものだから、くだんの小さなキケロに声を潜めて、当該役人に何かちょっとしたおまけの骨折りの見返りに、二パオロ（英国通貨にして約一〇ペンス）賜ろうと何ら差し支えあるまいと持ちかけられるや、小生は如何せん男の三角帽と、柔皮手袋と、仕立てのいい制服と、金ピカ釦を眉ツバ物にて見やりながら、小さなキケロ宛、いや冗談も休み休み言えとばかり、しかつべらしげに頭《かぶり》を振った。というのも、目も綾なる出立ちにおいて、男は少なくとも黒杖式部官代理に一歩も引けを取らず、そいつがジェレミー・ディドラー*ですら「たかが一〇ペンスごとき」と呼ばおうものをありがたく頂戴しようなど惟みるだに言語道断という気がしたからだ。男は、しかしながら、小生が思い切って心付けを渡すと、すこぶるつきの上機嫌で受け取り、たとい金を二層倍叩いていたとてお釣りが来ようほど仰々しい弧を描いて三角帽を脱いだ。

どうやら人々に墓を説明して回るのが男の仕事のようだった――と言おうか男はともかく説明して回り、小生は男をブロブディグナグのガリヴァーよろしく「小生自身の愛しき祖国の『名士』と引き比べてみれば、矜恃と歓喜の涙を禁じ得なかった」*男には歩調というものが全くなかった――カメほどにも。かくて人々がグズグズとためらえば、好奇心をとことん満足させられるよう、男自身もグズグズとためらい、時にはむしろ進んで、連中に墓の上の碑銘を読むがままにさせた。男はみすぼらしくも、権柄尽くでも、しみったれでも、物知らずでもなかった。母国語を一点の非の打ち所もなく正しく使い、己自身を男なり、人々のある種教師と見なし、己と彼ら双方に然るべく敬意を抱いているようだった。連中、よもや人々を石碑見物にロハで（とは事実ボローニャでやっている如く）入れてやろうとすまい如く、ウェストミンスター大寺院の聖堂番としてかような男を雇おうとは思うまい†。

† この条《くだり》が書かれて以来、ウェストミンスター大寺院では大衆に対す遙かに鷹揚で正当な認識が生まれている。

またもや、晴れやかな空の下《もと》なるくすんだ、神さびた町――より古びた通りの歩道にはずっしりとした拱廊が架かり、町のより新しい界隈にはより軽く、陽気な拱道が走る。またもや、褐色の山なす神殿また神殿――なお数知れぬ鳥が石の割れ目に舞い込んでは舞い出で、なお数知れぬ吠え哮り屋の怪獣が柱基を彩る。またもや、豪勢な教会、眠気催いのミサ、渦を巻く香の煙、涼やかな鐘の音《ね》、明るい法衣の司祭、絵画、細蠟燭、金モールのあしらわれた祭壇布、十字架、彫像、造花。

街にはどこかしらしかつべらしい、学者じみた風情が漂い、そこへもって心地好い憂はしさまで垂れ籠めているとあって、たとい対《つい》のレンガの斜塔*によって旅行者の記憶にいよよ克明に刻みつけられまいと、数ある街の中でも別箇に胸中、際立った印象を与えてはいよう。御両人、なるほどいい加減不様ではあるものの、まるでお互いギクシャクお辞儀し合ってでもいるかのように斜交《はすか》いに傾いているとあらば――一本ならざるせせこましい通りの眺望のえらく突飛などん詰まりたりて。ばかりか、大学と教会と宮殿もまた、して就中グイード、ドメニキーノ、ルドヴィコ・カラッチ*によるその数あまたに上る興味深い絵画を所蔵する造形芸術院は、街に記憶の中における独自の持ち場を与える。たといこれらが存在せず、外《ほか》に何一つ記憶に留める縁《よすが》がなかろうと、跪く人々の直中にて日射しが時を刻むサン・ペトロニオ教会の石畳の上の大いなる子午線*は、街に奇抜にして甘美な趣きを添えよう。

ボローニャは、フィレンツェへの道が洪水で通行止めとなったため、そこに足留めを食っている観光客で溢れ返っていた。小生はよって、とある旅籠の天辺の（いっかな見つからぬ）辺鄙な部屋を割り当てられ、部屋には寄宿学校にも見合おうかというほどデカい（いっかな寝つけぬ）寝台が設えられていた。窓の上のだだっ広い庇を塒にしているツバメ以外誰一人として仲間のいない当該僻陬の地を訪う給仕の長《おさ》は、こと英国人がらみでは一つ考えに凝り固まった男で、くだんの罪無き偏執《へんしゅう》のネタはバイロン卿であった。その事実に突き当たったのは、たまたま朝餉時のこと、床一面に敷いてある莚はその季節にはすこぶる快適ではないかと話しかけると、すかさず「ベーロンかっか」もその手の莚がたいそうお気に召していましたとの答えが返って来たからだ。して同時に、小生がミルクを一切飲まぬのに目を留めるや、「ベーロンかっか」も一滴も口になされませんでしたと雀躍りせぬばかりに声を上げた。当初、小生はお目出度いばっかりに、てっきり男はベーロン従僕の一人だったものと思い込んだ。がいえ、と給仕頭は返した、いえ、自分は英国からお越しの殿方にはいつも閣下の話を致しております、というだけのことでございます。閣下のことなら何から何まで存じておりますす、とも男は言った。それが証拠、バイロン卿をディナーの折の（卿が所有していた土地で育てられた）モンテ・プルチアーノ*産のワインから、正しく卿の寝台の雛型たるくだんのどデカい寝台それ自体に至るまで、ありとあらゆるネタにコジつけた。して晴れて小生が旅籠を去る段には、中庭でこれが最後、深々とお辞儀をしながら、餞代わりに、小生のこれから行く道はいつぞや「ベーロンかっか」のお気に入りの騎馬道だったと太鼓判を捺し、馬の蹄が石畳の上にてカッカと然るべく小気味好い音を立てぬとうの先からまたもやキビキビ二階へ駆け戻った——恐らくは、どこぞの外《ほか》の孤独な部屋のどいつか外《ほか》の英国人に、つい今しがた出立した客は「ベーロンかっか」の正しく生き写したりし由垂れ込むべく。

小生はボローニャへは夜分——ほとんど真夜中に——到着していた。して、そこへの道すがら、ローマ教皇版図へ入ってからはずっと——聖ペテロの鍵（『マタイ』一六：一八‐九）の少なからず錆びついている今や、どこであれおよそ治安が好いどころではないとあって——御者が日が暮れてから旅をすると追い剝ぎに会うのではなかろうかとそれはハラハラ気を揉み、雄々しき供人《クリア》の怖気までそれは仲良く奮い上がらせ、二人して後部に括りつけた旅行鞄が無事か否か確かめるべくそれはひっきりなし馬車を停めては昇り降りするものだから、いっそどいつか御親切にもそいつを掻っさらってくれていれば恩に着かねぬほどであった。よって、いつボローニャを発つにせよ、ともかくフェラーラに夜八時以降に着かぬよう出立すべしとクギを差され、そいつは蓋し、心地好い昼下がりと夕べの旅であった——如何ほどこの所のどしゃ降りによってせせらぎや川が氾濫しているせいで次第にいよよ泥濘《ぬかる》む一方の平地を抜けねばならなかったとは言え。

陽の沈む頃、小生は馬を休ませている片や、独り漫ろ歩いていると、例の、誰しも身に覚えのある奇妙な精神作用の端くれによって、どこからどこまで馴染みのあるかのような、して今にまざまざと瞼に浮かぶささやかな光景に出会した。光景そのものは取るに足らぬそれで、真っ紅な夕陽を浴び、憂はしい小さな池につい今しがた夕風でさざ波が立ったばかりであった。水際には木が二、三本植わり、前景では一連みの百姓娘が押し黙ったきり、小さな橋の欄干にもたれ、時に空を見上げたり、時に水の中を覗き込んだりしている。遠方で野太い鐘の音《ね》が時を告げ、辺りには一面、夜の帳が下りつつある。小生はたといいつぞや前世に、そこで殺されていたとて、その場をより一分の狂いもなく、と言おうかよりゾクリと血の凍てつくような寒けを覚えて、記憶に留められてはいなかったろう。してほんのその瞬間に刻まれた記憶ですら、絵空事の追憶によってそれは紛うことなきダメを押されているものだから、恐らくは金輪際忘れられまい。

聖なる兄弟《けいてい》の誼《よしみ》*にある如何なる街よりなお心淋しく、なお人気《ひとけ》なく、なお打ち捨てられているではないか、この古びたフェラーラという街！ ひっそり静まり返った通りという通りには芝草がそれは蓬々に生い茂っているものだから、どこのどいつであれそこでなら、文字通り、日の照っている間《ま》に干し草が作れているやもしれぬ。*が、日輪は陰気臭いフェラーラではさほど陽気にカンカンとは照って下さらず、ここかしこ行き交う人々もそれは疎らなものだから、住民の生き身は実の所、芝草にして、あちこちの路地裏に生えていぬとも限るまい。

一体何故《なにゆえ》イタリアの町の銅鍛冶の頭《かしら》は必ずや旅籠の隣に住まい、客をしてカーンカンと揮われる玄翁は凄まじき精力で脈打つ己《おの》が心臓のような気にさせねばならぬ！ 一体何故《なにゆえ》疑り深げな回廊は寝室を四方から取り囲み、そいつをこれきり閉まらぬクセをしていっかな開こうとせず、所詮真っ暗闇に突き当たるが落ちの、有らずもがなの扉だらけにせねばならぬ！ 一体何故《なにゆえ》これら疑心暗鬼の魔神《ジン》が夜っぴて客の夢宛あんぐり口を開けたなり突っ立つだけではまだ慊らず、おまけに壁の上方にては丸い砲門もどきがこっぽり口を空け、ハツカネズミかクマネズミが羽目張りの裏で駆けずり回るのが聞こえようものなら、何者かこれら砲門の一つに四苦八苦近づき、中を覗き込もうと爪先で壁をガリガリ引っ掻いているのやもしれぬと怖気を奮わさせねばならぬ！ 一体何故《なにゆえ》薪束は一度《ひとたび》火をつけ、焼《く》べられれば熱なる苦悶を、がそれ以外の折はいつ何時であれ冷気と塞息の苦悶を、措いて何ら効なるものを知らぬかのように山積みにされていねばならぬ！ わけても、一体何故《なにゆえ》火という火は——煙抜きにて——煙突を昇るというのがイタリア旅籠の家庭建築の眼目たらねばならぬ！ などといった苦情は、不問に付そう。銅鍛冶も、扉も、砲門も、煙も、薪束も小生には願ったり叶ったり。男であれ女であれ、下働きの笑顔と、礼儀正しい物腰と、お互いとことん和気藹々とやりたき愛嬌好しの気っ風と、屈託のない、素朴な、人好きのする風情を——泥に鏤められたその数だけの宝石を——与えよ。さらば小生は明日には再び連中の馴染みたらん！

アリオストの館と、タッソーの牢*と、稀有なゴシック様式の古びた大聖堂と、無論、さらなる教会とが、フェラーラの名所だ。が、ひっそり静まり返った延々たる通りや、蔦が旗代わりに揺れ、蓬々に蔓延った雑草が長らく踏み締められていない階段をゆっくり這い上がっているがらんどうの宮殿こそは、就中、際立った名所ではなかろうか。

　小生の出立したとある晴れた朝《あした》の日の出前三十分のこの佗しき街の様相は何がなし亡霊じみ、およそ現《うつつ》らしからぬに劣らず画趣に富んでいた。人々が未だ床を抜けていないのは問題でない。というのも一人残らず起きて忙しなく立ち回っていたとて、くだんの砂漠じみた街では大差なかったろうから。絵の中に人っ子一人いないそいつを見るに限る――生き残りの一人とていない死者の街。疫病が通りや、広場や、市場を荒し、略奪と攻囲が古屋敷を破壊し、扉や窓を打ち壊し、天井に亀裂を入れたのやもしれぬ。とある箇所にては、大きな塔が憂はしき眺望の唯一の陸標たりて、空《くう》に聳やぎ、また別の箇所にては、濠を巡らせた途轍もなき城がそれ自体、むっつりとした都たりて、超然と立っている。この城の黒々とした土牢の中で、パリシナと愛人は夜の黙《しじま》に首を刎ねられた*。小生が振り返った際に輝き始めていた曙光はその昔、幾々度となくその内にて壁が真っ紅に染まって来た如く、外壁を染めた。が、ことそれらの呈す生《せい》の気配に関せば、城と街は鉞が二人の恋人の最期に落ちた刻《とき》を境に、同《はら》胞《から》皆より忌避され――

　　むっつりとした力尽くの衝撃もて
　　断頭台へと打ち下ろされし一撃を措いて

二度と再び他の如何なる音も谺しなかったのやもしれぬ。

　ポー川*に差し掛かると――川は大幅に水嵩が増し、ゴーゴーと激しく流れていたが――我々は小舟より成る浮き橋伝《づて》向こう岸へ渡り、かくてオーストリアの版図に入るや*、旅を仕切り直した。が、とある地方では数マイルもに及び、大方が水浸しだった。雄々しき供人《クリア》と軍人達はまずもって三十分かそこら我々の相も変わらぬ旅券《パスポート》がらみで悶着を起こしていた。がこいつは猛者《ブレイヴ》にあっては日課の気散じ。奴は軍服姿のみすぼらしい小役人がそいつを調べに――とはつまり物を乞いに――木造りの番小屋から、いつもの伝で、飛び出して来ると、必ずや顰を極め込み、小生がいくら男に形ばかり心付けを弾んでやり、長閑に旅を仕切り直そうではないかと持ちかけようとてんで聞く耳持たず、いつもデタラメな英語で小役人に悪態を吐《つ》き吐《つ》きふんぞり返り、片やお気の毒な男の面《つら》は固より自分を虚仮にして何が毒づかれているかチンプンカンプンとあって、馬車の窓なる額《がく》に収まったこれ一幅の精神的苦悶の肖像と化していた。

　この日の旅の間《あいだ》に、ちょっとやそっとではお目にかかれぬほど荒くれた、猛々しい手合いの男前の破落戸たる御者がいた。男はのっぽの、いかつい、浅黒い奴で、黒々としたボサボサの髪は顔中に垂れかかり、黒々とした頬髭は喉元まで蓬々に伸びていた。出立ちは所々赤の散った暗緑色の上下に、毳のからきし御座らぬ代わり、紐にぐしょぐしょにほぐれた羽根を一本突き立てた尖り帽子で、両肩に真っ紅なネッカチーフをダラリと掛けていた。男は鞍には跨らず、下方の馬の尻尾の直中なる、駅伝馬車の正面の、ある種低い足掛け板の上でのん気に安らっていた――いつ何時であれお気に召すままド頭をカチ割って頂かんものと。当該追い剝ぎ殿に雄々しき供人《クリア》は、馬車がほどほどの速歩《トロット》で駆けていると、何を思ったか、もっと飛ばしては如何なりやと持ちかけた。さらば御者はくだんのお智恵を拝借するに、モロに嘲りの金切り声を上げ、頭の周りでグルグル鞭を振り回し（何たる鞭だことよ！　そいつめ、むしろ手作りの弓といった態だったが）、馬より遙かに高々と踵を蹴り上げ、ピクピク痙攣《ひきつけ》を起こしたが最後、車軸の御近所のどこぞへ姿を消した。小生はてっきり男が百ヤードほど後方の道路に伸びている所を目の当たりにするものと思い込んだ。が、お次の瞬間にはまたもや尖り帽がお出ましになり、御当人、さながらソファーに寝そべる要領でくつろいだなり、くだんの妙案に腹を抱えながら声を上げている様が見受けられた。「はっはっ！　よくも言ってくれんじゃねえか！　コンチクショーめが！　ばかしか、もっと飛ばせだと！　しゅう-ふう-うーっ！」（との最後の奇声は、文句があったらかかって来いとばかり。）その晩の内に我々の当面の目的地に着きたくて矢も楯もたまらず、小生はとこうする内、独立独歩で物は試しに吹っかけた。さらば食らったのは寸分も違《たが》わぬトバッチリ。またもやヒューッと、さもせせら笑わぬばかりに鞭が振り回されたと思いきや、ポンと踵が蹴り上げられ、ひょいと尖り帽が沈み、すかさず御当人、姿を見せた。相も変わらずゆったりくつろぎ返り、独り腹を抱えながら。「はっはっ！　よくも言ってくれんじゃねえか！　ばかしか、もっと飛ばせだと！　コンチクショーめが！　しゅう-ふう-うーっ！」

第七景　イタリアの夢

小生はここ数日、旅を続けていた――夜分はほとんど、日中はついぞ、眠らぬまま。眼前を次から次へと目眩く過っていた目新しい光景が曖昧模糊たる夢さながら蘇り、孤独な街道伝《づて》旅を続ける間《ま》にもどっとばかり、あれやこれやの代物がまたとないほど一緒くたのなり脳裏を当処なくさ迷った。時折、内一つがヒラヒラ行きつ戻りつする間《ま》にも、言はばひたと止まり、かくてじっと、全くもって食い入るように目を凝らし、くっきり輪郭を見て取ったものである。と思いきや、そいつは幻灯の一齣よろしく溶け去り、その端くれをまざまざと、また別の端くれを朧に、眺め、またぞろ別のそいつはからきし拝ませて頂けずにいる内にも、この所目にした幾多の街の内また別の街が背後でグズグズとためらい、そいつ越しやって来るのを見せつけて下さったものである。街は、視界に入るが早いか、今度はそいつの番にて、どいつか別の街へと溶け込むが落ちではあったが。

然る折、小生はまたもやモデナの褐色の古びたゴツゴツの教会の前に佇んでいた。柱基に不気味な怪物のあしらわれた風変わりな柱を見てそれと分かつ間《ま》にも、連中がパドヴァ*のひっそり静まり返った広場にそいつらこっきり立っているのを目の当たりにするかのようだった。そこにては粛然たる古めかしい大学のみならず、取り澄ました長衣姿の人影がグルリの広場のここかしこ、小さく連んではいたが。と思いきや、小生はくだんの心地好い街の外れを漫ろ歩きながら、住宅や、庭や、果樹園の何とすこぶる小ぢんまりとしていることよと、数時間前に目の当たりにしていたままに、見蕩れていた。が連中に取って代わるように、すかさず、ボローニャの対《つい》の斜塔が立ち現われ、これら代物全ての就中依怙地なそいつですら、フェラーラの濠を巡らせた物の怪じみた城の前にてはものの一分たりしっかと踏んばること能はなかった。というのもくだんの城と来ては荒唐無稽な伝奇物語《ロマンス》の挿絵よろしく、またもや真っ紅な日の出に舞い戻り、芝草の蓬々に生い茂る、孤独な、萎びた街宛ふんぞり返っていたからだ。詰まる所、小生の脳にはデンと、かの、旅人の脳なるものに居座りがちにして、旅人自身もなまくらに焚きつけたがる辻褄の合わぬながらも愉快なごった雑ぜが居座っていた。暗闇にて半ば微睡みながら座っている馬車がガタンと揺れる度、どいつか新たな記憶が勢い、持ち場からグイと外れ、どいつか外《ほか》の新たな記憶がグイと突っ込まれるかのようだった。かくて、小生は眠りに落ちた。

　しばらくして（と小生には思われた訳だが）馬車が停まったせいで目が覚めた。日は未だとっぷりとは暮れていず、我々は水辺にいた。目の前には真っ黒な小さな家、と言おうか小屋を載せた同じ憂はしい色の舟が浮かんでいた。この小屋の中に腰を下ろすと、舟は二人の船頭によって遙か沖合いに浮かぶ大きな明かり目指し、櫂で漕ぎ出された。

　幾々度となく風は陰気臭い溜め息よろしく吹き渡っては、水面《みなも》にさざ波を立て、小舟を揺らし、星を黒々とした流れ雲で掻っ消した。小生は如何せん、かようの刻限に沖へ漕ぎ出し、陸《おか》を背後へ打っちゃるや、この沖合いの明かり目指しひたすら進まねばならぬとは何と奇しきことよと惟みざるを得なかった。明かりはほどなく、いよよ煌々と揺らめき始め、小舟が支柱と杭で水面《みなも》にくっきりと印された、ある種夢見がちな航跡伝《づて》近づくにつれ、ぽつねんたる明かりから、海面より瞬いては輝く無数の細蠟燭へと姿を変えた。

　かれこれ五マイルほど黒々とした水面《みなも》を漂い続けていたろうか、夢の中で、波が何か間際の邪魔物にひたひたと打ち寄すのが聞こえた。じっと目を凝らしてみれば、暗闇越しに黒々として巨大な——岸のようでありながら、水の上に筰さながらひたと、平らに浮かんでいる——代物が見え、そいつを我々はスルリと行き過ぎ、二人の漕ぎ手の内頭分《かしらぶん》が墓所*だと教えてくれた。

　孤独な海のそんな所に浮かんでいる共同墓地に、宜なるかな、興味と驚嘆を掻き立てられ、小生は墓所が我々の航跡にて遠ざかるのを眺めようと向き直った。が、そいつはいきなり視界から締め出された。のは果たして何故に、と言おうか如何でか定かならぬまま、我々は気がついてみれば早、とある通りをスルスルと縫っていた——両側の屋敷と来ては水面《みなも》からニョッキリそそり立ち、その窓の下を黒い小舟が行き過ぎるとあらば、蓋し、あの世じみた通りを。これら開き窓の中には、反射光で黒々とした流れの水深を計ってでもいるかのように明かりの瞬いているものもあったが、辺りはひっそり、死んだように静まり返っていた。

　かくて我々はどいつもこいつも水と共に流れる、水浸しのせせこましい通りや小径を縫い続けながら、このお化けじみた都へと漕ぎ進んだ。道筋の枝分れする街角の中にはそれは鋭く、せせこましいものだから、長くほっそりとした舟が角を曲がるのは至難の業やに思われるものもあった。が船頭御両人はほんの低く旋律的な警告の声を発すきり、ひたとも手

を止めぬまま、櫂を滑《すべ》らかに操った。時に、我々自身の舟そっくりの黒々とした舟の船頭が低い旋律に谺を返し、少々（確か、我々の舟同様）速度を落としながら、仄暗い影法師よろしく側《そば》を掠め去ったものである。同じくすんだ色合いの外《ほか》の舟は、流れへ向けて真っ直ぐ開く、謎めいた仄暗い扉の側《そば》の彩色を施した柱に、確か、繋ぎ止められ、中には空っぽのものもあれば、船頭がゴロ寝をしているものもあったが、内一艘の方へと、派手やかに着飾り、松明持ちに付き従われた一つならざる人影が宮殿の中から陰気臭い拱道伝《づて》降りて来るのが見えた。が目に入ったのはほんの束の間にすぎぬ。というのも今にも上から落ちて来たが最後、我々を押し潰しかねぬほど低く、舟に差し迫った橋が――「夢」を掻き乱す幾多の橋のほんの端くれたる――立ち所に人影を掻っ消したからだ。スルスルと我々はこの奇しき都のど真ん中へと漂い続けた――他の何処にもこれきり水のないというにグルリを水に取り囲まれ――群成す家屋敷や、教会や、山成す厳めしい建物が水面《みなも》からそそり立ち――依然、どこもかしこもこの同じ尋常ならざる静けさに包まれている直中を。ところする内、広々とした開けた流れを横方《よこざま》突っ切り、確か、だだっ広い石畳の埠頭の前を過り――そこにては、明るいランプがずっしりとした造りの、堅牢な、とは言え目には白霜か小グモ

糸の花輪ほどにも軽やかに映る、拱門と円柱の長々とした列を浮かび上がらせ、そこにては初めて、人々が歩いているのを目にするが――かくて流れから大邸宅*へと通ず階段に辿り着き、数知れぬ廊下や回廊を通り抜けた挙句、小生は晴れてその夜は一先ず身を横たえる。黒々とした舟が窓の下のさざ波の立つ水面《みなも》をスルスルと行き交うのに耳を澄ませながら、いずれぐっすり眠りこけるまで。

当該「夢」の中にて小生宛萌した日輪の栄光を――その清しさと移ろいと軽やかさを――水に映った太陽の輝きを――澄んだ青空とカサコソと葉を戦がす風を――如何なる白昼の文言とて表《ひょう》し得まい。が、小生は窓から見下ろした――舟や艀を――マストと、帆と、索具と、旗を――これら船舶の積荷がらみで汗水垂らしている忙しない船乗りの塊を――色取り取りの梱や、樽や、商い種のてんでバラバラに散っただだっ広い埠頭を――なまくらな図体をつけて間近に碇泊している大きな船を――豪勢な円蓋と角櫓を頂き、海からそそり立つ荘厳な教会の天辺にては黄金の十字架が朝日を浴びてキラめいている島また島を！　して、つい戸口の前で逆巻き、通りという通りを水浸しにしている紺碧の海の縁まで下りて行くや、その魅惑的な艶やかさに比ぶれば他の何もかもが貧相で色褪せて見えるほど一際美しい、崇高な場所に突き当たった。

それは、確か、外《ほか》のどいつもこいつもと同様、海神《わたつみ》に深く錨を下ろした大きな広場《ピアッツァ》で、広々とした懐には老齢にあってなお、青春の絶頂にして全盛なるこの世のありとあらゆる建物より壮麗にして荘厳な宮殿が抱《いだ》かれていた。*妖精の手になる御業《みわざ》かと見紛うばかりに軽やかながら、幾星霜もが如何ほど束になってかかろうとビクともせぬほど堅牢な歩廊《クロイスター》と回廊《ギャラリー》が、この宮殿を幾重《いくえ》にも取り囲み、東洋の荒らかにして豪勢な奇想で目も綾な大聖堂で包み込む。柱廊《ポーチコ》玄関からほど遠からぬ所では聳やかな鐘塔《カンパニーレ》がそれ一つきりそそり立ち、誇らかな頭《こうべ》を独り、蒼穹にもたげたなりアドリア海を見はるかす。水際《みぎわ》には赤御影石の見るからに不吉げな柱が二本*――一方は天辺に剣《つるぎ》と楯を手にした彫像を、他方は翼の生えた獅子を、頂いたなり――立っている。またもや、くだんの二本から程遠からぬ所には第二の塔が――何もかもが豪勢なここにおいてすら、その装飾全てにおいて豪勢の就中豪勢な――黄道十二宮とその周囲を公転する擬いの太陽の描かれた、黄金と限りなく深いブルーで輝く大きな宝珠を高々と掲げ、片やその上方では二体の青銅の巨人が朗々たる鐘宛、槌で刻《とき》を叩き出す。軽やかな美しい拱廊《アーケイド》によって取り囲まれた、こよなく白い石造りの聳やかな家屋敷の立ち並ぶ楕円の広場が、この呪《まじな》われた光景の端くれを成し、ここかしこ、陽気な旗用の帆柱が覚束無い地べたの石畳から、先細りに、そそり立つ。

小生は大聖堂の中へと、確か、入って行き、数知れぬ拱門《アーチ》の直中を出ては入り、隈なく歩いて回った。途轍もない大きさの、壮麗で夢見がちな建築――古めかしいモザイク画で黄《こ》金《がね》色に染まり、辺り一面馥郁たる芳香が立ち籠め、香《こう》の煙が薄ら揺蕩い、宝石や貴金属の高価な財宝が鉄格子越しにキラキラ、キラめき、今は昔の聖《ひじり》の亡骸が厳かに祀《まつ》られ、ステンドグラスの窓は虹色の光を散らし、木彫《もくちょう》や彩色大理石が影を投じ――その巨大な高みと遙かな距離においては曖昧模糊とし、銀のランプとちらちら明滅する明かりで輝き――どこからどこまで絵空事めき、幻想的にして、厳粛にして、計り知れぬ。小生は、確か、古めかしい宮殿に足を踏み入れ、ひっそり静まり返った回廊や審議室を行きつ戻りつするが、そこにてこの「海の女王」*の古《いにしへ》の長《おさ》は壁から、絵画の中にて、辺りの様子を険しく窺い、相変わらず画布の上にては負け知らずの、舳先の高いガレー船は昔ながらに戦を仕掛けては征服の凱歌を挙げている。小生は、確か、その威容と凱旋の広間から広間をさ迷っては――今や何とガランとして剝き出しなことよ！――その息絶えた自尊と権力に思いを馳す内――というのもそいつは失せて、悉く失せて、いるから――とある声が語りかけるのを耳にする。「その太古の統治の証と、失墜のせめてもの慰めたる謂れが某か、ここにては依然、跡づけられるやもしれぬ！」

小生はそれから、夢の中で確か、宮殿の側《そば》の牢獄に通じ、牢獄とはせせこましい通りに架かる「溜め息橋」*と、夢の中にては確か、呼ばれる、聳やかな橋によって隔てられた一室ならざる疑り深げな部屋へと案内される。

が、まずもって石壁に穿たれた二つのギザギザの裂け目の前を行き過ぎる――小生の眠りの錯乱した恐怖にては確か、無実の男を古《いにしへ》の邪悪な「審問」へと明け渡す弾劾が夜闇に紛れて幾々度となく落とされて来たという、ライオンの（今となっては歯抜けの）口の前を。故に、かようの囚人が審理のために引き立てられる法廷や、罪の宣告を受けるや連れ出される扉を――前途に生命と希望を有す男にはついぞ閉《た》てられたためしのなき扉を――目の当たりに、心は恰も縡切れるかのようだった。

心は、とは言え、松明を手に陽気な白日から二段の――一方がもう一方の下の――陰気臭い、恐るべき、鳥肌の立ちそうな石の独房へと降りて行くに及び、いよよ仮借なく苛まれた。独房は実に暗かった。それぞれぶ厚い壁に狭間が一つ開けられ、そこに、いつぞやは松明が毎日、内なる囚人を照らすべく、と小生の夢見るに、半時間ほど挿し込まれた。捕虜は、これら束の間の光線の明滅の下《もと》、ススけた丸天井の獄《ひとや》に銘を引っ掻いたり刻みつけたりしていた。小生には銘が見て取れた。というのも錆釘の先での連中の労苦の賜物は幾世代もにわたり、囚人《めしうど》自身と彼らの苦悶よりなお長らく生き存えていたからだ。

それから、ある独房を見た。誰一人として——そこに入れられぬとうの先から死の烙印を捺されているとあって——二十四時間以上留まっていたためしのなき。すぐ側《そば》にはまた別の、陰気臭い独房があり、そこへと、真夜中に聴罪師が——褐色の長衣と頭巾姿の司祭が——訪ふた。白日の下《もと》、明るい自由な外気の直中にても凄まじいながら、くだんの陰鬱な牢の真夜中とあらば正しく「希望」の火消し役にして「殺人」の先触れたる。小生はその同じ恐るべき刻限に、痩せこけた囚人《めしうど》が絞殺された箇所に足を踏み入れ、罪深き扉に——額の狭い、狡っこげな奴だが——手を押し当てた。くだんの扉伝《づて》、ぐんにゃりとした頭陀袋は小舟へと担ぎ込まれ、沖合へ漕ぎ出され、網を打てば死罪たる場所で沈められたという。

当該独房要塞のグルリを、して、その端くれの上を——ザラついた壁を外からは嘗め、内からは湿気とヌメリで染みだらけにし——恰も石や桟にしてからが封じてやる口がありでもするかのように割れ目や裂け目にジメついた雑草や屑をびっしり詰め込み、国家の密かな犠牲者の遺骸を運び去るに滑《すべ》らかな航路をあつらえつつ——それは手ぐすね引いてお待ちかねなものだから、血も涙もなき役人よろしく、連中と共に流れたり、その先にいそいそ立ったりする航路を——この、小生の「夢」を滔々と流れていると同じ川が流れ、「夢」そのものをもその折ですら、流れに変えるかのようだった。

宮殿から「巨人の階段*」と、確か、呼ばれる階段を降り——小生は退位を迫られた老人が後継者を宣す鐘の音《ね》を耳にするや*、いよよ徐に、弱々しく降りて来る架空の記憶の糸を手繰っていたが——黒々とした小舟の一艘でスルスルと岸を離れ、やがて四頭のライオンに守られた古めかしい海軍工廠へとやって来た。小生の夢を剰え突飛にして途轍もなくするに、内一頭の胴にはいつか定かならぬ折に、何か定かならぬ言語なる文言と条《くだり》が刻まれ、故にその主意たるやこの世の何《なん》人《びと》にとりても謎のままである。

ここにて造船のために玄翁を揮う音はほとんど聞こえず、仕事らしい仕事もほとんどやりこなされていなかった。というのも前述の如く、都は昔日の栄華の面影を留めていないからだ。実の所、そいつは正しく、映えある持ち場に見知らぬ旗を掲げ、見知らぬ人々を舵柄に立たせたなり海上に漂っている所を発見された難破船といった態であった。古《いにしへ》の長《おさ》が然《さ》る折々、大海原を娶るべく仰々しく繰り出していた豪勢な御《ご》座船《ざぶね》＊は、最早ここには、確か、影も形もなく、代わりに、都の栄華よろしく記憶を頼りに作られたちっぽけな雛型があり、せめてそいつが（強者も弱者も並べて塵に帰す如く）かつての面影を今や水上にせよ地上にせよ、他の如何なる影も投じぬ壮麗な船の上に聳やぐべく築かれた巨大な円柱や、拱門や、屋根にほとんど劣らぬほど雄弁に物語っていた。

武具倉が依然、そこにはあった。分捕られ、剝ぎ取られてはいたものの、依然、武具倉が。トルコ人から奪い取られた猛々しい旗をゲンナリ、その檻の懶い外気の中で撓垂れさせたなり。偉大な戦士によって纏われた豪勢な鎖帷子《くさりかたびら》が大切に仕舞われている。弩《おおゆみ》と太矢が——矢で一杯の箙《えびら》が——槍が——剣と、匕首と、矛と、楯と、大刃の鉞が。雄々しき馬を金っ気な鱗に覆われた怪物に為り変わらすべく打ち出し細工の施された鋼と鉄の板金が——己《おの》が務めを音もなくこなすよう設計され、敵に毒矢を射るべく作られた（懐中携行用の）然る撥条《ばね》仕掛けの武器が。

小生の目にした戸棚、と言おうか箱には忌まわしき拷問道具がぎっしり詰まっていた。人骨を凄まじく締め上げ、挟み、砕き、潰し、人体を一千もの死の苦悶もて裂き、捻じるべく考案された。戸棚の前には鉄兜が胸当てごと、二つ据えられている——拷問にかけられる生身の男の頭の上にてぴっちり、滑《すべ》らかに閉じるよう細工された。してそれぞれには小さな腕木、と言おうか鉄敷《かなしき》がしっかと留められ、そこに悪魔めいた拷問官はゆったり肘をもたせ、封じ込められた耳の傍らで、内なる贅の悲嘆と懺悔に聞き入っていたという。くだんの鎧兜と来ては然に人間の姿形に恐ろしく似ているものだから——苦しめ締めつけられている汗みずくの面《つら》の然なる鋳型なものだから——中がモヌケの殻とはおよそ信じ難い。かくて内側にてグズグズとためらっている由々しき歪みは、小生がまたもや小舟に乗り、草木の生い茂る海中のある種庭、と言おうか遊歩道まで漕ぎ去ってなお、後を追って来るかのようだ。が、道のいっとう端に立ち——小生は夢の中でそこに立っていたから——さざ波伝《づて》、沈み行く日輪を見はるかせば、そいつらのことをコロリと忘れた。眼前なる蒼穹と海原は真っ紅に染まり、背後なる都は丸ごと、水面《みなも》にて赤と紫の縞に溶け去っている片や。

然に奇しき夢の贅沢な驚嘆にあって、小生は時間をほとんど気にも留めねば、そいつの経過が呑み込めてもいなかった。が、そこには幾昼夜もあり、太陽が空高く昇っていようと、カンテラの光線が淀みない流れの中で捩《ねじ》けていようと、相も変わらず漂っていた、と小生の惟みるに。黒々とした舟が潮に乗って通りから通りを掠め去る側《そば》から、流れを搔っ裂き、ヌメった壁や屋敷に水を跳ね散らかしながら。

　時に、教会や壮大な宮殿の扉の前で降りると、小生は部屋から部屋へと、側廊から側廊へと――迷宮めいた豪奢な祭壇や、神さびた碑や、半ば由々しく半ば不気味な家具がボロボロと朽ち果てている腐朽した続きの間《ま》を縫いつつ――さ迷い続けた。そこには絵画も掛かっていたが、然に不変の美と表情に、然に激情と真実と迫力に満ち満ちているものだから、有象無象の亡霊の直中なるその数だけの若く瑞々しい現《うつつ》のようでもあった。これら絵画は、確か、間々都の昔日と――その佳人や、暴君や、艦長や、愛国の士や、商人や、廷臣や、司祭と――否、その正しく石や、煉瓦や、公の場と綯い交ぜになり、挙句どいつもこいつもまたもや、小生のグルリの壁上にて息を吹き返した。それから、水がひたひたと下方の段に打ち寄せては滲み出る大理石の階段を降り、またもや舟に乗り込むや、夢の中を漂い続けた。

　作業場で鑿と鉋をせっせと揮っている大工が軽い削り屑を真っ直ぐ水面《みなも》に放り、そいつが海草さながら浮かんだり、一塊にもぐれ合ったなり目の前を流れ去るせせこましい小径を縫いながら。そいつ越しに、いじけた一隅のブドウが緑々《あおあお》と明るく輝き、石畳にその小刻みに震える葉で常ならざる影を落とす、長らく水に浸って来たせいでボロボロに朽ちた開けっ広げの扉を行き過ぎ。艶やかなヴェールを纏った女が行き交い、ノラクラ者が板石や上り段の日溜まりの中で寝そべっている埠頭や段庭を行き過ぎ。やはりノラクラ者があちこちウロついては欄干越しに川面《かわも》を眺めている橋を行き過ぎ。見上げるばかりに聳やかな屋敷の、見上げるばかりに聳やかな窓の前の、目眩く高みに築かれた石のバルコニーの下を潜《くぐ》り。庭園や、劇場や、聖堂や、ありとあらゆる時代と国のありとあらゆる奇抜な幻想で奇抜な――ゴシック様式の――或いはサラセン様式の――大建築物を行き過ぎ。高いのもあれば低いのもある、黒いのもあれば白いのもある、真っ直ぐなのもあれば拗《ねじ》けたのもある、みすぼらしいのもあれば勿体らしいのもある、ガタピシなのもあればピンシャンしたのもある、建物を行き過ぎ。かくて互いにもぐれ合った仰山な舟や艀の直中をウネクネと縫いながら、晴れて大運河へと漕ぎ出した！　そこにて、夢の気紛れな空想において、小生は老いぼれシャイロック（『ヴェニスの商人』のユダヤ人高利貸）が端から端まで店の建ち並び、ブンブンと羽音めいた人々の話し声でザワつく橋の上を行きつ戻りつし、デズデモーナ（『オセロ』のヴェネチア生まれの妻）のそれとして見覚えのあるらしき人影が花を摘もうと格子細工の鎧戸越しに身を乗り出しているのを目の当たりにする。して夢の中にて、てっきりシェイクスピアの霊魂がどこか水面《みなも》を揺蕩い、スルスルと音もなく街を縫っているものと思い込む。

日がとっぷりと暮れ、対《つい》の奉納灯火が大聖堂の外側の回廊の、天井に間近い聖母像の前でゆらゆらと揺らめく頃ともなれば、何やら、小生の取り留めもなく思い描くに、翼の生えた獅子の大広場は是一つの紅々と陽気に燃え盛る炎と化し、拱廊は丸ごと人々でごった返し、片や有象無象の連中は拱廊から通ず――ついぞ締まらず、確か、夜っぴて開《あ》いている――ゴキゲンな喫茶店で憂さを晴らしている。青銅の巨人御両人が真夜中の鐘を撞けば、街の生命と活気は、どうやら、そっくりここへ集まっていると思しい。して、いざひっそり静まり返った埠頭沿いに漕ぎ去る段には、ここかしこ、外套に包《くる》まった船頭が石の上にポツリポツリと、大の字に寝そべって眠りこけている姿しか見えぬ。

が埠頭と教会や、宮殿と牢獄のグルリにひたひたと打ち寄せ、そいつらの壁に吸いつき、街の密かな場所へと湧き上がりつつ、流れは必ずやコソつく。音もなく、抜かりなく。老いぼれへビよろしくグルグルと幾重にも蜷局を巻いて。いずれ、と小生の惟みるに、その女王たることを申し立てていた古《いにしへ》の都の何であれ石を求めて人々が水底《みなそこ》を覗き込もう刻《とき》を待ち受けながら。

かくて流れに運ばれ、小生はいつしかハッと、ヴェローナの古びた市場《いちば》で目を覚ました。爾来、幾々度となくこの水上の奇しき「夢」を思い起こす――果たしてそいつは今なおそこにて揺蕩い、その名もヴェネチアというのだろうかと半ば訝しみながら。

第八景　ヴェローナ、マントヴァ、ミラノ伝《づて》シンプロン峠を越え、スイスへ

小生はともかくお蔭でロミオとジュリエットに辟易しはせぬかと、ヴェローナへ行くのに二の足を踏んでいた。が、古めかしい市場《いちば》*に一歩足を踏み入れた途端、くだんの危惧は跡形もなく消え失せた。市場《いちば》は然にとびきり色取り取りの奇抜な建物より成る、然に気紛れで、風変わりな、画趣に富む場所なものだから、こよなくロマンティックな美しい物語の一つの舞台たる、このロマンティックな町の核においてすら、かほどに素晴らしいものは望み得なかったろう。

市場《いちば》から真っ直ぐキャピュレット家の館《やかた》*へ向かうのは至極自然の成り行き。館《やかた》は、ただし、今やとびきり惨めな小さな旅籠に成り下がっていた。悪態吐きの四輪辻馬車《ヴェットゥーラ》御者と泥まみれの市場《いちば》荷馬車が踝まで泥濘《ぬかるみ》に浸かろうかという中庭の縄張りを一孵りの泥ハネだらけのガチョウ相手に喧しく争っているかと思えば、戸口では苦ムシを噛みつぶした犬がゼエゼエ、小意地の悪げに喘いでいる。ヤツめ、さぞや当時この世に憚り、野放しになっていたなら、ロミオが塀越しに大御脚を掛けたその途端、ガブリと食らいついてはいたろう。果樹園は幾年も前に人手に渡り、分割されていた。が、その昔屋敷に付属したそいつがあり――と言おうかともかくあったやもしれず――一族の神さびた旗印たる帽子（カッペロ）が今なお中庭の門口の上の石に刻みつけられているのが目に入るやもしれぬ。ガチョウと、市場《いちば》荷馬車と、御者と、犬は、正直な所、物語には邪魔っ気で、いっそ屋敷はがらんどうで、人気《ひとけ》ない部屋から部屋を歩き回れていたなら、まだしもしっくり来たろうに。が帽子は妙に付き付きしく、いつぞや庭のあった場所もまた然り。おまけに、館《やかた》は中振りだったにもかかわらず、ちょとやそっとではお目にかかれぬほど胡散臭げにして疑り深げな面《つら》を下げている。という訳で小生は館《やかた》には正真正銘、老キャピュレットの邸宅として、とことん得心が行き、旅籠の女将《パドローナ》たるめっぽうすげない中年の御婦人にも相応に深甚なる謝意を表《ひょう》したい。何せこの方、戸口でゆったりくつろいだなり、ガチョウを打ち眺め、少なくともこと「家門」がらみでは生半ならずお高く止まっているとの格別な一点にかけては、蓋し、キャピュレット家の人間そっくりだったからだ。

ジュリエットの館《やかた》から、ジュリエットの墓*へと移ろうは客《まろ》

人《うど》にとりては麗しのジュリエット自身に、と言おうか未だかつて松明にいつ何時であれ麗しく燃える術《すべ》を授けて来た（『ロミオとジュリエット』I、5）ためしのないほど誇り高きジュリエットにとりてにすら劣らず、いたく当然の移ろい。という訳で、小生は道案内と共にとある古い、古い尼僧院にいつぞやは付属していたと思しき古い、古い庭へと折れ、ガタピシの門から折しも洗濯をしている明るい目をした女によって請じ入れられると、緑々《あおあお》とした草木や初々しい花が古壁の成れの果てやツタの絡まる塚に紛れて生い茂る散歩道を抜け、小さな水槽、と言おうか水桶をひけらかされた。して御逸品を明るい目をした女はスカーフで両腕を拭いながら、「哀れ、ジュリエッタの墓《トンバ》」と呼ばわった。諸手を挙げて鵜呑みにしたきは山々なれど、小生は明るい目をした女が天から鵜呑みにしていないに劣らず鵜呑みにすること能はなかった。故に女にそれだけの面目を、現ナマなるお定まりの心付けごと施した。ジュリエットの終の栖が忘却の彼方にあるとは肩透かし、というよりむしろせめてもの慰めというもの。たとい如何ほどヨーリックの幽霊にとっては頭上の石畳にコツコツと足音が響き、日に二十度となく我が名が繰り返されるのを耳にするは癒したろうと（L・スターン『トリストラム・シャンディ』第十二章）、ジュリエットにとっては他処者のめったに訪はぬ所に眠り、春雨や、芳しきそよ風や、暖かな日射しの形《なり》にて墓に詣でる手合いの客人《まろうど》にしか恵まれぬに如くはなかろう。

妙なるかな、ヴェローナの！ 古《いにしえ》の壮麗な宮殿や、彼方なる麗しき田園が、段庭道や、厳かな欄干回廊から見はるかせ――古代ローマの門は今なお清しき街路に架かり、今日《こんにち》の陽光の上に千五百年前の影を投ず。大理石のぴっちり嵌め込まれた教会や、聳やかな塔や、豪勢な建築が建ち並び、ひっそり静まり返った風変わりな古めかしい街路にてはその昔、モンタギュー家とキャピュレット家の人間の叫び声が轟き渡り、

挙句ヴェローナの長老までも
いざ古矛を揮うべく、己《おの》がしかつべらしくも
付き付きしき杖を投げ捨てた（『ロミオとジュリエット』I、1）。

川は滔々と流れ、古びた橋は絵のように美しく、壮大な城がそそり立ち、糸杉が風に戦ぐ。何たる清しく晴れやかな眺めよ！ 妙なるかな、ヴェローナの！

街の中央の――移ろう刻《とき》のお馴染みの現実の直中なる古代の精神たる――ブラー広場には、ローマ時代の巨大な円形劇場《アンフィシアタ》があり、管理が行き届き、丹念に維持されている甲斐あって、幾並びもの座席は全て、崩れぬまま残っている。拱門の

内某かの上には、依然として古《いにしへ》のローマ数字が見て取れるやもしれぬ。廊下や、階段や、野獣のための地下道があるばかりか、猛々しき幾千人もが闘技場《アリーナ》の血腥き見世物目指しセカセカ駆け込んだり駆け出したりする際のような、ウネくった道筋が地上にも地下にもついている。壁の蔭《かげ》や洞《ほら》に、当今では、居心地好さげに竈を構えた鍛冶屋や、あれやこれやの売り種を並べたケチな商人《あきんど》が二、三居つき、欄干の上には緑々《あおあお》とした雑草や、葉や、芝が生えている。が外《ほか》にさして変わったものはほとんどない。

円形劇場《アンフィシアタ》を興味津々、ここかしこ歩き回り、いっとう天辺の座席の輪っかまで登り詰めた所で、遙か彼方のアルプスに囲い込まれたゴキゲンな全景《パノラマ》からクルリと向き直りざま競技場の中を覗き込めば、そいつは眼前に途轍もなくだだっ広いツバと低い山の——編み目が四十四列の座席に為り変わられた——巨大な麦ワラ帽子の内側よろしく横たわるかのようだ。準えは素面の記憶と紙面においては約しく取り留めのないそれだが、その折は、にもかかわらず、否応なく彷彿とした。

しばらく前に、騎馬団が——恐らくはモデナの教会の内なる老婆の眼前に顕現したと同じ一座が——そこを訪い、闘技場の一隅に小さな輪っかを抉り出し、そこにて曲芸の演じられた証拠、馬の蹄の跡が依然、くっきり残っていた。小生は勢い胸中、思い描かざるを得なかった——ほんの一握りの観客が古びた石の座席の一つ二つに諸共腰を下ろし、スパンコールの騎馬武者《カヴァリエ》は雄々しく、おどけ従者《ポリチネッロ》は剽軽に、立ち回り、片や陰険な壁がグルリでむっつり、連中宛、苦虫を噛みつぶしている様を。就中、くだんのローマの黙《だんま》り役者が旅先の英国人たるお気に入りの滑稽な場面を何と奇妙な面持ちで打ち眺めようことか惟みた——そこにて締まりのない腹をダブつかせた英国紳士（ジョン卿）は燕尾が踵まで届こうかというブルーの上着と、明るい黄色のブリーチズと、白い帽子の出立ちにて、こちらは緑のヴェールの垂れた麦藁ボネットと、真っ紅なスペンサー（ウェスト丈ジャケット）の装いにして、必ずやどデカい網袋《レティキュル》を提げた上からパラソルを差した英国婦人（レディ・ベッツィ）と後ろ脚立ちした馬に相乗りにて海を渡って来るとあらば。

小生はその日は以降ずっと街をあちこち、隈なく歩き回り、いっそ今の今まで歩き回れていたのではあるまいか。とある場所には実に小ぢんまりとした当世風の劇場があり、（ヴェローナにては必ずやウケのいい）ロミオとジュリエットのオペラ（アントニオ・ツィンガレッリ作）が上演されたばかりだ。別の箇所では柱廊の下にてギリシア、ローマ、エトルリアの遺物の蒐集が展示され、御当人こそエトルリアの化石で通っていたやもしれぬ神さびた爺さんによって取り仕切られていた。何せ爺さん、一旦錠を外したはいいが鉄門を開けること能はぬほどヨボつき、骨董品を説明する段には且々聞こえるほどの声も、そいつらを目にするほどの視力も、持ち併せていなかったからだ——然にとことん耄碌し切っているとあって。はたまた別の場所には画廊があったが、所蔵品と来てはそれは目も当てられぬほど稚拙なものだから、連中がボロボロに朽ち果てているとはむしろもっけの幸い。とは言え、何処であれ——教会の中にせよ、宮殿に紛れてにせよ、通りにおいてにせよ、橋の上にせよ、川辺にせよ——必ずや妙なるかな、ヴエローナの、して小生の記憶の中にても必ずや然たり続けよう。

　小生はその夜、旅籠の小生自身の部屋で『ロミオとジュリエット』を読み——無論、未だかつて如何なる英国人もそこにてそいつを読んだためしはなかったろうが——翌日、夜が明けるが早いかマントヴァへと出立した——胸中、以下の条《くだり》を（乗合い馬車の後部客室《クーペ》の、折しも『パリの謎』*に読み耽っている車掌の傍で）繰り返しながら——

　　ヴェローナの城壁の外に世界はない
　　煉獄と拷問と地獄それ自体を措いて
　　この地からの追放は世界からの追放
　　世界からの流謫は死罪（第三幕第三場）——

して、ふと、ロミオは詰まる所ほんの二十五マイルしか追放されなかったのを思い起こし、如何せん奴の精力と豪胆に生半ならず眉にツバしてかからざるを得なくなった。

　果たしてマントヴァへの道は奴の当時も今に劣らず麗しかったものか！　そいつは同じ流れがキラキラと明るく輝き、あちこちに緑々《あおあお》として優美な木立の散る、劣らず瑞々しき牧草地をウネクネと縫っていたものか！　あの紫色の山々は当時も無論、地平線上に連なっていたはずだし、これら、英国の仕込み杖そっくりの大きな節瘤のついた銀のピンを後ろ髪に挿している百姓娘の装いもさして変わってはいまい。然に明るき朝《あした》と然に芳しき日の出の希望に満ちた感懐は、流謫の身の恋人の胸にとておよそ他処者たり得はしなかったろう。して彼方なるマントヴァそれ自体も、塔と、城壁と、川ごと、奴の前途に至極ありきたりの婚礼乗合い馬車に対すに劣らず洋々と立ち現われていたに違いない。かの恋人も恐らく、二本のガタピシの跳ね橋の上を鋭く捻じれたり曲がったりし、似たり寄ったりの長々とした、屋根付きの木橋を潜り、泥濘《ぬかる》んだ水を後方へ打っちゃるや、淀んだマントヴァの錆だらけの城門へと近づいたろう。

　未だかつて男が棲処としっくり来、棲処が男としっくり来たためしがあるとすらば、痩せこけた薬屋（『ロミオとジュリエット』V、1）とマントヴァこそは事物本来の全き合目的性においてしっくりウマが合った。マントヴァは当時、ひょっとしてまだしも活気に満ちていたのやもしれぬ。仮にだとすれば、薬屋は時代に先んじた男であり、マントヴァが一八四四年には如何様なザマを晒していようか先刻御承知だったに違いない。薬屋はひたぶる食を絶っていた。してそのせいであろう、先見の明があったのは。

　小生は「黄金の獅子亭」に宿を取り、小生自身の部屋で雄々しき供人《クリア》と共に計画を立てていた。さらばコンと、中庭を取り囲む表回廊に面す扉を慎ましやかにノックする音が聞こえ、またとないほどみすぼらしい小男が顔を覗かせながら、町を案内するのにキケロ（第五景注（三三〇）参照）はお入りでないかと問うた。男の顔と来ては半開きの戸口にて然にめっぽう心悲しげにして気づかわしげな所へもって、褪せた上着と小さなキチキチの帽子とそいつを握り締めている擦り切れた梳毛の手袋には然にありありと懐の寂しさが漂っているものだから——そいつら、そそくさと着込まれた一張羅たること火を見るより明らかとあらばなおのこと——小生は小男を厄介払いするくらいならいっそ足蹴にする方がまだ増しだったろう。という訳で二つ返事で手を打ち、奴はすかさず中へ入って来た。

　小生が額を寄せ合っている案件にケリをつけている間《かん》、小男は片隅で独り、喜色満面、突っ立ったなり、小生の帽子にせっせと腕でブラシをかける仕種を真似ていた。たとい奴の手当が是々フランと同数のナポレオン金貨（二〇フラン）だったとて、雇い主のついた今や御尊体を丸ごと火照り上がらせているほど燦然たる日射しを男のみすぼらしさの黄昏に降り注げはしなかったろう。

「はむ！」と小生は準備万端整うと、声をかけた。「そろそろ出かけるとしようか？」

「旦那さえよろしけりゃ。とびきりの日和で。少し風はありやすが、願ってもない。引っくるめりゃ、願ってもない。それでは御免蒙って、扉を開けさせて頂きやしょう。こちらが旅籠の中庭で。『黄金の獅子亭』の中庭で！　どうか階段の足許にお気を付けを」

　我々は今や表通りへ出ていた。

「これが『黄金の獅子亭』の表通りで。これが『黄金の獅子亭』の外っ面で。二階の、あの上の、窓ガラスの壊れた風変わりな窓が旦那の窓で！」

これら目ざましき代物を一渡り眺め果すと、小生はマントヴァには見所はたくさんあるのかと吹っかけた。

「はむ！　実の所、いや。さほど。そこそこ」小男は申し訳なさげに両肩を竦めてみせながら言った。

「教会はたくさんあるのか?」

「いや。ほとんどそっくりフランス軍に封じ込められちまって」

「修道院や尼僧院は?」

「いや。あいつらもフランス軍に！　ほとんどそっくりナポレオンに」

「商いは繁盛しているのか?」

「いや、商いらしい商いも」

「他処者は?」

「ああ、それがまた！」

小生はこいつめいっそ気を失うものと思い込んだ。

「だったら、あそこの二つの大きな教会を見たら、次はどうする?」と小生はカマをかけた。

小男は通りの先を、通りのこちらを、見はるかし、おずおず顎をさすり、やおら、何かパッと名案がひらめきでもしたかのように、とは言え小生の忍耐に慎ましやかに訴えながら——と来ては全くもってお手上げだったが——小生の顔をちらと見やりながら言った。

「街をちょいと一巡りする《シ・ブオ・ファルン・ピッコロ・ジーロ・デラ・チッタ》ってな、シニョール！」

との妙案に渡りに船とばかり飛びつかぬは土台叶はぬ相談。という訳で我々はすこぶるつきの上機嫌で諸共、歩き出した。肩の荷が降りたせいか、小男は潔く肚を割り、キケロの能う限りマントヴァの大方にサジを投げた。

「人間、食ってかなきゃなりやせん」と奴は言った。「けど、ばあっ！　ここは正直、シケた町で」

キケロはサンタ・アンドレアのバシリカ聖堂と——なかなか見事な教会だが——石畳のとある囲い込まれた箇所を能う限り持ち上げた。グルリでは細蠟燭がゆらゆらと燃え、ほんの一握りの会衆が跪き、聞けば、その下に中世騎士道伝説の聖杯*が奉納されているとのことであった。この教会と、お次にまた別の教会（サン・ピエトロ大聖堂）に片がつくと、我々は美術館へ足を向けた。が生憎、締まっていた。「おなしこって」とキケロは言った。「ばあっ！　中にゃほとんど何にもないからにゃ！」それから、我々は悪魔によって（さしたる謂れもなきまま）ほんの一晩で建てられたとかのディアボロ広場を、それからヴィルジリアーナ広場を、それからウェルギリウスの彫像を、見に行った——あしらの詩人で、と我が小さな馴染みは当座、気を取り直し、帽子を気持ち、阿弥陀にずらしながら言った。それから画廊へ通ず、ある種憂はしい農家の中庭へと向かった。当該奥処の門が開けられるが早いか、五百羽に垂んとすガチョウが我々の周囲をヨタヨタ取り囲み、首をヒョロリと伸ばしながらまるでかく、喚き散らしてでもいるかのようにとんでもなく凄まじきやり口で騒ぎ立てた。「おうっ、どいつか絵を見にお越しになったぞ！　行くな！　行くな！」我々が、とは言え、スタスタ向かっている片や、連中は戸口の辺りで一塊になったなり、めっぽうおとなしく待ち、時折互いに抑えた調子でクワックワッと鳴いていた。が我々がまたもや姿を見せた途端、ヒョロリと、望遠鏡よろしく首を伸ばし、まず間違いなく次なる謂にて喧しく喚き立てた。「なんだと、もう帰るってのか、もう！　一体どう思った！　まさか気に入ったってんじゃ！」して、我々を外門まで見送り、さもせせら笑わぬばかりにマントヴァへと厄介払いした。

　カピトリヌス神殿を救ったガチョウ*とてこいつらに比ぶれば、博学のブタ*に対すブタ肉の如し。そいつの何たる画廊たりしことよ！　こと芸術なる一件にかけては、いっそサー・ジョシュア・レイノルズの講話*より連中の卓見をこそ拝聴したいものだ。

　今や外門まで面目丸つぶれの態にてエスコートされた挙句、表通りに立ってみれば、我が小さな馴染みが先刻持ちかけていた「ピッコロ・ジーロ」即ち街を「ちょいと一巡り」する外《ほか》万策尽きているのは火を見るより明らか。が、小生が（奇しくも荒らかな館《やかた》として夙に名高い）テ宮殿*を訪うてはどうかと水を向けると、俄然息を吹き返し、かくて二人してそちらへ足を向けた。

　ミダス王のロバよろしき耳の秘密はもしやそいつを葦に垂れ込まずにはいられなかったお抱えの床屋がマントヴァに住まっていたなら、遙かに広く遍く知れ渡っていたろう。というのもマントヴァには世界中にそいつを触れ回れるほどどっさり葦や藺が生い茂っているからだ。テ宮殿はこの手の植生の直中なる沼地にそそり立ち、実の所、未だかつてお目にかかったためしのないほど奇っ怪な館《やかた》である。

　とは言え、その佗しさ故ではなく——なるほどやたら佗しくはあるものの。そのジメつきよう故ではなく——なるほどやたらジメついてはいるものの。況してやその荒れ果てよう故でもなく——なるほどおよそ宮殿なるものの能う限り荒れ果て、打ち捨てられてはいるものの。ではなく、主としてその内壁がジュリオ・ロマーノ*によって（他のより繊細な仕上げの施された画題の就中）彩られている曰く言い難き悪夢故に。とある炉造りの上にはやぶ睨みの巨人が描かれ、また別の部屋の壁には幾ダースもの巨人（ジュピターと戦うタイタン族）が描かれている。が連中、それは途轍もなく醜怪にして、不気味なものだから、何人《なんぴと》であれ如何でかようの生き物を想像し得たものやら不思議でならぬ。連中の溢れ返っている部屋にて、これら怪物は面《つら》を膨れ上がらせ、頬をヒビ割れさせ、表情から手脚からてんでに捩《よじ》くれ上がらせたなり、ある者は崩れ落ちる建物の重さの下《もと》ヨタつき、廃墟の直中にて押し潰されそうになっているかと思えば、またある者は巨大な岩山を持ち上げ、その下に埋《うつ》もれそうになっているかと思えば、はたまたある者は頭上に倒れかかって来るずっしりとした屋根の柱を空しく支えようと躍起になり、詰まる所、ありとあらゆる手合いの狂おしき悪魔じみた破壊を為したり掻い潜ったりしている様が描かれている。画像は途轍もなく巨大で、野卑の極限まで誇張され、色使いはがさつで疎ましく、全体の趣きは（小生の惟みるに）画家の手によりて鑑賞者の眼前に呈示される如何なる現《うつつ》の絵画というよりむしろ、勢いカッと頭に血を上らすが落ちたる手合いのそれだったのではあるまいか。当該卒中性の壁画を見せて回ってくれたのは見るからに具合の悪そうな女で、その見てくれは、恐らく、沼地の毒気《どっき》のせいではあったろう。が、小生は如何せん胸中、訝しまざるを得なかった、ひょっとしてこの女、巨人に可惜祟られ、連中、外では濛々たる霧がウロつき回り、グルリをひっきりなし忍び歩いている、葦や藺の直中なるくだんの水の干上がった水溜めじみた宮殿にてんで独りきり住まっている女の怖気を死ぬほど奮わせているのではあるまいかと。

　マントヴァをあちこち歩いてみれば、ほとんど全ての通りに何らかの封鎖された教会があり、今や倉庫として使われているものもあれば、何用にも使われていないものもあった。が、どいつもこいつも丸ごとガラガラ崩れ落ちずに持ち堪えている限りにおいて、能う限りガタピシにしてがらんどうたることに変わりはなかった。泥濘《ぬかる》った町は然にめっぽう懶く味気ないものだから、そいつに溜まった屑や泥は通常のやり口でお来しになる代わり、その上っ面に淀んだ水一面にのさばる要領で腰を据えたかのようだった。がそれでいて、商いもそこそこ営まれ、旨い汁もそこそこ吸われ、それが証拠、ユダヤ人で溢れ返った拱廊があり、そこにてくだんの徒ならぬ連中は軒先に腰を下ろし、ラシャや、毛織物や、ケバケバしいハンカチや、小間物の在庫を打ち眺め、どこからどう見ても、ロンドンはハウンズディッチ*の同信の輩《ともがら》につゆ劣らず抜かりなさげにして阿漕な面《つら》を下げていた。

　御近所のキリスト教徒の直中より、我々を二日半でミラノまで連れ行くに、明くる朝、城門が開くや否や出立しようと請け合いし四輪辻馬車《ヴェットゥーラ》御者に白羽の矢を立て果すと、小生は「黄金の獅子亭」へ引き返し、小生自身の部屋の、二台のベッドの間のせせこましい通路で、前からは烟《けぶ》った炉に、後ろからは整理ダンスに、挟まれたなり、豪勢なディナーに舌鼓を打った。明くる朝六時には早、我々は街をすっぽり包むジメついた冷たい霧を突き、暗闇の中をリンリン駆け抜けていた。が正午にならぬとうの先から、御者は（年の頃六十かそこらのマントヴァ生まれの男だが）ミラノへはどう行けば好いのかと尋ね始めた。

ミラノへの道筋にはボッツォロという、いつぞやは小さな共和国たりしが、今やまたとないほどみすぼらしい、うらぶれ果てた町の一つに成り下がっているそいつがあり、そこにては粗末な旅籠の亭主が（男に神の御加護のありますよう！これぞ男の週に一度の習いたるに）喧しい仰山な女子供に端金を散蒔き、片や連中の襤褸はと言えば、皆して施しを頂戴しようと寄り集まっている戸口の外でヒラヒラ、風と雨にヒラついていた。ミラノへの道筋にはその日も翌日も終日《ひねもす》、霧と、泥と、雨と、地べたに這うようにして仕立てられたブドウしかなく、最初に宿を取ったのは黒々としたレンガ造りの教会と、見上げるばかりにそそり立つトラッツォで忘れ難きクレモナだった——ヴァイオリンは言うに及ばず。当今の堕落した時代にはなるほど、一器も作ってはいないようだが。二晩目に宿を取ったのはローディ。それからまたもや泥と、霧と、雨と、泥濘《ぬか》った地べたを突いて旅を続けた。が、霧と来ては連中自身の苦情にかけては信心深い英国人がどこであれ祖国以外の土地でお目にかかれようとは俄には信じ難いほどのそれであった。が、とうとうミラノの石畳の街路に差し掛かった。

ここにて霧はそれは濛々と立ち籠めているものだから、広く遍く知れ渡った大聖堂の尖塔はこと、その折目にし得る限りにおいては遙かボンベイに御座ったやもしれぬ。が我々はその折、骨休めがてら二、三日滞在し、翌夏も再びミラノに戻ったので、映えある大建築をその全ての厳かさと美しさにおいて目の当たりにする機には事欠かなかった。

*

堂内に眠る聖者にキリスト教徒の深甚なる忠順の誓いを！聖人名列には幾多の気高く誠の聖者がいるが、聖カルロ・ボロメーオ（十六世紀ミラノ大首教）こそは——かようの主題でプリムローズ夫人の言葉を引用して差し支えなければ——「わたくしの熱き心を虜にして（『ウェイクフィールドの牧師』第十二章）」いる。病める者にとりての医師、貧しき者にとりての鷹揚な馴染み、しかもこれが、盲目的偏狭の精神においてではなく、ローマカトリック教会における言語道断の悪弊に対す大胆な論敵として――故に、その御霊を小生の称えんかな。偽善的なまやかしの修道会を粛正せんとの尽力に謝意を表《ひょう》すに、祭壇にて師を殺害せよと仲間に教唆されたとある司祭に暗殺されかけたとあらばなおのこと。天よ、師を守り賜ふたままに聖カルロ・ボロメーオの右に倣う者皆を守り賜へ！　当今ですら、粛正を試みる教皇には庇護が幾許か必要ではあるまいか。

聖カルロ・ボロメーオの亡骸の祀《まつ》られている地下礼拝堂は恐らく、如何なる場所にも能はぬほど目ざましくも凄まじき対照を呈示する。そこにてゆらゆらと揺らめく細蠟燭は熟練した手によって濃やかに細工の施された金銀の高浮彫り《アルト・レリエヴォ》宛キラキラ瞬いては輝き、くだんの聖者の人生の主立った出来事を審らかにする。宝石や貴金属が四方八方で目映いばかりにキラめき渡る。捲揚げ機がスルスルと、祭壇の正面を徐に取り外せば、内なる金銀細工の豪奢な祠《ほこら》に男の萎びたミイラが雪花石膏《アラバスター》越しに見え、ミイラの纏うミサ祭服はダイヤモンドや、エメラルドや、ルビーを始め、ありとあらゆる高価で目も綾な宝石で燦然と輝いている。が、哀れ、当該大いなる光輝の真っ直中の縮み上がった塵芥の塊は、たとい肥やし山の上に据えられていたとて然まで憐れを催しはすまい。目映いばかりにキラめき渡る宝石のどこを探しても、いつぞやは目たりし埃っぽい虚《うろ》を嘲笑っていないかのような光線は一筋たり封じ込められていぬ。絢爛たる祭服の絹糸は一本残らず、ほんの繭をかける虫ケラから地下納骨所にて繁殖する虫ケラのために仕度された腹の足しにしか見えぬ。

荒廃したサンタ・マリア・デレ・グラツィエ修道院の古めかしい食堂には恐らくは世界一名高い絵画が――レオナルド・ダ・ビンチによる「最後の晩餐」が――描かれている。下辺部には生憎、食事時《ディナータイム》の「軍事行動」の便宜を図り、賢しらなドミニコ修道士によって扉が穿たれてはいるが。

小生は絵画芸術に職人の立場から通じている訳ではなく、一幅の絵を判ずに、作品が自然を写し取りつつも自然に磨きをかけ、優美な形状と色彩の結合を呈すのを目の当たりにするより外、術《すべ》を持たぬ。故に、ことこの、或いはあの、巨匠の「筆致《タッチ》」に関せば、およそ一家言持つどころではない。とは言え（一件にともかく智恵を回す気になる誰しも熟知していよう如く）如何ほどの大家といえども一生涯の内に、自らの名の署され、審美眼の誉れを求める幾多の野心家によりても紛うことなき原作と認められる絵画の半ばも物し得なかったろうということくらいは熟知している。閑話休題。こと「最後の晩餐」に関せば、くだんの名画は美しい構図と配置において、ミラノにては、素晴らしき絵画たりて存すが、本来の彩色においても、どの一つの顔、と言おうか造作の本来の表情においても、然に非ズ、と腹蔵なく言わせて頂こう。湿気や、腐朽や、等閑故に蒙っている損傷はさておくとしても、ダ・ビンチの名画は（バリーの指摘通り）*それは幾度となく――しかもそれは不様に――修正されたり復色されたりしているものだから、頭部の多くは今や、絵の具や漆喰が瘤よろしくこびりつき、表情を見る影もなく歪めているとあって、全き畸型としか称しようがない。原作者が面《おもて》にかの、ほとんど一筋か一触れの下《もと》、より卑小な画家との一線を画し、当人を巨匠たらしむ天稟の刻印を留めている所で、後代の三文画家は継ぎ目や割れ目を塞いだり塗り潰したりする上で原作者を模倣すること能はず、己自身の苦虫か、渋面か、皺を画き加えることにて名画を腫物《はれもの》だらけにした挙句、台無しにして来た。などということは史実として誰しも認める所だけに、小生とて敢えて冗漫の危険を冒してまで蒸し返してはいまい――もしや絵の前に佇む英国紳士がそこに一切名残を留めていぬ某かの濃やかな表情の細部描写《ディテール》に穏やかな痙攣《ひきつけ》とでも表《ひょう》せようものに陥ろうと悪あがきもいい所、躍起になっているのを目の当たりにしてでもいなければ。がそれでいて、観光客や批評家にとって、それがいつぞやは紛れもなく格別な卓越性を具えた名画であったに違いないとの概括的諒解に達すのは理に適っていれば心地好くもあろう。然にほとんど本来の美しさの名残を留めぬ今なお、全体的な意匠の壮大さは作品を興味と威厳に満ちた名画たらしむに足るとあらば。

我々はとこうする内、ミラノの他の目ぼしい場所も見尽くし、ミラノは、なるほど素晴らしい街ではある――それそのものは遙かに取るに足らぬ幾多の町に具わる特質を有すほど紛うことなくイタリア的とは呼べぬながら。コルソ通りは――そこにてミラノの上流人士は馬車で行きつ戻りつし、行きつ戻りつせぬくらいなら、いっそ我が家で飢え死にしかけた方がまだ増しと思し召そうが――長い並木道の木洩れ日の射す、気品溢る公共遊歩道《プロムナード》だ。壮麗なスカラ座にては『プロメテウス』なる題目の下《もと》、オペラに因んだバレエ・ダクションが演じられ*、その幕開きにて、およそ百か二百に垂んとす男女が芸術と科学や、愛と優美が地上に訪れ、我らが蛮性を和らげる以前の人類の役を演じた。小生はついぞ然まで感銘深きものを観たためしがなかった。概して、イタリア人の無言劇での所作はその繊細な表現に、というよりむしろ唐突にして性急な個性に見るべきものがある。がこの場合、沈鬱な単調が、倦んだ、惨めな、懶い、塞ぎがちな生が、我々が然に多くを負いながらも恩恵をもたらす者達に然にほとんど報いぬかの昂揚の感化に欠ける人間の浅ましき情念や欲望が、実に力強く、感銘深きやり口で表情されていた。よもやかようの概念を舞台の上で、会話に頼らずして、然まで強烈に呈せられようとは思いも寄らなかった。

ミラノはほどなく、午前五時には我々の背後に打ちやられ、大聖堂の尖塔の天辺の黄金の像が青空にて失せぬとうの先から、アルプスが、聳やかな山頂や尾根とも、雲や雪ともつかぬまま、行く手にそそり立っていた。

が依然、我々は日暮れまで山脈目指し旅を続け、日がな一日、山頂は街道が様々な視点でひけらかすにつれて奇妙に移ろう形状を立ち現わせた。美しい陽が今しも傾きかける頃、愛らしき島々の浮かぶマジョーレ湖に差し掛かった。というのも、イゾラ・ベラ島は如何ほど空想的にして幻想的やもしれず、事実然たろうと、美しいことに変わりはないからだ。くだんの光景に取り囲まれた紺碧の湖から浮かび上がる何であれ、美しいには違いない。

夜の十時になって漸う、我々はシンプロン峠の麓のドモ・ドッソラに辿り着いた。が月は皓々と照り、満天の星空に雲一つないとあらば、床に就く、と言おうか進み続ける外《ほか》どこかに赴く、場合ではなかった。という訳で、少々手間取りはしたものの、小さな馬車を雇い、坂を登り始めた。

十一月も下旬とあって、雪は山頂の踏み均された道ですら四、五フィート積もっていたから（他の箇所は新たな吹寄に早、深々と覆われていたが）、空気は身を切るように冷たかった。が辺り一面、長閑な夜景が広がり、山道は厳かにも黒々とした影と深い闇に包まれているかと思えば、いきなり皓々たる月明かりの直中へと折れ、片や滝は絶えずゴーゴーと轟き渡っているだけに、旅は一歩毎にいよよ、いよよ崇高を極めた。

ほどなく下方の穏やかなイタリアの村々を月光の下《もと》微睡むがまま置き去りにし、道は仄暗い木々の間を蛇行し始め、とこうする内、めっぽう険しく難儀な、より剝き出しの辺りへと這い出し、さらば月が遙か高みにて冴え冴えと輝いていた。次第に、滝の轟きは大きくなり、途轍もなき行路はとある橋伝《づて》奔流を過り果すや、月光をそっくり締め出し、かくて頭上のせせこましい裂け目じみた夜空にほんの星の二つ三つしか瞬かぬ二枚の巨大な垂直の岩壁の間へと折れた。と思いきや、これとて道の貫かれている岩の中の洞窟の真っ暗闇に紛れ、真下では恐るべき瀑布がゴーゴーと耳を聾さぬばかりの轟音を立て、泡《あぶく》と飛沫《しぶき》が入口辺りに濛々と立ち籠めていた。この洞穴からまたもや月光の下《もと》へと這い出し、目眩い催いの橋を渡ると、道は筆舌に尽くし難いほど荒らかにして壮大なゴンドー峡谷をウネクネと縫うようにして這い上がり、左右にそそり立つ滑《すべ》らかな上っ面の絶壁は頭上で重なり合わぬばかりであった。かくて夜っぴて、片時もうんざりすることなく、凸凹道を上へ上へと登り続けた――黒々とした岩や、途轍もなき高みと深みや、裂け目や窪みに滑《すべ》らかな雪の積もる平原や、底知れぬ深淵へゴーゴーと真っ逆様に流れ落ちる荒らかな奔流を我を忘れて見守る内に。

夜の白々と明け初む頃、雪の直中へと入ってみれば、身を切るように冷たい風が吹き荒んでいた。いささか手を焼かぬでもなく、この孤独な奥処にぽつねんと立つ山小屋の住人を起こすと――グルリでは風が憂はしく吠え哮りながら、雪をクルクル、花輪よろしく巻き上げては放り投げていたが――ゴツゴツの粗木《あらき》で造られているものの、炉でしっかり温もり、激しい嵐を（なるほどその要のある如く）締め出すよう工夫された部屋で朝食を認《したた》めた。橇がそれから仕度され、馬が四頭、曳き具で繋がれると、いざ、雪の直中を四苦八苦、土を鋤き直す要領で進んだ。相変わらず上へ上へと。が今やひんやりとした曙光を浴び、晴れやかに澄む、見渡す限りの広大な真白き砂漠を踏み越えながら。

晴れて山頂に登り詰めてみれば、目の前には標高を示す粗造りの十字架が立っていた。さらばいきなり、日輪の曙光が雪原に射しざま、辺りを一面、真っ紅に染めた。その場の光景の孤独な威厳はかくて、絶頂に達した。

我々が橇で進み続けていると、ナポレオンによって創設された旅人宿《ホスピス》＊から昨夜そこに宿を取った百姓風の旅人の一団が杖を突き、ナップサックを背負ったなり繰り出し、彼らの手篤い持て成し役たる修道士が一人二人、見送りがてら、やおらトボトボ、一緒に出て来た。連中にやあ、お早うと声をかけるのは清しく、遙か後方の彼らを振り返ってみれば、連中も我々の方を振り返り、我々の馬の内一頭が蹴躓いて倒れるや、引き返して手を貸したものかどうかためらっているのを目にするのはゴキゲンだった。が馬は、やはりそこにて組《チー》みの馬《ム》が二進も三進も行かなくなっている無骨な荷馬車御者助太刀の下《もと》、ほどなく立ち上がり、今度は我々がお返しに、御者を難儀から救い出すと、御者は雪を鍬き鍬き、連中の方へゆっくり向かい、そこで我々も山松の直中なる険しい断崖の縁をそっと、ながらも速やかに、先へ先へと進んだ。

ほどなく、またもや車輪に馴染むと、我々は小気味好く坂を下《くだ》り始めた――ポタポタと滴る房生りの氷柱の垂れ下がる迫持造りの回廊なる手立てによる永久《とこしへ》の氷河の下を過り、水飛沫の跳ね散る滝を潜っては越え、避難所や突然の危険から難を逃れるための待避壕の脇を行き過ぎ、そのアーチ形の天井の上を、春には雪崩が滑り落ち、下方なる未知の深淵へと自らを葬り去る洞穴を抜けながら。聳やかな橋を越え、恐るべき山峡を縫いつつ、下へ下へと——氷と雪と、物の怪じみた御影石の巌なる渺茫たる荒野を移ろう小さな一点のポチたりて——深いサルティーヌ峡谷を抜け、裂けた岩の塊の直中を遙か下方の平坦な田野へと狂おしく突っ込む奔流に耳を聾されそうになりつつも、下へ下へと。次第に、上向きの絶壁と下向きの絶壁との狭間なるジグザグの道伝《づて》、より暖かな日和と、より穏やかな外気と、より長閑な光景宛、下へ下へと。が終に、眼前には雪解けと日光の直中にて金や銀さながらキラめく、とあるスイスの町の金属で葺かれた赤や、緑や、黄の丸屋根や教会の尖塔が聳やぐ。

目下の追憶の要件はイタリアであり、小生の要件は、故に、能う限りとっとと彼《か》の国へ駆け戻ることにあるので、敢えて（その誘惑の已み難けれど）記憶の糸を手繰るまい——如何に巨大な山麓に寄り集まっているスイスの村がオモチャそっくりに映ることか——如何に家々は一緒くたにして山のように重なり合っていることか——如何に通りは並べて、冬《ふゆ》時《どき》に猛り狂う風を締め出すべくめっぽうせせこましく、片や春にいきなり解き放たれた激流に流し去られ、一本ならざる橋が崩れかけていることか。或いは如何にここなる大きな丸い毛帽子の百姓女は、張り出し窓から顔を覗かせ、頭だけしか見えぬとあらば、ロンドン市長閣下の太刀持ち人口かと見紛うばかりであることか——如何に滑《すべ》らかなジュネーヴ湖畔のブヴェーの町は目にするだに麗しいことか——如何にフライブルク（スイス西部同州の首都）の聖ペテロはついぞお目にかかったためしのないほど大きな鍵（第六景三三三頁参照）を握り締めていることか——如何にフライブルクそれ自体は二本の吊り橋と、荘厳な大聖堂オルガンで名にし負うことか。

或いは如何に、くだんの町とバーゼル（スイス北西部ライン河畔の都市）との間にて、道は藁葺きの差し掛け屋根と、留め飾りじみた小さな丸い窓ガラスの嵌まった低い張り出し窓の木造りの田舎家の建ち並ぶ羽振りのいい村の間をウネクネと縫うことか——如何に荷馬車や大型馬車が屋敷の傍に丹念片づけられ、小さな庭では家禽の群れと真っ紅な頬の子供達のワンサと戯れる小さなスイスの農家という農家には、イタリアの後ではすこぶる目新しくもすこぶる心地好い安らぎの風情が漂っていることか——如何に女の出立ちはまたもや変わり、最早太刀持ちはそっくり姿を消し、代わりに小ざっぱりとした白い胸衣《ストマカー》と、大振りな黒い、扇型の、絽めいた縁無し帽がハバを利かすことか。

或いは如何にジュラ山脈（仏東部スイスとの国境）沿いの田野は、雪がここかしこ降り積もり、月光に照らされ、滝の音が涼やかに耳に留まるとあって、すこぶるゴキゲンなことか――如何にバーゼルの「三人の王様亭」なる大旅籠の窓の下では水嵩の増したライン河が緑々《あおあお》として速やかに流れていることか――或いはストラスブール（仏北東部都市）にてくだんの河は劣らず速やかなれど然まで緑々《あおあお》としていぬことか、して如何に下流では靄が濛々と立ち籠めているとのことで、一年のくだんの時節ともなればパリへの本街道より遙かに確乎ならざる旅の手立てたることか。

　或いは如何にストラスブールそのものは、荘厳な古めかしいゴシック様式の大聖堂と、尖り屋根と切妻の神さびた家屋敷において、小さな画廊じみた風変わりで趣きのある眺望を呈すことか――如何に人々は名立たる撥条仕掛けの時計が十二時を打つ所を一目拝まして頂かんものと正午に堂内に集うことか。如何にいざ時を打つとならば、一軍隊分もの操り人形が数知れぬ精巧な機動を掻い潜り、わけても天辺にちょんと乗っかったどデカい操り雄鶏は高らかにして朗々と十二度《たび》時を作ることか。如何にこの雄鶏が四苦八苦――とは言え、撥条仕掛けの奥深く、遙か下方に御座る御当人の声とは明らかに縁もゆかりもなく――羽搏いては、喉を振り絞るは目にするだに愉快極まりなきことか。

　或いは如何にパリへの道は是一つの泥の海にして、パリから海辺へのそれは凍てついた霜のお蔭でまだしも増しなことか。如何にドーヴァーの絶壁は麗しき眺めにして、イングランドも然に素晴らしく小ぢんまりとしていることか――冬の日には薄暗く、色彩に欠けるとの事実は正直、認めねばなるまいが。

　或いは如何に数日後、甲板には氷が張り、フランスには深々と雪が降り積もっているとあって、英仏海峡を再び渡る段には身を切るように冷え冷えとしていることか。或いは如何にマル・ポスト（第一景注（二六九）参照）は丘陵地帯にては如何なる数のいかつい馬になり、キャンターで曳かれるだけに、雪の中をがむしゃらに突き進むことか――如何に夜明け前のパリ郵便本局の外にては、襤褸の山に身を包んだ進取の気象の尋常ならざる連中がクズだのゴミだのを漁って、雪の積もった街路を小さな熊手で引っ掻き回していることか。

　或いは如何に、パリとマルセイユとの間にて、雪が折しもめっぽう深々と積もっているせいで雪解けが起こり、郵便馬車はお次の三百マイルかそこら、ガラガラ走るというよりむしろバシャバシャ踏み越え、日曜の晩には決まって撥条《ばね》が壊れ、修理の間《かん》、二人の乗客には惨めな玉突き室で腹の足しでも食いながら体を温《ぬく》めよとばかり、締め出しを食わすことか――そこにては暖炉のグルリに寄り集まった毛むくじゃらの一座がトランプで暇を潰し、御逸品、めっぽうぐんにゃりして小汚いだけに、連中そっくりではある。

　或いは如何にマルセイユにては荒天のために足留めを食い、いっかな出帆せぬ汽船が出帆すると触れ回られることか――如何に頼もしき定期汽船「シャルルマーニュ号」がとうとう出航し、それはひどい時化に遭うものだから、今やトゥーロン（仏南東部都市）へと、今やニースへと、突っ込みそうになりながらも、風がいささかお手柔らかになるせいで、そのいずれをもやらかさず、代わりにジェノヴァへと無事、入港し、そこにて懐かしの鐘が小生の耳に心地好く鳴り響くことか。或いは如何に船上には旅の一行が乗り合わせ、内一人は隣の船室にてこっぴどい船酔いに祟られ、こっぴどい船酔いに祟られているだけにえらくムシの居所が悪く、よって枕の下に突っ込んだ「伊語辞典」をいっかな明け渡そうとせず、お蔭で仲間はひっきりなし男の所まで降りて来ては、イタリア語で砂糖の塊は何と――水割りブランデーは何と――今何時かは何というのか等々尋ねねばならぬことか――そいつを男は、辞書をおよそこの世の何人《なんぴと》にも託す気のないだけに、必ずや己《おの》が船酔いの眼もて調べると言って聞かぬ訳だが。

　グルーミオ*の向こうを張り、小生も以上全て、のみならず、なお幾許か――が、劣らず詮なく――微に入り細にわたって審らかにしていたやもしれぬ。もしや目下の要件はイタリアと、恰も好し、思い出してでもいなければ。故にグルーミオの物語よろしく、「そいつを忘却の彼方に葬り去るとしよう」。

第九景　ピサとシエナ伝《づて》ローマへ

小生にとってイタリアにはジェノヴァとスペツィア*間《かん》の沿岸道ほど美しいものはない。片側にては、時に遙か下方に、時に街道とほぼ水平に、して間々幾多の形《なり》なる砕け岩に取り囲まれるようにして、長閑な紺碧の海が広がり、ここかしこ絵のように美しいフェラッカ船*が緩やかに行き交い、反対側にては丘陵が聳やぎ、峡谷にはパラパラと真っ白な田舎家が散り、仄暗いオリーヴの森や、優美な吹き抜けの塔を頂く田舎教会や、派手やかな彩色の田舎屋敷が続く。道端の堤という堤には、塚という塚には、野生のサボテンとアロエが緑々《あおあお》と生い茂り、沿道の明るい村また村の庭は夏時ともなればどこもかしこもアマリリスの群生で真っ紅に染まっている様が見受けられ、秋から冬にかけては黄金《こがね》色のオレンジとレモンの馥郁たる香りが立ち籠める。

　村の中にはほとんど漁師しか住まっていないものもあり、陸《おか》に引き揚げられた大きな舟が小さな日蔭を成し、そこにて連中が昼寝をしたり、亭主が浜で網を修っている片や、女房子供が腰を下ろしたなりふざけ回っては沖を見はるかしたりしている姿は目にするだに微笑ましい。街道から数百フィート下方には、小さな港が海に臨むカモーリアという町があり、そこにては水夫の家族が暮らし、連中、いつの世からともなく、くだんの場所に沿岸航行船を繋ぎ、スペインを始めあちこちへと荷を運んで来た。上方の街道から見下ろせば、町は日を燦々と浴びたさざ波の立つ海原の縁なるちっぽけな雛型そっくりで、いざウネくった騾馬道伝《づて》下りてみれば、原始の船乗り町の絵に画いたような縮小版《ミニチュア》——ついぞお目にかかったためしのないほど荒らかな、塩っぱい、海賊めいた小さな町——だ。どデカい錆だらけの鉄の輪っかと繋留鎖や、車地や、古マストと帆桁の成れの果てが道を塞ぎ、頑丈な荒天用ジャケットや海員服が小さな港でヒラついたり、陽の当たる石の上に広げて干され、粗造りの埠頭の欄干の上では水陸両棲じみた男が二、三人、壁越しにブーラブラ、まるで陸《おか》も沖《おき》も連中にとっては一つこと、たといそのなりスルリと滑り込もうと、魚に紛れてうたた寝しながら漂い去ればよかろうとでも言わぬばかりに大御脚をブラつかせたなり眠りこけ、教会は海原の分捕り品や、時化や難破を逃れた記念に納められた「誓願の供え物（『レビ記』七：一六）」でキラキラ、キラめき渡っている。港に直に接していない住居へは、まるで暗がりと接近の難儀さにおいてそいつら船倉、もしくは海面下の不便な船室を地で行かねばならぬとでもいうかのように、行き止まりの低い拱道や、拗《ねじ》けた階段伝《づて》近づける。して、どこにもかしこにも魚と海草と古ロープの臭いが芬々と立ち籠めている。

カモーリアが然に遙か下方に認められる沿岸道は暖かい季節ともなれば、わけてもジェノヴァに近い辺りで、ホタルが綺羅星の如く飛び交う。暗夜にその辺りを歩いている折、小生は沿岸道がこれら美しい昆虫のお蔭で是一つのキラびやかな天穹と化し、かくて遙か上方の星などオリーヴの森という森や山腹という山腹にスパンコールよろしく鏤められ、辺り一面に揺蕩っている陸離たる光彩を背に蒼ざめているのを目にした覚えがある。

我々がローマへの道すがらこの沿岸道を旅したのは、しかしながら、かようの季節ではなかった。一月は半ばを過ぎたばかりで、日和はめっぽう黒々として憂はしく、おまけにやたらジメついていた。壮大なブラッコ峠を越える際、それは激しい霧雨の嵐に見舞われたものだから、終始雲の直中を旅していた。ことそこにて目にし得る限りにおいて、この世に地中海などというものはなかったやもしれぬ。ただ、いきなり一陣の突風が吹き渡り、束の間、霧を追っ立てざま下方の大いなる深みにて怒濤逆巻く海原が遙か彼方の岩に激しく打ち寄せ、泡《あぶく》を荒らかに吹き上げる様を露にする折をさておけば。雨は激しく降り頻り、せせらぎというせせらぎも、奔流という奔流も膨れ上がり、急流が然に耳を聾さぬばかりに跳ね、哮り、轟き渡るのを、小生は生まれてこの方ついぞ耳にしたためしがなかった。

よって、スペツィアに辿り着いてみれば、ピサへの本街道沿いの橋のない川、マグラは渡し船で過るには剣呑極まりないほど水嵩が増していたため、翌日の午後まで待たねばならなかった――さらば、水位はある程度、下がっていた。スペッツァは、とは言え、足留めを食うには打ってつけの場所だ。何とならば、まずもって湾が殊の外美しい。お次に、旅籠が妙にお化け屋敷じみている。仕舞いに、頭の片側にて小さな人形の麦ワラ帽もどきを髪に挿した女達の頭飾りと来ては、蓋し、未だかつてこさえられたためしのないほど奇妙奇天烈にしてゴロツキめいた被り物に違いない。

マグラ川を無事、渡し船にて過り果すと――流れの激しく、膨れ上がっている際に渡るにはおよそ心地好いどころではないが――我々はものの二、三時間でカラーラ（白大理石名産地）に到着した。して明くる朝、早目にポニーを借り受けると、大理石の石切場見物に繰り出した。

　石切場とは、見上げるばかりに聳やかな連丘へと、いずれそれきり登り詰められなくなり、いきなり「自然の女神」によりて息の根を止められることにて待ったのかかるまで駆け登っている四つ五つの大きな谷間《たにあい》の謂である。石切場、或いは地元の連中呼ぶ所の「洞《ほら》」は、くだんの峠の両側の丘の高みなる、その数だけの穴ぼこで、そこにて連中、大理石目当てに発破をかけては採掘する。が、大理石は蓋を開けてみれば上質やもしれぬし、粗悪やもしれず、男の身上をあっという間に築くやもしれぬし、一文の得にもならぬものを採鉱する厖大な掛かりでそいつを潰すやもしれぬ。これら洞《ほら》の中には古代ローマ人によって切り開かれ、今の今に至るまで連中が打っちゃったままの姿を留めているものもあるが、他の多くは折しも採掘されている所だ。また中には明日、或いは来週、或いは来月、手をつけられることになっているものもあれば、買い手もつかねば、思い寄られてもいないものもある。してその場所が人々に足繁く通われ始めて以来流れて来た歳月よりなお幾星霜にも足る大理石が至る所、晴れて日の目を見る時を待ち佗びて辛抱強く眠っている。

　これら険しい峡谷の一つを（ポニーには一、二マイル下方にて腹帯を水浸しになるがままにさせたなり）四苦八苦、攀じ登っていると、時折、山間《やまあい》にて、それまで辺りを包んでいた静寂よりなお静かな、低い調子で――坑夫に引き下がるよう告げる――憂はしき警告の角笛が谺するのが聞こえる。と思いきや、丘から丘へと耳を聾さぬばかりの雷鳴が轟き渡り、恐らくは岩の大きな破片が空中へと吹っ飛ぶ。してまたもや四苦八苦、登っているとどいつか別の角笛が新たな方角にて谺し、貴兄はやにわに、お次の爆破のトバッチリを食っては大変と、足を止める。

　くだんの丘陵の高みにては――山腹で――数知れぬ坑夫が汗水垂らし、発掘された大理石の荒材《ブロック》に道を空けるべく、砕けた石や土の塊を片づけたり、下へ突き落としたりしている。これら巨塊が影も形もなき手によりてゴロゴロと、せせこましい谷間《たにあい》へ転がり落とされてみれば、小生は如何せん、白怪鳥《ロック》が船乗りシンドバッドを置き去りにし、片や遙か高みからは商人達がダイヤモンドがくっつくよう大きな肉片を放り投げた（どこからどこまで同じ手合いの）深い峡谷を思い浮かべざるを得なかった。ここにはさすがが、太陽をも暗ますが如く一斉に舞い降りざま、肉片に襲いかかる鷲の群れはいなかった。*が数百羽は下らぬいたろう如く、辺りは猛々しく、荒らかだった。

だが、道と来ては――如何ほど巨塊たろうと、大理石の下《くだ》る道と来ては！　祖国の天稟と、その慣習の精神がくだんの道を敷き、直し、見守り、生き存えさす！　ありとあらゆる形《なり》と大きさの石の巨塊の嵌め込まれたゴツゴツの水底《みなそこ》を走る河道《かどう》がウネクネとこの谷の中央を下《くだ》り、これぞ道たる様を思い浮かべてみよ――五百年前に道たりし故！　五百年前の不様な荷馬車が今現在に至るまで使われ、五百年前に曳かれていたままに牡牛に曳かれている様を想像してみよ！　連中の父祖は今を溯ること五百年、不幸な後裔が今日《こんにち》、年がら年中、この苛酷な苦役の苦痛と苦悶にて息絶える如く、ヘトヘトにくたびれ果てて死んで行ったが。一つの塊に、その大きさに応じて二組、四組、十組、二十組――ともかくそいつは、この道を下《くだ》らねばならぬ。巨大な荷を曳きずりながら、石から石へと四苦八苦、踏み渡る上で、牡牛は間々その場で縡切れる。が連中のみならず。というのも血の気の多い御者も時に頭にそいつの上った勢い、転がり落ち、車輪の下にて轢き潰されるからだ。が、そいつは五百年前に罷り通り、今も当然の如く罷り通る。してくだんの急斜面の一つに鉄道を敷くは（この世にまたとないほどお易い御用なれど）、全き冒瀆に外なるまい。

　我々がわずか一組の牡牛によって曳かれたこれら荷馬車の一台が降りて来るのを眺めるべく脇へ寄った際（というのも積んでいるのは小さな大理石の塊一つきりだったから）、小生は胸中、ずっしりとした軛を哀れ、四つ脚の首の上にしかと掛けておくべくその上に腰を下ろし――前方ではなく後ろ方《ざま》顔を向けている男におぬし、この紛うことなき暴政の悪魔めと呼ばわった。男は先に鉄を着せた大きな梶棒を手にし、二頭がこれきり奔流の足場の悪い川床を四苦八苦、踏み越えられなくなった挙句立ち止まると、梶棒を胴体に突き刺したり、頭に打ち下ろしたり、鼻孔にギリギリ捻じ込んだりすることにて、激痛の余り一、二ヤード狩り立て、二頭がまたもや立ち止まろうものなら、いよよホゾを固めてくだんのゴリ押しを繰り返し、今一度、二頭を狩り立て、下り坂の急な箇所まで突き棒で責め立て、牡牛がのたうち回りと、疼きと、背後の重荷《じゅうか》余って絶壁を転げ落ち、濛々たる水飛沫を上げるや、頭上で梶棒を振り回しながら、大きな雄叫びを上げた――さながら何か大手柄を挙げ、よもや勝鬨の絶頂にあって連中に振り落とされた勢い、岩床で脳天を盲滅法叩き割られようなど思いもせぬかのように。

　同じ昼下がり、カラーラのその数あまたに上る工房《スタジオ》の一つに佇んでみれば――というのもそこは我々の知る限りほとんど全ての彫像や群像や胸像の見事な仕上げの施された大理石の複製のぎっしり立ち並ぶ大きな作業場だから――仰《のっ》けは、これら優美と思索と繊細な平穏に満ち満ちた絶妙の形状が上述の労苦と、汗と、拷問丸ごとより生じているとは、余りに奇しきことのように思われた。がほどなく、その類似と説明を、惨めな土壌より萌え出づる美徳という美徳に、悲嘆と苦悩に根差す善という善に、見出す思いがした。して、彫刻家の大きな窓から、夕映えに真っ紅に染まりながらも最後の最後まで険しく厳かな大理石鉱山を見はるかしながら、惟みた。おお、神よ！　何と遙かにより麗しき賜物をもたらし得る幾多の人間の心と魂なる石切場が封じ込められ、朽ちるがままにされている片や、人生の遊山客は通りすがりに顔を背け、くだんの鉱山を覆う陰鬱と粗野を前に身震いすることか！

この領土を一部治めている現モデナ公はルイ・フィリップを仏国王として認めていないヨーロッパ唯一の君主たる誇らかな栄誉を申し立てていた！*　公は剽軽者どころか、大真面目だった。して鉄道にも大いなる異を唱え、たとい御当人の両側にて他の君主によって目論まれている然る鉄道が晴れて開通していたとて、恐らく、旅人をとある終着駅から他の終着駅まで廻送すべく、乗合い馬車に已《おの》がさして広大ならざる版図を得々として往復させていたのではあるまいか。

カラーラは、大きな丘陵に四方から取り囲まれているとあって、絵のように美しく、輪郭も際立っている。そこに滞在する旅行客は極稀で、住人はほとんど一人残らず何らかの形で大理石の採掘に携わっている。「洞《ほら》」に紛れて、坑夫の住む村もある。のみならず、美しい新築の小劇場があり、そこにては興味の尽きせぬ習いたるに、ソラで歌う手前仕込みの大理石採掘所人足のコーラスまで結成されている。小生は彼らが喜歌劇と、『ノルマ』*のさる幕とで歌うのを聞いたが、なかなかの出来映えであった――とはその他大勢のイタリア人とは似ても似つかぬことに。何せ連中と来ては（ナポリ人の内なるいささかの例外をさておけば）固より耳障りな歌声をしている所へもって、とんでもなく調子っ外れに喉を震わすものと概ね相場は決まっているからだ。

カラーラの先の聳やかな丘の天辺から初っ端一眸の下に収める眺望は――肥沃な平原にはピサの町が広がり、彼方の平地にはリボルノが紫色のポチたりて見はるかせるだけに――すこぶる魅惑的だ。眺望に魅惑の華を添えるは距離のみならず（トマス・キャンベル『希望の愉悦』（一七九九））。というのも街道が追って抜ける、果物のたわわに実る田園と鬱蒼たるオリーヴの森もまた彩を添えているからだ。

我々がピサに近づく段には月が出ているせいで、長らく城壁の背後に斜塔が覚束無い月明かりの下《もと》、てんで斜《はす》に捩《ねじ》けているのが見て取れた――「世界の七不思議」を説き明かす教科書の中の古めかしい絵画の朧な本家本元たりて。その仰《のっ》けの連想において教科書や学校時代に纏わる大方の代物の御多分に洩れず、斜塔はえらく小さかった。と小生は身に染みて感じた。そいつはおよそ小生が当てにしていたほど城壁の遙か上にまで聳やぐどころではなかった。これぞロンドンはセント・ポール大聖堂の教会墓地の角の本屋ハリス氏によりて弄されている幾多の欺瞞のも一つおまけの事例。* 氏の塔は絵空事だが、こいつは現《うつつ》――しかも、引き比べれば、全くもってお粗末な現《うつつ》――であった。がそれでいて、斜塔は目にするだに趣きがあり、実に奇しく、ハリスが審らかにしてみせていたに一向劣らず垂直とは程遠かった。ピサのひっそりとした佇いや、ほんの小さな二人の兵士しか御座さぬ城門の傍の大きな番小屋や、ほとんど人気《ひとけ》のない街路や、町の中央を奇妙な具合に貫流するアルノ川もまた、絶妙だった。という訳で、小生は胸中ハリス氏には（固より悪気はなかったろうから）目クジラ立てず、ディナーの前には早、お目こぼし賜い、翌朝、斜塔を見物すべく自信満々繰り出した。

我ながらまだしも分別が利いていても好さそうなものではあった。が、如何でか、小生はそいつがてっきり人々の終日《ひねもす》行き交う公道に長い影を投じている所にお目にかかれるものと思っていた。かくて斜塔が繁華な場所に程近からぬ、緑々《あおあお》とした滑《すべ》らかな芝生の敷き詰められた、しかつべらしい風情の閑散とした奥処にあるのを目の当たりに、一驚を喫した。が当該緑の絨毯の上や周囲に寄り集まった――斜塔と、洗礼堂と、大聖堂と、カンポ・サント教会より成る――一連みの建物は恐らく、世にも稀なほど神々しくも美しく、そこにて、町の日常の営為や些事から懸け離れたなり一緒くたになっているせいで、奇しくも神さびた、感銘深き雰囲気が漂う。これぞ、そのありふれた生活とありふれた住居のそっくり締め出され、濾し去られた豊饒な古都の建築的精髄とでも言おうか。

シモン（第四景注（三〇七）参照）は斜塔を児童書におけるバベルの塔（『創世記』一一：一-九）のお定まりの挿絵に準えている。そいつは絶妙の直喩にして、幾章にもわたる手の込んだ描写の及びもつかぬほど言い得て妙だ。その建築の優美と典雅に優《すぐ》るものは、全体の佇い以上に妙なるものは、この世にまたとあるまい。天辺まで（緩やかな階段によって）昇り詰めている間《かん》、傾斜はさほどでもないように思われるが、いざ昇り詰めてみれば、然に紛うことなく傾いているものだから、まるで引き潮の揺れによって大きく傾いだ船に乗っているかのような感懐に見舞われる。回廊から身を乗り出し、心棒がその基《もとい》へ遠退いているのを目の当たりにする、言はば低い側にいる印象は実に凄まじく、それが証拠、小生は胆の小さな旅人がいっそそいつを支えてやろうとでもいうかのようにちらと下方へ目をやったと思いきや、我知らず斜塔にしがみつくのを目の当たりにした。地べたからの、塔の内側の——さながら傾斜した管伝《くだづて》見上げた際の——眺めもまた実に奇しい。そいつは確かに如何ほどお目出度な旅行客とて御免蒙りたいほど傾いでいる。やおら一息吐きがてらその下《もと》なる芝生の上に寝そべり、グルリの建物を打ち眺めんとす百人の内九十九人までが、宜なるかな、敢えて傾いた側《がわ》の下なる持ち場に就こうとは思うまい——然に生半ならず傾いでいるとあらば。

大聖堂と洗礼堂の多様な美しさについては小生などが今更かいつまんで述べるまでもなかろう。とは言えこの場合、他の幾多の場合におけると同様、くだんの美を蒸し返す小生自身の悦びを、御逸品を蒸し返される貴兄の辟易と切り離すはおよそお易い御用どころではない。前者にはアンドレア・デル・サルト（フィレンツェ派の画家（一四八六―一五三〇））による聖アグネス（ローマの処女殉教者）の絵画が掛かり、後者には小生の心を捉えて已まぬ色取り取りの華美な円柱が立ち並んでいる。

たとい以下の如くカンポ・サントを思い起こそうと、うっかり手の込んだ注釈を垂れるような真似はすまいとの一旦固めたホゾを裏切ることにはなるまい。そこにて芝草の生い茂る墓は今を溯ること六百年、聖地より持ち帰られた土の中に掘られ、そこにては墓のグルリを取り囲むようにして然に軽やかな光と影がその濃やかな網目細工《トレーサリー》越しに石畳の上で戯れる然に見事な歩廊《クロイスター》が巡らされているものだから、蓋し、如何ほど魯鈍な記憶力とて金輪際忘れること能ふまい。この厳かにして麗しい教会の壁には神さびたフレスコ画が描かれ、見る影もなく剝げ、朽ちてはいるものの、すこぶる興趣に富む。イタリアにては、その数あまたに上る頭部の描かれる、如何なる手合いのほとんど如何なる絵画の蒐集においても概ね出来する如く、頭部の内一つはたまたまにせよナポレオンのそれそっくりだ。一頃、小生は果たしてこれら古《いにしえ》の画家は絵筆を揮う上で、いつの日か蹶起した勢い芸術に然なる破壊をもたらし、その兵士が偉大な絵画をこそ標的にし、建築術の極致の直中に厩よろしく馬を曳き入れることになろう男に纏わる虫の報せを受けていたものやら否やと想像を逞しゅうしていたものだ。が今日《こんにち》、この同じコルシカ島人の面《つら》と来てはイタリアのここかしこ然に溢れ返っているものだから、偶然の一致とのよりありきたりなる謎解きは避け得まい。

仮にピサがその斜塔なる権限にて世界の第七不思議たるなら、ピサはその物乞いなる権限にて少なくとも第二、ないし第三不思議なりと申し立てても好かろう。連中はお気の毒な他処者を街角という街角で待ち伏せし、男の入って行く扉という扉までエスコートし、お出ましになるとは先刻御承知の扉という扉にて強力な増援隊ごと手ぐすね引いて待っている。表玄関の蝶番がギギギと軋もうものなら、一斉に喚声が上がり、他処者は姿を見せたその途端、襤褸と畸型の山に取り囲まれる側《そば》から、襲いかかられる。物乞いこそはピサの交易と投機をそっくり具現しているかのようだ。外《ほか》に何一つ、暖かい風をさておけば、蠢いているものはない。通りから通りを縫えば、寝ぼけ眼の家屋敷の正面はそいつの背《せな》かと見紛うばかり。一軒残らずそれは死んだようにひっそり静まり返り、中に人の住まう屋敷らしくないものだから、市内の大方はまるで夜が明けたばかりの、と言おうか住民が仲良く午睡《シエスタ》に耽っている折の、そいつそっくりの面《つら》を下げている。或いは、ピサは例の、窓と扉が四角で現わされ、とある人影が（無論、物乞いの）独りぼっちトボトボ、果てしなき眺望へと立ち去っている様の見受けられるしごくありきたりの版画もしくは古びた銅版刷りにおける屋敷の背景に遙かによく似ている。

　リボルノは（スモーレットの墓によりて名を馳すだけに）然に非ズ。というのもここは羽振りの好い、事務的かつ実際的な町で、怠惰が、邪魔者は失せよとばかり、商いに肩で小突き出されている。交易と商人がらみでそこにて遵守されている規制はめっぽう自由で惜しみなく、町は無論、そいつらの御利益に存分与っている。リボルノは刺客がらみで悪名を馳せ、それもなるほど、無理からぬことではあろう。というのもわずか数年前、そこには闇討ち倶楽部があり、会員は格別誰に恨みがある訳でもないながら、ほんの退屈凌ぎのお慰み、夜分、街路で（見ず知らずの）連中をグサリとやっていたからだ。当該愛嬌好しの倶楽部のお頭は確か、靴造りだったはずだ。奴は、しかしながら、お縄になり、倶楽部は解散した。倶楽部は、ただし、リボルノ‐ピサ間の鉄道を前に、自然の成り行きで姿を消していたに違いない。というのもくだんの鉄道はなかなかの代物で、早、時間厳守と、秩序と、公明正大と、改善なる前例もて——とは万物の就中剣呑にして異教的青天の霹靂たる——イタリアの度胆を抜き始めているからだ。なるほど、イタリア初の鉄道が開通した際、ヴァチカン宮殿にても地震さながらのかすかな揺れが感じられていたに違いない。

　ピサに戻り、我々をローマまで連れ行く気のいい四輪辻馬車《ヴェットゥーラ》御者と奴の四頭の馬を調達し果すと、我々は日がな一日心地好いトスカナ（元大公国。首都フィレンツェ）の村や陽気な景色を縫いながら旅をした。イタリアのこの辺りの路傍の十字架はその数あまたに上ると同時に一風変わっている。十字架に、時たま顔はくっついていても、めったに彫像はない。とは言えそいつら、めざましくもイエスの死にコジつけ得る限りありとあらゆる代物の小さな木彫りがあしらわれている。ペテロが主《しゅ》を三度《みたび》否みし折に時を作った雄鶏（第四景二九二頁参照）が概ね天辺にちょんと乗っかり、奴め、概して鳥類学的珍現象に外ならぬ。雄鶏の下には銘が刻まれ、それから、大梁《おおはり》から吊る下がっているのは、鎗に、先に酢と水を染ませた海綿を結わえた葦に、兵士がそいつ目当てに賽を投げ合った綴じ目のない上着に、連中がそいつ欲しさに振った賽筒に、大釘を打ち込んだ玄翁に、大釘を引き抜いた鋏《やっとこ》に、十字架にもたせられた梯子に、イバラの王冠に、鞭打ち道具に、聖母マリアが（多分）墓所に行くのにかざしていたカンテラに、ペテロが大祭司の召使いに打ちかかった剣《つるぎ》——といった全きオモチャ屋丸ごと分のちんちくりんの面々が本街道の道すがら、四、五マイル毎に繰り返される。

　ピサを発って二日目の夕刻、我々はシエナなる麗しき古都に着いた。連中宣ふ所の謝肉祭《カーニヴァル》が練り歩かれていたが、その秘儀たるや二、三十人かそこらの陰気臭い輩がしごくありきたりのオモチャ屋仮面を被ったなり目抜き通りを行きつ戻りつし、イングランドにおける同じ手合いの連中よりなお、などということがあり得るとすれば、陰気臭げたることに尽きたから、これきり言わぬが花。我々は明くる早朝、大聖堂を見に繰り出し、そいつは内側も外側も、がわけても後者は、絵のように美しい。次いで見物したのは突端の欠けた大噴水や、風変わりなゴシック様式の家屋敷が建ち並び、四角いレンガの塔の聳やぐ、広々としたスクエアたる市場《いちば》、と言おうか大きな広場《ピアッツァ》。レンガ塔の天辺の外っ面には、因みに——イタリアにおけるかようの眺望の変わり種たるに——どデカい鐘が吊る下がっている。シエナそのものは水無しのちっぽけなヴェネチアといった態で、めっぽう神さびた市内には一風変わった古めかしい広壮邸宅《パラッツォ》が一軒ならずあり、ヴェローナやジェノヴァの趣は（小生にとって）ないにせよ、めっぽう夢見がちにして幻想的で、趣は尽きせぬ。

　こうしたあれやこれやを見物し果すや、我々はまたもや旅を仕切り直し、めっぽう佗しい田野を突っ切ると（ここまで、一年のくだんの季節にはほんの散歩用ステッキにすぎぬブドウの木以外何もなかったから）、いつもの伝で正午に一、二時間、馬を休ませるべく一息入れた——というのが全ての四輪辻馬車《ヴェットゥーラ》御者との契約の端くれであるによって。我々はまたもや、いよよ佗しく荒らかになる一方の田野を抜け、挙句そいつが如何なるスコットランド荒野にも劣らず剝き出しにして荒涼となるまで旅を続けた。日が暮れてほどなく、一先ずその夜は「スカラ座旅籠」に宿を取ったが、旅籠は独りぽつねんと立つ、どこからどこまで淋しい屋敷で、一家は高さ三、四フィートは下らぬ石の演壇の上に築かれた、牡牛一頭丸ごと炙り焼き出来ようかというほどどデカい厨の暖炉のグルリに腰を下ろしていた。上階にして、この旅籠唯一の他の階には、だだっ広い、放ったらかしの、締まりのない大広間《サーラ》があり、片隅にとびきり小さな窓が一つと、てんでバラバラの方角の四部屋の黒々とした寝室に通ず四枚の黒々とした扉があるきりだった。とは、階段がいきなり、床のある種跳ね蓋伝《づて》お出ましになり、天井の棰が頭上に茫と浮かび上がっているまた別の黒々とした大広間《サーラ》に通ずまた別の黒々とした大きな扉と、とある仄暗い片隅でコソついている胡散臭げな小さな戸棚と、てんでバラバラに散らかっている旅籠中のナイフをさておけば。暖炉は生粋のイタリア建築になるもので、故にそいつの姿を拝ませて頂くは煙のせいで土台叶はぬ相談。女給は舞台の上の山賊の上さんそっくりで、頭にもそっくり同じ手合いの被り物を載っけている。犬は狂ったように吠え立て、谺が自らに賜った世辞に礼を返す。グルリ十二マイル以内には外《ほか》に一軒とて家らしきものはなく、事態は実に佗しい、何やら人殺しめいた様相を帯びていた。

　事態は、この二、三晩ほど追い剝ぎが天下御免で大挙、出没し、くだんの場所の間近で郵便馬車に待ったをかけたそうなとの風聞が立っているからというので一向好くなるどころの騒ぎではなかった。追い剝ぎはつい先達て、ヴェスビオ山そのもので、一人ならざる旅人を待ち伏せしていたとのことで、路傍の旅籠という旅籠はその噂で持ち切りだった。連中は、とは言え、（ふんだくられるような身上をほとんど何一つ持ち併さぬ）旅人の知ったことではなかったから、我々は一件をダシに腹を抱え、ほどなく能う限りノホホンとくつろぎ返った。我々は当該孤独な旅籠でお定まりのディナーを認《したた》め、そいつは、馴れれば、めっぽうイケる口だった。中に野菜か米の入った一品が出され、言はばスープを表すある種速記法文字、と言おうか特殊アクセント付き文字にして、卸しチーズをどっさり、塩をたっぷり、コショウをふんだんに利かせば、すこぶる旨かった。このスープには鶏が半羽方《がた》使われている。それから、ヤツ自身のみならず外《ほか》の鳥の砂嚢と肝臓をグルリに突き立てたシチュー仕立ての鳩と、小さなフレンチロールほどの大きさのローストビーフも出た。パルメザンチーズの欠片と、ちんちくりんの盆に一緒くたに盛られた、小さな萎びたリンゴも五つあったが、そいつらまるでどいつもこいつも食われるのだけは真っ平御免とばかりお互い身を寄せ合っていた。それからコーヒーが、それから就寝が、お越しになる。何卒レンガの床はお構いのう。扉が欠伸よろしくあんぐり口を開けるのも、窓がバタンバタン開いては閉じるのもお構いのう。貴兄自身の馬がベッドの真下なる厩にて休らい、モロに枕許もいい所なものだから、どいつか咳《しはぶ》くか嚔《くさめ》を放《ひ》ろうものならその度目が覚めるのもお構いのう。もしやグルリの連中に気さくに接し、愉快な口を利き、陽気な面《つら》を下げさえすれば、如何ほどお粗末なイタリア旅籠にても必ずやとびきり懇ろなやり口で持て成され、国の端からもう一方の端まで（如何ほど噂はアベコベたろうと）何処にてもこれきり堪忍袋の緒を切らすまでもなく旅を続けられようこと請け合い。わけてもオルヴィエトやモンテ・プルチアーノ*のようなワインの御相伴にフラスコ入りにて、与れるというなら。

我々がこの地を発ったのは悪天の朝で、延々十二マイルというもの、イングランドのコーンウォールにも劣らず石ころだらけの、索漠とした、痩せ地を踏み越え、漸うラディコファニ*に辿り着いてみれば、そこにはいつぞやトスカナ公爵所有の守猟邸宅たりし、薄気味悪いお化け屋敷じみた旅籠が今にある。して然にウネクネと曲がりくねった廊下だの不気味な部屋だので溢れ返っているものだから、これまで物された殺人譚や怪談のネタはそっくりくだんの屋敷一軒こっきりに転がっていたのやもしれぬ。ジェノヴァにもなるほど身の毛のよだつような、古めかしい広壮邸宅《パラッツォ》はあり、わけても内一軒など、外っ面がこいつに似ていなくもない。が当該ラディコファニ旅籠には小生のついぞ、他の何処にてもお目にかかったためしのなき、ウネウネ、ウネくり、キーキー軋み、ボロボロ虫に食われ、カサコソ衣摺れがし、バタンバタン扉の開く、階段に足を掛ければ一瞬先は闇めいた雰囲気が滞っている。町は、とは名ばかりの代物だが、旅籠の上方にして正面の山腹にしがみつき、住人は一人残らず物乞いの証拠、馬車がお越しになるのが目に入るが早いか、その数だけのハゲタカよろしく空から舞い下りて来る。

この土地の先にある峠に辿り着くと、風が（旅籠の連中の予告通り）それは凄まじく吹き荒れているものだから、我々はまずもって小生の妻を馬車ごとでんぐり返っては大変と、馬車から降ろし、そいつがどこかへ――は神のみぞ知る――吹っ飛ばされぬよう吹きっ晒しの側《がわ》に（ゲラゲラ腹を抱えている限りにおいて精一杯）しがみつかざるを得なかった。単なる風の激しさがらみで言えば、当該山嵐は大西洋を吹き荒れる突風と鎬を削ってなお、余裕綽々勝ちを攫っていたやもしれぬ。山嵐は右手の山脈の巨大な雨裂伝いに吹き下ろし、よって我々はモロに怖気を奮い上げて左手の大きな沼地の方を見やり、さらばすがりつくに灌木一本、と言おうか小枝一本なかった。一度《ひとたび》足許を掬われたが最後、大海原へ掻っさらわれるか、天空へ煽り上げられるかの二つに一つ、ではあったろう。雪と霰と雨が吹きつけ、稲光が走ったかと思えば雷鳴が轟いた。霧が濛々と立ち籠める側《そば》から棚引き去った。奈落さながら暗く、由々しく、人気《ひとけ》ない。怒《いか》った叢雲にすっぽり包まれた山また山が列なり、見渡す限り、然に荒らかに、目眩く、瞬く間に、狂おしく、移ろうものだから、その場の光景は得も言はれず厳かにして血の滾らんばかりであった。

　にもかかわらず、その地を後にすれば――憂はしく薄汚い教皇領辺境を過るだに――何がなし安堵した。小さな町を二つ素通りした後《のち》――内一つのアクアペンデンテではやはり「謝肉祭《カーニヴァル》」がお出ましだったが、練り歩いているのは女の仮面を被った女装の男と、男の仮面を被った男装の女こっきりで、二人共やたらシケた物腰で泥だらけの通りから通りを踝までどっぷり浸かりながら歩いていた――漸う黄昏時に、その堤にマラリアで夙に名高い同名の小さな町のある、ボルセーナ湖の見える辺りまでやって来た。当該惨めったらしい場所をさておけば、湖の堤にもその近くにも（敢えてそこで寝ようなどという物好きはいまいから）田舎家の一軒とてなく、水面《みなも》にも小舟一艘浮かんでいなければ、泥濘った二十七マイルに垂んとす何の変哲もなき道程にもそいつの憂さを晴らす木切れ一本、杭一本、転がっていなかった。どしゃ降りのせいで道がめっぽう悪かったから、到着したのはかなり遅く、それもあってか日が暮れてからの光景の懶さと来ては全くもって耐え難かった。

　我々は翌夕、日の沈む頃、同じ索漠としてはいるものの、めっぽう毛色の異なる、してより麗しき光景へと差し掛かった。既に（ワインで名立たる）モンテフィアスコーネと、（泉で名立たる）ヴィテルボ*は通過し、八ないし一〇マイルに及ぶ延々たる丘を登り詰めると、いきなり心淋しい湖の縁に突き当たった。この湖はとある箇所では鬱蒼たる森を背に実に美しい景観を成す一方、別の箇所では荒涼たる火山丘陵に封じ込められているとあって、生半ならず荒んで見えた。この湖の満々と水を湛えている辺りにはその昔、とある都が栄えていたという。*都はある日、忽然と姿を消し、代わりにこの泉が湧き出でた。水が澄むと都の廃墟が水底《みなそこ》に垣間見えるとの神さびた（津々浦々でお馴染みの）言い伝えがある。が、いずれにせよ、この地の表《おもて》より都は失せた。地べたが、して水もまた、都を覆うように湧き上がり、ここにて御両人はあの世にいきなり締め出しを食い、というに二度と再び舞い戻る手立てに見限られた亡霊よろしく立っている。して何やらくだんの地でお次に地震が起こるのを幾星霜待ち続け、仰《のっ》けにそいつがこっぽり口を開けた途端、大地に飛び込んだが最後、それきり姿を晦ましてやろうと手ぐすね引いてでもいるかのようだ。水底《みなそこ》の不幸な都とて、地上なるこれら噴火で黒焦げになった丘や淀んだ水ほど佗しく、あの世めいてはいまい。真っ紅な夕日は奴らを、恰も連中が固より洞《ほら》と暗黒のためにこさえられていることくらい先刻御承知とばかり奇しきやり口で見守り、片や陰気臭い水はぢくぢく滲んでは泥を吸い、泥濘った芝や草の直中をこっそり這いずり回る——まるで往古の塔や屋根をそっくりでんぐり返し、そこに生まれ育った往古の人々を葬り去った罪の意識が今なおずっしり良心に伸しかかってでもいるかのように。

　この湖から少し離れた所にロンチリオーネという、巨大な豚舎よろしき小さな町があり、そこで我々は一夜を明かし、翌朝七時に、ローマ目指し出立した。

　当該豚舎から這い出すや否や、我々はカンパーニャ・ロマーナに——即ち（周知の如く）ほとんど何人《なんぴと》といえども住むこと能はず、幾々マイルにも及び凄まじき単調と陰鬱を紛らすものの何一つなき、緩やかに起伏する平原に——差し掛かった。ローマの城門の外にともかく広がり得るありとあらゆる手合いの田野の内、これぞ正しく「死せる都」に最も打ってつけにしてしっくり来る墓所に違いない。然に悲しく、然に黙《もだ》し、然にむっつり塞ぎ込んでいるとあらば——広大な廃墟をすっぽり覆い隠す上で然に密やかとあらば——悪魔に取り憑かれた男共がエルサレムの古《いにしへ》の日々、いつもさ迷っては吠え哮っては、我と我が身を引き裂いていた（『ルカ』八：二七・九）荒野に然にウリ二つとあらば。我々は三〇マイルに及ぶこの大平《カンパー》原《ニャ》を過らねばならず、延々二十二マイルにも及び、時に独りぽつねんと立つ屋敷か、顔中に蓬髪をほつれかからせ、御当人は喉元までぴっちりむさ苦しい褐色のマントに包《くる》まったなり羊の群れを追っている破落戸風情の羊飼いを目にするのをさておけば、何一つ拝ませて頂けぬまま、ひたすら旅を続けた。してくだんの距離をやりこなし果すや、馬に一息吐かせ、昼食を認《したた》めるべく、しごくありきたりの、マラリヤ病みの、うらぶれ果てた小さな旅籠に立ち寄った。が内っ面の壁と梁と来ては隅から隅まで（昔ながらの仕来りに鑑み）それは惨めったらしいやり口でごってりペンキだの漆喰だの塗ったくられているものだから、部屋はどいつもこいつも別の部屋の内を外へ引っくり返したげな面《つら》を下げ、おまけに綴織のへっぽこ擬い物が垂れ下がり、てんで傾いだ一つならざるリラのいじけたへぼ絵が散っているとあって、どこぞの旅回りのサーカスの書割りの後ろからふんだくって来たかと見紛うばかりであった。

またもや彼《か》の地をかなり後方へ打っちゃるにつれ、我々は正しく熱に浮かされたように、ローマはまだかと目を凝らし始め、一、二マイル後《のち》にとうとう、「永遠の都」が遙か彼方に姿を見せるや、そいつはまるで——くだんの語を綴るのが、蓋し、憚られるが——「ロンドン」そっくりだった!!! そいつはそこに、ぶ厚い叢雲の下《もと》、数知れぬ塔や、尖塔や、家々の屋根を天空へと聳やがせたなり、横たわり、それら全ての遙か高みにとある「円蓋《ドーム》」がそそり立っているではないか。その準えが如何ほど馬鹿げて聞こえようか重々承知しながらも、小生は誓って、ローマがくだんの距離にては然にロンドンそっくりなものだから、もしや鏡に映して見せられていたなら、外《ほか》の何ものとも思えなかったろう。

第十景　ローマ

我々は「永遠の都」ローマに一月三十日午後四時、ポルタ・デル・ポポロ（ローマの北門）から入り、いきなり——薄暗い、泥濘った日で、とうの昔からどしゃ降りだったが——謝肉祭《カーニヴァル》の外っ縁に突き当たった。その折は、自分達がほんの仮面のほぐれた端を見ているにすぎぬとは思いも寄らなかった。というのも連中、いざ馬車の流れへ雪崩れ込み、いずれ祭りの真っ直中へ飛び込む絶好の機を捉えるまで広場《ピアッツァ》の周囲を馬でゆっくりグルグル、グルグル回っていたからだ。して然にやぶから棒に、旅の埃まみれにしてクッタクタのなり連中に紛れるのは、その場の光景を楽しむ用意万端整えてお越しになるのとは似ても似つかなかった。

我々は二、三マイル前にテーヴェレ川をモッレ橋伝《づて》渡っていた。川はやたら黄ばんで映り、波に刮げられた泥まみれの堤の間を忙しなく流れているとあって、荒廃と衰亡の前途洋々たる様相を呈していた。謝肉祭《カーニヴァル》の外っ縁の仮装は、当該お目出度な胸算用に甚だしき狼藉を働いた。大いなる廃墟は——太古の厳かな名残は——影も形もない——そいつらそっくり都の反対側にあったから。如何なるヨーロッパの町でもお目にかかれよう、しごくありきたりの店や屋敷の延々と建ち並ぶ通りはありそうだ。忙しない人々や、馬車や、いつもの通行人が行き交い、ペチャクチャとおしゃべりな他処者も掃いて捨てるほどいる。そいつは、パリのコンコルド広場が然ならぬに劣らず小生のローマではなかった——男であれ小僧であれ、誰しも頭の中で思い描こう、衰微し、凋落した挙句、廃墟の山に紛れて日溜まりで微睡んでいる、絵空事のローマでは。どんよりとした叢雲の垂れ籠める空や、懶い氷雨や、泥濘った通りには覚悟が出来ていた。がこれにはさっぱり。今に正直白状するが、小生はその夜、血気に逸っていたのもどこへやら、ほとほと嫌気が差して床に就いた。

翌日、表へ出るやすかさず、我々はサン・ピエトロ大聖堂へと足早に向かった。大聖堂は遠くからは巨大に見えたが、近づいてみれば、その割に、やたら、めっぽう、小さかった。大聖堂の聳やぐ広場《ピアッツァ》は見事な円柱が立ち並び、泉からは水が滔々と——然に清しく、大らかに、屈託なく、美しく——迸るとあって、その麗しさは筆舌に尽くし難い。初めて堂内を一気に、広大な威厳と栄光ごと目の当たりにし、わけても円蓋《ドーム》を振り仰いだ際の感動は終生忘れ得まい。が、祝祭《フェスタ》の仕度が着々と整えられているせいで、厳かな大理石の円柱は何やら押しつけがましい赤と黄の安ピカ物に包《くる》まれ、教会の中央の祭壇と、その前にある地下礼拝堂への入口は金細工師の作業場か、椀飯振舞いの無言劇《パントマイム》の幕開き場面の一つのようだった。して（我ながら）建築には能う限り洗練された審美眼を具えているつもりだが、さしたる感銘を受けなかった。これまでもオルガンが演奏されている折の幾多の英国の大聖堂や、会衆が讃美歌を歌っている折の幾多の英国の鄙びた教会で、計り知れぬほど大きな感動を覚えて来たし、ヴェネチアのサン・マルコ島の大聖堂では遙かに神秘と驚異に強く心を打たれた。

再び教会の外へ出ると（我々は一時間近くもひたすら円蓋《ドーム》を見上げ、その期に及んでなお、如何ほど大枚叩《はた》かれようと、堂内を「ざっと見て回る」気にはならなかったろうが）、御者に「大円形劇場《コリセウム》へ行く」よう命じた。四半時間かそこらで、御者は門で馬車を停め、我々は中へ入った。

以下の如く述べるは、断じて作り事ではなく、冷めた、ありのままの、嘘偽りなき「真実」である――今なお然に示唆的にして明瞭たるからには。即ち、束の間――実の所、一歩足を踏み入れる上で――その気のある者は誰しも、大建造物

を昔日のままに、闘技場《アリーナ》をひたぶる覗き込む汲々たる顔また顔や、そこにて繰り広げられる、言語に絶す闘争と、血潮と、土埃の騒乱ごと、眼前に彷彿とさすやもしれぬ。その孤独と、由々しき美と、全き荒廃が次の瞬間には、和らいだ悲しみさながら胸を打ち、他処者は恐らく終生、己自身の情愛や苦悩に直接関わらぬ如何なる光景によっても然まで感銘を覚え、気圧されることはあるまい。

大円形劇場《コリセウム》がそこにて、年々微々たるものの次第に朽ちているのを目の当たりにするは――壁と拱門には苔が産《む》し、回廊は白日に晒され、柱廊玄関《ポーチコ》にはひょろりとした芝草が伸び、昨日《さくじつ》の若木がゴツゴツの欄干に生えては実を結び、割れ目やヒビの内側に巣を作っている鳥によってそこに落とされた種からたまさかの生り物が芽生えているのを目の当たりにするは――「闘技の奈落」は土で塞がれ、ど真ん中に長閑な十字架が立っているのを目の当たりにするは――上階の通路に昇り、グルリを取り囲む荒廃、荒廃、荒廃を――コンスタンチヌス帝と、セプティマス・セウェルス帝と、ティトゥス帝の凱旋門*を、古代ローマの中央広場《フォルム》や皇帝宮殿（フラウィウス朝宮殿址）を、崩れ去った、古《いにしえ》の宗教の神殿を――見下ろすは、古代ローマ人の踏み締めた正しくその地に取り憑いた邪悪な素晴らしき古都、古代ローマの亡霊を目の当たりにすることなり。

それは、想像し得る限り感銘深く、厳かな、堂々たる、壮大な、威厳溢る、憂はしき光景であろう。よもや、その最も血腥き絶頂においてすら、如何ほど屈強な生気で溢れ返った巨大な大円形劇場《コリセウム》の光景といえども、とある心を今しも廃墟たるそいつを眺める全ての心を衝き動かさずばおかぬ如く衝き動かせはすまい。神よ、ありがたきかな、廃墟たる！

大円形劇場《コリセウム》が墓の直中なる山たりてそこに立ちながらにして、他の廃墟の頂を成すが如く、然にその太古の感化は獰猛で残虐なローマ人の性《さが》において、ローマの古代神話と古代屠殺の他の全ての名残よりなおしぶとく生き存えている。イタリア人の顔は他処者がローマに近づくにつれて移ろい、その美しさは悪魔めく。通りを行き交う市井の人々の内、仮に大円形劇場《コリセウム》が明日にでも修復されれば、そこにて屈託なくくつろぎ返らぬ面《つら》は百に一つもあるまい。

とうとうここには、蓋し、ローマがあった。して何人《なんぴと》たりその十全として由々しき威厳にては想像し得まいローマが！我々はアッピア街道*へとフラフラさ迷い出で、それからここかしこに佗しい空家の散る、幾々マイルもに及ぶ崩れた墓と壊れた壁の直中を縫い、今なお戦車の走路や、審判と競技者と観客の席が往時のままにくっきり見て取れるロムルスの大競技場《サーカス》を行き過ぎ――チェチリア・メテッラの墓*や――囲いや、生垣や、杭や、壁や、柵をそっくり——打っちゃり、かくて遙か、開けた大平原《カンパーニャ》へと出た。がローマのくだんの側《がわ》には「廃墟」を措いて何一つ見えぬ。遙かなるアペニン山脈が左手にて視界を閉ざす箇所をさておけば、見渡す限り、是一つの荒廃の原野に外ならぬ。こよなく美しく画趣に富む拱門また拱門の直中に取り残された、崩れた水路橋に、崩れた神殿に、崩れた墓。筆紙に尽くし難いほど侘しく、憂はしい腐朽の砂漠。大地に散る石それぞれに歴史の秘められた。

　日曜には、ローマ教皇がサン・ピエトロ大聖堂における盛式ミサの挙行に立ち会った。くだんの二度目の折の大聖堂の小生の心に与える感銘は、一回目のそれと、して如何ほど幾《いく》度《たび》訪おうとて変わらぬそれと、全く同じであった。大聖堂は宗教的に印象的でも感銘深くもない。心惹かれる一箇所とてなき巨大な建築。かくて心はグルグル、グルグルさ迷うことにて倦み果てる。正しくその場の趣旨にしてからが、詳細を吟味せぬ限り、そこで目にする何物にも表現されていず——如何ほど詳細を吟味しようと、所詮、大聖堂それ自体とは相容れぬ。そいつは、建築学的凱旋以外何ら目的を有さぬというなら、万神殿《パンテオン》か、元老院か、ともかく大いなる建築学上の記念碑で通っていたやもしれぬ。深紅の天蓋の下には、なるほど、聖ペテロの黒い彫像があり、像は実物より大きく、足の親指は敬虔なカトリック教徒によって絶えず接吻されている。然に際立ち、俗受けするからには御逸品、嫌でも目に入る。が、芸術作品として神殿の趣きを高めるは疎《おろ》か、その高尚な趣旨を——少なくとも小生にとっては——表《ひょう》し得ていない。

　祭壇の背後の広々とした空間にはイングランドのイタリアン・オペラ・ハウス（現女王陛下劇場）のそれそっくりの、とは言え装飾において遙かにケバケバしい枡席がびっしり設えられている。かくて手摺で仕切られた手合いの劇場の中央には、教皇の椅子の据えられた天蓋付雛壇がある。石畳にはとびきり明るい緑色の絨毯が敷き詰められ、この緑色と、綴織の耐え難いまでの赤や深紅と、黄金の縁とで、代物全体は是一つのどデカいボンボンかと見紛うばかりだ。祭壇の両側には外つ国からお越しの女性信者のための大きな枡席が設えられ、ここには黒いドレスと黒いヴェールの女性がぎっしり座っている。赤い上着と、革の半ズボンと、ジャック・ブーツの出立ちの教皇の護衛の殿方が、ありとあらゆる意味においてめっぽうピカついた抜き身の剣で、当該指定席の警備に当たり、片や祭壇から身廊伝《づて》ズイと、広々とした通路から人を払っているのは教皇のスイス護衛隊で、風変わりな縞模様の外衣《サーコート》と縞模様のキチキチのゲートルの出立ちにて、斧槍を手にしている。が御逸品、何やら舞台からいっかなとっとと降りること能はず、敵軍によって占拠されている開けた田野が「天変地異」によりて真っ二つに裂けてなお敵の野営陣地にグズグズとためらっている所が概ね見受けられるやもしれぬ、例の芝居の雇い役者《エキストラ》に担《にな》われているそいつに似ていなくもない。

小生は他の幾多の黒づくめの（他に何ら許可証《パスポート》はお入りでないとあって）殿方と共に緑の絨毯の縁に上がり、ミサが執り行なわれている間《かん》、そこにゆったり立っていた。聖歌隊はとある片隅の（大きな蝿帳か鳥籠そっくりの）針金細工の小屋の中に閉じ込められ、とんでもなくお粗末に喉を震わせた。緑の絨毯の周囲では会衆がゆっくり移ろい、互いに話しかけたり、片眼鏡越しに教皇をジロジロ眺めたり、気も漫ろな折には互いに柱基のあやふやな席をふんだくり合ったり、御婦人方宛悍しくニタついたりしていた。ここかしこ点々と散っているのは托鉢僧（目の粗い茶色の法衣と尖った頭巾のフランシスコ会修道士かカプチン会修道士）の小さな塊で、より高位のケバケバしい聖職者と奇しき対照を成すのみならず、四方八方で右へ左へ肩や肘で小突き回されることにて御当人方の謙遜をとことん満足させていた。中には、トボトボ田舎からやって来た証拠、サンダルも雨傘も泥まみれなら、法衣も泥ハネだらけの者もいた。大方の修道士の面《つら》は衣《ころも》に劣らずがさつで重々しく、グルリの栄光と壮麗に据えられた依怙地で、魯鈍で、虚ろな眼差しにはどことなく半ば惨めったらしく、半ば滑稽な所があった。

緑の絨毯そのものの上にして、祭壇の周囲に集うているのは、赤や、金や、紫や、菫や、白の肌理の細かなリンネルに身を包んだ正しく一軍隊分もの枢機卿と司祭で、はぐれ者の中には会衆に紛れて行きつ戻りつしながら、相方と四方山話に花を咲かせたり、紹介したりされたり、挨拶を交わしたりする者もあった。黒い外套の他の役人や、参内服の他の役人の中にも右に倣っている連中がいる。これら皆、のみならず、音もなく出入りしているコソついたイエズス会修道士や、ひっきりなしにあちこちウロつき回っている「イングランドの若人（『ヘンリー五世』第二幕前口上）」の途轍もなき腰の座らなさの直中にて、顔を壁の方へ向けて跪き、ひたすらミサ典書に読み耽っている、司祭平服《カソック》姿の不動の人影は、ほんの一握りながら、他意はないにせよ、ある種人道的人捕り罠と化し、己《おの》が敬虔な大御脚もて外の連中のそいつらを十把一絡げに掬い上げていた。

小生の近くの床の上にはロウソクが堆く積まれ、そいつを薄葉紙になる夏の炉飾りそっくりの、透かし細工の肩ぎぬ《ティペット》のついた羊羹色に剝げ上がった黒い法服を着たヨボヨボの爺さんが、一人一本ずつ、聖職者全員にひたぶるせっせと配っていた。聖職者はロウソクをステッキよろしく小脇に抱えたり、職杖の要領で握り締めたなり、しばらくそこいらをウロつき回っていた。儀式の所定の折が来ると、しかしながら、一人ずつロウソクを教皇の所まで持って上がり、上で十字を切って頂くべく教皇の両膝の上に載せ、またもや受け取るや、ゾロゾロ縦列を成して立ち去った。こいつは、御明察通り、やたら細々として連綿とやりこなされ、よって時間を食った。とは言え、ロウソク一本に念には念を入れて十字を切るのに手間取るから、というよりむしろ、十字を切ってやらねばならぬロウソクが然にその数あまたに上るからというので。とうとう、ロウソクは一本残らず十字を切られ、さらば一本残らず火を灯され、さらば教皇は椅子ごと担ぎ上げられ、堂内をグルグル運ばれた。

　正直な所、小生は十一月でもないというに、くだんの月の五日（火薬陰謀事件記念日）の英国のお馴染みの記念祭にかくもウリ二つの代物に未だかつてお目にかかったためしがなかった。後はマッチの束とカンテラの小道具さえ揃えば、ケチのつけようがなかったろう。教皇その人とて、なるほど御尊顔はにこやかで神さびてはいるものの、そっくり具合におよそミソをつけるどころの騒ぎではない。というのも典礼のこの期に及び、クラクラと目眩いを覚え、気分が悪くなったせいでその最中《さなか》、目を閉じざるを得ず、かくて両目を閉じ、頭にはどデカい司教冠《ミトラ》を被り、頭それ自体を連中にググラと担ぎ回られる片やゆっさゆさ前後左右に揺すぶっているとあって、今にも仮面がずり落ちかねぬばかりだったからだ。必ずや両側に一本ずつかざされる二本の巨大な扇は無論、この折も教皇に付き従っている。連中に担ぎ回されている片や、教皇は秘儀の仕種で会衆に祝福を垂れ、教皇の行き過ぎざま、信徒は跪いた。堂内を一巡りし果すと、教皇はまたもや連れ戻され、もしや小生の勘違いでなければ、当該儀式は都合三度《みたび》繰り返された。儀式には、蓋し、何ら厳かな所も感銘深い所もなく、蓋し、どこからどこまでおどけ返り、派手派手しかった。が、当該私見は典礼全体に当てはまろう――聖餅《せいへい》掲揚の折をさておけば。さらば衛兵はすかさず一斉に片膝を突き、抜き身の剣《つるぎ》を床に投げ出したからだ――見る者の心を打たずばおかぬことに。

　小生が次に大聖堂を目にしたのはおよそ二、三週間後で、その折は丸天井《ボール》まで昇り詰めた。して昇り詰めてみれば、綴織は取り外され、絨毯は巻き上げられていたものの、枠組みはそっくり残っているとあって、くだんの飾り物の名残は弾けた癇癪玉《クラッカー》そっくりだった。

金曜と土曜は厳粛な祝祭《フェスタ》の日で、日曜は謝肉祭《カーニヴァル》の手続きにおいては必ずや休廷《ダイイーズ・ノン》／業日だった。よって、我々は興味津々にしてシビレを切らさぬばかりに週が明けるのを待ち受けた——月曜と火曜こそは謝肉祭《カーニヴァル》の最後にして最上の二日だったからだ。

月曜の午後一時か二時ともなれば、一台ならざる馬車がガラガラ大きな音を立てて旅籠の中庭へ乗り入れ、旅籠の召使いが挙ってセカセカ右往左往し始め、何かと言えば、未だ御逸品を世論を物ともせず、得々として着られるほどには同上に馴れ切っていない、仲間とはぐれた仮装の他処者がどこぞの戸口かバルコニーをそそくさと突っ切り出した。馬車はどいつもこいつも幌型で、内張りはひっきりなしにボンボンを投げつけられた挙句本家本元の装飾が台無しにされては大変と、真っ白な木綿か白カナキンで丹念に覆われ、人々は客をお待ちかねの馬車という馬車にどデカい袋か籠一杯のくだんの糖菓をギュウギュウ詰め込み、そこへもって小さな花束に仕上げた花をそれはどっさり押し込んでいるものだから、中には花で一杯、のみならず、文字通り溢れ返っている馬車もあり、撥条《ばね》が震えたりグイと引き攣ったりする度、アブれものを地べたに撒き散らしていた。これら肝心要の詳細において遅れを取ってなるものかと、我々は（各々高さ三フィートはあろうかという）実に見てくれのいいボンボン二袋と、大きな洗濯籠一杯の花をすぐ様、我々の貸しの幌付き四輪《バルーシュ》に担ぎ込ませた。して旅籠の上階のバルコニーの一つなる、我らが観測地点より、くだんの手筈が整えられるのを得も言はれず得々と打ち眺めた。あちこちの馬車がそろそろ客を乗せ、ガラガラ立ち去り始めたので、我々も顔に小さな針金の仮面を被ったなり、駆け出した——何せボンボンと来ては、フォールスタッフの混ぜ物入りサック・ワイン（『ヘンリー四世第一部』第二幕第四場）よろしく中身に石灰《ライム》が混じっているからだ。

コルソは一マイルほどの通りで、店や、宮殿や、私邸が建ち並んでいるが、時にだだっ広い広場《ピアッツァ》に通じることもある。ありとあらゆる形《なり》と大きさのヴェランダやバルコニーがほとんどの屋敷からも——とある階のみならず、間々階という階のここかしこの部屋から——張り出し、概ねてんでバラバラにして得手勝手に設えられているものだから、たとい年々歳々、春夏秋冬、天からバルコニーが雨と、霰と、雪と降り、嵐と吹きつけていたとて、然まで支離滅裂なやり口でこの世にお目見得すること能はなかったろう。

これぞ謝肉祭《カーニヴァル》の大いなる本源にして焦点。が、謝肉祭《カーニヴァル》の催される通りは一本残らず竜騎兵によって厳重に警備されているせいで、馬車はまずもって別の目抜き通りを縦列にて走り、かくてコルソーへはその終点の一つたるポポロ広場から遙か離れた端より入って行かねばならぬ。故に、我々は馬車の列りに紛れ、しばらくいい加減静々進むことと相成った——今や漫ろ歩きといい対《たい》這うようにして、今や五、六ヤードほど速歩《はやあし》にて、今や五十ヤードばかり後退り、今やひたと立ち停まりながら——とは前方の押し合い圧し合いの命ずがまま。もしやせっかちな馬車が、ちゃっかり先乗りしようとの狂おしき腹づもりの下《もと》、いきなり列から飛び出し、ガラガラ駆け出そうものなら、やにわに騎馬の竜騎兵に正面から待ったをかけられるか、後ろから追いつかれる。竜騎兵は片や、御当人の抜き身の剣《つるぎ》ほどにも異議申し立てという異議申し立てに聞く耳持たぬとあって、すかさず出し抜き屋を列の正しくどん尻にまで連れ戻し、晴れていっとう遙か彼方なる眺望の朧なポチに成り下がらす。時折、我々はすぐ前の馬車か、すぐ後ろの馬車とボンボンの一斉射撃をお見舞いし合った。が、目下の所、フラフラとさ迷えるはぐれ者の馬車がかくて警備隊によりてお縄となるのを拝ませて頂くのが主たる気散じだった。

　ほどなく、我々はせせこましい通りへと差し掛かり、そこにては先へ進む馬車の列の外《ほか》にもう一本、ゾロゾロ引き返す馬車の列もあった。この期に及び、ボンボンと花束は強かにあちこち飛び交い始め、小生は恰も好し、とあるギリシア戦士の仮装の殿方が物の見事に（折しも二階の窓辺の若き御婦人に花束を放り投げようとしている）薄茶色の頬髭の山賊の鼻に飛び道具を命中させ、かくて野次馬連からやんややんやと拍手喝采を浴びる所を拝ませて頂いた。当該勝鬨を挙げたギリシア戦士はとある戸口で、くだんの離れ業に祝意を表している——さながらど真ん中で皮を引っ剝がされでもしたかのように左半分が黒で、右半分が白の——いかつい御仁と与太を飛ばし合っているその最中《さなか》、今度は御当人がどこぞの屋根からモロに左耳にオレンジを食らい、生半ならず泡を食った、とまでは行かずともえらく胆を潰した。わけても、折しも立ち上がりかけ、馬車が同時にいきなり動き出したせいでヨロヨロ、面目丸つぶれもいい所、ヨロけ、花の真っ直中にズッポリ埋《うず》もれたとあらばなおのこと。

　およそ四半時間ほどこんな調子でノロノロ進んでいたものの、我々はとうとうコルソ通りに辿り着いた。が、そこなる丸ごとの眺めほど陽気で、明るく、活きのいい代物を思い描くは土台叶はぬ相談。数知れぬバルコニーというバルコニーから——いっとう近く、低いそいつらは言うに及ばず、いっとう遠く、高い連中からも——明るい赤や、明るい緑や、明るい青や、白や、金の垂れ布が目映いばかりの日射しを浴びて翻っている。窓から、欄干から、屋根から、とびきり鮮やかな色彩の吹流しや、とびきりキラびやかで派手派手しい色合いの綴織が通りの上へとハタめいている。建物は文字通り内を外に引っくり返され、艶やかさをそっくり街道の方へひけらかしてでもいるかのようだ。店の正面は取っ払われ、窓にはぎっしり、キラびやかな劇場の枡席よろしく、仲間が犇き合い、扉は蝶番から外され、内なる花と常盤木の花輪のあしらわれた延々たる綴織木立がひけらかされ、大工の足場は銀や金や深紅で燦然と輝く豪勢な社《やしろ》に為り変わり、石畳から煙突の天辺に至るまで、女性の目の輝ける奥まりという奥まりや、隅という隅にて、そいつら水面《みなも》の光さながら踊り、笑い、キラめく。ありとあらゆる手合いの蠱惑的な衣装狂気がハバを利かすに、小さな途轍もなき紫色のジャケットに、如何ほど小粋なボディスにも増して小意地の悪げな古めかしい風変わりな胸衣《ストマカー》に、熟れたグーズベリーとどっこいどっこい今にもはち切れそうなぴちぴちのポーランド風襟付外套《ペリース》に、てんで捻けたなり如何で黒々とした髪にしがみついているものか、は神のみぞ知るちんちくりんのギリシア帽にと、ありとあらゆる狂おしき、奇妙奇天烈な、太っ腹の、はにかみがちな、スネっぽい、お転婆な気紛れが一着の衣装にまざまざと具現され、という気紛れという気紛れは、さながら今にそっくり昔日の姿を留めている三本の古めかしい水路橋がくだんの朝《あした》、屈強な拱門伝《づて》忘却《レーテ》の水をローマへ滔々ともたらしでもしたかのように、その所有主によりては目眩く浮かれ騒ぎの直中にてとことん忘れ去られている始末。

　馬車は今や三台、より広い場所では四台、横並びになり、しょっちゅうぶっ通しで延々と立ち往生し、必ずや是一つのぴっちり詰んだ色取り取りの明るさの塊たりて、通りの端から端まで、花嵐越しにては連中自体、よりどデカい生育なる花かと見紛うばかりであった。馬の中には豪勢な馬衣で飾り立てられているものもあれば、頭から尻尾まで、流れるようなリボンを優美にあしらわれているものもある。中には巨大な二面相の——一方の面《つら》は馬宛やぶ睨みをし、もう一方の面《つら》は仰天物《もの》の目でギョロリと馬車の中を上目遣いに覗き込んでいる——が、いずれ劣らずボンボンなる雨霰の下《もと》、つられてガタついている御者もいた。かと思えば、ボネット抜きにして長い巻き毛を垂らした女装の御者もいる。が、馬相手の(然なる雑踏の中ともなればその数あまたに上る)如何なる現《うつつ》の難儀にても得も言はれず、と言おうか紙幅に余るほど、滑稽なザマを晒してはいた。馬車の中にて座席に腰掛ける代

わり、ローマの佳人方は、それだけよく見え、見られもするよう、並べての乱痴気のこの期に及び、クッションに大御足を載せたなり、幌付き四輪《バルーシュ》のいっとう先っちょに腰掛けている——して、おお、波打つ裳裾と艶やかな腰のくびれよ、麗しき形《なり》とにこやかな面《おもて》よ、屈託のない、気さくな、目も綾な姿形よ！ 一方、器量好しの娘御をワンサと——恐らくは、三十人かそこら一緒くたに——乗せた箱荷車《ヴァン》もあり、これら妖精じみた焼打ち船の内へ外へと、お見舞いされる舷側砲の一斉射撃は一時《いちどき》に十分は下らぬ、花とボンボンを空《くう》に跳ね散らかす。一箇所で長らく足留めを食っている馬車は外《ほか》の連中、もしくは下方の窓の住人とやおら刃を交え始め、さらばどこぞの上階のバルコニーか窓の見物人まで売った買ったに首を突っ込み、いずれの側《がわ》にも攻撃を仕掛けるに、大袋入りのボンボンをごっそりぶちまけ、さらば御逸品、濛々と立ち籠めたが最後、喧嘩騒ぎの連中をあっという間に粉屋よろしく真っ白けにする。相も変わらず、馬車また馬車、仮装また仮装、旗また旗、群衆また群衆が、引きも切らず。男や小僧は馬車の車輪にしがみついたり、後部にすがりついたり、轍跡を追ったり、散らかった花でもう一稼ぎすべく馬の蹄の直中に潜り込んだりし、仰々しく飾り立てた参内服に身を包んだ（概ね誰よりおどけた）徒《かち》の仮面男はどデカい片眼鏡越し

に人集りを眺め渡し、窓辺に格別ヨボヨボの婆さんの姿を目にしようものなら必ずやうっとり、これぞ一目惚れとばかり、立ち尽くす。長たらしい列を組んだ道化役者《ポリチネッロ》はステッキの先の膨れ袋《ブラダー》*もて四方八方、滅多無性に打ちかかり、荷馬車にワンサと乗り込んだキ印は本物そっくりに喚き散らしては辺り構わず掻き毟り、馬車一杯のしかつべらしげな奴隷《マムルーク》はど真ん中に馬の尾軍旗*を押っ立て、ジプシー女の一行は一艘分もの水夫と取っ組み合い、棹の上の猿人は、小脇に抱えられたり、優美に肩に纏われたりしている、豚面《ぶたづら》や獅子の尾っぱちの奇妙な動物にグルリを取り囲まれ――馬車また馬車、仮装また仮装、旗また旗、群衆また群衆が、引きも切らず。仮装の人数の割には、恐らく、さほど多くの現《うつつ》の役は演じられて、と言おうか扮されてはいまい。がその場の光景の主たる愉悦は一点の非の打ち所もなき上機嫌に――明るく、果てしなき、キラびやかなごった混ぜに――くだんの折の痴れ返ったムラっ気への耽溺に――あり、当該耽溺と来ては然にケチのつけようがなく、然に感染《うつ》り性にして、然に抗い難いものだから、如何ほど生真面目な他処者とて連中皆の内誰より狂おしきローマ人よろしく、腰までどっぷり花とボンボンに埋《うず》もれたなり暴れ回り、四時半までは外《ほか》の何一つ眼中にない。がさらばいきなり、トランペットが高らかに鳴り響くのを耳にし、竜騎兵が道から人を払い始めるのを目の当たりに、こいつは己《おの》が存在の全要件ではなき旨（大いに歯噛みせざるを得ぬことに）思い知らされる。

如何で道から人が事実五時に始まるレースのために払われ果すものか、と言おうか如何で馬が人々を轢き倒さずして走路を突っ切り果すものか、は小生如きの与り知る所ではない。が馬車は脇道へ避《よ》けるか、ポポロ広場へと折れ、人々の内某かは後者の仮設回廊に腰を下ろすが、幾万もの連中はコルソ通りに沿って左右に並び、さらば馬が広場《ピアッツア》へと引き立てられる――幾世紀もの間《かん》、円形野外大競技場《キルクス・マクシムス》*における試合や二輪戦車競走《チャリオット・レース》を見下ろして来たと同じあの円柱の基《もとい》まで。号砲と共に、馬は一斉にスタートを切り、生身の小径伝《づて》、コルソ通りを端から端まで、矢の如く疾駆する――周知の如く、騎手を乗せぬまま、キラびやかな飾りを背にあしらったり、編んだ鬣に縒り合わせたなり、犬釘のびっしり刺さった小さな錘玉《おもりだま》を拍車代わりにずっしり、脇腹にブラつかせながら。これら馬飾りはジャラつき、蹄は堅い石畳をカッカと蹴り、連中、谺催いの通りを猛然と駆け抜けはするものの――否、大砲までもぶっ放されはするものの――そいつら、大観衆のどよめきや、喚声や、拍手に比ぶれば物の数ではない。がレースにはほどなく、ほとんど即座に、ケリがつく。大砲また大砲が町を揺るがす。馬は早、連中に待ったをかけるべく通りに横方《よこざま》敷かれた絨毯の直中へ飛び込んでいる。ゴールは達せられ、賞金は勝ち取られ（一部、彼ら自身は徒競走に加わらぬ折衷とし、貧しいユダヤ人によって自腹を切られた）、その日の競技には幕が下りる。

が、仮に最終日の前日に辺り一面、明るく、陽気で、ごった返すとすらば、さすが当日ともなれば、それはキラびやかな色彩と、押し合い圧し合いと、浮かれ返ったどよめきの正しく絶頂に達すものだから、小生は今にそいつを思い出すだに目眩を覚える。同じ耽るにしてもいよよ狂おしくも昂った気散じが同じ刻限まで続く。レースは繰り返され、大砲はぶっ放され、拍手喝采が轟き、またもや大砲がぶっ放され、レースには片がつき、賞金が勝ち取られる。が、内にては踝までボンボンに埋《うず》もれ、外にてはものの三時間前の同じ馬車とは似ても似つかぬほど花尽くしにして泥まみれの馬車は、四方八方へ散る代わり、コルソ通りへとどっと雪崩れ込み、そこにてほどなくほとんど身動ぎ一つせぬ巨塊へと一緒くたに捻じ込められる。というのも「明かり消し《モッコレッティ》」の気散じが、謝《カー》肉祭《ニヴァル》の最後の陽気な狂気が、今しも間近に迫っているからだ。して英国にてはクリスマス蠟燭と呼ばれる代物そっくりの小さな細蠟燭の呼び売りがあちこちで「明かり《モッコリ》だ、明かり《モッコ》だ《リ》！　明かりは《エッコ》・いらんかね《モッコリ》！」と腹の底からガナり上げている――終日《ひねもす》折々、その他大勢の向こうを張って大声で呼び売られていた例の商売敵「花はいらんかね《エッコ・フィオーリ》！　花はいらーんか《エッコ・フィオー》ねー《ルーツ》！」をすっかり顔色なからしめる、浮かれ騒ぎの直中なる新たな売り種たりて。

明るい垂れ布や衣装がどいつもこいつも、日が傾くにつれてとある懶く、ずっしりとした一様の色に褪せて行く片や、灯火《ともしび》がここかしこ――窓辺や、屋根や、バルコニーや、馬車や、通行人の手の中で、少しずつ、次第次第に、いよよいよよ、瞬き始め、終に長い通りは端から端まで是一つの巨大な炎の煌々たるギラつきと化す。さらば、その場に居合わす誰も彼もの頭の中には一つこっきりの腹づもりしかなくなる――即ち、外《ほか》の奴らのロウソクは何としても消す代わり、己自身のそいつは断じて消させぬという。誰も彼もが――男も女も子供も、殿方も御婦人も、王子も百姓も、土地っ子も他処者も――白旗を掲げた奴への嘲りとし「センツァ・モッコロ、センツァ・モッコロ！」（「やーい、掻っ消された！　やーい、掻っ消された！」）とひっきりなしに金切り声を上げては、叫《さけ》んでは、叫《おら》び上げ、挙句、くだんの二語の大合唱以外何一つ聞こえなくなる――時折、どっとばかり、皆して腹を抱えてはいるが。

事ここに至りて繰り広げられる光景は想像し得る限り最も奇妙奇天烈なそいつらの一つに数えられよう。馬車がゆっくり通りすがれば、中では誰も彼もが座席か御者台の上に突っ立ち、まだしも吹き消されぬよう、明かりを腕一杯伸ばしてかざしている——ある者は紙の笠に入れ、ある者は一緒に灯した剝き出しの小さな細ロウソクの束を手に、ある者はメラメラと燃え盛る松明を手に、またある者はいじけた小さなロウソクを手に——片や徒《かち》の男の中にはこっそり、車輪に紛れて這いずり寄り、どいつか格別な明かりに飛びかかりざま掻っ消す手ぐすね引いて待っている者もあれば、力づくでふんだくるべく馬車に攀じ登っている者もあれば、どこぞで乞うか盗むかした明かりを、奴めまんまとこちとらの仲間の所まで登り果し、目出度く連中の吹き消された細ロウソクに火を灯させてやらぬ内に掻っ消さんものと、どいつかお気の毒なウロつき屋を奴自身の馬車の周囲でグルグル、グルグル付け狙っている者もあれば、馬車の扉の前で脱帽のなり、どなたか心優しき御婦人に葉巻に一つ火を拝借と慎ましやかに頭を下げ、御婦人が御希望に副うべきか否か思案に暮れているその最中《さなか》、小さな片手でそっと守っておいでのロウソクをフッと掻っ消す者もあれば、また窓辺の連中の中には鉤《はり》のついた糸もてロウソクを釣り上げたり、先にハンケチを括りつけた長い柳杖をスルスル下ろし、ロウソクを手にした男がしてやったりとばかり意気揚々としている凱旋の折しも、物の見事にロウソクを叩《はた》き消したりする者もあれば、斧槍もどきのどデカいロウソク消しを手に街角で機を窺っている連中の中にはいきなり映えある松明に襲いかかる者もあれば、とある馬車のグルリを取っ囲み、そいつにしぶとくしがみついている者もあれば、依怙地な小さなカンテラにオレンジと花束を雨霰とお見舞いする者もあれば、小さな一本こっきりのいじけた灯心を頭上にかざし、連中皆にセンツァ・モッコロ！　センツァ・モッコロ！　と挑みかかっているとある男を天辺に高々と掲げたピラミッド型の男共にモロに襲いかかる者もある。麗しき女性方は馬車の中で突っ立ったなり、そいつらが通りすがる側《そば》から掻っ消された明かりをさも小馬鹿にしたように指差しては、かく声を上げながら手を打つ。「センツァ・モッコロ！　センツァ・モッコロ！」低いバルコニーは通りの掻っ消し屋相手にスッタモンダしている愛らしい面《おもて》と派手やかなドレスで溢れ返り、中には攀じ登って来る連中に待ったをかけようとする者もあれば、屈み込んでいる者もあれば、身を乗り出している者もあれば、後退っている者もあり——華奢な腕と胸よ——艶やかな姿形よ——煌々と揺らめく明かりに、ヒラつくドレスよ、センツァ・モッコロ、セン

ツァ・モッコロ、センツァ・モッ‐コ‐ロ‐オーッ！――と思いきや、叫び声のいっとう狂おしくも陶然と上げられ、戯れの恍惚たる絶頂の折しも、アヴェ・マリアの祈りを捧げる刻《とき》を告げる鐘が教会の尖塔から鳴り響き、謝肉祭《カーニヴァル》はフッと一息で、細ロウソクさながら揺っ消され――瞬く間に幕を閉じる！

　夜分、劇場にては仮装舞踏会が催され、ロンドン版といい対《たい》懶く、味もすっぽもない。見るべきものがあるとすれば唯一、十一時に劇場から観客が追い立てられるそのニベもないやり口くらいのもの。さらば兵士がズラリと、舞台後方の壁沿いに横列を組むが早いか、大箒よろしく、観客をごっそり掃き出す。「明かり消し《モッコレッティ》」の戯れは（モッコレッティの単数形はモッコレットで、これはモッコロの美小辞、つまり小さなランプ又はロウソクの丁字頭の謂である）幾人《いくたり》かによっては謝肉祭《カーニヴァル》の死を悼む戯画風「弔い」と――ロウソクはカトリック的悲嘆には不可欠とあって――思われている。が、事実然たろうと、古代サトゥルナリア（冬至の農神祭）の名残たろうと、両者の混淆たろうと、何か外《ほか》の由来たろうと、小生はくだんの戯れと悪巫山戯こそはその他愛なき快活故に劣らず、最下層の者に至るまで（馬車を攀じ登る連中の中にはいっとう下卑た男や小僧が少なからず紛れているから）全当事者のつゆ損なわれることなき上機嫌故に特筆すべき、すこぶるゴキゲンにしてとびきり魅惑的な光景として必ずや思い起こそう。というのも、然に上っ調子と身体的なひけらかしで溢れ返った戯れに関し、かく言えば妙に聞こえるやもしれぬが、そいつは漠たる男女の交わりの能う限り猥りがわしさの誇りを免れ、戯れの終始、ほとんど子供っぽいまでの素朴さと信頼の感情が並べて、ハバを利かせているかのようで、他処者は蓋し、アヴェ・マリアの鐘が向こう一年、そいつを撞き去るやズキリと胸を疼かせぬでもなく名残を惜しむこととなるからだ。

　謝肉祭《カーニヴァル》の終わりと、聖週間（復活祭前の一週間）の始まりとの静かな合間の片時を利用し――さらば誰しも前者から駆け去り、ほとんど誰一人として未だ後者のために駆け戻り始めてはいなかったから――我々は殊勝にもローマ見物なる仕事に精を出した。して毎朝早く出立し、毎夕遅く帰宅し、日がな一日根を詰めた甲斐あって、恐らく、都中の杭という杭や、柱という柱のみならず、グルリの田舎とも顔見知りになり、わけても然にその数あまたに上る教会を訪ね歩いたものだから、小生はとうとう目論見のくだんの端くれに半ばもやりこなさぬとうの先から見切りをつけた――あの世へ行くまで二度と自分からは教会へ足を運ばぬようになっては大変と。が、ともかく毎日、何らかの折々、大円形劇場《コリセウム》に引き返し、開けた大平原《カンパーニャ》のチェチリア・メテッラの墓の向こうまで足を伸ばしたものである。

我々はこうした遠出の折々、英国人観光客の一行にしょっちゅう出会し、小生は彼らと気さくに言葉を交わすほどの仲になりたいと切に願いはしたものの、そうは問屋が卸して下さらなかった。彼らは然るデイヴィスという名の殿方と、小さな馴染みの一行だったが、デイヴィス夫人の名を存じ上げぬは叶はぬ相談。この方、御当人の一座の中にて引っぱりダコにして、御一行は至る所、顔を覗かせていたからだ。聖週間の間《あいだ》、彼らは儀式という儀式の場面という場面の端くれという端くれに首を突っ込んでいた。聖週間前の二、三週間は墓という墓に、教会という教会に、廃墟という廃墟に、画廊という画廊に足を運んでいた。が小生はデイヴィス夫人が片時たり黙っているのを目にしたためしがない。地下の深みたろうと、サン・ピエトロ大聖堂の遥か高みたろうと、大平原《カンパーニャ》の彼方たろうと、ユダヤ人地区にて窒息寸前たろうと、デイヴィス夫人は相も変わらず立ち現われた。夫人は、恐らく、何一つ目に入っていない、と言おうか何一つ見物していなかったのではあるまいか。それが証拠、四六時中麦藁細工の手提げから何かが見当たらなくなり、手提げの底に海辺の砂よろしく散らばった夥しき量の英国半ペンス硬貨の直中から血眼になって探し出そうと躍起になっていた。そのスジでメシを食っているキケロが（十五から二十の人員にてロンドンから請負いで連れて来られていた）一行に随行していたが、万が一この男にちらとで見られようものなら、デイヴィス夫人は必ずや機先を制すに、宣ったものである。「そら、よくもまあ、どうか止して下さいましな！　あなたの口にする一言だって飲み込めやしないし、たとい顔が黒ずむまでペラペラまくし立てようと飲み込めやしないでしょうから！」デイヴィス氏はいつも嗅ぎ煙草色の大外套に身を包み、手には大きな緑色の雨傘を提げ、ノロマな好奇心にひっきりなし汲々と駆られていた。かくて尋常ならざる手続きを踏むに、墓の中の壺の蓋を取っては御逸品、ピクルス漬けででもあるかのように屍灰を覗き込むかと思えば、コウモリの石突きで銘をなぞりながら、やたら物思はしげに宣ふ。「ここには、ほら、Bと、あそこにはRと、ある。でこいつが所詮、我々皆のやり口と！」好事家的習い故に氏はしょっちゅう殿《しんがり》を務め、デイヴィス夫人と一行全般は氏がいつ迷子にならぬとも限るまいと思えばのん気に名所を巡っているどころの騒ぎではない。よって皆して、とびきり妙ちきりんな場所で、とびきりお門違いな頃合いに、金切り声で御芳名を呼ぶ羽目となる。して御当人がどこぞの地下納骨所から愛嬌好しの食屍鬼よろしく「わたしならここだよ！」と返しながらゆっくりお出ましになると、デイヴィス夫人は判で捺したように宣ったものである。「あなたどうしたって他処の国で生き埋めになるおつもりなのね、デイヴィス、だったらいくら止して頂こうったって無駄じゃありませんの！」

デイヴィス夫妻と一行は恐らく、九日から十日がかりでロンドンから連れて来られたに違いない。今を溯ること千八百年、クラウディウス一世率いる古代ローマ軍（紀元後四三年ブリタニア侵略に成功）はそいつは地の果ての向こうにあるとの謂れ故に、デイヴィス夫妻の祖国へ連れ行かれるのに異を唱えたという。

ローマの幼獣《カブ》、と言おうか小型名物《マイナー・ライオン》とも呼べよう代物の就中、小生の興味をそそるそいつがいた。幼獣《カブ》は必ずやそこにてお目にかかれ、檻はスパーニャ広場からトリニタ・デル・モンテ教会へ通ず大階段に据えられている。よりありていに言えば、くだんの階段は画家の「モデル」の大いなる溜まり場にして、そこにて連中、年がら年中、お呼びがかかるのを待っている。初っ端階段を昇った際、小生は何故《なにゆえ》そこなる面《つら》に見覚えがあるものか、何故《なにゆえ》連中、ありとあらゆる色取り取りのポーズや衣装で幾歳《いくとせ》となく小生を包囲していたやに思わ

れるものか、如何でよりによってローマで、しかも真っ昼間に、鞍と頭絡で雁字搦めのその数だけの夢魔よろしく眼前に立ち現われたものか、とんと解《げ》せなかった。がほどなく、我々はいつからとはなし、あちこちの展覧会場の壁の上にて知り合い、親交を暖めて来たことに思い当たった。白髪を蓬々に伸ばし、大きな顎鬚を蓄えた御老体は、小生の知る限り、王立美術院目録の半分方はやりこなしている。これぞ故老風、と言おうか長老風モデル。長い杖を突き、くだんの杖の瘤という瘤が、捻れという捻れが、小生は幾々度となく如実に写し取られているのを目にして来た。また別の、青外套の男は、必ずや日溜まりの中で（とは日の射している限り）、微睡んでいる風を装うが、無論、必ずや冴え冴えと目を覚まし、大御脚の配置にかけては実に抜かりない。これぞ「無為《ドルチェ・》の安逸《ファル・ニエンテ》」モデル。また別の、褐色のマントの男は、外套の下で腕組みしたなり壁に背をもたせ、目深に被ったツバ広帽子の蔭で見えるか見えぬか、辺りの様子を斜《はす》に窺っている。これぞ刺客モデル。また別の男はひっきりなし肩越しに振り返り、必ずや立ち去りかける。が、断じて立ち去らぬ。これぞ高慢ちき、と言おうか天狗モデル。こと「家庭の至福」と「聖家族」に関せば、連中、捨て値で叩《はた》かれよう。何せ階段の天辺から袂までウヨウヨ御座るから。して何と言ってもミソはモデル殿、揃いも揃ってわけてもそのためでっち上げられた、故にローマであれ、居住可能な地球の他の如何なる僻陬の地であれ、らしきものには断じてお目にかかれぬ、この世にまたとないほどまやかしの破落戸揃いなりという点にある。

つい先達て謝肉祭《カーニヴァル》について触れた勢い、くだんの祭りは（幕を閉じる儀式において）四旬節《レント》の前の陽気な浮かれ騒ぎのための擬いの服喪と言われているのを思い起こし、さらに翻って、ローマにおける現実の葬儀と野辺の送りを思い起こすことと相成った。そいつはイタリアの大方の他の都における葬儀の御多分に洩れず、他処者にとりては単なる土塊が生命の去りし後《のち》、概ねすげなく扱われるそのやり口に主として見るべきものがある。さりとて後《あと》に残された者に死者の記憶を彼らのこの世における瞼に焼きついた容貌や姿形と切り離す十分な暇《いとま》があったからという訳でもない。それが証拠、埋葬はそれにしては、死後やたらとっとと執り行なわれる――必ずと言っていいほど二十四時間以内に、時には十二時間以内に、出来するだけに。

ローマにては、だだっ広い、荒涼たる、開けた、佗しい場所に、既にジェノヴァに存すとして記述したと同じ墓穴《ピット》の手筈が整えられている。小生は真っ昼間にそこを訪うた際、如何なる帷子《かたびら》にも棺衣に被われていない所へもって、迷子の驟馬が蹄一本かけようものなら難なく拉げていたろうほど華奢な造りの、素朴な樅の孤独な棺がとある墓穴《ピット》の戸口にてんで傾いだなり、ぞんざいに放り出され――そこに、独りぽつねんと、風と陽に晒されたなり置き去りにされているのを目の当たりにした。「どうしてここに放っておかれているのかね？」と小生は案内の男に問うた。「三十分ほど前に持って来られたばかりなもんで、だんな《シニョール》」と男は返した。そう言えば、野辺の送りの一行がいい加減とっとと、バラバラに列を乱しながら引き返して来る所に出会していたのだったな。「穴にはいつ入れる？」と小生は畳みかけた。「今晩、荷馬車が来て、扉を開けたら」と男は返した。「荷馬車で連れて来られる代わり、こんな具合にここへ運ばれるにはいくらかかる？」と小生はまたもや吹っかけた。「一〇スクーディで」と男は返した（英国通貨でおよそ二ポンド二シリング六ペンスに相当するが）。「ビタ一文叩かれない外《ほか》の骸《むくろ》はまざサンタ・マリア・デラ・コンソラチオーネ教会へ運ばれて」と男は続けた。「日が暮れてから一緒に荷馬車でここへ連れて来られるんで」小生はしばし、天辺に頭文字が二つぞんざいに殴り書きされた棺を見やりながら立ち尽くし、顔を背けた――恐らくは、棺がくだんのやり口で外気に晒されているのがさして気に入らぬげな表情を浮かべたなり。というのも男はやたら活きのいい風情で両肩を竦めてみせ、愉快な笑みを浮かべて言ったからだ。「けどやっこさんはあの世で、だんな《シニョール》、やっこさんはあの世で。何でいけやせん？」

数知れぬ教会の就中、別箇に言及すべく選り出さねばならぬ教会がある。そいつは古《いにしへ》のユピテル・フェレトリウスの旧神殿跡に建てられたと伝えられる天の祭壇《アラ・ケリ》教会で、片側にては長く急な上り段伝《づて》近づけるが、この階段、どうやら顎鬚を蓬々に蓄えた八卦見仲間が天辺に陣取らねば画竜点睛を欠くと思しい。教会の目玉は何と言っても堂内に祀《まつ》られた効験灼《あらたか》なるバンビーノ、即ち幼子キリストを象った木像で、小生は初っ端当該灼然《いやちこ》なるバンビーノに、法律用語で言えば、以下なる次第で、相見えた。即ち――

我々はとある昼下がり、くだんの教会へフラリと立ち寄り、陰気臭い円柱の長き眺望を見はるかしていた（というのも古代神殿の廃墟に建てられたこれら神さびた教会は今に仄暗く、心淋しいものと相場は決まっているからだ）、するといきなり猛者《ブレイヴ》がニッカリ歯を剥いたなりセカセカ駆け込みざま、とっとと付いて来るよう急き立てた。連中、選りすぐりの一行に限りバンビーノを見せるそうだというので。我々は、よっていそいそ、主祭壇のすぐ際ながら、教会そのものの中にはないある種礼拝堂、と言おうか聖具室へと向かった。さらば早、二、三人の（イタリア人ならぬ）カトリック教徒の殿方と御婦人より成る選りすぐりの一行が集まり、頬のこけた若い修道士が一本ならざるロウソクに火を灯している片や、別の修道士が目の粗い褐色の法衣の上から聖職服を着込んでいる所であった。ロウソクはある種祭壇の上に立てられ、その上にては祖国の如何なる縁日においてであれお目にかかれそうな、聖母マリアと聖ヨハネと思しき二体のゾッとせぬ彫像が木造りの箱、と言おうか櫃の上に恭しく屈み込んでいた。櫃は閉じられたままだったが。

第一の、頬のこけた修道士はロウソクに火を灯し果すと、片隅の、当該お定まりの逸品の前で跪き、第二の修道士はゴテゴテと飾り立てられ、金の散った手袋を嵌め果すや、やたら仰々しげに櫃を下ろし、祭壇の上に据えた。それから一再ならず片膝を折ってはブツブツ祈禱を唱えていたと思うと、櫃の蓋を開け、正面を取り外し、中から絹とレースの覆いを某か取り出した。御婦人方は初めから跪いていたが、殿方連中は修道士が今やアメリカの小人《こびと》、親指トム将軍*そっくりの面《つら》を下げた、絹と金モールで絢爛と着飾り、キラびやかな宝石で正しく燦然と照り輝いているちんちくりんの木像をお目見得さすや、敬虔に膝を突いた。木像の小さな胸であれ、首であれ、腹であれ、律儀な信徒の高価な貢ぎ物で目映いばかりにキラめいていない箇所はほとんどなかった。ほどなく、修道士は木像を箱から取り出し、跪いている人々の直中を抱いて回りながら、御尊顔を誰も彼もの額に押し当て、不様な足を接吻すべく、突き出した――とは、キリは通りからフラリと迷い込んでいた小汚いチビの襤褸浮浪児《ラガマフィン》もどきの小僧に至るまで、どいつもこいつも執り行なふた儀式たるに。当該典礼が締め括られるや、修道士は木像を再び櫃に寝かせ、一行は、腰を上げるや、側《そば》へ寄り、声を潜めながらも宝石を褒めそやした。とこうする内、修道士は覆いを元通り被せ、蓋を閉め、元の場所に納め、一切合切（聖家族ごと）観音開きの奥に錠を下ろして仕舞い果すや、聖職服を脱ぎ、お定まりの「ささやかな謝金」を受け取り、片や相方は長い杖の先にしっかと括りつけたロウソク消しもて明かりを次から次へと消して行った。ロウソクが一本残らず消され、金もそっくり集められ果すや、修道士御両人はその場を後にし、見物人も右に倣った。

小生はその後ほどなく、この同じバンビーノが通りで、どこぞの病人の屋敷へ威儀を正して向かう所に出会した。木像は同上の目的で、ひっきりなしにローマの至る所へ連れて行かれる。が生憎、必ずしも願はしいほど首尾好く行くとは限らないようだ。というのも今はの際の衰弱しきった神経質な人々の枕許にその数あまたに上る護衛に付き従われて姿を見せるや、間々瀕死の病人のど胆を抜いたが最後、あっけなく息の根を止めてしまうからだ。木像は出産の折にはわけても引っぱりダコで、これまでもそれは数知れぬ奇跡を行なって来たものだから、もしや御婦人が難儀を掻い潜るに常より長引けば、下男がバンビーノにすぐ様お越し願うよう、一目散に遣いにやられる。木像は極めて貴重な財産で、大いなる信頼を――わけても御当人の属す宗教団体によりては――寄せられている。

　小生は彼自身、カトリック教徒にして、学識と知性を具えた殿方たる、さる司祭の近親者に聞いた話からして、木像は幾人《いくたり》かの敬虔なカトリック教徒にして、言はば舞台裏にいる連中によっては然に効験灼《あらたか》とも思し召されていないと知っていささか胸を撫で下ろしている。この司祭は小生の垂れ込み屋に、断じてバンビーノを二人の共通の友人である病気の御婦人の寝室に担ぎ込まさせぬとの誓いを立てさせた。「何故なら」と司祭は言った。「万が一連中（とは修道士）がヅカヅカ病室へ押し入り、木像で病人の胆を潰そうものなら、彼女は必ずや死んでしまおうから」小生の垂れ込み屋は、故に、バンビーノがお越しになると、窓から見張り、散々頭を下げながらも、扉を開けるは平に御容赦願った。垂れ込み屋はまた別の――当人が折しもほんの通りすがりに小耳に挟んだほどの知識しか持ち併さぬ――折にも木像が哀れ、少女の死にかけている小さな健やかならざる部屋に連れて入られるのに待ったをかけようとした。が敢えなく押し入られ、少女は有象無象が寝台のグルリをひしと取り囲みつつあるその最《さ》中《なか》に縡切れた。

　暇な折々、石畳に跪き、静かに祈りを捧げるべくサン・ピエトロ大聖堂に立ち寄る人々の中には神学校か否かにかかわらず、学校もしくは学院の生徒があり、彼らは二十から三十の人員でやって来る。くだんの少年達は各々前の少年の後ろに、一列縦隊にて跪き、真っ黒い外套に身を包んだのっぽの厳めしい教師が殿《しんがり》を務める――の図は、ものの一触れで将棋倒しにして頂くべくきちんと並べられた、てんで不釣合いにどデカいクラブのジャックがどん尻の、一組のトランプといった態か。生徒は主祭壇で一分かそこら跪いていたと思うと、すぐ様腰を上げ、縦列のなりマドンナ礼拝堂か、秘跡《サクラメント》礼拝堂へと向かい、またもや一列縦隊にてペタンと跪く。よって、もしや何者かが事実殿《しんがり》の教師に蹴躓けば、一列縦隊はまず間違いなく一気に総崩れと相成ろう。

ありとあらゆる教会における光景は能う限り奇妙奇天烈だ。同じ一本調子の、味もすっぽもない、眠気催いの詠唱が必ずや響き渡り、同じ薄暗い堂内は表の通りの明るさ故により薄暗く、同じランプがぼんやり揺らめき、全く同じ会衆がここかしこ跪き、貴兄の方へはここかあすこの祭壇より、同じ大きな十字架の縫取りの施された同じ司祭の背が向けられ、たといこの教会はあの教会と大きさにおいて、形において、資産において、建築において、如何ほど異なろうと、それでもなお要は一つ事である。同じ垢まみれの物乞いがブツブツ祈りを唱えている中途で物を乞い、同じ惨めな片端が戸口で歪な形《なり》をひけらかし、同じ盲《めしい》がカタカタ、連中の施し物倉《ぐら》たる、台所のコショウ入れよろしき小さな壺を振り、同じ途轍もなき銀の王冠が有象無象の犇き合う絵画の中のどいつか一人こっきりの聖《ひじり》か聖母の頭に押っ被され、かくて山上の小さな人影は前景、もしくは近隣の幾々マイルにも及ぶ光景の直中なる神殿よりどデカい頭飾りを頂くこととなり、同じお気に入りの祠《ほこら》か彫像は、ありとあらゆる宝石商の主たる商い種にして見せびらかしたる、小さな銀のハート型や十字架等々で息の根を止められそうになり、同じ奇妙な崇敬と無作法の、忠義と魯鈍の、綯い交ぜが石畳の上に跪き、ペッペと耳障りに唾を吐いていていたかと思えば、少々物を乞うか、何か他の世智辛い用に首を突っ込むかすべく、祈禱の中途で腰を上げ、それからまたもや、待ったのかかった所で悔い改めの嘆願を仕切り直すべく跪く。とある教会にては、跪いていた御婦人が祈りからしばし腰を上げ、我々に「音楽」教師としての名刺を差し出す。また別の教会にてはめっぽう太い杖を手にしたしかつべらしげな殿方が、外《ほか》の犬宛唸り声を上げている飼い犬を強かに引っぱたくべく勤行から腰を上げ、さらばそいつの甲高い鳴き声と遠吠えは、飼い主がそれまでの瞑想の脈絡へと静かに——とは言え、同時に犬にじっと目を凝らしつつ——戻る間《ま》にも、教会中にわんわん谺する。

わけても、何らかの形《なり》なる、信者の喜捨のための器が必ずや用意されている。時に、それは信徒と等身大の救い主の木像との間に据えられた銭箱のこともあれば、聖母マリアの維持のための小さな櫃のこともあれば、人気者のバンビーノに成り代わっての訴えのこともあれば、ここかしこ会衆の直中に突っ込まれ、活きのいい教会堂番によりて抜かりなくジャラつかされる、長い棹の先に括りつけられた袋のこともある。がそいつは、必ずやそこに御座り、間々同じ教会にても色取り取りの形《なり》をし、しかも総じて上がりは上々だ。そいつは、ばかりか、外気にても——通りや道路といった——羽振りを利かせている。というのもしょっちゅう、ともかくブリキ缶以外の何であれ思い浮かべながら漫ろ歩いていると、くだんの代物がいきなり道端の小さな家から貴兄めがけて飛び出し、蓋には「煉獄の霊魂のために」とデカデカやられ、くだんの文言を男は貴兄の目の前でブリキ缶をカタカタ、ちょうどパンチがお目出度なばっかりにオルガンに見立てるヒビ割れた鈴《りん》をカタカタ言わす要領で鳴らしながら、幾々度となく繰り返すからだ。

かく綴った所でふと、格別神々しい某かのローマ祭壇には「この祭壇にて執り行なわれるミサは全て魂を煉獄より解き放つ」との銘が刻まれているのを思い起こした。小生は生憎、くだんの礼拝を行なえば一回につき如何ほどにつくか突き止めるには至っていないが、さぞや高くはつこう。ローマには接吻しさえすれば様々な期間、贖宥《しょくゆう》の授けられる十字架も一本ならずある。大円形劇場《コリセウム》の中央の十字架は百日に相当し、人々が朝から晩まで接吻している姿が見受けられるやもしれぬ。奇しくも、これら十字架の内某かは任意の人気を博していると思しく、これなど正しくその適例だろう。大円形《コリセ》劇場《ウム》の別の箇所では大理石の石板の上に十字架が立てられ、「この十字架に接吻する者は二百四十日間の贖宥《しょくゆう》を保証されよう」との銘が刻まれている。が小生は来る日も来る日も闘《ア》技場《リーナ》に腰を下ろし、幾十とない百姓が引きも切らず、もう一方の十字架に接吻する道すがら当該十字架の脇を行き過ぎるのを目にしたが、唯の一人として接吻する所は拝ませて頂けなかった。

ローマ教会なる大いなる夢から詳細を選り出すは、この世にまたとないほど狂おしき至難の業たろう。がローマ郊外の湿気た白カビだらけの地下納骨所じみた古教会、聖ステファノ円形教会《ロトンド》は、その壁を埋め尽くす悍しき絵画なる謂れをもって、必ずや小生の脳裏の筆頭に浮かび上がろう。くだんの壁画は聖者や初期キリスト教徒の殉教を描いたもので、かほどの恐怖と惨殺の回転画《パノラマ》は何人《なんぴと》といえども、たとい夕飯に豚を一頭丸ごと生身で平らげようと、夢の中ですら思い描くこと能ふまい。半白の顎鬚を蓄えた老人が茹でられ、揚げられ、炙られ、鏝を当てられ、焦がされ、野獣に漁り食われ、犬に苛め抜かれ、生き埋めにされ、馬に八つ裂きにされ、手斧でバラバラにぶった斬られ、片や女は鉄の鋏で胸を搔っ裂かれ、舌を引き抜かれ、耳を捻じ切られ、顎を叩き割られた挙句、拷問台に大の字に張りつけられたり、火刑柱で生皮を剝がれたり、メラメラと燃え盛る炎の中でバチバチ爆ぜてはドロドロ溶かされたりしている。などというのはまだまだ序の口。そこへもって然にまざまざと瞼に焼きつけられ、意匠を凝らされているものだから、悶々と苦しむ者一人一人が貴兄に哀れ、老ダンカンが御尊体に何たる夥しき血を湛えていることよと恐れ戦きし折に、マクベス夫人の胸中、喚び覚ました（『マクベス』V、1）と同じ驚愕の謂れを与えよう。

　マメルティーネ牢獄にはその昔、聖ペトロが幽閉されていたと伝えられ——恐らくは幽閉されていたのであろう——土牢の上階に部屋があり、部屋は今ではくだんの聖《ひじり》に奉られた祈禱堂として設えられているが、小生の記憶の中にても別箇の、特異な場所として生き存えている。部屋はめっぽうせせこましい上に天井が低く、ずっしりとした依怙地な古《いにしへ》の獄《ひとや》の恐怖と陰鬱が、さながら床越しに仄暗い靄たりて立ち昇りでもしたかのように垂れ籠めている。所狭しと並んだ奉納の供《く》物《もつ》に紛れて壁に掛かっている諸々の代物はその場に奇しくもしっくり来る、と同時に奇しくもそぐわぬ——錆だらけの短刀や、ナイフや、拳銃や、棍棒を始め様々な暴力と殺人の道具がここへ、恰も凶器に散った血には聖なる外気で干上がるがまま、叫びを発す声を持たすまいとでもいうかのように、血腥き所業の間もなく、持ち寄られ、心証を害せし「天」をなだめすかすべく吊る下げられているというなら。部屋は然にどこからどこまでひっそり静まり返り、むっと息詰まるかのようにして墓じみているものだから——階下の土牢と来ては然に黒々としてコソつき、淀み、剝き出しなものだから——この小さな薄暗い場所は夢の中の夢となり、小生の脇を大海原さながら逆巻き行く数ある大教会の幻影の直中にあって、それ一つきり小さな波と化したが最後、他の如何なる波とも混じるは疎か、いっかな諸共流れ去っては下さらぬ。

　一つならざるローマの教会から入口が通じ、市の地下を穿つ巨大な洞《ほら》は思い浮かべるだに由々しい。幾多の教会には大きな聖堂地下室や地下礼拝堂があり、これらは古代には浴場や神殿の秘密の間《ま》等々に使われていた。が小生の言っているのはそれらのことではない。サン・ジョヴァンニ・アンド・サン・パオロ教会の地下には岩から切り出され、大円形劇場《コリセウム》の地下の別の出口に通ずと伝えられる、大きな顎じみた恐るべき洞窟の列なりが——地中に半ば埋《うづ》もれ、探索の叶はぬ広大な途轍もなき暗黒が——あり、そこにて案内手《あないて》によってパッとかざされる懶い松明は「死者の街」の通りさながら右へ左へ枝分かれする遙かな丸天井の長々とした列をチラつかせ、ひんやりとした雫がポトリポタリ、ポトリポタリ、ついぞ日射しの一筋とて目の当たりにしたためしもなければ金輪際目の当たりにすることもなきまま、ここかしこに淀んでいる水溜まりと一緒くたになるべくチョロチョロ壁を伝う様を照らし出す。口碑の中にはくだんの窖は円形劇場《アンフィシアタ》へと宿命づけられた野獣の檻だったと申し立てるものもあれば、悪運尽きた剣闘士の牢だったと、或いは双方の牢だったと、申し立てるものもある。が思い描くだに身の毛のよだつ口碑によらば、上の階にて（くだんの洞窟は上下二階に分かれているから）大競技場野外劇《コリセウム・ショウ》にて食われる定めの初期キリスト教徒は贄に餓《かつ》えた野獣が階下《した》で吠え哮っているのを耳にしたという――いずれ囚われの身の夜と孤独にいきなり、欄干までぎっしり犇き合った巨大な闘技場の正午と生命の陽が射し、これら、恐るべき隣人が猛然と飛び込んで来るまで。

　アッピア街道沿いのサン・セバスティアーノの門から二マイル先のサン・セバスティアーノ教会の下にはローマの地下《カタ》墓地《コンベ》に通ず入口があり――かつては石切り場だったが、以降はキリスト教徒の隠処となった。これら凄まじき通路は二〇マイルほど探索され、周囲六〇マイルの迷路の輪を成している。

　爛々と輝く、狂おしき目をした、痩せぎすのフランシスコ会修道士が当該恐るべき深遠な場所へと我々を誘《いざな》う唯一の道案内だった。ここかしこのせせこましい通路やとば口はずっしりと、死んだように重苦しい大気と相俟って、我々皆の内にてはここまで辿って来た道筋の如何なる記憶をもほどなく拭い去り、小生は如何せん胸中独りごたざるを得なかった。「いやはや、万が一この男、いきなり気が狂れた勢い、松明を放り出しざま掻っ消すか、発作を起こしでもしたら、どうなることやら！」先へ先へと我々は殉教者の墓の直中を縫い続け、四方八方へと枝分かれし、盗人や人殺しが難を逃れ、ローマの地下に、そいつと日輪との間にてのさばっているより遙かに悪しき人口を形成せぬよう石の山でびっしり塞がれた、巨大な地下の丸天井道を辿って行った。墓、墓、墓。男の、女の、幼気な子供の墓。子供は定めて、両親と共に殺されたいばっかりに、かく泣き叫びながら迫害者に駆け寄ったのだろうが。「ぼくもキリスト教徒です！　ぼくもキリスト教徒です！」石の境界に殉難の誉れたる棕櫚の葉の粗っぽく彫り込まれ、殉教者の血を受ける器を載せるべく小さな壁龕の穿たれた墓。ここに幾々年となく暮らしながら、他の者に己《おの》が勤めを果たし、今なお彼らの堅忍不抜に証を立てている粗野な祭壇から真実と、希望と、慰謝を説いた人々の墓。数知れぬ信者が不意を衝かれざま、取り囲まれ、壁に封じ込められ――「死」を待たずして埋《うず》められ、遅々たる飢餓にて殺された――より広々としてはいるものの遙かに恐るべき墓。

『真正の信仰の勝利』は地上の、我々の素晴らしき教会の中にではなく」と修道士は、皆して四方を骨や塵に取り囲まれたなり、とある天井の低い通路で足を止めると、クルリと向き直りざま言った。「ここにこそあります！　殉教者の墓の直中にこそ！」修道士は優しい、生真面目な男で、そう、心から言った。が小生は如何にキリスト教徒が互いを処遇して来たことか――如何に、我々のこよなく慈悲深き宗教を曲解するに、互いを狩り、苦しめ、焼き、刎ね、縊り、虐殺し、迫害して来たことか――惟みれば如何せん、この「塵」が生の息吹の依然グズグズとためらう間《ま》に耐え忍んだ如何なる苦悶をも凌ぐ苦悶を――仮に誓約の上帰依したキリスト教徒が、彼らがそのため命を落とす偉大なる御名の下《もと》犯そう罪《ざい》業《ごう》の予知が酷き刑車や、苦き十字架や、恐るべき炎において、それそのものの筆舌に尽くし難き苦悶もて彼らを引き裂き得ていたなら、如何にこれら偉大にして律儀な心とて怯《ひる》んでいたろうか――如何に怯え、萎えていたろうか――胸中思い描かざるを得なかった。

　といった辺りが、小生の教会に纏わる夢の内、別箇に記憶に留められ、その独自性を保っている、斑点にして断片である。より朧げながら、時には遺物の記憶も留めてはいる――真っ二つに裂けた神殿の柱の残骸の――最後の晩餐のために仕度されたテーブルの端くれの――サマリアの女が我らが救世主に水を与えた井（『ヨハネ』四：七－一五）の――ポンテオ・ピラト（『マルコ』一五、『マタイ』二七）の館《やかた》の二本の円柱の――笞《しもと》の揮われている際に主《しゅ》の聖なる御手が括りつけられていた石の――聖ロレンツォ（第四景注（三〇五）参照）の炮烙《ほうらく》と、炙り上げられた聖《ひじり》の脂と血の染みの残る台石の。以上は昔語りか御伽噺さながら、一つならざる大聖堂に漠たる名残を留め、そいつらが眼前をかすめ去る側《そば》から束の間、待ったをかける。それ以外は果てしなき荒れ野が如き、ありとあらゆる形状と奇想になる一緒くたの聖殿に、大地より掘り起こされ、無理矢理、巨大な囚人《めしうど》よろしくキリスト教会の屋根を支えさせられている、古《いにしへ》の異教の神殿の毀たれた柱に、悪しき、不可思議な、不敬の、馬鹿げた絵画に、跪いている会衆と、渦を巻く香の煙と、ちりんちりん鳴る鈴と、（たまさかながら）時折の高らかなオルガンの音《ね》に、当今の扇よろしく半円に並べられ、胸にびっしり剣《つるぎ》を突き立てられたマドンナ方に、悍しくも金糸に縁取られたケバケバしい繻子や絹やヴェルヴェットに身を包み、頭蓋骨の乾涸びた外皮に宝石もしくは押し花の飾り輪のあしらわれた、今は亡き聖方《ひじりがた》の本物の骸骨に、時には説教壇のグルリに集まった信徒と、その内にて――御当人の甲高い声が屋根の谺に掻き消されぬよう、頭上と堂内に横方《よこざま》渡された帆布の上のどこぞの高みの窓から太陽が且々射し込む片や――キリスト磔刑像を突き出しながら猛々しく法を説いている修道士。それから小生の倦んだ記憶は人々が連んで微睡んだり、日向ぼっこをしたりしている上り段へと突き当たり、かくてフラリと、とある古めかしいイタリアの街路の襤褸と悪臭と宮殿と荒屋の直中へと紛れる。

とある土曜の朝（三月八日）、ここにて男が打ち首に処せられた。九か月か十か月前*、男はバイエルン（西独南部の州）の伯爵夫人がローマへの巡礼者として——もちろん独りきり徒歩で——旅をし、報じられる所によれば、これが四度目くだんの敬虔な勤めを果たしている所を襲うべく待ち伏せしていた。して自分の住むヴィテルボで夫人が金貨を両替えしているのを目撃し、後を付け、護衛なるまやかしの口実の下《もと》、四〇マイルほど同行し、ローマから程遠からぬ大平原《カンパーニャ》の、一説にはネロの墓と称されている（が然にあらざる）墓の側《そば》で、仮借なき意図を果たすに夫人に襲いかかり、金品を奪った上、夫人自身の巡礼用の杖で殴り殺した。男は新婚で、妻に夫人の衣服の某かを与え、縁日で買い求めたと言い繕った。妻は、しかしながら、巡礼の伯爵夫人が自分達の町を通りすがるのを目にしていたため、小間物に見覚えがあった。夫はそこで、自ら為したことを妻に告げ、妻は告解において司祭に打ち明け、男は犯行後四日以内に逮捕された。

この不可思議な国では法の執行、と言おうか処刑のための日時は定められぬのが常であり、男は爾来、投獄されていた。金曜日に、男が他の囚人と食事をしていると、役人達がやって来るなり、明朝首を刎ねられることになったと告げ、男を引っ立てた。四旬節《レント》に処刑が行なわれるのはめったにないことだが、男の罪は極めて残虐だというので、幾多の巡礼者が聖週間に世界各地からローマを訪うくだんの折、男を見せしめにするのが妥当と見なされた。小生はその旨、金曜の夕刻耳にし、人々に罪人の魂のために祈りを捧げるよう告げるビラが教会に貼り出されているのを目にした。という訳で、男が処刑される所を見に行くホゾを固めた。

断頭はローマ時間で十四時半、即ち午前九時十五分前と定められていた。小生は友人二人と連れ立ち、黒山のような人集りが出来ぬとも限るまいと、七時半までには処刑場に到着していた。処刑場はサン・ジョヴァンニ斬首教会（洗礼者聖ヨハネにとりては如何わしき世辞たる）の近くで、例の、今にローマの大方を成す、歩道のからきしない、行き止まりの裏道の端くれにあった——辺りに建ち並ぶのは、誰の持ち家でもなければ、ついぞ住まわれたためしとてなきかのような、して断じて如何なる設計に則っても、如何なる格別な腹づもりのためにも建てられた訳ではなく、窓枠の影も形もなく、気持ち、モヌケの殻の醸造所に似ていなくもない、もしや中がガランドウでさえなければ、倉庫で通っていたやもしれぬ廃屋だらけの。内一軒の、白い家の向かいに処刑台は築かれていた。無論、不様な、粗削りの、下卑た、見るからにガタピシの代物が。高さ七フィートほどあったろうか。その上にのっぽの、絞首台型の木枠がそそり立ち、中では、今にも落ちんばかりにして手ぐすね引いて待っている、ずっしりとした鉄の塊の仕込まれた鉞が、朝日の時折雲間より顔を覗かす度、不気味にギラついた。

辺りにはさしたる人集りもなく、連中とてローマ教皇竜騎兵部隊によって、処刑台からはかなり遠退けられていた。武装した二、三百人の歩兵がここかしこ、のんびり連んで立ち、将校連中は二、三人ずつ、行きつ戻りつしてはお互い四方山話に花を咲かせながら葉巻をくゆらせていた。

通りのどん詰まりには開けた空地があり、さぞや掃き溜めや、壊れた瀬戸物山や、野菜クズの塚が出来ていよう――もしやかようの代物、ローマにてはどこへなり、どこへもかしこへも、打ち捨てられ、格別な手合いの縄張りを御贔屓にするまでもないというのでなければ。我々はこの箇所のとある住居の離れのある種洗濯小屋へ潜り込み、そこなるおんぼろ荷車の中にして、壁際に堆く積まれた車輪の山の上に立ち、大きな格子窓越しに処刑台を、さらにはその向こうの通りを真っ直ぐ見はるかした。が挙句、通りがいきなり左へ折れるせいで視界もやぶから棒に閉ざされ、有終の美たるに、三角帽のほてっ腹の将校を拝ませて頂くきりと相成った。

九時を打ち、十時を打てど、何一つ出来せぬ。ありとあらゆる教会のありとあらゆる鐘はいつも通り鳴り響いた。犬のちっぽけな国会がくだんの空地にて催され、連中、兵士の直中を内へ外へ互いに追いかけ回す。見るからに猛々しげなローマの最下層の連中が青外套や、朽葉色外套や、外套抜きの襤褸のなり、おしゃべりしながら来ては去った。女子供は疎らな人集りの外っ縁にてヒラついている。とある大きな泥濘った場所は、頭髪の禿げた箇所よろしく、剝き出しのままだ。片手に木炭の燃え殻の入った土製の壺を提げた葉巻売りが、商い種を触れ回りながら行きつ戻りつする。焼き菓子職人は断頭台とお得意さんとの間で気も漫ろだ。チビ助共は壁に攀じ登りかけては、またもや転がり落ちる。司祭や修道士は人々の間を前へ前へと肘で掻き分け、鉞を一目拝まして頂かんものと爪先立ちする。が、そのなり立ち去る。中世のあり得べからざる帽子を被り、てんでいつの時代とも(ありがたきかな!)つかぬ顎鬚を蓄えた画家が、人込みの直中なる持ち場から辺りへグイと絵画風の苦ムシを嚙み潰す。とある(恐らくは造形芸術に携わる)殿方がヘッセン・ブーツで行きつ戻りつするが、顎に生やした赤鬚は胸まで伸び、長く明るい赤毛は頭の左右で二本のお下げに編まれ、御両人、肩越しに正面の、ほとんど腰の辺りにまで垂れ、そこにて丹念にクネリと、縒《よ》った上から綯《な》われているとは！

十一時を打てど、依然何一つ出来せぬ。群衆の間で、咎人《とがにん》は告解を拒んでいるらしいとの噂が飛び交い始める。その場合、司祭は咎人《とがにん》をアヴェ・マリアの祈り（即ち日没）まで引き留めておくことになろう。というのもくだんの苦境にあってなお男から、懺悔を聴き届けられることを拒否し、よって救世主に見捨てられた罪人《つみびと》として、かの刻限までキリスト磔刑像の面《おもて》を背けさせぬのが彼らの慈悲深き習いだからだ。人々は三々五々散り始め、将校は肩を竦めては疑わしげな面《つら》を下げ、竜騎兵は、何かと言えば我々の窓の下まで乗りつけ、お気の毒な辻の二頭立て四輪や荷馬車を、そいつがヌクヌクと居心地好さげに腰を据え、大喜びの連中にワンサと乗り込まれるや否や（がそこで初めて）立ち退かせていたものを、やたら権柄尽くにして虫の居所が悪くなって来た。禿げ上がった場所はチョロリとはぐれた髪の毛一本とてなく、眺望のどん詰まりにて有終の美を飾っているほてっ腹の将校は嗅煙草を山ほど摘《つま》んだ。

突如、トランペットが高らかに鳴り渡り、すかさず「気をつけ！」の号令が歩兵の直中にてかかり、連中は処刑台まで行進するや、グルリに整列させられた。竜騎兵もより近い持ち場へと襲歩《ギャロップ》で駆けつける。断頭台《ギロチン》は峙つ銃剣とギラつく彎《サー》刀《ベル》なる木立の核と化す。群衆は軍隊の翼《よく》にて、いよいよひしと押し迫り、牢から行列に付き従っていた男や小僧のダラダラと長たらしい流れがどっとばかり、空地へ雪崩れ込む。かくて禿げ上がった箇所は他とほとんど見分けがつかなくなる。葉巻売りと焼き菓子職人は当座、ソロバン尽くはそっちのけにて、愉しみ事にとことん現《うつつ》を抜かすホゾを固めるや、人集りの中でも恰好の地保を占める。眺望のどん詰まりは、今や、竜騎兵隊で埋まり、ほてっ腹の将校は剣《つるぎ》を手に、御当人には見えども、我々群衆にはちらとも見えぬ間近なる教会にじっと目を凝らす。

しばし手間取ってはいたものの、修道士が数名、この教会から断頭台へと近づき、彼らの頭上にては黒い天蓋に被われたキリスト磔刑像が鬱々として徐にお越しになるのが見えた。して処刑台の袂をグルリと回って正面まで運ばれると、今はの際まで拝めるよう、咎人《とがにん》の方へ向けられた。磔刑像が然るべく据えられるか据えられぬか、死刑囚が断頭台へと引き立てられた――裸足で、両手は括られ、シャツの襟と首はほとんど肩まで剝ぎ取られたなり。齢二十六の若者で、均整の取れた、屈強な体つきをしていた。顔は蒼ざめ、黒い口髭をわずかに蓄え、髪は暗褐色だった。

罪人《ざいにん》はどうやら、まずもって女房に面会してからでなければ告解を拒んでいたと思しい。女房を呼びに護衛隊が派遣され、処刑が引き延ばされたのはそのせいだった。

男はすぐ様鉞の下に跪いた。首は十字形の厚板にそのためわざわざ開けられた穴に据えられるや、もう一枚の厚板によって上から固定された――ちょうど晒し柱に据えられる要領で。男の真下には革袋があり、その中へと、首は立ち所に転がり落ちた。

死刑執行人は鉞がずっしり、ガラガラと音を立てて落ちたともつかぬ間《ま》に早、生首を髪ごと持ち上げ、群衆宛かざすべく断頭台を一周していた。

生首は断頭台の四辺を巡り果すや、正面の棹の上に据えられた――長い通りの先からでも見はるかせ、蝿にワンサと集って頂く白黒のちっぽけな端くれたりて。目は、恰も革袋を目の当たりにするのを避けてでもいたかのように上方の、キリスト磔刑像の方へ向けられていた。くだんの刹那、生命の色合いらしきものは悉く失せていた。そいつはほんの懶く、冷たい、鉛色の蠟にすぎなかった。胴体もまた然り。

夥しき血が散っていた。我々が窓辺を離れ、処刑台に近づいてみれば、処刑台は血まみれで、水を撒いている二人の男の内一人は片割れが遺骸を棺に担ぎ込むのに手を貸すべく向き直るや、さながら泥濘《ぬかるみ》を踏み越えるてでもいるかのように道を選らねばならなかった。奇しき眺めたるに、頸部は一見、悉く消え失せていた。頭は然にきっちり刎ねられているものだから、鉞はすんでに顎を砕かぬ、と言おうか耳を殺ぎ落とさぬばかりであった。というに、胴体の肩から上には何一つ残っていないかのようだった。

誰一人気づかう者は、と言おうかいささかなり動ず者はない。嫌悪や、憐憫や、憤慨や、悲嘆の気配は微塵も窺えぬ。死体が棺に収められている片や、小生の空っぽのポケットは断頭台の真下の人集りの中で一再ならず狙われた。そいつは疎ましい、ぞんざいな、穢らわしい、胸クソの悪くなりそうな見世物であった。とある惨めな役者にとりては、束の間の興味をさておけば虐殺以外の何物をも意味せぬ。然り！　かようの光景はとある意味と、とある警告しか有さぬ。せいぜいそいつを忘れずにいようではないか。富クジで一か八か山を張る連中はここかしこ跳ね散った血の雫を数えるに恰好の場所に陣取り、くだんの数に身銭を切る。そいつは大ウケすること請け合い。

とこうする内、遺体は運び去られ、鉞は雪がれ、断頭台は取り壊され、悍しき装置はそっくり撤去される。死刑執行人は――職権上《エクス・オフィキオ》の無法破りは（とは懲罰に対す何たる当てこすりよ！）――務めを果たすためでなければ断じて聖アンジェロ橋*を渡ったりはすまいが――塒に引き取り、野外劇には幕が下りる。

ローマの数ある宮殿の蒐集の筆頭にて、その芸術の至宝や、巨大な回廊と階段や、壮大な続きの間《ま》また続きの間《ま》を誇るヴァチカン宮殿は無論、遙か衆に擢んで、他の追随を許さぬ。幾多の極めて高貴な彫像や名画が所蔵されてはいるものの、たとい相当量の駄作も紛れていると言おうとて異端ではなかろう。地中より掘り起こされる如何なる彫刻の欠片であれ、その内在的価値とは無関係に、単に古いという理由をもって画廊に展示され、他の如何なる謂れもなきまま、単にそこに飾られているという理由をもって幾百となき讃美者を見出すというなら、捨て値同然で「空念仏《キャント》」の眼鏡をかけさえすれば、わざわざ御逸品をかけているからというだけで粋人《すいじん》として世の中を渡れよう御時世に、然にありきたりの小道具を用いる如何なる人間の種も仕掛けもなき視力においてはめっぽうお粗末に映る代物は掃いて捨てるほどあろう。

小生自身はと言えば、ここにて腹蔵なく断っておけば、イタリアであれ他の何処であれ、真正にして自然なものへの生来の感性を、さながら東洋を旅しているなら靴を脱ぐであろう如く、宮殿の入口に置き去りにする訳には行かぬ。顔には然《さ》る情熱に自然な――獅子の足取りや鷲の飛翔に劣らず、その性《さが》において不変な、然《さ》る表情があるということを等閑にする訳には行かぬ。小生自身の然《さ》る知識より、人間の腕や脚や頭の通常の釣合いのようなしごくありふれた事実を締め出す訳には行かぬ。よって、かようの経験と記憶を蹂躙する作品に、どこであれ、出会せば、正直に称賛すること能はず、その旨歯に衣着せず言って然るべきだと思う――「たとい御逸品を持ち併さずとも、時には称賛の風を装うべし（『ハムレット』Ⅲ、4）」との高邁な批評的忠言を受けてはいるものの。

小生は、故に「陽気な若船頭」が智天使《ケルビム》に為り変わっていたり、バークレー・アンド・パーキンズの荷馬車御者*が福音伝道者として描かれているのを目の当たりにすらば、如何ほどその画家と称される人物は偉大たろうと、作品そのものには何ら推奨すべきものも賞讃すべきものもないと忌憚なく言わせて頂こう。ことほど左様に、手足を不様に投げ出した、見るからにへべれけの修道士共への御教示がてらバイオリンとファゴットを奏す名誉毀損じみた天使連中にも与さねば、かの、画廊なるムッシュー・トンソン*、即ち聖フランチェスコと聖セバスティアヌスにも肯じ得ぬ。何せ御両人、イタリア画家による複名数乗法を正当化するには芸術作品としての極めて非凡にして類稀なる特質を具えて然るべきだろうから。

小生にはまた、一人ならざる批評家の耽りがちな見境のない断乎たる陶酔は、真に偉大にして卓越した芸術作品に対す真の鑑賞とは齟齬を来すように思われてならぬ。例えば、如何で取るに足らぬ絵画のホゾの固い擁護者がティチアーノの名画、ヴェネチアの「聖母マリア被昇天」の圧倒的な美しさの高みにまで昇り詰められるものか、或いは如何でくだんの稀有な名画の壮美に心底感銘を覚える者が、と言おうか同じ場所のティントレットの傑作「福者の集い」の美しさを真に鑑賞し得る者が、システィナ礼拝堂なるミケランジェロの「最後の審判」*に途轍もなき主題としっくり来る何らかの一般概念なりとある普遍的思索なり見て取れるものか、およそ解《げ》しかねる。ラファエロの名画「変容」を眺め、くだんの同じヴァチカン宮殿の別の部屋へ行き、レオ四世による大火の奇跡的鎮火を（信じ難くも戯画風に）物した別のラファエル作品を眺め――そこでいずれをも途轍もなき天才の芸術作品として賞讃するとうそぶく者は誰であれ――小生に言わせば、二例の一方において、して恐らくは気高く高尚な一方においてこそ、鑑賞眼に欠けているに違いない。

疑念を仄めかすのは容易いが、小生は以下の点については大いなる疑念を抱いている――即ち、果たして芸術の規範は時に、さして厳格に守られていないこともあるか否か、してどこでこの人影は振り向こうか、あの人影は横たわろうか、どこに襞の寄せられた綴織はあしらわれようか等々、予め知っているのは然《さ》ほど好い、と言おうか好もしいことか否か。小生はたといイタリアの画廊で名画の誉れ高き絵画において主題に劣る頭部を一つならず目にしようと、くだんの非を「画家」に帰そうとは思わぬ。というのも固より少なからず修道士や司祭の思うがままにならざるを得ぬこれら偉大な芸術家は修道士や司祭を余りに度々描きすぎたとの疑念を拭い切れぬからだ。かくて間々真に観る者を圧す力を具えた絵において、物語と画家より遙かに劣る頭部を目にし、しかも必ずと言っていいほどくだんの頭部が修道院種のそれにして、当今の修道院寄寓者の間にもウリ二つの代物を有す様を見て取っている。故に、かようの場合、瑕疵は画家にではなく、使徒たらんとする――ともかく画布の上にては――画家の雇用主の内幾人《いくたり》かの虚栄と無知にあると得心してもって善しとしている。

カノーヴァ（新古典主義彫刻家（一七五七－一八二二））の彫像の並外れた艶やかさと美しさは――カピトリヌス神殿とヴァチカン宮殿双方の古代

彫刻の幾多の類稀な厳かさと静けさや、その他幾多の彫像の力強さと熱情は、それなり異なるやり口で、筆舌に尽くし難い。上記の彫像はサン・ピエトロ教会を始め、ローマ中の教会に溢れ返っているベルニーニ（バロック彫刻家一五九八-一六八〇）と弟子の作品の後ではわけても清しく感銘深い。というのも後者と来ては、小生の心底信ずに、世界広しといえどもまたとないほど疎ましい手合いの作品だからだ。私見では、これらそよ風めいた狂人《マニア》のまだしもまっとうな連中を拝まして頂くより遙かに、中国彫刻展における過去、現在、未来の三神格を*（単なる芸術作品として）拝まして頂きたいものだ——何せ狂人《マニア》方と言えば、垂れ布の襞という襞が内を外へ風に煽られ、如何ほどちっぽけな静脈や動脈といえども並の人差し指ほども太く、頭髪は活きのいいヘビの巣そっくりで、そのポーズは他の逸脱を悉く顔色なからしめているによって。という訳で、小生の心底敬虔に信ずに、世界中でローマほど彫刻家の鑿より生み出されるかほどに言語道断の片端者がかほどに溢れ返っている場所はまたとなかろう。

　ヴァチカン宮殿には古代エジプトの遺物の素晴らしい蒐集があり、それらが展示されている部屋の天井には砂漠の星空が描かれている。とは妙な発想やもしれぬが、極めて興趣に富む。神殿から運ばれた不気味な半人半獣は濃紺の暗い夜空の下《もと》、いよよ不気味にして化け物じみて映る。星空は遺物全てに不可思議な、奇しく憂はしい風情を——古代遺物にしっくり来る神秘を——纏わせ、かくて貴兄は連中を、見出すがまま、厳かな夜闇に包まれたなり、置き去りにする。

　個人の宮殿においてこそ、絵画は最も引き立つ。如何せん注意が散漫になり、目が幻惑されるほど多くの絵画が一箇所に飾られることは稀だ。貴兄はたいそうのんびり鑑賞し、めったなことでは大勢の観光客に邪魔されまい。ティチアーノや、レンブラントや、ヴァンダイクによる数知れぬ肖像画——グイードや、ドメニキーノ（第六景注(三三)参照）や、カルロ・ドルチ（フローレンス画家）による頭像——コレッジョ（イタリア画家）や、ムリーリョ（スペイン宗教画家）や、ラファエルや、サルヴァトール・ローザ（ナポリ風景画家）や、スパニョレット（ナポリ画家）による様々な画題があり——内多くは、蓋し、いくら褒め称えても褒め称え足りまい、と言おうか十全とは褒め称え得まい。その優しさと艶やかさとは、その芳しき気高さと、清らかさと、美しさとは、然なるものだから。

　ベルベリーニ宮殿のビアトリーチェ・ディ・チェンチ*の肖像画は瞼に焼きついて離れぬ作品だ。表情の卓越した優しさと美しさの奥から、小生に取り憑いて已まぬ何かが輝きを放つ。小生は今しもこの紙を、ペンを、目にしている如く、肖像画を目の当たりにする。頭は白い垂れ布に緩やかに包まれ、薄茶色の髪はリンネルの襞の下まで垂れている。彼女はいきなり貴兄の方を振り向いた所だ。目には――実に嫋やかで穏やかながら――恰も瞬間的な恐怖、と言おうか錯乱の狂おしさが折しも、組み打ち克服され果し、かくて天上の希望と、麗しき悲しみと、現し世の佗しき寄る辺無さを措いて何一つ残っていないかのような表情が浮かんでいる。一説によると、グイードは処刑前夜に肖像を画いたという。また一説によると、処刑台へ引き立てられる彼女を見た後《のち》、記憶を頼りに画いたとも。小生としては、ビアトリーチェは貴兄がグイードの画布の上にて目の当たりにするがままに、鉞を初めて目にした途端、群衆の直中なる画家の方へクルリと向き直り、かくて画家の胸にさながら小生もまた大群衆の彼の脇に立ってでもいたかのように小生の胸に刻むに至っているあの眼差しを刻んだものと信ずにおよそ吝かどころではない。チエンチ家の罪深き宮殿はボロボロに朽ち果てつつも立ちながらにして、町の四半分をごっそり立ち枯らせているが、あの顔に、小生の空想にとりては、取り憑かれたが最後、そいつは憂はしきポーチに、黒々とした鎧窓に、現われ、佗しい階段を上へ下へヒラつき、不気味な回廊の暗闇からひょいとこちらを覗き見る。歴史は絵画に記されている――死を目前にした少女の面《おもて》の中に、自然の女神自身の御手によりて。しておお！　くだんの一筆《ひとふで》において、何と女神の、哀れ因襲的な捏造の権限にて近親を申し立てるちゃちな世界を（縁者にするどころか）敗走せしめていることよ！

小生はスパーダ宮殿でポンペイウス（ローマ将軍・政治家（紀元前一〇六‐四八））の彫像を――その基《もとい》にてカエサルの縡切れし彫像を――見た。何たる険しく、途轍もなき像たることよ！　して、その前にて血潮の引きつつある者の眩んだ眼の中で輪郭を失い、「死に神」が上向きの面《おもて》に忍び寄るにつれてかようの冷徹な威厳へと落ち着いて行く、より見事に仕上げられ、究極的に洗練され、至る所繊細な鑿使いの施された像を思い描いた。

ローマ近郊の遠出は魅力的で、かくて収められる壮大な大《カン》平原《パーニャ》の移ろう眺望のためだけにせよ、興趣は尽きせぬ。が四方八方、見渡す限り、連想や、自然の美しさに満ち溢れている。愛らしき湖と青葉茂れる岸の際立つアルバーノがある――ワインは、なるほど、ホラティウスの日々以来、質が好くなっているとも思えず、当今ではほとんどくだんの詩人の賛辞に値せぬものの。むさ苦しいティヴォリ（ローマの一九マイル東）があり、アニオ川は針路から外れ、そいつを探しあぐねて八〇フィートばかり真っ逆様に突っ込んでいる。片や絵のように美しいシビル神殿は突兀たる岩山にそそり立ち、よりちっぽけな滝は明るい陽光の下《もと》キラキラ、キラめき、とある大きな洞窟は、アニオ川が遙か下方の迫り出した巌の下《もと》一気に突っ込みざま目眩く下《くだ》り続ける辺りでこっぽり、暗澹と口を空けている。憂はしい松と檜の木立に紛れて朽ち果てるがまま打ち捨てられているエステ荘もあり、何がなしそこにて正装安置されているかのようだ。それからフラスカーティ（ローマの一二マイル南西）があり、上方の険しい斜面にはキケロ（第五景注(三三〇)参照）が住み、書き、お気に入りの館《やかた》を飾り（その成れの果ては今なお名残を留めているやもしれぬが）、カトー（ローマの政治家・軍人・文人）の生まれたトゥスクルム（フラスカーティの三マイル南東）の廃墟もある。我々はその荒廃した円形劇場《アンフィシアタ》を身を切るような三月の風の吹き荒ぶ、とある鈍色の懶い日に目にしたが、辺り一面散った古都の石は人気《ひとけ》ない高みにて、揉み消されて久しき炉火の燃え殻よろしく索漠として侘しく、あちこち散蒔かれていた。

ある日のこと、我々三人《みたり》の小さな一行*は、十四マイル離れたアルバーノへと繰り出した。のは、遙か昔に毀たれ、雑草の生い茂る古代アッピカ街道伝《づて》足を伸ばしてみたくて矢も楯もたまらなくなったからだ。かくて午前七時半に出立し、一時間かそこらで開けた大平原《カンパーニャ》に差し掛かり、十二マイルほど、連綿と続く廃墟の塚や、山や、丘を登り続けた。崩れ落ちた墓や神殿——円柱《コラム》や、小壁《フリーズ》や、切妻壁《ペディメント》の小さな欠片——御影石や大理石の巨塊——芝草が生い茂り、ボロボロに崩れた、朽ちかけの拱門——広大な都が一つでっち上げられそうなほど夥しき残骸——がグルリに散らばっていた。時に、これら成れの果てから羊飼いによって築かれたグラグラの壁が横方《よこざま》道を塞ぐこともあれば、時に砕け石の二つの塚の間《はざま》なる溝が行く手に立ちはだかることもあれば、また足許から残骸そのものが崩れ去るせいで一歩踏み出すのもままならぬこともあった。が一面、廃墟たることに変わりはない。今や、地べたの上の古街道の端くれを辿っているかと思えば、今や正しく草葉の蔭なるそいつを辿っていた。が一路、廃墟たることに変わりはない。遙か彼方では、崩れた水路橋が平原伝《づて》、その巨大な針路を悠然と歩み続け、我々の方へ吹き渡る風という風は早朝の花や芝草の目を覚まし、そいつらハッと、幾マイルもに及ぶ廃墟の上にて一斉に頭をもたげる。連中きり由々しき静寂を破っている、頭上の姿なきヒバリが巣を作っているのは、廃墟。羊皮に身を包み、夜露を凌いでいる奥まりから時折我々宛苦ムシを噛みつぶしている荒らかな牧夫の塒は、廃墟。とある方角から侘しい大平原《カンパーニャ》を見はるかせば——ほとんど平らなだけに——小生は勢い、アメリカの大草《プレー》原《リー》を思い起こした。が人がついぞ住まわなかった荒野の孤独が、果たして巨大な民族が自ら跡形もなく消え失せた大地に足跡を残し、彼らの死者の終の栖が死者同様崩れ去り、「時」の毀たれた砂時計がほんの詮ない塵の山にすぎぬ「砂漠」のそれに比べて何だというのか！　小生は街道伝《づて》日没に！　引き返しながら、朝方辿った道筋を遙か彼方から振り返った際、恰も（くだんの刻限に初めて目の当たりにした時に感じた如く）日輪は二度と再び昇らず、くだんの宵、廃墟と化した現し世をこれきり見納めでもしたかのような感懐を覚えた。

　かようの遠出の後《のち》に月明かりの下《もと》、再びローマに相見えるのはかようの一日《ひとひ》に付き付きしい幕引きだ。仄暗い片隅という片隅にて掃き溜めクズの山で息の根を止められた、歩道のないせせこましい街路は、そのちっぽけな寸法と穢れや暗さにおいて、とある聳やかな教会の前の大きな広場とは著しい対照を成す。その中央にては、ローマ皇帝時代にエジプトよりもたらされた古代象形文字づくめの方尖塔《オベリスク》が周囲の外つ国光景にさすが他処者然と目を瞠ってはいる。或いは恐らく、映えある彫像の取り壊された古代円柱はキリスト教聖者を頂き、かくてマルクス・アウレリウスはパウロに、トラヤヌスは聖ペテロに、席を譲っている。*そこへもって、大円形劇場《コリセウム》の強奪より築き上げられた重厚な建物がそそり立ち、山脈さながら月光を締め出すかと思えば、ここかしこ壊れた拱門やヒビの入った壁が散り、そいつら越し、月はどっと、傷口から生命が迸り出てでもいるかのように光を降り注ぐ。壁で囲われ、閂桟の鎖された門によって封じ込められた、惨めな荒屋だらけの小さな町は、ユダヤ人が夜毎、時計が八時を打つ度、錠の下ろされる界隈——人々が身を寄せ合うようにして住まい、悪臭が芬々と立ち籠める惨めったらしい窖——だが、皆、働き者で、金を稼ぐに余念がない。日中、せせこましい通りから通りを縫えば、連中がせっせと精を出しているのに出会そう——薄暗くむさ苦しい店の中で、というよりしばしば石畳の上にて。古着に磨きをかけ、売った買ったと抜け目なく掛け合いながら。

　これら黒々と暗闇の垂れ籠める接ぎじみた界隈から今一度、月明かりの下《もと》へと這い出してみれば、トレヴィの泉は数知れぬ吹出し口から湧き上がり、擬いの岩の上にて跳ね回っているとあって、目にも耳にも清しく銀めいている。その先の、せせこましいちっぽけな喉よろしき通りでは、ゆらゆらと揺らめくランプと木の大枝でめかし込んだ露店が湯烟を立てた熱々の澄まし汁とカリフラワーの煮込みの銅鍋と、揚げ魚の盆と、フラスコ入りワインのグルリに、むっつりと不機嫌そうな一連みのローマ人を誘《おび》き寄せている。貴兄はガラガラと、急にウネくった街角を曲がるや、グラリグラリ、のっそりとした物音が聞こえる。御者はいきなり手綱を引き、脱帽する。見れば、大きな十字架を携えた男と松明持ちと司祭が先に立つ（後者は歩きながら聖歌を詠唱しているが）箱荷馬車がゆっくり行き過ぎる。そいつは市壁の外の無縁墓地での埋葬に向かう貧者の遺体を載せた葬送馬車で、遺骸は今晩、墓穴《ピット》に放り込まれたが最後、石で塞がれ、一年間封じ込められよう。

が、かくて馬車に揺られながら方尖塔《オベリスク》や円柱の脇を行き過ぎようと、古代神殿や、劇場や、館や、柱廊玄関《ポーチコ》や、中央広場《フォルム》を通りすがろうと、何と断片という断片が、能ふ限り、何か近代の建築に組み込まれ、何か近代の用途に――壁なり、住居なり、穀倉なり、厩なり――何か本来は意図されていぬ、よってたとい敢えて結びつけられようとおよそしっくりとは来まい目的に、充てられていることか、は目にするだに奇しい。が何と幾多の古代神話の残骸が――何と幾多の廃れた伝説や典礼の断片が――ここにてはキリスト教祭壇の崇拝へと組み込まれていることか、何と、数知れぬ点において、偽りの信仰と真の信仰が途轍もなき隔合へ綯い交ぜになっていることか、は目にするだにいよよ奇しい。

都のとある箇所から、城壁の向こうを見はるかすようにして、ずんぐりむっくりのいじけた（カイウス・ケスティウス（古代ローマ護民官）の埋葬所たる）ピラミッドが月光の下《もと》、くすんだ三角形の輪郭を浮かび上がらす。がそいつは英国生まれの旅人にとりては、間近なる小さな庭園の地下に亡骸の眠るシェリーの墓の道標《みちしるべ》ともなろう。なお近くには、ほとんどその影の投ぜられる辺りに「其の名の水に記さる」キーツの遺骨が横たわり、くだんの墓碑銘は長閑なイタリアの夜景に明るく瞬く。

ローマにおける聖週間は観光客皆に大いなる魅力を提供するというのが通説だが、復活祭日曜日《イースター・サンデー》の光景をさておけば、都そのものの感興を求めてローマを訪う人々には是非ともその時期のローマは避けるよう忠言させて頂きたい。儀式は総じて、この上もなく退屈でうんざり来るような手合いだ。いずれにおいても熱気と人込みは鼻持ちならぬほど鬱陶しい。騒音や、どよめきや、混乱は全くもって気も狂れんばかりだ。我々は手続きの仰《のっ》けにくだんの見世物にかかずらうは平に御容赦願い、またもや廃墟にせっせと足を運んだ。が、とびきりの光景の御相伴には与るべく人込みの真っ直中へと飛び込み、かくて何を目の当たりにしたか、以下審らかにするとしよう。

水曜日に、システィナ礼拝堂では、ほとんど何一つ見ることが出来なかった。というのもそこへ到着した時には（早目に出かけたにもかかわらず）黒山のような人集りは戸口までギュウギュウ詰めで、隣の広間にまで溢れ返り、そこにて押し合い圧し合い、踠いたり組み打ったりしては、互いに剣突を食らわし、誰か御婦人が気を失って担ぎ出されようものならどっとばかり、少なくとも五十人は下らぬ連中が折しも空になったばかりの立見席に潜り込めでもするかのように突撃をかけていたからだ。礼拝堂の入口にはずっしりとしたカーテンが掛かり、このカーテンに最寄りの二十人からの人間がミゼレーレ（『詩篇』五一）の詠唱を聞きたいばっかりに、万が一そいつが落ちて歌声が揉み消されては大変と、ひっきりなしに内と外からつかみかかっていた。挙句、カーテンは途轍もなき混乱を巻き起こし、粗忽者に大蛇《おろち》よろしく絡みつくかのようだった。今や、とある御婦人がカーテンに巻き込まれたが最後、解《ほぐ》れなくなった。かと思えば、出してくれと呻く、息の根を止められそうな殿方の声が中から聞こえて来る。かと思えば、二本の、男性とも女性ともつかぬ、包《くる》み込まれた腕が、頭陀の中よろしく踠く。かと思えば、そいつは礼拝堂の中へと頭上を一気に、天幕さながら丸ごとめくり上げられる。かと思えば、反対側へとお出ましになり、折しも事態を収拾しようと駆けつけたばかりの教皇のスイス護衛兵の内一人に目つぶしを食らわした。

我々は少し離れた、ほとほとうんざり来ているものか、時間ばかり計っている――のは恐らく聖下御自身とて同じだろうが――教皇の侍従の内二、三名に紛れて座っていたせいで、ミゼレーレを聞くよりむしろ当該奇矯な余興を篤と御覧じる機会に恵まれた。時折、憂はしい声が膨れ上がり、実に哀愁に満ち、心悲しく響き渡ってはまたもや低い調べへと鎮まることもあった。がそれきりしか聞こえなかった。

別の折、サン・ピエトロ大聖堂で遺物の展示があり、展示は夕刻六時と七時の間に催され、堂内は暗く、陰鬱な上、大勢の人が詰め寄せていたので、すこぶる感銘深かった。遺物が一つまた一つと、三人の司祭の一行によって運び込まれる場所は主祭壇の傍の高いバルコニーだった。ここが堂内で唯一、照明の利かされた所である。祭壇の側《そば》では常に百十二本のランプが揺らめき、その上、黒々とした聖ペテロ像の近くにはのっぽの細蠟燭が二本立てられている。がほんのそれしき、かほどに巨大な建物の中では無いも同然だった。辺り一面の薄暗がりの中、何か絵画か鏡のような輝かしい代物が取り出され、ひけらかされるに及び、一斉に顔また顔がバルコニーの方を振り仰ぎ、就中敬虔な信者が石畳の上で平伏す様には何がなし感銘深い所があった――とは言え、代物そのものは皆への御教示のためとばかり、実に馬鹿げたやり口で掲げられ、しかも遙か高みにてひけらかされているとあって、そいつらが正真正銘、本物なりとの確信から得られる慰めを出し惜しみする魂胆かと下種の何とやらを働かさざるを得なくはあった。

　木曜日に、我々は教皇が聖体をカペラ・パオリーナなる、ヴァチカン宮殿内の別の礼拝堂に安置すべく、システィナ礼拝堂から運び出すのを——救世主の「復活」前の埋葬を象徴する儀式たるに——見に出かけた。して大きな回廊（教皇《サーラ・》大広間《リージア》）で（四分の三は英国人の）黒山のような人集りと共に一時間かそこら待ち、片やシスティナ礼拝堂にてはまたもやミゼレーレが詠唱されていた。いずれの礼拝堂も回廊から通じ、皆の注意は専ら教皇が最後には向かうことになっている方の礼拝堂の扉が時折開いたり閉まったりするのに向けられていた。幾度となく、かくて扉が開けられようと、梯子に乗った男が仰山なロウソクに次から次へと火を灯している以上に途轍もなき光景は拝まして頂けなかったが、扉の開く度、必ずやどっとばかり、この梯子とこの男に向かってワーテルローの戦いにおける英国重騎兵の突撃もかくやとばかりの（と小生には思われた訳だが）猛進撃がかけられた。男は、しかしながら、断じて撃墜されず、梯子もまた然り。というのも御逸品、ロウソクに一本残らず火が灯され果すと、男によりて群衆の直中へと担ぎ出され、そこにて世にも稀なる奇態を演じ、挙句やたらふしだらな物腰で回廊の壁にもたせかけられたからだ。と思いきや、聖下がいよいよお出ましの証拠、他方の礼拝堂の扉が開き、新たな詠唱が始まった。この期に及び、護衛兵は、それまで群衆をありとあらゆる形《なり》に小突きまくっていたものを、回廊にズイと整列した。さらば行列が、かくて出来上がった二列縦隊の間を粛々とお越しになった。

　少年聖歌隊員が二、三人先頭に立ち、それからその数あまたに上る司祭が二人ずつ続き、火の灯った細蠟燭を——少なくとも男前の司祭は——御尊顔に光が見場好く当たる具合にかざしていた。というのも部屋は仄暗かったからだ。男前ならざる、と言おうか長い顎鬚を蓄えていない司祭は御当人方の細蠟燭を如何様になり携え、ひたすら霊的瞑想に耽ってはいた。その間《かん》、聖歌はやたら一本調子にして侘しく詠唱されていた。行列はゆっくり、礼拝堂へと向かい、ブンブンと蜂の羽音めいた歌声も行列と共に来ては去った。やがて、教皇自身が真っ白な絹の天蓋の下《もと》、被いに包まれた聖体を両手に携えて姿を見せ、華々しき壮観を呈すに、グルリを枢機卿と大聖堂参事会員が取り囲んでいた。護衛兵は教皇の行き過ぎざま跪き、傍に立っている者は皆頭を下げ、かくて教皇は礼拝堂へと姿を消した――戸口で真っ白な絹の天蓋を頭上から取っ払われ、代わりに、哀れ、老いぼれた頭の上に真っ白な絹のパラソルを差し掛けられて。さらにもう二、三組の司祭が殿《しんがり》を務め、やはり礼拝堂へと姿を消した。さらば、礼拝堂の扉は閉《た》て切られ、一件にはそっくり片がつき、誰しも命がけで、と言おうか死にもの狂いで、驀地に駆け出した――何か外《ほか》の見世物を拝ませて頂き、くだんの儀式はわざわざ足を運ぶまでのこともなかったとうそぶくべく。

　恐らく、最も人気があり、最も人々のごった返す光景は（貴きも低きも自由に加われる、復活祭日曜日《イースタ・サンデー》と明くる月曜のそいつらをさておけば）十二人の使徒とイスカリオテのユダに為り変わった十三名の男の足を教皇が雪《すす》ぐ（『ヨハネ』一三：五、一四）の図であろう。当該敬虔な儀式が執り行なわれる場所はサン・ピエトロ大聖堂の数ある礼拝堂の内一つで、堂内はわざわざそのためキラびやかに飾り立てられ、十三名の男はめっぽう高いベンチに「ズラリと」腰を下ろし、終始仰山な――一体幾人《いくたり》か、は神のみぞ知る――イギリス人や、フランス人や、アメリカ人や、スイス人や、ドイツ人や、ロシア人や、スェーデン人や、ノルウェー人や、他の外つ国人《びと》の目が己《おの》が御尊顔にじっと凝らされているとあって、やたら居たたまらぬげな面《つら》を下げていた。彼らは白い長衣に身を包み、頭には把手の捥げたどデカい英国風黒ビール・ジョッキそっくりの、カッチンコの白い縁無し帽を被っている。それぞれ手には見事なカリフラワー大の花束を携え、内二人はこの折、眼鏡をかけていた――のは御両人のこなしている役所に鑑みれば、衣裳のおどけたあしらいのように思えなくもなかった。役作りには大いなる目配りがなされ、聖ヨハネに為り変わっているのは美男の若者で、聖ペテロには流れるような褐色の顎鬚を蓄えた、見るからにしかつべらしげな老人が割り当てられていた。してイスカリオテのユダを演じている男と来てはそれは絵に画いたような猫っ被りなものだから（小生にはただし、男の面付きが素《す》なのか似非《えせ》なのかとんと見分けがつかなかったが）、もしや男がとことん役を演じ切り、表へ飛び出しざま首を括っていたなら、一点の非の打ち所もなかったろう。

　この光景を眺めるのに御婦人専用に指定された二つの大きな枡席は立錐の余地もなく、近づくのは土台叶はぬ相談。よって、我々は教皇が身をもってこれら十三名に傅く聖餐台に辿り着くのに遅れを取らぬよう、すぐ様、有象無象と共に駆け出し、ヴァチカン宮殿階段にて押し合い圧し合い揉み合っては、スイス護衛隊とも一再ならず取っ組み合いを演じた挙句、皆してどっと、部屋に雪崩れ込んだ。そこは赤白の綴織のあしらわれた長ずっこい回廊で、また別の御婦人専用枡席と（かようの儀式の折ともなれば皆、喪服に身を包み、黒いヴェールを纏わねばならぬが）、ナポリ王（フェルディナンド二世（一八一〇-五九））とその一行のための皇室用枡席《ロイヤル・ボックス》とが設えられていた。して舞踏会晩餐そっくりに仕度され、本物の使徒の黄金像の飾られた聖餐台そのものは、回廊の片側の高い演壇に据えられていた。化けの皮を被った使徒達のナイフ・フォークはテーブルのくだんの、壁に最寄りの側《がわ》に並べられている――またもやしげしげ、心行くまで、と言おうかお気に召すまま睨め据えて頂くべく。

　部屋の大部分は男性観光客で一杯で、身動ぎ一つままならず、人いきれは凄まじく、時に耐え難いまでに押し合い圧し合いすることもあった。その絶頂の折しも、洗足の儀式からどっとばかり人波が押し寄せ、さらば途轍もない金切り声や叫び声が上がったものだから、ピエモンテ竜騎兵の部隊がスイス護衛隊の助太刀に乗り出し、騒動を鎮めるべく手を貸さねばならぬほどだった。

　御婦人方はいざ席を奪い合うとならば、殊の外狂暴だった。小生の知り合いのさる御婦人は婦人専用枡席にて女丈夫に腰にしがみつかれ、そのなり席から押っ放り出され、また別の（同じ枡席の後列にいた）御婦人は前の連中が邪魔っ気だというので、皆さんに端から大きなピンを突き立てていた。

　小生のグルリの殿方連中はどんな馳走が聖餐台の上に並べられているものか頻りに見たがり、とある英国人など、果たしてマスタードはあるか否か捩り鉢巻きで突き止めるホゾを固めでもしたかのようだった。「ややっ、酢があるぞ！」と小生には御仁が延々と爪先立ちをし、四方八方からギュウギュウ押されたりゲンコを揮われたりした挙句、馴染みに言うのが聞こえた。「でオイルも！　そら、薬味ビンに入っていたのは間違いなくそいつらだ！　が、そこの前のどなたか、テーブルの上にマスタードが載っているか御覧になれませんかな？　さあ、どうか後生ですから。ほれ、マ、ス、タ、ー、ド壺は見えませんかな？」

　十二使徒とユダが、今か今かと首を長くして待たれた挙句、演壇に姿を見せると、ペテロを筆頭にズラリと、テーブルの正面に整列し、内十二名が長々と花束の香りを嗅ぎ、ユダが――これ見よがしなまでに唇を動かしながら――独りブツブツと祈りを唱えている片や、一座によりて篤と目が凝らされた。それから、緋色の法衣に身を包み、真っ白な絹の頭蓋帽を被った教皇が、枢機卿や他の高僧に取り巻かれたなり姿を見せ、小さな金の水差しを手に取ると、ペテロの片方の手にちょろちょろ水を垂らし、その間《かん》従者の一人は金の盥を、お次の者は肌理の細かい布を、第三の者は洗手の間《あいだ》預かっているペテロの花束を携えていた。くだんの儀式を聖下はやたらとっとと、一列に並んだ一人一人に執り行ない（ユダは、小生の見る所、聖下の忝き取り計らいにわけても感極まっているげではあったが）、それから十三名は全員、正餐の席に着き、食前の祈りが教皇によって捧げられ、権威の座にはペテロが就いていた。

　白ワインと赤ワインが出され、正餐は見るからに旨そうだった。料理は一品一品、各使徒に一皿ずつ供され、馳走が跪いた枢機卿によって教皇に手渡されると、教皇手づから十三名に振舞った。ユダが馳走を前にいよよ血の気を失い、さながらそっくり食い気に見限られてでもいるかのように首を傾げたなりぐったり萎《しお》れて行く物腰たるや筆紙に余ろう。ペテロは立派な、矍鑠とした御老体で、ガンガン、言はば「打って出る」に、出された料理を端から平らげ（列の筆頭に座っている関係で、いっとう旨そうなのにありつけたから）誰とも一言も口を利かなかった。料理は主として魚と野菜より成っているようだった。教皇は十三名にワインも振舞い、食事の最初から最後まで、誰かが大振りな――聖書と思しき――本から何かを音読した。何人《なんぴと》にも聞こえねば、何人《なんぴと》たりいささかも気に留めてはいなかったが。枢機卿と他のお付の者は時折、まるで一件は是一つの大いなる茶番にして、仮に自分達が然に思し召すなら図星に違いなかろうとでもいうかのように互いにニタリと笑い合っていた。聖下は飽くまで道理を弁えた男が厄介な儀式を掻い潜る要領で身を処し、一件に片がつくやすこぶるせいせいしているかのようだった。

　巡礼者の晩餐会*は――そこにて貴人と貴婦人が謙遜の印に巡礼者に傅き、彼らの足が代理によって然るべく洗われ果すと、拭ったが――実に興味深かった。が、上辺だけの典礼に剣呑なほど依拠した、それそのものはほんの空虚な形式にすぎぬその数あまたに上る見世物という見世物の内、スカラ・サンタ、即ち聖階段ほど印象的なものはない。くだんの階段を、小生は一再ならず目にしたが、聖金曜日には一際引き立って――と言おうか不様に――映った。

　当該聖階段は二十八段より成り、ポンテオ・ピラトの館《やかた》の端くれだったと、して我らが救いの主《ぬし》が審判《さばき》の庭より降りて来る上で辿ったと正しく同じそれだと伝えられている。巡礼者は跪いてでなければ階段を昇らぬ。階段は急で、天辺には、口碑によらば遺物で一杯の礼拝堂があり、礼拝堂の中を鉄格子越しに覗き込み果すと、巡礼者はまたもや、神聖ではないが故に歩いても好いとされる両脇の階段のいずれかから降りる。

　聖金曜日には、この階段を控え目に見積もっても百人からの人間が一時《いちどき》にズルズル、躙り昇り、これから昇るか、又は既に降りて来た連中が——してそのいずれをも早、やってのけ、これが二度目、もう一度昇ろうとしている一握りの連中も——下方の袖廊《ポーチ》で手持ち無沙汰にブラつき、そこにてはある種番小屋の内なる御老体が頻りにガラガラ、賽銭を取っ立てている合図に、天辺に裂け目の入ったブリキ缶を揺すっていた。大半は男女を問わぬ田舎者だが、中にはイエズス会修道士が四、五人と、雅やかな装いの女性も五、六人紛れていた。二十人は下らぬ、学舎丸ごとの少年が中程まで昇っていた——すこぶる楽しげに。してお互いギッチリ一塊になっていたが、一行の外《ほか》の連中は、何せガキ共と来てはこちらのブーツを引こずる上で何やら無鉄砲な手に出る気満々げなものだから、能う限り間《ま》を置いてはいた。

　小生は生まれてこの方、かほどに馬鹿げた、と同時に鼻持ちならぬ光景を目の当たりにしたためしはない。そいつにつきものの不条理な椿事において馬鹿げた、してその愚にもつかぬ戯けた理不尽で無意味な堕落において鼻持ちならぬ。まずもって階段が二段あり、それからかなり広々とした踊り場がある。より眦を決した参拝者はこの踊り場を、階段同様、跪いたなり躙り進み、平坦な表面をズルズルと這う上で晒すザマと来ては言語を絶す。して、見よ、連中の何と柱廊《ポーチ》から機を窺い、壁際に隙間があると見て取るや我勝ちに割って入ることか！　何ととある男が（晴れた日和だけに、そのためわざわざ持って来た）雨傘もて御尊体を一段また一段と、御法度もいい所、引こずり上げていることか！　何と五十五かそこらの取り澄ました御婦人がしょっちゅう、大御脚が猥りがわしき真似をしていぬか否か確かめるべく後ろを振り返っていることか！

　のみならず、何と奇しくも個々人の昇る速さの十人十色たることか。ある者は時計と睨めっこで駆けっ競をしてでもいるかのようにセカセカ這いずり登り、またある者は一段毎に止まっては祈りを唱えている。この男は階段という階段に額づき、接吻している、かと思えば、あの男は道々ずっと頭をボリボリ掻いている。小学坊主共はさすが物の見事にやってのけるに、くだんの老婦人がものの五、六段もやりこなさぬとうの先から天辺まで昇り詰めてはまたもや降りて来る。が悔い改めた連中の大方は、差引きゼロにするには夥しき量の罪を犯さねばならぬほど真に花も実もある善根を積んだというのでめっぽう潑溂としてキビキビ降りて来る。さらば番小屋の中の御老体が当該ありがたきほとぼりの冷めぬ内にブリキ缶ごと連中に襲いかかった、のは言を俟つまい。

　固よりかようの参詣《さんけい》行進は、宜なるかな、いい加減滑稽にならざるを得ぬ訳でもないかの如く、階段の天辺には木造りのキリスト磔刑像がある種鉄の大皿に据えられている。してキリスト殿、それはヨロヨロ、グラグラ、グラつくものだから、熱心な信者が常にも増してひたぶる接吻するか、大皿の中にやたらいそいそ硬貨を投げ入れようものなら（御逸品、ことその点にかけては第二の、と言おうかおまけの賽銭箱の役をこなしていたから）、必ずやカタカタ音を立てながら大きくピョンと跳ね上がった勢い、お付のランプをあわや消しそうになる――とは遙か下方の連中に生半ならず怖気を奮い上げさせ、疚しい向きを得も言はれずドギマギうろたえさせずばおかぬことに。

　復活祭日曜日《イースター・サンデー》に、先週の木曜日同様、教皇はサン・ピエトロ大聖堂正面のバルコニーから人々に祝禱を賜った。この復《イー》活祭日曜日《スター・サンデー》はそれは抜けるような青空が広がり、それは雲一つなく、芳しく、とびきり明るいものだから、それ以前の悪天候はそっくり、一瞬の内に、記憶より消え失せた。小生は木曜の祝禱が数百本もの雨傘にジメジメと垂れられるのを目にしていたが、その折、ローマに泉の多しといえどもキラめき一つ――然なる泉だというに！――瞬かすそいつの一つとてなく、片やこの日曜の朝、泉は無数のダイヤモンドを滔々と迸らせていた。我々が馬車で縫った幾々マイルもに及ぶ惨めな通りという通りは（かようの折ともなればローマ警察の役をこなす教皇の騎馬隊に然る進路を強いられているせいで）それは色取り取りなものだから、そこなる何一つとして褪せた面《つら》を下げるは土台叶はぬ相談。市井の人々はとびきり派手派手しい一張羅で、より懐の温《ぬく》い連中はいっとう小粋な馬車で、繰り出した。枢機卿はガラガラ、貧しき漁夫（十二使徒）の教会へと公式馬車で揺られ、みすぼらしい閣下方はお抱えの擦り切れた仕着せと艶の剝げた三角帽を白昼にひけらかし、ローマ中の馬車という馬車がサンピエトロ大聖堂の大広場へと狩り出された。

　大広場にはざっと十五万ほどの人々が集うていたろうか！ がそれでいて十分、余裕があった。果たして如何ほど幾多の馬車が乗りつけていたことか、は神のみぞ知る。がそれでいて、馬車にもまだ、あり余るほどの余裕があった。教会の大階段にはぎっしり人々が犇き合い、広場のくだんの箇所にはアルバーノ（ローマ南方行楽地）からお越しの（赤の大好きな）伊農夫《コンタディーノ》が仰山連んでいるとあって、群衆の中で明るい色また色が綯い交ぜになっている様は実に麗しい。階段の下には軍隊が整列していたが、その場の壮大な広さにあってはほんのちっぽけな花壇に見えなくもない。むっつり苦ムシを嚙みつぶしたローマ人や、御近所の田舎の活きのいい百姓や、イタリアの遠方からわざわざお越しの巡礼者の団体や、世界各地からやって来た外つ国観光客が、その数だけの昆虫よろしくブンブン、澄み渡った外気の中で羽音めいた音を立て、彼ら皆の遙か頭上にては、ピシャピシャ水を跳ね散らかしてはブクブク泡《あぶく》を立てては、陽光の中、虹色を描きながら、対《つい》の優美な泉がふんだんに湧き出でる側《そば》からトンボ返りを打つ。

　バルコニーの正面の上にはある種、明るい絨毯が掛けられ、大きな窓の両脇には緋色の綴織があしらわれている。天辺には、老人を熱い日射しから守るよう、日除けまで渡してあった。正午が近づくにつれ、皆の目は一斉にこの窓に向けられ、とこうする内、すぐ後ろに孔雀の羽根の巨大な扇をあしらった輿《こし》が正面に近づくのが見て取れた。中の人形が（バルコニーは遙か高みにあったから）そこで立ち上がり、小さな両手を突き出し、片や広場の男性見物客は一人残らず脱帽し、中には、とは言え遠く半ばには及ばなかったが、跪く者もあった。聖アンジェロ城の塁壁の大砲が、お次の瞬間には、祝禱の捧げられた由触れ回り、太鼓が打ち鳴らされ、トランペットがぶっ放され、銃がガシャリガシャリぶつかり合い、さらば下方の大群衆はいきなりより小さな山へと崩れ、ここかしこでチョロチョロとせせらぎに散るや、斑《まだら》の砂さながら搔き乱された。

　我々が馬車で出立したそれは、何たる明るい正午たりしことよ！　テーベレ川は最早黄色ではなく青く澄み、古びた橋には紅みが射し、かくてまたもや潑溂として矍鑠と映った。万神殿《パンテオン》は、その荘厳な正面と来ては老いぼれの面《つら》よろしく皺だらけではあったものの、崩れかけた壁一杯に夏の日射しを浴びていた。*「永遠の都」のむさ苦しく侘しい荒屋はどいつもこいつも（古めかしい陰険な宮殿という宮殿よ、「時の翁」が其のやんごとなき頭《こうべ》をむんずと捕らまえているに劣らず確かに、其を肘で小突いている下々の隣人の汚辱と悲惨に証を立てよ！）日輪の光線を某か浴び、清しく鮮やかに映る。馬車や人々の渦巻きたる、立て込んだ通りの正しく獄《ひとや》にしてからが、その日のはぐれ者めいた気配を割れ目や裂け目越しに滴らせて頂いてでもいるか、防柵よろしく塞がれた窓からひょろりと首を突き出せぬ陰気臭い囚人共はせめて手なり突き出し、錆だらけの格子にしがみつきながら、そいつらを溢れ返った通りの方へ差し延べる——さながら御逸品、陽気な炉火にして、かくて御相伴に与れでもするかのように。

　だが、満月を翳らす雲一つなきまま夜の帳が下りるや、大広場が今一度人々で溢れ返り、教会が上は十字架から下は地べたに至るまで建物の輪郭をなぞり、ちらちらと、広場《ピアッツァ》の柱廊のグルリで瞬いては輝く数知れぬカンテラに照らし出されている様の何たる光景だことよ！　して大きな鐘が——その刹那——七時半を告げるや、とある真っ紅な煌々たる炎の塊が頂塔《クーポラ》の頂上から十字架の天辺の天辺にまで雄々しく舞い上がり、持ち場に飛び込むや否や、恰もそれを合図に、先達それ自体に劣らぬほど大きく、赤く、輝かしい無数の明かりが巨大な教会の至る所から迸り出で、かくて軒蛇腹《コーニス》という軒蛇腹《コーニス》や、柱頭《キャピタル》という柱頭《キャピタル》や、いっとう小さな石の飾りまでも炎の中で煌々と浮かび上がり、挙句、どデカい円蓋《ドーム》の黒々とした堅牢な土台が卵の殻よろしく透き通るのを目の当たりにすらば、何たる狂喜と歓喜と愉悦の感懐に見舞われずばおかぬことか！

　火薬の導火線も、電気の連鎖も——何一つ、この第二の照明ほど突如、瞬く間に、発火され得はしなかったろう。我々がその場を後にし、遙かな高みに登り詰め、二時間後に振り返った時ですら、照明は依然、長閑な夜空に一粒の宝石さながらキラキラ、キラめいては瞬いていた！　その輪郭の線一本、欠けねば、角一つ鈍らねば、光彩の微塵一つ失せぬまま。

　明くる晩——復活祭月曜日《イースタ・マンデー》——には聖アンジェロ城から花火が華々しく打ち上げられた。我々は向かいの屋敷の一室を借り——正面の広場から、そいつに通ず並木道という並木道からを塞ぎ、かくて城への道筋にある橋にずっしり、まるで下方を速やかに流れるテーベレ川に今にも沈みかねぬほど伸しかかっている黒山のような人集りの間を縫うようにして——早目に、持ち場に辿り着いた。この橋の上には（実に鼻持ちならぬ作品たる）彫像（ベルニーニ作天使像）が立ち並び、その直中にはメラメラと燃え盛る麻屑で一杯の大きな器が据えられ、連中、有象無象の面《つら》宛不気味に、してそいつらの上方の石の擬い物宛輪をかけて不気味に、ギラついていた。

　野外劇は途轍もない号砲の発射と共に幕を開け、その後二、三十分というもの、城は是一つの絶え間なき炎の海にして、ありとあらゆる色と、大きさと、速さの赤々と燃え盛る車輪の迷路と化し、片や狼煙が一つずつでも二つずつでも、幾十となくでもなく、一時《いちどき》に幾百となく、夜空へ一斉に打ち上げられた。掉尾を飾る一連射——輪転花火《ジランドーラ》——もて、巨大な城は丸ごと、煙一つ塵一つ立てぬまま、空中へ吹き飛ばされでもしたかのようだった。

　ものの三十分で、黒山のような人集りは散り、月が川面《かわも》なる御当人の皺だらけの影を長閑に見下ろしていた。半ダースほどの男と小僧が火の灯った寸詰まりのロウソクを手に、ここかしこ、人込みの中でうっかり落っことされていたやもしれぬ金目のものはないかと、ウロつき回っている。が、外には人っ子一人見当たらぬ。

打って変わった光景も御一興と、我々は当該花火の壮観や大砲の轟音の場から一路、大円形劇場《コリセウム》に暇を乞うべく、古代ローマの廃墟へと馬車を走らせた。小生はそれまでも月明かりの下《もと》、大円形劇場《コリセウム》を見ていたが（明けても暮れても、そいつに立ち返っていたから）、その夜の途轍もなき孤独は言語に絶した。中央広場《フォルム》の不気味な円柱、ローマ皇帝の凱旋門、いつぞやは彼らの宮殿たりしかの巨大な廃墟の山、打ち壊された寺院の墓たる芝草の蓬々に蔓延った塚、古代ローマ時代に人々に踏み締められて滑《すべ》らかになった聖なる通り《ヴィア・サクラ》*の石畳、これらとて、その卓絶した憂はしさにおいて、今は昔の光景に取り憑き、略奪好きの教皇や戦《いくさ》気触れの皇族に破壊されながらも打ちのめされるには至らなかった、雑草や芝や荊なる荒らかな手を揉みしだき、割れ目という割れ目や崩れた拱門という拱門にて啾々と夜闇に噎び泣いている、その血腥き祝日の聳やかにして厳めしき、黒々とした亡霊――由々しき己《おの》が微動だにせぬ影――の比ではない！

翌日、我々はフィレンチェへの道すがら（第十一景注(四四三)参照）、ヒバリの囀りを聞きながら大平原《カンパーニャ》の草の上に寝そべっていると、

哀れ、巡礼中の伯爵夫人の殺害された箇所に小さな木造りの十字架が建てられているのを目にした。よって、そのグルリに、伯爵夫人を偲ぶ塚の端緒とし、石ころを小積み、果たしてそこにて再び休らい、ローマを振り返る日が来るものかと訝しんだ。

第十一景　目眩く幻視画《ジオラマ》

我々は今やナポリに向かっている！* して向こう端の門──サン・ジョヴァンニ・ラテラーノ門──にて永遠の都ローマのとば口を過った。がそこにて今や去り行かんとす他処者の注意を惹く最後の二つの代物にして、今や訪わんとす他処者の注意を惹く最初の二つの代物は、とある誇らかな教会（聖ジョヴァンニ・バシリカ聖堂）と、崩れかけた廃墟（古代城壁）──ローマに実に付き付きしき象徴──である。

我々は大平原《カンパーニャ》を越えて行ったが、そいつはより暗澹たる空の下《もと》におけるより、かように明るい青空の広がる日にはなお厳かに映った──渺茫たる廃墟は目により清かにして、日光は壊れた水路橋の拱門越しに、憂はしき遙か彼方にてそいつら越し輝いている他の壊れた拱門を浮かび上がらすとあらば。晴れて大平原《カンパーニャ》を越え果し、アルバーノから振り返れば、その仄暗い、なだらかな起伏は眼下に淀んだ湖さながら、と言おうかローマの城壁のグルリを流れ、都を全世界から遮断する広大な、懶い忘却の川《レーテ》さながら、広がっている！　何と幾度《いくたび》となく軍団《レギオン》は凱旋行進において、今や然に黙《もだ》し、人気《ひとけ》なきくだんの紫の荒野を鎧兜もキラびやかに踏み渡って来たことか！　何と幾度《いくたび》となく捕虜の行列は暗澹と気を滅入らせながら、遙かな都を見はるかし、住民がどっと、己《おの》が征服者の帰還を歓呼と共に迎えるべく繰り出すのを目の当たりにして来たことか！　何たる暴動と官能と殺害が、今や瓦礫と砕けた大理石の山と化した壮大な宮殿にて荒れ狂っていたことか！　何たる大火のギラつきや、人民の騒動のどよめきや、疫病と飢饉の噎び泣きが、今や風を措いて何一つ聞こえず、トカゲがそいつらきり日溜まりの中で誰憚ることなく跳ね回る荒原を吹き渡っていたことか！

どいつもこいつもいじけたジプシーもどきの羊皮の天蓋の下にて寄っかかっている、毛むくじゃらの百姓に手綱を取られた、ローマへ向かう葡萄酒荷馬車の列は今や途絶え、我々は木々の生い茂る、より高方の田野を四苦八苦登る。翌日はうんざりするほど平坦で孤独なポンティノ沼沢に差し掛かり、沼地には薮が生い茂り、生半ならず泥濘ってはいるものの、長い長い並木道が木蔭を成す心地好い道が一本走っている。ここかしこ、独りぽつねんと立つ番小屋を通りすがることもあれば、ここかしこ、打ち捨てられ、壁で塞がれた荒屋を通りすがることもある。街道沿いのせせらぎの堤では牧夫がブラつき、時に岸辺の男に曳かれた平底舟がピシャピシャさざ波を立てながら、せせらぎ伝《づて》懶げにやって来る。馬に乗った男が時折、長い銃を鞍の前部の上に横方《よこざま》渡し、獰猛げな猟犬共を引き連れて行き過ぎる。が外《ほか》に蠢いているものは何一つ、風と影法師を措いて、ない。とこうする内、我々はテラチーナ*の見える辺りまでやって来る。

　然に追い剝ぎ伝説で名高い旅籠の窓の下方で逆巻く海の何と碧く明るいことよ！　ガレー船奴隷が上方の石切り場で汗水垂らし、連中を監視する歩哨が岸辺でくつろぐ、明日のせせこましい街道の上に迫り出した大きな岩山や巌の突端の何と絵のように美しいことよ！　夜っぴて、満天の星空の下《もと》、海がブツブツとつぶやき、朝方、辺りが白むが早いか、眺望がいきなり、恰も魔法の杖の一振りにて、開けるや――遙か彼方、そこなる海越しに！――ナポリが島々ごと、して火を噴き上げているヴェスヴィオが、眼前に立ち現われる！　が、ものの四半時間で、くだんの光景はそっくり、雲の直中なる幻影さながら跡形もなく消え失せ、一面、海と空が広がるばかりだ。

　二時間ほど旅を続けて漸う、ナポリの辺境を越え、この世にまたとないほど腹を空かせた兵士や税関役人をやっとの思いでなだめすかし果すや、我々は門のない表玄関《ポルタイユ》から最初のナポリの町――フォンディ（旧ナポリ王国要塞の地）へと入って行く。フォンディに、乞食めいた惨めったらしい全ての名にかけて、目を留めよ。

　みすぼらしい通りから通りのど真ん中を泥と屑の溝がウネクネと流れ、そこへもってうらぶれた家々からチョロチョロと悍しきせせらぎもどきが注《そそ》ぎ込む。フォンディ中どこを探しても、ボロボロに腐った、ガタピシの、朽ちかけていない扉一枚、窓一枚、鎧戸一枚――屋根一つ、壁一つ、支柱一本、柱一本とてない。バルバロッサ*やその他の連中による攻囲や略奪を始め、町の悲惨な歴史は昨年演じられたばかりだったやもしれぬ。如何で、みすぼらしい通りをコソコソ、ウロつき回っている痩せこけた犬が人間サマに食われずして生き存えているものか、は世界の七不思議の一つに数えられよう。

　頰のげっそりこけた、しかめっ面の連中である、奴らと来ては！　どいつもこいつも物乞いの。がそいつは物の数ではない。連中が群れている様を見よ。中には、物臭な余り階段を降りて来ようともせず、と言おうか恐らくは、やたら賢しらにも階段宛、眉にツバしてかかっているせいで、一か八か試してみようともせず、よって骨と皮の手を上階の窓から突き出し、吠え哮っている者もあれば、また中には、我々にワッと群がりざま、互いに組み打ったり小突き合ったりしながらひっきりなし、神への愛にかけて施しを、聖母マリアへの愛にかけて施しを、聖皆《ひじり》への愛にかけて施しを、乞う者もある。裸同然の惨めな子供の一団が同上の見よう見真似で金切り声を上げる内、馬車のテラついた外っ面にこちとらが映っているのに気づき、当該鏡におどけた仕種が繰り返されるのを見たいばっかりに、躍り跳ねてはしかめっ面をし始める。びっこの白痴が、奴のけたたましい物乞いを揉み消そうとする、連中の内一人に殴りかかっている真っ最中《さなか》、鏡板《パネル》に腸を煮えくり返らせたウリ二つを見て取るや、はったと手を止め、舌を突き出しながら頭をゆっさゆさ揺すってはペチャクチャ戯言《たわこと》をほざき始める。さらば金切り声が上がり、勢い、教会の上り段にて売り種の壺や鍋ごと寝そべっている、カビ臭い茶色のマントに包《くる》まった五、六人の下卑た輩が目を覚ます。して、ズルズル起き上がりながら近づいて来るなり、凄味を利かせて物を乞う。「オレは腹ペコなんだぜ。何か恵んでくれ。いいかい、だんな。オレは腹ペコなんだぜ！」さらばすかさず、物の怪じみた老婆が、先を越されてなるものかと、片手を突き出し、もう一方の手で道々御尊体を引っ掻いては、声の届かぬとうの先から喚き散らしながら通りをヒョコヒョコやって来る。「どうかお恵みを、どうかお恵みを！もしかお恵み下さりや、べっぴんの奥方さん、すぐっと奥方さんのためにお祈りさせて頂きますんで！」仕舞いに、不気味な仮面を被り、幾多の泥濘った冬の泥ハネで裾だけ白くなった、みすぼらしい真っ黒な長衣に身を包んだ、死者を埋葬する友愛団体の連中が、薄汚い司祭と、どっこいどっこい薄汚い十字架持ちに付き添われたなり、セカセカ急ぎ足で行き過ぎる。当該ごった混ぜの群衆に取り囲まれたなり、我々はフォンディを後にする――爛々たる逆しまな眼にガタピシの塒という塒の暗闇から、そいつの汚濁《おだく》と腐敗のギラつく端くれよろしく、睨め据えられながら。

*

いつの日からか「フラ・ディアヴォロの砦」と呼び習わされる要塞の廃墟が、今にとある堅牢な高みに名残を留める、気高い山道――丘陵にほとんど垂直に築かれ、長く急な階段によってしか近づけぬ、焼き菓子の意匠よろしき古びたイトリの町――そのワインの、アルバーノのワイン同様、ホラティウスの時代よりこの方堕落の一途を辿っている（第十景四〇八頁参照）、或いはホラティウスのワインに対す味覚が悪かったのやもしれぬが（何せそいつと来てはワインを然に堪能し、然に見事に褒め称えた人間のそれとも思えぬので）麗しきガエタ岬――サンタガタの街道沿いでのさらなる一晩――絵のように美しいながら、ローマ皇帝近衛兵の目にくだんの名の古代都市が映るが常であったほど当今の旅人には魅惑的とも思えぬカプアにおける翌日の休息——木から木へと花綵や輪飾りよろしく仕立てられたブドウの直中なる平坦な道——してとうとうヴェスヴィオが間近に迫る！——火山錐と頂上の真白き雪に覆われ、その上に煙がずっしりとした日中の大気の中、叢雲よろしく垂れ籠めた。かくて我々はガラガラと丘を下《くだ》りながらナポリへと入って行く。

　野辺の送りが通りをこちらへやって来る。開けっ広げの棺架に寝かせられた亡骸は、緋と金の派手やかな布で覆われたある種四人舁駕籠《パランキーン》に担がれている。送葬者は白い外衣と仮面の出立ち。仮に「死」が出回っているとすれば、「生」もまた然るべく成り代わられている。というのもナポリは丸ごと外に繰り出し、馬車であちこち駆けずり回ってでもいるかのようだから。就中、しごくありきたりの四輪辻馬車《ヴェットゥーラ》は小粋な馬衣と夥しき量の真鍮飾りでめかし込んだ三頭の横並びの馬に曳かれ、必ずや盲滅法飛ばす。かと言っておよそ荷が軽いという訳ではない。何せいっとう小さなそいつですら車内に六人、正面に四人、乗せ、おまけにもう四、五人後部にしがみつき、もう二、三人は車軸の下の網、と言おうか袋に潜り込み、そこにて泥と土埃で半ば息の根を止められそうになっているからだ。そこへもってパンチ人形芝居の座元や、ギターを抱えたおどけ歌手《ブッフォ・シンガー》や、詩の朗吟者や、物語の朗吟者がワンサと繰り出し、道化と座頭や、太鼓とトランペットも賑々しき安ピカ見世物の列が、内なる驚異をひけらかすケバケバしい旗をハタめかせ、外にては賛嘆の目を瞠る有象無象が犇き合っているとあって、辺りの騒ぎとざわめきは弥増に膨れ上がる。着たきりスズメの物乞い《ラッツァローネ》は出入口や、拱道や、溝でゴロ寝をし、派手やかにめかし込んだ郷士はキアイア通りを馬車でガラガラ行き交ったり、公園を漫ろ歩いたりしている。かと思えば、物静かな書簡代書人が公道の、サン・カルロ大劇場の柱廊玄関《ポーチコ》の下《もと》、小さな机とインク・スタンドの背後にちょんと腰掛けたなり、顧客のお越しを待ち受ける。

　ここなるは、そら、馴染みに手紙を書いてもらいたがっている、枷をかけられたガレー船奴隷だ。奴は角の拱門の下に座っている一見、書記風の男に近づき、話をつけ始める。背を壁にもたせ、クルミの殻を割りながら傍に立っている監視役の歩哨からは許しが得てある。ガレー船奴隷は代書人の耳許で書いて欲しい内容を口述し、何せ固より無筆とあって、果たして代書人が口述されたままを忠実に書き記しているか否かそこに読み取るべく、一心に相手の顔を覗き込む。とこうする内、ガレー船奴隷は支離滅裂に——取り留めがなく

――なり始める。代書人はひたと手を止め、顎をさする。ガレー船奴隷は身振り手振りも派手派手しく、ペラペラまくし立てる。代書人はとうとう、相手の意を汲むや、そいつをどう文言にすれば好いか心得た男然と、ペンを走らす――時折、己《おの》が原文を我ながらの悦に入りつつ読み直すべく手を止めながら。ガレー船奴隷は黙りこくる。兵士は辛抱強くクルミの殻を割る。何か外におっしゃりたいことは？　と代書人は尋ねる。いや、もうこれきり。ならばどうかお聞きを、我が馴染みよ。代書人はざっと、一通り読み通す。ガレー船奴隷は正しく陶然となる。手紙は畳まれ、宛名が書かれ、差出人に渡され、料金が支払われる。代書人はやれやれとばかり、のっそり椅子に背をもたせ、本を手に取る。ガレー船奴隷は空っぽの麻袋を掻き寄せ、歩哨は片手一杯のクルミの殻を放り投げ、マスケット銃を肩に担うや、二人して立ち去る。

果たして何故《なにゆえ》物乞いは、貴兄が連中の方を見やると、右手でひっきりなし顎を引っぱたくのか？　ナポリでは一事が万事、黙り狂言にてやりこなされ、そいつは腹ペコなりとのお定まりの仕種だ。別のやっこさんと喧嘩をしている男は右の掌を左の甲に重ね、両の親指を――これぞロバの耳とばかり――ヒラつかせ、さらば相手は腸を煮えくり返らす。二人の男が魚を売った買ったとやっている。買い手は値を告げられると影も形もなきチョッキのポケットを空っぽにしてみせ、ウンともスンとも宣はらぬままスタスタ立ち去る――売り手の胆にかくてベラボウ高すぎるとの意をとことん銘じ果したものと。お互い馬車に乗った者同士がバッタリ鉢合わせになると、一方が二、三度唇に触れ、右手の五本指を突き立てるや、さっと掌で空《くう》を水平に切ってみせる。相手はコクリと頷き、そのなり駆け去る。奴は五時半に気の置けぬ夕飯に招かれ、必ずやお言葉に甘えさせて頂こう。

イタリアの至る所、人差し指を突き立てたなり右手を手首から独特の仕種で振れば、打ち消しを――物乞いがともかく呑み込もう唯一の打ち消しを――表す。が、ナポリにてはくだんの五本指こそは口ほどに物を言う。

以上全て、にかてて加えて、他のありとあらゆる手合いの戸外の暮らしと賑わいや、日没のマカロニ食いや、終日の花売りや、ありとあらゆる刻限なる、どこもかしこでもの物乞いとコソ泥を、貴兄は湾の波が陽気にキラめく明るい岸辺で目の当たりにする。が、画趣に富むものを愛で、汲々と求める者よ、これなる陽気なナポリの生活が分かち難く綯い交ぜになっている惨めな困窮と、堕落と、悲惨をやたら周到に視界より締め出そうとすること勿れ！　セント・ジャイルズ

（『アメリカ探訪』第六章注（七八）参照）を然に悍しく、カプア市門を然に魅惑的に見なすは以ての外。ほんの剥き出しの二本脚とズタズタの赤いスカーフが、興味深きものと、がさつで疎ましきものとの逕庭を悉く生じさせてはいまいか？ この、地上で最も美しく愛らしき地の美しさを、お気に召せば、永久《とこしへ》に絵に画き、詩に歌いつつも、能ふものなら我らが本務とし、新たな画趣をナポリの太陽と華やぎにおけるよりなお、北極の氷と雪の直中にてこそより希望溢るるに違いなき、人類の宿命と能力に纏わる何か幽かな認識と結びつけるべく努めようではないか。

カプリ島や――いつぞやは神格化されし野獣ティベリウス*によりて悪名を馳せし――イスキア島や、プロチダ島を始め、前方の紺碧の海原に点々と散る、ナポリ湾の数知れぬ遙かな麗しの島々は――今や間近かと思えば、今や彼方かと思えば、今やそっくり掻っ消え――日に二十度となく、霧と陽光の直中にて移ろう。世界で最も麗しき国が、見渡す限り、広がっている。素晴らしき海洋円形劇場《アンフィシアタ》のミゼノ岬の方を向き、ポシリポ（ミゼノとナポリ間の岬）伝《づて》カーネ洞窟へと、さらにはバイアエ*へと足を伸ばそうと、或いはヴェスヴィオとソレント（ナポリ湾沿岸避暑地）目指し、反対の道筋を辿ろうと、是一つの連綿たる愉悦であることに変わりはない。後者の方角にて――そこなる扉や拱道の上には「火の山」の怒りを鎮めるべく己《おの》がクヌートの手を突き出せし聖ジェンナロ*の小さな像が数知れず飾られているが――我々は美しい岸辺を走る鉄道で、ヴェスヴィオの噴火によって破壊された以前の町の灰燼《かいじん》の上に百年と経たぬ内に再建されたトレ・デル・グレコの町を、さらには平らな屋根の家々や、穀物倉や、マカロニ工場を打っちゃり、海中の岩山の上にそそり立つ毀たれし城に今や漁夫の住まうカステラマーレへと向かう。ここにて鉄道は終わるが、ここからは馬車に揺られ、連綿と続く魅惑的な湾また湾や、近隣では最高峰の聖アンジェロ山の頂上から水際までなだらかに傾斜する美しい光景伝《づて》――ブドウ園や、オリーヴの木立や、オレンジとレモンの庭園や、果樹園や、山と積まれた岩や、丘に囲まれた緑の峡谷を縫い――雪に覆われた高原の袂伝《づて》、戸口に器量好しの黒髪の女達が姿を見せる小さな町から町を抜け――小粋な夏の別荘を行き過ぎ――かくて、詩人タッソー（第六景注（三三四）参照）がグルリを取り巻く美より霊感を受けしソレントに辿り着けば好い。帰りしな、我々はカステラマーレの上の高みにまで登り詰め、大枝や葉越しに下方を見はるかせば、さざ波の立つ海が陽光の中でキラキラ輝き、遙かなるナポリの群なす白い家々が広大な眺望にて、サイコロほどにも縮こまっているのを目にするやもしれぬ。またもや日暮れ時に、渚伝《みぎわづて》――紅々と夕陽を浴びた海を左手に、煙と炎ごと暗まりつつある火山を右手に――ナポリへ引き返せば、これぞくだんの一日《ひとひ》の栄光に付き付きしき崇高な掉尾《ちょうび》ではなかろうか。

　カプア市門の側《そば》のくだんの教会は――マサニエロの叛乱*の火蓋の切られた、薄汚いナポリの中でもどこより薄汚い界隈の古い魚市場の近くにあるが――彼の人民に初っ端飛ばした檄の一つの舞台だったという点で忘れ難いながら、外《ほか》に何一つ取り立てて言うほどのものはない。ガラスケースに収められた、奇妙な両手の宝石づくめの蠟製の聖《ひじり》と、そこにてひっきりなしに、カスタネット砲兵中隊よろしくピシャピシャ顎を引っぱたいている（四二六頁参照）夥しき数の物乞いをさておけば。美しい扉と、その昔アポロ神殿を飾っていたアフリカとエジプトの御影石で造られた円柱のある大聖堂には聖ジェンナロ又の名をヤヌアリウスの名立たる聖血が収められ、聖なる血は銀の聖櫃の内なる二本の小さなガラス瓶にて保存され、年に三度、人々の大いなる賛嘆の的たるに、奇跡的に液化する。と同時に、聖《ひじり》が殉教した（数マイル遠方の）場所にある石はかすかに紅らむ。のみならず、儀式を司る司祭の頬も、これら奇跡が起こると、時にかすかに紅らむことがあると言う。

　当該神さびた地下墓地《カタコンベ》の入口の荒屋に住まい、その老齢と衰弱において、何やらそこにて御当人、埋葬されるのを今か今かと待ってでもいるかのようなヨボヨボの、ヨボヨボの老いぼれ共は、埋葬に立ち会う公式の参列者たる「王立慈恵病院《ロイヤル・ホスピタル》」と呼ばれる奇妙な団体の会員である。これら老いぼれ幽霊の内二人が、火の灯った細蠟燭を手に「死の洞《ほら》」を案内すべくちょこちょこ――自分達は不死身ででもあるかのようにさも事も無げに――先に立つ。洞《ほら》は三百年間、埋葬所として使われ、とある箇所には疫病で亡くなった多くの犠牲者の悲しい亡骸と伝えらる頭蓋骨や骨で一杯の大きな墓穴《ピット》がある。外《ほか》の箇所には塵以外、何一つない。洞《ほら》は主として、岩から切り出された巨大な、だだっ広い廊下や迷路より成り、これら長い通路の中には、どん詰まりにて思いもかけず上方から日光がちらちら射し込んでいるものもある。日射しは、とは言え、松明と、塵と、仄暗い丸天井に取り囲まれているとあって、さながらそいつまで縡切れ、埋葬されてでもいるかのように凄まじくも奇しく映る。

　現在の埋葬所は向こうの、市とヴェスヴィオとの間の丘の上にある。三百六十五の墓穴《ピット》の掘られた旧共同墓地《カンポ・サント》は病院や牢獄で死に、引き取り手たる馴染みのない連中のために使われるきりだ。程遠からぬ所にある新たな共同墓地は、未だ完成してはいないものの早、藪や花や、清しい柱廊に紛れて幾

多の墓が掘られている。他処でならば、中には派手派手しく、奇抜すぎるものもあると、宜なるかな、異を唱えられるやもしれぬ。が辺り一面に漲る明るさに照らせば、そいつもここではむしろしっくり来るかのようで、なだらかな丘の傾斜によって墓から仕切られたヴェスヴィオ山はその場一帯に厳かな、と同時に悲しい風情を添える。

　仮にその黒々とした煙が澄んだ空に垂れ籠める、この新たな「死者の都」より眺めるだに厳かに映るとすれば、ヴェスヴィオ山の何と、ヘルクラネウム*とポンペイの不気味な廃墟から見はるかせば、遙かに由々しく感銘深く映ろうことか！

　ポンペイの巨大な市場《いちば》の袂に佇み、いっとう奥の聖壇までも白日に晒す廃屋の上に聳ぐ、ユピテルとイシス（豊穣と受胎の女神）の祀《まつ》られた神殿の廃墟越しに、黙《もだ》した通りから通りの先なる、遙か、長閑な遠方にて明るく白い雪を頂くヴェスヴィオ山を見上げ、かくて、破壊する者と破壊されし者とが日溜まりの中、この静けき一幅の絵を成すのを目の当たりにする奇しくも憂はしき感懐に見舞われつつ、時の経つのも、他の煩悶もそっくり念頭よりうっちゃってみよ。それから、フラフラとさ迷い続け、角を曲がる度に人間の住まいと日々の営みのちっぽけなお馴染みの証が——干上がった井の石の縁のバケツの縄で擦れた跡や、通りの石畳の馬車の轍や、ワイン酒場の石のカウンターの上の酒杯の印や、幾百年も前に仕舞われたきり、今日《こんにち》に至るまで発掘されなかった、個人の酒蔵の両把手付甕《アンフォーラ》が——挙って、たといヴェスヴィオがその猛々しき噴火の勢い、都をこの地の表《おもて》より流し去り、大海原の底に沈めていたろうとて遙か及びもつかぬほど辺りの孤独と殺伐たる人気《ひとけ》なさを厳かにしている様を目の当たりにしてみよ。

　都が噴火に先立つ地震に見舞われた後《のち》、職人が災禍を蒙った神殿や他の建物のために新たな装飾を石にて、象るべく狩り出された。彼らの作品は、そら、恰も連中、明日には舞い戻って来るかの如く、市門の外に打ちやられている。

　ディオメデス（アウグスタ・フェリクス周辺統治者）の館《やかた》の地下の酒蔵にては、戸口の間際で幾体かの骸骨が身を寄せ合っているのが発見されたが、燃え殻に残った遺体の跡は、燃え殻と共に固まり、内にて僅かな骨に縮こまってからもなお、そこにまざまざと刻印の如く捺されている。ことほど左様に、ヘルクラネウムの大劇場にては、とある道化の仮面が、溶岩の未だ熱く液体たりし折、そいつに乗って漂い、流れが石に凝り固まるにつれて似非の目鼻立ちを刻み、今や、くだんの同じ劇場にて二千年前に観客に向けていた奇抜な表情を他処者に向けている。

　あちこちの通りを行きつ戻りつしては、家屋敷を出たり入ったりし、この地の表《おもて》より失せたとある宗教の神殿の秘儀の間《ま》を過り、恰も「時」の流れは当該荒廃の挙句ひたと止まり、爾来、如何なる昼も夜も、月も、年も、世紀も存在しなかったかのように然に幾多の太古の瑞々しき跡を見出す驚嘆に次いで、その抗い難き力と逃れる術《すべ》のなさを物語るとあって、灰燼《かいじん》の至る所浸み渡る性《さが》の幾多の証ほど感銘深くもそら恐ろしきものはない。地下の葡萄酒蔵にて、そいつは無理矢理、土器に潜り込む上で、酒を押しのけ、縁一杯まで塵で塞ぐ。墓所にて、そいつは死者の屍灰《しはい》を納骨壺より追い立て、壺の中へすら新たな荒廃を雨と降らす。ありとあらゆる骸骨の口も、目も、頭蓋も、当該恐るべき霰でびっしり塞がれている。氾濫がより重く、異なる手合いたりしヘルクラネウムにて、そいつは大海原さながら逆巻いた。その絶頂にあって洪水が大理石と化す様を思い浮かべよ——してこれぞここにては「溶岩」と呼ばれるものである。

　人足が数名、我々の今しも、その縁にて下を見下ろしながら立っている憂はしい井を掘っている際に、たまたま劇場の石のベンチの某かに——穿たれた洞《ほら》の底のくだんの踏み段に（としか、そいつら、見えぬから）——出会し、ヘルクラネウムなる埋《うず》もれた都を発見した。ほどなく、明かりの灯った松明を手に下方へ降りて行くと、我々は途轍もないぶ厚さの巨大な壁がベンチの直中からそそり立ち、舞台を締め出し、その不様な形《なり》を有り得べからざる場所に突き出させ、設計を丸ごと混乱させ、挙句支離滅裂な夢に仕立てているのに少なからず戸惑う。して仰《の》けは、正しくこいつが転がり込みざま、都を埋没させたとは——ここにないものは全て、くだんの鉞によりて堅固な石よろしく、斬り払われたとは——俄には信じ難い、と言おうか思い描くこと能はぬ。が一旦、然に察知し、諒解されるや、そいつの存在の恐怖と圧迫は言語に絶す。

　双方の都の屋根のない部屋の壁を彩る、或いは丹念にナポリの博物館に移された絵画の多くは、さながらつい昨日《さくじつ》絵筆を揮われでもしたかのように瑞々しく、鮮やかだ。ここなるは糧食や、射留められた猟獣や、瓶や、グラスといった静物の画題——必ずや力強くも克明に審らかにされる、お馴染みの古典の物語、もしくは神話的な御伽噺——取っ組み合ったり、戯れたり、商いに精を出しているキューピッドの奇想——劇場の下稽古——馴染みに自作を読んで聞かせている詩人——壁に白墨で記された銘——政治的諷刺、広告、小学坊主の落書き——何もかもが驚嘆の目を瞠る他処者の空想の中にては、古代都市に人を住まわせ、血を通わす。ありとあらゆる手合いの家財もまた、貴兄は目にしよう——ランプ、テーブル、寝椅子、食器・酒器・調理皿、職人の道具、手術用具、劇場の入場券、硬貨、装身具、骸骨がギュッと握り締めている所を発見された鍵束、護衛や戦士の兜、昔ながらの団欒の旋律を涼やかに響かす一家の小さな鈴《りん》といった。

　これら諸々の代物の内如何ほどちっぽけなそいつとてヴェスヴィオの興味を膨れ上がらせ、そいつに一点の非の打ち所もなき魅惑を纏わすに一役買う。廃墟と化したいずれの都からにせよ美しいブドウや緑々《あおあお》と生い茂る木に覆われた近隣の土地を覗き込み、屋根また屋根が、神殿また神殿が、建物また建物が、通りまた通りが、今なお日の目を見るべく掘り起こされるのを待ちながら、黙《もだ》した耕作全ての根っこの下に横たわっていると思い起こせば、想像力にとっては然に不可思議にして、然に神秘に満ち、然に魅惑的なものだから、これぞ他の何物にも追随を許さぬ究極ではなかろうか。ヴェスヴィオ以外の何物にも。がくだんの山はその地の鬼神に外ならぬ。そいつが手を下した破壊の爪痕という爪痕から、我々はまたもやその煙の蒼穹へと立ち昇っている辺りへと興味津々、目を向ける。ヴェスヴィオは、廃墟と化した通りを縫えば、我々の行く手にあり、毀たれた壁の上に立てば、我々の頭上にある。屋敷の空っぽの中庭や、気紛れなブドウというブドウの花輪飾りや絡まりの直中をさ迷えば、崩れた円柱のせせこましい眺望という眺望越しにそいつの後を追う。まだしも古びていないものですらキリスト生誕の何百年も前に建てられ、マラリアによって立ち枯れた荒らかな草原に今なお孤独な威厳を保って直立している由々しき建造物を見るべく、彼方のパエストゥム（古代ギリシア都市・神殿遺跡）の方へ向き直れば――ヴェスヴィオは勢い、視界から失せ、帰途、山の姿は見えぬかと、またもや同じ戦慄的な興味に駆られつつ目を凝らす――己《おの》が恐るべき時節を待ち受く、この麗しき国全体の凶運にして宿命たる。

この早春の一日《ひとひ》、パエストゥムから引き返す際、日向はすこぶるつきの陽気だが、日蔭はめっぽう寒く、それがまた生半ならぬものだから、正午にポンペイの城門の傍の戸外で愉快に昼食を認《したた》めようと、界隈を流れるせせらぎはワインにぶ厚い氷の華を添えてくれるほどだ。が太陽は燦々と輝き、ナポリ湾を見下ろす抜けるように青い空には雲一つない。しかも今夜は満月だという。たとい如何ほど雪と氷はヴェスヴィオの頂上に深々積もっていようと、如何ほど我々は終日ポンペイを徒《かち》で歩き回っていようと、心配性の八卦見跳は他処者がかように徒ならぬ時節に夜分、山に登るなど以ての外と言い張ろうと、好天の機に乗じ、山麓の小村レジーナへとっと向かい、道案内の家にてさても短兵急に能う限りの仕度を整え、直ちに登山を始め、日没を中途で、月光を山頂で、迎え、真夜中に下山しようではないか！

午後四時、縁無し帽のグルリに金の紐を巻いた、公認の案内頭サルヴァトーレ親方の小さな厩庭には大きなどよめきが起こり、三十からの下っ端案内人は――どいつもこいつも一時《いちどき》に取っ組み合っては金切り声を上げているが――登山用に、鞍をつけたポニーを六頭と、担い駕籠を三台と、頑丈な杖を某か用意している。三十人の誰も彼もが残り二十九人と喧嘩をしては、六頭のポニーの胆を潰し、小さな厩庭にギュウギュウ詰めになれる限り仰山な村人が騒動に首を突っ込み、勢い、四つ脚共に踏んづけられている始末。

散々荒っぽい小競り合いを繰り広げ、ナポリ強襲にも見合うどころではなき騒音を立て果した挙句、一行はいざ繰り出す。お供皆に気前の好い報酬を頂戴している案内頭は、一行の少し先にて手綱を取り、残る三十名の案内人は徒《かち》でゾロゾロ進む。八名が、やがてお呼びがかかろう担い駕籠ごと先に立ち、その他二十二名は物乞いに忙しない。

我々はしばらく、ゴツゴツのだだっ広い階段よろしき石ころだらけの小径伝《づて》、ちびりちびり昇る。とうとう小径とその両脇のブドウ園をうっちゃり、さながら大地が赤熱の雷《いかづち》もて鋤き返されでもしたかのように、溶岩が錆色の巨塊たりててんでバラバラに散っている剝き出しの、侘しい荒原へと這い上がる。して今や、日没を拝むべく足を止める。夕陽の赤光が褪せ、夜の帳が下りるにつれ、荒原と山全体に垂れ籠める移ろいを――周囲を席捲する得も言はれぬ厳かさと佗しさを――果たして目の当たりにする何人《なんびと》が忘れ得ようぞ！

凸凹の地べたをしばらくウネクネと辿った挙句、火山錐の袂に到着した時には早、辺りはすっぽり闇に包まれている。火山錐はめっぽう険しく、我々が馬から降りた箇所からほとんど垂直に切り立っているかのようだ。唯一の明かりは火山錐の覆われている深く、堅く、白い雪からの反射だ。今ややたら冷え冷えとし、外気は身を切るように冷たい。三十一名は、山頂に辿り着かぬ内に月が昇るだろうとは先刻御承知なだけに、松明を一切持って来ていない。担い駕籠の内二台は御婦人二人に、第三のそれはナポリ生まれのほてっ腹の御仁にあてがわれる。御仁は気さくで持て成し心に篤いばっかりに遠征に加わり、火山の接待係をこなすに一役買うホゾを固めた訳だが。ほてっ腹の御仁は十五名の人足によりて、御婦人は各々六名の人足によりて、担われる。我々、徒《かち》の人間は能う限りせっせと杖を用い、かくて全員、雪の上を四苦八苦――言はば、ノアの大洪水以前の十二日節前夜祭祝い菓子の天辺まで登り詰める要領で――上へ上へと向かい始める。

皆していい加減長らく登り続ける内、案内頭が奇妙な具合に辺りを見回す、のは一行の内一名が――幾年もにわたるヴェスヴィオの常連ながら、生粋のイタリア人ではない。御仁を目下の便宜上、ポルティチのピクル氏*と呼ぶことにするが――見る見る凍てつき、火山灰のいつもの足場が雪と氷で覆われているので、必ずや下山が困難になろうと言い出すためだ。が、見れば、上方の駕籠が、担い手がひっきりなし滑っては蹴躓く度、グラグラ上下に傾いでは左右に揺れているものだから、我々の注意はそちらへ逸れる。わけても、ほてっ腹の御仁の大の字の御尊体が折しも頭を下向きにしたなり、剣呑極まりなきほど遠見に呈せられているとあらばなおのこと。

ほどなく月が昇り、かくて、担い手の萎えかけた意気は揚がる。お定まりの合言葉「元気を出せよな、相棒！　マカロニを食うためだってなら！」もて、互いにハッパをかけ合いながら、連中はズンズン、山頂目指し、雄々しく登り続ける。

我々が暗がりの中を登っている片や、月が、頭上の雪の天辺を光の帯で染め、そいつを下方の谷間《たにあい》伝《づて》せせらぎよろしく逆らせていたと思うと、ほどなく真っ白な山腹全体と、眼下の広々とした海原と、彼方なるちっぽけなナポリと、周辺の田園の村という村を皓々と浮かび上がらす。辺り一面、然に神々しき景観を呈している折しも、我々は山頂の高台に――「焦熱」の領域に――火の手に巻かれた途轍もなき瀑布からの石の塊よろしき、燃え殻の巨塊より成る旧噴火口に――突き当たり、そいつの裂け目という裂け目や割れ目という割れ目からは熱い、硫黄の煙が噴き出し、片やその端にて当該高台よりいきなりそそり立つ活噴火口たる別の円錐形の丘からは大きな幾葉《いくよう》もの火の海が滔々と迸り、夜闇を炎で真っ紅に染めたかと思えば、煙で黒々とくすませ、辺りに点々と赤熱の石や燃え殻を散らし、そいつら羽根さながら空中へ舞い上がる側《そば》から、鉛よろしく舞い落ちる。一体如何なる文言が然なる光景の陰鬱と荘厳を描き得ようぞ！

地べたは相変わらず凸凹にして、煙は濛々と立ち籠め――硫黄で今にも息の根を止められそうになり――こっぽり口を開けた裂け目から奈落の底へ突き落されるやもしれぬと怖気を奮い――時折、暗闇の中で行方知れずになる誰かを待って足を止め（というのも濛々たる煙のせいで今や月影は霞んでいるから）――三十名の人足は耳障りなまでに喧しく騒ぎ立て――山は嗄れっぽく吠え哮り――辺り一面、同時に、然なる混乱の光景が広がるものだから、我々は如何せんまたもやたじろがざるを得ぬ。が、御婦人二人をこの場から、さらにはまた別の旧噴火口を過って「活火山」の袂まで連れて上がりながら、風の吹きつける側《がわ》にて火山に近づき、それから袂の熱い燃え殻の直中に腰を下ろし、黙々と上方を見上げる――そいつが、正にこの刹那、六週間前より優に一〇〇フィートも高くなっている事実に鑑みれば、内にては如何なる活動が繰り広げられていることか朧げながらも推し量りながら。

炎と轟音にはどこかしら、なお近づかんとの抗い難き欲望を掻き立てる所がある。我々は――とは我々の内二人は――ほどなく矢も楯もたまらなくなり、四つん這いになるや、真っ紅な炎を上げている噴火口の縁まで登り、中を覗き込むべく、案内頭共々繰り出す。その間《かん》、三十名の人足は一斉に、そいつは危なっかしい手続きだと喚き立て、とっとと引き返せと金切り声を上げる――一行の他の連中の怖気を生きた空もなく奮い上がらすに。

連中は騒々しくガナり上げるわ、薄い地殻はビリビリ震え、今にも足許でこっぽり口を開けたが最後、そのなり我々を下方のメラメラと燃え盛る深淵へと突き落としそうだわ（とは、ともかく身に迫る危険があるとすらば、正しくそいつに外なるまいから）、炎は顔に照りつけるわ、赤熱の燃え殻は雨霰と降り注ぐわ、煙と硫黄で息の根は止められそうになるわで、我々がたとい酔っ払いよろしくクラクラ目が眩んだ挙句、分別を失おうとて無理からぬ。が、懸命に縁まで攀じ登り、束の間、下方の煮え滾る劫火の「地獄」を覗き込む。それから、我々三人《みたり》は真っ黒に煤け、焦げ、焼け、火照り、目眩いを起こしたなり——三人が三人共、服からあちこち炎を上げながら——転《まろ》び下りる。

貴兄も物の本で幾度となく読んだ覚えがあろうが、燃え殻を滑り下りるのが下山の通常のやり口だ。さらば足許の灰殻棚《だな》が次第に嵩を増し、かくて下山に速度がつきすぎるのに待ったがかかる。ところが、皆して帰りしなに両の旧噴火口を過り果し、当該絶壁よろしき箇所に差し掛かってみれば、一面（ピクル氏の予言通り）、滑《すべ》らかな氷が張っているとあって、燃え殻の影も形もない。

かくて進退谷まるや、道案内の内十人かそこらの連中が用心深く手を取り合うことにて数珠つなぎになり、そこへもって先頭の連中が杖で能う限りゴツゴツ道を打ち砕き、そいつ伝《づて》我々は後を追う仕度を整える。道は恐ろしく険しく、一行の誰一人として、三十名の内ですら、続けて六歩とまともに歩くこと能はぬとあって、御婦人方は担い駕籠から降り、それぞれわけても用心深い人足二人の間に挟まれ、片や三十名の残りの数名が、御婦人方が前方へ転げ落ちぬよう、スカートをしかと握り締める——身繕いが立ち所に、目も当てられぬほど崩れはするものの、転ばぬ先の杖たるに。ほてっ腹の御仁もまた担い駕籠から降り、同様のやり口にて護衛されるよう請われる。が、断固、己《おの》が十五名の担い手がよもや一斉に蹴躓くはずはなく、その方が、御当人の大御脚に頼るより安全なりとの一点張りにて、連れ上がられたままに連れ下りられると言って一歩も譲らぬ。

当該隊形にて、我々は下山を開始する。時にはしっかと踏んばり、また時には氷の上をズルズル足を引きずり、が必ずや登山の折より遙かにひっそり、ゆっくり進み、ひっきりなし、どいつか後ろから我々の直中へつんのめって来るせいでギョッと胆をつぶしながら——というのもそいつは一行全員の足場を危うくし、誰彼構わず踝にしぶとくしがみついて下さるから。固より道筋が踏み固められねばならぬとあって、担い駕籠が先に立つのも土台叶はぬ相談。して我々の後方の、頭上なるそいつの見てくれと来ては——担い手の誰か彼かが必ずや足許を掬われ、ほてっ腹の御仁の大御脚が必ずや空《くう》に浮いているとあって——実に剣呑極まりなくも身の毛のよだつようではある。我々はかくて、ちびりちびり、四苦八苦、ハラハラ気を揉みながらもすこぶる陽気に、これぞ上首尾とばかり、下山し——皆してノロノロと滑り下りる間《ま》にもどいつもこいつも一再ならず転んでは、どいつもこいつも何かかんかで待ったをかけられていた――さらばいきなりポルティチのピクル氏が、正しくこれら徒ならぬ状況を全くもって身に降り懸かった覚えのなき巡り合わせとして口にしている折しも、蹴躓いた勢い倒れ、素早く機転を利かすに、グルリの連中から身を振りほどき、頭から真っ逆様に突っ込みざま、ゴロゴロ、ゴロゴロ、火山錐のどん詰まりまで転げ落ちるではないか！

ひたすら目を凝らしながらも、ピクル氏を助けるに指一本貸せぬとはさすが胸苦しくはあるものの、小生は月明かりの下《もと》、そこにて氏が――これまでもそんな夢をしょっちゅう見て来たが――砲丸さながら真っ白な氷の上を吹っ飛んで行くのを目の当たりにする。ほとんど同時に、後方から叫び声が上がり、頭に予備のマントを詰めた軽い籠を載せている人足が劣らず凄まじき速度にて脇を転び去り、その後をひたと、小僧が追う。かくて、椿事また椿事が絶頂に達すや、残る二十八名は然に耳を聾さぬばかりの叫喚を上げるものだから、群なす狼の遠吠えとて連中に比ぶればほんの妙なる旋律にすぎまい！

先刻我々が鞍から降りた、今しもポニーの待っている所に辿り着いてみれば、ポルティチのピクル氏はほんの襤褸束にして、血まみれのなりフラフラ、フラついている。が、おお、ありがたや、五体満足とは！　我々はよもや氏が今やこの世にしてしかと両足で踏んばり――しかも、ひどい打ち身を食らい、あちこちズキズキ疼くにもかかわらず、さも事も無げに身を処しているのを目の当たりにほっと胸を撫で下ろすほど、ともかく男が一人、然なる様にあるのを目の当たりにほっと胸を撫で下ろすことはあるまい。小僧は、我々が夕食を取っている間《ま》に、頭を括り上げたなり、ヴェスヴィオ山の僧院へと連れて行かれ、人足は数時間後、消息が明らかとなる。やっこさんも打ち身を負い、目眩を起こしてはいるものの、骨一本折れていない。雪が、幸い、より大きな岩や石の塊という塊を悉く覆い、無いも同然にしてくれていたお蔭で。

赤々と燃え盛る炉火の前で愉快な食事を認《したた》め、たっぷり休息を取った後《のち》、我々はまたもや鞍に跨り、サルヴァトールの屋敷へと下山を続ける――めっぽうゆっくり。というのも我らが打ち身を負いし馴染みが鞍に跨がっておくこと、と言おうかグラグラ揺られる苦痛に耐えること、ほとんど能はぬせいで。然に夜も更け渡っている、と言おうか朝未だきにもかかわらず、晴れて辿り着いてみれば、村人が全員、小さな厩庭で待ち受け、我々が帰って来るであろう道の方を見上げている。我々が姿を見せると、皆がてんでに大声を上げて出迎え、雀躍りせぬばかりに喜び勇んでいるものだから、我々としては、根っから腰が低いばっかりに、一体何故《なにゆえ》か途方に暮れる。が、やがて厩庭に折れてみれば、同じ頃合いに山に登っていたフランス紳士の一行の内一人が、脚を折り、死んだように蒼ざめたなり、厩の中の藁の上に悶々と横たわっている——かくて我々もてっきり何かより悪しき御難に見舞われたものと思われていたらしい。

　よってピサからずっと我々に付き合っている陽気な四輪辻《ヴェット》馬車御者《ウーラ》の心底宣ふ如く、「ようこそお帰りを、して天のありがたきかな！」かくていざ、奴の血気に逸る馬共よ、眠れるナポリへ駆け戻らんかな！

　ナポリはまたもや道化役者《ポリチネッロ》と巾着切りと、おどけ歌手《ブッフォシンガー》と、物乞いと、襤褸と、操り人形と、花と、明るさと、泥と、十把一絡げの堕落へと目覚め、翌日、して毎日、そいつの斑模《ハーレ》様一張羅《キン・スーツ》を燦々たる太陽の下《もと》、風に当て、海辺で歌っては、飢えては、踊っては、賭けている。アクセク汗水垂らすのは、ひっきりなし精を出している火山のヤツに任せっきりにて。

　我らがイングランドの素人評論家《ディレッタント》はもしや祖国でとあるイタリア歌劇が今宵我々が壮麗なサン・カルロ劇場にてフォスカリ（ヴェルディ作オペラ（一八四四）。第七景注（三四二）参照）が演じられるのを聞くやもしれぬその半ばでもお粗末に歌われるのを耳にすらば、国民的趣味なる主題に関し、実に感傷的になるに違いない。が、ことナポリを巡る実生活を捉え、具現することにおける瞠目的迫真性と精神にかけては、みすぼらしい、小さなサン・カルリーノ劇場の右に出るものはまずあるまい——たとい下方にては太鼓やトランペットや、軽業師や、女霊媒師の直中に沈み込み、表にはケバケバしい絵の掲げられた、ガタピシの平屋にすぎまいと。

　ナポリの実生活にはとある尋常ならざる様相があり、そいつにちらと、立ち去る前に一瞥をくれておくのも悪くはなかろう——富クジという。

　富クジはイタリアのほとんどの場所でハバを利かせているが、その効果と影響において、ここでは就中、目を惹く。富クジは毎週土曜に引かれる。政府に厖大な歳入をもたらし、貧乏人の中でもいっとう貧しい連中の間にすら博奕趣味のタネを蒔く——とは、国庫にとっては願ったり叶ったりにして、御当人方にとりては願い下げもいい所。賭け金の最低は一グレイン——一ファージングにも満たぬ。百枚の——一から百までの数字を記した——番号札が箱の中に入れられる。内五枚が引かれる。それらが当たりクジだ。小生はクジ札を三枚買う。仮に一枚当たれば、端《はした》の賞金しか転がり込まぬが、二枚当たれば、賭け金の数百倍もの金が、万が一、三枚共当たれば、賭け金の三千五百倍もの金が、転がり込む。小生は小生の数に賭けられるだけの金を賭け（と言おうか連中に言わせれば「張り」）、好きな数字を買う。張る額は富クジ売り場で支払い、そこにてクジ札を購入し、額はクジ札そのものに記される。

　富クジ売り場にはどこでも『的中富クジ占い』なる専門書が置かれ、ありとあらゆる椿事や状況が網羅され、それぞれに対する数が示されている。例えば、二カルリーニ*——およそ七ペンス——手に取るとしよう。富クジ売り場へ行く途中、黒人にぶつかる。富クジ売り場に着くと、しかつべらしげに言う。「『富クジ占い』を頼む」本は、由々しき事務の要件とし、カウンター越しに手渡される。我々は黒人の項目に当たる。是々の数。「是々をくれ」我々は通りで何者かにぶつかるの項目に当たる。「是々をくれ」して、通りそのものの名の項目に当たる。「是々をくれ」かくて、三つの数字を手に入れる。

　万が一サン・カルロ劇場の屋根が落ちでもすれば、それは幾多の人間が的中本《ぼん》においてかようの椿事に充てられている数字に張ること必定たろうから、政府はほどなくくだんの数字の販売を中止し、そいつらがらみでそれ以上スる危険を回避しようとする。とは日常茶飯事。しばらく前に、王宮が火の手に巻かれた際、火事と、国王と、宮殿にそれは滅多無性にお呼びがかかったものだから、『秘伝の書』にてくだんの文言と結びつけられている数字にそれ以上金を賭けるのは御法度と相成った。無知蒙昧の輩にとって奇禍という奇禍や、事変という事変は、こと富クジがらみでは、それを目の当たりにした人間、或いは当事者への啓示と目される。縁起の好い夢を見る才能に恵まれた人間は引っぱりダコで、司祭の中には常日頃から幸運の数字の幻の立ち現われるものもいる。

　小生は馬が主人を乗せたまま駆け出し、街角で振り落とし、挙句死なせた噂を耳にした。目にも留まらぬ早業で、別の男が馬の後を追い、それは墓地に走ったものだから、事故の直後に駆けつけた。男は不幸な乗り手の傍らで両膝を突くと、気も狂れんばかりに悲嘆に暮れた表情を浮かべてひしと今はの際の男の片手を握り締めた。「まだ命があるなら」と奴は言った。「一言聞かせてくれ！　息の根が止まっていないなら、後生だから、歳を教えてくれ。富クジでその数に張ってやる」

　午後四時で、我々は我々のクジが引かれる所を見に出かけるやもしれぬ。儀式は毎週土曜日、法廷、と言おうか裁判所で執り行なわれる——この、古びた地下倉庫に劣らずカビだらけの、土牢に劣らず湿気た奇妙な土臭い部屋、と言おうか回廊で。上手《かみて》には演壇が据えられ、大きな馬蹄型のテーブルが載っている。グルリに議長と委員が――皆、司法官が――座っている。議長の後ろの小さな床几に掛けた男は物乞い頭《カポ・ラザローネ》――万事、公正に執り行なわれているか目を光らすべく、平民の代表として任じられた、ある種、護民官で、お供に二、三人、気の置けぬ馴染みを引き連れている。襤褸の一張羅の、浅黒い奴である、この男。蓬々に伸びた髪は顔中にほつれかかり、頭の天辺から爪先まで、紛うことなく正真正銘の垢にまみれている。部屋にはぎっしりナポリ人の中でもとびきり下卑た輩が詰め寄せ、連中と演壇との間には、後者に通ず上り段を警備すべく、兵士の小部隊が立っている。

　必要な数だけの判事が到着するまでに少々手間取り、その間《かん》番号札が次から次へと入られている櫃を皆は固唾を呑んで見守る。櫃が一杯になると、番号札を引く小僧が手続き全般の主役となる。小僧は早、役所《やくどころ》に打ってつけたるようキチキチの褐色のオランダ布製上着でめかし込んでいるが、御逸品、片方の（左の）袖しか御座らず、かくて右腕は謎めいた櫃にいつでもひょいと突っ込めるよう、肩まで剥き出しだ。

　たまさか囁き声が聞こえはするものの、部屋中がシンと、静まり返っている片や、皆の目はひたと当該運命の女神の若き僕《しもべ》に凝らされている。人々はやがて、お次の富クジを念頭に、小僧の歳を――兄弟姉妹の数を――両親の年齢を――ホクロかニキビがあるか――してどこに、いくつ――尋ね始める。さらば仕舞いから二人目の判事が（「悪魔の目」をしているとの謂れをもって皆に恐れられている小さな老人だが）お越しになるせいで、かすかに気が散り、いよよ散ってはいたろう、もしやすかさず議長役の司祭に注目の的たる後釜に座わられてでもいなければ。司祭は御当人の祭服と、聖水の壺を携えためっぽう小汚いチビの少年をお供に、粛々と持ち場に向かう。

　かくてとうとう最後の判事がお越しになり、今や馬蹄型のテーブルの議長席に着く。

　勢い、抑え難き動揺のつぶやきが洩れる。その直中にて、司祭は祭服に頭を突っ込み、同上を肩から引っ被る。それから黙々と祈りを唱え、聖水の壺にブラシを浸け、櫃と小僧にパラパラ振りかけ、御両人に一石二鳥の祝福を垂れ、そいつを頂戴すべく櫃と小僧とは仲良くテーブルの上にひょいと乗っけられる。少年がそのなりテーブルの上に乗っかっている片や、櫃はお付の者によって演壇の正面までグルリと運ばれ、男は櫃を高々と掲げるや、終始ひたぶる振り続ける。さながらかく、降霊術師よろしく宣ってでもいるかのように。

「紳士淑女の皆様、種も仕掛けもありません。どうか、篤と御覧じろ！」

　終に、櫃は小僧の前に据えられ、小僧はまずもって剝き出しの腕と大きく広げた掌をかざしてから、（投票箱のそいつじみた）穴の中に手を突っ込みざま、何やらボンボンみたように堅い代物のグルリに巻きつけられた番号札を引っぱり出す。これを、小僧は隣の判事に手渡し、判事はちびと開くや、隣に座っている裁判長に手渡す。裁判長は番号札をやたら悠長に開く。物乞い頭《カポ・ラザローネ》が肩越しに覗き込む。裁判長はそいつを、物乞い頭《カポ・ラザローネ》の方へ開いたなり、かざす。物乞い頭《カポ・ラザローネ》は食い入るように目を凝らすと、甲高い、大きな声で叫ぶ。「セッサンタ－ドゥエ！」（六十二）――かく声を上げる間《ま》にも念のため、二本指を突き立てる。ああ、何たることか！　物乞《カポ・ラザ》い頭《ローネ》自身は六十二に賭けていなかった。奴はゾロンと、めっぽう浮かぬ面《つら》を下げ、目を狂おしくグルグル回す。

　そいつは、しかしながら、たまたま人気の数字と思しく、野次らしい野次も飛ばぬ、とは珍しい話もあったものだが。クジは皆、祝福はさておき、同じ仰々しい手続きを踏みつつ引かれて行く。九々表丸ごとにも祝福は一度で事足りる。手続きの内唯一、新たな付帯状況と言えば、物乞い頭《カポ・ラザローネ》における様変わりが次第次第に激しさを増すくらいのものか。というのも奴め、どうやら身上をそっくり、最後のビタ一文に至るまで賭けていたと思しく、最後の数字を目にした途端、ギュッと両手を握り締め、そいつを高らかに宣はぬ内に天を振り仰ぐから――恰も、これぞ言語同断の裏切りとばかり、守護聖人を心密かにも悶々と咎めてでもいるかのように。願はくは奴の聖《ひじり》殿を見限り、聖人名列《カレンダー》のどなたか外の端くれ殿に鞍替えせぬことを。が、今にもそうしかねぬ勢いだ。

　クジを当てた人間が一体どこにいるものやら、誰一人与り知らぬ。連中、確かに、ここにはいない。どいつもこいつもガックリ肩を落としているものだから、貧乏人が不憫でならぬ。連中、我々が脇へ寄ったなり、下方の中庭を過っている様を見やれば、何がなし、今しも鉄格子の間からひょいと奴らを見下ろしている、（建物の一角を成す）牢獄に閉じ込められた囚人に劣らず、と言おうか御逸品の持ち主がそこにて、同胞《はらから》皆への見せしめとし、縊られていた古き善き時代を偲んで今なおブーラリブーラリ、鎖に括られたなり外で揺れている髑髏《されこうべ》の成れの果てに劣らず、惨めったらしく映らぬでもない。

　燦然たる日の出と共に、カプア＊へ通ず街道伝《づて》ナポリを発ち、それから途中、カシーノ山の修道院に立ち寄れるよう、脇道経由での三日間の旅路に就く。修道院はサン・ジェルマーノの小さな町の上方の聳やかな険しい丘の上にぽつねんと立ち、霧深い朝にはすっぽり雲に包まれている。

　とは、僧院の荘重な鐘の音《ね》故になお結構。鐘の音《ね》は、薄墨色の霧が野辺の送りよろしくゆっくり、厳かに揺蕩うのをさておけば何一つ見えぬ片や、我々が僧院目指し驟馬でウネクネと登っている間《ま》にも、静かな外気の中で神秘的に鳴り響く。が見よ、眼前にとうとう、大建築が茫と浮かび上がる。灰色の壁と塔は然に近く、然に巨大だというに、朧にしか見えず、薄ら寒い靄が歩廊《クロイスター》の間をずっしり棚引く。

　方庭の、守護聖人とその妹の像*の側《そば》を二つの黒々とした人影が行きつ戻りつし、その後ろをワタリガラスがピョンピョン、古めかしい拱門を出たり入ったりしながら、鐘の音《ね》に応えてカーカー鳴き、時折、生粋のトスカナ語で口を利く。それにしてもヤツめ、何とイエズス会修道士にそっくりなことよ！　未だかつてこのワタリガラスほどくつろぎ返った、狡っこい、抜け目なさげな奴もまたいなかろう――今や首をてんで一方に傾げたなり、食堂の戸口に立ち、実は他処者を穴の空くほどジロジロ胡散臭げな目で見やり、一心に耳を傾けているクセをして、明後日の方を向いている風を装うとあらば。ヤツに比ぶれば、門番の何と血の巡りの悪げな坊主に成り下がることよ！

「あいつは我々そっくりに口を利きます！」と門番は言う。「劣らずはっきり」全くもってはっきり、門番よ。論より証拠、今しも籠と荷を抱えて門から入って来ている小百姓共に対すヤツの迎えようと来ては。目玉をギョロリと剝き、喉でクックと含み笑いを洩らすとあって、ワタリガラス修道会の上長に選ばれるだけのことはあろうというもの。ヤツは一から十まで先刻御承知。「結構」とヤツは宣ふ。「我々に限ってよもや抜かりがあるとでも。やあ、ようこそ、気のいい奴らよ。会えて何より！」

　この尋常ならざる建物が、石や鉄や大理石をかほどの高みにまで運ぶ労働が途轍もなかったに違いなきかようの立地にともかく如何で築き上げられたものやら？「カー！」とワタリガラスは百姓共を暖かく迎えながら宣ふ。して如何で、略奪や火事や地震に破壊されながらも、その廃墟より蘇り、またもや然に壮麗にして荘厳な教会ごと、我々の今しも目の当たりにしている威容を誇り得ているものやら？「カー！」とワタリガラスは百姓共を暖かく迎えながら宣ふ。くだんの連中は見るからにみすぼらしく、読み書きは（いつもの伝で）天からお手上げにして、どいつもこいつも、修道士が礼拝堂で聖歌を詠唱している隙に、物を乞う。「カー！」とワタリガラスは宣ふ。「カッコー！」

かくてヤツには後は勝手に修道院門にてクツクツ含み笑いを洩らしてはグルグル目玉を回して頂くこととし、我々はまたもや雲を突いてゆっくり、ウネクネ、下山する。とうとう雲の直中より這い出してみれば、遙か下方には村と、せせらぎの縦横に交わる平らな緑の田園なる視界が広がる。くだんの眺めは修道院の暗がりと靄の後では目にするだに清しい――ワタリガラスにも高徳の托鉢僧にも無礼を働く気は毛頭ないながら。

またもや、我々は泥濘った道伝《づて》、またとないほど惨めったらしく、うらぶれ果てた村を縫い、そこにては屋敷を一軒残らず引っくるめてもヒビの入ってない窓は一枚とてなく、百姓を一人残らず引っくるめても接ぎだの継ぎだの当ててない服は一枚とてなく、惨めな呼売り商人《あきんど》の店のどいつにも食い物らしきものの影も形もない。女は胸と背にレースをあしらった明るい赤のボディスと、真っ白なスカートと、元は当て物の役をこなしていた、幾重《いくえ》もに畳まれたリンネルの四角いナポリ風頭飾りを纏い、男と小僧は手当たり次第のものを引っかけている。兵士は犬とどっこいどっこい薄汚く、ガツガツ餓《かつ》えている。旅籠は然に悪戯小鬼めいた場所なものだから、パリの最高級ホテルより遙かに魅力的で愉快だ。ここなるヴァルモントーネ（即ち、向かいの山の上なる丸い、城壁を巡らされた町、ヴァルモントーネ）の近くの旅籠など、お邪魔しようと思えばほとんど膝までどっぷり泥濘《ぬかるみ》に浸からねばならぬ。下方には荒らかな柱廊があり、薄暗い中庭には空っぽの厩と藁置場《ロフト》が溢れ返り、大きな長ずっこい厨には大きな長ずっこい長椅子《ベンチ》と大きな長ずっこい長腰掛《フォーム》が設えられ、そこにて二人の司祭を含む旅人の一行が、夕食の支度の整う間《かん》、炉のグルリを取り囲んでいる。階上にはくつろぐに粗造りのレンガの回廊があり、めっぽう小さな窓という窓にはめっぽうちんちくりんの節コブだらけのガラスが嵌まり、そこより通ず（一、二ダースはあろうかという）扉はどいつもこいつも蝶番が外れ、テーブル代わりの架台に渡された剝き出しの厚板はいざとならば三十人からの客が易々食事の席に着けよう。片やそれ自体、朝餉の間《ま》として通用しそうなほどどデカい暖炉では粗朶が紅々と燃え盛ってはパチパチ爆ぜる側《そば》から、先達の旅人によりて炉の脇の水漆喰の壁に木炭で画かれた、この世にまたとないほど醜怪にして陰険な面《つら》を浮かび上がらす。テーブルの上では田舎ランプがゆらゆら揺らめき、そのグルリをヒラつきながら、びっしり生えた黒髪をひっきりなし引っ掻いているのは、黄ばんだ小人《こびと》じみた女で、女は爪先立ちしては手斧型ナイフを並べ、水差しの中を覗き込むべくハッと飛び上がる。すぐ脇の部屋から部屋の寝台はとびきり活きのいい手合いだ。旅籠中、どこを探しても姿見は唯の一枚とてなく、洗面用具は調理道具と大差ない。が黄ばんだ小人女《こびとおんな》は一クォートは下らぬ入っていようかという、とびきりのワインの大ぶりなフラスコをテーブルの上に載せ、半ダースからの馳走の就中、熱々の湯気を立てている炙り仔山羊を三分の二匹ほど出してくれる。よって、フラスコ入りワインで乾杯、女よ、いついつまでも達者でな、して旅籠もせいぜい繁盛せんことを。

ローマに着くと同時に、そいつを今や再び――各々巡礼記念の帆立貝殻と杖を手に――我が家への帰途に就いている巡礼者ごと後方へ打っちゃり、我々は清しき田園を抜け、テルニ滝へとやって来る。そこにてヴェリーノ川は岩だらけの高みより丸ごと、輝かしき水飛沫と虹の直中を真っ逆様に流れ落ちる。ペルージャは――紫色の山々が遙かな天空に溶け込む平原からいきなりそそり立つ、聳やかな高みにて芸術と自然なる堅牢な要塞で固められているが――市《いち》の立つ日には輝かしき色彩でキラめき渡る。かくて地味ながらも豪勢なゴシック建築は一際異彩を放つ。市場の石畳には田舎の売り種が所狭しと並べられ、城壁の下《もと》、町から通ず険しい丘沿いにはズイと、仔牛や仔羊や豚や馬や騾馬や牡牛の喧しき市《いち》が立ち、鶏や鵞鳥や七面鳥が正しく連中の蹄の直中をバタバタ飛び交い、どこもかしこもに群がっている買い手や売り手や見物人が我々の怒鳴りつけながらやって来る間《ま》にも道を塞ぐ。いきなり、我々の馬の直中からガチャリと、大きな音がする。御者は手綱を引きざま、鞍の中にてへたり込み、「天」を振り仰ぎながら、かく頓呼する。「おお！　全能の神ユピテルよ！　馬の蹄鉄が外れちまった！」

当該御難の途轍もなき質《たち》と、そいつの仰々しく宣はられる（イタリアの四輪辻馬車《ヴェットゥーラ》御者以外何人《なんぴと》にも叶はぬ）とことん寄る辺無き面《つら》と仕種にもかかわらず、一件にはほどなく生身の蹄鉄工によりて片がつき、やっこさん助太刀の下《もと》、我々は同夜、カスティリオーネに、翌日はアレッツォに到着する。ミサは、無論、そこなる荘厳な大聖堂にて執り行なわれ、太陽は簇柱《ぞくちゅう》の直中から目も綾なステンドグラス越しに射し込み、かくて石畳に跪く人影を半ば露に、半ば朧に、浮かび上がらせ、長い側廊に斑《まだら》の光の小径を打ち出す。

が、雲一つない晴れた朝《あした》、とある丘の頂上からフィレンツェを見はるかせば*、ここにては何と異なる類《たぐい》の豊かな美が満ち溢れていることか！　見よ、都が陽の燦々と降り注ぐ谷間《たにあい》で、蛇行するアルノ川も輝しく、隆起した丘にては封じ込められたなり、眼前に広がる様を――円蓋《ドーム》や、塔や、宮殿の、豊かな田園より輝かしくも一緒くたに聳やぎ、日溜まりの中、黄金さながらキラめいている片や！

　麗しのフィレンツェの街路は荘厳なまでに厳めしくも憂はしく、堅牢な古《いにしへ》の大建造物は地べたや川面《かわも》に然に堆き影の山を築くとあって、恰も豊かな形状と奇想の別の異なる都が絶えず足許に広がってでもいるかのようだ。防御のために築かれた、小さな疑り深げな窓にはずっしりとした横桟が渡り、ぶ厚い壁はゴツゴツの石の巨塊より成る途轍もなき宮殿が、昔ながらにむっつりとした威容を誇りつつ、街路という街路宛、苦ムシを嚙みつぶす。町のど真ん中の――美しい彫像と海神《ネプチューン》の泉に彩られた大公広場《グラン・デューク・ピアッツァ》には――巨大な狭間胸壁の迫り出し、中央塔が町中を見張っているヴェッキオ宮殿（現市庁舎）がそそり立つ。その荘重な陰鬱においてオトラント城（H・ウォルポール作ゴシック小説『オトラント城』（一七六四））にも見合おうかという中庭には、この世にまたとないほどいかつい組み馬《チーム》の曳く、この世にまたとないほどずっしりとした荷馬車とてお易い御用で昇れるやもしれぬどデカい階段がある。宮殿内には大広間があり、壮麗な装飾においては色褪せ、くすみ、ボロボロに朽ちかけてはいるものの、今なお壁にかかった絵画においてはメディチ家（フィレンチェの名家・支配者）の凱旋と古都フィレンツェの人々の戦の記録を克明に留めている。すぐ間際の、建物に隣接する中庭には牢があり――実に悍しい、陰鬱な場所だが――竈よろしき小さな独房に厳重に閉じ込められた囚人もいれば、格子越しに顔を覗かせ、物を乞う連中もいれば、チェスに興じている者も、馴染みと四方山話に花を咲かせている者も――馴染みはその間《ま》もプカプカ、これぞ燻蒸とばかり、紫煙をくゆらせているが――呼売り女からワインや果物を買う者もある。がどいつもこいつも目にするだにむさ苦しく、小汚く、疎ましいことに変わりはない。「連中、そこそこ陽気だが、シニョール」と獄吏が言う。「ここじゃみんな人殺しくずれで」と、片手でざっと牢全体の四分の三を指しながら言い添える。一時間と経たぬ内に、齢《よはい》八十に垂んとす老いぼれが、十七のうら若き娘と売った買ったとやる内に口論となり、明るい花で一杯の市場《いちば》でグサリと息の根を止め、囚人たりて――有らずもがなの仲間入りか――引っ立てられる。

　川に架かる四本の古めかしい橋の中ではヴェッキオ橋が――宝石商や金鍛冶師の店のびっしり建ち並ぶくだんの橋が――その場の光景にて一際魅惑的な様相を呈す。中央には一軒分の隙間がぽっかり空いているせいで、向こうの見晴らしが、言はば額入りにて利き、青空と川と豪勢な建物より成る当該稀有な眺望は、橋の上なる一緒くたの屋根と切妻の直中で然にひっそり輝いているものだから、得も言はれず美しい。その上にては大公美術館が川に架かっている。美術館は秘密の通路によって二つの大宮殿を結ぶべく建築されたが、通路は己《おの》が好む所へ赴き(『ヨハネ』三・八)、邪魔物という邪魔物を行く手より撥ね除けながら、権柄尽くに、街路や屋敷の直中を疑り深げに縫う。

大公(レーオポルト二世トスカナ大公(一七九七－一八七〇))はカンパーニャ・デラ・ミゼルコルディアの一会員とし、真っ黒な長衣と頭布に身を包み、通りから通りをより付き付きしき秘密の通路にて縫う。というのもくだんの信徒団体にはありとあらゆる階層の人間が加入しているから。仮に事故が起きれば、彼らの本務は罹災者を助け、手篤く病院へ運ぶことにある。仮に火事が発生すれば、現場へ駆けつけ、能う限り救いの手を差し延べ、安全な場所へ避難さすのが任務の端くれだ。病人を見舞い、慰めるのもしごくありきたりの務めに数えられるが、くだんの目的のために訪う如何なる家にても金は受け取らず、馳走の相伴にも与らぬ。当座、番に当たっている者は皆、中央塔の大きな鐘を撞くことにて即刻招集される。かくて、風聞によらば、大公はこの鐘の音《ね》を耳に、食事の席から腰を上げ、召喚に応ずべく静かにその場を辞す様が見受けられたこともあるという。

このもう一方の大きな広場《ピアッツァ》(大聖堂《ドゥオモ》広場)では——そこにては不定期の手合いの市《いち》が立ち、仰山な古鉄その他、ちっぽけな売り種が露店に並べられたり、石畳の上に散蒔かれたりしているが——巨大な円蓋《ドーム》を頂く大聖堂と、美しいイタリア風ゴシック様式の鐘塔《カンパニーレ》と、青銅の扉に精巧な細工の施された洗礼堂が一塊になっている。してここなる石畳の中の、人々の足に踏み締められぬ小さな方形こそは「ダンテの石」であり、ここにて(口碑に曰く)詩人はいつも床几を持って来ては、瞑想に耽っていたという。小生は胸中、訝しんだ、果たしてダンテは、その苦々しき流謫において*、この懐かしの思索の場に纏わる思い出と、愛らしきベアトリーチェを巡る傷つき易き想いとの連想故に、恩知らず者のフィレンツェの通りの正しく石までも呪わずに済んだろうか!

フィレンツェの善天使でもあれば堕落天使でもあったメディチ家の礼拝堂、ミケランジェロの亡骸の眠り、歩廊《クロイスター》の石という石が幾多の偉人の死を雄弁に物語るサンタ・クローチェ教会、外部は間々未完の重々しいレンガ建築ながら、堂内は厳かにして長閑な数知れぬ教会、が街を漫ろ歩く上で、我々のためらいがちな足を引き留める。

歩廊《クロイスター》の直中なる墓と実にしっくり来るのは、蠟標本によって世界中に名を馳す博物誌美術館であり、陳列されている標本は葉、種子、植物、下等動物に始まり、次第に人体の各器官を経て、恰もつい今しがた死んだばかりででもあるかのように見事に再現された、くだんの不可思議な被造物の全構造にまで至る。我らが脆き死すべき運命《さだめ》への戒めのその数多しといえども、そこにて寝台の上で永久《とは》の眠りに就いている「若さ」と「美」の似姿ほど厳かにして悲しきものは、と言おうか強く心に訴えるものは、またとあるまい。

城壁の向こうにては、アルノ川の甘美な渓谷がそっくり、フィエゾーレ（フィレンツェ北東五マイルの丘陵町）の僧院や、ガリレオの天文台や、ボッカチオの生家や、古めかしい邸宅や別荘ごと――どいつもこいつも、こよなく豊かな光にどっぷり浸った類稀なる絶景の中で火照り上がった、数知れぬ名所が――眼前に広がる。然に溢れんばかりの光彩より引き返せば、大きな、仄暗く、憂はしい宮殿の建ち並び、幾多の――攻囲や戦争や権力や「冷厳な圧制《アイアン・ハンド》」のみならず、長閑な芸術と科学の誇らかな発展の――伝説の纏わる街路のまたもや如何ほど厳粛にして壮大に映ることよ。

今日《こんにち》、これらフィレンツェの屈強な宮殿の直中より、何たる光輝が世界中に降り注がれていることか！　ここにて、その美しく穏やかな終の栖において、訪う者皆に開放され、古《いにしへ》の彫刻家はミケランジェロや、カノーヴァ（伊新古典主義彫刻家）や、ティツイアーノ（ベネチア派盛期ルネッサンス画家）や、レンブラントや、ラファエルや、詩人や、歴史家や、哲学者と相並び、不朽の名声を馳す――その傍らにては王冠を頂く頭《こうべ》や曳き具をつけた戦士ですら然に貧相にして卑小に映り、然にほどなく忘れ去られるかの歴史上の傑人らと。ここにて、気高き精神の不朽の端くれは坦々として安らかに生き存える――たとい襲撃と防御の砦は打ち砕かれ、多数の、或いは少数の、或いは両者の、暴政はほんの戯言《たわごと》にすぎず、倨傲と権力はその量だけの世を拗ねた塵に外なるまいと。天上からの光線によって灯された、厳めしい街路の内なる、或いは巨大な宮殿や塔の直中なる炎は依然、紅々と燃え続ける――たとい戦争の弱々しい明滅は揉み消され、幾世代にもわたる団欒の炉は朽ち果てようと――恰も刻下の闘争や激情で強張った幾々千もの顔また顔が古めかしい広場や公の盛り場からいつしか姿を消す片や、画家の手によりて忘却を免れたフィレンツェの名も無き貴婦人（即ち、モナ・リザ）が今なお永久《とこしへ》の優美と若さの内に生き続ける如く。

陽気なトスカナ地方をその明るい思い出を道連れに突っ切りながら、我々に叶ふ間《ま》に、してその輝きしき円蓋《ドーム》の最早見えなくなってから、フィレンツェを顧みようではないか。というのもイタリアは思い出によってこそ、より麗しかろうから。今や夏が訪れ、ジェノヴァもミラノもコモ湖も遥か後方に打っちゃり、サン・ゴタール峠の恐るべき岩と山や、万年雪と怒号する瀑布に間近いスイスの村、ファイドに滞在し、この旅路にてはこれが最後、イタリア語を耳にしながら、イタリアに訣れを告げようではないか——その悲惨と虐待にもかかわらず、彼《か》の国が溢れんばかりに満ち満ちている自然、芸術を問わぬ幾多の美に讃嘆し、生まれながらに気のいい、ほがらかな、辛抱強い、国民を愛おしむ上で、名残を惜しみつつ。幾年月もに及ぶ怠慢と、迫害と、失政は挙句、彼らの性《さが》を変え、意気を挫くまでにハバを利かせ、和合こそは破壊にして分裂こそは力たりし、ちゃちな皇子共によって徒に掻き立てられた惨めな嫉妬は、国民性の根柢なる腐爛にして、彼らの言語はかくて品性を失った。が、かつて内にありし善は、今なお内にあり、気高き国民はいつの日か、これら燃え殻より蘇るやもしれぬ。との希望を飽くまで抱き続けようではないか！　してよもや、イタリアを思い起こす上で、その頽《くずお》れし神殿の成れの果てという成れの果てや、打ち捨てられし宮殿や牢獄の石という石において、「時」の車輪はとある目的のために回転し、世界は全ての偉大な精髄において、其の回転する限り、より善く、優しく、寛く、洋々たろうとの教えを垂れるに資すからとて、それだけ彼《か》の国を蔑すことだけはあるまい！

完

訳注

アメリカ探訪

廉価版初版序文

（xi）**たといカトリック教会が挙って「否」と宣おうと…公転し続けよう**　ガリレオがコペルニクスの地動説を支持したために宗教裁判に付された事実を揶揄して。

第一章

（一）**ハリファックス**　カナダ南東部不凍港。ノヴァスコーシャ州首都。

（二）**ロビンズ氏**　G・H・ロビンズ（一七七八—一八四七）は大仰な競り口上で名高いロンドンの競売人。

（四）**かくて小生の道連れの耳に懐かしの「我が家」の調べを奏でて下さるとは！**　ディケンズの妻キャサリンはスコットランド生まれ。

（〃）**大西洋のあちら側の若き母親は…つい目と鼻の先にして**　ディケンズ夫妻には当時、前年誕生したウォルターを始め、四人の子供がいた。

（五）**アデルフィ・ホテル**　経営者ラドリーの手腕と人当たりの好さで人気を博した旅籠（一八二六年創業）。ディケンズは出帆前夜の一月三日、ここで一泊する。

（七）**御当人の相づちにおける賢しらなバーリ卿とて**　シェリダン『批評家』（一七七九）で、バーリ卿（エリザベス一世時の国務大臣）が舞台の上を歩き、黙々と相づちを打つと、別の登場人物がその仕種の言わんとしている所を長々と解説する。そこから「バーリの相づち」転じて、「天下周知の雄弁」の意。

（〃）**哀れ、「大統領号《プレジデント》」が沈没して**　一八四〇年、スクリュー汽船「大統領号《プレジデント》」は中部大西洋で難破し、生存者は一人もいなかった。

第二章

（二四）**アストレー劇場**　フィリップ・アストレーの創設した、南ロンドン、ランベスの円形曲馬劇場。『イタリア小景』第一景注（二六七）参照。

（二五）**T・P・クック氏**　トーマス・ポーター・クック（一七八六—一八六四）は、わけてもダグラス・ジェロルド『黒い瞳のスーザン』（一八二九）の船乗り役で人気を博した元船員の男優。

（〃）**「すぐさま?!《ライト・アウェイ》」**　原語“right away”は米語用法で「直ちに」「立ち所に」の意。ディケンズは（当時の英国人旅行者の御多分に洩れず）「遠くで」の意に取った。

（〃）**トレモント・ハウス**　ボストンのみならず、合衆国でも有数の高級ホテル。

第三章

（三六）**チャニング師**　ウィリアム・エラリー・チャニング（一七八〇—一八四二）は「ユニテリアン説の使徒」として知られるボストンの牧師・伝道者。奴隷制に強く異を唱えた。

（三七）**道化やパンタローネは…ハーレキンとコロンビーネに関せば**　パンタローネは古いイタリア喜劇やイギリス無言劇において、細身のズボンを履いた痩せぎすの老人役の名。ハーレキンはその下男で、主人の娘コロンビーネと恋仲。

（〃）**「公有地《コモン》」と呼ばれる緑の敷地**　街の中央公園、現ボストン・コモン。

（三八）**ケンブリッジの大学**　即ち、ボストンのチャールズ川対岸都市ケンブリッジにあるハーヴァード大学。

（三九）**パーキンズ慈善院・マサチューセッツ盲人施設**　一八三三年、トーマス・H・パーキンズの寄贈によって設立された慈善施設。

（四〇）**少女は名をローラ・ブリッジマンという**　以下は、ローラ（一八二九—八九）を指導したパーキンズ慈善院院長サムエル・グリドリー・ハウによる年次報告（一八四一）からの抜粋。

（四五）**我らが祖国のハンウェル貧民精神病院**　一八三一年、ミドルセックス州ノーウッド、ハンウェル教区際に建設された現セント・バーナード病院。

（〃）**マッジ・ワイルドファイア**　ウォルター・スコット『ミドロージャンの心臓』（一八一八）に登場する狂女。

（四七）**チェスタフィールド**　第四代チェスタフィールド伯爵（一六九四—一七七三）は英国の政治家・外交官。庶子に宛て、礼儀作法に関する健全で機智に富む処世訓を説いた書簡集で名高い。

（四八）**サマセット・ハウス**　西ロンドン、ストランド街の旧宮殿。後に、全教区の救貧委員会を統轄する救貧法委員会の事務所が置かれた。

（四九）**ボイルストン校**　マサチューセッツ州に種痘を導入した医師に因んで名づけられた少年院（一八一九年創設）。

（五五）**ハイカラ女**　原語は“blue lady”。十八世紀中葉、ロンドンの社交婦人を中心とする文芸談話会で、会員が黒絹の代わりにブルーの羊毛靴下を履いた流儀に鑑み、「ブルー（ストッキング）・レディー」転じて「（通例、軽蔑的に）才女」の意。

（五六）**我が畏友カーライル氏…ラルフ・ウォルドー・エマソン氏**　トーマス・カーライル（一七九五—一八八一）は『衣裳哲学』『フランス革命史』で知られるスコットランド生まれの思想家・評論家。エマソン（一八〇三—八二）は米国の評論家・詩人・哲学者。カーライルに多大の影響を受け、超絶論（唯物的・経験的宇宙観に相対す、精神的・直覚的・超感覚的な宇宙観）を唱道した。

（〃）**テイラー師**　エドワード・トムソン・テイラー（一七九

三―一八七二）はメソジスト派の牧師。若い頃、船乗りだったため、説話に海員用語を用いることで知られた。

（五七）**「かの映えある傑人ネルソン卿」とコリンウッド**　コリンウッド卿（一七五〇―一八一〇）はトラファルガーの戦い（一八〇五）で、ネルソン提督戦死の後《のち》、英国艦隊の指揮を執った。

（〃）**ジョン・バニヤンとバーリのバルフォア**　バニヤン（一六二八―八八）は『天路歴程』の著者。ジョン・バルフォアはウォルター・スコット『墓守老人』（一八一六）の登場人物。過激な盟約派指導者。

（五九）**クラレンス公爵**　エドワード四世王の弟ジョージ。一説には一四七八年、マルムジーワイン（マデイラ産甘口白葡萄酒）の大樽で息の根を止められたと伝えられる。『リチャード三世』第一幕第四場参照。

第四章

（六七）**ジャクソン将軍かハリソン将軍**　アンドルー・ジャクソン（一七六七―一八四五）は第七代米国大統領。ウィリアム・ヘンリー・ハリソン（一七七三―一八四一）は第九代米国大統領。共に英雄的戦将。

第五章

（七〇）**パープ氏**　サイモン・パープ（一七八九―一八二八）はコヴェント・ガーデン劇場に二度登場したこともある、背丈二十七インチのオランダ生まれの小人《こびと》。

（七一）**チャールズ王の勅許状**　一六六二年、チャールズ二世がコネチカットに自治権を認可した「勅許」。一六八六年、ジェイムズ二世の名の下《もと》、コネチカット州総督によって撤回されそうになった際、ハートフォドのオークの木に隠されたという。

（七三）**ポンテフラクト**　実は、英ウェスト・ヨークシャー州東部の古都の名。

（七六）**バーリントン・アーケイド**　中央ロンドンのピカデリーとオールド・ボンド・ストリートに間近い高級商店街。

（〃）**海峡**　即ち、コネチカット州とロングアイランド北岸との間のロングアイランド海峡。全長一四五キロ。

（〃）**ヘル・ゲイトや、ホグズ・バックや、フライパン等々…名にし負う場所**　最初の三つはニューヨーク市イーストリバー沿いの地名。ニッカーボッカーはワシントン・アーヴィング『ニューヨーク物語』（一八〇九）に登場する語り手。

第六章

（七八）**ファイヴ・ポインツと呼ばれる…セヴン・ダイアルズ**　ファイヴ・ポインツはバワリー街（次々項参照）に面す、五本の街路の交差地点。西ロンドン、セント・ジャイルズの貧民窟セヴン・ダイアルズ同様、悪名高きスラム街。

（〃）**ギグに、フェートンに、大きな車輪のティルベリー**　ギグは一頭立て二輪軽装馬車。フェートンは二頭立て四輪馬車。ティルベリーはロンドンの馬車製造業者・考案者の名に因む、二人乗り無蓋二輪軽装馬車。十九世紀初頭に流行した。

（八一）**バワリー街**　ニューヨーク市の大通りとその近辺。元、安飲食店、安旅館等があった。転じて、「安い酒場や浮浪者の多い通り」の意にも用いられる。

（〃）**「トゥーム」**　原義は「墓」。恐らくはその名の、擬似エジプト墓碑流儀の建築に由来する、ニューヨーク市最大の監獄（一八三八創設）。

（八五）**『ジル・ブラース』の謎めいた主人よろしく**　ル・サージュ『ジル・ブラース』（一七一五―三五）で、ほとんど用らしい用も言いつけられぬ召使いジル・ブラースは主人の仕事を巡って散々臆測を働かす。

（〃）**豚は皆、豚肉なり**　「人は皆、草なり」（『イザヤ書』四〇：六）の捩《もじ》り。

（八六）**ギリシア語教授の中でもとびきり達者な健啖家**　ハーヴァード大学ギリシア語教授コーネリアス・コンウェイ・フェルトン（一八〇七―六二）。アメリカ旅行中にディケンズの親友となり、教授の牡蠣好きは二人の間のお定まりの軽口となった。

（〃）**オーキストリーナ**　又は、オーケストリオン。オーケストラ類似の音を発する、手回し風琴《バレルオルガン》の一種。

（八七）**びっこの悪魔がスペインにて…引っ剥がし**　ル・サージュ『松葉杖の悪魔』（一七〇七）で主人公の悪魔アシュマダイはマデイラの家々の屋根を次々引き剥がし、住人の愚行と悪徳を暴く。

（〃）**ボウ・ストリート**　ロンドン中央警察裁判所のある通り。転じて裁判所自体の意にも用いられる。

（八八）**俗謡なるウィリアムと…海賊ポール・ジョーンズ**　ウィリアムとウィル・ウォッチは流行り唄に出て来る船乗り。ジョン・ポール・ジョーンズ（一七四七―九二）は、英国人の目には「海賊」と映ろうと、アメリカ人にとっては独立戦争の際、米海軍側に与したスコットランド生まれの英雄的軍人。

（八九）**「アルマックス」**　一七六五年、ロンドンのキング・ストリートにウィリアム・アルマックによって創設された上流社交場「アルマックス」にあやかった、ニューヨークのスラム街のダンスホール。

（九〇）**活きのいい若造黒人は…当代一の踊り手だ**　ダンサーは通称「ジューバ」として名を馳せたアフリカ系アメリカ人、ウィリアム・ヘンリー・レーン（一八二五―五三）。主として白人ミンストレル・ショーの一座と共にアメリカ、ヨーロッパ各地を巡業した。

（九一）**ジム・クロウ**　「ジャンプ、ジム・クロウ」という折り返し句のある黒人ミンストレル・ソングから、通例、軽蔑的に「黒んぼ」の意。

（九四）シンシンとオーバーン　シンシンはハドソン河畔の村オシニングの旧名。オーバーンは（ゴールドスミス『廃村』で歌われる村の名に因む）ニューヨーク州中部都市。いずれも州立刑務所がある。

（九五）ミッチェル氏　ウィリアム・ミッチェル（一七九八―一八五六）は一八三六年、英国からアメリカへ渡った著名な劇場経営者。

（九六）ラップランド　スカンジナビア半島北部の、大部分が北極圏内にある地域。

第七章

（九七）ドン・ガズマンの大理石像　トーマス・ディブディンによるモーツァルトのオペラの戯画化《バーレスク》『ドン・ジョヴァンニ、或いは騎馬の亡霊』（一八一七年初演）に登場するコメンダトーレへの言及か。劇中、ドン・ガズマンと呼ばるこの男はドン・ジュアンを地獄へと誘《いざな》う。

（〃）そいつは幾多の資産の「墓」…合衆国銀行の成れの果て――であった　当時、一八三七年の金融恐慌の余波は依然、国中至る所に及んでいた。

（九八）ウェスト　ベンジャミン・ウェスト（一七三八―一八二〇）は一七六三年、ロンドンに移り住み、英国で活躍したフィラデルフィア生まれの風景画家。

（〃）サリー氏　トーマス・サリー（一七八三―一八七二）は一七九二年、両親と共にアメリカに移住した肖像画家。ウェスト（前項参照）に師事した。

（九九）美しい市内には…趣味と批評の衒いが漂う　オリヴァー・ゴールドスミス『ウェイクフィールドの牧師』（一七六六）第九章において、二人の上流令嬢の間で交わされる会話の主題に纏わる短い条《くだり》があり、一覧に「絵画、シェイクスピア、ミュージカルグラス」が含まれている。ミュージカルグラスは又の名をグラスハーモニカ。一組の水飲みコップに異なる量の水を入れて調音したもの。濡らした指先で縁を擦って奏楽する。

（〃）ジラード・カレッジ　スティーヴン・ジラード（一七五〇―一八三一）によって創設された孤児院。この後ほどなく完成された。

（一〇一）「湖の貴婦人」　サー・ウォルター・スコットの同名の詩（一八一〇）より。

第八章

（一一六）その設計士たる進取の気象のフランス人　独立戦争時、アメリカ義勇軍兵だったピエール・ランファン（一七五四―一八二五）。一七九一年、新首都の設計図を作成するようワシントン大統領に要請されるが、その直後、財政問題と政党の内部抗争のため大事業は支障を来し、完成には予定より数十年以上長い年月を要した。

(〃)**「バルマク家の饗宴」**　『アラビア夜話』において、バグダッドの貴族バルマク家の王子は乞食を持て成すに次から次へと空《から》の皿を供したという。転じて「見かけ倒しの馳走」の意。

(一一七)**トランブル大佐**　ジョン・トランブル(一七五六―一八四三)は退役後、ウェスト(第七章注(九八)参照)と共に絵画を学び、スケールの大きな歴史画で名を馳せた。

(〃)**グリナウ氏**　ホレイショ・グリナウ(一八〇五―五二)は最も著名なアメリカ人彫刻家。一八二九年以降は主としてイタリアで暮らした。

(一一八)**審議は…日中行なわれ**　ウェストミンスターでの国会は夕刻に始まり、深夜に及ぶことも稀ではない。

(一一九)**祖国にとっての不朽の誉れたる、高齢にして白髪の男**　即ち、当時はマサチューセッツ州選出議員であった第六代大統領ジョン・クインシー・アダムズ(一七六七―一八四八)。アダムズは、ただし、奴隷制を主として討論禁止令批判の立場から糾弾していたにすぎない。

(一二〇)**古《いにしへ》の竜の歯**　フェニキアの王子カドモスが、退治した竜の歯を地に撒くと、軍兵に変じたというギリシア神話から、転じて「内輪揉めの種」。

(一二一)**かの極めて如何わしき格言**　即ち、「親しき仲にも垣をせよ」。

(〃)**クライトン**　ジェイムズ・クライトン(一五六〇―八二)はスコットランド生まれの文武兼備で多芸多才の放浪学者。

(〃)**目下、英国宮廷におけるその国使たる傑人**　即ち、一八四一年十一月から四五年八月まで駐英大使を務めたエドワード・エヴァレット。

(一二六)**いささか奇しくも「接見会《レヴィー》」と呼ばれる一般的な集い**　イギリス英語で「レヴィー」と言えば、君主又はその代理が男子だけに行なう午後の「謁見の儀」を意味する。

(一二七)**我が畏友ワシントン・アーヴィング**　米国の随筆家・短篇小説家・歴史家(一七八三―一八五九)。ディケンズはこの訪問において、予てから敬愛していた米作家と親交を結ぶが、アーヴィングは『アメリカ探訪』さらには『マーティン・チャズルウィット』(一八四四)に大いに心証を害し、二人の仲は決裂する。

第九章

(一二九)**律儀な秘書**　ボストンで以降、旅に随行するよう雇った人物はジョージ・W・パトナム(一八一二―九六)。

(一三二)**今は亡きデュクロウ**　アンドルー・デュクロウ(一七九三―一八四二)はロンドンのアストレー劇場の曲馬師兼経営者。第二章注(二四)参照。

(一三五)**「血染め川《ブラディ・ラン》」として知られる谷**　十七世紀にイギリス人入

植者とアメリカインディアンとの間で繰り広げられ、後者の敗北に終わった戦の跡。
（一三六）デフォーの条《くだり》　ダニエル・デフォー『ジャック大佐』（一七二二）に描かれる、英領植民地時代のヴァージニア州における主人公の屋敷の様子。
（一三七）ミントジュレップとシェリーコブラー　前者はバーボンウイスキーに砂糖・ハッカを加えたカクテル。後者はシェリー酒にレモンや氷を入れて作るカクテル。
（〃）偉大なる諷刺作家の脳より生み出されし旅人　即ち、ジョナサン・スウィフト『ガリヴァー旅行記』（一七二六）の主人公ガリヴァー。
（一三八）ノース・ポイントでの英国軍との会戦　一八一四年九月十二日、英国侵略軍はボルティモアを襲撃するが、アメリカ軍に撃退される。
（一四二）サスケハーナ川　ニューヨーク州中部に発し、ペンシルヴァニア、メリーランド両州を貫流してチェサピーク湾に注ぐ（全長七一五キロメートル）。
（一四三）当地の最初の入植者ハリス　ジョン・ハリス（一七二六―九一）はヨークシャー出身のアメリカ移民を父に持つ、裕福な農夫。インディアン相手の交易商人。一七八五年にハリスバーグ市を築いた。
（〃）教区登記簿を前にしてのクラブの瞑想を…歪な走り書きを　『教区登記簿』第二巻（一八〇七）において英国詩人ジョージ・クラブ（一七五四―一八三二）は、完璧に均等な半マイルの畦溝を鋤けるにもかかわらず、わずか半インチの文字を綴るにペンをしっかり握っていられぬ農夫に言及している。

第十章

（一四六）ケイレブ・クォーテム　ジョージ・コールマン『ザ・レヴュー』（一八〇〇）に登場するおしゃべりな「何でも屋」。
（一四九）リードの「暴風法則理論」　サー・ウィリアム・リードが一八三八年、ハリケーンの旋回運動の仮説を打ち立てた著作。
（一五三）ジョニー・ケーキ　とうもろこし粉を練って鉄板などで焼くパン。俗語で「ニューイングランド人」の意。

第十一章

（一六三）ビッグ・グレイヴ・クリーク　原義は「大墓地入江」。高さ約三〇〇フィートに及ぶインディアンの大埋葬場に因んで名づけられた。この辺りには紀元後五〇〇年以前に栄えたアメリカ原住民文化の遺跡が数多く現存する。
（一六五）国家的ハープとマシュー神父の肖像　竪琴はアイルランド国旗の図柄の一部。シーボルト・マシュー（一七九〇―一八五六）は「禁酒使徒」として知られるアイルランドの司祭。四〇年代にはアメリカ各地で大規模な禁酒大会を主催した。

（一六六）**濡れ毛布が…冷水と関係なくもなかった**　「濡れ毛布」と「冷水」にはそれぞれ「座興を殺ぐもの」、「禁酒団体」の含意がある。

（〃）**アミアン協定**　一八〇二年、イギリス、フランス、スペイン、オランダの四国間で、海外領土返還等を巡り締結された条約。

第十二章

（一六八）**インディアンのチョクトー族の酋長ピチリン**　チョクトー族は以前はミシシッピー州南部、現在はオクラホマ州に住むアメリカインディアン。ピーター・パーキンズ・ピチリン（一八〇六―一八八一）は四分の一チョクトー族の血を引く白人。三十年代に部族を率いて西部に移住した。

（一六九）**キャトリン氏の画廊**　ワシントンのスミソニアン協会にあるジョージ・キャトリン（一七九六―一八七二）の画廊。キャトリンはアメリカインディアンの中でも絶滅しかけている部族の棲息環境、風習、生活様式の記録を留めることを使命としたアメリカの人類学者・画家。

（〃）**クーパー氏**　ジェイムズ・フェニモア・クーパー（一七八九―一八五一）はアメリカインディアン部族の生活を主題とする所謂「革長靴下《レザーストッキング》」小説、わけても『モヒカン族の末裔』（一八二六）で知られるアメリカ人作家。

（一七〇）**「フルトン号」**　世界初の実用的な蒸気船を考案した米国の発明家ロバート・フルトン（一七六五―一八一五）に因む。

（〃）**デーム・スクール**　かつて英米で、婦人が私宅を解放し、近所の児童を対象に経営した簡易な初等教育施設。

（一七三）**ル・サージュの…パンの欠片を浸し**　ル・サージュ『ジル・ブラース』（一七一五）第二部において、主人公はパンの欠片を泉に浸している旅芸人に出会い、朝食を共にしながら役者人生に纏わる逸話に耳を傾ける。

（〃）**ヤフー**　スウィフト『ガリヴァー旅行記』最終部において、外見は馬に似ているが、人間に劣らぬ知性を具えた高等動物「ひひん族《フーイヌム》」に仕える、姿形だけは人間の蛮族。

（一七四）**イングランドにては「黄金の希望」の…熱病と瘧と死の温床**　即ち、同段落最後に実名の挙げられるケアロ。ケアロは一八三〇年代、イングランドで「いんちき投機」計画の一端として派手に宣伝された入植用地。『マーティン・チャズルウィット』に描かれる新開地エデンはここから想を得た。

第十三章

（一八三）**「クロッカス博士」**　「クロッカス」の原義は「やぶ医者《クワック・ドクター》」。ディケンズが旅先で出会った実在のスコットランド生まれの自称骨相学者・医師。

（一八七）**キットキャット大**　キットキャットは半身より小さいながら、両手の描かれている肖像画。英国の画家サー・ゴドフリー・ネラー（一六三六―一七二三）が画き、ロンドンの（天井の低い、故に等身大の肖像画の掲げられなかった）キットキャット倶楽部の食堂に飾られた顧客の肖像画に因む。

（一八八）**ラ・トラップ**　仏ノルマンディーにある修道院。一六六四年、絶対沈黙、その他厳重な戒律を宗とするトラピスト修道会が創立された。

第十四章

（一九二）**マカダム道路**　細かい砕石を幾層にも敷き、コールタール、アスファルト等で固めて路面とした道路。スコットランドの発明家ジョン・L・マカダム（一七五六―一八三六）に因む。

（一九六）**サングラド先生**　『ジル・ブラース』（前々章注（一七三）参照）の登場人物。患者に夥しい量の水を処方する如何様医者。

（二〇三）**アシュバートン卿**　アシュバートン男爵一世、アレキサンダー・ベアリング（一七七四―一八四八）は英国の銀行家・政治家。本文後出の米国務大臣ダニエル・ウェブスター（一七八二―一八五二）との間の協定（一八四二）により、カナダとメイン州の国境問題を調停した。

（〃）**「ハイド・パークにて…『ヘイル・コロンビア』を！」**　『ヤンキー・ドゥードル』は独立戦争当時、英米両軍によって歌われた作者不詳の流行り唄。後にはアメリカ全国民に国歌同様愛唱された。『ヘイル・コロンビア』はジョーゼフ・ホプキンソン作（一七九八年）の米愛国歌。

第十五章

（二〇八）**凱歌を挙げた後《のち》に…ブロック将軍**　サー・アイザック・ブロック（一七六九―一八一二）はアッパー・カナダ（現オンタリオ州南部）における英軍司令官。クィーンズトン高地での戦勝後に戦死。

（二一一）**くだんの旗は、言うまでもなく、オレンジ色だった**　アイルランドにおけるプロテスタント優位を誇示する旗。

（二一二）**ネイヴィー島における自称愛国者達**　一八三七年、スコットランド出身のカナダ移民ウィリアム・ライアン・マッケンジー（一八〇三―九五）はカナダ人小叛乱軍を率い、ナイアガラ川の英領ネイヴィー島を占拠し、独立宣言を行なった上、臨時政権を樹立した。

（二一四）**愛徳会修道女**　一六三四年、仏に創設された、病人の介護に当たる修道会会員。

（二一五）**ウルフと彼の勇敢な僚友が…モンカルムによって然に雄々しく守られた砦**　ジェイムズ・ウルフ（一七二七―五九）は七年戦争でカナダ派遣軍の将となり、ケベック攻略において、ルイ・ジョセフ・モンカルム侯爵（一七一二—五九）率いる仏軍の出城を陥落させた。両将軍共、戦傷のため戦死。アブラハム高原は両軍の戦ったケベック市西部の古戦場。

第十六章

（二二五）**小生は待ちに待った…気を揉むこともなかろう**　ディケンズは大型帆船「ワシントン号」で帰国の途に就く。第六章九六頁参照。

（二二六）**ホイストや…ショベルボード**　ホイスト、クリベッジ、ブックスはいずれもトランプ遊び、バックギャモンは一種の西洋すごろく、ショベルボード（又はシャッフルボード）は点数のついた盤上で円盤を突く遊戯。

（二三〇）**懐かしのクリア岬**　アイルランド、コーク州南部沖クリア島の岬。

第十七章

（二三二）**奴隷制**　この章の大半はアメリカの奴隷解放運動家セオドール・D・ウェルドの著書『アメリカ奴隷制度の現状——千人の証言』（一八三九）からの引用。

（〃）**教主ハラウン・アルラシード**　『アラビア夜話』の幾多の物語に登場する実在のバグダッドの教主（七六三—八〇九）。緋色の長衣は彼の不興の顕れ。

（二三五）**民意は今日に至るまで例の…尊き判事を判事席に据えている**　この一件で大陪審に「説示」した判事はL・E・ローレス。

（〃）**コロンビア特別区**　米東部、ポトマック川沿いの一地区。全面積に首都ワシントンを有す特別行政区で、他州とは別箇に、連邦議会の直接管轄下にある。

（二四二）**セネカ族**　ニューヨーク州のイロクォイ五族中最大の部族。好戦的で、エリー湖南、及び西での戦歴は名高い。

（〃）**インディペンデンス**　ミズーリ州西部都市。第七代大統領アンドルー・ジャクソンの不羈《ふき》独立の精神に因む。第四章注（六七）参照。

第十八章

（二四九）**信用や信頼の点における蚋《ぶよ》を濾し出す片や…駱駝《らくだ》を呑み込もう**　「蚋《ぶよ》を濾し出して駱駝《らくだ》を呑むなり」（『マタイ』二三・二四）即ち、「大事を見過ごして小事にこだわる」の意の俚諺を踏まえて。

（二五〇）**商魂逞しいばっかりに…保護されぬのではあるまいか**　ディケンズの訪米の契機の一つ、国際版権への言及。

（二五二）**初版本注…事例を見出されよう**　ここで言及されているのは、その大半がディケンズ自身から入手した情報を元に書かれた友人フォースターの記事。

（二五三）**ジョーゼフ・スミス氏**　米国の宗教家（一八〇五—四四）。

モルモン教会の初代大官長。投獄中に暴徒に殺され、殉教した。

（〃）**サウスコット夫人や…カンタベリーのトム氏**　いずれも幾多の信者や注目を集めた似非預言者。ジョアンナ・サウスコット（一七五〇―一八一四）は死の直前、第二のキリストを身籠ったと、メアリー・トフツ（一七〇一―六三）は十五匹のウサギを出産したと、ジョン・ニコラス・トム（一七九九―一八三八）は自らを救世主《メシア》と、申し立てた。

（三五五）**我々の労働者階級の衛生状態に関するチャドウィック氏の優れた報告**　エドウィン・チャドウィック（一八〇〇―九〇）は労働者層の悲惨な生活・労働環境に関する幾多の論考を著した。

後記

（三五七）**一八六八年四月十八日…小生のために催された公式正餐会**　アメリカ各地での公開朗読会が大人気を博した、二度目のアメリカ旅行最後の正餐会。

イタリア小景

読者の旅券

（三六四）**博学にして有徳のワイズマン師**　N・P・S・ワイズマン（一八〇二―六五）はローマカトリック教会の初代ウェストミンスター大司教・枢機卿。

（〃）**束の間の過ち**　一八四六年一月二十一日創刊の『デイリー・ニューズ』紙の初代編集長の任に就いたことを指す。ディケンズは早くも二月九日、編集委員内の意見の対立等を理由に辞任する。

（〃）**小生は今やスイスにて…仕切り直そうとしているからだ**　ディケンズは一八四六年六月から十一月までローザンヌに滞在し、そこにて比較的長い中断の後《のち》、『ドンビー父子』を執筆し始める。

第一景

（三六六）**一八四四年…日曜の朝のことである**　即ち、ディケンズ一家がパリに二日間滞在した明くる七月七日。

（〃）**中世小説の第一章が…見受けられたやもしれぬ**　中世を舞台とする時代小説の作家として就中、揶揄されているのはG・P・R・ジェイムズ（一八〇一―六〇）。

（〃）**フランス生まれの供人《クリア》…誰より晴れやかな男！**　アヴィニョン生まれのガイド、ルイ・ローシュ（一八四九年没）。

（〃）**日曜旅行がらみで我々を咎めているらしき所**　ディケンズは終生、反安息日厳守主義者だった。

（二六七）**アストレーかフランコニの曲馬場なる「聖ペテルブルグの供人《クリア》」**　フィリップ・アストレー（一七四二―一八一四）とアントニオ・フランコニ（一七三七―一八三六）は共に大がかりな見世物を主流とする円形劇場経営者。「聖ペテルブルグの供人《クリア》」はわけても主役アンドルー・デュクロゥ（一七九三―一八四二）で人気を博した曲馬劇。

（二六八）**ディリジェンス**　英国の駅伝馬車より大きく、重いフランスの駅伝馬車。

（二六九）**若きフランス**　一八三〇年の仏七月革命後も改革を推進し続けた革命派の総称。

（〃）**マル・ポスト**　ディリジェンス（前々項参照）より速い郵便馬車。

第二景

（二七六）**マダム・タッソー**　マリー・タッソー（一七六〇―一八五〇）はスイス生まれの蝋細工師。一八〇二年、イングランドでの展示巡業を開始し、一八三五年にはロンドンのベーカー・ストリートに蝋人形展示館を設立した。

（〃）**ウェストミンスター大寺院ですら恥じ入っているやもしれぬ**　ウェストミンスター大寺院に展示されている、エドワード三世以降の世襲君主の彫像を揶揄して。

（〃）**マリ氏の旅行案内書**　ジョン・マリ（一八〇八―九二）は一八三六年からガイドブック・シリーズを出版。ディケンズがここで言及しているのは『フランス旅行者のための手引き』（一八四三）。

（二七七）**トム・ノディーが…結わえる要領で**　T・H・ベイリー『トム・ノディーの秘密』（一八三八）の中で、忘れっぽい主人公トムはいつも「覚え」にハンカチにコブを結わえる。

（〃）**エスプリ橋**　モントリマールの南、ローヌ川のわけても流れの急な箇所に架かっていた橋。

（二七八）**仏画家**　一八三八年以降、大聖堂内の一連のフレスコ画の制作を任されていたウジェーヌ・ドゥヴェリア（一八〇五―六五）。中でも「三博士礼拝の図」は名高い。

（二七九）**教皇宮殿**　ローマ教皇は一三〇九―七七の亡命期、アヴィニョンに移り住んでいた。

（二八〇）**リエンツィ**　コラ・ディ・リエンツィ（一三一三―五四）はルネッサンス期ローマの平民出身の政治家。

第三景

（二八四）**オスターデ**　アドリアン・ヴァン・オスターデは十七世紀オランダの風景画家・エッチング画家。

（二八五）**エクスの町**　エクス（現エクサン・プロヴァンス）はアヴィニョンの南、マルセイユ北東の都市。

第四景

（二九〇）**古謡の天辺の「死神と貴婦人」**　「死神」と「貴婦人」との間の会話の形を取るこの「古謡」の挿絵には、頭の天辺から爪先まで中央を一本の線で分かたれた、片側が正装の女性、もう片側が骸骨の似姿が描かれている。

（二九二）**聖ヨハネの遺骨**　聖戦時代、ヨハネの（遺骨というよりむしろ）屍灰はパレスチナから運び出され、十五世紀にジェノヴァへもたらされ、今なお大聖堂内に安置されている。

（〃）**聖母マリアの母を祝す祭日**　聖母アンナ記念日は七月二十六日。

（〃）**聖ナザロ**　即ち、聖ナザリウス。ミラノ司教聖アンブロシウス（三三九―三九七）がミラノ近郊で遺骸を見つけた殉教者。祝祭日は七月二十八日。

（二九七）**モンテ・ファッチョ**　ジェノヴァの西、ネルヴィに間近い山。

（〃）**マルサーラ**　シチリア島西部港市・要塞マルサーラ産の、シェリーに似た甘口ワイン。

（二九八）**ヴァンダイク**　サー・アンソニー・ヴァン・ダイク（一五九九―一六四一）はジェノヴァで数多くの貴族の肖像画を手がけたフランドル出身の画家。晩年はチャールズ一世に英国宮廷画家として迎えられた。

（二九九）**英国人の銀行家**　ギブズ商会のチャールズ・ギブズ。

（〃）**「サラセン人の頭」**　お馴染みの旅籠の看板。

（三〇一）**ポレンタ**　とうもろこしの粗挽き粉や、小麦・粟などの穀類の粉で作ったイタリア風の濃い粥。

（三〇二）**ピープス氏**　サムエル・ピープス（一六三三―一七〇三）は英国の海軍官吏・日記作家。本文以下の条《くだり》は一六六三年八月八日の日記より。

（〃）**ペトラルカ…ボッカチオ**　フランチェスコ・ペトラルカ（一三〇四―七四）はイタリアの詩人・人文主義者・文芸復興の主唱者。ジョヴァンニ・ボッカチオ（一三一三―七五）は『デカメロン』で知られるイタリアの作家・詩人。

（三〇五）**聖ロレンツォ**　聖ロレンツォ、即ちローレンスは三世紀の殉教聖徒。祝祭日は八月十日。

（〃）**専ら貧しいジェノヴァ市民の満足と啓発（並びに喜捨）のため**　ディケンズは『デイリー・ニューズ』掲載「旅先からの書簡」第六信（一八四六年二月二十六日付）のこの箇所にアステリスクを付し、以下のような脚注を添えている。

　かようの内容に言及する上で、何卒小生には人々の宗教信条を論じたり、宗教的信念を蔑したりする意図は全くないものと思し召されたい。その何らかの派生が滑稽もしくは不快に映れば、ただ単にくだんの格別な誇示ないし慣習に纏わる小生自身の印象を書き留めはするが、それ以上の他意はない。今後も引き続き書簡を拝読賜ろうだけに、この点を読者諸兄にはくれぐれも御留意頂きたい。

（三〇六）**「封鎖」時代のマセナ**　アンドレ・マセナ（一七五八―一八一七）はナポレオン一世揮下の仏元帥。後に王制復古を支持した。「封鎖」はジェノヴァ市民一万五千人がマセナ率いる七千兵と共に犠牲になった連合軍による攻囲を指す。

（三〇七）**わけても受胎告知《アヌンチアータ》記念教会は…遅々たる修復中だが**　十六世紀に建立されたこのカプチン修道会教会の白大理石の円柱の建ち並ぶ十字架状聖堂は、ジェノヴァ一壮麗と目されている。ディケンズ当時の改修費用を負担していたのはロメリーニ家。

（〃）**かのシモンが…チャーミングな書物**　ディケンズがフォースターへ宛てた手紙の中で、その飽くまで因襲的な虚言に屈しまいとする「卓越した良識と決意」を称えているのはルイ・シモン『イタリア・スイス周遊記』（一八二八）。

（三一〇）**ゴルドーニ**　カルロ・ゴルドーニ（一七〇七―九三）はイタリアの劇作家。

（三一一）**サー・ハドソン**　サー・ハドソン・ラウ（一七六九―一八四四）は当時セント・ヘレナ島の総督を務めていた英将軍。前々行の「ヒュー・ウド・シ・オン」（Yew ud se on）はハドソン（H-u-d-s-on）のフランス語訛りか。

（三一二）**アントマルキ医師も…モゥワーム**　フランチェスコ・アントマルキ（一七八〇―一八三八）はセント・ヘレナ島におけるナポレオンの主治医。モゥワームはアイザック・ビカースタッフ『偽善者』（一七六九）の登場人物。

（〃）**出し物を（時計のネジではなく）締めるに**　“wound up the piece”に「時計のネジを巻く」の意を懸けて。

（三一三）**パラッツォ・ペスキエーレ、即ち生け簀宮殿**　正面の段庭の養魚池にその名の由来する十六世紀建設の大邸宅。

（三一四）**ジェノヴァ市民が…幽霊に取り憑かれていると思う唯一の謂れではあろう**　「旅先からの書簡」第七信：ジェノヴァとその周辺（『デイリー・ニューズ』掲載）においてはこの後、女子が尼僧院に入る次の条《くだり》が続く。最終稿からの削除の理由は恐らく『イタリア小景』において反ローマカトリック先入主を察知されることへの危惧と思われる。

　とある少女が先日、間近の尼僧院の一つで黒いヴェールを纏った。小生は式に立ち会う踏んぎりがつかなかったが、御婦人方は出かけて行き、男女を問わぬ親戚縁者に至極丁重に迎えられた。尼僧院ではかようの折のいつもの伝で、ささやかながら愉快な会が催されていた。というのも若き御婦人がその時を境に、何一つ不自由なく暮らすことになるとあって、わけても兄弟は（もしやいれば）すこぶる陽気なものと相場は決まっているからだ。この折、彼らはとびきりの上機嫌で（宴の核を成す）ケーキと氷菓を配って回り、彼ら自身、反射光によってにせよ、名士気取りだった。式の途中、哀れ、少女は格子の所まで来ると、修道士から自ら選んだ夫の姿形の説明を受けるに、「汝の配偶者の目は、我が娘よ、鳩のそれのようだ。金髪は朝の日射しのようで、鼻は鉤鼻で、歯は皓く、声は鳥の囀りさながらで」等々と告げられた。式が終わるや、ケーキと氷菓が猛然と襲いかかられ、一座は解散した。雄々しき供人《クリア》は最初から（小生の身内の唖然としたことに）格子の傍にて手続き全般に一方ならぬ興味を示し、あれやこれやの尼僧方のまずまずの美貌がらみで聞こえよがしに注釈を垂れ、その後《ご》は実に慇懃に氷菓の接待役を務め――縁者方にもう少し召し上がるよう勧めるに、自ら最上の手本を示してはいた。

（三八）**行列**　ディケンズがニースに到着したのは九月八日。即ち、聖母マリア生誕祭。

（三九）**ソナンビュラ**　『無遊病の女《ラ・ソムナンビュラ》』（一八三一）はヴィンチェンツォ・ベリーニ作オペラ。

第五景

（三二）**（祖国コミで）**　ディケンズはジェノヴァで完成させた『鐘の精』を文人仲間の間で朗読するため、十一月末から十二月にかけて一時帰国する。

（三三）**バーナムの森**　マクベスを襲撃するマクダフ軍勢がその木々の大枝を払って身に纏った森（『マクベス』第五幕第四、五場）。

（〃）**オー・ドゥ・ヴィ**　原義は「命の水」。フランス語で「ブランデー」の意。

（三四）**「アディオ…コリエーレ！」**　イタリア語で「さらば、我が供人《クリア》！　達者でな、供人《クリア》！」

（三五）**町の対《つい》の守護神たる…厳かな、謎めいた宮殿**　フランチェスコ・モッキ（一五八〇―一六五四）製作アレッサンドロ・ファルーネゼと息子ラヌーチェの騎馬像の立つパラッツォ・ゴッティーコ、即ち市庁舎。

（〃）**大理石の大御脚の王**　「魔法にかけられた王様」（『アラビア夜話』）の中で、王様は魔法使いの妃に下半身を石に変えられる。

（三七）**コレッジョのフレスコ画**　イタリアの画家コレッジョ、又の名をアントニオ・アレーグリ（一四九四―一五三四）による「聖母マリア被昇天」。

（〃）**地下会堂**　三十八本の円柱の立ち並ぶ、十字架状のロマネスク様式地下聖堂。

（〃）**ペトラルカの記念碑**　サンタガタ礼拝堂にあるバロック風記念碑。ペトラルカはパルマの元大助祭。第四景注（三〇二）参照。

（三八）**『マゼッパ』**　恐らくはフランコニ騎馬サーカス団（第一景注（二六七）参照）と思われる、この旅回りの「フランスの一座」の触れ回っている『マゼッパ』は、英国詩人バイロンの同名の詩（一八一九）を脚色した騎馬劇。

（三九）**モデナの住民が…（古い塔に仕舞ってある）釣瓶《つるべ》**　アレッ

サンドロ・タッソーニが喜劇的叙事詩『手桶の強奪』（一六二二）の中で歌った古い水差しは一三二五年、ラポリーノの戦いでモデナ人がボローニャ人から強奪した遺物。

（三〇）**小さなキケロ**　皮肉に「キケロ（紀元前一世紀のローマの政治家・著述家）のような雄弁家」の意から、転じて「観光案内人」。

第六景

（三一）**ジェレミー・ディドラー**　ジェイムズ・ケニー作笑劇『金の工面』（一八〇三）の「集《たか》り屋」の登場人物。

（〃）**ブロブディグナグのガリヴァー…涙を禁じ得なかった」**　ブロブディグナグ（正しくはブロブディンナグ）はスウィフト『ガリヴァー旅行記』第二部（一七二六）の巨人国の名称。ただし、引用は第三章で国王に話しかけた際、ガリヴァーの脳裏を過った思いのパラフレーズ。

（三二）**対《つい》のレンガの斜塔**　本来は防衛用に建てられたラヴィニャーノ門広場の二塔。

（〃）**グイード、ドメニキーノ、ルドヴィコ・カラッチ**　グイード・レニ、ドメニキーノ・ツァンピエリ、ルドヴィコ・カラッチはいずれも十六―七世紀に活躍したボローニャ派の画家。

（〃）**サン・ペトロニオ教会の石畳の上の大いなる子午線**　サン・ペトロニオのバシリカ聖堂の北側廊の床の上の日時計は天井から射し込む日光で地方時を告げるよう設計されている。

（三三）**モンテ・プルチアーノ**　赤ワインで有名なトスカナ州丘陵の町。

（三四）**聖なる兄弟《けいてい》の誼《よしみ》**　フェラーラは当時、ボローニャ同様、教皇領だった。

（〃）**文字通り、日の照っている間《ま》に干し草が作れているやもしれぬ**　「日の照っている内に草を干せ」即ち「好機を逃すな」の意の俚諺を踏まえて。

（〃）**アリオストの館と、タッソーの牢**　ルドヴィコ・アリオスト（一四七四―一五三三）は『狂えるオルランド』で知られるイタリアの詩人。終生暮らした館は一八一一年、フェラーラ市によって買い取られた。トルカート・タッソー（一五四四―九五）は『明け渡されしエルサレム』で著名なイタリアの叙事詩人。エステ公アルフォンソ二世により聖アンナ精神病院に七年間監禁された。

（三五）**パリシナと愛人は夜の黙《しじま》に首を刎ねられた**　エステ公ニコロ三世の妻パリシナは愛人である公爵自身の庶出子ウーゴと共に一四二五年、エステ城の独房で処刑される。後出の詩はバイロン『パリシナ』（一八一六）四八六―七行。

（〃）**ポー川**　アルプス山脈に発し、伊北西部を東流してアドリア海に注ぐ、イタリア最大の川。

（〃）**オーストリアの版図に入るや**　ロンバルディア（イタリ

ア北部州。首都ミラノ）は当時、ハプスブルク帝国の一部だった。

第七景

（三三七）パドヴァ　イタリア北東部、ヴェネチア西方の都市。

（三三八）墓所　ヴェニス礁湖の共同墓地島サン・ミケーレ。

（三四〇）大邸宅　元ダンドロ宮殿、ダニエリ・ホテル。

（〃）海神《わたつみ》に深く錨を下ろした大きな広場《ピアッツァ》で…宮殿が抱《いだ》かれていた　ピアッツアはサン・マルコ広場。宮殿は十四、五世紀に建設された総督《ドージェ》官邸。

（〃）見るからに不吉げな柱が二本　一本は聖テオドーレ像を、もう一本は聖マルコの獅子を頂く。

（三四一）「海の女王」　「アドリア海の女王」はヴェニスの異名。

（〃）「溜め息橋」　又の名を「嘆きの橋」。囚人が総督《ドージェ》の法廷からこの橋を渡って牢獄へ引き立てられたことに因む。

（三四二）「巨人の階段」　中庭から宮殿二階の柱廊《ロッジア》へ通ず階段。軍神《マールス》と海神《ネプチューン》の巨像が脇にそそり立つ。

（〃）退位を迫られた老人が…耳にするや　フランチェスコ・フォスカリ総督は息子の大逆罪認否により、自らの退位（一四五七）を余儀なくされた後《のち》死去。

（三四三）古《いにしへ》の長《おさ》が…御座船《こざぶね》　キリスト昇天日（復活祭後四十日目で常に木曜日）が巡り来る度、総督《ドージェ》はヴェニスとアドリア海との象徴的婚礼とし、海中に指輪を投ずべくリード（ベニス礁湖とアドリア海との間の鎖状砂地小島群）まで漕ぎ出されるのが習いだった。

第八景

（三四六）古めかしい市場《いちば》　わけても、ヴェローナの「マドンナ」と称される美しい噴水で名高いエルベ広場。

（〃）キャピュレット家の館《やかた》　カッペロ通りにある、バルコニーのついた所謂「ジュリエットの家」（十三世紀建築）。

（〃）ジュリエットの墓　アディジェ川に間近いカプチン修道院の回廊にあると（無論、故無く）言い伝えられている墓。

（三四九）『パリの謎』　ウジェーヌ・シューによる、パリの下層社会を描いた扇情小説（一八四二—三）。

（三五一）中世騎士道伝説の聖杯　磔刑に処せられたキリストの脇腹を突いたローマ兵ロンギヌスがマントヴァへもたらしたと伝えられるキリストの血を湛えた杯。

（三五二）カピトリヌス神殿を救ったガチョウ　ローマは四世紀、ゴール人の襲撃を受けた際、ガチョウの鳴き声で救われたという。

（〃）博学のブタ　博学のブタは縁日等の人気者。文字やカードに鼻面を向けることにて質問に答えた。

（〃）サー・ジョシュア・レイノルズの講話　レイノルズ（一七二三—九二）は英国の肖像画家・王立美術院初代院長。院生に説いた「講話」は長らく鑑賞の試金石とされた。

（〃）テ宮殿　即ち、テジェトにあるフェデリコ二世城。

（〃）ジュリオ・ロマーノ　イタリアの画家・建築家（一四九二?―一五四六）。ラファエルの弟子。

（三五三）ロンドンはハウンズディッチ　露店アーケードの建ち並ぶ東ロンドンの古着街。

（三五四）見上げるばかりにそそり立つトラッツォで忘れ難きクレモナ　トラッツォは十三世紀に建立された、イタリアで最も高い鐘塔。クレモナはイタリア北部、ポー川に臨む古都。十六―八世紀にはヴァイオリン製造で有名だった。ストラディバーリは代表的製作者。

（三五六）（バリーの指摘通り）　アイルランドの画家ジェイムズ・バリー（一七四一―一八〇九）による『絵画講話』の一節。

（〃）壮麗なスカラ座にては…バレエ・ダクションが演じられ　スカラ座はミラノにある世界有数の歌劇場（一七七八年開館）。『プロメテウスの創造』（一八〇一）はサルヴァトーレ・ヴィニャーノ作、ベートーヴェン作曲のバレエ・ダクション、即ち筋立て《アクション》のあるバレエ。

（三五八）ナポレオンによって創設された旅人宿《ホスピス》　一八一一年、ナポレオンによってサンベルナール峠に兵舎として建設され、後に登山者のための宿泊施設となった。

（三六一）グルーミオ　『じゃじゃ馬馴らし』のペトルーチオの召使い。引用は第四幕第一場の彼の台詞。

第九景

（三六二）スペツィア　即ち、現ラ・スペツィアはジェノヴァ南方の港市・海軍基地。

（〃）フェラッカ船　二本、又は三本マストの、櫂或いは三角帆で走る地中海専用小型沿岸航行帆船。

（三六四）白怪鳥《ロック》が船乗りシンドバッドを…鷲の群れはいなかった　シンドバッドの第二の航海（『アラビア夜話』）において、商人達は「ダイヤモンドの谷」でダイヤをはりつけさせようと、羊の死肉を谷間に放り込む。すると鷲が肉を巣へ運び、そこから商人達はダイヤを手に入れる。

（三六六）現モデナ公は…栄誉を申し立てていた！　当時のモデナ公は暴君として知られるフランチェスコ四世（一七七九―一八四六）。ただしルイ・フィリップを仏王家の傍系オルレアン家の出であることから、シャルル十世の正統の王位継承者として認めていないヨーロッパの君主は外にも一人ならずいた。

（〃）『ノルマ』　ベリーニ（第四景注（三一九）参照）作歌劇。

（三六七）ロンドンはセント・ポール大聖堂の…も一つおまけの事例　暗に仄めかされているのはJ・ハリスの出版したアイザック・テイラー著『小さな井の中の蛙旅人《たびびと》の娯楽と教導のためのヨーロッパ風景』（一八一九）。

（三七二）オルヴィエトやモンテ・プルチアーノ　前者はウンブリア州丘陵町オルヴィエト原産の辛口、又は中甘口白ワイン。

後者はシエナ産極上ワイン。

（〃）**ラディコファニ**　オルヴィエト（前項参照）や、本文後出のアクアペンデンテ同様、シエナとローマのほぼ中間に位置する町。

（三七三）**モンテフィアスコーネと…ヴィテルボ**　前者は通称「エスト、エスト、エスト」で親しまれる中甘口白ワインで名高い、イタリア中部ラティウムの町。後者はわけてもフォンタナ・グランデを始めとする十三、四世紀建設の泉で知られる中世都市。

（〃）**この湖の満々と…都が栄えていたという**　以下はヴィーコ湖と古都に纏わる口碑。

第十景

（三七八）**コンスタンチヌス帝と…ティトゥス帝の凱旋門**　コンスタンチヌス（二八〇?—三三七）はマクセンティウス皇帝に、セプティマス・セウェルス（一四六—二一一）はパルティア軍に、ティトゥス（四〇?—八一）はエルサレムの地にて、勝利を収めたローマ皇帝。

（〃）**アッピア街道**　紀元前三一二年、監察官アピウス・クラウディウスによって建設された、ローマからカプア（伊南西部ナポリ近郊の町）——後にはブリンディジ——に至る、全長五六三キロの街道。

（〃）**チェチリア・メテッラの墓**　チェチリアはローマの将軍・政治家クラッスス（一一五?—五三B・C）の義理の娘。広大な円形の墓はヴィクトリア朝時代のローマ名所の一つだった。

（三八六）**膨れ袋《ブラダー》**　茶番などで、相手役を殴るのに使う、棍棒状に膨らました袋。

（〃）**馬の尾軍旗**　馬の尾はオスマン帝国で文武高官《パシャ》の位をその数で示すため、軍旗・総督旗に用いられた。因みに、三本尾の旗印が最高位。

（〃）**円形野外大競技場《キルクス・マクシムス》**　パラティヌス丘とアウェンティヌス丘の間にあり、二十五万人以上の観覧者を収容したと言われる。

（三九四）**親指トム将軍**　P・T・バーナムのサーカスで見世物にされた小人のチャールズ・S・ストラットン（一八三八—八三）の芸名。

（四〇一）**九か月か十か月前**　実際に事件が起きたのは約七か月前の一八四四年八月。

（四〇五）**聖アンジェロ橋**　恐らくは死刑執行人の住む聖アンジェロ城から南岸のハドリアヌス帝の墓に架かるテーベレ川の橋。

（〃）**「陽気な若船頭」が…バークレー・アンド・パーキンズの荷馬車御者**　陽気な若船頭はチャールズ・ディブディン（一七四五—一八一四）の同名の歌の主人公。バークレー・アンド・パーキンズはサザックの著名な醸造業者。

(〃)**ムッシュー・トンソン**　ウィリアム・モンクリーフの笑劇『ムッシュー・トンソン』(一八二一)で、トンソンは「どこへでも」姿を見せる。

(四〇六)**システィナ礼拝堂なるミケランジェロの「最後の審判」**　システィナ礼拝堂はヴァチカン宮殿内の教皇礼拝堂。ミクストゥス四世の建立で、ミケランジェロの天井画で名高いが、ディケンズはここで、(天井画ではなく)端壁のフレスコ画のことを言っていると思われる。

(四〇七)**中国彫刻展における…三神格**　一八四一年、ハイド・パーク・コーナーのセント・ジョージ・プレイスで展示されたネイサン・ダン所蔵品の一つ、過去・現在・未来における仏陀の立場を表現した彫像三体。

(〃)**ビアトリーチェ・ディ・チェンチ**　名画の誉れ高きこの作品は、今ではグイード・レニの作品でもなければ、ビアトリーチェの肖像でもないと見なされている。ビアトリーチェは一五九九年、自らを辱しめた父親を殺害した廉で処刑された。

(四〇九)**我々三人《みたり》の小さな一行**　恐らく、ディケンズと、チャールズ・ブラック(一八〇九―七九)と、エミール・ド・ラ・リュ(一八七〇年没)の三名。

(四一〇)**映えある彫像の取り壊された…席を譲っている**　コロンナ広場のマルクス・アウレリウス(ローマ皇帝。在位：一六一―一八〇)のゲルマン征服記念円柱に聖パウロ像が据えられたのは一五八九年。トラヤヌス中央広場《フォルム》のトラヤヌス(ローマ皇帝。在位：九八―一一七)戦勝記念柱に聖ペテロ像が据えられたのは一五八七年。

(四一六)**巡礼者の晩餐会**　聖週間の水・木・金曜日にトリニタ・デ・ペレグリニ教会で催される。

(四一九)**夏の日射しを浴びていた**　ディケンズが最終的にローマを発つのは三月二十四日。「夏」とは、比喩的な謂でか。

(四二一)**聖なる通り《ヴィア・サクラ》**　カピトリヌス神殿から中央広場《フォルム》東部の神殿群に至るローマ最古の通り。

第十一景

(四二三)**我々は今やナポリに向かっている!**　ディケンズは前章で描かれているローマ滞在中、二月六日に都を発ち、九日にナポリに到着する。

(四二三)**テラチーナ**　ガエタ湾に臨む、イタリア中部と南部の境を成す町。

(〃)**バルバロッサ**　赤髯王《バルバロッサ》は、イタリア遠征を都合、六度試みたフリードリヒ一世(ドイツ国王：一一五二―九〇、神聖ローマ帝国皇帝：一一五五―九〇)の渾名。

(四二四)**フラ・ディアヴォロ**　フラ・ディアヴォロ(本名ミケーレ・ペッツァ)はナポレオン軍に対すブルボン家の遊撃隊員・支持者。イトリは彼の出生地。最後は捕虜にされ、ナポリで絞首刑に処せられる。ダニエル・オーベールの歌劇

『フラ・ディアヴォロ』（一八三〇）の主題ともなった。

（四二七）**神格化されし野獣ティベリウス**　ローマ皇帝（一四—三七）ティベリウスはカプリ島で乱飲乱舞の大酒宴《オルギア》を度々催した。

（〃）**バイアエ**　ナポリ南西方の遺跡。カエサル、ポンペイウス、ネロ等の別荘があった。

（〃）**「火の山」の怒りを鎮めるべく…聖ジェンナロ**　「火の山」は即ち、ヴェスヴィオ山。聖ジェンナロは伊南部都市ベネベントの司教・ナポリの守護聖人。ナポリで殉死したと伝えられるが、不詳。クヌートはデーン人のイングランド王（一〇一六—三五）。廷臣の追従を諫めるべく、大海原にそれ以上近づかぬよう命じたと言われる。

（四二八）**マサニエロの叛乱**　ナポリの漁師トマソ・アニエロは一六四七年七月、叛乱軍を率い、ナポリを九日間統治するが、部下の裏切りに会い、銃殺される。オーベール作歌劇『ポルティチのもの言はぬ娘』（一八二八）の主題となり（次々項参照）、翌年、ジェイムズ・ケニーが『マサニエロ』として脚色。「くだんの教会」はサン・カテリーナ・オ・フォルミエロ教会。

（四二九）**ヘルクラネウム**　ナポリ近郊のローマ時代の都市。七九年のヴェスヴィオ山の噴火でポンペイと共に埋没した。

（四三三）**ポルティチのピクル氏**　ピクル氏は『ポンペイとヘルクラネウムのフレスコ画に暗示される寓話と物語』の作者W・B・ル・グロ（一八五〇年没）。ポルティチはヘルクラネウムの旧港、現在は産業都市。

（四三八）**カルリーニ**　教皇領やナポリ等の中・南部で使われていた二グラム前後の銀貨。

（四四〇）**カシーノ山**　ナポリ北西部の山（五一九メートル）。山頂に聖ベネディクト（次項参照）が五二九年頃創設した修道院がある。ヨーロッパ随一の蔵書を誇り、学問の中心として名を馳せた。

（四四一）**守護聖人とその妹**　聖ベネディクト（四八〇—五五〇）と聖スコラスティカ（四八〇—五四三）。

（四四三）**とある丘の頂上からフィレンツェを見はるかせば**　ディケンズはここで、ナポリから真っ直ぐフィレンツェへ旅したように記述しているが、実は三月二日、一旦ローマに戻り、本文上述の如く、聖週間と復活祭を通して滞在し、三月末か四月初めにフィレンツェに到着した。さらに四月四日もしくは五日にフィレンツェを発った後《のち》、九日にジェノヴァに戻り、帰国するのはその二か月後のことである。

（四四五）**果たしてダンテは、その苦々しき流謫において**　ダンテは一三〇一年、ビアンチ派に加わった廉で、フィレンツェから追放される。本文後出のベアトリーチェは代表作『新生』、『神曲』の中で、ダンテのこの世における愛人から発展した象徴的理想の女性。

作品解題

『アメリカ探訪』

一八三七年、『ピクウィック・ペーパーズ』で時代の寵児となったディケンズは早くも当時から多くの友好的な出版社、愛読者の存在するアメリカを近い将来訪れる構想を暖めていた。この予てからの計画を決定づけたのは一八四一年、ヨーロッパで最も名の知られるアメリカ人作家ワシントン・アーヴィングから受け取った要請の手紙だった。数か月後の同年九月、彼は親友フォースターに「クリスマス以後、可能な限り早々にアメリカを訪う」意図を表明している。

ディケンズがアメリカに関心を抱くのは自然の成り行きであった。若き作家と若き国家は急進的・民主的政見を共有している。またアメリカにおけるディケンズの人気は既に祖国におけるに劣らぬほど絶大だった。ばかりか、未だ三十歳に満たぬながらディケンズは五年間の内に同数の長篇を物し、束の間の休息を必要としていた。訪米は次作品を請け負う負担の休止のみならず、異なる類の本——見聞録——執筆の機会をも与えてくれそうだった。

幼子を半年間祖国に残して旅立つことを当然の如くためらう妻キャサリンを説得し果すと、ディケンズは四十二年一月四日、キュナード汽船「ブリタニア号」でボストンへ向かう手筈を整える。真冬に北大西洋を横断する無謀な旅の苛酷さは想像を絶し、ディケンズは出航とほぼ同時に帆船で祖国へ引き返そうとしたほどである。

ボストンに着くや、しかしながら、ディケンズは熱烈な歓迎を受け、少なくとも当初はアメリカに予想以上の好感を抱き、アメリカもまた彼に、劣らず好もしい印象を受けた。ただし、早くもボストン滞在の終盤から事態は悪化し始める。彼はあるスピーチで国際版権に対するアメリカの認識不足を指摘する。この折はほとんど注意を払う者もなかったが、再度この問題にハートフォドで言及すると、アメリカの最も敏感な神経に障った。依然「海賊版」が横行していたからだ。国際版権問題紛糾が引き鉄となり、ディケンズは複数の主要新聞から猛烈な批判を浴びる。ディケンズ作品を愛読していたアメリカ人は彼にその愛顧に報いるにアメリカと諸制度を絶賛することを期待していた。かくて二月中旬までには、ディケンズのアメリカに対する認識は、友人マクレディーへの手紙に「これは小生の想像していた共和国ではない」と認《したた》めている通り、一変していた。彼は以降、極力一観光客として旅をする意を固め、大晩餐会のような公務への招待は全て断る。

　この時点まで、ディケンズの幻滅は主としてアメリカの諸制度と政治文化に関わるもので、アメリカ国民は概して温厚で礼儀正しいと思っていた。が西部へ旅をするにつれ、この印象も変化を来し始める。既にヨーロッパからの旅行者同様、国家的な嚙み煙草と喀痰の習いに辟易していたディケンズだが、不衛生、下品なテーブルマナー、不躾な押しの強さがこれに追い撃ちをかける。道中の風景もまた大きく期待を裏切った。ミシシッピー川とその渓谷は想像していたような崇高な眺めではなく、ジメつき、泥濘り、悪疫催いのそれにすぎなかったからだ。セントルイスからの「鏡面大草原《プレーリー》」への遠出は地勢上の失望にダメを押す形となる。眼前に広がるのは詰まる所、退屈な、見渡す限りの平地でしかなかった。

　四月末に訪れたナイアガラの滝は、少なくともカナダ側においては、期待に違わなかったが、最後に訪れたレバノンのシェーカー村は、終生の宗教的狂信への嫌悪と相俟って、失望しかもたらさなかった。かくて六月四日、ディケンズは「ジョージ・ワシントン号」で妻とメイドと共に帰国の途に就き、同二十九日、ロンドンの自宅に戻る。

帰国と同時にディケンズは旅行記執筆に取りかかる。旅行中から、帰国と共に「補充転換《カニバライズ》」する意図の下《もと》、主としてフォースターに長く詳細な体験記を書き送っていたこともあり、新刊は約三か月で世に出る。彼はただし、単に第一印象をほぼ原型のまま複写した訳ではない。草稿には入念かつ広範な推敲の跡が留められている。その過程で、ディケンズは特定の個人の描写の調子を和らげる一方、彼自身の名士としての地位に関わる体験や、統計学的・政治学的問題、わけても国際版権に関わる条《くだり》は削除した。その結果『アメリカ探訪』は幾多の先人の英国作家と同じ「領域」しか比喩的にも字義的にも扱っていない。にもかかわらず、全体としてはディケンズ本来の瑞々しい想像力、豊かな描写力、会話を通して個性を浮き彫りにする天稟が余す所なく発揮されている。出版当時、イギリス、アメリカ両国における書評は素材の陳腐さ、描写の表層性、想像的筆致の欠如等を指摘し、好意的なものはほとんどなかった。が現代の読者がその筆力を見出すのは文学テクストとしての全体的な構成様式や、総体としてのアメリカ分析においてではなく、局部的詳細——例えば、ニューヨークの繁華街に出没する豚に纏わる挿話、東部懲治監の架空の囚人の思考を巡るディケンズの想像——においてであろう。後者の条《くだり》にこそディケンズ散文に顕著にして払拭し難い特徴である独創的想像力と言語の掌握力のかの、スリリングな結合が認められる。

『アメリカ探訪』においてディケンズはアメリカ社会の「描写」のみならず、その「分析」という任務を自らに課した。仮に第一の課題における成功が印象的だとすれば、第二のそれはさまで鮮明ではない。ディケンズの分析力が最も遺憾なく発揮されるのは取り留めのない散文ではなく、虚構においてであり、真の意味でのアメリカ研究が完結するのは『アメリカ探訪』出版直後に筆を執る次作『マーティン・チャズルウィット』を待たねばならない。とは言え『アメリカ探訪』は一世紀前のアメリカについて審らかにするもの故に、と同時にかくて明らかにされる作者の内面への洞察故に、色褪せぬ魅力を湛え続ける。

『イタリア小景』

チャールズ・ディケンズとイタリア——一見、その結びつきは奇異な、と言おうか不釣合いな印象すら与える。ヴィクトリア朝ロンドンを代表する作家と、ヨーロッパ旅行、或いは幾多の人々をフィレンツェ、ヴェネチア、ローマへと狩り立てて来た文化的偶像崇拝とを連想することは容易でない。確かにディケンズの後期作品の中には、イーディス・ドンビーとカーカーのフランスへの駆け落ち（『ドンビー父子』）、ドリット家の大《グ》陸巡遊旅行《ランド・ツアー》（『リトル・ドリット』）等、ヨーロッパを舞台とする場面があるが、これらの作品は全てディケンズのヨーロッパに対する第一印象を綴る『イタリア小景』以降のものである。パリですら、一八四四年の彼にとっては馴染みが薄かった。

ディケンズは自分自身を異端者、であると同時にイタリア紀行作家の新参者として意識的に呈示する。自分の物しているのは旅行案内書でもなければ、歴史的論考でもない。この「但書き」をもって、彼は自己の真正性を打ち立てようとする。十九世紀紀行作家がこの「真正性」の問題を提起するのは珍しいことではなく、ディケンズもまた陳腐な因襲的手法に依拠するつもりのないことを明言し、自らを著名な光景や事物と対峙する唯一無二の個人として位置づける。

ディケンズと先人との根本的な相違は、彼の表現法《スタイル》にある。作中にも確かに、イタリアの景色はこよなく美しいと語る箇所はあるが、ディケンズは全体を通し、彼自ら感じたこと、或いは他者が如何様な振舞いを見せているか審らかにするのに忙しく、恍惚に耽っている余裕はない。この彼の姿勢を最も如実に示すのがピサの斜塔の描写だ。世に名高い斜塔の外観や立地に驚愕・落胆したディケンズは、思い描いていた理想と現実との乖離に注釈をつける。先行の旅行案内書を引き合いに出す代わり、しかしながら、彼はやがて読者に真の「小景」を伝えようと試みる。階段を昇る際に覚えた感懐を「引き潮のせいでグラリと傾いだ船の中にいる」それに準え、再び地面から塔の内部を見上げてみれば「恰も傾いた管の中を覗き込んでいるかのようだ」と表現する。かくて彼自身の感覚で塔が「傾いて」いることを突き止めた事実を読者に確信させる。

ディケンズが固よりイタリア旅行を思い立ったのは『マーティン・チャズルウィット』の売れ行きが、わけても連載当初は思わしくなく、「敗北」或いは「挫折」を味わった長篇執筆の重圧から逃れるためであった。家族と共に一年間のイタリア旅行に出立するのは、正しく『マーティン』の連載が終了する四四年七月のことである。『アメリカ探訪』の時同様、後ほど旅行記としてまとめる構想の下《もと》、フォースター等親しい友人に手紙を書き送る。最初の八通は四六年一月から編集を手がけた『デイリー・ニューズ』に「旅先からの書簡」として連載されるが、ほどなく任を辞したため（「読者の旅券」注（二六四）参照）『イタリア小景』の冒頭として吸収される形で再編された。

『イタリア小景』の構造は端的にはディケンズ自身の旅によって決定づけられる。旅程は十八世紀の大陸巡《グランド・》遊旅行《ツアー》の前例に倣い、フランスを皮切りに、海路でマルセイユからジェノヴァへ向かい、ローマやナポリへと足を伸ばし、帰路はフィレンツェ、スイス、アルプス山脈を経由するものであった。ただし十八世紀の典型から逸脱している特筆すべき点もある。まずもってディケンズは青年貴族ではなく、自らの労働の純益を糧に旅をし、新聞連載の旅の記録を綴っている中流階級の家庭人である。ディケンズ一家は拠点をローマではなく、ジェノヴァに置き、四五年初頭のローマ、ナポリへの旅も大陸巡遊旅行《グランド・ツアー》の規範からすれば比較的短い。十九世紀ですらなお特筆すべきことに、ディケンズは『鐘の精』執筆開始のため四四年十一、十二月には一時帰国する。途中経由するボローニャ、ヴェネチア、ミラノは詳細に描写しながらも、帰路はわずか三段落で処理され、畢竟、旅の目的が何であったかは証されていない。当時既に著名な作家であったにもかかわらず、筆者は読者に自分が不特定の匿名観光客であるかのように思わせようとする。かくて読者と一定の距離を保ち、作者自身によって選ばれた外的人格《ペルソナ》――気さくで率直に見えながらも、実はこの作品の様々な目的のために入念に構築された――を顕現さす。

ディケンズは上述の通り、自分が旅先から友人に宛てた書簡を基に、『イタリア小景』を執筆した。とは言え、彼の物語を伝統的な書簡文形体の旅行記のように直接、手紙を通して呈示するのではなく、題材を連続的な物語へと再編成する。作品は、にもかかわらず、彼の手紙が固より、印象を数日、或いは数時間以内に記録に留める事実上の日誌を成していただけに、瑞々しさを少なからず留めている。

ディケンズは自ら「拙著は一連のかすかな投影――水面《みなも》に映る影――にすぎぬ」（「読者の旅券」）と述べている通り、この作品を印象――素描《スケッチ》或いは小景《ピクチャー》――の蒐集と見なす。ディケンズの追憶はかつて生命たりしものの永遠の残滓《ざんさ》――喪われた儚い実体の影――だった。彼がこの作品において描写しているのは記憶に刻みつけられた出来事や光景であり、それらは、彼自身熟知している通り、イタリアの実体ではなく、一個人の印象である。たとい『イタリア小景』が間々聖像破壊の作品として読めるとしても、たといディケンズが時に自らを無造作で冷笑的な語り手として投影しているとしても、過去への哀悼は依然、その大半の背後に潜んでいる。ローマで際会した処刑がいずれ『二都物語』に間接的にせよ、影響を及ぼし、ジェノヴァで過ごした時が「日暮れて読まれたし」（『翻刻掌篇集／ホリデー・ロマンス他』所収）の憑依の不吉な舞台として結実することを考え併せれば、この遊歴修業時代《ヴァンダジャール》はディケンズに執筆のための軽々ならざる、格別な「縒り糸」をもたらした点でも評価されよう。

訳者あとがき

ノルマと順番。わたしにとって、あってないようなもの。まずノルマは。最初に手がけた『互いの友』の時、訳せども訳せども減るどころか増える一方にすら見える厖大なテキストを前に、こんなことでは埒は明くまいと、自らに一日テキスト六、七頁の訳出を課した。具体的な数字を設定するだけで、少し気が楽になった。これなら「果てしがない」訳でもなさそうだ。ただし相手はディケンズ。一頁、二時間の世界である。普通にしていては到底追っつかない。そこで思い立ったのが前夜のベッドの中での「下読み」。事実、それだけの量、読みこなせたかどうか、今となっては記憶が定かでないが、何だか「思うツボ」に嵌まったような感じだけは残っている。

続く『ドンビー』は。やはり超大作に「下読み」は必須だったが、さすが二匹目のドジョウの伝で、夜毎三頁ほどで睡魔に襲われた。二作目にしてこの為体である。続く『ニコラス』は『ドンビー』で喫した蹉跌はコリゴリと、一計を案じた。称して「逆さ読み」。目標の七頁目から読み始めるのである。もちろん七頁目の最後の単語から逆さに読めるはずはないので、七頁目を上から一通り読んだら六頁目に溯って行くというように。これなら上手く行くこと請け合い。と言おうか、早、目標は達成しているようなもの。その安堵感が禍したか、いつも逆流は一頁ほどでストップした。以降は、ノルマにも「下読み」にもあっさりサジを投げた。

それがここ、本訳書『アメリカ探訪／イタリア小景』へ来て、実に久々寝床でテキストを繙いた。量にして三頁。つまり二十年の内に仕事量はどうあがいてみても半分に減ったということだ。が身の程に合っていたのか、初心への回帰は存外、心地好くもあった。初心に立ち返ったのは、元を正せば、これが「作品」としては「最後」との思いが常に心の片隅にあったからでもある。これまで毎年、少なくとも一作は世に出して来た。叶うことなら、このまま掉尾《ちょうび》を飾りたい。思えば、これがわたしの大きなノルマだったかもしれない。

では順番は。次は何を訳すか——その度、何らかの必然に衝き動かされてはいたのだろう。誰も訳していないから、読んだことがないから、ちょっと息抜きしたいから。それも今となってははっきりしない。ただ、せっかちな所へもって飽きっぽいわたしは、大詰めになると、その折手がけている作品そっちのけで、気持ちの上では早、次の作品へ向かっていたものだ。

順番が「狂った」ことが一度ある。外でもない今回。本訳書は「作品」としては最後から二番目《ペナルティミット》のはずだった。事実、『翻刻掌篇集』がほぼ手を離れたある日の放課後、大学で『アメリカ探訪』の献辞を訳した。これでいよいよ新しい作品に乗り出せる。ところが帰宅してみると、テキストがなかった。通常、気休めのためだけにせよ、大学と自宅に同じ作品を二、三版は置いている。父の蔵書を探したが、詮なかった。明朝訳すものがないくらいならいっそ大学まで（自転車を片道一時間飛ばして）戻ろうかとも思ったが、それより別の作品に鞍替えした方が賢そうだ。まだ本腰を入れた訳でもない。そこで手を伸ばしたのが『物臭徒弟二人のなまくら膝栗毛』。オクスフォード版では『クリスマス・ストーリーズ』の後ろにくっついているので、うっかり忘れては大変と、書棚の目立つ所にだけは置いてあった。実は『ボズの素描滑稽篇』の巻頭を飾るはずであったこの作品が「降格」になったのもまた一つの「番狂わせ」と言うべきか。新進気鋭のボズ君の方が遙かに格が上だった。

こうしてみると、順番とはなくてあるようなもの。紆余曲折しても最後は収まるべき所に収まっている。今後手がけるのがジャーナリズム、書簡の類だとすれば、旅先から友人へ宛てた手紙の再編である本書は恰好のクッション、或いはステップとも考えられる。誰だってストーリーめいたものとの訣れには一抹の寂しさがあるではないか。そこへもって、待っているのは日付がはっきりしている、ということは「迷う」べき順番のない世界である。それでも道草を食う手がないではない。例えば、手紙に飽きたら書評、書評に飽きたら随筆、というように。〆て二万通に上ると伝えられる十二巻の書簡集一つ取っても、一番薄い巻から取りかかるのもよさそうだ。一巻の「達成感」は計り知れない。『ニコラス』の顰みに倣い、二万通目から「逆さ読み」する大それた野心には今少し欠けるが。

この度も渓水社社長木村逸司氏に快く出版をお引き受け頂いた。上記のような目標があったため、いつも以上に皆様の御協力を仰ぐこととなった。識して感謝申し上げたい。

平成二十八年初秋

田辺　洋子

訳者略歴

田辺洋子（たなべ・ようこ）

1955 年　広島に生まれる（現広島経済大学教授）
1999 年　広島大学より博士（文学）号授与

著　書『「大いなる遺産」研究』（広島経済大学研究双書第 12 冊，1994 年）
　　　『ディケンズ後期四作品研究』（こびあん書房，1999 年）

訳　書『互いの友』上・下（こびあん書房，1996 年）
　　　『ドンビー父子』上・下（こびあん書房，2000 年）
　　　『ニコラス・ニクルビー』上・下（こびあん書房，2001 年）
　　　『ピクウィック・ペーパーズ』上・下（あぽろん社，2002 年）
　　　『バーナビ・ラッジ』（あぽろん社，2003 年）
　　　『リトル・ドリット』上・下（あぽろん社，2004 年）
　　　『マーティン・チャズルウィット』上・下（あぽろん社，2005 年）
　　　『デイヴィッド・コパフィールド』上・下（あぽろん社，2006 年）
　　　『荒涼館』上・下（あぽろん社，2007 年）
　　　『ボズの素描集』（あぽろん社，2008 年）
　　　『骨董屋』（あぽろん社，2008 年）
　　　『ハード・タイムズ』（あぽろん社，2009 年）
　　　『オリヴァー・トゥイスト』（あぽろん社，2009 年）
　　　『二都物語』（あぽろん社，2010 年）
　　　『エドウィン・ドゥルードの謎』（溪水社，2010 年）
　　　『大いなる遺産』（溪水社，2011 年）
　　　『クリスマス・ストーリーズ』（溪水社，2011 年）
　　　『クリスマス・ブックス』（溪水社，2012 年）
　　　『逍遥の旅人』（溪水社，2013 年）
　　　『翻刻掌篇集／ホリデー・ロマンス他』（溪水社，2014 年）
　　　『ハンフリー親方の時計／御伽英国史』（溪水社，2015 年）
　　　『ボズの素描滑稽篇／物臭徒弟二人のなまくら膝栗毛他』（溪水社，2015 年）
（訳書は全てディケンズの作品）

アメリカ探訪／イタリア小景

二〇一六年一二月二五日　第一刷発行

著　者　チャールズ・ディケンズ
訳　者　田　辺　洋　子
発行者　木　村　逸　司
印刷所　平　河　工　業　社
発行所　株式会社　溪　水　社
〒730-0041　広島市中区小町一－四
電　話（〇八二）二四六－七九〇九
ＦＡＸ（〇八二）二四六－七八七六
メール　info@keisui.co.jp

ISBN978-4-86327-373-3 C3097